KB142491

4

120회본을 시사詩詞까지 완역한

4

시내암 지음
송도진 옮김

글항아리

차 례

【 제61회 】

계책에 걸린 옥기린[1]

용화사 화상이 송강에게 삼절의 하나인 옥기린 노준의의 이름을 얘기하자 오용이 말했다.

"소생이 북경에 가서 세 치의 혀로 노준의를 산채에 오게 하는 것은 주머니에서 손으로 물건을 꺼내는 것처럼 식은 죽 먹기입니다. 단지 거칠고 대담한 사람과 같이 갔으면 합니다."

말이 미처 끝나기도 전에 흑선풍 이규가 소리 질렀다.

"군사 형님 나랑 가자."

송강이 소리 질렀다.

"너는 가만히 있기나 해! 불 지르고 사람을 죽이거나 마을을 위협해 강탈하고 주부 관청을 때려 부수는 데는 네놈이 적당하나 이렇게 조심스레 염탐하는 일에는 네 성질로는 좋지 않으니 가서는 안 돼."

1_ 제61회 제목은 '吳用智賺玉麒麟(오용이 계책을 써서 옥기린을 속이다). 張順夜鬧金沙渡(장순이 밤에 금사도에서 소란을 피우다)'다.

"내가 몰골사납게 생겼다고 싫어해서 못 가게 하는 거잖아."

"내가 너를 싫어해서가 아니다. 지금 대명부에 공인이 얼마나 많은데 혹여 사람들이 알아보기라도 해서 네놈이 목숨을 잃을까봐 그런 거야."

이규가 소리 질렀다.

"상관없어. 나는 가기로 결정했어."

오용이 말했다.

"자네가 만약 내가 얘기하는 세 가지 조건을 따른다면 데리고 가겠네. 그렇지 않는다면 산채에 남아 있게나."

"세 가지가 아니라 서른 가지라도 형님을 따르겠소!"

"첫째는 네 술주정이 불 같으니 오늘 이후로는 술을 끊고 돌아온 뒤에 마시게. 둘째는 가는 도중에 도동道童[2]으로 꾸미고 나를 따라야 하는데 내가 시키는 것을 절대 어겨서는 안 되네. 셋째는 가장 어려운데, 너는 내일부터 시작해서 절대로 말을 해서는 안 되고 벙어리가 되어야 하네. 이 세 가지를 따른다면 내가 데려가지."

"술 안마시고 도동 행세하는 것은 따를 수 있는데 이 주둥이를 닫고 말을 하지 말라니 나를 숨 막혀 죽게 할 작정이야!"

"자네가 입을 열면 꼭 문제가 생기니까 그렇지."

"그러면 좋아. 내가 입에다 동전 한 닢을 물고 있겠어!"

송강이 말했다.

"동생이 가겠다고 고집 부렸으니 실수가 생겨도 나를 원망 말게."

이규가 말했다.

"상관없어. 내가 이 쌍 도끼를 가져가면 적어도 귀두[3]를 천 개는 넘게 찍어낼

2_ 도동道童: 도사에게 시중을 드는 아이.

3_ 원문은 '오두烏頭'인데, 욕하는 말로 남자 생식기의 귀두龜頭를 말한다.

수 있어."

두령들이 모두 웃었다. 누가 이규를 말릴 수 있겠는가? 그날로 충의당에서 송별 술자리가 벌어졌다. 그날 늦게까지 마시고 각자 흩어져 쉬었다. 이튿날 아침 일찍 오용은 떠날 채비를 하고 이규를 도동 행색으로 꾸며 짐을 지우고 산을 내려갔다. 송강과 두령들이 모두 금사탄까지 내려와 전송하면서 재삼 오용에게 조심하라 당부하고 이규에게는 실수가 없도록 단단히 타일렀다. 오용과 이규가 두령들과 작별하고 송강 등은 산채로 돌아갔다.

오용과 이규 두 사람이 북경으로 가는데 4~5일 동안 매일 밤이 되어서야 객점에 들어가 쉬고 새벽에 일어나 밥 지어 먹고 길에 올랐다. 가는 도중에도 오용은 이규로 인하여 끓어오르는 화를 참느라 고통을 받았다. 며칠을 부지런히 걸어서 북경성 밖 객점에 도착하여 쉬었다. 결국 그날 밤 이규가 부엌에서 밥을 짓다가 점원을 때려 피를 토하게 했다. 점원이 방으로 와서 오용에게 말했다.

"손님 벙어리 도동이 너무 악독합니다. 소인이 불을 조금 늦게 붙였다고 피가 터지도록 맞았습니다."

오용이 놀라 점원에게 사과하고 돈을 수십 관을 주어 겨우 달랬다. 이규가 원망스러웠지만 어떻게 할 수가 없었다. 하룻밤 지나고 다음 날 동이 트자 일어나 아침밥을 먹은 뒤에 오용은 이규를 방으로 불러 단단히 당부했다.

"네놈이 죽자하고 따라오더니, 나를 죽이려고 작정했구나! 오늘 성안에 들어가면 어린애들 장난이 아니니 네가 나를 사지로 모는 일이 없도록 해라!"

"내가 감히 그러겠어?"

"아무래도 니하고는 신호를 해야겠나. 만약 내가 머리를 흔들면 너는 절대로 움직여서는 안 된다."

이규가 알아듣고는 따르기로 했다. 두 사람이 객점에서 복장을 새로이 꾸미고 성으로 들어갔다. 오용은 머리에 검은색의 눈썹 높이까지 내려온 두건을 쓰고 몸에는 깃이 검은 흰 명주로 된 도복을 입었다. 허리에 여러 색이 섞인 여공조呂公絛[4]를 묶고 신발 코가 사각인 푸른 헝겊 신발을 신었으며 손에는 금이 섞인 구리를 두드려 만든 영저鈴杵[5]를 들었다. 이규는 몇 가닥 흐트러진 누런 머리카락을 올려 머리 양쪽으로 두 개의 둥근 모양의 쪽을 묶고 검은 호랑이 같은 몸에는 무명으로 된 짧은 도포를 입었다. 나는 곰 같은 허리에는 여러 색이 섞인 짧은 끈을 허리에 묶고 산에 오를 때 흙이 들어오는 신발을 신었으며 머리 위로 구부러진 나무 막대기를 메고 종이 표지를 걸었는데 '관상 보는데[6] 복채 한 냥講命談天掛金一兩'이라고 쓰여 있었다. 두 사람이 이렇게 꾸미고 방문을 잠그고 객점을 떠나 북경성 남문으로 왔다. 1리도 못가서 성문이 보였다. 정말 좋고도 훌륭한 곳이었다.

성은 높고 험한 지세에, 해자는 넓고 물은 깊구나. 성 둘레엔 녹각이 겹쳐져 있고, 사방엔 갈라진 나뭇가지가 조밀하게 배열되어 방어하고 있네. 고루鼓樓[7]는 웅장하고 깃발들은 오색찬란하며, 성벽 위는 평평하고 칼, 창, 검, 극이 줄지어 있구나. 돈과 양식은 풍부하고, 사람도 많고 물건들도 화려하도다. 동원東院과 서원西院엔 풍악 소리 진동하고, 점포마다 재물이 온 땅에 가득하네. 1000명의 맹장들이 성을 통솔하고 있고, 100만 서민이 도성에 거주하도다.

城高地險, 塹闊濠深. 一周回鹿角交加, 四下裏排叉密布. 鼓樓雄壯, 繽紛雜采旗幡; 堞道坦平, 簇擺刀槍劍戟. 錢粮浩大, 人物繁華. 東西院鼓樂喧天, 南北店貨財滿地. 千員猛將統層城, 百万黎民居上國.

4_ 여공조呂公絛: 일종의 끈으로 양 머리에 오색 명주실 끈이 있으며, 전설 속 8명의 신선(한종리漢鍾離·장과로張果老·여동빈呂洞賓·이철괴李鐵拐·한상자韓湘子·조국구曹國舅·남채화藍采和·하선고何仙姑) 가운데 여동빈이 사용했다고 한다. 대부분 승려나 도사들이 묶었다.

5_ 영저鈴杵: 중이나 도사가 떠돌아다닐 때 손에 들고 다니던 타악기.

6_ 원문은 '강명담천講命談天'인데, 오행과 별점으로 인간의 운명을 예측하는 것을 말한다.

7_ 고루鼓樓: 시각을 알리는 북을 설치한 망루.

당시는 천하 각지에서 도적들이 일어나던 때라 각 주부와 현을 군사들이 지켰다. 이곳 북경은 하북에서 첫 번째 가는 성인데다 양 중서가 대군을 주둔시키고 통솔하는 곳이라 어찌 질서 정연하지 않겠는가?

오용과 이규 두 사람은 의기양양하며 성문 아래로 왔다. 문을 지키는 군사 40~50여 명이 성문 앞에 앉아 있는 관리 한 명을 둘러싸고 있었다. 오용이 앞으로 향해 인사하니 군사가 물었다.

"수재는 어디서 오시오?"

오용이 대답했다.

"소생은 장용張用이라 하고 이 도동은 이李가요. 강호에서 점괘를 팔아 생계를 꾸리고 있는데, 이번에는 대군大郡[8]에서 사람들에게 점을 쳐주고 돈을 벌러 왔습니다."

몸에서 가짜 통행문서를 꺼내 군사에게 보여줬다. 다른 군사들이 이규를 가리키며 말했다.

"이 도동의 눈초리가 좆같은 것이 꼭 도적놈이 사람을 째려보는 것 같네!"

이규가 듣고서 성질을 내려는데 오용이 황급히 머리를 흔드니 바로 머리를 숙였다. 오용이 문을 지키는 군사에게 다가가 사과하며 말했다.

"소생이 이놈 때문에 겪는 고초는 이루 말로 다할 수 없습니다! 이 도동은 귀머거리에 벙어리인데 힘만 무지막지하게 셉니다. 집 노비가 낳은 자식인데 버릴 수도 없는 노릇이라 어쩔 수 없이 데리고 왔습니다. 이놈이 세상 물정을 전혀 모르니 용서해주십시오!"

오용이 성문 안으로 들어오자, 이규가 삐딱한 걸음걸이로 뒤를 따라 저잣거리를 향하여 걸었다. 오용은 영저를 흔들면서 네 구절을 중얼거렸다.

8_ 대군大郡의 의미는 '큰 지방'이다.

감라는 어려서 상경이 되었고[9] 강태공은 늙어서 고관이 됐으며,[10]

팽조는 수백 년을 살았으나[11] 안회는 고생 고생하다 요절했도다.[12]

범단은 몰락하여 빈곤했지만[13] 석숭은 황족과 부를 다투었으니,[14]

사람은 태어나면서부터 각자의 팔자가 정해져 있는 것이로다.

甘羅發早子牙遲, 彭祖顔回壽不齊.

範丹貧窮石崇富, 八字生來各有時.

오용이 이어서 소리 질렀다.

"이것이 바로 시時이고, 운運이며, 명命이니라. 생사와 귀천을 알고 앞일을 점치는 데 복채가 은자 한 냥이요!"

말을 마치자 또 영저를 흔들었다. 북경 성안 아이들 50~60여 명이 보고 웃으며 따라다녔다. 때마침 노 원외盧員外 전당포 대문 앞에 도착하여 고개를 좌우로 저으며 노래를 불렀고 떠났다가 다시 돌아오니 아이들이 따라다니며 떠들썩하게 소란을 떨었다. 노 원외가 전당포 대청 앞에 앉아 저당 잡힌 물품을 살

9_ 『사기』「감무甘茂열전」에 근거하면, 감라甘羅는 전국시대 진나라 사람으로 주 무왕의 좌승상左丞相이었던 감무甘茂의 손자다. 나이 12세에 상相이었던 여불위呂不韋를 섬겼다. 조나라에 사신으로 갔을 때 조나라 왕이 교외까지 나와 영접했고, 11개의 성을 할양하고 진나라를 섬기게 되었다. 진나라로 돌아와 감라는 상경上卿에 봉해졌다.

10_ 자아子牙는 강자아姜子牙로 강태공을 말한다. 나이 70세가 넘었을 때 주 무왕이 그를 높여 상보尙父라 했고, 무왕을 보좌하여 주왕紂王을 멸하고 천하를 얻었다.

11_ 『열선전列仙傳』에 근거하면 팽조彭祖는 전설에 전욱제顓頊帝의 현손이고 요임금 때 등용되어 하나라를 거쳐 은나라 말까지 이어졌다고 한다. 팽성彭城에 봉해졌기 때문에 팽조라 했다.

12_ 안회顔回는 춘추시대 때 노魯나라 사람으로 공자의 제자다. 어려서 학문을 좋아하고 안빈낙도하여 공자의 칭찬을 받았지만 31세에 요절했다.

13_ 『후한서後漢書』「독행전獨行傳」에 따르면, 범단範丹은 한나라 때 진류陳留 외황外黃 사람이다. 성격이 조급하고 세속을 따르지 않았다. 당고黨錮의 화로 인해 도망쳐 점을 보며 생계를 꾸렸으며 빈곤으로 고생했다.

14_ 『진서晉書』에 근거하면, 석숭石崇은 진晉나라 남피南皮 사람이다. 멀리 가는 상인을 위협하여 부를 이루었다고 하고, 황제의 인척인 왕개王愷와 부를 다투었다고 한다.

펴보며 사무를 보다가 거리에서 떠들썩한 소리를 듣고는 일꾼을 불러 물었다.

"밖이 왜 이리 시끄러우냐?"

"원외님, 정말 어이가 없어서 웃음밖에 안 나와요! 거리에 다른 곳에서 온 점쟁이가 겨우 점괘 하나 봐주는데 은자 한 냥이랍니다. 누가 그렇게 많은 돈을 내고 점을 보겠습니까? 게다가 뒤에 따라 다니는 도동이 생긴 것이 무시무시하게 생긴데다 걷는 꼬락서니가 우스꽝스러워 아이들이 따라다니며 웃고 있습니다."

"큰 소리 치는걸 보니 학식이 해박하겠지. 너 나가서 그를 모셔오너라."

일꾼이 황급히 나가 소리 질렀다.

"선생, 원외님이 오라 하십니다."

오용이 말했다.

"어느 원외가 나를 청하오?"

"노 원외께서 청하십니다."

오용은 바로 도동과 함께 돌아와 발을 걷고 대청 앞에 이르러 이규를 등받이가 거위의 목처럼 뒤로 구부러진 의자에 앉아 기다리게 했다.

오용이 돌아 나와 노 원외를 만났다. 그 사람의 생김새를 묘사한 「만정방滿庭芳」이란 사 한수가 있다.

번쩍거리며 빛나는 두 눈동자와 팔자 눈썹, 9척 장신에 은빛처럼 하얗다네. 위풍당당하고, 풍채는 천신天神 같구나. 곤봉을 잘 다루는데, 초곤哨棍[15]은 독보적이라 비할 자 없노라. 경성 안에서 대대로 청렴결백하며 부호 집안으로 이어 내려온 출신이라네. 전장에서 적 앞에 서면 천군만마를 헤치고 돌진하여 쓸어버리누나. 더욱이 충성과 의로운 마음은 해를 가릴 정도이고, 왕성한 기운은 하

15_ 원문은 '호신용護身龍'인데 '초곤梢棍'이다. 철고리를 사용하여 하나는 길고 다른 하나는 짧은 나무봉을 연결해 만든 병기다.

늘을 찌를 듯하도다. 강개하며 재물을 가벼이 여기고 의를 중시하니, 그 뛰어난 명성 말하자면 온 천지에 퍼져 있다네. 노 원외의 이름은 준의요, 별명은 옥기린이로구나.

目炯雙瞳, 眉分八字, 身軀九尺如銀. 威風凛凛, 儀表似天神. 慣使一條棍棒, 護身龍·絕技無倫. 京城內·家傳淸白, 積祖富豪門. 殺場臨敵處, 衝開萬馬, 掃退千軍. 更忠肝貫日, 壯氣凌雲. 慷慨疏財仗義, 論英名·播滿乾坤. 盧員外, 雙名俊義, 綽號玉麒麟.

오용이 노 원외에게 다가가 인사를 했다. 노준의가 몸을 숙여 답례하고 물었다.

"선생께서는 고향이 어디시고 존함이 어떻게 되시오?"

"소생은 장용張用이라 하고 호는 담천구談天口[16]라 합니다. 조상 때부터 산동에 살았는데 황극선천수皇極先天數[17]를 써서 사람의 생사와 귀천을 알 수 있습니다. 백은 한 냥만 내시면 점괘를 봐드리겠습니다."

노준의가 후당 작은방으로 안내해 손님과 주인 자리를 정하여 앉았다. 차를 마신 뒤에 일꾼을 불러 백은 한 냥을 가져오게 하여 복채를 주었다.

"제 사주팔자[18]가 어떤지 좀 봐주시오."

"나이와 태어난 달과 일시 여덟 자를 말씀해주시면 셈해보겠습니다."

16_ 담천구談天口: '천구天口'는 오용의 성인 '오吳'를 파자한 것이다. '吳'는 위에 '구口'가 있고, 아래에 '천天'이 있다. '구口(입)'가 '천天(하늘)'의 위에 있으니 바로 '담천談天의 입口'이다. 『사기』「맹자순경열전」에 근거하면 추연騶衍을 담천이라 했는데, "위로 하늘의 일까지 말하지 않는 것이 없는 추연談天衍"이라고 했다.

17_ 황극선천수皇極先天數: 황제가 천하를 통치하는 천시天時와 행하는 일을 예견하는 것을 말한다. 과거와 미래를 알 수 있는 술법이다.

18_ 원문은 '천조賤造'인데, 자신의 사주팔자를 겸손하게 지칭한 것이다. '조造'는 여덟 자를 말하는데, 남자는 건조乾造, 여자는 곤조坤造, 남을 말할 때는 귀조貴造라 하며, 스스로를 칭할 때는 천조라 한다.

"선생, 군자는 재앙은 물어도 복은 묻지 않는다 하였소. 권세나 재산에 대해서는 필요 없으니 벼슬할 수 있을지 없을지나 봐주시오.[19] 금년이 32세이고 갑자년甲子年 을축월乙丑月 병인일丙寅日 정묘시丁卯時에 태어났소이다."

오용이 철산자鐵算子[20]를 꺼내서 탁자 위에 배열하고 셈하더니 산가지를 들어 탁자 위에 내려치며 크게 소리 질렀다.

"참으로 괴상하구나!"

노준의가 놀라 물었다.

"어떤 길흉이 나왔습니까?'

"원외께서 언짢아하실 텐데 어찌 솔직하게 말씀드리겠소."

"어리석은 사람에게 길을 일러주는 것이라 여기시고 말씀해주십시오."

"원외님의 운명은 지금 백일 내에 반드시 피를 볼 화가 있습니다. 재산이 있어도 막지 못하고 형장의 칼날에 생을 마감하겠군요."

노준의가 웃으면서 말했다.

"선생께서 틀렸습니다. 이 노 아무개는 북경에서 태어나 부유하게 자랐습니다. 조상 중에는 죄를 지은 사람이 없을 뿐만 아니라 친족 중에 재가한 여자조차 없습니다. 더욱이 제가 무슨 일을 하더라도 신중하게 하고 이치에 맞지 않는 일은 하지 않으며 정당한 재물이 아니면 취하지 않는데 형장의 이슬이 된다는 게 말이 된다고 생각하시오?"

그러자 오용이 얼굴색이 바뀌더니 급히 받았던 복채를 돌려주고 몸을 일으켜 나가면서 탄식했다.

"세상 사람들은 원래 모두 아첨하는 말 듣기를 바라는구나! 그만, 그만두자!

19_ 원문은 '행장行藏'이다. 『논어』「술이述而」에 따르면 "등용되면 나아가 일을 하고, 버려지면 물러나 은거한다用之則行, 舍之則藏"고 했다. 즉, 나라에 등용되면 벼슬을 하여 나의 주장을 실행할 것이고, 등용되지 못하면 물러나 은거하면서 재능을 숨길 것이라는 말이다. '행장'은 진취進取를 말한다.

20_ 철산자鐵算子: 쇠로 만든 수를 세거나 계산하는 데 쓰이는 산算가지로, 위에는 문자 부호가 있고 점칠 때 사용했다.

넓고 평탄한 길을 분명히 가르쳐주고 충언을 해주었건만 악담으로 받아들이다니. 소생은 이만 물러나겠습니다."

노준의가 말했다.

"선생께서는 화내지 마시오. 노 아무개가 공교롭게 농담을 했소이다. 가르침을 들려주십시오."

"소생이 직언한 것을 괴이하게 생각하지 마시오!"

"숨기지 말고 말씀해주십시오."

"원외께서는 모든 사주팔자가 아주 좋습니다만, 다만 올해 세군歲君[21]이 그대의 별자리를 범하므로 액운이 있는 기간입니다. 백일 내에 머리와 몸통이 각기 다른 곳에 놓이게 될 것입니다. 태어날 때부터 정해진 것이라 피할 수 없습니다."

"도저히 비껴갈 수 없는 것입니까?"

오용이 다시 철산자를 한번 치더니 혼자 중얼거렸다.

"동남 방향 1000리 밖으로 피난 가야만 이 재난을 피할 수 있습니다. 그리고 소스라치게 놀라긴 하지만 몸에 상처를 입는 일은 없을 것이오."

"만약 이 재난을 피할 수 있다면 후하게 보답하겠습니다."

"운세를 네 구절 시가로 지어드릴 터이니 원외께서는 벽에 친히 적어두십시오. 나중에 점괘가 들어맞으면 얼마나 절묘한지 아시게 될 것입니다."

노준의가 붓과 벼루를 가져오게 하여 흰 벽에 오용이 부르는 네 구절의 시를 직접 써 내렸다.

갈대꽃 무성히 핀 곳에 조각배 한 척

21_ 세군歲君: 목성木星의 별칭인 태세성太歲星과 전설 속의 흉신인 태세신太歲神을 가리킨다. 땅에는 태세신이 있고 하늘에는 태세성(목성)이 있어 서로 상응하며 운행했기 때문에 건축 공사를 할 경우 태세의 방위를 피했고 그렇지 않으면 불길하여 이롭지 않다고 했다.

준걸이 홀연 나타나 여기서 노니는구나.
의사가 혹시라도 이런 이치 깨닫는다면
돌이켜보고 재난 피해 근심 사라지리라.
蘆花叢裏一扁舟,
俊傑俄從此地游.
義士若能知此理,
反躬逃難可無憂.

노준의가 받아쓰기를 마치자 오용이 산자를 챙기고 인사하며 떠나려 했다. 노준의가 만류했다.

"선생께서는 잠시 앉아 계셨다가 점심이나 드시고 가시지요."

"원외님의 호의는 감사하나 소생 생업에 지장이 있으므로 나중에 다른 곳에서 뵙겠습니다."

오용이 붙잡는 노준의를 뿌리치고 일어났다. 노준의는 하는 수 없이 문 앞까지 나와 전송했고, 이규도 구부러진 막대기를 들고 문 밖으로 나갔다. 오 학구는 노준의와 작별하고 이규를 데리고 성 밖으로 나왔다. 객점에 와서 숙박과 밥값을 치르고 짐과 보따리를 꾸렸고 이규는 점괘 팻말을 짊어졌다. 객점을 떠나면서 이규에게 말했다.

"큰일을 치렀다! 우리는 서둘러 산채로 돌아가 노 원외를 맞이할 준비를 해야겠다. 그가 조만간 오게 될 것이네!"

오용과 이규는 산채로 무사히 돌아왔다. 한편 노준의는 오용의 점괘를 본 뒤에 가슴을 찧는 듯하며 초조하고 우울해져 앉으나 서나 편안하지 않았다. 천강성이 한 곳에 모이듯이 점괘를 들은 뒤로부터는 하루도 참을 수 없어 일꾼을 시켜 모든 담당자를 불러 상의하고자 했다. 잠시 후에 모두가 도착했고, 그 가운데 집안일을 도맡아 관리하는 이고李固라는 자가 있었다. 이고는 원래 동경 사람으로 아는 사람에게 의지하고자 북경에 왔다가 찾지 못하고 추위에 떨다가 노 원외 집 문 앞에 쓰러졌다. 노준의가 목숨을 구해주고 집에서 요양하게 해줬다. 그가 근면하고 글씨도 잘 쓰고 셈도 잘해 집안일을 주관하게 배려해줬다. 그러다 5년이 안되어 그를 도관都管(집사)으로 발탁하여 집 안팎의 재산 관리를 맡겼고 수하에 금전 출납을 담당하는 일꾼 40~50명을 두었다. 그리하여 집 안팎의 모든 사람이 그를 이 도관李都管이라 불렀다. 그날 대소 관리 담당자들이 모두 이고를 따라 대청 앞에 와서 인사를 했다.

노 원외가 한번 둘러보고는 말했다.

"어찌하여 그는 보이지 않느냐?"

말이 미처 끝나기 전에 계단 앞으로 한 사람이 달려왔다. 그를 보니,

6척의 키에 나이는 24~25세가량으로 입 주위에 수염이 세 갈래로 자랐으며 날렵한 허리에 어깨는 쩍 벌어졌구나. 머리에는 모과 알맹이를 쌓은 듯 뾰족하게 튀어나온 두건을 쓰고 옷깃을 은실로 두른 하얀 적삼을 입었으며, 거미 무늬 같은 붉은 실로 만든 몸에 꼭 끼는 요대[22]를 묶고, 황토색 가죽에 기름칠한 신발을 신었네. 머리 뒤로는 한 쌍의 짐승 모양의 금 고리를 붙였고, 목에는 능라 수건 둘렀으며, 허리에는 부채 비스듬히 꽂았고, 살쩍에는 사계절 꽃을 장식한 비녀를 꽂았도다.

六尺以上身材, 二十四五年紀, 三牙掩口細髯, 十分腰細膀闊. 帶一頂木瓜心攢頂頭巾, 穿一領銀絲紗團領白衫, 繫一條蜘蛛斑紅線壓腰, 着一雙土黃皮油膀夾靴. 腦後一對挨獸金環, 護項一枚香羅手帕, 腰間斜插名人扇, 鬢畔常簪四季花.

22_ 원문은 '압요壓腰'인데, 몸에 꼭 맞는 요대다. 일종의 베로 제작한 긴 요대로 중간에 주머니가 있으며 항상 허리 사이를 묶는다.

이 사람은 원래 북경 토박이로 어려서 부모를 모두 잃고 노 원외 집에서 장성했다. 하얀 명주처럼 깨끗한 그의 피부를 본 노 원외가 솜씨가 뛰어난 장인을 불러 몸에 문신을 새기니 우아한 기둥에 연한 비취를 장식해놓은 것 같았다. 사람들과 몸에 새긴 문신을 비교한다면 어느 누구도 따라올 자가 없었다. 문신 말고도 관악기를 불며 현악기를 뜯고 노래 부르고 춤추는 것에도 능숙했으며, 탁백도자拆白道字[23]와 정진속마頂眞續麻[24] 같은 유희에도 능숙하여 할 줄 모르는 것도 할 수 없는 것도 없었다. 또한 여러 지방의 사투리도 구사할 수 있을 뿐만 아니라 각종 직업에서 사용하는 전문적인 은어를 알아들을 수 있어 그의 재주를 따라올 사람이 없었다. 손에 석궁[25]을 들고 다녔는데 3개의 짧은 화살을 사용했다. 교외로 사냥을 나가면 결코 허공으로 화살을 날리는 법 없이 날아가는 화살마다 무엇이든 맞춰 떨어뜨렸다. 사냥이 끝나고 저녁 때 성안으로 들어오면 적어도 새 같은 작은 짐승 100여 마리는 가지고 왔다. 금표사錦標社[26]와 시합을 벌여도 걸린 상금은 모두 그의 차지였다. 게다가 매우 총명하고 영리하여 처음을 말하면 결과까지 알았다. 본래 이름은 연청燕青으로 항렬은 첫째였는데 북경 사람들이 모두들 습관적으로 '낭자연청浪子燕青'이라 불렀다. 『심원춘沁園春』 한 편에서 연청의 장점을 노래했다.

23_ 탁백도자拆白道字: 송·원 시기에 유행한 문자 놀이. 한 글자의 위아래 혹은 좌우 양쪽의 절반만 말하고 원래 글자를 숨기게 하여 일부러 추측하게 만든다. 예를 들면 '女邊着子(女 옆에 子가 붙어 있다)'는 '好'자이고, '門裏排心(門 안에 心을 놓다)'은 '悶'자이고, '心上秋(心 위의 秋)'는 '愁'자다.

24_ 정진속마頂眞續麻: 송·원 시기에 유행한 일종의 유희성 문체. 앞 문장의 끝 단어(글자)를 그다음 문장의 첫머리 단어(글자)로 삼아 어기를 일관되게 유지하는 수사 방법. 당시 일반 문인, 관기 등이 능숙하게 했다.

25_ 원문은 '천노川弩'인데 쇠뇌, 석궁이다. 당시 사천四川에서 제작되었고 기계의 힘으로 화살을 발사하는 활이다. 병기가 아니며 부유한 자제와 하는 일 없이 빈둥거리는 무리의 놀이기구였다. 역자는 이하 '석궁'으로 번역했다.

26_ 금표사錦標社: 송·원 시대에 활쏘기 시합 활동을 하는 민간단체.

입술은 주사를 바른 듯 붉고, 칠흑처럼 새까만 눈동자, 얼굴은 옥을 쌓은 듯하구나. 영민하고 용맹스러운데다 하늘을 찌를 듯한 기개에 타고난 자질 총명하다네. 나면서부터 준수한 풍채라 양산에서도 재능을 자랑하리라. 옛 곡조인 이주伊州[27] 부르면, 그 노랫소리 맑고 구성져 여음이 귓전에 맴도누나. 과연 예술에 정통하여 풍류에서도 첫 번째로 꼽히는도다. 떠들썩한 박판과 우렁찬 생황소리 듣자면 깊이 간직한 정 마음껏 이야기하게 되네. 곤봉을 자유자재로 돌리고 권법과 발차기 능란하여 사백四百 군주軍州 곳곳에서 놀라워하누나. 사람들 모두가 흠모하는 영웅호걸, 바로 낭자 연청이로다.

脣若塗朱, 睛如點漆, 面似堆瓊. 有出人英武, 凌雲志氣, 資禀聰明. 儀表天然磊落, 梁山上端的誇能. 伊州古調, 唱出繞梁聲. 果然是藝苑傳精, 風月叢中第一名. 聽鼓板喧雲, 笙聲嘹亮, 暢敍幽情. 棍棒參差, 揎拳飛脚, 四百軍州到處驚. 人都羨英雄領袖, 浪子燕青.

연청은 원래 노준의의 심복인데 대청에 올라 인사를 했다. 모든 사람이 두 줄로 늘어섰는데 이고가 왼편에 서고 연청이 오른쪽에 섰다.

노준의가 말문을 열었다.

"내가 얼마 전 점을 쳤는데 백일 내에 살해될 재앙이 있으니 동남쪽 천리 밖으로 도망가 몸을 피하는 것 외에는 벗어날 방법이 없다고 나왔다. 동남 방향이라면 태안주泰安州로 그곳에는 동악태산東嶽泰山 천제인성제天齊仁聖帝[28]의 금전金殿이 있어 천하 백성의 생사와 재난을 관장하는 곳이다. 내가 그곳에 가는 것은 첫째, 향을 사르고 재앙과 죄를 없애며, 두 번째는 그리함으로써 이번 불운을 피하고, 세 번째는 장사도 하고 바깥경치를 구경하기 위함이다. 이고, 너는 태

27_ 이주고조伊州古調: 곡조 명칭이다. 천보天寶 연간(742~756)에 유행했고 모두 변경 지명으로 불렀다. 「양주凉州」「감주甘州」 등과 같다.

28_ 천제인성제天齊仁聖帝: 천제왕天齊王이다. 당나라 현종이 태산신泰山神을 봉한 봉호封號다.

평거太平車[29] 10량을 준비하여 산동에서 장사할 화물을 싣고 짐을 꾸려 나와 함께 가야겠다. 연청 소을小乙은 집안의 창고와 열쇠를 관리하고 오늘 당장 이고로부터 인계 받거라. 사흘 안에 출발하겠다."

이고가 말했다.

"주인께서는 착오가 있으신 것 같습니다. 속담에 '점괘를 팔 때는 거꾸로 말한다'고 했습니다. 점쟁이의 허튼소리는 듣지 마십시오. 집 안에 계시는데 무엇이 두렵습니까?"

"내게 정해진 운명이니 나를 거스르게 하지 말거라. 만약 재난이 온다면 아무리 후회해도 늦을 것이다."

연청이 말했다.

"주인께서는 소인의 어리석은 말을 들어주십시오. 산동 태안주로 가시려면 양산박을 지나야 합니다. 근래에 송강이라는 강도가 그곳에서 재물을 약탈하고 있는데 관군도 잡으려 했지만 그놈 근처에도 못 간다고 합니다. 주인께서 향을 사르러 가신다면 태평해지기를 기다렸다가 가십시오. 지난번 그 점쟁이가 말한 헛소리를 믿지 마십시오. 양산박의 강도가 점쟁이로 가장하여 주인어른을 부추겨 꾀었을 수도 있습니다. 소인이 그때 집에 없었던 것이 애석할 뿐입니다. 만약에 집에 있었다면 낱낱이 따지고 까발려 그 선생을 웃음거리로 만들었을 겁니다."

"너희는 함부로 지껄이지 말거라. 누가 감히 나를 속인단 말이냐! 양산박 도적떼들이 뭐가 그리 대단하냐! 내가 보기에는 지푸라기 같은 하찮은 것들이다. 일부러라도 가서 그놈들을 잡아 지난 날 배운 무예를 천하에 드날린다면 이것이 진정한 대장부가 아니겠느냐!"

29_ 태평거太平車: 무거운 것을 싣는 큰 수레. 수레 옆에 가로막이 판이 있고 앞에서 여러 마리의 가축이 견인함.

미처 말이 끝나기도 전에 병풍 뒤에서 그의 아내 가씨賈氏가 돌아나왔다. 그녀는 25세로 노준의에게 출가한지 겨우 5년 밖에 안 되었다. 그녀가 말했다.

"당신이 한 말을 모두 들었습니다. 예로부터 이르기를 '1리만 밖으로 나가도 집에 있는 것만 못하다'[30]라 했습니다. 점쟁이의 허튼소리는 듣지 마십시오. 바다 같이 넓은 가업을 버리시고 불안하게 그토록 위험한 곳에 가서 장사를 하려 하십니까? 차라리 집 안에 있으면서 마음을 편안하게 하고 욕망을 줄이면서 조용히 앉아 안정하고 쉰다면 저절로 무사하실 겁니다."

"부인이 뭘 안다고 그러시오! 그런 일이 생기지 않는다고 믿는 것보다 생긴다고 여기는 편이 나은 거요. 예로부터 점쟁이가 재앙이 일어난다고 말하면 나는 법이오. 내 이미 가기로 뜻을 정했으니 모두들 더 이상 아무 말을 말라!"

연청이 다시 말했다.

"소인이 주인 덕분에 봉술을 조금이나마 배웠습니다. 소인이 허세를 부리는 것이 아니라 주인어른을 모시고 가다가 도중에 도적이라도 나타나면 30~50여 명쯤은 처치할 수 있습니다. 이 도관이 집에 남고, 제가 주인님을 모시고 함께 가겠습니다."

"내가 장사하는데 부족한 점이 있어서 이고를 데려가려고 하는 것이다. 그는 나를 대신할 수 있어서 데려가고, 너는 집에 머물며 관리하라고 한 것이다. 장부를 관리하는 것은 다른 사람이 하지만, 총체적인 관리는 네가 하도록 하여라."

이고가 말했다.

"소인은 요즘 무좀 증상이 심해져서 많이 걷기가 어렵습니다."

노준의가 크게 화를 내며 야단쳤다.

"'천일 동안 군사를 양성하는 것은 하루에 쓰기 위함'[31]이라 했다. 내가 너와

30_ 원문은 '出外一里, 不如屋裏'다.

31_ 원문은 '養兵千日, 用在一朝'다. 오래도록 준비한 것은 급히 필요할 때 사용하기 위해 대비한 것을 말하는 것이다.

같이 가고자 하는데, 무슨 핑계가 그렇게 많은가! 만약 누구든 다시 나를 막는다면 내 주먹맛을 보여주겠다!"

이고가 놀라 얼굴이 흙빛으로 변했고, 누구도 더 이상 감히 말하지 못하고 각자 흩어졌다.

이고는 끓어오르는 화를 억누르고 감히 아무 말도 못하고 가지고 갈 짐을 준비했다. 10량의 태평거를 구하고 10명의 몰이꾼과 수레를 끌 가축 40~50마리를 끌어오고 짐을 수레에 실어 가지고 갈 상품을 동여매고 준비를 마치자 노준의가 직접 점검했다. 3일째 되는 날 신복神福[32]을 사르고 집안 모든 사람을 불러 한 사람씩 할 일을 분부하여 처리하고, 그날 저녁에 이고를 불러 일꾼 둘을 데리고 먼저 성을 나가게 했다. 이고가 떠나고 부인이 수레와 병장기를 보고 눈물을 흘리며 들어왔다. 다음날 5경에 일어난 노준의는 목욕을 마치고 새 옷으로 갈아입고 조반을 먹은 뒤에 무기를 들고 후당으로 가서 조상에게 향을 사르고 하직을 고했다. 집을 나와 길에 오르며 아내에게 당부하기를, 집안을 잘 보살피고 길어야 3개월이고 짧으면 40~50일 안에 돌아오겠다고 했다. 부인 가씨가 말했다.

"가는 길에 조심하시고 서신이나 자주 보내주세요."

말을 마치자 연청이 작별을 고했다. 노준의가 분부했다.

"소을, 너는 집에 있으면서 모든 일을 직접 나가서 살피고 삼와양사에 가서 소란 피워서는 안 된다."

"주인어른께서 길을 떠나시는데 제가 어찌 감히 태만하겠습니까?"

노준의는 곤봉을 들고 성 밖으로 나갔다. 여기에 노준의가 들고 있는 곤봉에 대해 쓴 시 한 수가 있다.

32_ 신복神福: 신을 제사지낼 때 사용하는 신의 화상이 그려진 종이.

절벽에 걸쳐 있는 상서로운 눈도 깔보고

천지간에 뻗쳐 선 기둥인 양 광풍을 요동치게 하네.

몸통에는 이빨도 없고 발톱도 없지만

물에서 나와 산을 오르는 꼬리 없는 용의 형상이로다.

掛壁懸崖欺瑞雪, 撑天拄地撼狂風.

雖然身上無牙爪, 出水巴山禿尾龍.

이고가 맞이하자 노준의가 말했다.

"너는 하인 2명을 데리고 먼저 가거라. 깨끗한 객점이 나오면 수레 끄는 몰이꾼들이 도착하여 바로 먹을 수 있게 먼저 밥을 차려 놓고 기다리거라. 그래야만 노정이 지체되는 것을 덜 수 있다."

이고 또한 간봉을 들고 먼저 하인 2명을 데리고 떠났다. 노준의와 여러 일꾼이 수레를 몰고 뒤따라갔다. 가는 길이 산수가 아름답고 길은 넓으며 언덕은 평탄하여 노준의는 속으로 기뻐하며 말했다.

"내가 만약 집에 있었으면 어디에서 이런 경치를 볼 수 있었겠느냐!"

40여 리를 가니 이고가 주인을 맞이했다. 점심을 먹고 이고는 또 먼저 떠났다. 다시 40~50리를 가서 투숙할 객점에 도착했고 이고가 수레와 인마를 맞이했다. 노준의는 객점 방 안으로 들어와 곤봉을 기대어 두고 삿갓을 걸고 요도를 풀고 신발과 버선을 바꾸고 숙식했다. 다음 날 아침 일찍 불을 지펴 아침밥을 해먹고 수레를 짐승이 끌게 하여 다시 길에 올랐다.

이때부터 길에서 밤에는 자고 새벽에 떠나기를 며칠을 계속한 후, 한 객점에서 숙식했다. 날이 밝자 떠나려 하는데 점원이 노준의에게 말했다.

"나리, 저희 객점에서 20리 못 가서 양산박 입구를 지나게 됩니다. 산에 송공명 대왕이 있는데, 비록 지나다니는 손님을 해치지는 않지만 나리께서는 조용히 지나가시고 별것 아닌 일에 크게 놀라지 마십시오."

"그렇구먼."

바로 일꾼을 불러 옷상자를 열어 보따리 하나를 꺼내게 했다. 보따리 안에서 하얀 명주 깃발 네 개를 꺼냈다. 점원에게 대나무 장대 4개를 가져오게 하여 깃발을 하나씩 묶었는데 깃발마다 바구니만한 크기로 일곱 글자가 쓰여 있었다.

기개 있는 북경 노준의, 화물 싣고 고향 떠나 먼 길 간다네.

오직 도적 잡을 마음만 있으니, 그래야 남아의 뜻 드러나리.

慷慨北京盧俊義, 遠馱貨物離鄕地.

一心只要捉強人, 那時方表男兒志.

이고 등이 보고는 일제히 '아이고야' 하며 우는 소리를 냈다. 점원이 물었다.

"나리께서는 산 위 송 대왕과 친분이 있으신가요?"

노준의가 말했다.

"나는 북경의 부자인데, 이런 도적놈들과 무슨 친분이 있겠는가! 내가 특별히 송강 이놈을 잡으러 왔노라!"

"나리께서는 소리를 좀 낮추십시오. 제발 소인까지 연루시키지 마십시오. 장난하지 마세요! 나리께서 군사 1만 명을 데리고 가더라도 가까이 가지도 못해요."

"헛소리 말아라! 네놈들도 모두 저 도적들과 한패로구나!"

점원은 서둘러 못들은 척 외면했고, 여러 몰이꾼들 모두가 어처구니없어 했다. 이고가 땅바닥에 무릎 꿇고 하소연했다.

"주인어른, 저희를 불쌍하게 여기신다면 목숨을 살려 고향에 돌아가게 하는 것이 나천대초를 하는 것보다 낫습니다!"

노준의가 소리 질렀다.

"너희가 뭘 아느냐! 너희 같은 참새들이 어찌 감히 나 같은 고니에게 대든단 말이냐? 내가 평생에 걸쳐 온몸에 무예를 익혔건만 지금까지 마땅한 적수를 만나지 못했다. 오늘 다행히 이런 기회를 얻었으니 이번에 솜씨를 발휘하지 못한다면 또 언제까지 기다려야 한단 말이냐! 저 수레 위에 있는 포대 안에 든 것은 장사할 물건이 아니라 삼베로 꼰 밧줄이다. 죽어 마땅한 저 도적놈들이 내 손에 걸리면 박도로 쳐 쓰러뜨릴 것이니, 너희는 붙잡아 수레에 꽁꽁 묶어라. 물건들은 버려도 상관없으니 수레를 정돈하여 도적놈들을 잡아 가두어라. 도적의 우두머리는 동경으로 끌고 가서 공을 청하고 상을 받아 내 평생의 뜻을 온 사방에 알리겠다. 만약 너희 중에 한 놈이라도 가지 않겠다면, 먼저 네놈들부터 죽이겠다!"

앞쪽 수레 4대에 깃발을 꽂았고 뒤쪽에는 6량의 수레가 따라갔다. 이고와 사람들은 하염없이 눈물을 흘리면서도 노준의를 따를 수밖에 없었다. 노준의가 박도를 꺼내 간봉 끝 세 갈래로 갈라진 아귀에 끼워 단단하게 고정시켜 들고[33] 수레 뒤를 따라 양산박 가는 길로 몰았다. 이고 등은 울퉁불퉁한 산길을 보고는 한 걸음 내디딜 때마다 무서워 덜덜 떨었으나 노준의는 개의치 않고 다그치며 앞으로 나아갔다. 이른 아침부터 일어나 사시(오전 9~11시)가 되도록 걸으니 멀리 커다란 숲이 눈에 들어왔다. 천 그루가 넘는 아름드리나무가 빽빽하게 들어찬 큰 숲이었다. 숲 옆을 지나가는데, 어디선가 호루라기 소리가 들리자 이고와 두 일꾼은 자지러지게 놀랐으나 몸을 숨길 곳이 없었다. 노준의는 수레를 한 곁으로 몰아놓았고, 마부와 사람들은 모두 수레 아래에 숨었다. 노준의는 전혀 개의치 않고 소리 질렀다.

"내가 쓰러뜨리거든, 너희는 즉시 묶어라!"

갑자기 숲속에서 졸개들 400~500명이 뛰쳐나오고, 뒤쪽 징 소리가 울리는 곳에서 또 400~500여 명의 졸개들이 퇴로를 막았다. 숲속에서 포성이 들리더

33_ 칼의 나무 자루 길이를 늘인 것이다. 박도의 칼은 길지만 자루는 짧다.

니 한 사내가 뛰쳐나왔다. 생김새를 보니,

진홍색 두건에 꽂은 금화金花 하늘하늘하고
철 갑옷과 봉황 투구에 비단 저고리 입었구나.
수염은 피로 물든 듯하고 위풍은 당당하고 난폭한데
큰 도끼 한 쌍에 사람들 놀라 자빠지네.
茜紅頭巾, 金花斜裊; 鐵甲鳳盔, 錦衣綉襖.
血染髭髯, 虎威雄暴; 大斧一雙, 人皆嚇倒.

이규가 손에 쌍 도끼를 들고 불쑥 나타나 크게 외쳤다.

"노 원외! 벙어리 도동을 알아보겠소?"

노준의는 문득 생각이 났고, 소리 질렀다.

"내가 늘 너희 도적놈들을 찾아와 잡으려고 생각하다가 오늘 특별히 이곳으로 왔다. 어서 그 송강 놈한테 산에서 내려와 항복하라고 이르거라! 만일 고집을 부린다면 내가 단번에 너희 놈들 한 놈도 남기지 않고 모두 죽여버리겠다!"

이규가 껄껄 웃으며 말했다.

"원외, 당신이 오늘 오용 군사의 묘한 계책에 떨어졌으니 빨리 와서 두령 자리에나 앉으시오!"

노준의는 크게 성내며 손에 박도를 쥐고 이규에게 달려들었고, 이규도 쌍 도끼를 휘두르며 맞아 싸웠다. 두 사람이 3합도 싸우기 전에 이규가 사정거리 밖으로 풀썩 뛰어 나가더니 몸을 돌려 숲속으로 달아났다. 노준의는 박도를 들고 정신없이 뒤쫓았다. 이규가 숲속 덤불 속에서 이리저리 사방으로 피해다니며 노준의의 약을 바짝 올리더니 성큼성큼 숲속으로 뛰어들었다. 이규가 날듯이 어지럽게 자란 소나무 숲으로 달아났다.

노준의가 뒤를 쫓아갔으나 아무도 보이지 않았다. 하는 수 없이 몸을 돌리려는데 소나무 숲 옆에서 사람들이 한 무리 나타났는데, 앞장 선 사내가 큰 소리로 고함을 질렀다.

"원외는 달아나지 마라. 나를 알아보겠소?"

노준의가 살펴보니 뚱뚱한 화상으로 검은색 도포를 입고 쇠 선장을 들었다. 노준의도 맞받아쳤다.

"너는 어디서 온 중이냐?"

노지심이 크게 웃으며 말했다.

"내가 바로 화화상 노지심이다. 이번에 군사의 군령을 받들어 원외를 맞이해 산에 오르려고 왔다!"

노준의가 초조해하며 욕설을 퍼부었다.

"이 까까중놈이 어찌 이리 무례하냐!"

박도를 들고 노지심에게 달려들었다. 노지심이 쇠 선장을 돌리며 맞섰는데, 3합도 채 싸우기 전에 박도를 밀어 젖히고 몸을 돌려 달아났다. 노준의는 또 쫓기 시작했다.

한참 쫓고 있는데 졸개들 속에서 행자 무송이 계도 두 자루를 돌리며 곧장 달려왔다. 노준의가 노지심을 버리고 무송에게 달려가 싸웠다. 다시 3합도 못 싸워 무송이 발길을 돌려 달아났다. 노준의가 하하 크게 웃으면서 말했다.

"네놈을 쫓지 않겠다. 이런 가소로운 놈들 같으니!"

미처 말이 끝나기도 전에 산비탈 아래에서 한 사람이 소리 질렀다.

"노 원외, 어째서 깨닫지 못하시오! '사람은 얕은 못에 빠지는 것을 두려워하고, 쇠는 용광로에 던져져 녹는 것을 두려워한다'[34]는 말을 못 들었소? 군사가 계책을 이미 정했으니 거기에 떨어질 팔자로 정해진 것이오. 당신이 가긴 어딜

34_ 원문은 '人怕落蕩, 鐵怕落爐'다. 사람이 잘못해서 갈대가 우거진 늪에 들어가면 방향을 알 수 없어 빠져나갈 수 없음을 말한 것으로 사람은 계략에 걸리고 곤경에서 빠져나올 수 없는 것을 두려워함을 비유한 말이다.

가겠소?"

노준의가 소리 질렀다.

"이놈 너는 누구냐!"

그 사람이 실실 웃으며 말했다.

"소생은 적발귀 유당입니다."

노준의가 욕을 퍼부었다.

"산적 놈아, 달아나지 마라!"

박도를 들고 유당에게 달려들었으나 겨우 3합을 싸웠는데 비탈진 곳에서 한 사람이 소리를 질렀다.

"호걸, 몰차란 목홍이 여기에 있다!"

유당과 목홍 두 사람이 박도를 들고 함께 노준의와 싸웠다. 다시 싸운 지 3합도 되지 않아 뒤에서 다가오는 발걸음 소리가 들렸다. 노준의가 "받아라!" 소리 지르니 유당과 목홍이 몇 걸음 뒤로 물러났다. 노준의가 급히 몸을 돌려 뒤에 나타난 사람을 보니 박천조 이응이었다. 세 두령이 정자丁字 모양으로 에워쌌으나 노준의는 전혀 당황하지 않고 싸울수록 더욱 강해졌다.

막 보두步斗35 자세를 취하는데 산꼭대기에서 징소리가 울리자 세 두령이 각자 자세를 풀고 발길을 돌려 달아났다. 이때쯤 되니 노준의도 온몸에 땀 냄새가 밸 정도로 지쳐 더 이상 쫓지 않았다. 숲에서 밖으로 나와 수레와 부하들을 찾았으나 수레 10량, 수행한 사람들, 수레 끌던 가축 모두 보이지 않았다. 노준의가 높은 언덕에 올라 사방을 둘러보니 멀리 산비탈 아래에 양산박 졸개들이 수레와 가축들을 앞으로 몰아 끌고 가고 있었다. 이고 일행은 뒤쪽에 줄줄이 묶여 징을 울리고 북을 두드리며 소나무 있는 그곳으로 끌려가고 있었다.

35_ 보두步斗: 보강답두步罡踏斗다. 도사가 별자리를 예배하고 신령을 부르는 동작. 보행의 방향이 바뀌면서 마치 강罡(북두칠성의 자루)과 두斗(북두성) 위를 밟는 듯한 동작이다.

노준의가 멀리서 바라보자 분노가 가슴 속에서 불처럼 이글이글 타오르고 숨 쉴 때 연기가 솟아나는 듯하자 박도를 들고 곧장 쫓아갔다. 산비탈에서 멀리 떨어지지 않은 곳에 두 사내가 나타나 소리 질렀다.

"어딜 가느냐!"

한 사람은 미염공 주동이었고 다른 하나는 삽시호 뇌횡이었다. 노준의가 고래고래 소리 지르며 욕했다.

"너 이 천한 도적놈들아! 좋은 말로 할 때 수레하고 일꾼들을 내놔라!"

주동이 손으로 긴 수염을 쓰다듬으며 크게 웃었다.

"노 원외, 아직도 일이 어떻게 돌아가는지 모르겠소? 우리 군사의 묘한 계책에 걸려들어 옆구리에 두 날개가 돋친다 하더라도 날아 빠져나갈 수 없소. 이왕 이렇게 되었으니 어서 산채의 두령 자리에 앉으시죠."

노준의가 듣고서 크게 화를 내며 박도를 들고 두 사람에게 곧장 달려갔다. 주동과 뇌횡은 각자 병기로 맞대응 했지만 역시 3합도 싸우지 않고 몸을 돌려 달아났다.

노준의가 속으로 생각했다.

'한 놈을 쫓아 잡아서 수레와 바꿔야겠다.'

목숨을 걸고 산비탈을 돌아 쫓았지만 두 사내 모두 보이지 않고 산꼭대기에서 북치고 피리 부는 소리만 들렸다. 고개를 들어 바라보니 노란 깃발[36]이 바람에 펄럭이는데 위에 '하늘을 대신해 도를 행하다替天行道'[37]라는 네 글자가 수놓아져 있었다. 다시 몸을 돌려 바라보자 붉은 비단 위에 금색 실을 박아 넣은 우산이 송강을 덮고 있었고, 왼쪽에는 오용, 오른쪽에는 공손승이 있었다. 200여 명의 일행이 일제히 인사를 했다.

36_ 원문은 '행황기杏黃旗'다. 살구빛 도는 노란색 깃발로 녹림의 호걸들이 모여 반란을 일으키는 의로운 깃발이다.

37_ 하늘의 뜻을 받들어 인간 세상에 정의를 실현하는 일을 말한다.

"원외, 별 탈 없으시군요!"

노준의는 더욱 화가 치밀어 올라 이름까지 거론하며 욕을 퍼부었다. 산 위에서 오용이 권했다.

"원외는 노여워 마시오. 송 공명께서 오래 전부터 그대의 명성을 사모하여 특별히 오 아무개에 명하여 직접 집으로 찾아뵙고 산으로 모셔 함께 하늘을 대신해 도를 행하도록 했으니 나무라지 마십시오."

노준의는 더욱 성을 내며 욕하였다.

"천한 도적놈들아! 어찌 이렇게 나를 속였단 말이냐!"

송강 뒤에서 소이광 화영이 돌아나오며 활을 집어 화살을 얹고 노준의를 겨냥하며 소리 질렀다.

"노 원외, 잘난 척하지 마시오. 먼저 그대에게 이 화영의 활 솜씨를 보여주겠소!"

말이 끝나기도 전에 화살 하나가 '씨잉' 날아가더니 노준의 머리 위 방한모의 붉은 술을 명중시켜 떨어뜨리자, 깜짝 놀라 몸을 돌려 달아났다. 산 위에서 북소리가 진동하자 벽력화 진명·표자두 임충이 군마를 이끌고 깃발을 흔들며 함성을 지르고 동쪽 산 곁에서 쏟아져 나왔다. 쌍편 호연작·금창수 서녕 또한 군마를 이끌고 깃발을 흔들고 고함을 지르며 서쪽 산 옆에서 달려나왔다. 놀란 노준의는 그제야 달아나려 했으나 길이 없었다. 날은 점점 어두워지고 다리도 아프고 배도 고픈데 당황하여 길을 고르지 못하고 산 후미진 오솔길로 무턱대고 달아났다. 해질 무렵쯤 연무가 물처럼 가득히 일어나고 짙은 안개가 산에 가라앉았으며 달은 작고 별들만 반짝여 우거진 풀숲을 구분할 수 없었다. 앞만 보고 걷는데 지극히 먼 하늘 끝도 아니고 땅 끝 어딘가에 도착했는데 압취탄이었다. 머리를 들어 둘러보니 갈대꽃만 가득 찬 한없이 넓은 호수가 눈에 들어왔다. 노준의는 발길을 멈추고 하늘을 우러러보며 길게 탄식했다.

'내가 다른 사람 말을 듣지 않더니 오늘 정말로 이런 낭패를 겪는구나.'

한참 근심하며 걱정하고 있는데, 갈대 속에서 한 어부가 작은 배 한 척을 저어오는 게 보였다. 그 어부가 작은 배를 기울여 세우고 소리 질렀다.

"나리, 참 간도 크시오! 이곳은 양산박 도적이 출몰하는 곳인데, 3경 한밤중에 어찌하여 이곳에 오셨소!"

"내가 헷갈려 길을 잃었는데, 하룻밤 묵을 곳을 찾지 못했소. 나 좀 구해주시오!"

"여기에서 크게 돌아가면 마을이 하나 있는데 30여 리나 가야 합니다. 길도 복잡해 찾아내기가 아주 어렵지요. 물길로 가시면 3~5리 정도 거리인데 10관만 주시면 제가 배에 태워 건너드리지요."

"나를 건너게 해주고 마을 객점을 찾아주면 내가 은냥을 조금 더 드리리다."

그 어부가 옆 물가로 노를 저어 배를 대고 노준의를 부축해 태운 뒤 철 삿대를 펼쳐 저어갔다. 3~5리 정도 저어갔을 때 앞쪽 갈대숲에서 '쏴아' 소리가 들리더니 작은 배가 날듯이 저어왔다. 배 위에는 두 사람이 있었는데 앞에 있는 사람은 벌거벗은 채 상앗대를 들고 있었고 뒤에 있는 사내는 노를 젓고 있었다. 앞쪽에 있는 사람이 상앗대를 가로로 고정시키고 산가山歌[38]를 부르기 시작했다.

나면서부터 시서詩書는 읽을 줄조차 모르고, 다만 양산박에 모여 살 뿐이네.
활과 덫 준비해 사나운 호랑이 잡고, 향기 나는 미끼 놓아 큰 물고기 낚는다네.
生來不會讀詩書, 且就梁山泊裏居.
準備窩弓收猛虎, 安排香餌釣鰲魚.

노준의가 듣고는 깜짝 놀라 아무 소리도 내지 못했다. 또 왼쪽 갈대 수풀 속에서 두 사람이 작은 배 한 척을 저어왔다. 뒤쪽의 노를 젓는 사람은 '끼이' 하고 노 젓는 소리를 내고 있었고 앞에 있는 사람은 삿대를 가로로 고정시키고

38_ 산가山歌: 농촌 백성들이 입에 나오는 대로 지어 부르는 단가短歌로 곡조가 순박하고 리듬을 마음대로 하는 것으로 대부분 일할 때 부르는 노래다.

산가를 불렀다.

천지간에 태어나자마자 나는 부랑자라, 사악한 습성으로 사람 죽이고자 한다네.
만 냥 황금 준대도 좋아하지 않으나, 오직 한마음으로 옥기린만 잡고 싶구나.
乾坤生我潑皮身, 賊性從來要殺人.
萬兩黃金渾不愛, 一心要捉玉麒麟.

노준의는 듣고서 '아이고' 소리만 낼 뿐이었다. 물 한가운데에 다시 작은 배 한 척이 쏜살같이 저으며 다가왔다. 뱃머리에 한 사람이 서 있는데, 쇠 송곳과 나무 삿대를 거꾸로 쳐들고 역시 산가를 불렀다.

갈대꽃 무성한데 떠 있는 조각배 한 척, 준걸이 홀연 와서는 노니는구나.
의사가 여기 온 것이 운명임을 알고, 돌아보고 재난 피한다면 근심 사라지리.
蘆花叢裏一扁舟, 俊傑俄從此地游.
義士若能知此理, 反躬逃難可無憂.

노래가 끝나자 배 세 척에 탄 사람들이 일제히 인사했다. 중간은 완소이, 왼쪽은 완소오, 오른쪽은 완소칠이었다. 그 배 세 척이 한꺼번에 돌진해왔다. 노준의는 속으로 당황했지만 수영을 할 줄 몰라서 어부에게 소리만 질렀다.

"빨리 배를 물가에 대시오!"

그 어부가 하하 웃으며 노준의에게 말했다.

"위로는 푸른 하늘이오, 아래는 맑고 깊은 물이로다. 나는 심양강에서 태어나 양산박에 온 사람이오. 이름을 바꾸지 않고, 성도 바꾸지 않으니 혼강룡 이준이란 사람이 바로 나다! 원외가 항복하지 않으면, 목숨을 헛되이 잃을 것이오!"

노준의가 크게 놀라 소리 질렀다.

"네놈을 죽이지 않았다간 내가 죽겠다!"

박도를 들고 이준의 명치를 향해 찔렀으나 이준이 노를 잡은 채 공중제비 돌아 풍덩하고 물속으로 뛰어들었다. 배를 물 위에서 빙글빙글 돌리자 노준의는 박도로 물속을 찔러댔다. 그때, 선미에서 한 사람이 물속에서 솟아올랐는데, 낭리백도 장순이었다.

겨드랑이에 선미를 끼고 두 발로 물장구를 치며 힘을 써서 배를 한쪽으로 누르니 배 바닥은 하늘을 향해 뒤집어지고 영웅은 물속에 빠져버렸다. 바로 봉황과 용을 잡는 올가미를 설치해 천지를 놀래킬 만한 사람을 함정에 빠뜨린 것이었다.

과연 노준의의 목숨이 어떻게 되었는가는 다음 회에 설명하노라.

대명부大名府

『수호전보증본』에 따르면 "건륭乾隆 『대명부지大名府志』에 근거하면, 북송의 북경 대명부는 인종仁宗 경력慶曆 2년(1042)에 설치되기 시작했는데, '경성京城 둘레는 48리 246보이고 문이 17개다'라고 했다. 휘종 정화政和 6년(1116)에 장수漳水가 범람하여 성 대부분이 침수되었고 치소를 남악진南樂鎭(허베이성 난러南樂)으로 옮겼다. 『수호전』에서 말하는 대명부는 당연히 남악진이다"라고 했다.

노준의盧俊義는 원래 이진의李進義

『수호전보증본』에 근거하면, 『선화유사』에서는 화석강을 운반한 우두머리가 이진의李進義였다. 공성여龔聖與의 『송강삼십육인찬宋江三十六人贊』에서 노준의로 바뀌었다. '진進(jin)'과 '준俊(jun)'은 음이 비슷하지만 '이李'가 '노盧'로 바뀌었다. 게다가 '노준의'란 이름은 원나라 잡극에 보이지 않기에 당연히 공성여가 창조해낸 것이다. '노'씨는 하북河北 지구의 명문 대족으로 후한 말의 노식盧植·노육盧毓 이래로 원·명 시기에 이르기까지 대대로 고관을 지냈으며, 수·당 시기 과거제가 시작된 이후로도 언제나 급제자를 배출했기에 노준의가 출현한 것이라 할 수 있다. 대명부에 거주하는 것으로 설정한 것은 또한 당시 노씨 가족이 거주했던 탁주涿州·유주幽州가 요나라와의 국경에 있었기 때문이다.

옥기린玉麒麟

기린은 용·봉황과 같이 실제 존재하는 동물이 아닌 신화 속의 상서로운 짐승이다. 『예기禮記』「사운社運」에 따르면 "기린·봉황·거북·용을 사령四靈이라 한다"고 했는데, 이들은 네 종류 동물의 왕이기에 사령이라 부른 것이다. 또한, 용·봉황·거북·비휴貔貅와 함께 5대 상서로운 짐승이라고도 한다. 옥기린玉麒麟은 옥석玉石을 심혈을 기울여 세밀하게 새긴 기린이란 의미로 송·원 시기의 사람들은 항상 걸출한 영재를 비유하면서 '옥기린'이라 불렀다.

낭자연청浪子燕青

본문에서는 연청을 "어려서 부모를 모두 잃고 노 원외 집에서 장성했다"고 묘사했다. 그러나 『수호전보증본』에서는 연청의 출신을 '가생자家生子'라 했다. '가생자'는 노복이 주인의 집에서 자식을 낳은 것으로 여전히 매매 계약서로 인한 소유 상태이기에 인신의 자유가 없는 신분이다. 즉, 주인의 집에 의지하며 살아가며 대대로 노복 신분이라 할 수 있다. 연청의 별명을 '낭자연청浪子燕青'이라 했는데, '낭자浪子'는 바른 직업에 힘쓰지 않고 하는 일 없이 빈둥거리는 젊은이를 말하는데, 『수호전』에서는 그의 평소 행동보다는 그의 뛰어난 기예만 취했을 따름이다. 어떤 학자는 남송 초기 태항산의 영웅이었던 양청梁青을 연청의 원형이라 주장하기도 한다.

소을小乙

본문에서 노준의는 연청을 부를 때 '소을小乙'이라 부르고 있다. 『수호전보증본』에 근거하면, '소을'은 남송 시기에 거리에서 천민을 부르는 칭호였다. 통상적으로 '소을'은 두 가지 해석이 있는데, 타인이 형제들 가운데 항렬이 가장 낮은 막내를 부를 때 '소을'이라고 부르기도 하고, 자칭으로 사용할 때는 대부분 자신의 신분을 낮추는 것이다.

【 제62회 】

사지로 떨어지다[1]

노준의가 설령 대단하다 하더라도 물은 어떻게 할 수 없었다. 낭리백도 장순이 작은 배를 뒤집어버리자 물에 빠져 허우적거렸다. 장순이 물속에서 허리를 껴안아 꽉 잡고 물가로 끌고 왔고 박도를 빼앗았다. 물가에는 불이 밝혀지고 50~60여 명의 사람들이 기다리고 있었다. 물가로 올라오자마자 사람들이 달려들어 에워싸고 요도를 풀고 젖은 옷을 모두 벗겨 밧줄로 묶으려 했다. 신행태보 대종이 달려와 큰 소리로 명령을 전달했다.

"노 원외의 몸을 상하게 하지 말라!"

한 사람이 비단에 수놓은 도포 한 보자기를 두 손으로 받쳐 들고 와서 노준의에게 입히고 8명의 졸개가 노준의를 부축해 가마에 태우고 갔다. 멀리서 20~30개의 붉은 망사 등롱이 인마를 비추고 있는데 요란하게 연주하면서 맞이하러 왔다. 송강·오용·공손승이 앞서고 두령들이 뒤따랐다. 일제히 말에서 내

1_ 제62회 제목은 '放冷箭燕青救主(연청이 화살을 쏘아 주인의 생명을 구하다), 劫法場石秀跳樓(석수가 이층에서 뛰어내려 사형장을 급습하다)'다.

리자 노준의도 황망히 가마에서 내렸다. 송강이 먼저 무릎을 꿇자 뒤에 있던 모든 두령도 배열하여 모두 꿇었다. 노준의도 땅바닥에 무릎 꿇으며 말했다.

"이미 잡힌 몸이니 어서 죽이시오!"

송강이 크게 웃으면서 말했다.

"원외께서는 가마에 오르시지요."

사람들이 일제히 말에 올라 관문 세 개를 하나씩 지날 때마다 풍악을 울리며 맞이했다. 충의당 앞에 도착하여 말에서 내리고 노준의를 등촉이 환하게 밝혀진 대청에 오르도록 청했다. 송강이 앞으로 나와 사과했다.

"소인이 오래전부터 우렛소리가 들려오듯이 대단한 원외의 명성을 들었습니다. 오늘 다행히 뵙게 되어 평생의 영광입니다. 방금 여러 형제가 지나치게 모욕했으나 너그럽게 용서해주시길 간절하게 바랍니다."

오용도 앞으로 나와 말했다.

"지난번 형님이 제게 친히 찾아뵙고 모시라고 명령해서 점괘를 판다는 핑계로 원외를 속여 산에 오르게 한 것은, 함께 대의를 모아 하늘을 대신해 도를 행하고자 함입니다."

송강이 노 원외에게 첫 번째 두령 자리에 앉기를 청하자, 노준의가 예를 행하며 대답했다.

"재능도 없고 아는 것도 없는데다 호랑이 같은 위엄을 범하여 만 번 죽어도 가볍지 않은데 무슨 까닭으로 이렇게 놀리시오?"

송강이 웃음 띤 얼굴로 말했다.

"어떻게 감히 놀리겠습니까? 진실로 원외의 위엄과 덕망을 애타게 갈망하며 흠모했습니다. 바라건대 비천한 곳이라 버리지 마시고 산채의 주인이 되시면 밤낮을 가리지 않고 모두가 엄명을 받들 것입니다."

"차라리 죽을지언정 명을 따르지는 않겠소."

오용이 말했다.

"내일 다시 상의하시지요."

그날 술과 음식을 차려 대접했다. 노준의는 어떻게 해볼 방법이 없어서 묵묵히 술만 몇 잔 받아 마셨고, 연회가 끝나자 졸개가 후당으로 청하여 쉬게 했다.

다음날, 송강이 양과 말을 잡고 연회를 크게 열었다. 노준의를 연회에 불러 가운데 빈자리에 앉기를 몇 번씩이나 권했다. 술잔이 몇 차례 돌자 송강이 몸을 일으켜 잔을 들어 사과하며 말했다.

"어젯밤 큰 무례를 범했으니 관대히 용서해주십시오. 비록 산채가 협소하여 머무시기 적당하지 않으나 원외께서는 '충의忠義' 두 글자를 살펴주신다면, 이 송강이 두령자리를 양보할 테니 사양하지 마시고 받아주십시오."

노준의가 대답했다.

"두령의 말씀은 당치않은 소리요! 소인은 지은 죄도 없을 뿐만 아니라 재산도 적지 않게 가지고 있소. 내가 대송大宋 사람으로 태어났으니 죽어서도 대송의 귀신이 되겠소. 차라리 죽을지언정 명을 따르기는 어려울 것이오."

오용과 두령들이 설득했지만 노준의는 도적이 되려 하지 않았다. 오용이 말했다.

"원외께서 원치 않으시니 어찌 강요할 수 있겠습니까? 원외의 몸을 붙들 수는 있지만 마음까지 잡아 둘 수 있겠습니까? 다만 여러 형제가 원외께서 어렵게 오셨으니 도적이 되지 않더라도 소채에 며칠 머무시기를 청합니다. 나중에 댁으로 보내드리겠습니다."

"소인이 이곳에 며칠 머무는 것은 상관없지만 집안 식구들이 이 소식을 알지 못할까 걱정 되오."

오용이 말했다.

"그건 어렵지 않습니다. 먼저 이고를 시켜 수레를 돌려보내고 원외께서는 며칠 늦게 가셔도 아무 상관없지 않습니까?"

오용이 이 도관에게 물었다.

"이 도관, 당신네 수레와 화물들은 모두 있소?"

이고가 대답했다.

"하나도 빠짐없이 그대로 있습니다."

송강이 두 개의 커다란 은덩이를 가져오게 하여 이고에게 주고, 두 개의 작은 것은 일꾼에게 나누어 줬다. 마부 10명에게도 백은 10냥씩을 골고루 주었다. 그들은 모두 송강에게 감사 인사를 했다. 노준의가 이고에 분부했다.

"내 어려움은 너도 잘 알 터이니 너는 집에 돌아가 부인에게 잘 말해 걱정하지 않도록 하여라. 나도 3~5일 지나서는 돌아가겠다."

이고는 벗어날 생각만으로 즉시 대답했다.

"문제없습니다."

이고가 작별하고 충의당을 떠났다. 오용도 따라서 몸을 일으키며 말했다.

"원외께서는 안심하시고 잠시 앉아 계십시오. 소생은 이 도관이 산을 내려가는 것을 배웅하고 바로 돌아오겠습니다."

오용이 말을 타고 금사탄에 먼저 도착하여 이고를 기다렸다. 잠시 뒤에 이고와 일꾼 두 명, 그리고 수레와 가축들, 수행하던 무리가 모두 산을 내려왔다. 오용이 500여 명 졸개를 이끌고 양쪽을 에워싸고 버드나무 그늘에 앉아 이고를 가까이 불러 말했다.

"너희 주인은 이미 우리와 상의하여 둘째 두령 자리에 앉기로 결정했다. 산에 오르기 전에 이미 집 안 벽에 네 구절의 반시反詩를 써놓은 것이 그 증거다. 내가 너에게 어떻게 된 것인지 가르쳐주마. 벽에 쓴 28자의 시구 머리글자를 뽑아 읽어보거라. '노화탕리일편주蘆花蕩裏一扁舟(갈대꽃 무성한 호수에 조각배 한 척)'의 머리글자는 '노盧'이고, '준걸나능차지유俊傑那能此地游(준걸이라야 이곳에서 노닐 수 있구나)'는 '준俊' '의사수제삼척검義士手提三尺劍(의사 손에 든 세척 길이의 검으로)'은 '의義'이며, '반시수참역신두反時須斬逆臣頭(돌이켜 반드시 역신의 목을 베리라)'는 '반反'이니 이것을 합쳐보아라. 바로 '노준의가 반역하다盧俊義反'라는 의미를 숨기고 있다. 오늘 산에 올라 도적이 된 것을 너희가 어떻게 알겠느냐? 본래는 너희를 죽이고 내가 양산박의 비열한 행실을 보여주려 했었다. 오늘 너희를 풀어줄 테니 밤새 부지런히 돌아가거라. 너희 주인의 귀가는 바라지도 말거라!"

이고 무리가 두려움에 떨며 오로지 무릎 꿇고 절할 따름이었다. 오용이 배로 나루터까지 건네주자 길을 찾아 서둘러 북경으로 달아났는데, 바로 큰 물고기가 낚시 바늘을 벗어나 머리와 꼬리를 흔들며 다시 돌아오지 않는 것과 같았다.

이야기는 둘로 나뉜다. 이고 등은 집으로 돌아갔다. 한편 오용이 충의당으로 돌아와 다시 술자리에 들어가 교묘하게 꾸며대며 노준의를 유인했다. 술자리는 2경이 되어서야 끝나고 흩어졌다. 이튿날 산채 안에서 다시 축하 연회가 열렸다. 노준의가 말했다.

"두령들이 살려준 것에 감사합니다. 소인이 하루를 보내기가 1년 같습니다. 오늘 작별하고 돌아가겠습니다."

송강이 말했다.

"아무런 재주도 없는 소생이 원외를 알게 된 것은 보통 행운이 아닙니다. 내일 제가 사비를 털어 아쉬운 대로 조촐한 술자리를 마련하여 마주 앉아 잠시 터놓고 이야기나 나누고 싶으니 물리치지 말아 주십시오."

또 하루가 지났다. 다음날 송강이 청하고 그다음 날은 오용이, 또 다음날은 공손승이 청했다. 이런 식으로 서열이 앞쪽인 두령 30여 명과 매일 번갈아가며 술자리를 가졌다. 세월은 덧없이 흘러 해와 달이 베틀 북이 드나들 듯이 번갈아 뜨고 지는가 싶더니 어느새 한 달여가 지나버렸다. 노준의는 더 이상 참을 수 없어 다시 떠나고자 했다. 그러자 송강이 말했다.

"부당하게 원외를 붙잡으려는 것도 아닌데 어찌 그리 서둘러 돌아가려 하시오. 내일 충의당에서 변변찮은 술자리나 마련해 송별연을 열지요."

다음날 송강이 다시 사비를 털어 송별연을 열자 두령들이 모두 말했다.

"형님이 원외를 존경하는 것이 10푼이면, 우리는 12푼입니다. 어찌 형님 송별연만 받아 마신단 말이오! 벽돌만 두껍고 기왓장은 얇다는 말이오!"[2]

그 가운데서 이규가 큰소리로 말했다.

"내가 목숨을 아끼지 않고 북경에 가서 고생 끝에 당신을 데려왔더니 내가 차려주는 송별연도 받지 않고 간다고? 내가 당신이랑 눈썹꼬리 서로 뒤엉키며 목숨 걸고 죽기 살기로 붙어야겠다!"

오 학구가 크게 웃으면서 말했다.

"이렇게 손님을 청하는 것은 내가 보다보다 처음이네. 너무 거칠다고 원외께서는 나무라지 마시오. 이 사람들 작은 성의를 봐서라도 며칠 더 머무르시지요."

또 생각지도 않게 4~5일이 지났다. 노준의는 뜻을 단단히 굳혀 떠나려 했다. 그런데, 신기군사 주무가 일반 두령들을 이끌고 충의당에 올라 요청했다.

"저희가 비록 서열이 뒤쪽인 두령들이지만 형님을 위해 노고를 아끼지 않았는데 공교롭게 우리 술만 독약이라도 탔단 말이오? 노 원외께서 꺼리고 우리 술을 마시지 않는다면 나야 상관없소이다. 하지만 동생들이 무슨 일이라도 벌인다면 그땐 후회해도 늦을 것이오!"

오용이 몸을 일으키며 말했다.

"자네들 걱정하지 말게. 내가 자네들을 대신하여 원외께 며칠 더 계시라고 간청하면, 안될 게 뭐가 있겠는가? 속담에 '사람에게 술을 권하는 것은 본래 악의가 없다'[3]고 하지 않는가?"

노준의는 그런 사람들을 누를 수 없어 또 다시 며칠을 지냈다. 그럭저럭 30~50일이 지났다. 북경을 떠났을 때가 5월이었는데 양산박에서 두 달여를 지냈으니, 가을바람[4]이 솔솔 불고 옥 같은 이슬이 차게 느껴지는 것이 어느 결에

2_ 원문은 '磚兒何厚, 瓦兒何薄'이다. 벽돌과 기와의 두껍고 얇음이 같지 않음을 이용해 이쪽은 두텁고 저쪽은 얇다는 것으로 불평등한 대우를 비유한 말이다.

3_ 원문은 '將酒勸人, 終無惡意'다.

추석이 가까워졌다. 노준의는 오로지 떠날 마음이었으므로, 송강에게 간곡하게 하소연했다. 송강은 노준의가 간절하게 떠나고 싶어 하자 말했다.

"어렵지 않소. 내일 금사탄에서 송별연을 합시다."

노준의는 크게 기뻐했다. 여기 이를 증명하는 시가 있다.

고향 떠나 세월은 흘러갔어도, 마음속엔 하루도 집 생각 버린 적 없네.

이 몸에 날개라도 돋쳤더라면, 바람 빌려 타고 호수 날아 넘었으리라.

一別家山歲月賒, 寸心無日不思家.

此身恨不生雙翼, 欲借天風過水涯.

이튿날 처음 왔을 때의 의복과 칼, 봉을 원외에게 돌려주고, 여러 두령이 모두 산 아래까지 내려와 전송했다. 송강이 쟁반에 금과 은을 담아 건네자 노준의가 사양하면서 말했다.

"노 아무개가 큰소리치는 것은 아니지만 집 안에 황금과 비단, 재물이 꽤 있으니, 북경까지 가는 데 필요한 노자만 있으면 됩니다. 주신 물건은 감히 받을 수 없소이다."

송강 등 두령들이 금사탄에서 배웅하고 작별한 후 돌아왔다.

노준의는 밤새 달리며 발걸음을 재촉해 열흘을 달려 북경에 도착했다. 날이 어두울 무렵이라 성안으로 들어가지 못하고 객점에서 하룻밤을 보냈다. 다음날 새벽 노준의가 시골 주점을 떠나 서둘러 성으로 달려갔다. 1리 길도 못 가서 찢어진 두건에 너덜너덜한 옷차림을 한 사람과 마주쳤는데 노준의를 보자마자 머

4_ 원문은 '금풍金風'인데 추풍秋風(가을바람)을 말한다. 『문선文選』의 이선李善 주석에서 이르기를 "서쪽은 추秋이고 금金을 주관하기에 추풍秋風을 금풍金風이라 한다"고 했다.

리를 숙이고 절을 했다. 노준의가 눈을 치켜뜨고 살펴보니 다름 아닌 낭자 연청이었다. 깜짝 놀라 물었다.

"소을아, 어쩌다가 이 모양이냐?"

연청이 말했다.

"이곳은 이야기를 나눌만한 곳이 아닙니다."

노준의가 흙담 옆으로 돌아가 까닭을 물으니, 연청이 대답했다.

"주인께서 떠나시고 보름도 되지 않아 이고가 돌아와 마님께 '주인께서는 양산박 송강에게 귀순하여 둘째 두령이 되셨습니다'라고 말하고, 바로 관아로 가서 고발했습니다. 그놈은 이미 마님과 한 통속이 되더니 제가 따르지 않고 거스른다고 탓하며 옷까지 모조리 빼앗고 저를 성 밖으로 쫓아냈습니다. 게다가 친척뿐만 아니라 아는 사람들에게도 분부하여 어떤 사람이라도 저를 집에 받아들이면 재산의 절반을 포기하더라도 그와 소송을 벌이겠다고 했습니다. 이 때문에 저와 감히 접촉하는 사람이 없었습니다. 그러니, 제가 성안에는 의지할 곳이 없어 성 밖에서 돌아다니며 구걸하고 있고 잠시 암자에서 거처하고 있습니다. 양산박으로 가서 주인님을 찾으려 했지만 또 감히 경솔하게 행동할 수 없었습니다. 만일 주인께서 정말로 양산박에서 오셨다면 제 말을 들어주십시오. 다시 양산박으로 돌아가셔서 상의하여 다른 방법을 찾으시는 게 좋을 듯합니다. 성안으로 들어가셨다가는 반드시 계략에 빠지실 겁니다."

노준의가 소리 질렀다.

"내 아내는 그런 사람이 아니다. 네 이놈 말도 안 되는 소리 말거라!"

"주인께서 뒷머리에 눈이 없으신데 어찌 이곳의 상황을 알겠습니까? 주인께서는 평소에 체력 단련에만 몰두하시고 여색을 가까이 하지 않으셨습니다. 마님께서는 오래 전부터 이고와 정을 통했던 것 같습니다. 오늘 문을 밀고 들어가 살펴보시면, 이미 부부 관계가 되었을 터이니, 주인께서 돌아가시면 반드시 악랄한 수법에 걸리실 겁니다!"

노준의가 크게 성내며 연청에게 욕하며 꾸짖었다.

"우리 집안이 북경에서 5대째 살고 있어 모르는 사람이 없다! 이고 그놈이 머리가 몇 개거늘 감히 그런 짓을 한단 말이냐? 혹시 네가 나쁜 짓을 하여 오늘 도리어 반대로 말하는 것은 아니냐! 내가 집에 가서 사정을 알아볼 터이니, 사실이 아니라면 네놈을 가만두지 않겠다!"

연청이 통곡하고 땅바닥에서 절하며 원외의 옷자락을 붙잡고 말렸다. 노준의가 한 발로 연청을 차버리고는 성큼성큼 성안으로 들어갔다.

성문을 지나 곧장 집 안으로 들어가자 대소 집사들이 모두 놀랐다. 이고가 황망히 나와 맞이하고 대청 위에 오르기를 청하고 머리 숙여 절했다. 노준의가 물었다.

"연청은 어디 있느냐?"

"주인께서는 묻지 마십시오. 한 마디로 말씀드리기 어렵습니다! 모진 고초로 고생하셨으니, 일단 휴식을 취하시고 다음에 말씀 드리겠습니다."

그때 부인 가賈씨가 병풍 뒤에서 울면서 나왔다. 노준의가 말했다.

"부인은 울지 마시오. 연청이 어떻게 된 거요?"

"묻지 마십시오. 천천히 말씀드리겠습니다."

아내도 이고와 똑같은 소리를 하자 속으로 의심이 들어 계속 연청의 일을 묻자, 그제서야 이고가 대답했다.

"어르신께서는 일단 옷을 갈아입으시고 조반을 드신 뒤에 들으셔도 늦지 않을 겁니다."

아침상을 차려오자 노준의가 막 젓가락을 드는데, 앞뒷문에서 일제히 함성 소리가 들리더니 200~300여 명의 공인들이 밀려 들어왔다. 노준의가 깜짝 놀라 어리둥절해 하는 사이 꽁꽁 묶여 한 걸음 뗄 때마다 몽둥이질을 당하면서 곧바로 유수사留守司로 끌려갔다.

그때 마침 북경 유수 양 중서가 관아에 있었는데 호랑이와 이리 같은 공인

70~80여 명이 좌우 양쪽으로 도열하고 있었다. 노준의를 양 중서 앞으로 끌고 오고 이고와 가씨 또한 옆에 무릎 꿇고 앉았다. 대청 위에서 양 중서가 크게 꾸짖었다.

"네놈은 북경 양민으로 어찌하여 양산박 도적들에게 투항하고 두 번째 두령 자리에 앉았느냐? 지금 이곳에 온 것은 안팎에서 서로 호응하여 북경을 치고자 함이 아니더냐! 잡혀왔으니 어디 변명해보거라!"

노준의가 말했다.

"소인이 한때 어리석었던 것은 맞습니다. 양산박 오용이 점괘를 파는 도사로 가장하여 집에 찾아왔었습니다. 선량한 마음을 부추기고 꾀는 거짓말에 그만 속아 양산박까지 가서 두 달 가까이 연금된 것도 사실입니다. 다행히 벗어나 오늘 집에 돌아올 수 있었고, 결코 나쁜 생각은 없으니 은상께서는 밝게 살펴주시기 바랍니다."

양 중서가 소리 질렀다.

"그게 어떻게 말이 되느냐! 네가 양산박 놈들과 한 패가 되지 않고서야 어떻게 그토록 오래 있을 수 있느냐? 여기 네 아내와 이고의 고발장을 보거라. 이것이 거짓말이더냐?"

이고가 말했다.

"주인, 이미 이렇게 되었으니 그만 자백하십시오. 집 안 벽에 써 놓은 장두반시藏頭反詩[5]가 명백한 증거라 더 이상 변명할 필요가 없습니다."

부인 가씨도 말했다.

"우리가 당신을 해치려는 것이 아니라, 당신 때문에 우리까지 연루될까 두려워서 이러는 겁니다. 속담에 '한 사람이 반역을 하면 구족九族[6]이 모두 처형된

5_ 장두반시藏頭反詩: 하고자 하는 말을 시구의 첫 글자에 나누어 쓴 시. 매 구절의 첫 글자를 이어서 읽으면 숨겨진 뜻이 명확해진다. 오용이 노준의를 시켜 쓰게 한 시에 '노준의반盧俊義反'이라는 의미를 감추고 있다.

다'는 말을 모르세요?"

노준의가 대청 아래에서 무릎 꿇고 억울함을 부르짖으며 호소했다. 이고가 말했다.

"주인, 하소연할 필요 없습니다. 진실은 없애기 어렵고 거짓은 지우기 쉽다고 했습니다. 어서 빨리 다 말씀하시고 고통이나 면하시지요."

가씨가 말했다.

"여보, 거짓은 관아에 들어오기 어렵고, 진실은 대항하기 어려운 법이에요. 당신이 일을 벌이려 했더라면 제 목숨도 끝장났을 거예요. 육체에는 정이 있어도 몽둥이질에는 정이 없어요. 당신이 다 털어 놓으면 약간의 송사만 있을 거예요."

이고가 이미 위아래로 돈을 썼기에, 장張 공목이 대청에 올라 아뢰었다.

"이놈은 품행이 불량한데다 간사하고 막돼먹은 놈이니, 어떻게 때리지 않고 자백을 받겠습니까!"

"맞는 말이군!"

양 중서가 좌우에 소리쳤다.

"여봐라, 매우 쳐라!"

좌우 공인들이 달려들어 노준의를 땅 바닥에 엎어놓고 변명의 여지도 주지 않고 피부가 찢기고 살이 터지도록 흠씬 두들겨 패니 선혈이 쏟아져 나오고 서너 차례나 혼절했다. 노준의는 매질을 견딜 수 없어 결국 하늘을 우러르며 탄식했다.

"과연 비명횡사할 운명이로구나. 내가 오늘 모두 불겠소."

장 공목이 즉시 자백을 받는 문서를 가져오는 한편 백 근짜리 사형수 칼을 씌우고 사형수 감옥에 감금했다. 지부 앞뒤로 참관하던 사람들이 모두 차마 볼 수 없을 지경이었다.

6_ 구족九族: 자신을 중심에 두고 위로 4대 선조, 아래로 4대 자손까지 합쳐 구족이다.

그날 옥문 안으로 끌고 들어가 살위봉 30대를 때리고 정원 한가운데로 끌려가 앞에 무릎 꿇렸다. 방구들 위에 양원兩院의 감옥을 관리하는 절급이며 사형 집행을 겸하는 망나니가 앉아 있었다. 손가락으로 가리키며 말했다.

"너는 내가 누군지 아느냐?"

노준의가 보고서는 감히 소리도 내지 못했다. 그 사람이 누군인지 여기에 증명하는 시가 있다.

양원 압뢰는 채복이라 하는데, 당당한 풍채에 기세는 하늘을 찌를 듯하네.

허리엔 푸른 난대를 단단히 졸라매고, 머리엔 높게 각건角巾[7]을 썼구나.

고문 시행하면 죄수들 낙담하고, 결박하고 칼 씌우면 귀신도 혼이 떠난다네.

고을에서 철비박이라 칭찬하고, 사람 죽일 때는 정신이 번쩍 오르는구나.

兩院押牢稱蔡福, 堂堂儀表氣凌雲.

腰間緊繫青鸞帶, 頭上高懸墊角巾.

行刑問事人傾膽, 使索施枷鬼斷魂.

滿郡誇稱鐵臂膊, 殺人到處顯精神.

이 양원 옥졸은 사형 집행을 겸하는 망나니인데 채복蔡福이라 하며 북경에서 대대로 살았다. 솜씨가 뛰어나 사람들이 '철비박鐵臂膊'이라 불렀다. 채복 곁에 친동생인 옥졸이 서 있었는데, 채경蔡慶이라 한다. 또한 여기에 증명하는 시가 있다.

옥졸 중에 채경을 가장 칭찬하는데, 큰 눈에 짙은 눈썹, 성품은 강직하네.

7_ 각건角巾: 점건墊巾이라고도 한다. 모난 귀퉁이가 있는 사각 두건이다. 후한의 명사인 곽임종郭林宗이 외출했다가 비가 내려 두건이 흠뻑 젖으면서 두건의 한쪽 모서리가 움푹 들어갔다. 당시 사람들은 이를 보고 신기해했고 서로들 모방하면서 일시에 유행이 되었다.

진홍색 적삼엔 비오리를 그려 넣었고, 다갈색 옷에는 목향을 수놓았구나.

구불구불한 옷깃은 짙은 검은색이고, 누르스름한 박대[8]는 흔들거리누나.

작은 두건의 금고리 선명하게 빛나고, 살쩍에는 한 송이 꽃가지 꽂았도다.

押獄叢中稱蔡慶, 眉濃眼大性剛強.

茜紅衫上描鸂鶒, 茶褐衣中綉木香.

曲曲領沿深染皀, 飄飄博帶淺塗黃.

金環燦爛頭巾小, 一朶花枝插鬢傍.

이 작은 옥졸 채경은 꽃 한 송이를 들고 다니는 것을 좋아해 하북河北 사람들이 내키는 대로 '일지화一枝花' 채경蔡慶이라 불렀다. 그 사람이 수화곤을 잡고 형 옆에 서 있었다. 채복이 말했다.

"너는 이 사형수를 감옥으로 데려가거라. 나는 집에 잠깐 다녀와야겠다."

채경이 노준의를 끌고 갔다.

채복이 몸을 일으켜 옥문을 나가는데 관아 앞 담장 아래에서 근심스런 얼굴을 하고는 손에 밥그릇을 들고 돌아오는 게 보였다. 채복이 알고 있는 낭자 연청이었다. 채복이 물었다.

"연소을, 어쩐 일인가?"

연청이 땅바닥에 무릎을 꿇고 흐르는 눈물을 꾹 참고는 말했다.

"절급 형님, 소인의 주인 노 원외를 가엾게 봐주십시오. 억울한 송사를 당하고 있어도 밥 보내줄 돈도 없습니다! 소인이 성 밖에서 이 반밖에 차지 않은 밥그릇이라도 구걸해왔으니 주인의 허기라도 채워주려 합니다. 절급 형님, 제발 편의라도 좀 봐주십시오."

말을 마치고는 눈물을 비 오듯 쏟으며 땅바닥에 엎드렸다. 채복이 말했다.

8_ 박대博帶: 남성 예복의 넓고 큰 허리띠.

"나도 이 일을 아네. 자네가 가서 직접 먹여드리게나."

연청이 감사의 절을 하고 감옥 안으로 들어가 노준의에게 밥을 먹였다.

채복이 주교州橋를 건너는데 차박사茶博士 한 명이 인사하며 말했다.

"절급 나리, 어떤 손님이 소인의 찻집 이층 내실에서 절급 나리를 기다리고 계십니다."

채복이 누각 위에 와서 보니 바로 집사 이고였다. 서로 인사를 마치자 채복이 물었다.

"집사께서 무슨 일로 보자고 하셨소?"

이고가 말했다.

"'좋은 일이든 나쁜 일이든 상관없이 서로 속이지 않는다'[9]고 했소. 소인의 일은 모두 절급 나리 마음먹기에 달려 있습니다. 오늘 밤 깔끔하게 조금의 후환도 없게 처리해주십시오. 따로 드릴 만한 대단한 것은 없지만 금 가지 50냥을 드리겠습니다. 관아의 관리들은 소인이 알아서 처리하겠습니다."

채복이 웃으면서 말했다.

"당신은 관아의 계석戒石[10] 위에 '아래 백성은 학대하기 쉬우나 푸른 하늘은 속이기 어렵다'[11]고 쓰여 있는 것을 모르오? 당신이 양심을 저버리고 자기 자신을 속이는 짓을 한 것을 내가 모를 줄 아시오! 당신이 또 그의 재산을 가로채고 그의 아내까지 도모하더니 지금 50냥 금덩이를 나한테 줘서 그의 목숨마저 끝내려 한단 말이오. 이후에 제형관提刑官[12]이 이곳에 오기라도 한다면 나는 이 송사를 감당할 수 없소이다."

"절급께서 적다고 불만이시면 소인이 다시 50냥을 더 드리겠습니다."

9_ 원문은 '奸不厮瞞, 俏不厮欺'다.

10_ 계석戒石: 송나라 때 지방 관아에 비석을 세워 관리가 되는 계율을 새겼는데, 그것을 계석이라 한다.

11_ 원문은 '下民易虐, 上蒼難欺'다.

12_ 제형관提刑官: 송나라 때 황제가 각지에 파견하여 사법 상황을 조사하게 한 관리로 원래 명칭은 '제점형옥관提點刑獄官'이다.

"이 집사, 당신은 지금 '고양이 꼬리를 잘라 고양이 밥에 뒤섞으려는 것'[13]이 아니오! 북경에서 유명한 노 원외가 겨우 금덩이 백 냥 가치밖에 안 된단 말이오? 당신이 만약 나로 하여금 그를 죽이고자 한다면 나 또한 당신을 속이지 않겠소. 500냥의 금덩이를 주시오."

이고가 즉시 대답했다.

"50냥은 여기 있고, 나머지도 절급께 곧 드리겠소. 다만 오늘 밤 일을 끝내주십시오."

채복이 금덩이를 거두고 몸에 감추면서 일어나며 말했다.

"내일 아침에 시신이나 들고 가시오."

이고가 감사하며 기쁜 마음으로 돌아갔다.

채복이 집에 돌아와 막 문으로 들어가려는데, 한 사람이 갈대 주렴을 올리며 들어와 말했다.

"채 절급을 만나러왔소."

채복이 살펴보니 그 사람은 생김새가 상당히 준수하고 차림새도 단정했다.

> 몸에는 검은 깃을 댄 원령[14]을 입고, 빛이 나고 윤택이 나는 흰 옥을 뒤섞어 엮은 요대를 찼으며, 머리에는 준의관駿鸃冠[15]을 쓰고, 진주 장식이 달린 신발을 신고 있었다.
>
> 身穿鴉翅靑團領, 腰繫羊脂玉鬧妝. 頭戴駿鸃冠, 足躡珍珠履.

13_ 원문은 '割貓兒尾, 拌貓兒飯'이다. '羊毛出在羊身上(양털은 양의 몸에서 나온다)'과 같은 뜻이다. 바깥에서 가져온 것을 사용하지 않고 노씨 집안의 돈으로 노씨 일을 처리한다는 것을 가리킨다.

14_ 원문은 단령團領인데, 원령圓領을 말한다. 당·송·명대의 관원들이 항상 착용한 깃이 둥근 형식이었다. 가슴 앞뒤로 다른 도안을 수놓아 붙여 등급을 식별했다.

15_ 준의관駿鸃冠: 금계錦鷄(꿩 비슷한 새)의 깃으로 장식한 관이다. 등의 털은 황색이고 배 아래는 붉은색이며 목은 녹색이고 꼬리털은 진홍색이다. 광채가 선명하고 지극히 준수하다.

그 사람이 문으로 들어와 채복을 보자 절을 올렸다. 채복이 황망히 답례하며 물었다.

"관인께서는 성함이 어떻게 되십니까? 무슨 하실 말씀이 있으십니까?"

"안에 들어가서 말씀 드리지요."

채복이 손님을 상의각商議閣16으로 안내하여 손님과 주인이 자리를 잡고 앉았다. 그 사람이 입을 열었다.

"절급께서는 놀라지 마십시오. 저는 창주 횡해군 사람으로 시진이라 하며 대주大周 황제의 직계 자손으로 소선풍이 바로 접니다. 의를 좋아하고 재물을 가벼이 여겨 천하의 호걸들과 사귀기를 좋아했지만 불행하게도 죄를 지어 지금은 양산박에서 지내고 있습니다. 이번에 송 공명 형님의 명을 받아 노 원외의 소식을 알아보러 왔다가 탐관오리, 음부와 이고가 함께 모함하여 사형수 옥에 수감된 것을 알게 되었습니다. 실낱같은 생명이 족하의 손에 달려 있습니다. 죽음을 무릅쓰고 특별히 알리러 왔습니다. 만약 노 원외의 목숨을 살려준다면 부처님의 자비로써 대하고 크신 덕을 잊지 않겠습니다. 그러나 쌀 반 톨만큼이라도 착오가 생기면 성 아래까지 쳐들어와 북경성을 함락시키고 어질건 어리석건 늙건 젊건 아무것도 가리지 않고 모두 참수할 것이오. 족하께서 의리를 중시하고 충성스러운 호걸임을 오래 전부터 들어왔기에 재물을 보내서는 안 되겠지만 그래도 오늘 황금 1000냥을 변변찮은 선물로 가지고 왔소이다. 만일 이 시진을 체포하고자 한다면 지금 당장 밧줄로 묶으시오. 맹세컨대 눈살 찌푸리지 않을 것이오."

이 말을 들은 채복은 벌벌 떨면서 온몸에 식은땀을 흘리며 한참 동안 대답을 못했다. 시진이 몸을 일으키며 말했다.

"호걸이 일을 할 때는 망설여서는 안 되오. 어서 결정하시오."

16_ 상의각商議閣: 객실, 응접실을 가리킨다.

"장사께서는 일단 돌아가십시오. 소인이 알아서 조치하겠습니다."

시진이 다시 절하며 말했다.

"이미 승낙하셨으니, 큰 은혜에 보답하리다."

문을 나가 데리고 온 사람을 불러 황금을 가져와 채복에게 넘겨주고 인사한 뒤에 떠났다. 바깥에 있던 같이 온 사람은 바로 신행태보 대종이었기에 도망칠 수도 없었다.

채복은 시진의 말을 듣고 어떻게 해야 할지 몰라 망설였다. 한참 생각한 뒤에 감옥으로 돌아가 있었던 일을 동생에게 이야기하자 채경이 말했다.

"형님은 평생 동안 가장 결단력 있게 일을 하셨는데 이런 작은 일로 어찌하여 어려워하시오? 속담에 이르기를 '사람을 죽이려면 모름지기 피를 봐야 하고, 구하려면 반드시 끝까지 구해야 한다'[17]고 했소. 이미 1000냥의 금덩이가 여기 있으니, 형님과 제가 그를 대신해 위 아래로 뇌물로 사용하면 되오. 양 중서, 장 공목이 모두 재물을 좋아하는 무리라 뇌물을 쓰면 반드시 분명하지 않게 하여 귀양 보내 노준의의 목숨을 온전하게 할 것이오. 구하고 구해내지 못하는 것은 그들 양산박 호걸의 일이지 우리가 해야 할 일은 이것으로 끝나는 게요."

"동생의 말이 바로 내 뜻과 같네. 너는 노 원외를 편안한 곳에서 지내도록 하고 아침저녁으로 좋은 술과 밥을 가져다 먹이고 쉬게 해줘라. 그리고 양산박에서 온 소식도 그에게 전해줘라."

채복·채경 두 사람이 상의하여 결정하고 은밀하게 받은 금덩이를 상사에게는 뇌물을 주고 아랫사람들에게는 간청하니 청탁이 먹혀들었다.

이튿날, 이고는 아무런 낌새가 보이지 않자 채복의 집에 와서 재촉했다. 채경이 대답했다.

"우리가 손을 써 그를 끝장내려고 하는데 양 중서 상공이 허락하지 않고, 이

17_ 원문은 '殺人須見血, 救人須救徹'이다.

미 사람을 시켜 그의 목숨을 살리라고 분부했소. 그러니 당신이 직접 돈을 써서 부탁하시오. 우리 여기야 무엇이 어렵겠소?"

이고는 채경의 말대로 또 사람을 시켜 위에 돈을 썼다. 중간에 돈을 바치는 사람이 부탁하자, 양 중서가 말했다.

"이 일은 압뢰 절급의 일이니 내가 어떻게 직접 손을 쓰겠는가? 하루 이틀 지나 스스로 죽게 해야지."

양쪽이 서로 미루는데다 장 공목 또한 금덩이를 받은지라 문건을 갖고 시간만 질질 끌었다. 채복이 또 청탁을 하여 일찌감치 결정토록 했다. 장 공목이 문건을 가지고 오자 양 중서가 물었다.

"이 사건을 어떻게 처리해야 좋은가?"

장 공목이 말했다.

"제가 보기에, 노준의가 비록 원고이나 정확한 흔적은 없습니다. 그리고 양산박에 오래 있었다고는 하나, 남의 말을 따르다가 연루되어 일이 잘못된 것이지 진짜 죄를 지은 것이라 보기 어렵습니다. 기껏해야 척장 40대를 때려 얼굴에 글자를 새긴 뒤에 3000리 밖으로 유배 보내시는 게 마땅합니다. 상공의 뜻은 어떠하십니까?"

"공목의 의견이 지극히 명쾌하여 내 뜻과 부합하네."

채복을 불러 감옥에 있는 노준의를 끌고 오게 하여, 칼을 벗기고 자백 문건을 읽었다. 척장 40대를 판결하여 20근짜리 철판 칼을 씌우고 대청 앞에서 못을 박았다. 동초와 설패로 하여금 압송하여 사문도沙門島로 귀양 보내게 했다. 원래 동초와 설패는 개봉부의 공인으로 임충을 창주로 압송하다가 길에서 임충을 죽이지 못하고 돌아갔다가 고 태위로부터 트집 잡혀 북경에 유배 온 상태였다. 양 중서는 그 두 사람의 능력을 보고 유수사에 남아 일을 담당하게 했다. 오늘 또 그 두 사람이 노준의를 압송하게 된 것이다.

동초와 설패는 즉시 공문을 수령하고 노준의를 관아 밖으로 끌고 와서 사신

방에 가두고, 각자 집으로 돌아와 짐을 챙기고 보따리를 싸서 바로 출발 준비를 했다. 시에서 이르기를,

> 여색 멀리하던 장부의 몸으로, 무엇 때문에 집 떠나 아내를 회상했는가?
> 집 안에 있는 그 사자의 울부짖는 소리, 도리어 옥기린 내쫓아버렸도다!
> 不親女色丈夫身, 爲甚離家懷內人?
> 誰料室中獅子吼, 却能斷送玉麒麟!

이고는 그 사실을 알고서 큰일이라고 비명소리만 낼 뿐이었다. 얼른 사람을 시켜 범인을 압송하는 두 사람을 청했다. 동초·설패가 주점으로 오자 이고가 맞이하며 누각 내실에 앉기를 청하고 술과 음식을 차려 관대하게 대접했다. 술잔이 세 번 돌자 이고가 입을 열었다.

"숨기지 않고 솔직하게 말씀드리겠습니다. 노 원외는 나의 원수이고 지금 사문도로 귀양을 갑니다. 길이 아주 멀고 또한 그에게는 돈 한 푼도 없어 두 분의 노자를 헛되이 낭비하게 할 것입니다. 아무리 서둘러도 빨리 돌아와야 3~4개월이니 내가 드릴 것은 없지만 큰 은덩이 두 개를 선금으로 드리겠소. 두 분이 멀리 갈 필요 없이 구석지고 조용한 곳에서 그를 끝장내주십시오. 얼굴에 새겨진 금인을 벗겨서 증거로 내게 보여주면 각자 50냥짜리 금 가지를 두 분께 더 드리겠소. 그리고 당신들이 적당히 문서 한 장 꾸며서 유수사 방으로 가져오면 그다음은 내가 알아서 하겠소."

동초와 설패 두 사람은 서로 마주보았다. 한참 동안 망설이다가 큰 은덩이를 보았는데 어찌 욕심이 나지 않겠는가? 동초가 말했다.

"아무래도 그렇게는 안 되겠소."

설패가 받아 말했다.

"형님, 이 관인은 유명한 대장부이니 이번 일로 그와 알고 지내면 급하고 어

려운 일이 있을 때 도와 줄 거외다."

이고가 말했다.

"나는 은혜를 잊고 의를 저버리는 사람이 아니오. 오래도록 두 분의 은혜에 보답하리다."

동초와 설패가 은자를 받아들고 작별하고 집에 돌아와 짐을 꾸리고 그날 밤 길을 떠났다. 노준의가 말했다.

"소인은 오늘 형을 받아 매 맞은 상처가 아프니 내일 떠나게 해주십시오."

설패가 욕을 퍼부었다.

"너 좆같은 주둥이 닥쳐라! 어르신이 너 같은 가난뱅이를 만나다니 운수 더럽구나! 사문도까지 갔다가 돌아오려면 6000여 리가 넘는데, 그 많은 노자는 어떡하라고! 네놈이 한 푼도 없으니 우리 보고 어떻게 처리하란 말이냐!"

노준의가 하소연했다.

"소인이 억울한 일을 당한 것을 생각하시고 제발 굽어 살펴주십시오."

동초가 욕설을 해댔다.

"너 같은 부자 놈들은 평상시에는 남을 위해 털 한 가닥도 안 뽑더니, 오늘 하늘이 눈이 있어 죄악을 보고 분명히 징벌할 것이다! 네놈은 원망하지 마라. 못 간다면 우리가 네놈이 가게 도와주마."

노준의는 울분을 억누르며 감히 아무 말도 못하고 걸어갈 뿐이었다. 동문을 나오자, 동초와 설패가 옷 보따리, 우산을 모두 노 원외가 쓰고 있는 칼에 매달고 걷게 했다. 노 원외는 평생 부자로 살았지만 지금은 죄인이 되어 어쩔 수 없었다.

게다가 때는 또 늦은 가을 날씨라 어지러이 누런 낙엽이 떨어지고 짝을 지어 날아가는 기러기를 보니 마음이 우울한데다 처량한 피리소리까지 들려왔다. 바로 다음과 같다.

뉘 집의 옥피리 소리 가을날 시원히 들려오는데
나그네 마음은 끝없이 뒤섞인 번뇌로다.
창자를 끊는 듯 애끊어 들을 수 없는데
상관 않고 애간장 태우는 소리만 불어대는구나.
誰家玉笛弄秋淸, 撩亂無端腦客情.
自是斷腸聽不得, 非干吹出斷腸聲.

두 사람은 길에서 때론 잘해주다가 때론 악독하게 굴면서 노 원외를 압송하며 걸었다. 대략 14~15리 걸으니 저녁 무렵이 되었다. 앞에 한 촌락이 나오자 객점을 찾아 쉬기로 했다. 점원이 뒷방으로 안내하자 짐을 풀면서 설패가 말했다.

"어르신들이 아무리 가난해도 공인이니 어떻게 죄인을 시중들겠느냐? 네가 밥을 먹고 싶다면 빨리 가서 불을 지피거라!"

노준의가 칼을 쓴 채 부뚜막에 와서 점원에게 장작을 얻어, 한 덩어리로 묶어 부뚜막 앞에서 불을 지폈다. 점원이 불쌍하게 여겨 그를 대신해 쌀을 일어 밥을 지어주고 식기도 씻어줬다. 노준의는 부자 출신이라 이런 일들을 할 줄 몰랐고 장작이 젖어 불을 붙이면 금방 꺼져버렸다. 불을 붙인다고 힘껏 불면 재가 날려 눈을 제대로 뜰 수가 없었다. 동초가 그런 노 원외를 보고 궁시렁 궁시렁 계속해서 욕을 퍼부었다. 밥이 익자 두 사람이 모두 담아가고 노준의는 감히 가서 얻어먹을 수가 없었다. 두 사람이 먹고 난 뒤에 남은 찌꺼기 국과 식은 밥을 노준의에게 먹게 했다. 설패가 또 한 차례 욕지거리를 해댔다. 저녁밥을 먹은 뒤에 다시 노준의를 불러 발 씻을 물을 데워오라 시켰다. 물이 끓어서야 비로소 노준의가 감히 방에 들어가 앉았다. 두 사람이 발을 씻은 후, 노준의의 발을 씻겨준다고 속이고 펄펄 끓는 물 한 대야를 들고 와 짚신을 벗기고, 설패가 양 발을 잡아 당겨 끓는 물속에 집어넣으니 고통이 너무 커 참아낼 수가 없었다. 설패가 말했다.

“어르신이 네놈을 시중들어주는데, 오만상을 찌푸리고 지랄이야!”

두 공인은 방구들로 가서 잠이 들었고 노 원외를 쇠밧줄로 방문 뒤에 채웠다. 4경이 되자 두 공인은 일어나 점원을 불러 아침밥을 차리게 하여 저희만 배불리 먹고 보따리를 챙겨 길을 떠났다. 노준의가 다리를 살펴보니 모두 화상으로 물집이 생겨 땅에 발을 디딜 수 없었다. 그날 가을비가 추적추적 내려 길도 미끄러워 노준의가 한 발 내디딜 때마다 비틀거리자 설패가 수화곤을 들어 허리를 때렸고 동초는 말리는 척만 하니 가는 길에서도 내내 불평만 하며 소리 질렀다.

시골 주점을 떠나 10여 리쯤 갔을 때 커다란 숲이 나타났다. 노준의가 말했다.

“소인이 정말 더 이상 걸을 수 없으니 가엾게 여기시고 잠시만 쉬었다 가시지요!”

두 공인이 노준의를 데리고 숲속으로 들어가자, 마침 동쪽 하늘은 점점 밝아지고 있었고 아무도 지나가는 사람이 없었다. 설패가 말했다.

“우리 두 사람이 아침 일찍 일어났더니 무척 피곤하구나. 숲에서 잠시 눈 좀 붙이고 싶지만 네놈이 달아날까 두렵구나.”

노준의가 말했다.

“소인이 날개를 달아도 도망갈 수 없습니다.”

설패가 말했다.

“그런 소리 말아라. 어르신이 아무래도 묶어야겠다.”

허리에서 삼베 밧줄을 풀어 노준의의 배를 싸서 소나무에 졸라매고 반대로 당겨 다리까지 나무에 묶었다. 설패가 동초에게 말했다.

“형님, 숲 밖에 서 계시오. 만약 오는 사람이 있으면 기침으로 신호를 보내시오.”

“동생, 빨리 끝내게.”

"안심하시고 밖이나 살펴보시오."

말이 끝나자마자 수화곤을 들어 노 원외를 보면서 말했다.

"우리 두 사람을 원망하지 말거라. 너희 집 집사 이고가 우리한테 길에서 너를 죽여달라고 했다. 사문도에 가서도 어차피 죽을 것이니 차라리 일찍 죽는 게 나을 거다! 저승에 가더라도 우리를 원망하지 말거라. 내년 오늘이 바로 네 제삿날이다!"

노준의는 듣고서 눈물을 비 오듯 쏟으며 고개를 숙여 죽음을 받아들였다. 설패가 양 손으로 수화곤을 잡아들고 노 원외의 이마를 향해 내리쳤다. 동초가 밖에서 '퍽' 소리를 듣고 일이 끝난 줄 알고 황급히 숲으로 들어와 살펴보니, 노 원외는 여전히 나무에 묶여 있었지만 설패는 나무 아래에 나자빠져 누워 있었고 수화곤은 한 곁에 던져져 있었다. 동초가 말했다.

"거 참 이상하네! 너무 힘을 주고 휘둘러 도리어 자네가 맞았나?"

얼굴을 들어 사방을 살펴보았으나 아무런 인기척도 없었다. 설패의 입에서 피가 흐르고 명치에서 3~4촌 길이의 작은 화살대가 드러나 있었다. 깜짝 놀란 동초가 막 소리를 지르려는데 동북쪽 구석 나무 위에 한 사람이 앉아 있는 게 보였다. '맞아라!' 소리가 들리더니 그 사내가 손을 놓자 동초의 목에 화살 한 발이 명중했고, 동초는 사지를 공중으로 뻗더니 이내 고꾸라졌다. 그 사람이 나무 위에서 뛰어내려와 날카로운 해완첨도解腕尖刀를 뽑아 노준의를 묶었던 밧줄을 끊고 머리에 쓰고 있던 칼을 쪼개 부숴버렸다. 나무 옆의 노 원외를 끌어안고 울음을 터뜨리며 통곡했다. 노준의가 부신 눈으로 살펴보니 낭자 연청이라 소리 질렀다.

"소을아, 죽어서 내 혼백이 너와 만나는 것이냐?"

"제가 유수사 앞에서부터 줄곧 이 두 놈을 따라왔습니다. 이놈들이 주인어른을 사신방에 가두고는 이고를 만나 이야기하기에 주인어른을 해칠 것이라 의심하고 밤을 타 성을 나왔습니다. 주인어른이 시골 주점에 계실 때는 밖에서 기다렸고 5경까지 기다렸다가 먼저 이곳에 와서 숨어 있었습니다. 뜻밖에 놈들이 이 숲에 오더니 손을 쓰려고 하더군요. 지금 제가 쇠뇌의 화살 두 발로 끝내버렸는데 주인어른께서는 보셨습니까?"

낭자 연청이 사용하는 석궁은 세 대의 빠른 화살인데, 쐈다하면 백발백중이었다. 어떤 화살인가 보면,

> 석궁은 단단한 오목烏木[18]이고, 활고자는 붉은 상아를 박아 넣었도다. 손으로 가볍게 밀어내는 안쪽은 수정으로 장식했고, 활시위는 금줄을 반반 섞었네. 등에 얽어맨 비단 활집은 구부러진 것이 가을 밤 초승달 같고, 수리 깃털 달린 화살 당겼다 쏘면, 빠르기가 유성이 날아가는 듯하구나.
>
> 弩椿勁裁烏木, 山根對嵌紅牙. 撥手輕襯水晶, 弦索半抽金線. 背纏錦袋, 彎彎如秋月未圓; 穩放雕翎, 急急似流星飛迸.

노준의가 말했다.

"비록 네가 나의 목숨을 구했다고는 하지만, 이 두 공인을 쏘아 죽였으니 죄가 더 무거워질 텐데 어디로 달아나야 한단 말이냐?"

연청이 말했다.

"애초부터 모두 송 공명이 주인어른을 고통스럽게 했으니 오늘 양산박이 아니고서는 달리 갈 곳이 없습니다."

"그런데, 내가 매 맞은 상처가 덧난 데다 다리 살갗마저 벗겨지고 다쳐 바닥을 디딜 수가 없구나."

"더 이상 지체할 수 없습니다. 제가 주인어른을 업고 가겠습니다."

공일들 몸에서 은냥을 찾아 꺼내고 석궁을 들고 요도를 꽂고 수화곤을 쥐고

18_ 오목烏木: 단단하고 무거운 검은색 목재.

는 노준의를 업었다. 곧장 동쪽을 향해 갔는데, 10리도 가지 못해 더 이상 업고 갈 수가 없었다. 마침 작은 주점이 눈에 들어오자 안으로 들어가 방을 찾아 자리를 잡았다. 술과 고기를 사서 허기를 채우고 두 사람은 잠시 편안하게 쉬었다.

한편 길을 지나가던 사람이 숲에서 죽은 두 공인을 발견하고 근처 사장社長에게 보고했고 이정도 알게 되자 대명부에 고발했다. 즉시 관리를 파견하여 조사하니 유수사 공인 동초와 설패로 밝혀졌다. 양 중서는 대명부 집포관찰緝捕觀察을 보내 살펴보게 하고 기한을 정해 살인범을 체포하라고 회신을 보냈다. 공인들이 모두 와서 봤는데, 석궁의 화살이 낭자 연청의 것으로 보였다. 이에 지체하지 않고 100~200명의 공인들이 나누어 각지에 포고문을 붙이는 한편 두 사람의 생김새를 알리고, 원근의 촌락과 길가 객점, 시진市鎭과 인가에 게시하여 명시하고 즉시 체포하도록 했다.

노준의는 매 맞은 상처 때문에 걸을 수 없어 그곳 객점에서 쉬고 있었다. 객점 점소이가 살인 사건의 일을 들은 데다 보는 사람마다 이 일을 이야기하지 않는 사람이 없었다. 또한 두 사람의 생김새를 그림으로 본 터라 의심이 생겨 급히 그곳 사장에게 가서 알렸다.

"저희 주점에 두 사람이 묵고 있는데 어디에서 왔는지 분명하지 않은 것이 아무래도 범인이 아닌지 모르겠습니다."

사장이 공인에게 보고를 전달했다.

연청은 반찬거리가 없어 석궁을 들고 근처에 가서 새와 작은 짐승 몇 마리를 잡았다. 돌아오다가 온 마을에 아우성치는 소리가 들렸다. 연청이 숲에 몸을 숨기고 살펴보니 100~200여 명의 공인들이 창칼로 빽빽하게 둘러싸고 노준의를 수레 위에 묶고 밀고 가는 것이 보였다. 연청이 뛰쳐나가 구하려다가 무기도 없자 어쩔 줄 모르고 괴로워하다가 속으로 생각했다.

'양산박에 가서 송 공명에게 알리고 와서 구해달라고 하지 않으면 주인의 목숨을 잃게 생겼구나.'

길을 찾아 양산박으로 달렸다. 한밤중에 가다가 배가 고팠지만 돈이 한 푼도 없었다. 어떤 흙 언덕에 달려 오르니 덤불로 뒤섞여 있고 듬성듬성 나무가 있기에 숲 안에서 날이 밝을 때까지 잠을 자기로 했다. 마음속이 침울하여 한숨 쉬고 있는데 나무 위에서 까치가 '깍깍' 시끄럽게 짖는 소리가 들렸다. 속으로 생각했다.

'활로 쏘아 맞히기만 하면 마을에 가서 물에 삶아 익혀 허기라도 채울 수 있을 텐데.'

숲속 밖으로 나와 고개를 들어 보니 그 까치가 연청을 향해 지저귀고 있었다. 연청이 조용히 석궁을 꺼내 혼자 하늘에 점괘를 묻고 하늘을 향해 빌며 말했다.

"제게는 화살이 한 대밖에 없습니다. 주인의 목숨을 구하시고자 한다면 화살이 저 까치를 맞혀 떨어뜨리게 해주시고, 만일 주인의 명운을 멈추게 하시고자 한다면 까치가 날아가게 하시옵소서."

화살을 걸치고 소리 질렀다.

"내 뜻대로 언제나 맞혀주었듯이 이번에도 실수 없이 맞아다오!"

석궁이 울리더니 까치 꼬리를 맞췄으나 그 까치는 화살을 꽂은 채 언덕 아래로 날아갔다. 연청이 큰 걸음으로 언덕 아래로 뛰어 내려갔으나, 까치는 보이지 않고, 도리어 두 사람이 앞으로 달려오고 있었다. 두 사람의 차림새를 보니,

앞선 사람은 돼지주둥이 모양의 두건[19]을 쓰고, 뒷머리에 두 개의 금으로 싸맨 은고리가 달려 있으며, 검은색의 얇은 견사로 짠 적삼을 입고, 금박을 입힌 탑박을 묶었네. 무릎 절반쯤 올라온 양말에 삼베를 엮어 만든 신을 신었으며, 사람 키만 한 곤봉을 들었구나. 뒤에 따르는 사람은 하얀색의 먼지를 막는 범양

19_ 원문은 '저취두건猪嘴頭巾'인데, 명대에 무사들이 쓰던 두건이다.

삿갓을 쓰고, 다갈색의 실이 겹쳐진 주삼綢衫[20]을 입었네. 허리에는 붉은 전대를 묶고, 흙길을 걷는 가죽신을 신었구나. 옷 보따리를 매고 단봉을 들고 요도를 가로로 찼도다.

前頭的, 帶頂猪嘴頭巾, 腦後兩個金裹銀環, 上穿香皀羅衫, 腰繫銷金搭膊. 穿半膝軟襪麻鞋, 提一條齊眉棍棒. 後面的, 白范陽遮塵笠子, 茶褐攢線綢衫. 腰繫緋紅纏帶, 脚穿踢土皮鞋. 背了衣包, 提條短棒, 跨口腰刀.

두 사람이 오는데 연청의 어깨를 서로 치듯이 지나갔다. 연청이 몸을 돌려 두 사람을 쳐다보면서 생각했다.

'내가 노자가 없으니 저 두 사람을 쳐서 쓰러뜨리고 보따리를 뺏어 양산박으로 가는 게 좋겠다.'

석궁을 옷 속에 감추고 몸을 돌려 그 두 사람의 뒤를 따라갔다. 두 사람은 고개를 숙이고 걷기만 했다. 연청이 쫓아가 뒤쪽의 털 방한모를 쓴 사람의 등 복판을 주먹으로 한대 갈기자 고꾸라졌다. 주먹을 끌어당겨 다시 앞쪽에 달리던 사내를 치려는데, 도리어 그 사내가 먼저 손으로 몽둥이를 들어 내리치니 연청의 왼쪽 넓적다리에 정통으로 맞아 땅바닥에 엎어졌다. 뒤의 사내가 일어나 연청을 밟고 요도를 빼들어 얼굴을 향해 내리치려하자 연청이 크게 소리 질렀다.

"호걸들! 나는 죽어도 상관없으나 주인의 소식을 전해줄 사람이 없소이다!"

그 사내가 칼을 멈추더니 손을 거두고 연청을 일으키며 물었다.

"네 이놈 무슨 소식을 알린다는 거냐?"

"당신이 나한테 뭣 하러 물으시오?"

앞에 있던 사내가 연청의 손을 끌어당기다 팔목의 문신이 드러나자 황망히 물었다.

20_ 주삼綢衫: 거친 비단으로 만든 홑옷으로 일반적으로 무사들이 입었다.

"당신은 노 원외의 집에 무슨 낭자 연청이라는 사람 아니오?"

연청이 생각하며 말했다.

"이래저래 죽는 것은 마찬가지이니 차라리 다 털어놓고 잡혀가 영혼이라도 주인과 함께 있어야겠구나!"

그러고는 말했다.

"그래, 내가 바로 노 원외 댁의 낭자 연청이다. 지금 송 공명께 우리 주인을 구해달라고 양산박에 소식을 전하러 가는 길이다."

두 사람이 연청이 말하는 것을 보고는 크게 웃으면서 말했다.

"당신을 죽이지 않은 게 다행이군! 바로 연소을 형이군요. 우리 두 사람을 알아보겠소?"

검은 옷을 입은 사람은 다름 아닌 양산박 두령 병관색 양웅이고, 뒤쪽 사람은 반명삼랑 석수였다. 양웅이 말했다.

"우리 두 사람은 형님의 군령을 받들어 북경으로 노 원외의 소식을 알아보러 가는 길이오. 군사와 대 원장 또한 뒤따라 산을 내려올 것이오. 모두들 오로지 소식이 오기를 기다리고 있소이다."

그제야 연청이 양웅과 석수에게 있었던 일을 모두 얘기했다. 양웅이 말했다.

"상황이 말한 대로라면 나와 연청 형은 산채로 가서 형님께 알리고 다른 방법을 찾아야겠다. 너는 북경에 가서 소식을 알아보고 돌아와 보고하거라."

석수가 말했다.

"그게 좋겠습니다."

보따리를 연청에게 주며 매게 했고, 연청은 양웅을 따라 밤새 달려 양산박으로 달려갔다. 송강을 보자 연청은 있었던 일들을 상세하게 모두 이야기했다. 송강이 크게 놀라 여러 두령을 모아 대책을 상의했다.

한편 석수는 자신의 의복만 들고 북경성 밖에 도착했다. 날이 이미 저물어 성으로 들어가지 못하고 성 밖에서 하룻밤을 보냈다. 다음날 일찍 아침밥을 먹고 성안으로 들어왔으나, 사람들마다 여기저기에서 탄식하며 마음 아파했다. 석수는 의심이 생겨 시내 중심으로 들어왔는데 집집마다 문을 걸어 잠갔다. 상인들에게 물어보니, 한 노인장이 알려줬다.

"손님은 모르겠지만, 여기 북경에 노 원외라는 부자가 있는데 양산박 도적들한테 노략질 당하고 도망쳐 돌아왔소. 그런데, 도리어 억울하게 송사에 걸려 사문도로 유배를 갔지요. 또 어떻게 된 일인지 모르지만 가는 길에 공인 둘을 죽였소이다. 어젯밤에 다시 잡혀왔는데 오늘 오시 3각에 시내 중심지에 끌어다가 참수한다고 하오. 손님도 가서 구경하시오."

석수는 듣고서 급히 시내 중심가로 달려가니 십자로 입구에 주점 하나가 눈에 들어왔다. 석수는 주점 위로 올라가 거리가 보이는 작은 방을 잡아 앉았다. 주보가 다가와 물었다.

"손님, 누구를 기다렸다 함께 드실 겁니까, 아니면 혼자 드실 겁니까?"

석수가 꾸짖는 듯한 눈빛으로 말했다.

"술은 커다란 사발로 가져오고 고기는 큼직하게 썰어 오거라, 그냥 가져오면 되지 좆같이 뭘 묻고 그래!"

주보가 놀라 술 두 각에 커다란 쟁반에 소고기를 썰어왔다. 석수는 술을 큰 사발에 따라 마시고 큰 고기 덩어리를 들고 뜯어 먹었다. 얼마 앉아 있지 않았는데 누각 아래 거리에서 떠들썩한 소리가 들렸다. 석수가 나가서 누각 창문을 통해 밖을 살펴보자 집집마다 문을 닫고 점포들도 장사를 접는 것이 보였다. 주보가 누각에 올라와 말했다.

"손님 취하셨습니까? 누각 아래에서 죄수를 처형하는 듯하니 빨리 술값을 치르시고 다른 곳으로 피하시지요."

석수가 말했다.

"나는 무슨 좆같은 것도 무섭지 않다! 어르신한테 두들겨 맞기 싫으면 빨리 꺼져!"

주보가 감히 말도 못하고 누각 아래로 내려갔다. 얼마 지나지 않아, 거리에서 하늘을 진동하는 징과 북소리가 요란하게 들려왔다.

터질 듯한 둥둥 북소리, 부서질 듯한 징소리 쟁쟁 울리네. 검은 큰 깃발은 구름처럼 펄럭이고, 버들잎 창날 서로 엇갈리니 눈처럼 빛나도다. 죄상 열거한 팻말이 앞에서 인도하고, 흰색 곤봉이 뒤에서 때리며 재촉하네. 압뢰 절급들은 험상궂고, 칼 든 공인들은 사납기 그지없구나. 말에 높이 올라앉은 감참관은 살아있는 염라 같고, 숲을 이룬 칼과 검들 속에 법집행 관리들은 죽음을 재촉하는 귀신과 다를 바 없네. 가련하게도 사거리 한가운데서, 억울하게 죄 뒤집어 쓴 사람 죽어야 하누나!

兩聲破鼓響, 一棒碎鑼鳴. 皂纛旗招展如雲, 柳葉槍交加似雪. 犯由牌前引, 白混棍後隨. 押牢節級猙獰, 仗刃公人猛勇. 高頭馬上, 監斬官勝似活閻羅; 刀劍林中, 掌法吏猶如追命鬼. 可憐十字街心裏, 要殺含冤負屈人!

석수가 누각 창문에서 밖을 살펴보니 십자로 입구에 형장을 포함한 주변에 칼, 봉을 든 망나니 10여 명이 앞뒤를 에워싸고 노준의를 묶어 누각 앞까지 끌고 와서는 무릎 꿇렸다. 철비박 채복은 법도法刀[21]를 들었고 일지화 채경은 노준의가 쓰고 있는 칼의 끄트머리를 짚으며 말했다.

"노 원외, 당신이 잘 생각해보면 우리 형제 두 사람이 당신을 구하려 하지 않았던 것이 아니라 일을 서툴게 해서 이렇게 됐소이다. 앞에 오성당五聖堂[22] 안에

21_ 법도法刀: 망나니가 형을 집행하는 칼.

22_ 오성당五聖堂: 옛날 강남 일대에서 제사지낸 사악한 신으로 오성五聖이라 부르고 오현영공五顯靈公이라고도 부르며 향촌에서는 오랑신五郞神이라 불렀다. 이후에는 점차 퍼져 강남에 그치지 않았으며 사당을 지어 받들었고 흉사와 쇠퇴를 주관하여 마을 사람들이 두려워했다. 오성당 안에는 오성신五聖神의 형상에 제사지내며 흉사로 죽은 자의 패위牌位를 안치했다.

내가 이미 당신의 신위를 모셔놨으니 혼백이라도 그곳으로 가 편히 쉬시오."

말을 마치자마자 무리들 중에서 누군가 외쳤다.

"오시午時 삼각三刻이오!"

한편에서는 칼을 벗기고 채경은 머리를 꽉 잡았고 채복이 손에서 법도를 뽑아들었다. 사건 담당 공목이 큰 소리로 범유패에 있는 죄목을 읽어나가자, 사람들이 일제히 한 목소리로 화답했다. 누각 위에서 석수가 그 소리에 화답하듯이 손에 요도를 빼들고 크게 소리 질렀다.

"양산박 호걸들이 모두 이곳에 왔다!"

채복과 채경은 노 원외를 버리고 묶여 있던 밧줄을 풀어주고 먼저 달아났다. 석수가 누각 위에서 뛰어 내려와 손에 강철로 된 칼을 들고 박을 찍고 채소를 자르듯 사람을 죽이며 달려 10여 명을 쓰러뜨렸다. 다른 손으로 노준의를 끌고 남쪽으로 달아났다.

원래 석수는 북경의 지리를 모른데다 노준의 또한 놀란 나머지 어리둥절하여 어디로 달아날지 몰라 우왕좌왕할 뿐이었다. 양 중서는 보고를 받고 크게 놀라 즉시 군관을 점검하고 군사를 이끌고 나누어 달려가 성의 네 개 문부터 닫아버렸다. 앞뒤로 공인들이 한꺼번에 몰려왔다. 그대가 영웅호걸인들 어떻게 높은 성과 가파른 보루를 벗어날 수 있겠는가? 바로 땅을 파고 들어가려 해도 이빨과 발이 없고, 푸른 하늘로 날아오르려 해도 깃이 없는 것과 같다.[23]

과연 노 원외와 석수가 어떻게 벗어나는가는 다음 회에 설명하노라.

23_ 원문은 '分開陸地無牙爪, 飛上靑天欠羽毛'다. 속수무책으로 곤경에서 빠져나갈 방법이 없음을 비유한 말이다.

채복蔡福의 별명인 '철비박鐵臂膊'은 철로 주조한 것 같은 팔이라는 의미로 튼튼하고 크면서 용감하고 힘이 세다는 말이다. 채경蔡慶의 '일지화一枝花(꽃 한 송이)'라는 별명은 송나라 때 사람들에게는 꽃을 착용하는 것이 주요 장식 가운데 하나였고, 또한 일반 사람들의 습속이었음을 보여준다. 『송사』 「여복지輿服志」에 따르면 "복두幞頭(두건의 일종)에 꽃을 꽂는 것을 잠대簪戴라 한다. 중흥中興 시기에 명당에 제사를 지내 예를 마치고 천자의 수레가 돌아갈 때 신료와 수행원들이 모두 두건에 꽃을 꽂았다"고 했다. 조정에서 신료들에게 꽃을 하사하는 것 또한 등급이 있었다. 친왕과 중신 그리고 소수의 대신들에게는 진짜 꽃을 하사했고, 일반 신료들에게 하사하는 것은 '대라화大羅花(붉은색·황색·연분홍색 세 가지 색)' '대견화大絹花(붉은색·연분홍 두 가지 색)'였다. 『수호전보증본』에 근거하면, 40회에 송강과 대종이 강주 형장에서 참수 형벌을 받기 전에 망나니가 그들에게 '붉은 비단 종이꽃을 꽂았다'는 구절이 있다. 이것은 채경이 꽃 한 송이를 들고 다니는 습관이 그냥 심심해서가 아니라는 것을 보여준다. 그렇게 보면 '일지화'라는 채경의 별명은 채복의 별명인 '철비박'보다 더 으스스하다.

【 제63회 】

북경으로 진군[1]

그때 석수와 노준의 두 사람은 성안에서 이리저리 달아나고 있었으나 길이 없었다. 사방에서 군사들이 몰려오고 공인의 무리들이 갈고리와 올가미를 일제히 던지니 가련하게도 용감한 영웅들은 중과부적으로 사로잡히고 말았다. 양 중서 면전으로 끌려오자 사형장을 급습한 도적을 데려오게 했다. 석수가 대청 아래로 끌려오자 눈을 둥그렇게 크게 뜨고 꾸짖듯 노려보며 고래고래 욕을 퍼부었다.

"너, 나라를 망치고 백성을 해치는 도적놈아! 내가 형님한테 군령을 받아왔다. 조만간 군사를 이끌고 성을 깨뜨려 짓밟아 맨땅으로 만들어버리고, 네놈을 잘라 세 토막 내버릴 것이다! 어르신을 보내 먼저 네놈들한테 알리라고 했다!"

석수가 대청 앞에서 역적 놈, 도적 놈 하면서 욕설을 퍼붓자 대청 위의 관리들 모두 겁을 잔뜩 집어 먹고 멍하니 서 있었다. 양 중서도 한참 동안 망설이다

1_ 제63회 제목은 '宋江兵打北京城(송강이 군사를 이끌고 북경성을 치다). 關勝議取梁山泊(관승이 양산박을 칠 것을 계획하다)'이다.

가 두 사람에게 큰 칼을 씌워 사형수 감옥에 가두고 채복에게 감시하면서 실수가 없도록 분부했다. 채복은 양산박 호걸과 친분을 맺고자, 그 두 사람을 한 감방에 가두고 매일 좋은 술과 고기를 가져와 먹이고 대접했기에 고통을 당하지는 않았고 도리어 몸조리를 할 수 있었다. 한편, 양 중서는 본주 신임 왕王 태수를 대청으로 불러 이 사건을 처리하게 하고, 성안에 다친 사람들의 수를 점검하게 했는데, 관아에 신고된 것 중에 죽은 사람이 70~80여 명이었고 넘어져 머리를 다치고 살이 벗겨지고 다리가 부러진 자들은 헤아릴 수 없이 많았다. 양 중서는 관아에 보고한 자들에게는 돈을 지급하고 의원을 불러 다친 자는 치료하고 죽은 자는 화장시켰다.

이튿날, 성 안팎에서 보고가 들어왔다.

"양산박에서 포고한 문건을 감히 숨길 수 없어 수 십장을 거두어 올립니다."

양 중서가 받아 읽고는 놀라고 겁에 질려 넋을 잃고 말았다. 다음과 같이 쓰여 있었다.

'양산박 의사 송강은 대명부에 알리는 것을 천하에 포고하노라:

지금 대송조의 탐관오리가 요직을 차지하고 권력을 독점하면서 양민을 살해하고 백성을 도탄에 빠뜨렸다. 북경의 노준의는 호걸로 내가 산으로 청해 함께 하늘을 대신해 도를 행하고자 했다. 어찌하여 너희는 경솔하게 간사한 뇌물을 받아먹고 선량한 사람을 해치려 하는가? 특별히 먼저 석수를 보내 알렸건만 도리어 사로잡히고 말았다. 두 사람의 목숨을 보전하고 음부와 간부를 바친다면 내가 침범하여 소란을 피우지 않겠다. 만약 다치게 하거나 다리와 팔이라도 상하게 한다면 군대를 동원하여 마음을 합쳐 원한을 씻겠노라. 녹림 호걸들이 도달하는 곳에는 선하고 악하고 좋고 나쁨을 가릴 것 없이 모조리 불태워버릴 것이다. 간사한 무리들을 섬멸하고 우매하고 완고한 자들을 전멸시키는 것이니 하늘과 땅 모두가 보살피고 귀신도 함께 도울 것이다. 담소를 나누며 입성하여 조금도 용서가 없을 것이다. 의로운 장부와 절개 있는 여인, 효성스런 자손들, 본분을 다하는 선량한 백성, 청렴한 관리들은 절대 놀라 두려워말고 각자 맡은 일에 전념하라. 북경성 백성에게 알리노라.'

포고문을 읽은 양 중서는 즉시 왕 태수를 불러 상의했다.

"이 일을 어떻게 처리했으면 좋은가?"

왕 태수는 나약한 사람이라 양 중서에게 아뢰었다.

"양산박 도적들은 조정에서도 여러 차례 체포하려 했으나 이루지 못했는데, 하물며 우리 같은 일개 군郡의 힘으로 어찌 대적할 수 있겠습니까? 그리고, 만약 이 도망친 무리가 군사를 이끌고 쳐들어오는데 조정의 구원병이 오지 않는다면 그때는 후회해도 늦습니다! 소관의 어리석은 견해로는 이 두 사람의 목숨을 살려두고 다른 한편으로는 조정에 알리고, 또 채 태사 은상께도 문서를 올려 알리십시오. 그리고 이곳 군마를 내어 진을 치고 주둔시켜 방비해야 합니다. 이와 같이 한다면, 북경도 보호하고 무사할 수 있으며 군민도 다치지 않을 겁니다. 만일 이 두 사람을 죽여 적군이 쳐들어온다면 첫째 구원병이 없고, 둘째 조정에서 꾸짖을 것이며, 셋째 백성이 놀라 성중이 혼란스러워질 것이니 매우 합당치 않습니다."

양 중서가 듣고는 말했다.

"지부의 말씀이 지극히 합당하오."

먼저 압뢰 절급 채복을 불러 분부했다.

"이 두 도적은 보통 놈들이 아니다. 네가 엄하게 구속했다가 목숨을 잃을까 걱정된다. 그렇다고, 네가 편안하게 해주다 달아날까 또한 두렵다. 너희 형제 둘이 아침저녁으로 긴장할 수도 있지만 태만할 수도 있으니 견고하게 관리하고 처리하되 조금이라도 소홀히 해서는 안 된다."

채복이 듣고는 속으로 기뻐했다.

'이렇게 처리하는 것은 내가 생각했던 것과 꼭 들어맞는구나.'

영을 받들고 감옥으로 가서 두 사람을 위로했다.

양 중서는 병마도감 대도大刀 문달聞達과 천왕天王 이성李成 두 사람을 불러 대청 앞에서 상의했다. 양 중서가 양산박의 포고문과 왕 태수가 말한 의견에 대해 설명했다. 두 도감은 듣기를 마치자, 이성이 말했다.

"생각해보면 이 도적놈들이 어찌 감히 본거지를 이탈하겠습니까? 상공께서는 어찌하여 그렇게 신경 쓰십니까? 저는 아무런 재주도 없이 녹봉만 받아먹고 공적도 없으며 은덕에 보답하지도 못했습니다. 바라건대 하찮은 제 힘을 다하고자 군졸을 거느리고 성 밖에 나가 방책을 치겠습니다. 도적들이 쳐들어오지 않으면 별도로 다시 의논드리겠습니다. 만약 그 도적들이 수명이 다하고 운명이 쇠하여 소굴을 떠나 쳐들어온다면 소장이 허풍 떠는 것이 아니라 이 도적놈들을 한 놈도 살려보내지 않겠습니다!"

양 중서가 듣고는 크게 기뻐하며, 바로 금꽃을 수놓은 비단을 가져다 두 장수에게 상으로 줬다. 두 사람은 감사 인사를 하고 양 중서와 작별하고 각자 진영으로 돌아가 쉬었다.

다음날, 이성이 대소 군관을 소집하여 군막에서 상의했다. 이때 옆에서 위풍당당한 한 사람이 나섰는데 바로 급선봉 색초였다. 그가 나서며 인사를 했다. 이성이 영을 전달하며 말했다.

"송강이 이끄는 도적들이 조만간 우리 대명부를 치러 올 것이다. 너희는 본부 병마를 점검하여 성 밖 35리 떨어진 곳에 진지를 구축하라. 내가 금방 군사를 이끌고 뒤따라갈 것이다."

색초가 군령을 받고, 다음날 본부 군병을 점검하고 35리 떨어진 비호욕飛虎峪이라 불리는 곳에 산을 끼고 진지를 세웠다. 다음날, 이성도 장군과 부장들을 인솔하여 성에서 25리 떨어진 괴수파槐樹坡란 곳에 진지를 세웠다. 주위를 창칼로 빈틈없이 배치하고 사방에 녹각을 깊숙이 감추고 삼면으로 함정을 팠다. 군사들은 단단히 별렀고 장수들은 한마음 한 뜻으로 군공을 세우고자 양산박 군마들이 오기만을 기다렸다.

원래 이 포고문은 오 학구가 연청과 양웅의 보고를 받은 데다 또한 대종에게서 노 원외와 석수가 모두 잡혀 있다는 소식을 들었기 때문에 사람이 없는 곳에 뿌리고 다리나 길거리에 붙여 거짓으로 공고한 것으로, 단지 노준의와 석수 두 사람의 목숨을 보전하고자 한 것이었다. 대종이 양산박으로 돌아와 있었던 일들을 여러 두령에게 상세하게 이야기했다. 송강이 듣고서 크게 놀라 충의당에서 북을 두드려 모이게 했다. 대소 두령들이 각자 서열에 따라 앉자 송강이 오 학구에게 말했다.

"애초에 노 원외를 산채에 오게 하기 위한 계책은 좋았으나 생각지도 못하게 그를 고통에 빠지게 한데다, 또한 석수 동생마저 잡혀 들어갔으니, 어떤 계책을 써야 그들을 구할 수 있겠소?"

오용이 말했다.

"형님은 걱정하지 마십시오. 소생이 재주는 없으나 이 기회를 이용해 북경의 돈과 식량을 거두어 산채에 유용하게 쓸 수 있도록 하겠습니다. 마침 내일이 길일이니 형님께서는 두령들을 절반으로 나누어 산채를 지키게 하고 나머지는 북경성을 치러 가도록 하지요."

송강이 말했다.

"군사의 말이 지극히 합당하오."

송강이 즉시 철면공목 배선을 불러, 대소 군병을 선발하여 다음날 떠날 수 있도록 준비시켰다. 흑선풍 이규가 말했다.

"내 이 도끼 두 자루가 오랫동안 마수걸이를 하지 못했어. 이번에 주현州縣을 쳐서 강탈한다고 들었는데 이 도끼들이 대청 옆에서 기뻐 좋아하고 있어! 형이 나한테 졸개 500명만 뽑아주면 북경으로 달려가 양 중서를 찍어내 잘게 다진 고기덩이로 만들고 이고와 그 여편네를 잡아 갈기갈기 찢어죽일게. 노 원외와 석수 두 사람 목숨을 구하는 것이 내가 바라는 바야."

"동생이 비록 용맹하다고는 하나 여기는 다른 주부와는 비교할 만한 곳이 아니니라. 양 중서는 또한 채 태사의 사위이고 수하에 이성·문달이 모두 만 명도 당해 낼 수 없는 용맹한 장수들이다. 가볍게 볼 수 없는 일이야."

이규가 소리 질렀다.

"형은 다른 사람 기개는 칭찬하면서 왜 내 위풍은 꺾어! 내가 가서 어떻게 하는지 보라고. 만약 깨지면 다시는 산으로 돌아오지 않을 거야!"

오용이 말했다.

"네가 가고 싶으면, 선봉에 세워주마. 군사 500명을 뽑아줄 테니 선발대가 되어 내일 하산해라."

그날 밤 송강은 오용과 상의하여 배치할 인원을 결정했다. 배선이 받아 적어 각 방책에 알리고 각기 순서에 따라 출발하되 시각을 어기는 일이 없도록 했다.

때는 늦가을에서 초겨울로 넘어가는 날씨라, 전쟁터로 나가는 군사들이 갑옷을 입기 쉬웠고 전마 또한 살이 올라 있었다. 군졸들도 오랫동안 싸움에 나가지 않아 모두들 싸우고자 하는 마음이 절로 나왔고 각기 한스러워하며 원수 갚을 생각만 했다. 선발되어 파견되는 군졸들은 기뻐하며 창칼을 수습하고 안장과 말을 동여매고 주먹을 문지르고 손을 비비며 즉시 산을 내려갔다. 제1부대는 선봉으로 나선 흑선풍 이규로 앞에서 행군하며 순찰과 보초를 세우고 적 상황을 관찰하면서 졸개 500명을 이끌었다. 제2부대는 양두사 해진·쌍미갈 해보·모두성 공명·독화성 공량으로 졸개 1000명을 이끌었다. 제3부대는 여두령 일장청 호삼랑, 부장은 모야차 손이랑·모대충 고대수로 1000명의 군사를 인솔했다. 제4부대는 박천조 이응이고 부장으로 구문룡 사진·소울지 손신으로 역시 1000명을 이끌었다. 중군은 주장으로 두령 송강과 군사 오용으로, 네 명의 두령이 군영을 통솔했는데 소온후 여방·새인귀 곽성·병울지 손립·진삼산 황신이었다. 전군前軍 두령으로는 벽력화 진명인데 부장으로는 백승장 한도와 천목장 팽기였다. 후군 두령은 표자두 임충이 맡고, 부장은 철적선 마린과 화안산예 등비였다. 좌군 두령은 쌍편 호연작이고 부장으로는 마운금시 구붕과 금모호 연순이었고, 우군 두령은 소이광 화영이 맡고 부장으로는 도간호 진달과 백화사 양춘이었다. 아울러 포수 굉천뢰 능진도 함께 했으며 식량과 마초를 지원하게 했다. 그리고 군사 상황을 정탐하는 일은 신행태보 대종이 맡았다. 군사들의 모든 배치가 끝나자, 새벽에 각 두령들이 차례대로 나아가 그날 출발했다. 부군사 공손승과 유당·주동·목홍 네 두령은 마보군을 통솔하여 산채를 지켰고 세 개의 관문과 수채는 이준 등이 방비했다.

한편, 색초가 비호욕 방책에 앉아 있는데 유성보마流星報馬2가 달려와 알렸다.

"송강 군마가 몰려오는데 그 수를 헤아릴 수 없을 만큼 규모가 큽니다. 군영에서 대략 20~30리 떨어져 있는데 곧 이곳까지 몰려올 겁니다!"

색초가 듣고서 괴수파 군영이 있는 이성에게 급히 보고했다. 이성이 듣고서 성안으로 보고하는 한편 전마를 준비해 색초가 있는 진지로 달려왔다. 색초가 맞이하여 상황을 자세히 설명했다. 이튿날, 5경에 아침밥을 먹고 날이 밝자 방책을 뽑아 전진하여 유가탄庾家疃이란 곳에 1만5000여 병사를 배치했다. 이성과 색초가 갑옷을 입고 문기 아래에서 전마를 세우고 기다렸다. 평평한 동쪽을 바라보니 멀리 먼지가 일어나는 곳에 대략 500여 명이 날듯이 앞으로 달려오는 게 보였다. 이성이 채찍의 끝으로 가리키자 군졸들이 발로 쇠뇌를 밟고 손으로 강한 활을 잡아당겼다. 양산박 호걸들이 유가탄에 일자로 진세를 펼쳤다. 그들을 보니,

2_ 유성보마流星報馬: 고대 통신병.

사람마다 붉은 두건을 쓰고, 일제히 세밀하게 재봉한 붉은 저고리 입었네. 백로 같이 날렵한 다리엔 행전을 묶고, 범과 이리 같은 늘씬한 허리엔 배가리개를 조여 맸구나. 삼지창은 곧고 섬뜩한 빛 발산하고, 네모난 편은 가로로 끌며 찬 안개를 뿜어내네. 버들 잎 모양의 유엽창柳葉槍과 화첨창火尖槍[3]이 삼대 같이 조밀하고, 청동도青銅刀, 언월도偃月刀는 흩날리는 눈 같구나. 온 땅 가득히 나부끼는 붉은 깃발은 화염 같고, 허공의 붉은 기는 눈부신 노을빛 같도다.

人人都帶茜紅巾, 個個齊穿緋衲襖. 鷺鷥腿緊繫脚綳, 虎狼腰牢拴裹肚. 三股叉直迸寒光, 四棱簡橫拖冷霧. 柳葉槍, 火尖槍, 密布如麻; 青銅刀, 偃月刀, 紛紛似雪. 滿地紅旗飄火焰, 半空赤幟耀霞光.

동쪽 진에서 말을 타고 앞장선 한 호걸이 보였는데, 바로 흑선풍 이규였다. 손에 쌍 도끼를 쥐고 기괴한 얼굴에 눈을 둥그렇게 뜨고는 이를 갈며 큰 소리로 외쳤다.

"양산박 호걸 흑선풍을 아느냐?"

이성이 말 위에서 바라보고는 크게 웃으면서 색초에게 말했다.

"매일 양산박 호걸이라고 떠들더니 원래 이런 더러운 도적놈들이었구나. 입에 올리기도 민망하구나! 선봉, 보았느냐? 어찌하여 먼저 저 도적놈을 잡지 아니하느냐?"

색초도 웃으면서 말했다.

"어찌 닭 잡는 데 소 잡는 칼을 쓰겠습니까?[4] 전장에서 공을 세울 자 있으니

3_ 화첨창火尖槍: 명대의 신마소설인 『봉신연의封神演義』와 전설 고사에서 나타哪吒가 사용한 병기다. 창끝의 형상이 화염과 같다.

4_ 원문은 '割鷄焉用牛刀?'다. 『논어』「양화陽貨」에 다음과 같은 내용이 있다. "공자가 무성武城에 가서 거문고에 맞춰 노래 부르는 소리를 들었다. 공자가 빙그레 웃으며 말하기를, '닭 잡는 데 어찌하여 소 잡는 칼을 쓰느냐?'라고 했다." 작은 일을 처리하며 예악을 사용할 필요가 있는가라는 의미다. 이후에 이것은 작은 일을 처리함에 큰 힘을 들일 필요가 없음을 비유하는 말로 사용되었다.

주장께서는 염려하실 필요 없습니다."

미처 말이 끝나기도 전에, 색초 말 뒤에서 왕정王定이란 장수가 나오더니, 손에 장창을 꼬나들고 100여 군마를 이끌어 날듯이 달려나갔다. 이규가 용감하고 갑옷으로 보호한다 할지라도 마군이 돌진해오니 사방으로 흩어져 달아났다. 색초가 군마를 이끌고 유가탄으로 쫓아가는데 산비탈 뒤에서 징소리와 북소리가 하늘을 진동하더니 두 부대의 군사가 돌진해왔다. 왼쪽은 해진과 공량이었고 오른쪽은 공명과 해보였는데 각 500여 졸개를 이끌고 달려들었다.

색초는 그에게 지원군이 있는 것을 보고 비로소 놀라 더 이상 쫓지 않고 말머리를 돌려 돌아왔다. 이성이 물었다.

"어찌하여 도적을 잡아오지 않았소?"

"산으로 쫓아가 그놈을 잡으려고 했는데 원래 이놈들한테 호응하는 군사가 있어, 복병이 일제히 일어나니 손쓰기 어려웠습니다."

이성이 말했다.

"이런 도적놈들을 어찌 두려워하는가!"

전방 군영의 군사들을 이끌고 유가탄으로 밀고 들어갔다. 앞쪽에 깃발을 흔들고 함성을 지르며 북소리 징소리 울리더니 군마가 오는데 앞선 말 위에 장수는 여장수로 대단히 용모가 아름다웠다. 「염노교念奴嬌」 한 수가 있어 이를 증명한다.

백설같이 흰 살결, 부용 같은 용모, 자연스런 풍격 지니고 있구나. 휘황찬란한 금빛 갑옷의 갑옷미늘 살아 움직이는 듯하고, 붉은 비단 머리띠에는 은빛 배어 나오네. 가늘고 옥같이 흰 손엔 보검 두 자루 쥐었으니 영웅적 명성 대단하도다. 눈치 빠른 요염한 눈길, 온갖 요염한 자태 뿜어내네. 준마 타고 질주하며 앞장서고 바람처럼 번쩍이는 칼날 휘두르며 관군의 귀를 베어내려 하누나. 분 바른 얼굴엔 먼지 덮이고 전포는 땀에 흠뻑 젖었는데 살기가 가슴에 차올랐도다.

전사들은 혼이 나가고 적들은 간담 서늘해지니, 여장군들 가운데서도 특출나구나. 승리 거두고 돌아올 때, 양 볼에 은은한 미소 절로 나오네.

玉雪肌膚, 芙蓉模樣, 有天然標格. 金鎧輝煌鱗甲動, 銀滲紅羅抹額. 玉手纖纖, 雙持寶刃, 恁英雄烜赫. 眼溜秋波, 萬種妖嬈堪摘. 謾馳寶馬當前, 霜刃如風, 要把官兵斬馘. 粉面塵飛, 征袍汗濕, 殺氣騰胸腋. 戰士消魂, 敵人喪膽, 女將中間奇特. 得勝歸來, 隱隱笑生雙頰.

호삼랑이 이끄는 대열엔 붉은 깃발에 금색 글자로 '여장군 일장청'이라고 쓰여 있었다. 왼쪽은 고대수, 오른쪽은 손이랑으로 1000여 군마를 이끌고 있었는데 덩치가 들쭉날쭉했고 사방팔방 각 지역에서 모인 사내들이었다. 이성이 보고서 말했다.

"이런 군인들을 어디에 쓰겠나! 선봉은 나아가 적을 맞이하고 내가 군사를 나누어 사방의 도적들을 잡겠다."

색초는 군령을 받아 손에 금잠부를 잡고 말을 차며 앞으로 내달리자 일장청이 말 머리를 획 돌려 산의 움푹 들어간 곳을 향해 달아났다. 이성이 군사를 벌려 사방으로 쫓았다. 그때, 갑자기 함성이 천지를 진동하고 안개가 하늘을 가리더니 한 무리의 군마가 나는 듯이 추격해왔다. 이성은 급히 군사를 14~15리 뒤로 물렸으나 머리와 꼬리를 돌볼 수 없었다. 황급히 물러나 유가탄으로 들어갈 때 왼쪽에서 해진과 공량이 인마를 이끌고 쫓아왔고, 오른쪽에서는 공명과 해보가 달려들었다. 세 여장수도 말 머리를 돌려 뒤에서 치고 들어와 쫓으니 이성의 군사는 사방으로 흩어져 달아났다. 급히 군영으로 돌아오는데 갑자기 흑선풍 이규가 길을 막았다. 이성과 색초가 군사를 뚫고 나와 길을 찾아 달아났다. 겨우 군영에 이르렀으나 군사의 태반이 꺾인 상태였다. 송강의 마군 또한 더 이상 쫓지 않고 군사를 수습해 멈추고 군영을 세웠다.

이성과 색초는 황급히 사람을 북경성으로 보내 양 중서에게 보고했다. 양 중서는 그날 밤 다시 문달에게 본부의 군마를 이끌고 싸움을 돕도록 했다. 이성이 맞이하고 괴수파 군영 안에서 적을 물리칠 계책을 상의했다. 문달이 웃으면서 말했다.

"피부병같이 별것 아닌 놈들을 어찌 그리 걱정하시오! 내가 재주는 없지만 내일 결전을 벌여 승리를 거두도록 힘쓰겠소."

그날 밤 상의를 마치고, 다음 날 4경에 아침밥을 먹고 5경에 갑옷을 입고 무장하여 날이 밝아오자 진군했다. 삼통고를 두드리며 방책을 뽑고 유가탄으로 전진했다. 송강의 군마도 질풍같이 맹렬히 달려왔다. 그 모습을 보니,

전운 모락모락 막 갠 하늘 덮고, 먼지 자욱히 막막해 도서를 구분할 수 없네.
10만 맹수 울음 땅을 진동시키고, 수레의 화포 소리는 우렛소리 같도다.
둥둥 전진의 북소리 골짜기 뒤흔들고, 깃발들은 펄럭이며 바람에 나부끼누나.
휘두르는 창날 흰 구렁이 도는 듯하고, 빛나는 검은 창룡이 나는 듯하네.
매처럼 용맹한 육군은 귀신도 통곡하고, 용맹한 삼군은 비휴처럼 사납도다.
천강·지살성 세상에 내려오고, 천봉天蓬, 정갑丁甲[5] 창공에서 내려왔구나.
눈으로 씻어낸 듯한 은 투구와 금 갑옷, 강한 쇠뇌로도 뚫기 어렵다네.
사람마다 충의 다할 뿐, 왕 잡고 장수 참수하여 공적 취하고자 함이 아니로다.
문달 역량 헤아리지 못하고, 호언장담하나 하찮은 재주에 불과하도다.
비호골 복병들 사방에서 일어나, 밤새 달리며 추격하니 선봉대도 없다 하리.
퇴로 막아놓고 패잔병들 해치우니, 갈대 속으로 도망치는 토끼 같더라.
征雲冉冉飛晴空, 征塵漠漠迷西東.
十萬貔貅聲振地, 車廂火炮如雷轟.

5_ 천봉天蓬은 천신天神의 이름이고, 정갑丁甲은 육정육갑六丁六甲으로 본래는 도교의 신 이름이었으나 이후에는 일반적으로 천병天兵, 천장天將을 가리키게 되었다.

鼙鼓鼕鼕撼山嶽, 旌旗獵獵搖天風.

槍影搖空翻玉蟒, 劍光耀日飛蒼龍.

六師鷹揚鬼神泣, 三軍英勇貅虎同.

罡星煞曜降凡世, 天蓬丁甲離青穹.

銀盔金甲濯冰雪, 強弓硬弩眞難攻.

人人只欲盡忠義, 擒王斬將非邀功.

大刀聞達不知量, 狂言逞技眞雕蟲.

飛虎峪中兵四起, 星馳電逐無前鋒.

閉關收拾殘戈甲, 有如脫兎潛葭蓬.

문달이 군마를 늘어세우고 강한 활과 쇠뇌로 몰려오는 군마의 대열 선두를 향해 쏘아 전진을 막았다. 송강의 진중에서 악어가죽 북 두드리는 소리 요란하고 여러 색상의 비단 깃발 흔드는 가운데 대장 한 명이 나왔다. 붉은 깃발에 은색 글자로 '벽력화 진명'이라고 크게 써 있었다. 그의 차림새를 보니,

주홍색의 옻칠한 삿갓 쓰고 진홍색 도포 선명하며 연환 철갑 어깨엔 짐승 모양의 금속 보호대 달려 있구나. 녹색의 가죽 군화엔 구름 문양 새겨 넣었고, 봉황의 날개 같은 투구6는 햇빛에 비치며, 사마보대를 허리에 찼네. 낭아봉 손에 쥔 그의 늠름한 풍채는 보기 드문 영웅이로다.

頭戴朱紅漆笠, 身穿絳色袍鮮. 連環鎖甲獸呑肩, 抹綠戰靴雲嵌. 鳳翅明盔耀日, 獅蠻寶帶腰懸. 狼牙混棍手中拈, 凜凜英雄罕見.

6_ 원문은 '봉시회鳳翅盔'로 무장들이 쓴 투구로 대부분 두꺼운 가죽으로 만들어졌다. 이마를 보호하고 귀를 가리기 위해 앞이마에서 양쪽 귀 앞까지 구리 쇠 조각을 새의 양 날개처럼 만들었는데, 봉황의 날개와 같아 봉시회라 했다. 이러한 투구는 당나라 때 시작되었고 송나라 때 성행했다.

진명이 고삐를 당겨 말을 세우고는 엄하게 꾸짖었다.

"북경의 탐관오리는 들거라! 오랫동안 너희의 성을 치려고 했지만 백성과 양민을 해칠까 두려워 망설였다. 노준의와 석수를 보내주고 음부와 간부를 함께 끌고오면, 내가 군사를 물려 전쟁을 끝내고 서로 침략하지 않겠다고 맹세하마. 만약 고집을 부리고 잘못을 깨닫지 못한다면 불 질러 옥석을 가리지 않고 모조리 불태워버리겠다. 할 말이 있을 터이니 꾸물대지 말고 지껄여보아라!"

말을 끝내기도 전에 문달이 크게 성내며 장수들에게 물었다.

"누가 나가서 저 도적놈을 잡아오겠느냐?"

미처 말이 끝나기도 전에 뒤에서 말방울이 울리더니 한 대장이 말을 타고 나왔다. 그 차림새를 보니,

> 햇빛에 번쩍번쩍 빛나는 투구 쓰고, 묵직한 연환 갑옷 입었는데, 둥근 꽃무늬 색채 찬란한 붉은 비단 전포에 한 쌍의 봉황 아로새긴 금띠 둘렀구나. 작화궁은 활집에 들어 있고, 낭아전狼牙箭7은 화살통에 꽂혔네. 무늬를 조각한 안장 얹은 오화마五花馬8에 앉아, 손 안의 큰 도끼 어루만지는구나.
>
> 耀日兜鍪晃晃, 連環鐵甲重重. 團花點翠錦袍紅, 金帶鈒成雙鳳. 鵲畵弓藏袋內, 狼牙箭揷壺中. 雕鞍穩定五花龍, 大斧手中摩弄.

이 사람은 북경의 상장인 색초로 성질이 급했기 때문에 사람들이 모두 급선봉이라 불렀다. 그가 진 앞에 서서 큰 소리로 외쳤다.

"일찍이 조정에서 네놈을 관리로 임명해주었는데, 나라가 너에게 무슨 해를 끼쳤기에 좋은 사람이 되지 않고 산에 올라가 도적이 되었단 말이냐! 내가 너를

7_ 낭아전狼牙箭: 화살촉의 형상이 이리의 이빨과 비슷하고 예리하다.
8_ 원문은 '오화룡五花龍'인데, 오화마五花馬를 말한다. 당나라 때 갈기를 다듬어 다섯 갈래로 땋아 장식한 말이라 한다.

잡아 갈기갈기 찢어 죽이리라! 네놈은 죽어도 다 속죄하지 못할 것이다!"

이 말을 들은 진명은 화로 속에 숯을 던져 넣고 타오르는 불에 기름을 붙는 것처럼 화가 치밀어 올라 말을 박차 낭아곤을 돌리며 곧바로 달려들었다. 색초 또한 말을 몰아 진명을 맞았다. 두 필의 사나운 말이 엇갈려 달리고 두 병기가 함께 치솟자 양쪽 부대가 모두 함성을 질렀다. 두 장수는 20여 합을 싸웠으나 승패가 갈리지 않았다. 그때, 송강 군중의 선봉부대 안에서 한도가 돌아나오자마자 말 위에서 활을 집어 화살을 얹고 색초를 향해 실눈을 뜨고 보다가 또렷해지자 손을 놓았다. '씨잉' 화살 한 대가 날아가 색초의 왼쪽 팔에 그대로 꽂혔다. 색초가 큰 도끼를 내던지고 말을 돌려 본진으로 달아나자, 즉시 송강이 채찍 끝으로 한번 가리키니 대소 삼군이 일제히 돌진했다. 순식간에 시체가 들판에 가득 차고 흐르는 피가 강을 이루는 대패를 당했고 유가탄을 넘어 괴수파에 있는 소채까지 빼앗겼다. 그날 밤, 문달은 비호욕으로 달아났고 군병을 점검해보니 셋 중의 하나는 꺾인 상태였다. 송강이 괴수파 비탈의 방책 안에 군사를 주둔시켰다. 오용이 말했다.

"군사들이 패하여 달아나면 반드시 속으로 겁이 나게 됩니다. 만약 승세를 타고 쫓지 않았다가 저들이 다시 용기를 내게 될까 염려됩니다. 이런 어려운 기회를 놓치지 말고 서둘러야 합니다."

"군사의 말이 지극히 합당하오."

즉시 영을 전달하여, 그날 밤 승리를 얻은 정예 군사들을 네 갈래 길로 나누어 밤새 전진하며 쫓도록 했다.

한편 문달은 비호욕으로 달아났고 초상집 개처럼 서두르고 그물에서 빠져나온 물고기처럼 허둥지둥하며 방책 안에서 계책을 상의하는데 졸개가 와서 보고했다.

"근처 산 위에 불이 났습니다!"

문달이 군사를 이끌고 말에 올라 동쪽 산으로 가서 살펴보니 온 산에 수없이 많은 횃불이 보였고 산과 들판을 새빨갛게 비추고 있었다. 문달이 즉시 군사를 이끌고 적에 대항하려 하는데, 산 뒤쪽에서 또 마군이 몰려오고 있었다. 앞장 선 장수는 소이광 화영으로 부장인 양춘·진달을 이끌고 짓쳐 달려오고 있었다. 문달은 어찌할 바를 몰라 당황해하며 병사를 이끌고 비호욕으로 돌아갔다. 그런데 서쪽 산 위에도 셀 수 없이 많은 횃불이 일어났는데, 앞장선 장수는 쌍편 호연작으로 부장인 구붕·연순을 이끌고 돌격해왔다. 그때 뒤쪽에서 함성 소리가 들렸다. 벽력화 진명으로 부장인 한도와 팽기를 이끌고 힘을 다해 돌격해오고 있었다. 이에 문달의 군마는 크게 어지러워졌고 방책을 모두 뽑아버리고 달아나려는데 앞에서 함성 소리가 다시 일어나고 불길이 환하게 솟아오르는 게 보였다. 굉천뢰 능진이 조수를 데리고 오솔길에서 곧장 비호욕으로 포를 쏜 것이었다. 문달이 군사를 이끌고 길을 찾아 성 쪽으로 달아났다. 그런데 앞쪽에서 북이 울리고 불길이 일어나더니 그 속에서 군마가 길을 막았다. 표자두 임충이 부장 마린과 등비를 이끌고 퇴로를 막은 것이었다. 사방에서 전고가 일제히 울리고 사나운 불길이 다투어 솟아오르니 군사들은 정신없이 뛰어다니며 각자 살고자 달아날 뿐이었다. 문달은 손의 큰 칼을 춤추듯 휘두르며 악전고투하며 길을 찾다가 마침 이성과 마주치자 병사를 한 곳에 모아 싸우면서 달아났다. 날이 밝자 비로소 성 아래에 도착했다. 양 중서가 소식을 듣고 놀라 넋이 다 나갔다. 얼른 군사를 점검하여 성을 나가 패잔병을 거두고 성문을 굳게 닫고 지키기만 했다. 다음 날, 송강 군마가 쫓아와 동문에 이르러 진지를 구축하여 주둔하고 성을 공격할 준비를 했다.

한편 양 중서는 유수사에서 사람들을 모아 원병을 청할 수 있는 방법을 상의했다. 이성이 말했다.

"적군이 성 아래에 이르렀으니 상황이 매우 다급합니다. 만일 지체된다면 반드시 함락될 것입니다. 상공께서는 서둘러 위급함을 알리는 서신을 쓰시고 심복을 동경에 보내 채 태사께 알려야 합니다. 채 태사께서 상황을 알리고 조정에 상주해 구원할 정예병을 파견하신다면 이것이 상책입니다. 두 번째는 인근 부와 현에 긴급 공문을 보내 최대한 빨리 군사를 보내 구원하러 오게 하는 것입니다. 세 번째는 대명부 명령으로 북경 성내의 장정들을 성에 오르게 하고 협력하여 성을 지키는 것입니다. 뇌목과 포석, 답노踏弩[9]와 강궁, 회병灰瓶[10], 금즙金汁[11]을 준비하고 주야로 방비한다면 걱정 없이 성을 지킬 수 있을 것입니다."

양 중서가 말했다.

"편지 쓰는 것이야 문제없지만 누가 가지고 갈 수 있는가?"

그날로 장수 왕정王定이 갑옷을 입고 몇 기의 군마만 이끌고 밀서를 받아 성문을 열고 조교를 내려 비보를 알리러 동경으로 향했다. 아울러 인근 부府에 문서를 보내 출병하여 구원해달라고 알렸다. 먼저 왕 태수에게 명령하여 인부들을 성에 올려보내 지키게 했다.

송강은 동·서·북 삼면에 진지를 세웠고 장수들에게 군사를 이끌고 성을 포위하도록 나누어 배치하고 남문만 비워두었다. 매일 군사를 이끌고 공격하는 한편, 장기적인 계책으로 양산박에 군량과 마초를 공급하라 재촉했으며, 반드시 북경성을 격파하여 노 원외와 석수를 구하고자 했다. 이성과 문달이 연일 군사를 일으켜 성을 나가 싸웠으나 승리할 수 없었고 색초마저 화살 맞은 상처를 치료하느라 쉬고 있는 상태였다.

송강 군사들이 성을 공격하는 동안, 장수 왕정은 밀서를 가지고 군졸 세 기와 함께 동경 태사부 앞에 도착하여 말에서 내렸다. 문을 지키는 관리가 들어가 알리자 태사가 왕정을 들어오게 했다. 후당으로 들어가 절을 마치고 밀서를 올렸다. 채 태사가 편지 겉봉을 뜯고 읽다가 크게 놀라 자세한 상황을 물었다.

9_ 답노踏弩: 기구에 묶어 다리로 힘껏 밟아 화살을 발사하는 활.

10_ 회병灰瓶: 석회石灰를 넣은 병으로 적이 눈을 뜰 수 없었다.

11_ 금즙金汁: 펄펄 끓인 똥오줌. 수성守城 때 사용했다. 뜨거워 적을 죽일 수 있었을 뿐만 아니라 똥오줌이 불결하여 상처가 부패하고 치료하기 어려웠다.

왕정이 노준의의 일을 하나하나 설명했다.

"지금 송강이 군사를 이끌고 성을 포위하고 있는데 세력이 엄청나게 커서 적을 막아내지 못하고 있습니다."

유가탄·괴수파·비호욕 세 곳에서 싸움을 벌인 일을 모두 이야기했다. 채경이 말했다.

"먼 길을 달려오느라 피곤할 터이니 너는 일단 관역館驛[12]에 가서 쉬거라. 내가 입궐하여 이 일에 대해 관리들을 모아놓고 상의해보겠다."

왕정이 또 한번 아뢰었다.

"태사 어르신, 지금 대명부가 계란을 쌓아 올린 것처럼 위급하여 당장이라도 부서질지 모릅니다. 혹여 함락이라도 되면 하북河北의 현군縣郡들은 어찌하란 말입니까? 태사께서는 조속히 파병하시어 적군을 철저히 섬멸해주시기를 간청합니다!"

"여러 말 필요 없고 일단 너는 물러나 있거라."

왕정이 나갔다.

태사는 즉시 부간府幹[13]을 보내 추밀원 관원들에게 중대한 군사 상황을 상의하게 급히 모이라고 했다. 오래지 않아 동청추밀사東廳樞密使[14] 동관童貫이 삼아三衙[15] 태위를 이끌고 모두 절당節堂[16]에 도착해 태사를 알현했다. 채경이 대명부의 위급함을 자세히 설명했다.

"지금 어떤 계책으로 또한 어떤 장수를 기용해야 적병을 물리치고 성곽을 보전할 수 있겠느냐?"

12_ 관역館驛: 역참驛站에 설치한 여관.

13_ 부간府幹: 송나라 때 고위 관리 관저의 시종.

14_ 동청추밀사東廳樞密使는 '동원추밀사東院樞密使'다.

15_ 삼아三衙: 송대에 금군禁軍을 관장하던 기구로 전전사殿前司·시위친군마군사侍衛親軍馬軍司·시위친군보군사侍衛親軍步軍司를 '삼아'라 한다.

16_ 절당節堂: 기밀의 중요한 일을 상의하는 대청.

말을 마치자, 여러 관리가 겁에 질린 모습으로 서로 바라만 볼 뿐이었다. 보군태위 등 뒤에서 한 사람이 나오는데, 아문방어사보의衙門防禦使保義 선찬宣贊이란 사람으로 병마를 관리하고 있었다. 이 사람은 생김새가 솥 밑바닥 같이 새카맣고 콧구멍은 하늘을 향해 뚫려 있으며 곱슬머리에 붉은 수염이 났는데 8척의 우람한 체격에 강철 칼을 사용했고 무예가 출중했다. 이전에 왕부王府[17]의 사위였으므로, 사람들이 '추군마醜郡馬'[18]라 불렀다. 연주전連珠箭[19]으로 이민족 장수와 싸워 이기자 군왕郡王[20]이 그의 무예를 아껴 사위로 삼았으나, 군주郡主가 그의 추한 외모를 싫어하여 한을 품고 죽었다. 이 때문에 다시 중용되지 못하고 병마보의사兵馬保義使의 자리에 있었다. 아첨하기 좋아하는 무리인 동관은 그와 사이가 좋지 못하여 언제나 의심하는 마음을 지니고 있었다. 그때 선찬은 참지 못하고 앞으로 나와 채 태사에게 아뢰었다.

"소장이 애초에 시골에 있을 때 아는 사람이 하나 있는데, 한말漢末 삼국시대 의용무안왕義勇武安王[21]의 직계 자손입니다. 생김새가 조상인 운장雲長 관우關羽와 비슷하고 역시 청룡언월도를 사용하여 사람들이 '대도大刀 관승關勝'이라 부릅니다. 지금은 포동蒲東의 순검巡檢[22]으로 비천한 말단 관리로 살고 있습니다. 이 사람은 어렸을 때부터 병서를 읽었고 무예에 정통하여 만 명도 당해낼 수 없

17_ 왕부王府: 대왕(왕의 작위로 봉해진 사람) 관저.

18_ 군마郡馬: 군주郡主의 남편. 군주는 당대에는 태자太子의 딸, 송대에는 황실 종친의 딸, 명·청대에는 친왕親王의 딸을 일컫는 호칭이다.

19_ 연주전連珠箭: 연속적으로 발사하는 화살.

20_ 군왕郡王: 서진西晉 시기에 시작되었으며, 당·송 시기에 친왕親王(당대 이후 황제의 형제와 아들을 칭함) 다음가는 작위.

21_ 의용무안왕義勇武安王: 송나라 때 관우에게 추가로 봉해진 작호다.

22_ 순검巡檢: 주현州縣 혹은 진鎭의 현지 치안 유지를 위해 설치한 무관으로 현지의 금군과 토병을 통솔했다. 순검과 현위縣尉를 합쳐서 순위巡尉라 한다. 순검사巡檢司는 순검사巡檢使라고도 하며 현위사縣尉司가 통솔하는 기구였다. 원나라 때 현위사 아래에 순검사·포도사捕盜司를 설치했다. 『송사』「직관지·직관 7」에 따르면 "순검사巡檢司는 갑옷 입은 군사를 훈련시키고 주읍州邑의 순찰, 도적의 체포를 관장했다"고 했다.

는 용맹을 지니고 있습니다. 만약 예물을 보내 그를 청하고 상장上將을 삼는다면 양산박 도적들을 깨끗하게 쓸어버리고 미친 무리들을 전멸시켜, 나라를 보위하고 백성을 안정시킬 수 있을 겁니다. 태사께서 제 요청을 받아주기를 간절히 바랍니다."

채경이 듣고는 크게 기뻐하며, 선찬을 사신으로 삼아 안장과 말, 공문서를 내려 그날 밤 급히 포동으로 보내 예로써 관승을 청하여 동경으로 와서 계책을 논의하라 분부했다. 상의를 마치고 관리들이 모두 물러났다.

장황한 말은 그만두고 본론으로 들어가서, 선찬이 문서를 수령하고 수행원 서너 명을 데리고 말에 올라 출발했다. 하루도 안 되어 포동 순검사巡檢司 앞에 도착하여 말에서 내렸다. 그날, 관승은 학사문郝思文과 함께 관아에서 고금古今의 흥망과 성쇠에 대해 이야기하고 있었다. 동경에서 사명使命[23]이 왔다는 것을 듣고 관승은 급히 학사문과 함께 나와 맞이했다. 예를 마치고 대청으로 청하여 앉았다. 관승이 물었다.

"이 친구가 벌써 오랫동안 보지 못했는데 오늘은 무슨 일로 멀리서 수고롭게 여기까지 직접 오셨소?"

선찬이 상황을 설명했다.

"양산박 도적들이 북경을 공격하고 있으므로 선 아무개가 태사 면전에서 형님에게 나라를 안정되게 할 수 있는 계책과 병사를 항복시키고 적장을 꺾을 수 있는 재주가 있다고 온힘을 다하여 추천했소. 그래서 특별히 조정의 칙령과 태사의 명령을 받들고 재물과 말, 안장을 들고 예로써 청하고자 길을 나선 것이오. 형님은 물리지 말고 어서 준비해서 동경으로 같이 갑시다."

관승이 듣고 크게 기뻐하며 선찬에게 말했다.

23_ 사명使命: 사람을 파견하여 일을 처리하게 하는 명령 혹은 결정. 여기서는 사신을 가리킨다.

"여기 동생은 학사문이라 하는데 나와 의를 맺은 형제요. 당초에 모친께서 정목안井木犴이 환생하는 꿈을 꾸고 임신하셨는데 이 사람이 태어나서 사람들이 '정목안'이라 부른답니다. 이 동생은 18반 무예를 못하는 것이 없소. 태사의 부름을 받았으니 같이 가서 국가의 은혜에 보답하고자 하는데 어떨지 모르겠습니다."

선찬이 흔쾌히 승낙하고 출발을 독촉했다.

관승은 바로 가족에게 당부하고 학사문과 함께 10여 명의 관서關西 호걸들을 이끌고 칼과 말, 투구와 갑옷, 짐을 수습해 선찬을 따라 그날 밤에 출발했다. 동경에 도착하여 곧장 태사부로 달려가 말에서 내렸다. 문지기가 채 태사에게 알리고 들어오게 했다. 선찬이 관승과 학사문을 데리고 절당으로 들어가 절을 마치고 계단 아래에 시립했다. 채 태사가 관승을 살펴보니 과연 훌륭한 인재였다. 용모가 위풍당당하고 8척 5~6촌의 체격에, 세세하게 늘어진 세 가닥 수염, 양 눈썹이 귀밑머리까지 뻗었고 봉황의 눈이 하늘을 향해 치켜졌으며, 얼굴은 잘 익은 대추 같고 입술은 주사朱沙를 칠한 듯 붉었다. 태사가 크게 기뻐하며 물었다.

"장군은 나이가 얼마나 되오?"

관승이 대답했다.

"소장 서른 두 살입니다."

"양산박 도적들이 북경 성곽을 포위하고 있는데 장군은 어떤 묘책으로 그 포위를 풀 수 있겠소?"

관승이 아뢰었다.

"오래전부터 도적들이 물가를 차지하여 백성을 놀라게 한다고 들었습니다. 지금 소굴을 벗어났으니 스스로 화를 자초한 것과 다름이 없습니다. 만약 북경을 구하고자 하신다면 부질없이 인력을 낭비하는 것입니다. 제게 정예병 수만을 빌려주시면 북경은 젖혀두고 먼저 양산을 취하고 그 다음 도적들을 잡으면 그 놈들은 머리와 꼬리가 서로 보살펴줄 수 없게 됩니다."

태사가 듣고서 크게 기뻐하며 선찬에게 말했다.

"이것이 바로 위위구조지계圍魏救趙之計 아니오! 내 생각도 그대와 같소."

즉시 추밀원 관원을 불러 산동과 하북의 정예군 1만5000명을 파견하게 했다. 학사문을 선봉으로 삼고 선찬은 후군을 맡게 했으며 관승은 군대를 통솔하는 지휘사指揮使가 되었다. 그리고 보군태위 단상段常은 군량과 마초를 지원했다. 전군에게 잔치를 열어 위로하고 포상했으며 날을 정해 출발했다. 대도 관승은 당당하게 양산박을 향해 진군했다. 그야말로 바다를 떠난 용은 구름과 안개를 타고 날 수 없고, 광활하고 평평한 땅에 온 호랑이가 어떻게 이를 드러내고 발톱을 치켜세울 수 있겠는가? 바로 하늘에 떠 있는 가을 달구경 하느라 정신이 팔려 소반의 야광주를 잃어버린 것이다.[24]

과연 송강의 군마가 어떻게 되었는가는 다음 회에 설명하노라.

유수留守와 태수太守

본문에는 북경 유수留守인 양 중서와 왕王 태수라는 인물이 등장하면서 두 사람이 나누어 임무와 관직을 담당하는 것으로 설정되었는데 이는 역사적 사실과는 다르다. '유수'는 건륭乾隆 원년(960)에 설치되었다. 『송사』 「직관지」에 따르면 "추밀사樞密使 오정조吳廷祚를 동경 유수로 삼고 서남 북경 유수 각 1명이 지부知府를 겸임한다. 유수는 궁궐 열쇠와 경성의 수비, 건축물 개보수, 진압의 일을 관장하며 기畿(경성 주변 지역) 내의 돈, 곡식, 병사, 백성에 관련된 모든 정무를 귀속시킨다"고 했다. 즉 동경 유수는 대명부 지부 혹은 대명부 소윤少尹을 겸임했다. 그러므로 왕 지부(태수)는 허구의 인물이라 할 수 있다.

24_ 원문은 '貪觀天上中秋月, 失却盤中照殿珠'다. 남의 물건을 탐내다 자신이 가지고 있는 진귀한 보배를 먼저 잃을 수 있다는 것을 비유한 말이다.

추군마醜郡馬 선찬宣贊

'추군마'란 별명은 현실적으로는 불가능하다. 『송사』 「예지禮志 18」에 따르면, 송 휘종 때 "공주를 제희帝姬, 군주郡主를 종희宗姬, 현주縣主를 족희族姬로 변경했다"고 했다. 이것으로 보건대 종희의 남편을 군마라 불러서는 안 된다. 여기서 '군마'라고 부른 것은 명나라 제도에 따른 것이다. 또한 '선찬'이란 인물은 『선화유사』와 원·명 잡극에 보이지 않기에 『수호전』에서 창조된 인물이다. 그리고 '선찬'은 '선찬사인宣贊舍人'으로 품계에 들어가지 않는 하급 관리 명칭이었다. 북송 말기 장계유莊季裕의 『계륵편鷄肋篇』에 이르기를, "소흥紹興 연간 이후에 대도大盜의 대부분을 관리로 임명하고 귀순시켰는데, 대개 선찬사인으로 삼아 영예롭게 했다. 그리하여 당시에는 이 관직을 부끄럽게 여겼다"고 했다. 이 때문에 도적들을 귀순시킨다는 의미에서 '선찬'이란 인물을 등장시킨 것일 수도 있다. '선찬사인'은 명령의 전달, 제왕과 상급 관원을 알현할 때 예의 절차와 안내하는 일을 관장했다.

대도大刀 관승關勝

『수호전보증본』에 따르면 "관승은 『선화유사』에서도 관승이라 했지만 구천현녀 천서의 36명 장수 이름에서는 '대도 관필승關必勝'이라 기재하고 있다. 원 잡극인 「표자화상자환속豹子和尙自還俗」에서 또한 '대도 관필승'이라 했다. 그러나 「쟁보은삼호하산爭報恩三虎下山」 「왕왜호대뇨동평부王矮虎大鬧東平府」에서는 모두 '관승'이라 칭했기에, 이 당시에는 관승이 아직은 정형화되지 않았다. 관승이 관우의 후손으로 정형화된 것은 공성여의 「송강삼십육인찬」에서 시작되었다. 관승의 별명과 용감한 행위는 남송의 해주海州에서 금나라에 대항한 대도大刀 위승魏勝에서 취한 듯하다"고 했다.

정목안井木犴 학사문郝思文

「이십팔수진형도二十八宿眞形圖」에 근거하면 '정수井宿'는 남방칠수南方七宿의 첫 번째 별자리로 목木에 속하고 안犴이 된다. '안犴'은 '안豻'과 같으며 중국 북방의 들개로 형상은 여우와 같고 검은 주둥이에 성질은 매우 사납다. 즉, '정목안'이란 별명은 용맹의 뜻을 내포하고 있다. 또한 『선화유사』와 원·명 잡극에는 학사문郝思文이란 이름은 보이지 않으며 『수호전』에서 창조한 인물이다.

위위구조지계圍魏救趙之計

『사기』 「손자오기열전孫子吳起列傳」에 다음과 같은 내용이 있다.

'위魏나라가 조趙나라를 공격하자 조나라는 위급해져 제齊나라에 구원을 요청했다. 제나라 위왕威王이 손빈孫臏을 장군으로 임명하려 하자 손빈은 사양하며, "형벌을 받은 사람이기 때문에 장군을 담당해서는 안 됩니다"라고 말했다. 그리하여 위왕은 전기田忌를 장군으로 임명하고, 손빈을 군사로 삼고는 휘장과 덮개가 있는 큰 수레에 앉아 전기를 위해 계책을 세우도록 했다. 전기가 군사를 이끌고 곧장 포위된 조나라로 달려가려 하자 손빈이 말했다. "무릇 어지럽게 엉킨 실은 손으로 천천히 풀어야지 주먹으로 두드려서는 안 되며, 서로 때리며 싸우는 사람을 말릴 때는 옆에서 화해를 권해야지 말려들어 직접 치고받아서는 안 됩니다. 목구멍 같은 적의 주력을 피하고 허약한 곳을 골라 치면 형세가 막히고 세력이 저지당해 위급함이 저절로 해소될 것입니다. 지금 위나라는 조나라를 공격하고 있어 그들의 정예 부대는 틀림없이 모두 밖으로 나가 있고, 국내에는 늙고 병든 자들만이 남아 있을 것입니다. 그러니 장군께서는 병사들을 이끌고 신속하게 위나라 도성 대량大梁을 급습하여 그들의 교통 요지를 점거하고 방비가 빈 곳을 공격하면 위나라 군대는 틀림없이 조나라를 공격하는 것을 멈추고 철군하여 자기 나라를 구하러 돌아갈 것입니다. 이렇게 되면 우리는 조나라의 포위를 풀고 또한 위나라를 피폐하게 만드는 일거양득의 효과를 얻을 수 있습니다." 전기가 손빈의 계책을 받아들이자 위나라 군대는 과연 조나라 도읍 한단邯鄲에서 물러났고, 제나라 군대는 계릉桂陵(허난성 창위안長垣 서북쪽)에서 위나라 군대와 교전을 벌여 대패시켰다.'

【 제64회 】

다시 북경으로[1]

포동의 관승은 큰 칼을 잘 사용했으며 세상에서 으뜸가는 영웅인데다 의를 위한 용기가 남보다 뛰어났다. 그날 관승은 태사와 작별하고 1만5000여 명의 군사를 통솔하며 세 부대로 나누고 동경을 떠나 양산박을 향해 진군했다.

이야기는 둘로 나뉜다. 한편, 송강과 두령들이 매일같이 북경성을 공격했지만 성을 함락시키지는 못했다. 이성과 문달은 그곳에서 감히 나와 대적하지 못했다. 색초는 화살 맞은 상처가 더욱 위중해져 회복되지 않았고 나가 싸우는 사람도 없었다. 아무리 성을 공격해도 깨뜨리지 못하자 송강은 속으로 갑갑해했다. 산채를 떠난 지도 오래되었는데 승부를 내지 못하니 몹시 불안해졌다. 밤에 중군 막사에서 고민하다가 잠이 오지 않자 등불을 붙이고 현녀가 준 천서를 꺼내 읽었다. 한창 보고 있는데, 문득 성을 포위한 지 이미 오래되었고 구원군도

1_ 제64회 제목은 '呼延灼月夜賺關勝(호연작이 달밤에 관승을 속이다). 宋公明雪天擒索超(송 공명이 눈 오는 날 색초를 사로잡다)'다.

보이지 않으며 대종도 돌아가서는 여전히 돌아오지 않는 것이 생각났다. 정신이 희미해져 집중하지 못하고 침식도 불안했는데 갑자기 졸개가 보고했다.

"군사께서 뵙고자 합니다."

오용이 중군 막사로 들어와 송강에게 말했다.

"저와 군사들이 오랫동안 성을 포위하고 있는데, 어찌하여 구원군도 오지 않고 성안에서도 싸우러 나오지 않겠습니까? 얼마 전에 세 기의 말이 성 밖으로 빠져나갔으니 반드시 양 중서가 사람을 시켜 동경에 이곳의 다급함을 알렸을 겁니다. 그의 장인 채 태사가 군사를 보낼 수밖에 없을 것이고 거기에도 필시 훌륭한 장수가 있을 겁니다. 만약 '위위구조지계'를 써서 이곳의 위급함을 해결하지 않고 도리어 양산박의 본채를 취하려 한다면 어찌해야 좋겠습니까? 형님께서는 심각하게 고려하셔야 할 겁니다. 아무래도 우리가 먼저 군사를 수습해 대책을 강구해야 하지만 그렇다고 모두 물릴 수도 없습니다."

말하는 사이에 신행태보 대종이 달려와 보고했다.

"동경 채 태사가 관보살關菩薩[2] 현손玄孫인 포동군의 대도 관승을 불렀는데, 지금 부대를 이끌고 양산박으로 향하고 있습니다. 산채 안에 두령들의 의견이 정해지지 않으니 형님과 군사께서는 어서 군사를 거두고 돌아가셔서 양산박의 위급함을 해결하셔야 합니다."

오용이 말했다.

"그렇게 되었다 하더라도 서둘러 돌아가면 안 됩니다. 오늘 밤에, 우선 보군을 출발시키되 부대 둘을 남겨 두고 비호욕 양쪽에 매복시켜야 합니다. 성안에서 저희가 퇴각하는 것을 알면 반드시 쫓아올 것입니다. 이렇게 하지 않으면 우리 군사들이 먼저 혼란스러워질 겁니다."

송강이 말했다.

2_ 보살菩薩은 세상 사람들이 숭배하는 명장을 가리킨다.

"군사의 말이 맞소."

명령을 전달해 소이광 화영에게 500명의 군사를 이끌고 비호욕 왼쪽에 매복하게 했고, 표자두 임충 또한 500명의 군사를 이끌고 비호욕 오른쪽으로 가서 매복하게 했다. 다시 쌍편 호연작을 불러 25기의 기마군을 인솔하여 능진에게 풍화포 등을 가지고 성에서 10리 떨어진 거리에 있다가, 추격병이 지나가면 즉시 신호포를 쏘아 양쪽에 매복해 있던 군사들이 일제히 뛰쳐나와 추격병을 죽이게 했다. 또한, 명령을 내려 앞 부대가 군사를 퇴각시킬 때 깃발을 내리고 전고를 울리지 말며 비가 흩어지고 구름이 가는 것처럼 하면서 적군을 만나면 싸우지 말고 천천히 물러나라 했다. 보군 부대는 한밤중에 움직여 차례차례 떠나게 했다. 다음 날 사시 전후가 되어서야 비로소 모두 퇴각했다.

성 위에서 송강의 군마를 바라보니 깃발들이 늘어져 있고 어깨에 메는 칼 도끼들이 어지럽게 나뒹굴고 있으며 모든 방책이 뽑혀져 있어 이미 모습을 감춘 상태인 듯했다. 성 위에서 자세히 살펴보고는 양 중서에게 보고했다.

"양산박 군마들이 오늘 모든 군사를 거두고 돌아간 듯합니다."

보고를 받은 양 중서는 즉시 이성과 문달을 불러 상의했다. 문달이 말했다.

"아마 동경에서 구원병을 보내 양산박을 취하려는 것 같습니다. 이놈들이 소굴을 잃을까 두려워 황급히 돌아간 것입니다. 이 기세를 타고 추격하면 반드시 송강을 사로잡을 수 있을 겁니다."

말을 마치기도 전에 성 밖에서 보마報馬[3]가 도착하여 동경에서 보낸 글을 올렸다. 군사를 이끌고 도적의 소굴을 취할 터이니 '그들이 만약 퇴각한다면 속히 쫓으라'는 내용이었다. 양 중서가 이성과 문달로 하여금 각각 군마를 이끌고 동서 양쪽 길로 나누어 송강의 군마를 추격하게 했다.

송강은 군사를 인솔하여 돌아가다 성안에서 병력을 동원하여 쫓아오는 게

3_ 보마報馬: 소식을 보고하는 기마병.

보이자 필사적으로 달아났다. 이성과 문달이 비호욕까지 추격해왔을 때 뒤에서 화포 소리가 들렸다. 이성과 문달이 놀라 전마를 세우고 살펴보니 뒤에서 깃발들이 서로 교차하고 전고가 요란하게 울렸다. 이성과 문달이 군사를 돌리려 하는데, 왼쪽에서 소이광 화영이 돌진해오고 있고 오른쪽은 표자두 임충이 각각 500명의 군마를 이끌고 양쪽에서 한꺼번에 달려들었다. 이성과 문달은 어찌할 바를 몰라 당황했고 계략에 빠진 것을 알고는 황급히 군사를 돌리려 했는데, 앞에서 또 호연작이 한 갈래 마군을 이끌고 돌진해왔다. 이성과 문달은 투구가 날아가고 갑옷이 찢길 정도로 빠르게 도망쳐 성안으로 후퇴하여 성문을 닫고 나오지 않았다. 그제야 송강의 군마가 차례차례 비로소 돌아올 수 있었다. 양산박에 가까워졌으나 도리어 추군마 선찬이 길을 막고 있었다. 할 수 없이 송강은 행군을 멈추고 잠시 진지를 구축하고 주둔했다. 그리고 조용히 사람을 보내 구석진 오솔길로 가서 헤엄쳐 산채에 알리고 물과 뭍 양쪽에서 서로 지원하게 했다.

한편, 수채 내에서 선화아 장횡이 동생 낭리백도 장순과 상의하다 말했다.

"우리 형제가 산채에 온 이후로 아무런 공도 세우지 못했다. 다른 사람들이 자랑하는 말만 듣자니 기분이 안 좋구나. 지금 포동의 대도 관승이 세 갈래 길로 병력을 동원하여 우리 산채를 치려하고 있다. 우리 두 형제가 먼저 그놈의 방책을 쳐서 관승을 사로잡고 큰 공을 세우면, 여러 형제 보기에도 떳떳해지지 않겠는가."

장순이 말했다.

"형님, 저와 형님은 수군을 맡고 있는데 만일 제대로 지원해주지 못한다면 남들한테 비웃음거리가 될 겁니다."

"너처럼 세밀하게 살펴서야 어느 세월에 공을 세우겠느냐? 네가 가지 않는다면 그만두거라. 난 오늘 밤 가야겠다."

장순이 갖은 방법으로 만류했으나 듣지 않았다. 그날 밤 장횡은 작은 배

50여 척을 점검하고 각각의 배 위에 3~5명만 타게 했다. 몸에는 모두 연전軟戰[4]만 입고 손에는 고죽창苦竹槍[5]을 잡았으며 각자 요엽도蓼葉刀[6]를 들고 있었다. 달빛이 희미하고 찬 이슬에 고요한 틈을 이용해 작은 배를 저어 곧 바로 물에 도달했다. 대략 2경쯤이었다.

이때, 관승은 중군 막사 안에서 등불을 켜고 책을 읽는 중이었다. 길에 잠복해 있던 졸개가 은밀히 보고했다.

"갈대가 무성한 호수 안에서 작은 배 40~50척에 장창을 잡은 사람들을 태우고 갈대 속 양쪽에 매복해 있는데, 뭘 하려는 것인지 몰라 특별히 와서 보고합니다."

관승이 듣고서 살짝 냉소하더니 은밀하게 명령을 전달해 군사들에게 각기 이렇게 저렇게 준비하도록 했다. 한편, 장횡은 200~300여 명을 이끌고 갈대 숲 한가운데서부터 흔적을 남기지 않으며 은밀하게 방책 옆까지 다가왔다. 녹각을 뽑아 길을 열고 곧장 중군으로 내달렸다. 군막 안의 등불이 밝게 빛나고 관승이 수염을 쓸어 만지며 앉아 책을 읽고 있는 것이 보였다. 장횡이 속으로 기뻐하며 장창을 꼬나 쥐고 군막 안으로 뛰어 들어갔다. 갑자기 옆에서 징 소리가 울리더니 군사들이 함성을 지르며 다가오자 하늘이 무너지고 땅이 꺼지며 산이 엎어지고 강이 뒤집어지는 것 같았다. 놀란 장횡이 장창을 끌고 몸을 돌려 달아났다. 사방에서 매복해 있던 군사들이 여기저기에서 나타나니 가련하게도 물에만 익숙한 장횡이 어떻게 평지의 그물망에서 벗어날 수 있겠는가? 장횡과 함께

4_ 연전軟戰: 투구와 갑옷이 없는 전포戰袍.

5_ 고죽苦竹: 벼과 식물로, 대는 원통형에 높이가 4미터다. 죽순 껍질이 가늘고 길며 삼각형이고 잎은 삐침형이다. 죽순에 쓴 맛이 있어 식용으로는 사용하지 않고, 줄기는 종이 원료와 붓대 제작에 사용된다.

6_ 요엽도蓼葉刀: 『수호전교주본』에 따르면 "명나라 하량신何良臣의 『진기陳紀』 권2 『기용技用』에 노엽창蘆葉槍이 있다. 노엽蘆葉, 요엽蓼葉은 모두 형상을 말한 것이다"라고 했다. 즉, 요엽도는 여뀌 형상의 칼을 말한다.

온 200~300여 명의 수군이 단 한 명도 달아나지 못하고 모두 잡혀 묶인 채 군막 앞으로 끌려왔다. 관승이 보고 웃으면서 욕설을 퍼부었다.

"망나니 같은 도적놈들아! 어찌 감히 나를 무시하느냐!"

장횡을 죄수 싣는 수레에 싣게 하고 나머지 수군 모두 감금하고 송강을 잡으면 한꺼번에 동경으로 끌고 가고자 했다.

한편, 수채 내에서는 완씨 삼형제가 진중에서 함께 상의하여 사람을 송강 두령이 있는 곳에 보내 지시를 들으려 했다. 그때, 장순이 달려와 보고했다.

"제 형님이 소인의 충고를 듣지 않고 관승 군영을 쳤다가 뜻하지 않게 사로잡혀 죄수 수레에 갇혔습니다."

완소칠이 듣고는 소리치며 벌떡 일어나 말했다.

"우리 형제들이 죽어도 함께 죽고 살아도 함께 살며 길흉을 불문하고 서로 구해줘야 하오. 당신은 그의 친동생인데 어떻게 그를 혼자 보내 잡히게 했소? 당신이 가서 구하지 않으면 우리 삼형제가 가서 그를 구하리다."

장순이 말했다.

"형님의 군령을 받지 않아 감히 함부로 움직일 수 없었습니다."

완소칠이 말했다.

"군령이 오기를 기다렸다가는 당신 형님은 다져진 고깃덩어리가 될 것이오!"

완소이와 완소오 모두가 말했다.

"그래, 네 말이 맞아"

장순은 세 사람을 거스르지 못하고 따를 수밖에 없었다.

그날 밤 4경 크고 작은 수채의 여러 두령이 배 100여 척을 저어 일제히 관승 군영으로 몰려갔다. 물가에 있던 관군들이 수면 위에 전선들이 개미떼처럼 물가로 다가오는 것을 보고 다급하게 관승에게 보고하자 웃으며 말했다.

"미련한 놈들 같으니, 무슨 걱정할 필요가 있겠느냐!"

곁에 있는 수장首將7을 돌아보며 낮은 소리로 또 계책을 일러주었다.

삼완이 앞에서 장순은 뒤에서 함성을 지르며 관승 방책으로 밀고 들어왔다. 방책 안은 창과 칼들이 세워져 있고 깃발도 그대로였으나 한 사람도 없었다. 삼완이 크게 놀라 몸을 돌려 달아나려 했다. 그때 군막 앞에서 징소리가 울리더니 좌우 양쪽에서 마군·보군들이 여덟 길로 나누어 몰려오는데 키를 위아래로 흔들어 바구니에 담듯이[8] 겹겹이 에워쌌다. 장순은 형세가 좋지 않자 뒤도 돌아보지 않고 '첨벙' 물속으로 뛰어들어 헤엄쳐 달아났다. 삼완도 길을 찾아 물가로 달아났으나 뒤쫓던 관군이 따라잡아 갈고리로 가로 막고 낚아채며 올가미를 던지니 활염라 완소칠이 잡혀 끌려갔다. 완소이·완소오·장순은 혼강룡 이준이 동위와 동맹을 이끌고 필사적으로 구해내 돌아갔다.

완소칠은 붙잡혀 죄수 수레에 갇혔다. 수군이 양산박에 보고하자 유당이 장순으로 하여금 수로水路로 송강 군영에 가서 소식을 알리게 했다. 송강이 오용과 관승을 어떻게 물리칠 것인가를 상의했는데 오용이 말했다.

"내일 결판을 내서 승패가 어떻게 될지 살펴보지요"

말을 마치기도 전에 갑자기 전고를 요란하게 두드리는 소리가 들렸다. 추군마 선찬이 삼군을 이끌고 송강 본영까지 쳐들어온 것이었다. 송강이 군사를 이끌고 맞서러 나가니 선찬이 문기 아래에서 전마를 타고 있는 게 보였다. 수장을 불러 말했다.

"누가 나가서 이놈부터 잡아오겠느냐?"

소이광 화영이 창을 잡고 말을 박차며 선찬에게 달려들었다. 선찬이 칼을 휘두르며 뛰쳐나와 들어가면 나가고 위 아래로 서로 싸우기를 10여 합쯤 되었을 때 화영이 짐짓 빈틈을 보이며 말을 돌려 달아났다. 이내 선찬이 뒤쫓는데, 화영이 강창鋼槍[9]을 요사환了事環[10]에 꽂고 활을 집어 화살을 꺼내 말안장에 비스듬

7_ 수장首將: 대장을 말한다.
8_ 세 방면으로 포위하는 것을 말한다.
9_ 강창鋼槍: 보창步槍을 가리킨다.

히 앉아 긴팔을 가볍게 펴서 몸을 돌려 화살 한 대를 발사했다. 선찬이 활시위 소리를 듣고 날아오는 화살을 칼날로 쳐내니 '쨍'하는 쇳소리 함께 칼에 맞아 떨어졌다. 화영은 화살이 명중되지 않자 다시 두 번째 화살을 뽑아 거리가 가까워졌음을 가늠하고 선찬의 가슴을 향해 쏘았다. 선찬이 재빨리 등자 속으로 몸을 숨기자 두 번째 화살도 빗나갔다. 선찬은 화영의 활솜씨가 대단함을 보고 감히 더 이상 쫓지 않고 재빨리 말머리를 돌려 본진을 향해 달렸다. 화영은 그가 쫓아오지 않자 얼른 말 머리 고삐를 잡아당겨 돌리고 선찬을 쫓기 시작했다. 다시 세 번째 화살을 꺼내 선찬의 등 복판이 비교적 가까워지자 다시 화살 한 대를 날렸다. '땡' 소리가 나더니 호심경護心鏡[11]에 명중했다. 선찬이 놀라 허둥지둥 진 안으로 내달려 들어와 사람을 시켜 관승에게 알렸다. 관승이 소식을 듣고는 졸개를 불렀다.

"빨리 내 말을 끌고 와라!"

그 말은 머리에서 꼬리까지 길이가 1장이고, 발에서 등까지 높이가 8척이나 된다. 온몸에 잡털 한 올 없는 불붙은 숯처럼 붉은 말이었다. 가죽 마갑을 입히고 세 갈래의 뱃대를 묶었다. 관승은 무장을 하고 칼을 쥐고 말에 올라 진 앞에 섰다. 문기를 열어젖히고 앞으로 나오는데, 그 모습을 노래한 「서강월」 한 수가 있다.

한漢나라 공신의 후손이요, 삼국 시절 맹장 관우의 현손이도다. 나부끼는 수놓은 깃발 걸고 천병天兵을 움직이니, 금빛 갑옷 녹색 전포 잘 어울리누나. 적토마 달리면 자줏빛 안개 피어오른 듯하고, 청룡도 휘두를 적엔 그 차가움 매섭기까지 하도다. 포동군에서 영웅호걸 나왔으니, 의롭고 용맹한 대도 관승이로구나.

10_ 요사환了事環: 무장武將이 말안장에 병기를 꽂을 수 있는 쇠고리.
11_ 호심경護心鏡: 고대에 갑옷 가슴과 등 부위에 박아 넣어 화살을 막기 위해 사용된 구리거울.

漢國功臣苗裔, 三分良將玄孫. 綉旗飄挂動天兵, 金甲綠袍相稱. 赤兎馬騰騰紫霧, 青龍刀凛凛寒冰. 蒲東郡内産豪英, 義勇大刀關勝.

송강은 관승의 속되지 않은 풍모를 보았고 오용은 속으로 갈채를 보냈다. 고개를 돌려 여러 장수에게 말했다.

"관승 장군은 영웅이로다. 명불허전이 따로 없구나!"

이 한마디에 임충이 크게 성내며 말했다.

"우리 형제들이 양산에 오른 이후로 크고 작은 싸움을 50~70회나 했지만 예리한 기세가 꺾여본 적이 없소이다. 군사께서는 무슨 까닭으로 자기편의 위풍을 꺾으십니까!"

말을 마치자 창을 잡고 말을 몰아 관승에게 달려갔다. 관승이 보고서 크게 소리쳤다.

"물웅덩이 도적들아, 네놈들이 어떻게 감히 조정을 배반한단 말이냐! 내 단독으로 송강과 결전을 벌이겠노라!"

송강이 문기 아래에서 듣고 임충을 소리쳐 세우고는 직접 진을 나와 관승에게 예를 갖춰 인사하고 말했다.

"운성현 미천한 서리 송강이 삼가 아룁니다. 장군께서는 죄를 물으십시오."

관승이 소리쳤다.

"너 같은 서리가 어찌 감히 조정을 배반했느냐?"

송강이 대답했다.

"아마도 조정이 밝지 못하여, 아첨하는 간신이 정권을 장악하는 것을 용인하며 탐관오리들만 관직에 임용되어 천하의 백성을 해치고 있습니다. 이 송강 등이 하늘을 대신해 도를 행하고자 할 뿐이지 다른 마음은 결코 없습니다."

관승이 크게 소리 질렀다.

"천병天兵이 이곳에 왔는데 여전히 대항하면서 그럴싸한 말과 보기 좋은 낯

빛으로 감히 나를 속이려 드느냐! 말에서 내려 오라를 받지 않으면 네놈을 가루로 만들어버리겠다!"

그 말을 들은 벽력화 진명이 크게 화가 나서 낭아곤을 휘두르며 곧바로 달려들었다. 관승도 말을 몰아 나와 맞서며 진명과 싸웠다. 임충 또한 일등 공로를 빼앗길까 두려워 창을 잡고 날듯이 관승에게 달려들었다. 세 마리의 말이 먼지를 일으키며 희미한 가운데 등불이 도는 것처럼 맞붙어 싸웠다.

송강은 관승이 다칠까 걱정되어 징을 울려 군사를 거두게 했다. 임충과 진명이 돌아와 일제히 소리쳤다.

"저놈을 막 잡으려는데 형님께서는 어찌하여 군사를 거두고 싸움을 멈추게 하셨습니까?"

송강이 말했다.

"동생들, 우리 스스로 충의를 지키자 하면서 강함으로 약한 자를 괴롭히는 것은 원하는 바가 아니네. 설령 싸움에서 그를 사로잡았다 하더라도 그가 굴복하지 않으면 남의 웃음거리가 될 것이네. 내가 보기에 관승은 용맹한 장수이고 대대로 충신의 자손이며 그의 조상은 신으로 추대되어 받들고 있다네. 만약 이 사람을 얻어 산에 오른다면 이 송강은 그에게 자리를 양보하겠네."

임충과 진명 모두가 기뻐하지 않았다. 그날 양편은 각자 군사를 거두고 돌아갔다.

관승은 군영으로 돌아와 말에서 내려 갑옷을 벗고 속으로 곰곰이 생각했다.

'내가 아무리 힘껏 싸웠어도 그 두 장수를 이겨내지 못했을 것이다. 송강이 도리어 군마를 거두었는데 무슨 뜻인지 알 수 없구나.'

군졸을 불러 죄수 수레에 갇혀 있는 장횡과 완소칠을 불러오게 하고는 물었다.

"송강은 운성현의 일개 미천한 서리일 뿐인데 네놈들은 어찌하여 그에게 복종하는가?"

완소칠이 대답했다.

"우리 형님은 산동·하북에 명성을 떨치고 있는 급시우 호보의 송 공명이시다. 너처럼 예의도 모르는 놈이 어떻게 알겠느냐!"

관승이 말없이 고개만 숙이더니 다시 수레에 가두라 했다. 그날 밤, 군영 안에서 우울해 했는데 앉아 있어도 불안하고 누워도 편치 않아 중군 밖으로 나와 달을 보니 차가운 달빛이 온 하늘에 가득하고 도처에 서리꽃이 피어 있었다. 관승이 탄식하며 한숨 쉬고 있는데 길에서 매복해 있던 졸개가 보고했다.

"얼굴에 수염이 가득한 장군이 편을 들고 혼자 말을 타고 왔는데 원수를 뵙고자 합니다."

"너는 그가 누구인지 물어봤느냐?"

"갑옷과 무기도 없고, 성명을 물어도 대답 않고 단지 장군님 뵙기만을 말합니다."

"알았다. 데리고 오너라."

얼마 되지 않아 그가 군막에 와서 관승에게 인사했다.

관승이 등불 아래에서 살펴보니 모습이 어디서 본듯 대략 알 것 같아 그 사람에게 누구인지 물었다. 그 사람이 말했다.

"좌우를 물리쳐주십시오."

관승이 크게 웃으면서 말했다.

"말해도 상관없소."

그 사람이 말했다.

"소장이 바로 호연작입니다. 지난 날, 조정에서 연환마군을 통솔하게 하여 양산박을 정벌하게 했습니다. 뜻밖에도 도적들의 간계에 빠져 싸움에 지고 고향으로 돌아갈 수 없었습니다. 장군께서 오셨다는 소리를 듣고 진실로 기쁨을 감출 수 없었습니다. 송강의 진중에서 임충과 진명이 장군을 사로잡으려고 했을 때 송강이 급히 군사를 거둔 것은 장군이 혹시 다치기라도 할까 걱정해서입니다.

송강 이 사람은 본래 귀순의 뜻이 있으나 도적의 무리가 따르지 않아 홀로 어쩌지 못하고 있습니다. 방금 은밀하게 저와 상의했는데 여러 사람을 데리고 귀순하고자 합니다. 장군께서 만약 받아주신다면 내일 밤에 가벼운 활과 짧은 화살로 무장하시고 빠른 말을 타시어 오솔길로 도적들의 방책으로 바로 들이치십시오. 임충 등의 도적들을 생포하고 동경으로 끌고 간다면 장군께서는 큰 공을 세우실 수 있을 겁니다."

관승이 듣고서 크게 기뻐하며 군막으로 청하여 술을 내어 대접했다. 호연작은 송강이 오로지 충의만을 생각하는 사람인데 불행하게 도적 소굴에 빠진 일들을 이야기했다. 두 사람은 서로 충정을 드러내며 조금의 의심도 없었다.

이튿날 송강이 군사를 일으켜 싸움을 걸었다. 관승과 호연작이 상의했다.

"오늘은 먼저 대장을 이긴 다음에, 어젯밤에 세운 계책대로 하시지요."

호연작이 갑옷을 빌려 입고 말에 올라 진 앞으로 나왔다. 송강이 호연작에게 욕설을 퍼부었다.

"산채에서 너를 반 푼어치도 저버리지 않았는데 어찌하여 야밤에 몰래 도망갔느냐?"

호연작도 맞받아쳤다.

"너 같은 도적놈 주제에 무슨 대업을 이루겠다는 거냐!"

송강이 즉시 진삼산 황신에게 나가 싸우라 명하자, 황신이 상문검을 들고 말을 타고 곧장 호연작에게 달려들었다. 두 말이 서로 엇갈려 달리며 싸우기를 미처 10여 합이 되지 않아 호연작이 손에서 편 하나를 들어 황신을 때려 말에서 떨어뜨렸다. 송강의 진에서 군사들이 뛰쳐나가 황신을 메고 돌아갔다. 관승이 크게 기뻐하며 삼군에게 일제히 들이치라 명했다. 호연작이 말했다.

"쫓아서는 안 됩니다! 오용 그놈은 꾀가 많고 모략에 뛰어나 함부로 쫓다가 계략에 빠질까 두렵습니다."

관승이 듣고서 화급히 군사를 거두고 본진으로 돌아왔다. 중군 군막에 도착하여 술을 내와 대접하며 진삼산 황신이 어떤 사람인지 물었다.

"이놈은 원래 조정에서 임명한 관리로 청주 도감을 지냈는데, 진명·화영과 함께 도적이 되었습니다. 오늘 먼저 이 도적놈을 죽여 적의 위풍을 꺾었으니 오늘 밤에 군영을 들이치면 반드시 일을 이룰 수 있을 겁니다."

관승이 크게 기뻐하며 선찬과 학사문을 두 길로 나누어 호응하게 하는 한편 스스로는 500명의 마군을 이끌고 가벼운 활과 짧은 화살만을 준비해 호연작에게 길을 안내하게 하고 밤 2경에 군사를 일으키도록 군령을 내렸다. 3경 전후에 송강 군영으로 곧장 달려가 포 소리를 신호로 안에서 호응하고 밖에서 공격하여 일제히 진군하기로 했다.

그날 밤은 달빛이 대낮같이 밝았다. 해질 무렵 갑옷을 입고 말방울을 떼어내고 사람들에게 연전軟戰을 입히고 군졸들에게는 나무 막대기를 입에 물리게 하여 일제히 말에 올랐다. 호연작이 길을 안내하고 뒤를 따랐다. 산길을 돌아 대략 반 경 정도 갔을 때 앞에 30~50여 명의 매복병들이 뛰쳐나와 낮은 소리로 물었다.

"오시는 분께서는 호연작 장군이 아니십니까? 송 공명께서 저희보고 여기서 맞이하라 하셨습니다."

호연작이 소리 질렀다.

"떠들지 마라. 내 말 뒤를 따라와라!"

호연작이 앞서 가고 관승이 말을 타고 뒤에 있었다. 다시 산기슭의 끝을 돌자 호연작이 창끝으로 가리키는 곳에 멀리 붉은 등 하나가 보였다. 관승이 말고삐를 잡아 당겨 세우고 물었다.

"홍등 있는 곳이 어디요?"

"저기가 바로 송 공명의 중군이 있는 곳입니다."

급히 군사들을 재촉했다. 홍등이 가까워지는데 갑자기 포 소리가 들리자 군사들이 관승을 따라 앞으로 내달렸다. 붉은 등 아래에 도달하여 살펴보니 한 사람도 보이지 않았다. 호연작을 불렀으나 그도 어디로 갔는지 보이지 않았다. 관승이 크게 놀라 계략에 빠진 것을 알고 급히 말을 돌렸다. 그때 사방 산 위에서 북소리 징소리가 일제히 울렸다. 당황하며 길을 찾았으나 어디로 가야할지 몰라 갈팡질팡했고 군사들도 각자 살려고 달아나기 바빴다. 관승이 급히 말을 돌려 달아나는데 단지 몇 기의 마군만이 따르고 있을 뿐이었다. 산기슭 끝을 돌아나가는데 다시 뒤쪽 숲에서 포 소리가 들리더니 사방에서 갈고리가 쏟아져 나와 관승을 말안장에서 끌어내려 칼과 말을 빼앗고 갑옷을 벗겨 앞으로 밀고 뒤에서 에워싸며 본진 군영 안으로 끌고 왔다.

한편 임충과 화영은 각자 군마를 이끌고 학사문을 저지했다. 달빛 아래에서 멀리 학사문이 보였는데, 그의 차림새를 묘사한 「서강월」 한 수가 있다.

> 호탕한 기백은 기세가 천 장 높이 하늘을 찌를 듯하고, 체력과 정신력 또한 대단하도다. 창 비껴들고 말 내달리면 흙먼지 쓸어버리니, 사해의 영웅들도 범접하기 어렵다네. 비단에 수놓은 전포 입고, 용 비늘 달린 칠성갑七星甲[12] 입었도다. 천병의 으뜸은 학사문으로, 앞장 서 나는 듯이 말을 몰아 출전하누나.
>
> 千丈凌雲豪氣, 一團筋骨精神. 橫槍躍馬蕩征塵, 四海英雄難近. 身着戰袍錦綉, 七星甲掛龍鱗. 天丁元是郝思文, 飛馬當前出陣.

임충이 크게 소리 질렀다.

"너의 주장인 관승이 계책에 걸려 사로잡혔는데, 너 같은 이름 없는 장수 따위가 어찌하여 말에서 내려 오라를 받지 않느냐?"

학사문이 성내며 곧장 임충에게 달려들었다. 두 마리 말이 엇갈려 달리며 몇 합도 싸우지 않았는데, 화영이 창을 잡고 싸움을 도왔다. 학사문은 기력이 떨어

12_ 칠성갑七星甲: 북두칠성 도안이 있는 갑옷.

시자 말을 돌려 달아났다. 옆구리 뒤에서 여장수 일장청 호삼랑이 뛰쳐나와 붉은 비단으로 된 올가미를 던져 학사문을 말 아래로 끌어내렸다. 보군들이 일제히 달려들어 꽁꽁 묶어 본영으로 끌고 갔다.

이야기는 둘로 나뉘는데, 이쪽에서는 진명과 손립이 각자 군마를 이끌고 선찬을 잡으러 가다가 길 가운데서 정면으로 맞닥뜨렸다. 선찬의 생김새를 묘사한 「서강월」 한 수가 있다.

> 짧은 곱슬에 누런 수염과 머리카락, 오목하고 새까만 얼굴 지녔구나. 괴상하게 뜬 눈은 한 쌍의 고리 같고, 콧구멍은 하늘로 쳐들렸네. 손에 든 강철 칼은 눈처럼 반짝이고, 몸에는 연환 갑옷 입어 보호하는구나. 비단 안장 얹은 검정 갈기에 검정 꼬리의 붉은 말 타니, 바로 영웅인 추군마 선찬일세.
> 捲蹜短黃鬚髮, 凹兜黑墨容顔. 睜開怪眼似雙環, 鼻孔朝天仰面. 手內鋼刀耀雪, 護身鎧甲連環. 海騮赤馬錦鞍韉, 郡馬英雄宣贊.

선찬이 말을 박차며 큰 소리로 욕했다.

"하찮은 도적놈들아. 나에게 맞서면 죽을 것이고 도망가면 살 것이다!"

진명이 크게 성내며 말에 박차를 가하고 낭아곤을 휘두르며 선찬에게 달려들었다. 두 말이 엇갈려 달리며 싸우는데 여러 합을 싸웠을 즈음 손립이 옆으로 달려오며 싸움에 끼어들었다. 당황한 선찬이 쩔쩔매며 칼 쓰는 것이 어지러워지더니 진명이 내리친 낭아곤에 맞아 말 아래로 굴러 떨어졌다. 기다렸다는 듯이 전군이 일제히 함성을 지르며 달려들어 선찬을 잡았다. 다른 한편, 박천조 이응이 대소 군졸들을 이끌고 관승의 군영을 덮쳐 먼저 장횡·완소칠과 잡혀 있던 수군들을 구하고 양식과 마초, 말들을 탈취했으며 사방으로 달아나는 패잔병들을 투항시켰다.

송강이 군사들을 모아 산으로 오르는데 동쪽이 점점 밝아지고 있었다. 충의당에 차례대로 앉자 관승·선찬·학사문을 제각기 나누어 끌어왔다. 송강이 보고서 황급히 충의당을 내려가 군졸들을 소리쳐 물리고 직접 묶인 밧줄을 풀어줬다. 관승을 부축해 가운데 있는 교의에 앉히고 고개 숙여 절하고 머리를 조아린 채 죄를 인정하며 말했다.

"도망친 무리가 장군의 호랑이 같은 위엄을 범하였으니 부디 용서하여주십시오!"

관승이 황급히 답례는 했지만 어떠한 말도 꺼내지 못하고 어찌해야 좋을지 몰라 했다. 호연작 또한 앞으로 나와 죄를 인정하며 말했다.

"소인이 이미 군령을 받았기에 감히 따르지 않을 수 없었습니다. 바라건대 장군께서는 제가 거짓으로 속인 죄를 용서해주십시오!"

관승은 여러 두령을 살펴보니 모두들 의기가 깊자 선찬과 학사문을 돌아보며 말했다.

"우리가 여기에 잡혀왔으니 어찌하면 좋은가?"

두 사람이 대답했다.

"장군의 명에 따르겠습니다."

관승이 말했다.

"동경으로 돌아갈 면목이 없으니 원컨대 빨리 죽여주시오!"

송강이 말했다.

"어찌하여 그런 말씀을 하십니까? 장군께서 미천한 저희를 버리시지 않는다면 함께 하늘을 대신해 도를 행할 수 있습니다. 만약 허락하지 않으신다면 감히 만류할 수 없으니 바로 동경으로 돌려보내드리겠습니다."

관승이 말했다.

"사람들이 충의 송 공명이라 부르더니, 과연 그렇소이다. 오늘 우리는 집이 있어도 달아나기 어렵고 나라가 있어도 의지하기 어렵게 되었으니 바라건대 휘하에서 하찮은 졸개로라도 되게 해주십시오."

송강이 크게 기뻐하며 그날로 축하연을 벌이는 한편 사람을 시켜 도망가는 패잔군을 불러들여 귀순시키니 5000~7000여의 군사를 또 얻었다. 군 내의 노인과 어린아이는 즉시 은냥을 나누어주고 집으로 돌아가게 했다. 또한 설영에게 서신을 가지고 포동으로 가서 관승의 가솔을 양산박으로 모두 옮기도록 했다.

송강이 술자리에서 묵묵히 있다가 북경에 갇혀 있는 노 원외와 석수가 떠오르자 눈물을 줄줄 흘렸다. 오용이 말했다.

"형님 걱정하지 마십시오. 제가 알아서 조치해놨습니다. 오늘 밤은 보내고 내일 다시 군사를 일으켜 북경을 칩시다. 이번에는 반드시 큰일을 이룰 것입니다."

관승이 일어나 말했다.

"소장이 아껴주신 은혜에 보답하겠습니다. 앞장서게 해주십시오."

송강이 크게 기뻐했다. 다음 날 새벽 선찬과 학사문이 부장이 되어 이전의 군마를 재배치하고 선봉을 서도록 명했다. 나머지는 원래 북경을 쳤던 두령들 중 한 명도 빠짐없이 그대로인데다 이준과 장순을 더해 수전水戰용 투구와 갑옷을 준비해 따르도록 했다. 재차 북경을 향해 진군했다.

한편 양 중서는 성안에서 색초가 병이 나은 것을 축하하며 술을 마시고 있었다. 그때 기마 정찰병이 보고했다.

"관승·선찬·학사문과 많은 군마들이 송강에게 잡혔는데 이미 한패가 되었다고 합니다! 양산박 군마가 또 쳐들어오고 있습니다!"

양 중서가 듣고서 '헉' 놀라며 눈을 크게 뜨고 입을 벌리며 어쩔 줄을 몰라 했다. 색초가 아뢰었다.

"지난번에 도적놈이 몰래 쏜 화살을 맞았지만, 이번에는 그 원수를 갚아야겠습니다!"

양 중서는 색초에게 상을 내리고 빨리 본부 군사를 이끌고 성을 나가 맞서게 했다. 이성과 문달은 뒤를 따라 병력을 동원해 호응하게 했다. 때는 바로 중동仲冬(음력 11월)의 날씨라 춥고 연일 먹장구름이 가득 끼고 삭풍이 크게 불어왔다. 송강의 군마가 이르자 색초는 비호욕으로 달려가 진지를 구축하고 주둔했다. 다음 날, 군사를 이끌고 맞서는데, 송강이 여방과 곽성을 이끌고 높은 언덕에 올라 관승이 쳐들어가는 것을 바라보았다. 전고가 세 번 울리자 관승이 진을 나와 색초와 마주했다. 당시 색초는 관승을 알아보지 못했다. 따르는 군졸이 알려줬다.

"여기 온 사람이 바로 새로 배반한 대도 관승입니다."

색초는 듣고서 아무 말도 하지 않고 관승에게 곧장 달려들었다. 관승 또한 말을 박차고 칼을 휘두르며 맞이했다. 두 사람이 10여 합을 싸우지도 않았는데 이성이 중군에서 색초의 도끼가 소심해지면서 관승을 이겨내지 못할 것 같아 쌍칼을 들고 진에서 나와 관승을 협공했다. 이쪽에서는 선찬과 학사문이 각자 병기를 들고 달려나가 관승의 싸움을 도왔다. 다섯 마리의 말이 어지럽게 한 덩어리로 뭉쳐 충돌했다. 송강이 높은 언덕에서 내려다보면서 채찍의 끝을 한번 가리키니 대군이 땅을 말아 올리듯이 휩쓸며 달려나갔다. 이성 군마는 대패하여 대오가 어지럽게 흩어지면서 죽임을 당했고 그날 밤 물러나 성으로 들어가 나오지 않았다. 송강은 군사들을 재촉해 성 아래까지 밀고 들어가 군마를 주둔시켰다. 다음 날, 색초가 한 무리의 군마를 이끌고 성을 나와 돌격해왔다. 오용이 보고서 군교들에게 적을 맞이하여 싸우도록 하고는 말했다.

"그들이 쫓아오면 기세를 몰아 물러나라!"

이때 색초가 한바탕 이기고 기뻐하며 성으로 들어갔다.

그날 밤 구름이 더욱 짙어지고 눈이 내리기 시작했다. 오용은 이미 계책을 세우고는 보군으로 하여금 북경성 밖으로 가게 하여 산 가까이 있는 물길 좁은 곳에 함정을 파고 위는 흙으로 덮게 했다. 눈이 밤새도록 내리고 바람도 거셌는데 날이 밝았을 때는 대략 2척 높이의 눈이 쌓여 있었다. 성에 올라 송강의 군마를 살펴보니 모두들 겁에 질린 모습이었고 동서의 방책도 제대로 세워지지도 않았다. 그 광경을 본 색초는 즉시 300여 명의 군마를 점검해 느닷없이 성 밖으로 뛰쳐나갔다. 송강의 군마는 사방으로 흩어져 정신없이 뛰어다니며 달아났다. 수군 두령 이준과 장순이 몸에 전포만 입은 채 말고삐를 당기고 창을 비껴들고 앞으로 나와 대적할 뿐이었다. 색초와 나란히 달리다가 창을 버리고 달아나면서 색초를 함정 파놓은 곳으로 유인했다. 색초는 성미가 급한 사람이라 주의해서 살피지 않았다. 그곳은 길이면서 계곡이기도 했는데, 이준이 말을 버리고 계곡 안으로 뛰어 들어가면서 앞을 향해 소리 질렀다.

"송 공명 형님 빨리 달아나시오!"

색초가 듣고서 몸도 생각지 않고 말을 날듯 몰아 진을 지나 돌진했다. 갑자기 산 뒤에서 포 소리가 나더니 색초가 말과 함께 아래로 고꾸라졌다. 뒤에 매복해 있던 병사들이 일제히 달려드니 색초가 머리 셋에 팔이 여섯 개가 있다 한들 크게 상처를 입을 수밖에 없었다. 은 같이 선명하게 깊이 덮은 곳엔 올가미 감춰져 있고, 옥가루가 평평하게 펼쳐진 것은 함정이었다.

과연 급선봉 색초의 목숨이 어떻게 되었는가는 다음 회에 설명하노라.

호연작이 관승을 속인 고사

호연작이 관승을 속여 결국 사로잡히게 되는데, 이러한 비슷한 상황이 실제로 있었다. 『명사明史』「강무재전康茂才傳」에 근거하면, 진우량陳友諒이 태평太平을 공격해 점령한 뒤에 장사성張士誠과 연합하여 응천應天을 공격하기로 협상했다. 태조太祖(주원장朱元璋)는 최대한 빨리 진우량을 유인하여 일거에 격파하고자 했다. 태조는 강무재가 진우량과 옛 친구 관계였음을 알고는 강무재에게 편지를 써서 하인을 시켜 안에서 호응하겠다고 거짓말로 그를 속이게 했다. 진우량은 크게 기뻐하며 강무재가 어디 있는지 물었고, 하인은 "지금 강 동쪽의 낡은 나무다리를 지키고 있습니다"라고 대답했다. 하인이 돌아온 뒤에 태조는 나무다리를 돌다리로 교체했다. 진우량이 다리로 왔다가 돌다리인 것을 보고는 크게 놀라 연거푸 "강무재!"라고 소리 질렀지만 대답이 없었다. 급히 서둘러 돌아오려는데 매복해 있던 군사들이 사방에서 쏟아져 나왔고 강무재와 다른 장수들은 있는 힘을 다해 진우량을 대패시켰다. 태조는 강무재의 공적을 칭찬하며 두텁게 상을 내렸다.

【 제65회 】

명의[1]

송강 군중에서 한바탕 내린 큰눈을 이용해 오용이 계책을 내어 색초를 사로잡으니 나머지 군마들은 모두 달아나 성으로 들어갔고 색초가 사로잡힌 것을 보고했다. 소식을 접한 양 중서는 몹시 당황하여 여러 장수에게 성을 견고하게 지키기만 하라고 영을 내리고 출전을 허락하지 않았다. 생각 같아서는 노준의와 석수를 죽이고 싶었으나 오히려 송강을 자극했다가 조정에서 급히 병마를 동원하지도 않았는데 괜한 화만 재촉할까 두려웠다. 두 사람을 잡아 가둬 지키게 하고는 다시 서면으로 동경에 보고하고 태사의 처분만을 기다렸다.

한편, 송강이 군영으로 돌아와 중군 군막에 앉자 매복해 있던 군사들이 색초를 휘하로 잡아끌고 왔다. 송강이 보고서 크게 기뻐하며 병졸들을 소리쳐 물리치고 직접 밧줄을 풀어주며 군막으로 청해 술을 내와 대접하고 좋은 말로 위로하며 말했다.

1_ 제65회 제목은 '托塔天王夢中顯聖(탁탑천왕이 꿈에 나타나다), 浪裏白跳水上報冤(낭리백도가 물가에서 원한을 갚다)'이다.

"장군께서 보셨듯이 우리 형제들 대부분이 모두 조정의 군관이오. 조정이 밝지 못하여, 아첨하는 간신이 정권을 장악하는 것을 용인하고 있습니다. 탐관오리들만 관직에 임용되어 양민들을 잔혹하게 해칩니다. 모두들 이 송강에게 협조하면서 하늘을 대신해 도를 행하고자 할 뿐입니다. 만일 장군께서 버리시지 않는다면 함께 충의를 다하고자 합니다."

양지가 나와 따로 예를 갖추고 간절하게 권했다. 색초는 본래 천강성의 운수라 자연스럽게 보조를 맞추게 되었고 송강에게 투항했다. 그날 밤 술자리를 마련하고 축하했다.

다음날 성을 치기로 상의했다. 연이어 여러 날을 공격했지만 깨뜨리지 못하자 송강은 몹시 우울해했다. 밤에 홀로 군막에서 베개를 베고 누워 있는데 갑자기 찬바람이 '쏴' 하고 불더니 찬기가 엄습했다. 송강이 고개를 들어 살펴보니 다름 아닌 천왕 조개였다. 들어오려 했지만 들어오지 못하고 면전에 서서 소리만 질렀다.

"동생, 자네는 돌아가지 않고 언제까지 기다릴 작정인가?"

송강이 깜짝 놀라 급히 일어나 물었다.

"형님께서는 어디서 오셨습니까? 원한도 갚지 못해 매일 밤마다 불안했습니다. 또한 연일 일이 생겨 그동안 제사도 제대로 못 지냈습니다. 오늘 이렇게 나타나신 것은 필시 저를 꾸짖기 위한 것이 아닙니까?"

"그것 때문에 온 것이 아니네. 동생 뒤로 물러서게. 양기가 사람을 눌러 내가 가까이 갈 수 없네. 내가 지금 특별히 온 것은 자네를 구해주려고 함이네. 지금 동생은 백일 동안 핏빛이 드러나는 재앙이 있을 것인데, 강남 지영성地靈星[2]만이 치료할 수 있다네. 어서 빨리 군대를 거두어 돌아가는 것이 상책이네."

송강이 다시 확실하게 묻고 싶어 앞으로 다가서며 물었다.

2_ 제71회에 충의당에서 석갈石碣을 파냈는데 신의神醫 안도전의 이름이 쓰여 있었다.

"형님의 넋이 여기까지 오셨으니 사실대로 말씀해주십시오."

조개가 한번 밀치자 놀라서 깨어보니 한바탕 꿈이었다. 졸개를 시켜 군사 오용에게 해몽을 해달라고 청했다. 오용이 중군 군막으로 오자 이상했던 꿈의 내용을 이야기했다. 오용이 말했다.

"돌아가신 천왕의 신령이 그렇게 말씀하셨다면 믿지 않을 수 없습니다. 지금 날씨도 무척 추운데다 군마 또한 오래 머물기 어려우니 잠시 산채로 돌아갔다가 겨울이 지나고 봄이 와서 눈 그치고 얼음이 녹기를 기다린 후, 그때 다시 성을 치러 와도 늦지 않을 겁니다."

송강이 말했다.

"군사의 말이 비록 지극히 타당하지만 노 원외와 석수 형제가 감옥에 갇혀 하루를 1년같이 보내면서 내가 구원해주기를 기다릴 것이오. 우리가 싸우지 않고 돌아가면 이놈들이 형제의 목숨을 해칠까 두려워 그렇소. 정말 진퇴양난이니 어찌하면 좋겠소?"

송강의 말도 옳은지라 그날 밤 결국 아무런 계책도 결정하지 못했다.

이튿날 송강이 정신과 마음이 지치고 몸이 아프기 시작했다. 머리는 도끼에 찍힌 듯 아프더니 앓아누워 일어나지 못했다. 여러 두령들이 걱정되어 군막으로 문안을 왔는데 송강이 말했다.

"등이 몹시 뜨겁고 아프구나."

사람들이 살펴보니 전병 굽는 철판같이 피부가 빨갛게 부어올랐다. 오용이 말했다.

"이것은 종기가 아니라 독창毒瘡입니다. 내가 의학서를 보니 녹두가루가 심장을 보호하고 독기가 침범하지 못하도록 한답니다. 빨리 녹두가루를 찾아 형님께 드시도록 해야 합니다."

사람을 시켜 약을 구해 치료하게 했으나 낫지 않았다. 낭리백도 장순이 말했다.

"소인이 이전에 심양강에 있을 때 모친께서도 등에 비슷한 종기 때문에 앓으셨는데 온갖 약을 다 써도 치료할 수 없었습니다. 건강부建康府[3]에 안도전安道全이라는 의술이 뛰어난 사람이 있어서 청하여 병을 치료했습니다. 이때부터 소인이 그의 은덕에 감사하고자 약간의 은냥이라도 생기면 사람을 시켜 보냈지요. 지금 형님께서 같은 질병을 앓고 계시니 이 의원 외에는 치료할 사람이 없을 것 같습니다. 동쪽 길로 아주 멀리 가야 하는데 모시고 빨리 도착할 수 없을까 걱정됩니다. 형님을 위한 일이니 밤새서라도 어서 가서 그를 데리고 와야 할 것 같습니다."

오용이 말했다.

"형님의 꿈에 조 천왕께서 백일의 재해는 강남 지령성만이 다스릴 수 있다고 하셨다는데 바로 이 사람이 아닐까요?"

송강이 말했다.

"동생, 자네한테 그런 사람이 있다면, 나를 위해 빨리 가주게. 고생이 되더라도 거절하지 말고 의기가 중하니 밤새 달려서라도 그 사람을 청해 내 목숨 좀 살려주게."

오용이 즉시 의원에게 줄 금가지 100냥과 20~30냥의 은 부스러기를 여비로 쓰게 장순에게 주면서 당부했다.

"지금 당장 출발하게. 무슨 일이 있어도 그를 데리고 와야 하니 절대 착오가 있어서는 안 되네. 우리는 방책을 뽑아 돌아갈 것이니 그와 양산박에서 만나세. 동생, 반드시 빨리 돌아와야 하네."

장순이 사람들과 작별하고 보따리를 매고 출발했다.

군사 오용은 모든 장수에게 명령을 전달했다.

"군사를 거두어 잠시 싸움을 끝내고 산채로 돌아갈 준비를 하라."

3_ 건강부建康府: 지금의 장쑤성 난징南京.

수레에 송강을 싣고 그날 밤 철군했다. 북경성 안에서는 매복의 계책을 겪은지라 유인당할까 의심하여 감히 쫓아오지 못했다. 이튿날 양 중서는 보고를 받았다.

"어째서 떠났는지 그 의도를 모르겠다."

이성과 문달도 말했다.

"오용 그놈은 간계가 많은 놈이니 견고하게 지키기만 하고 추격하는 것은 옳지 않습니다."

이야기는 둘로 나뉜다. 한편, 장순은 송강을 구하기 위해 그날 밤 서둘러 떠났다. 때는 겨울이 끝나갈 무렵이라 비가 내리지 않으면 눈이라 길 걷기가 무척 어려웠다. 더욱이 당황하며 떠나느라 우비도 가지고 오지 못했다. 열흘 남짓 걸어 양자강 주변에 이르렀다. 이날 북풍이 세차게 불고 찬 구름이 내려와 온종일 큰 눈이 쏟아졌다. 장순은 눈바람을 무릅쓰고 사력을 다해 걸었고 큰 강을 건너려고 했다. 비록 경치는 처량했지만 강물은 청아하고 풍취가 있었다. 여기에 「서강월」이란 한 수가 있다.

외기러기 찬 구름 속에서 끼룩 슬피 울고, 갈까마귀는 고목을 빙빙 돌고 있네. 하늘에선 배꽃 같은 눈 내리는데, 옥이 조각조각 날아 흩어지며 어지러이 흩뿌리는 듯하구나. 옥가루는 다리 옆 주점 깃발을 덮어 누르고, 나루터 쪽배에는 은가루 펼쳐 깐 듯하네. 앞마을엔 흐릿하게 두세 집만 보이고, 강 위의 밤 경치는 그림을 그린 듯하구나.

嘹唳凍雲孤雁, 盤旋枯木寒鴉. 空中雪下似梨花, 片片飄瓊亂洒. 玉壓橋邊酒旆, 銀鋪渡口魚艖. 前村隱隱兩三家, 江上晚來堪畫.

홀로 양자강 가에 도착한 장순은 강을 건너갈 나룻배를 찾았으나 단 한 척의 배도 없자 '아이고' 소리만 낼 뿐이었다. 강변을 돌아 다시 달리는데 갈대가 꺾이고 쓰러진 곳에 연기가 피어오르는 게 보이자 장순이 소리 질렀다.

"사공, 빨리 나룻배를 가져와 나 좀 태워주시오!"

갈대 숲 안에서 '바스락' 소리가 나더니 한 사람이 달려나왔다. 머리에 약립箬笠[4]을 쓰고 도롱이를 걸쳤는데 장순에게 물었다.

"손님은 어디로 가십니까?"

"급히 일을 처리하러 강을 건너 건강부로 가야 하는데, 뱃삯은 많이 줄 테니 나를 건너게 해주시오."

"손님을 태우는 것은 상관없으나, 오늘은 늦어서 강을 건너면 쉴 곳이 없습니다. 내 배에서 쉬시고 4경에 바람이 가라앉고 눈이 그치고 달아 밝아졌을 때 건너게 해드리리다. 뱃삯이나 많이 주시지요."

"그럼, 그렇게 합시다."

사공과 함께 갈대숲으로 들어오니 물가에 작은 배 하나가 매어져 있는데, 뱃전 천막 안에 삐쩍 마른 젊은 남자가 불을 쬐고 있었다. 사공이 장순을 부축해 배에 오르게 하고 선창으로 들어가 젖은 옷을 벗게 하고 그 작은 사내를 불러 불에 말리게 했다. 장순이 옷 보따리를 풀어 이불을 꺼내 몸에 말고 선창 안에 누우며 사공을 불러 말했다.

"여기에 술파는 곳이 있소? 사서 마셨으면 좋겠는데."

"술을 살 곳은 없지만 밥은 한 사발 드시게 할 수는 있지요."

장순이 밥 한 사발 먹고 드러누워 잠이 들었다. 연일 고생한데다 정신까지 풀어져 초경쯤이었는데도 깊은 잠에 빠졌다. 삐쩍 마른 젊은이가 숯불에 저고리를 말리다 장순이 잠든 것을 보고는 사공을 부르며 말했다.

"형님, 보이십니까?"

4_ 약립箬笠: 얼룩조릿대 잎 혹은 대껍질을 엮어 만든 넓은 모자로 비나 햇빛을 막는 데 사용했다.

사공이 쭈그리고 다가와서 머리 곁의 물건을 한번 잡아보더니 황금과 비단임을 알아채고 손을 흔들며 말했다.

"너는 가서 닻줄이나 풀거라. 강 가운데로 가서 손을 써도 늦지 않아."

그 젊은이가 뱃전 천막을 열고 언덕으로 뛰어 올라 닻줄을 풀고 다시 배에 뛰어 올라 대나무 삿대로 밀고 노를 걸쳐 '삐걱삐걱' 흔들리며 강 가운데로 저어갔다. 사공은 선창 안에서 닻줄을 가져와 가만히 장순을 한 덩어리로 묶고 선미 널빤지 아래에서 판도를 꺼냈다. 그제야 장순이 뭔가를 느꼈으나 두 손이 묶여 있어 꼼짝도 할 수 없었다. 사공이 판도를 들고 장순 몸 위에 올라탔다. 장순이 사정했다.

"호걸! 돈은 모두 줄 테니 목숨만 살려주시오!"

"돈도 주고, 네 목숨도 다오!"

장순이 계속해서 외쳤다.

"죽이더라도 사지는 온전하게 죽인다면 귀신이 되더라도 당신을 괴롭히지 않겠소!"

사공이 판도를 내려놓고 장순을 '첨벙' 물속으로 던져 넣었다.

사공이 보따리를 풀어보고는 생각보다 금은이 많아 놀랐다. 그는 마른 젊은이와 나눌 생각이 없어져 소리 질렀다.

"어이 다섯째야, 할 말 있으니 이리 와봐."

그 젊은이가 선창으로 들어오자 사공은 한 손으로 꽉 잡고 단칼에 내리치니 휘청거리며 쓰러졌다. 사공은 시신을 물속으로 밀어넣으며 배 안의 핏자국을 지우고 혼자 유유히 배를 저어갔다.

장순은 물속에서 3~5일 밤을 보낼 수 있는 사람이라 갑자기 물속으로 빠졌으나 바로 강바닥에서 밧줄을 물어뜯어 끊고 헤엄쳐 강을 건너 남쪽 물가에 이르러 살펴보니 숲속에 은은한 불빛이 비추는 게 보였다. 장순이 물가로 올라와 옷이 젖어 물이 줄줄 흐른 채 수풀 속으로 들어가 살펴보자 다름 아닌 시골 주점이었다. 한밤중에 일어나 술을 짜내고 있느라 깨진 벽 틈새로 불빛이 새어나온 것이었다. 장순이 문을 열라고 소리치자 한 노인장이 나오기에 고개 숙여 인사를 했다. 노인장이 말했다.

"당신은 강에서 재물을 빼앗기고 물로 뛰어들어 목숨을 건진 사람이 아니오?"

"어르신을 속이지 않겠습니다. 소인은 산동에서 건강부로 일이 있어 가다가 늦게 오다보니 강에 가로막혀 건널 배를 찾았습니다. 그런데, 뜻하지 않게 강도 두 명을 만나 소인의 의복과 금은을 모두 강탈당했고 강 속으로 던져졌습니다. 소인이 다행히 헤엄을 칠 줄 알아 목숨을 구할 수 있었습니다. 어르신 살려주십시오."

노인장이 장순을 안채로 들이고 낡고 떨어져 꿰맨 옷을 찾아 갈아입히고 젖은 옷은 말려주었으며 술을 뜨겁게 데워 먹였다. 노인장이 물었다.

"여보게, 자네 이름이 뭔가? 산동 사람이 여기는 무슨 일로 왔는가?"

"소인의 성은 장가입니다. 건강부 안태의安太醫가 제 형님이라 특별히 찾아보러왔습니다."

"산동에서 왔다면 양산박을 지나왔는가?"

"바로 거기를 지나왔습니다."

노인장이 또 말했다.

"거기 산 위에 있는 송 두령이 왕래하는 나그네는 강탈하지 않고, 또한 사람의 목숨도 해치지 않고 하늘을 대신해 도를 행한다고 하는데, 맞는가?"

"송 두령은 충의를 근본으로 하여 선량한 백성은 해치지 않고 오로지 탐관오리만 꾸짖습니다."

"이 늙은이가 듣기로는, 송강 이 도적은 정말로 인의로써 가난한 자를 구원하고 약한 자를 구제한다고 하는데 여기 도적이었으면 얼마나 좋을까! 만일 그가 이곳으로 온다면 여기 있는 탐관오리들에게 고통을 받지 않을 테니 백성이 즐거워할 텐데!"

장순이 듣고서 말했다.

"어르신께서는 놀라지 마십시오. 소인이 바로 낭리백도 장순입니다. 제 형님인 송 공명 등에 악창이 생겨 제게 황금 100냥을 가지고 안도전을 데려오게 했습니다. 생각지도 않게 방심하여 배에서 잠든 사이 도적놈 두 명한테 두 손을 묶이고 강 속으로 던져지고 말았습니다. 제가 입으로 겨우 밧줄을 끊고 여기까지 오게 되었습니다."

"당신이 그런 호걸이라면 내 아들을 불러내 만나게 해야겠소."

얼마 지나지 않아, 뒤쪽에서 삐쩍 마른 젊은이가 나왔는데 장순을 보자 절하며 말했다.

"소인이 형님의 크신 이름을 오래 전에 들었지만 인연이 없어 교분을 맺지 못했습니다. 소인은 성이 왕王이고 항렬은 여섯 번째입니다. 달리기가 빠르다고 하여 사람들이 활섬파活閃婆 왕정육王定六이라고 부릅니다. 평생 헤엄치고 봉 쓰기를 좋아하여 여러 차례 스승을 모셨으나 제대로 전수받지 못하고 잠시 강변에서 술을 팔며 살아가고 있습니다. 방금 형님께서 두 사람에게 강탈당하셨다고 하는데 모두 소인이 아는 놈들입니다. 한 놈은 절강귀截江鬼 장왕張旺이라 하고, 그 삐쩍 마른 젊은 놈은 화정현華亭縣 놈으로 유리추油裏鰍 손오孫五라고 합니다. 이 두 놈이 항상 강에서 사람들을 강탈하고 있습니다. 형님, 안심하십시오. 여기서 며칠 기다리시면 이놈들이 술 마시러 올 겁니다. 그때 저와 함께 원수를 갚으시지요."

"호의는 고맙지만, 나는 송 공명 형님을 위해 하루라도 빨리 산채로 돌아가야 하오. 날이 밝으면 성에 들어가 안태의를 청해서 돌아가야 하니 나중에 만납시다."

왕정육은 자기 옷을 한 벌을 꺼내 장순에게 갈아입히고 서둘러 술자리를 마련해 대접했다. 다음 날, 날씨가 개고 눈이 멈췄다. 왕정육은 은자 10여 냥을 장순에게 줘서 건강부까지 다녀오게 했다.

장순은 성으로 들어가 괴교槐橋(회화나무 다리) 아래에 도착하니 안도전이 문 앞에서 약을 팔고 있었다. 장순이 들어가 안도전을 보고 머리 숙여 절했다. 여기에 안도전을 읊은 시 한 수가 있다.

주후肘後[5]엔 훌륭한 처방 백 가지이고, 침과 칼 스승으로부터 물려받았네.

편작扁鵲[6]이 다시 와도 비하기 어려우니, 안도전의 명성 만 리에 전해졌구나.

肘後良方有百篇, 金針玉刃得師傳.

重生扁鵲應難比, 萬里傳名安道全.

안도전은 조상에게 전수받은 내과·외과 의술을 모두 사용해 치료할 수 있어 먼 곳에까지 이름이 알려져 있었다. 안도전이 장순을 보고 물었다.

"동생이 여러 해 동안 보이지 않더니, 무슨 바람이 불어 여기까지 왔는가?"

장순이 안으로 따라 들어가 강주를 떠들썩하게 하고 송강과 산에 오른 일을 하나하나 이야기하고 송강이 등에 악창을 앓아 특별히 명의를 청하러 왔다가 양자강에서 목숨을 잃어버릴 뻔했던 일 때문에 빈손으로 오게 된 것들을 모두 사실대로 털어놨다. 안도전이 말했다.

"송 공명으로 말할 것 같으면 천하의 의사義士이니 가서 그를 치료해주는 일이 당연히 가장 중요하네. 그러나 부인이 죽은데다 다른 친척도 없어 집안을 돌볼 사람이 없으니 멀리 갈 수가 없네."

장순이 간절하게 부탁했다.

"만약 형님께서 가시지 않으면 이 장순 또한 살아서 돌아갈 수 없습니다!"

5_ 전국시대 때 명의名醫인 편작扁鵲의 저서 『주후방肘後方』 3권은 이미 소실되었다. 지금 세상에 전해지는 것은 진晉나라 때 갈홍葛洪이 편찬한 『주후비급방肘後備急方』 8권이다.

6_ 편작扁鵲은 전국시대 때 명의로 의술이 뛰어나 신의神醫로 여겨졌다. 옛사람들은 의술이 고명한 의원을 습관적으로 편작이라 부른다. 『사기』에 열전이 실려 있다.

"다시 상의해보세."

장순이 온갖 방법으로 간청하자 비로소 안도전이 승낙했다. 원래 안도전은 건강부에 새로 온 이교노李巧奴라는 기생집에 자주 왕래하는 중이었다. 이교노가 대단히 아름다웠기에 안도전이 그녀를 돌봐주고 있었다. 여기에 이를 증명하는 시가 있다.

천성과 자태 상냥한데다 진중하여, 사람들에겐 옥 단지 속 달처럼 맑다네.
봄 찾아 걸을 땐 쪽진 머리 하늘거리고, 이슬 차며 달빛 아래 걷는 듯하구나.
웃는 홍안 꽃받침처럼 아름다운데, 악기 맞춰 노래하면 꽃구름도 멈춰서네.
바라건대 항상 기억해야 하니, 장대류章臺柳[7]에게 쏟은 정을 본받지 말지라.

蕙質溫柔更老成, 玉壺明月逼人淸.
步搖寶髻尋春去, 露濕凌波步月行.
丹臉笑回花萼麗, 朱絃歌罷綵雲停.
願教心地常相憶, 莫學章臺贈柳情.

그날 밤에도 장순을 데리고 그녀의 집에서 술판을 벌였고, 이교노는 장순에게 숙부의 예로 절했다. 술잔이 3~5차례 돌고 거나하게 취하자 안도전이 이교노에게 말했다.

"오늘 밤 여기에서 자야겠다. 내일 아침 일찍 이 동생과 함께 산동에 다녀올 일이 있구나. 길면 한 달 짧으면 20여 일 걸릴 텐데 돌아와서 보자꾸나."

이교노가 말했다.

"가지 마세요. 내 말대로 하지 않으시려거든 다시는 저희 집에 오지 마세요!"

7_ 장대류章臺柳: 당나라 때 장안 장대章臺에 가주했던 기녀인 류柳씨를 말한다. 당나라 때 시인 한굉韓翃이 사랑했던 기녀 류씨에 대한 고사다. 장대류는 여자의 아름다움과 남자의 다정함을 형용하는 말이다.

"이미 약 자루까지 모두 준비했으니 가야 한단다. 내일 떠날 텐데, 너는 마음 편하니 있거라. 내가 일 끝내면 지체 없이 돌아오마."

이교노가 애교를 떨며 안도전 품속에서 앙탈을 부렸다.

"나를 생각지 않고 가버리면 당신 육신이 조각조각 날아가라고 저주할거야!"

장순은 듣고서 이 창녀를 한입에 삼키지 못하는 것이 한스러울 따름이었다. 밤이 점점 깊어지자 안도전이 크게 취하여 고꾸라졌다. 이교노가 방 안으로 부축해 들어갔고 침상에 뉘어 재웠다. 이교노가 장순에게 퉁명스럽게 말했다.

"당신은 돌아가요. 우리 집에는 잘 방이 없어요."

"형님이 술에서 깨기를 기다렸다가 같이 가야지요."

이교노가 보내려 하는데도 움직이지 않자 하는 수 없이 장순을 문간 작은방에서 쉬게 했다.

장순이 내심 근심걱정으로 애를 태우며 안절부절 못하는데 어떻게 잠을 잘 수 있겠는가? 초경 무렵에 누군가 문을 두드렸다. 장순이 벽 틈새로 살펴보니 어떤 사람이 몰래 들어와 포주 년과 얘기를 나누었다. 포주 년이 물었다.

"한동안 코빼기도 안보이더니 어디 갔었소? 오늘 밤은 태의가 취해 방 안에 자고 있으니 이를 어쩌나?"

"비녀랑 귀걸이 사주려고 금 10냥을 가지고 왔으니 할멈이 언니랑 나랑 같이 만나게 방법을 마련해 보시오."

"그럼 일단 내 방에 계시오. 내 불러오리다."

장순이 등불 그림자 아래를 살펴보니 바로 절강귀 장왕이었다. 그날 이놈이 강에서 재물을 얻자 이 집에 와서 쓰려고 온 것이었다. 장순이 보고서 끓어오르는 화를 억누르고 자세히 살펴보는데 그 몹쓸 할멈이 방 안에 술과 음식을 차려놓고 이교노를 불러 장왕을 대접하게 했다. 장순이 당장 뛰어 들어가고 싶었지만 일을 망쳐 이 도적놈이 달아날까 두려웠다. 대략 3경이 못 되어서 두 심부름꾼도 부엌에서 모두 취해 있었다. 포주 할멈도 이리저리 비틀거리면서 등불 앞에서 술에 취해 졸고 있었다. 장순이 조용히 방문을 열고 부엌으로 돌아가니 부뚜막 위에 시퍼런 식칼이 번쩍이는 게 보였고 할망구는 나무 걸상에 머리를 한쪽으로 대고 뻗어 있었다. 장순이 뛰어 들어가 식칼을 들고 먼저 포주를 죽이고 심부름꾼을 죽이려고 했지만 식칼이 물러서인지 한 사람을 찍어 내자 칼날이 무디어졌다. 두 심부름꾼이 소리 지르려 하자 장작 패는 도끼가 손 옆에 있어 얼른 움켜쥐고 도끼질로 찍어 죽였다. 방 안에서 계집이 듣고서 황망히 문을 열고 나오다가 장순과 맞닥뜨렸고 도끼를 들어 내리찍으니 가슴팍이 쪼개져 바닥에 뒤집어졌다. 장왕은 등불 그림자 아래서 계집이 찍혀 뒤집어지는 것을 보고는 뒤 창문을 열어젖히고 담을 뛰어넘어 달아났다. 장순이 잡지 못한 것을 근심하다가 즉시 옷자락을 찢어 피를 묻혀 흰 벽에 글을 썼다.

"사람을 죽인 자는 나 안도전이다!"

연이어 10여 군데에 써놨다.

5경 무렵에 날이 밝아지고 안도전이 방 안에서 술에 깨어 이교노를 부르는 소리가 들렸다. 장순이 말했다.

"형님 소리 내지 마십시오. 형님이 찾는 이가 지금 어떤 상태인지 보여드리지요."

안도전이 일어났는데 네 구의 시신이 보이자 깜짝 놀라 온 몸이 마비되어 부들부들 떨기만 했다.

"형님, 벽에 쓰인 것을 보셨습니까?"

"네가 나를 잡으려 하는구나!"

"이제는 단지 두 갈래 길만이 있는데 만약 소리를 지르시면 저는 달아날 것이고 그대신 형님은 목숨으로 대가를 치르셔야 할 겁니다. 그러나 형님께서 아무 일 없으시려면 집에 가셔서 약 자루를 가지고 밤새 양산박으로 달려가 제 형님을 구해드리는 것입니다. 둘 중에서 뜻대로 고르십시오!"

"동생, 자네 어떻게 이렇게 명을 재촉하는 생각을 했는가!"

여기에 증명하는 시가 있다.

여인은 애정 없이 돈만 탐하는데, 길 떠나면서 무에 아쉽다고 다시 머물렀나.
원혼은 남녀 간의 만남에는 가지 않는데, 우습구나 어리석은 안도전이라네.
紅粉無情只愛錢, 臨行何事更流連.
冤魂不赴陽臺夢, 笑煞癡心安道全.

날이 밝기 전에 장순은 노자 될 만한 것들을 쓸어 담고 안도전과 함께 집에 돌아와 문을 밀고 들어가 약 자루를 챙겨 성을 나와 왕정육 주점에 도착했다. 왕정육이 맞이하며 말했다.

"어제 장왕이 이곳을 지나갔는데 형님께서 못 보신 게 애석합니다."

"내가 큰일을 해야 하는데 작은 원한 갚는 일은 잠시 접어야지."

말이 끝나기도 전에 왕정육이 알렸다.

"장왕 그놈이 옵니다!"

장순이 말했다.

"그놈을 놀라게 하지 말고 어디로 가는지 살펴보게."

장왕이 모래사장에 가서 배를 살피자 왕정육이 소리 질렀다.

"장형, 가지 말고 우리 가족 두 사람을 좀 건네주시구려."

"배를 타려면 빨리 오게!"

왕정육이 장순에게 알렸다. 장순이 말했다.

"안 형님, 소인에게 옷 좀 빌려 주시지요. 형님 옷과 바꿔 입고 배를 타러 가시지요."

"어째서 그러는가?"

장순이 말했다.

"제게 까닭이 있으니 형님은 묻지 마십시오."

안도전이 옷을 벗어 장순과 바꿔 입었다. 장순이 머리에 두건을 쓰고 먼지를 막는 삿갓으로 몸을 숨겼다. 왕정육이 약 자루를 지고 배 있는 곳으로 달렸다. 장왕이 배를 물가 옆으로 가까이 대자 세 사람은 배에 올랐다.

장순이 선미로 기어 올라가 널빤지를 열어보니 판도가 여전히 거기에 있어 조용히 들고 다시 선창 안으로 들어왔다. 장왕은 '어여차'하며 배를 젓는데 어느새 강 한가운데에 도달했다. 장순이 상반신을 벗어 던지며 소리쳤다.

"사공 빨리 오시오! 선창 안에 물이 새들어오고 있소!"

장왕은 계책인 줄 모르고 머리를 선창 안으로 들이밀며 들어오려는데, 장순이 겨드랑이에 껴서 꽉 잡고 소리 질렀다.

"이 도적놈아, 지난번 눈 오는 날 배에 탔던 손님을 기억하느냐?"

장왕이 멍하니 쳐다보기만 하고 아무 소리도 못했다. 장순이 다시 한번 소리쳐 물었다.

"네놈이 내 100냥 황금을 빼앗고 그것도 모자라 내 목숨까지 해치려 했겠다! 그 삐쩍 마른 젊은 놈은 어디 갔느냐?"

"호걸, 소인이 금이 많은 것을 보고 그와 나누면 제 몫이 줄어들 것 같아 죽이고 강으로 던져버렸습니다."

"너는 나를 아느냐?"

"호걸을 알지는 못하지만 소인의 목숨을 살려주십시오."

"어르신은 심양강변에 태어나 소고산小孤山 아래에서 자라면서 물고기 파는 거간꾼인데 누군지 모르겠느냐? 강주를 떠들썩하게 하고 양산박에서 송 공명을 따르며 천하를 종횡무진 누비는데 누가 나를 두려워하지 않겠느냐? 네놈이 나를 속여 배에 태우고 두 손을 묶어 강에 던졌으나 내가 물에 익숙하지 않았다면 목숨을 잃을 뻔했다! 오늘 원수와 마주쳤으니 너를 용서할 수 없다!"

바로 질질 끌어 선창에 끌어 올리고 배 닻줄을 찾아 양손과 두발을 한 덩어리로 꽁꽁 묶어 양자강 물속으로 던져버렸다.

"나도 네놈에게 칼은 쓰지 않겠다!"

장왕의 목숨은 황혼 무렵에 귀신이 되고 말았다.

왕정육이 보고서 크게 탄식했다. 장순이 배 안에서 지난번 강탈당했던 금과 부스러기 은냥을 찾아내 모두 보따리에 챙겼다. 세 사람이 탄 배가 물가에 도착했고 장순이 왕정육에게 말했다.

"동생의 온정과 도의는 죽으나 사나 잊지 않겠네. 자네가 버리지 않는다면 부친과 함께 주점을 정리한 후 양산박으로 오게. 와서 대의를 함께하세. 자네 마음이 어떤지 모르겠네?"

"형님의 말씀이 제 마음과 똑같습니다."

왕정육과 작별한 장순과 안도전은 북쪽에 배를 대고 길을 재촉했다. 왕정육은 두 사람과 헤어지고 다시 작은 배에 올라 집으로 돌아가 짐을 꾸리고 쫓아왔다. 장순은 안도전과 함께 북쪽 물가를 따라 약 자루를 등에 지고 나섰다. 안도전은 글을 읽는 지식인이라 많은 길을 걸을 수 없어 30여 리도 못 가서 주저앉아 꼼짝도 못했다. 장순이 시골 주점에 데려가 술을 대접했다. 한참 마시고 있는데 바깥에서 한 손님이 달려 들어오며 소리 질렀다.

"동생, 어째서 이렇게 늦었는가!"

장순이 쳐다보니 다름 아닌 신행태보 대종이었다. 길손으로 꾸미고 달려온 것이었다. 장순이 황망히 안도전을 인사시키고 송 공명 형님의 소식을 물었다. 대종이 말했다.

"지금 송강 형님은 정신이 혼미하고 물 한 모금 쌀 한 톨도 넘기지 못하고 죽기만을 기다린다네."

장순이 듣고서 눈물을 비 오듯 쏟았다. 안도전이 물었다.

"피부 혈색은 어떠합니까?"

"근육과 피부가 말라서 까칠하고 밤새 소리 지르며 고통이 그치지 않는 것을 보면 조만간 목숨을 보전하기 어려울 것 같소."

"만약 피부와 신체가 고통을 느낄 수 있다면 치료할 수 있소이다. 치료 시기를 놓칠까 걱정이오."

"그거야 어려울 거 없지요."

두 개의 갑마를 꺼내 안도전의 다리에 묶었다. 대종이 약 자루를 지고 장순에게 당부했다.

"자네는 천천히 오게. 나는 태의를 모시고 먼저 가겠네."

두 사람은 시골 주점을 나와 신행법을 일으켜 먼저 갔다.

장순은 그 시골 주점에서 2~3일을 더 쉬었다. 왕정육이 과연 보따리를 지고 부친과 함께 도착했다. 장순이 맞이하고 속으로 기뻐하며 말했다.

"내가 여기서 자네를 기다렸네."

왕정육이 크게 놀라 물었다.

"안 태의는 어디에 있습니까?"

"신행태보 대종 형이 맞이하러 와서 이미 모시고 먼저 갔네."

왕정육과 장순은 부친을 모시고 함께 양산박을 향해 떠났다.

한편 대종은 안도전을 데리고 신행법을 일으켜 그날 밤 양산박에 도착했다. 대소 두령들이 맞이하고 송강이 누워 있는 침상에 모였다. 살펴보니 실낱같이 숨 쉬는 것이 금방이라도 끊어질 듯했다. 안도전이 먼저 맥을 짚어보고 말했다.

"두령들께서는 당황하지 마십시오. 맥을 보니 괜찮을 것 같습니다. 몸이 비록 심히 위중해 보이나 대체로 큰일은 없을 듯합니다. 이 안 아무개가 허풍떠는 것이 아니라 열흘 정도 치료하면 회복할 겁니다."

여러 두령이 기뻐하며 일제히 절을 올렸다. 안도전은 먼저 쑥을 태운 연기에 쏘여 독기를 빼고 약을 썼다. 겉으로는 등창에 고약을 붙이고 안으로는 기력을 회복할 수 있는 약을 조제하니 5일도 안되어 점점 피부색이 선명해지고 윤기가 흘렀고 음식을 조금씩 먹었다. 10여 일이 지나자 터진 자리가 완치되지는 않았지만 이전처럼 음식을 먹고 마실 수 있게 되었다. 장순이 왕정육 부자를 이끌고 송강과 여러 두령에게 인사를 시키고 강에서 강탈당했던 일과 물 위에서 복수했던 지난 사정을 들려주자 모두들 감탄하며 말했다.

"하마터면 형님의 병을 고치지 못할 뻔했네!"

송강은 병에서 회복되자마자 즉시 오용과 상의하여 북경을 쳐서 노 원외와 석수를 구하고자 했다.

"장군의 악창 터진 자리가 아직 낫지 않았으니 가볍게 움직여서는 안 됩니다. 움직이시면 치유되기 어려울 것입니다."

오용도 말했다.

"형님은 걱정하지 말고 편히 쉬시면서 원기가 회복되도록 조리하십시오. 제가 비록 재주는 없으나 초봄이 되면 북경성을 쳐서 노 원외와 석수 두 사람의 목숨을 구해내고 음부와 간부를 잡으려 하는데, 형님의 뜻이 어떠한지 모르겠습니다."

"군사가 진실로 이 원수를 갚아준다면, 이 송강은 죽어도 편히 눈 감을 수 있겠소!"

오용이 즉시 충의당에서 명령을 내렸다. 나누어 서술하면, 북경성 안에 불길이 일고 창이 숲을 이루게 되었으며, 대명부에는 시신이 산더미처럼 쌓이고 피가 바다를 이루게 되었던 것이다. 바로 담소 속에 귀신들 모두가 간담이 서늘해지고, 호걸들 지휘하여 마음이 모두 쏠리게 되었던 것이다.

과연 군사 오용이 어떤 계책을 내놓았는지는 다음 회에 설명하노라.

안도전安道全의 태의太醫 명칭

송나라 때는 태의국太醫局(금나라 때 태위원太醫院이라 부르기 시작했다)을 설치하여 황실과 고위 관원의 간병과 치료를 관장했다. 국가가 운영하는 병원이라 할 수 있다. 태의국에는 태의령太醫令 1명을 설치했는데, 종7품이었고, 몇 명의 태의승太醫丞을 설치했는데 정9품이었으며 대외적으로는 '태의'라 통칭했다. 민간에서 의술이 뛰어난 의원을 태의라 부르기도 했는데, 안도전을 태의라 부른 것이 바로 이것이다.

신의神醫 안도전

안도전의 별명을 '신의'라고 하는데, 의원 가운데 편작扁鵲·화타華佗·장중경張仲景·손사막孫思邈 등은 민간에서 '신의'라 불린다. 『열자列子』「역명力命」에 '신의'라는 말이 등장한다. 양주楊朱의 친구 가운데 계량季梁이란 사람이 있다. 계량은 병을 앓았고 7일째가 되자 상태가 엄중해졌다. 노씨盧氏가 말하기를, "그대의 병은 하늘에서 나온 것도 아니고 사람에게서 나온 것도 아니며 귀신에게서 나온 것도 아니오. 운명적으로 생명과 형체를 받은 것으로, 생명과 형체를 통제하는 것은 운명이며, 또한 운명을 아는 사람(계량)이 있소. 약제가 무슨 소용이 있겠소?"라고 했다. 그러자 계량이 말하기를, "신의神醫로다!"라고 했다.

활섬파活閃婆 왕정육王定六

'활섬活閃'은 '번개'를 말한다. 신화 전설에서는 통상적으로 천둥의 신은 남자이고 번개의 신은 여자이다. '활섬파活閃婆'는 전통 도교에서 떠받드는 전모電母(번개를 주관하는 신)였다. 『수호전전교주』에 따르면 "정목형이 이르기를 '섬파閃婆는 『장경藏經』에서도 타나파陀那婆라 하는데, 날렵함을 말하는 것으로 범어로 약차藥叉다'라고 했다." 활섬파는 즉, 행동의 신속함이 번개와 같다는 말이다. 또한, 왕정육은 『선화유사』와 원·명 잡극에 보이지 않고 『수호전』에서 창작된 인물이다.

절강귀截江鬼 장왕張旺

'절강截江'은 글자 그대로 '강에서 배를 막고 강도질'하거나 혹은 '강을 건너는 여행객을 강탈'한다는 의미다. 또한 장왕이란 인물에 대해 『수호전보증본』에서 추정하는 내용이 있다. 원나라 도종의陶宗儀의 『남촌철경록南村輟耕錄』에 개과천선한 장도인張道人이란 인물이 나온다. 그 내용을 보면 '장왕張旺'이란 자가 있었는데, 사람들이 모두 그를 장패張牌라 불렀다. 그는 흉악한 무뢰한으로 밤에 한 농부의 채소를 도둑질하다가 잡혔고 농부의 머리를 못에 처박아 피에 적신 다음에 풀어줬다. 그는 그 원한이 골수에 박혀 항상 보복하려 생각했지만 할 수가 없었다. 그 뒤에 장왕은 출가하게 된다. 또 『금사金史』「해릉기海陵紀」와 「서문전徐文傳」에 다른 '장왕'이란 인물이 등장하는데, 그는 고향인 동해현東海縣(장쑤성 롄윈강連雲港 난청진南城鎭)에서 무리를 모아 금나라에 대항한 수령이다. 『수호전』에서는 이 두 장왕의 이름을 차용한 것일 수도 있다.

유리추油裏鰍 손오孫五

'추鰍'는 미꾸라지를 말한다. '유리추油裏鰍'는 반들반들한 미꾸라지 몸에 기름을 붓는다는 의미다. 즉, 지극히 교활함을 비유한 말이다.

【 제66회 】

함락된 북경 대명부[1]

오용이 송강에게 말했다.

"이제 다행히 형님께서 무사하시고, 또한 안 태의가 산채에서 병을 돌보아주니 이것은 양산박에 대단한 행운입니다. 형님께서 병석에 누워계실 때도 소생이 여러 차례 사람을 북경성으로 보내 소식을 알아봤습니다. 양 중서는 밤낮으로 저희 군마가 성으로 쳐들어올까 두려워하고 있습니다. 또한 북경성 안과 성 밖 저자 등 도처에 사람을 보내 출처를 적지 않은 통지문을 붙여 원한 갚을 데가 따로 있고 빚 받을 곳이 따로 있으며, 대군이 당도해도 상대할 원수가 있으니 주민들은 근심하며 의심하지 말라고 알렸습니다. 이 때문에 양 중서는 더욱 혼자 끙끙 앓고 있을 겁니다. 게다가, 듣자 하니 채 태사는 관승이 항복했다는 소리를 듣고 천자 앞에서 감히 입도 열지 못하고 있습니다. 귀순을 시켜야 모두 무사하므로 거듭 양 중서에게 편지를 보내 노준의·석수를 살려두어야 손을 쓸 수

1_ 제66회 제목은 '時遷火燒翠雲樓(시천이 취운루에 불을 지르다), 吳用智取大名府(오용이 꾀를 써서 대명부를 함락시키다)'다.

있다고 주장하고 있답니다."

송강이 오용의 말을 듣고서도 서둘러 군마를 이끌고 산을 내려가 북경을 치라고 재촉했다. 그러자 오용이 말했다.

"겨울이 가고 봄이 오고 있으니 조만간 원소절이 다가옵니다. 북경은 매년 원소절에 등불을 내걸고 큰 행사를 치릅니다. 제가 이 틈을 이용해 먼저 성안에 매복시키고 바깥에서 군사를 몰아 진격해 들어간다면 안팎에서 서로 호응하여 북경을 깨뜨릴 수 있을 겁니다."

"정말 대단히 묘한 계책이오! 군사께서는 즉시 시행해주시오."

오용이 물었다.

"가장 중요한 일은 성안에서 불을 질러 신호를 보내는 것이오. 형제들 중에 누가 감히 먼저 성안으로 들어가서 불을 지르겠소?"

계단 아래에서 한 사람이 달려나오며 말했다.

"소인이 가겠습니다."

사람들이 모두 쳐다보니 다름 아닌 고상조 시천이었다. 시천이 말했다.

"소인은 어렸을 때부터 북경에 간 적이 있습니다. 성 내에 취운루翠雲樓[2]라는 누각이 하나 있는데 누각 위아래에 크고 작은 방[3]이 110개나 있습니다. 원소절 밤에는 반드시 떠들썩하고 요란할 겁니다. 소인이 몰래 성으로 들어가 원소절 밤 취운루 위에 올라가 불을 질러 신호를 보낼 터이니 군사께서 병력을 동원하시어 성으로 치고 들어오십시오. 이것이 상책입니다."

오용이 말했다.

"내 생각이 바로 그렇네. 자네는 내일 새벽에 먼저 산을 내려가게. 원소절 밤 1경에 누각 위에서 불이 난다면 바로 자네의 공로가 되는 거네."

2_ 취운루翠雲樓: 취루翠樓로 대명부의 주루酒樓(2층석이 있는 주점)이다.
3_ 원문은 '각자閣子'다. 나무판자로 장식하고 칸막이가 있는 방이다.

시천이 그렇게 하기로 하고 영을 받아 나갔다.

오용은 다음날 해진과 해보를 사냥꾼으로 꾸며 북경성 안 관원부에 가서 야생동물 고기를 바치게 했다. 정월 15일 밤사이에 불이 나는 것을 신호로 하여 유수사 앞으로 가서 일을 보고하는 관병들을 저지하게 했다. 두 사람이 영을 받고 물러났다. 다시 두천과 송만을 불러 쌀장수로 꾸며 수레를 밀고 성안으로 들어가 쉬다가 원소절 밤에 불길이 일어나는 신호를 보거든 먼저 동문을 빼앗게 했다.

"이것은 자네 두 사람의 공로네."

두 사람도 영을 받고 물러났다. 또, 공명과 공량을 불러 거지[4]처럼 꾸미고 북경 성내 시끌벅적한 번화가로 가서 처마 아래에서 쉬고 있다가 누각 앞에서 불길이 일어나면 곧바로 달려가 호응하게 했다. 두 사람도 영을 받고 역시 물러났다. 이응과 사진을 불러서는 나그네로 꾸미고 북경성 동문 밖에서 쉬다가 성에서 불길이 일어나는 신호가 보이면 먼저 동문을 지키는 군사들을 베어버리고 동문을 탈취하여 통로를 확보하도록 했다. 두 사람 역시 영을 받고 물러났다. 다시 노지심과 무송을 불러서는 행각승으로 꾸미게 하여 먼저 북경성 밖 암자에 있다가 성중에서 불길이 일어나는 신호가 보이면 즉시 남문 밖으로 달려가 대군을 저지하고 달아날 길을 막도록 했다. 두 사람도 영을 받고 물러났다. 추연과 추윤을 불러서는 등 파는 길손으로 꾸며 곧바로 북경성 안 객점에서 쉬다가 누각에서 불길이 일어나면 사옥사司獄司[5] 앞으로 달려가 호응하여 싸우게 했다. 두 사람 또한 영을 받고 물러났다. 이번에는 유당과 양웅을 불러 공인으로 꾸미게 하여 곧바로 북경 주아州衙 앞에서 쉬게 했다. 그리고 신호 불길이 보이면 보

4_ 원문은 '복자僕者'인데, 일꾼·노동자를 가리킨다. 그러나 뒷부분에서는 공명과 공량을 '규화叫化' '개자丐者'로 꾸민 것으로 묘사하고 있는데, '거지'를 말한다. 역자는 문맥에 맞게 '거지'로 번역했다.

5_ 사옥사司獄司: 원 시기 형부刑部에 사옥사를 설치했고 명 시기까지 내려왔다. 청대에 형부에 역시 사옥司獄을 설치하여 옥졸을 감독 지휘했다.

고하는 연락 인원들을 저지하여 머리와 꼬리가 서로 지원하지 못하게 했다. 두 사람도 영을 받고 물러났다. 공손승 선생을 청해서는 떠돌아다니는 도인으로 꾸미게 하고, 능진을 도동으로 따르게 하여 풍화, 뇌천 등의 포탄 수백여 개를 가지고 북경성 내부의 조용한 곳에서 기다렸다가 불길이 일어나는 신호를 보면 그것들을 발사하게 했다. 두 사람이 영을 받고 물러나자, 다시 장순을 불러 연청을 따라 수문水門[6]을 통해 성으로 들어가 노 원외 집을 덮쳐 음부와 간부를 잡도록 했다. 왕왜호·손신·장청·호삼랑·고대수·손이랑은 성으로 들어가 등 구경하려는 세 쌍의 시골 부부로 꾸며 노 원외의 집을 찾아 불태우는 것이었다. 다시 시진을 불러 악화를 데리고 군관으로 꾸며 곧장 채 절급 집으로 달려가 노 원외와 석수 두 사람의 목숨을 구하게 했다. 여러 두령이 각자 영을 받고 갔다. 각기 군령을 철저히 준수하고 실수가 없도록 했다.

때는 정월 초순이었다. 양산박 호걸들이 차례대로 산을 내려가 출발했다. 한편 북경 양 중서는 이성·문달·왕 태수 등 일련의 관원들을 불러 원소절에 등롱 내거는 일을 상의했다. 양 중서가 입을 열었다.

"해마다 성에서 크게 등롱을 걸어 원소절을 경축하고 백성과 함께 즐겼는데 모든 것을 동경의 격식에 따라 했소이다. 그런데, 양산박 도적들이 두 번이나 쳐들어온 마당에 등롱 내거는 것 때문에 화를 초래할까 두렵소. 본관의 생각으로는 이번에 등롱을 내거는 행사를 취소했으면 하는데 여러분은 어떻게 생각하시오?"

문달이 말했다.

"이 도적놈들이 물러나 숨어서 포고문만 어지럽게 붙이는 것을 봐서는 계략을 다 써버려서 더 이상 방법이 없는 듯한데 상공께서는 무엇 때문에 근심하십니까? 만약 금년 원소절에 등롱을 내걸지 않으면 염탐꾼들이 알아내 이놈들이

6_ 수문水門: 물을 끼고 있는 성문이다. 옛날에 성벽 밖에는 대부분 성을 보호하는 하천이 두르고 있고 물을 끌어 성을 관통하게 했다. 출입하는 성벽에 문을 세우고 방어했는데, 그것을 수문이라 한다.

우리를 비웃을 겁니다. 상공께서는 명령을 내리셔서 백성에게 분명히 알려 지난 해보다 더 많은 꽃등을 내걸고 사화社火[7]도 늘리고 성 중심 거리에는 두 개의 오산鰲山[8]을 세우도록 하시고 동경의 방식에 따라 밤새도록 사람들의 통행을 막지 말고 13일부터 17일까지 닷새 밤 동안 등롱을 내걸게 하십시오. 그리고 부윤을 시켜 기간 내내 주민을 점검하여 등불이 줄게 해서는 안 됩니다. 상공께서는 친히 행춘行春[9]하시어 반드시 백성과 함께 즐기셔야 합니다. 문 아무개가 직접 군마를 이끌고 성을 나가 비호욕에 주둔하여 도적들의 간사한 계책을 방비하겠습니다. 그리고 이 도감은 철마군鐵馬軍을 이끌고 성을 돌며 순찰하면서 백성이 놀라지 않도록 하겠습니다."

양 중서가 문달의 의견을 듣고 크게 기뻐했다. 관리들이 상의를 마치고 즉시 방문을 붙여 백성에게 널리 알렸다.

북경 대명부는 하북에서 가장 큰 군郡으로 군사와 교통의 요충지였다. 모든 길목에 상점들이 구름과 안개처럼 운집해 있고 원소절에 등롱을 내건다는 소문이 들리자 각지에서 사람들이 떠들썩하게 몰려들었다. 성의 모퉁이, 길거리와 골목마다 해당 지역 상관廂官[10]들이 매일 철저하게 살피고 사화를 할 수 있도록 꾸몄다. 부호들은 각자 꽃등을 걸려고 경쟁했고, 멀리서는 200~300여 리를 가서 사오고 가까워도 100리 밖에까지 다녀와야 했다. 또한 행상들이 매년 성에 팔 등을 가지고 몰려들었다. 집집마다 문 앞에 등을 다는 등 울타리를 설치했는데 모두들 좋은 등과 다양한 종류의 폭죽을 걸려고 다투었다. 문안에는 산붕山

7_ 사화社火: 명절 기간 민간에서 거행된 잡극·가무·요술 등의 각종 놀이.

8_ 오산鰲山: 정월 대보름에 등불을 쌓아 산을 만든 것으로 그 모양이 전설 속의 커다란 자라 모양과 같았다고 한다.

9_ 행춘行春: 관리가 봄날 시골로 순시 나가 농사, 누에와 뽕나무를 살피는 활동을 말한다.

10_ 상관廂官: 송대 관직. 대중상부大中祥符(1008~1016) 때부터 경성 밖을 구획하여 약간의 상廂으로 삼고 상관廂官을 설치했는데, 거주민의 소송 다툼을 처리했고 사건의 내용과 경위가 비교적 가벼운 것은 직접 판결을 내릴 권리가 있었다.

棚[11]을 묶어세우고 오색 병풍 모양의 폭죽 등을 늘어놓았으며 사방에는 모두 명인들의 서예와 그림, 기이한 골동품들을 걸어놨다. 성의 거리와 골목, 집집마다 모두 등을 밝혔다. 대명부 유수사 주교州橋 옆에는 오산이 세워졌다. 위에는 황색과 적색의 큰 용 두 마리가 똬리를 틀고 앉아 있는데 매 비늘마다 등불이 밝혀졌으며 입에서는 정수淨水가 뿜어져 나왔다. 주교 개울 안 주변에도 위아래 주변 모두 셀 수 없이 많은 등이 밝혀졌다. 동불사銅佛寺 앞에도 또 하나의 오산이 세워졌다. 위에 청룡靑龍 한 마리가 자리잡고 있는데 수천 개의 꽃등이 둘러져 있었다. 취운루 앞에도 역시 오산 하나가 세워졌다. 위에는 한 마리의 백룡白龍이 앉아 있고 사방에 헤아릴 수 없는 등불이 밝혀져 있었다. 원래 취운루는 하북의 명물 제1호로 알려졌으며 위에는 세 층의 처마가 있고 들보와 기둥에 오색찬란하게 조각이 새겨져 있으며 지극히 잘 만들어진 건물이었다. 누각 위아래에 방이 100여 개가 넘었다. 하루 종일 연주소리가 요란한 곳이라 매일 악기 연주와 노래 소리로 귀가 따가울 정도였다. 성안의 도교 사당과 사원, 불전 법당에서도 등불을 밝히고 풍년을 경축했다. 삼와양사는 더 말할 필요도 없었다.

양산박의 염탐꾼들이 이런 소식을 알고 산채에 보고했다. 오용이 듣고서 크게 기뻐하며 송강에게 자세한 상황을 알렸다. 그러자 송강이 직접 군사를 이끌고 북경을 치고자 했다. 안도전이 또 말렸다.

"장군의 상처가 아직 아물지 않았으니 절대로 함부로 움직여서는 안 됩니다. 만약 조금이라도 노기怒氣가 침투하기라도 한다면 병이 낫기 어려울 것입니다."

오용이 말했다.

"소생이 형님을 대신해 다녀오겠습니다."

즉시 철면공목 배선에게 여덟 갈래 군마로 나누어 일으키게 했다. 제1대는

11_ 산붕山棚: 명절을 경축하기 위해 정원에 세운 아름답게 장식한 가설 천막. 산처럼 높이 세웠으므로 산붕이라 했다.

쌍편 호연작이 한도와 팽기를 이끌고 앞에 서고 진삼산 황신이 뒤에서 호응하기로 했는데 모두 마군이었다. 이전에 호연작이 관승의 진에서 나와 싸운 것은 가짜였고 일부러 관승을 속이려한 계책이었다. 제2대는 표자두 임충이 마린과 등비를 이끌어 앞장서고 소이광 화영이 뒤에서 받치게 했는데, 역시 모두 마군이었다. 제3대는 대도 관승이 선찬과 학사문을 이끌어 앞을 맡고 병울지 손립이 뒤에서 호응하며 또한 모두 마군이었다. 제4대는 벽력화 진명이 구붕과 연순을 이끌고 앞장서게 했는데 청면수 양지가 뒤를 맡고 모두 마군이었다. 제5대는 보군으로 두령 몰차란 목홍이 두흥과 정천수를 이끌었다. 제6대 또한 보군으로 두령 흑선풍 이규가 이립과 조정을 이끌었다. 제7대도 보군으로 두령 삽시호 뇌횡이 시은과 목춘을 이끌었다. 제8대 역시 보군으로 두령 혼세마왕 번서가 항충과 이곤을 인솔했다.

"이 여덟 갈래 마보군이 각자 길을 잡아 출발하는데 즉시 출발하고 시간에 착오가 없게 하라. 정월 15일 2경의 기한으로 모두 북경성 아래에 도착해야 한다. 마군·보군이 일제히 진군하라."

여덟 갈래 길의 군사가 영에 따라 산을 내려갔고 나머지 두령들은 송강과 함께 산채를 지키기로 했다.

한편 시천은 처마를 날아다니고 벽을 넘는 사람이라 큰 길로 성으로 들어가지 않고 밤에 담을 넘어 성으로 진입했다. 성안 각 객점에서 홀몸의 손님은 받아주지 않자 혼자 낮에는 거리를 한가롭게 거닐었고 밤이 되면 동악묘 신주神主 밑에서 쉬었다. 정월 13일이 되자 성안을 돌아다니면서 백성이 등 차양을 치고 등불 거는 모습들을 구경할 수 있었다. 한참 구경하고 있는데 해진과 해보가 포획물을 메고 지나가는 것이 보였다. 또한 공연장[12]에서 뛰어나오는 두천과 송

12_ 원문은 '와자瓦子'인데, 송나라 때 각종 오락 장소가 모여 있는 곳이다.

만 두 사람과도 마주쳤다. 시천이 그날 먼저 취운루를 한 바퀴 돌다가 머리를 산발한 공명을 발견했다. 몸에는 양가죽 누더기를 입고 오른손에는 곤봉을 들고 왼손에는 사발을 든 채 지저분한 모습으로 그곳에서 구걸하고 있었다. 시천이 알아보고 눈짓을 하고는 등 뒤에서 슬쩍 말했다.

"형님은 혈색이 너무 좋아 거지같지 않아요. 성안에 공인들이 많으니 만약 그들에게 들켰다간 큰일을 망칠 수도 있소. 형님은 차라리 피해 숨어 있는 게 낫겠소이다."

말을 끝내자 또 거지 하나가 담벼락 쪽에서 오는데 살펴보니 공량이었다. 시천이 또 말했다.

"형님같이 눈처럼 하얀 얼굴을 가진 사람은 배고픔을 참는 사람 같지 않아요. 그런 모양으로는 발각되지요."

그때 뒤에서 두 사람이 쪽을 틀어잡고 소리쳤다.

"너희 여기서 무슨 짓을 하고 있느냐!"

고개를 돌려보니 양웅과 유당이었다. 시천이 말했다.

"놀라 죽는 줄 알았네!"

양웅이 말했다.

"모두 따라오게."

후미진 조용한 곳으로 데려가 타박했다.

"자네들 세 사람 왜 이리 분별이 없는가. 어쩌자고 그런데서 그따위 말을 하는가! 우리 두 사람이 봤으니 다행이지 만일 눈치 빠르고 손놀림이 민첩한 공인들 눈에 띄었다면 큰일을 그르칠 뻔하지 않았는가? 우리 두 사람 다 봤는데, 동생들은 다시는 거리에 나와 돌아다니지 말아야겠네."

공명이 알려줬다.

"추연과 추윤이 어제 거리에서 등 파는 것을 봤고, 노지심과 무송은 이미 성밖 암자에 와 있소. 여러 말 필요 없이 때가 오면 각자 맡은 일을 하겠습니다."

다섯 사람이 얘기를 끝내고 한 사찰 앞으로 왔는데 안에서 나오는 한 선생과 마주쳤다. 모두 고개를 들어 보니 입운룡 공손승이었다. 뒤에는 도동으로 꾸민 능진이 따라오고 있었다. 7명이 고개를 끄덕이며 눈길을 주고받고 각자 사라졌다.

점점 원소절[13]이 다가왔다. 양 중서는 먼저 대도 문달에게 군마를 이끌고 성을 나가 비호욕에 주둔하여 도적을 방비하게 했다. 14일에는 이천왕李天王 이성에게 철기 마군 500여 기를 이끌고 완전 무장한 채 성을 돌며 순찰하게 했다. 다음날 정월 15일이 되었고 날은 청명했다. 황혼 무렵에 밝은 달이 뜨자 번화한 시가지와 각 골목길에는 꽃등이 밝혀졌고 온 거리마다 각종 놀이가 벌어졌다. 여기에 이를 증명하는 시가 있다.

> 북경의 보름 풍광은 좋을시고, 단비가 그치니 날씨 개어 봄기운이 찾아오누나.
> 휘황찬란한 등불들 불야성을 이루니, 육지가 봉래섬으로 밀려나오는 듯하구나.
> 촉룡[14]은 등 머금고 밤을 차갑게 비추고, 백성은 노래 춤으로 평안을 기원하네.
> 다섯 번 날아온 봉황[15] 깃으로 용궁을 장식하고, 거북 등에는 삼신산[16] 얹었구나.
> 화장한 여인들 주렴 아래 서 있고, 부잣집 자제들 검정 갈기와 꼬리 붉은 말 탔네,
> 풍악소리 우렁차게 하늘에 울려 퍼지고, 밝은 달빛은 맑게 원앙와[17]를 비추누나.
> 푸른 하늘 찌를 듯 높이 솟은 취운루에선, 많은 미녀 이리저리 즐거이 노니네.
> 찬란히 빛나는 등롱들 수놓은 비단 같고, 왕손 공자들 진정 신선이라 하겠구나.

13_ 원문은 '상원上元'이다. 음력 정월 15일 가리킨다. 이것은 도가의 견해다. 도가에서는 음력 정월 15일을 상원이라 하고 7월 15일은 중원中元, 10월 15일은 하원下元이라 한다.

14_ 촉룡燭龍: 신화 속의 신 이름으로 눈을 크게 뜨면 천하를 비출 수 있다고 한다.

15_ 원문은 '오봉五鳳'으로 봉황이 다섯 차례 날아온 것을 말한다. 옛날에 상서로운 징조로 여겼다.

16_ 삼신산三神山: 전설에 따르면 동해의 신선이 거주한 산이라고 한다. 즉, 봉래蓬萊·방장方丈·영주瀛洲다.

17_ 원앙와鴛鴦瓦: 짝을 이루는 기와를 가리킨다.

유람객 어지러이 뒤섞여 끊임없이 오가는데, 높은 누각에선 순식간에 불길 이네.

北京三五風光好, 膏雨初晴春意早.

銀花火樹不夜城, 陸地擁出蓬萊島.

燭龍銜照夜光寒, 人民歌舞欣時安.

五鳳羽扶雙貝闕, 六鰲背駕三神山.

紅妝女立朱簾下, 白面郎騎紫騮馬.

笙簫嘹亮入青雲, 月光清射鴛鴦瓦.

翠雲樓高侵碧天, 嬉游來往多嬋娟.

燈球燦爛若錦綉, 王孫公子眞神仙.

游人轇轕尙未絕, 高樓頃刻生雲烟.

이날 절급 채복이 동생 채경에게 감옥을 지키라 당부했다.

"집에 잠시 갔다가 돌아오겠다."

집 대문을 막 들어서는데 두 사람이 번개같이 좇아 들어왔다. 앞에 선 사람은 군관 복장을 했고 뒤에 따르는 사람은 하인 모양새였다. 등불 아래에서 살펴보고 채복은 소선풍 시진이라는 것을 알았고 뒤에 있는 사람은 누군지 몰랐지만 철규자 악화였다. 채 절급이 두 사람을 안으로 맞이하고 차려져 있던 술로 대접하려하자 시진이 말했다.

"술은 필요 없소. 제가 중요한 일을 부탁하러 이곳에 왔소. 노 원외와 석수를 절급께서 돌봐주고 계시니 뭐라 감사해야 할지 모르겠소. 오늘 밤 소인이 원소절로 소란스런 틈을 타 감옥에 들어가 한 차례 살펴보았으면 합니다. 절급께서는 번거롭더라도 거절하지 마시고 안내해주시기 바랍니다."

채복은 공인이라 무슨 말인지는 알아들었다. 그러나 따르지 않자니 성이 함락되고 나면 좋을 것도 없는데다 또한 가족의 목숨도 위험에 빠질 수 있었다. 하는 수 없이 나중에 막중한 책임을 져야 하는 위험을 무릅쓰고 자신의 헌 옷을 두 사람에게 갈아 입혀 공인으로 꾸미고 두건도 바꿔 쓰고 시진과 악화를 데리고 감옥으로 안내했다.

초경 무렵에 왕왜호와 일장청, 손신과 고대수, 장청과 손이랑 세 쌍이 시골 부부로 꾸미고 인파 속에 섞여서 동문으로 들어갔다. 공손승도 능진을 데리고 가시나무 광주리를 메고 성황묘 안 복도에 자리잡고 앉았다. 이 성황묘는 주아州衙 측면에 있었고 추연과 추윤은 등을 지고 성안에서 한가하게 어슬렁거렸다. 두천과 송만도 각자 수레 한 대씩 밀며 양 중서 관아 앞으로 와서 인파 속에 섞여 있었다. 원래 양 중서 관아는 동문 안 큰 거리에 자리잡고 있었다. 유당과 양웅은 각자 수화곤을 들고 몸에 병기를 감춘 채 주교 양옆에 자리잡고 앉았다. 연청은 장순을 안내하여 수문을 통해 들어와 조용한 곳에 매복해 있었다.

얼마 지나지 않아 누각 위에서 2경을 알리는 북소리가 들려왔다. 그때 시천이 유황, 염초, 불을 붙일 화약을 담은 바구니에 여자 머리장식품[18]을 꽂아 감추어 들고 취운루 뒤쪽으로 돌아가 위층으로 올라갔다. 방 안에서는 생황과 통소를 불고 북과 박판을 두드리는 소리로 왁자지껄했고, 젊은이들은 이층에서 시끌벅적하게 등불을 감상하느라 소란스러웠다. 시천이 누각 위에 올라와 머리장식품을 파는 것처럼 내실 여기저기를 살펴보는데 방 앞에서 토끼를 매단 삼지창을 끌고 다니던 해진·해보와 마주쳤다. 시천이 말했다.

"시간이 됐는데, 어째서 바깥에 아무런 움직임이 없소?"

해진이 말했다.

"우리 두 사람이 방금 누각 앞에서 정찰 기마병이 지나가는 것을 봤는데 아마도 병마가 도착한 듯하오. 어서 가서 맡은 일이나 하시오."

말이 끝나기도 전에 누각 앞에서 누군가 다급하게 외쳤다.

18_ 원문은 '요아아閙鵝兒'인데, 비단이나 채색 종이로 꽃 모양을 만든 머리장식이다. '요아아閙蛾兒'라고도 한다.

"양산박 군마들이 서문 밖에 몰려왔다!"

해진이 시천에게 다그쳤다.

"빨리 가시오. 우리는 유수사 앞에서 호응하리다."

해진·해보 형제가 유수사 앞으로 달려와 보니 양산박에 패한 군마들이 성안으로 일제히 밀려들어오고 있었다.

"대도 문달이 방책을 빼앗겼다! 양산박 도적들이 군사를 이끌고 성 아래까지 이르렀다!"

성 위에서 순찰을 돌던 이성이 외치는 소리를 듣고 유수사 앞으로 나는 듯이 달려와 군사들을 점검하고 성문을 닫고 대명부를 지키라고 명했다.

왕 태수는 100여 명을 인솔하여 죄인 머리에 씌우는 칼들을 세워놓고 쇠고리를 걸어 거리에서 사람들을 진정시키고 있다가 보고를 받고 급히 유수사 앞으로 돌아왔다.

한편 양 중서는 술에 취한 채 관아에 한가롭게 앉아 있었다. 첫 번째 보고를 들었을 때는 그다지 당황하지 않았으나 반 시진도 되지 않아 정찰 기병이 연이어 보고를 올리자 그때서야 놀라 말 한마디 제대로 못하다가 서둘러 말을 준비하라고 소리쳤다. 말이 미처 끝나기도 전에 취운루 위에서 불길이 맹렬하게 하늘로 치솟는 것이 보였다. 불빛이 얼마나 컸던지 달마저 빛을 잃었다. 급히 말에 오른 양 중서는 취운루로 가서 상황을 살펴보려 했다. 그런데, 갑자기 두 사내가 나타나더니 각자 수레를 밀어 길을 막고 걸려 있던 사발 등을 가져와 수레에 불을 붙이니 금세 불길이 치솟았다. 양 중서가 동문으로 달아나려 하자 두 사내가 소리쳤다.

"이응, 사진이 여기 있다!"

손에 박도를 쥐고 성큼성큼 달려들었다. 동문을 지키던 관군들이 놀라 달아나다 10여 명이 박도에 맞아 쓰러졌다. 그때 두천과 송만이 안에서 나와 호응하니 4명이 힘을 합쳐 동문을 차지했다. 양 중서는 상황이 좋지 않음을 보고 따르던 관군들을 데리고 남문으로 달아났다. 남문에 도착도 하기 전에 누군가가 말했다.

"뚱뚱한 중놈 하나가 쇠 선장을 돌리며 달려오고 있고, 또 호랑이 같이 생긴 행자 한 놈이 쌍 계도를 뽑아 들고 따르는데 고래고래 소리 지르면서 성으로 쳐들어오고 있습니다!"

양 중서가 말을 돌려 다시 유수사 앞으로 왔지만 해진과 해보가 삼지창을 잡고 이리저리 날뛰므로 급히 관아로 말 머리를 돌렸으나 감히 앞으로 접근할 수 없었다. 왕 태수는 유수사로 돌아오다 유당·양웅 두 사람이 휘두른 수화곤에 맞아 골이 터져 뇌수가 흘러내리고 눈알이 튀어 나와 길바닥에 죽어 자빠졌다. 따르던 우후와 압번들은 제각기 제 목숨 살자고 달아나기 바빴다. 다시 양 중서가 다급하게 말을 돌려 서문 쪽으로 달아났지만 성황묘 안에서 '쾅 쾅' 천지를 진동하는 화포 소리가 울렸다. 추연과 추윤은 대나무 장대를 들고 다니며 처마 밑에 불을 지르고 있었다. 남와자南瓦子 앞에서는 왕왜호·일장청 부부가 달려오고 있고 손신·고대수도 몸에 감춰뒀던 병기를 꺼내 들고 호응하여 싸우고 있었다. 동불사 앞에는 장청·손이랑 부부가 오산에 기어 올라가 불을 질렀다. 이때 북경 성안의 일반 백성은 쥐새끼처럼 허둥지둥 도망 다니고 살자고 이리처럼 내달리니 집집마다 처절하게 울부짖었고 사방 10여 군데에서 불길이 이어지고 하늘로 뻗어 올라 방향을 구분할 수 없을 지경이었다.

서문으로 달아난 양 중서는 다행히 이성의 군마를 만나 급히 남문 성 위로 올라 말고삐를 당겨 세우고 고루鼓樓[19] 위에서 사방을 살펴보았다. 성 아래에 병마가 가득 늘어서 있는데 깃발에 '대장 호연작'이라 쓰여 있었다. 화염 속에서 혈기 왕성하게 용맹을 뽐내고 있는데 왼쪽에는 한도, 오른쪽에는 팽기가 있고 뒤로는 황신이 군사를 독촉하며 기러기 날개를 펼치듯 달려오는데 금세 남문

19_ 고루鼓樓: 큰 북을 설치한 누각. 때에 맞춰 북을 두드려 시각을 알렸다.

아래에 다다랐다. 성을 빠져 나가기 어렵다고 생각한 양 중서는 이성과 함께 북문 성 아래에 이르렀다. 불길이 대낮같이 환하게 비추고 헤아릴 수 없이 많은 군마가 몰려드는데 표자두 임충이 창을 비껴들고 말에 박차를 가하며 달려오고 있었다. 왼쪽은 마린, 오른쪽은 등비였고 화영이 뒤에서 군사들을 독려하며 날듯이 달려오고 있었다.

다시 동문으로 돌아가는데 연이은 횃불 속에서 몰차란 목홍이 왼쪽은 두흥, 오른쪽에 정천수와 함께 3명의 보군 호걸이 앞장서서 박도를 들고 1000여 명을 이끌고 성으로 돌진하고 있었다. 하는 수 없이 양 중서는 또 다시 남문을 향해 달리면서 필사적으로 길을 찾아 달아났다. 조교 옆에서 횃불이 일제히 밝혀지더니 흑선풍 이규가 좌우에 이립, 조정과 함께 막아섰다. 이규는 벌거벗은 채 이를 악물고 손에 쌍 도끼를 들고는 해자로부터 달려오고 있고 이립과 조정도 일제히 밀고 들어왔다. 이성이 앞장서 죽을힘을 다해 겨우 길을 열어 성 밖으로 양 중서를 보호하며 달아났다.

왼편에서 귀청이 떨어질 듯한 함성 소리가 들리더니 헤아릴 수 없이 많은 군마가 횃불을 들고 달려드는데, 대도 관승이 적토마를 박차며 청룡도를 춤추듯 휘두르며 양 중서에게 달려왔다. 이성이 쌍칼을 들고 앞으로 나와 맞섰다. 이성은 애초에 싸울 마음이 없던 터라 말을 젖혀 달아났다. 그때 왼편에 선찬과 오른편에는 학사문이 양 옆구리로 돌진해 들어오고 손립이 뒤에서 군사를 재촉하며 역시 힘을 다해 쫓아왔다. 한창 싸우는 중에 등 뒤에서 소이광 화영이 쫓아와 활을 집고 화살을 얹어 이성의 부장을 쏘아 맞추자 말에서 뒤집어져 떨어졌다. 놀란 이성은 정신없이 말을 몰아 달아났다. 화살이 닿을 수 있는 거리의 반도 미치지 못했는데 오른쪽에서 징·북소리가 요란하게 울리고 불빛이 눈부시게 비추더니 벽력화 진명이 연순, 구붕과 함께 낭아곤을 춤추듯 휘두르며 말을 박차고 달려오고 있었고 뒤에는 양지가 또 쫓아오고 있었다. 이성이 싸우며 달아나는데 이미 군사 태반이 꺾인 상태였고 양 중서를 보호하면서 길을 뚫어 달아났다.

이야기는 둘로 나뉘는데, 성안에서는 두천과 송만이 양 중서 집안의 양민이건 천민이건 가릴 것 없이 모조리 죽여버렸고, 유당과 양웅은 왕 태수의 가족을 몰살시켰다. 공명과 공량은 사옥사 뒤 담장을 기어 들어갔고, 추연과 추윤은 사옥사 앞에서 왕래하는 사람들을 잡았다. 감옥 안에서는 시진과 악화가 불길이 일어나는 신호를 보고 채복과 채경에게 말했다.

"너희 형제는 눈으로 보기는 하는 거냐? 도대체 언제까지 기다릴 작정이냐?"

채경이 문 옆에서 지키고 있을 때 추연과 추윤이 옥문을 열고 뛰어 들어와 크게 외쳤다.

"양산박 호걸 모두가 여기에 와 있다! 좋은 말로 할 때 노 원외와 석수 형님을 내놓아라!"

채경이 급히 채복에게 알리는데 공명과 공량이 감옥 지붕 위에서 뛰어내려왔다. 두 형제가 허락하건 말건 상관하지 않고 시진이 몸속에서 무기를 꺼내 칼을 벗기고 노준의와 석수를 풀어줬다. 시진이 채복에게 말했다.

"너희는 빨리 나와 같이 집으로 가서 가족들을 보호하거라!"

일제히 옥문을 나오자 추연과 추윤이 맞이하여 함께 움직였다. 채복과 채경은 시진을 동행하여 집으로 돌아와 가족을 보전했다.

노준의는 석수·공명·공량·추연·추윤 다섯 형제를 이끌고 이고와 가씨를 붙잡기 위해 집으로 달려갔다. 이고는 양산박 호걸들이 군마를 이끌고 성으로 들어왔다는 소리를 들은 데다, 사방에 불길이 일어나는 것을 보고 집 안에서 눈꺼풀이 떨리면서 벌벌거리며 가씨와 상의하여 금은보화 귀중품 한 보따리를 수습해 메고 문을 나가 달아나려 했다. 문을 밀고 나가는데 수많은 사람이 몰려 들어오는 소리가 들렸다. 이고와 가씨가 황급히 몸을 돌려 안쪽 뒷문을 열고 담벼락을 지나 물가 아래 숨어 피할 곳을 찾았다. 물가에 있던 장순이 보고 크게 소리쳤다.

"음탕한 년아 어디로 달아나느냐!"

이고가 당황하여 배 안으로 뛰어내려 선창 안으로 들어가 피하려고 했다. 막 들어가려 하는데 한 사람이 손을 펴서 상투를 잡고 소리 질렀다.

"이고! 너는 나를 알아보겠느냐?"

이고가 들어보니 연청의 목소리라 허둥지둥 소리 질렀다.

"소을 형님, 내가 일찍이 당신과 원한 진 것도 없소이다. 제발 나를 물가로 끌어올리지는 말아주시오!"

물가에서 장순이 이미 그 계집을 잡아 옆구리에 끼고 배 옆으로 끌고 왔다. 연청도 이고를 잡아 모두 동문으로 왔다.

한편 노준의는 집으로 달려왔으나 이고와 그 계집이 보이지 않자, 사람들에게 집 안의 금은 재화 등 가산을 모두 수레에 싣게 하여 양산박으로 보냈다. 시진과 채복도 집에 도착하여 재산과 가족들을 수습하여 함께 산채에 오르기로 했다. 채복이 말했다.

"대관인께서는 성안의 백성을 구해주십시오. 해치지 말았으면 좋겠습니다."

시진이 듣고서 군사 오용을 찾아 채복의 말을 전하자 오용이 급히 영을 내렸으나 이미 절반은 불타고 부서지고 손상된 상태였다.

성안엔 연기 자욱하고 누대는 불타고 말았네. 붉은 불빛 속에서 유리들 부서지고, 시커먼 화염 연기 속에서 비취는 타버리누나. 연극 노리개인 꼭두각시[20]는 앞과 뒤를 돌아볼 수 없고, 밤을 빛나게 하는 산붕은 어둡건 밝건 돌보는 이 없구나. 백발노인 미친 듯 날뛰다가 흰 수염 모조리 태워먹고, 검은 머리 젊은이들 달아나느라 화개산[21]도 버렸다. 죽마[22] 타고 춤추던 이들 암암리에 창칼에 죽

20_ 원문은 '괴뢰傀儡'다. 나무 인형을 이용해 각 인물을 분장시켜 표현하는 희극이다.

고, 탈춤 추던 사람들 칼날과 긴 창을 피하지 못했네. 꽃 같은 미인들 사람들 속에서 황금 떨어뜨리고 옥 부서지듯 쓰러지고, 구경 나온 가인들 순식간에 별똥별 날아가고 구름 흩어지듯 사라졌구나. 애석하구나, 천년을 춤과 노래로 흥성하던 이곳 고장이 전쟁터로 변하고 말았도다.

煙迷城市, 火燎樓臺. 紅光影裏碎琉璃, 黑焰叢中燒翡翠. 娛人傀儡, 顧不得面是背非; 照夜山棚, 誰管取前明後暗. 班毛老子, 猖狂燎盡白髭鬚; 綠髮兒郎, 奔走不收華蓋傘. 踏竹馬的暗中刀槍, 舞鮑老的難免刃槊. 如花仕女, 人叢中金墜玉崩; 玩景佳人, 片時間星飛雲散. 可惜千年歌舞地, 翻成一片戰爭場.

날이 밝아오자 오용과 시진이 성내에 징을 울려 군사를 수습하고 싸움을 끝냈다. 여러 두령이 노 원외와 석수를 유수사 앞에서 맞이했다. 옥중에서 채복과 채경 형제가 두 사람을 보살펴줘 목숨을 부지할 수 있었음을 자세히 이야기했다. 연청·장순이 이고와 가씨를 끌고 오자 노준의가 연청을 시켜 감시하고 나중에 처리하기로 했다.

한편 이성은 양 중서를 보호하고 성 밖으로 도망가다가 패잔군을 이끌고 돌아오던 문달을 만나 군사를 합쳐 남쪽으로 달아났다. 한참 도망가고 있는데 앞선 군사들에게서 크게 함성이 일어나더니 혼세마왕 번서가 왼쪽에 항충, 오른쪽에 이곤과 함께 비도飛刀와 비창飛槍을 춤추듯 휘두르며 덮쳐왔다. 뒤에서는 또 삽시호 뇌횡이 시은과 목춘을 이끌고 1000여 보군과 함께 달려나와 퇴로를 막았다. 바로 옥에 갇힌 죄수가 사면 받았다가 다시 구금되고, 병자가 의원을 만났다가 다시 병상에 눕게 된 격이었다.

21_ 화개산華蓋傘: 옛날 어가 위에 씌우던 일산日傘이다.

22_ 죽마竹馬: 송나라 때 일종의 무도舞蹈다. 죽마는 대부분 대쪽을 엮어 뼈대를 만들고 바깥을 베로 막고 당나귀 머리나 소머리를 그려 넣고는 그 가운데 서서 춤을 추는 것이다. 허리에 베를 묶어 당나귀와 소를 타는 듯한 형상인데, 표현할 때 주요한 것은 춤추는 자의 걸음걸이로 급히 가기도 하고 뛰어오르기도 하며 넘어져 부딪치기도 하여 매우 흥취가 있다.

과연 양 중서의 인마가 어떻게 하려는지는 다음 회에 설명하노라.

양산박 두령들의 변장

본문에는 대명부를 공격하기 위해 양산박 두령들이 각기 변장하고 산을 내려가는 모습을 묘사하고 있다. 『수호전보증본』에 근거하면, 송나라 때 각 직업을 가진 사람들은 엄격한 복식 규정이 있어서 제멋대로 분수에 지나치게 행동하거나 헛갈리게 해서는 안 됐다. 『동경몽화록東京夢華錄』에 따르면 "약을 팔거나 점괘를 팔 때는 모두 관과 허리띠를 갖춰야 했다. 심지어 구걸을 하는데도 규격이 있었다. 조금이라도 소홀히 하면 용납되지 않았다. 사농공상士農工商 직업의 옷차림은 각기 본래의 모습이 있어 예외가 없었다. 거리의 지나다니는 사람들은 바로 어떤 신분인지 알 수 있었다"고 했다.

【 제67회 】

수화水火 장군[1]

양 중서·이성·문달은 허둥대며 급히 패한 군마를 모아 남쪽으로 달아났다. 정신없이 도망가는데 두 복병 부대가 앞뒤로 불시에 들이쳤다. 앞에서는 이성, 뒤에서는 문달이 양 중서를 보호하면서 필사적으로 싸워 겹겹의 포위망을 뚫고 큰 어려움에서 벗어나니 투구는 가지런하지 않고 갑옷은 너덜거렸다. 비록 인마는 꺾였지만 다행히 세 사람은 목숨을 구할 수 있었고 서쪽으로 달아났다. 번서는 더 이상 쫓지 않고 항충과 이곤을 인솔하여 뇌횡·시은·목춘 등과 함께 북경성으로 들어와 영을 기다렸다.

한편 군사 오용은 성에서 군령으로 방문을 붙여 백성을 안정시키는 한편 불을 끄고 구제하게 했다. 양 중서·이성·문달과 왕 태수의 집안 가족들도 죽은 자는 달리 방법이 없지만 달아난 자들은 그대로 두고 더 이상 쫓거나 따지지 않도록 했다. 또한 대명부의 창고를 열어 금은 보물, 비단 등을 모조리 수레에 신

1_ 第67회 제목은 '宋江賞馬步三軍(송강이 마보수 삼군에게 상을 내리다), 關勝降水火二將(관승이 수화 두 장수를 항복시키다)'이다.

고, 식량 창고 역시 열어 성 전체 백성에게 나누어주며 구제했고 나머지는 수레에 실어 양산박에 저장하여 쓰도록 했다. 모든 두령에게 떠날 준비를 완료하라 명령하고 이고와 가씨는 죄인 싣는 수레에 가두었다. 군마를 세 부대로 나누어 배정하고 양산박으로 돌아갔으니, 바로 안장 위의 장군들은 쇠등자를 울리고 보군들은 일제히 개선가를 부르며 돌아갔다. 먼저 대종을 보내 송 공명에게 보고하게 했다. 송강은 남아 있던 모든 장수를 불러 모아 산을 내려가 맞이했다. 충의당에 모두 오르자 송강이 노준의에게 엎드려 절을 했고 노준의가 황망히 답례했다. 송강이 말했다.

"우리는 원외님을 산으로 모셔 함께 대의를 펼치려 했는데, 생각지도 않게 이런 어려운 지경에 빠뜨렸으니 심장을 도려내듯 아픕니다. 황천이 보우하시어 오늘 다시 뵙게 되니 평생의 기쁨과 위안입니다."

노준의가 감사드리며 말했다.

"위로는 형님의 호랑이 같은 위엄에 의지하고자 하며 여러 두령의 덕에 깊이 감사드립니다. 함께 한 마음으로 힘을 합쳐 이 천한 몸을 구해주셨으니 간장과 뇌수가 땅에 널려지는 희생이 있다 하더라도 큰 은혜에 보답하기 어렵습니다."

채복·채경 형제를 불러 송강에게 인사시키며 말했다.

"여기 이 두 사람이 아니었더라면 어찌 산 목숨으로 이곳에 올 수 있었겠습니까!"

감사해 마지않는데, 바로 그때 송강이 노 원외를 산채의 두령으로 높이려 했다. 노준의가 절하며 말했다.

"노 아무개가 어떤 사람이라고 감히 산채의 주인이 될 수 있겠습니까? 단지 형님의 채찍을 잡고 등자를 받쳐 들고 따르며 시중들면서 한낱 졸개가 된다 한들 목숨을 살려주신 은혜에 보답할 수 있다면 실로 그보다 다행한 일이 없을 겁니다!"

그래도 송강이 여러 번 절하며 간청했으나 노준의가 어떻게 그 자리에 앉으려 하겠는가? 보고 있던 이규가 소리쳤다.

"형이 산채 주인 자리를 다른 사람에게 양보하는데, 그렇게 서로 양보하다가 나한테 맞아죽는다!"

무송이 말했다.

"형님이 그렇게 양보만 하니까 우리 형제들 심장과 간이 다 서늘해집니다."

송강이 소리를 버럭 질렀다.

"너희가 뭘 안다고 그러냐? 여러 말 마라!"

노준의가 황망히 절하며 말했다.

"만일 형님께서 결단코 양보하신다면, 저는 도저히 편하게 살 수가 없습니다."

이규가 다시 소리쳤다.

"지금 얘기할 필요 없고, 형이 황제가 되고 노 원외는 승상이 되고 우리가 모두 고관이 돼서 동경으로 쳐들어가 그 좆같은 자리 빼앗으면 되지 여기서 좆같이 지랄 난리칠 필요 없잖아!"

송강이 크게 성내며 이규에게 소리치며 욕을 했다. 오용이 말리며 말했다.

"일단 노 원외를 동쪽 곁방에서 머물게 하고 손님으로 접대하시지요. 나중에 공이 있으면 그때 자리를 양보하시지요."

송강이 비로소 기뻐하며 연청을 불러 노준의의 거처를 안배하여 쉬도록 했다. 별도로 가옥을 내어 채복과 채경의 가족이 살도록 했다. 관승의 가솔들은 설영이 이미 산채로 데려온 상태였다. 송강이 크게 잔치를 열어 마馬·보步·수水 3군을 위로하고 포상했으며 대소 두목에게 부하 병졸과 함께 각자 부대별로 모여 술을 마시게 했다. 충의당 위에서는 축하 연회를 열어 대소 두령들이 서로 양보하며 술 마시며 맘껏 즐겼다. 노준의가 일어나 말했다.

"음부와 간부가 이곳에 잡혀 있는데 처분을 기다리고 있습니다."

송강이 웃으면서 말했다.

"내가 잊고 있었소. 그것들을 끌고 오너라."

군사들이 죄수 싣는 수레를 열어 충의당 앞으로 끌고 왔다. 이고는 왼쪽 큰 기둥[2]에 묶고 가씨는 오른쪽 큰 기둥에 묶었다. 송강이 말했다.

"이것들 죄악은 물어볼 필요도 없소이다. 원외께서 알아서 처결하도록 하시지요."

노 원외가 단도를 잡고 충의당을 내려와 음탕한 계집과 도적 종놈을 크게 욕하며 두 사람의 배를 갈라 심장을 도려내고 사지를 절단하고 목을 잘라냈다. 시신을 버린 후 충의당에 올라 두령들에게 감사하니 모두들 축하해주며 아낌없이 칭찬했다.

양산박에서 크게 잔치를 벌이고 삼군에게 포상을 한 것은 여기서 멈추겠다. 한편 북경 양 중서는 탐문하여 양산박 군마들이 물러났다는 소식을 듣고 다시 이성·문달과 패잔병들을 이끌고 성으로 돌아왔다. 먼저 가족들을 살펴보니 열 명 중에 여덟아홉은 이미 죽었고 모두 크게 울부짖을 뿐이었다. 인근 고을에서 군사를 일으켜 양산박 군사들을 추격했으나 이미 멀리 가버린 터라 각자 군사를 거두고 돌아갔다. 양 중서에게 다행한 일은 부인이 뒤뜰 화원에 몸을 숨기고 있다가 목숨을 건진 것이었다. 남편으로 하여금 표문을 써서 조정에 올리고 채 태사에게도 편지를 보내 조속히 군사와 장수를 파견하여 도적들을 쓸어버리고 원수를 갚아달라 요청했다. 그리고 보고 문건에 북경성의 피해 상황에 대한 내용을 적었는데, 죽은 일반 백성이 5000여 명이 넘었고 다친 사람은 헤아릴 수 없이 많았으며 각 부대 죽은 군사들이 모두 3만여 명이 넘었다. 상주문과 채 태사에게 보내는 밀서를 품은 수장이 하루도 안 되어 동경 태사부에 도착하여 말에서 내렸다. 문을 지키는 관리가 소식을 전하자 채 태사가 안으로 불렀다. 수장이 절당 아래에서 절을 하고 밀서와 상주문을 바치며 북경성이 부서지고 도

2_ 원문은 '장군주將軍柱'다. 대청 앞 양쪽의 큰 기둥을 말한다.

적들의 규모가 엄청나게 크고 많아 대적할 수 없었다는 자세한 상황을 설명했다. 채경은 원래 양산박을 대충 얼버무려 조정에 귀순시켜 양 중서에게 그 공을 돌리고 자기 또한 황제의 은총을 받으려 했는데, 이제 일이 망쳐버려 더 이상 숨길 수 없게 되자 싸움을 주장할 수밖에 없었다. 채 태사가 크게 성내며 말했다.

"수장은 물러나 있거라!"

다음 날 5경 무렵 경양종景陽鐘[3]이 울리고 대루원待漏院에 문무 군신들이 모이자 채 태사가 앞서 옥석 계단에 다가가 도군 황제에게 대명부의 일을 아뢰었다. 천자가 상주문을 읽고 크게 놀라자 그때 간의대부諫議大夫[4] 조정趙鼎이 반열에서 나와 아뢰었다.

"이전에도 자주 군사를 파견하여 토벌하려 했지만 모든 병사와 장수가 꺾이고 말았습니다. 아마도 그곳 지리 형세가 이롭지 못하여 이렇게 된 것 같습니다. 어리석은 신의 생각으로는 조서를 내려 그 죄를 사면하여 투항시키고 입궐시켜 신하로 삼으시고 변방의 재난이나 적들을 방비케 하는 것이 좋을 듯합니다."

채경이 듣고서 크게 화를 내며 꾸짖었다.

"그대는 간의대부로서 도리어 조정의 기강을 어지럽히고 소인들을 제멋대로 날뛰게 한다면 그 죄가 죽어 마땅하오!"

천자가 말했다.

"그러하다. 저자를 당장 조정에서 내쫓거라."

즉시 조정의 관직을 면직시키고 신분을 평민으로 떨어뜨리니 어느 누가 감히

3_ 경양종景陽鐘: 황궁 안에 있는 종에 속하지만 송나라 도성인 변경汴京(카이펑) 황궁에 위치한 종은 아니라 여기서 차용한 것이다. 경양종은 건업建業(난징)에 위치해 있다. 남조南朝 시기 제齊나라 무제武帝 때 궁궐이 너무 깊어 정남문正南門의 시각을 알리는 북소리가 들리지 않자 경양루 위에 종을 설치하여 궁전 사람들이 종소리를 듣고 일찍 일어나 준비하게 하여 '경양종'이라 했다. 매일 경양종을 울려 조회의 시작을 알리며 군신 백관들이 직급에 따라 도열했다.

4_ 간의대부諫議大夫: 송대에 간원諫院을 설치했는데, 좌우 간의대부를 간원의 장관으로 삼았다. 의론을 관장했다.

다시 아뢰겠는가? 여기에 증명하는 시가 있다.

조서 내려 투항시키는 것 좋은 계책인데, 충언한 신하 원수로 만드는구나.

진중하고 노련한 신하 쫓겨난 뒤로, 양산의 군마 거둘 수 있는 길 없어졌네.

璽書招撫是良謀, 却把忠言作寇仇.

一自老成人去後, 梁山軍馬不能收.

천자가 다시 채경에게 물었다.

"도적들의 세력이 이렇게 창궐하는데 누구를 보내야 소탕할 수 있겠는가?"

채 태사가 아뢰었다.

"신이 헤아리건대 이런 하찮은 도적떼를 쓸어버리는데 어찌 대군을 쓰겠습니까? 신이 능주凌州의 두 장수를 천거하고자 합니다. 한 사람은 선정규單廷珪라 하고 또 한 사람은 위정국魏定國이라 하는데, 현재 두 사람 모두 능주의 단련사團練使로 있습니다. 바라건대 폐하께서 성지聖旨를 내리시고 즉시 사람을 보내 군사들을 선발하여 기한 안에 양산박을 깨끗하게 쓸어버리라 하십시오."

천자가 크게 기뻐하며 즉시 칙부敕符[5]를 써서 내리고 추밀원에서 관리를 파견하기로 했다. 조회가 끝나고 천자의 어가가 출발하자 백관이 모두 물러나면서 속으로 비웃었다. 다음날 채경은 추밀원에서 관리를 파견하여 성지와 칙부를 받들고 능주로 가게 했다.

한편 송강은 수호채水滸寨에서 북경 곳간으로부터 얻은 금은보화와 재물을 마보수馬步水 삼군에게 상으로 주고 매일 연이어 소와 말을 잡아 연회를 크게

5_ 칙부敕符: 조정에서 명령 전달, 병력 이동, 장수 파견의 증빙으로 사용했다. 대나무, 수목이나 금, 옥으로 만들었으며 위에 글씨가 쓰여 있고 두 개로 쪼개 하나씩 보관하다가 사용할 때 서로 합침으로써 증빙으로 삼았다.

열어 노 원외가 온 것을 축하했다. 비록 봉황을 굽고 용을 삶는 진귀한 음식은 없었지만 고기 산에 술 바다라 할 정도로 풍성하게 마련했다. 두령들이 술이 거나하게 취하자 오용이 송강에게 말했다.

"지금 노 원외를 위해 북경을 쳐부쉈지만 많은 백성이 죽었고 관청의 부고를 강탈했으며 양 중서 등을 내쫓아 성을 떠나 달아나게 했으니, 그가 어찌 표문을 써서 조정에 알리지 않았겠습니까? 하물며 그의 장인이 바로 조정의 태사로 있는데 어찌 기꺼이 손을 놓겠습니까? 반드시 군사를 일으켜 토벌하러 올 것입니다."

송강이 말했다.

"군사가 염려하는 바가 가장 이치에 맞는 말이오. 그렇다면, 당장 사람을 북경으로 보내 허실을 염탐하게 하고, 우리도 여기에서 준비해야지 않겠소?"

오용이 웃으면서 대답했다.

"소인이 이미 사람을 보냈으니, 곧 돌아올 겁니다."

술자리에서 상의가 끝나기도 전에 보냈던 염탐꾼이 돌아와 알렸다.

"북경의 양 중서가 과연 조정에 알려 군사를 선발하여 토벌하려고 합니다. 간의대부 조정이 귀순시키자고 아뢰었으나 채경에게 질책당하고 관직을 삭탈당했다고 합니다. 그리고 지금은 천자에게 아뢰어 사람을 능주로 보내 단련사로 있는 선정규와 위정국을 파견하여 능주의 군마를 일으켜 토벌하러 온다고 합니다."

송강이 말했다.

"일이 이렇게 되었으니, 어떻게 적을 대적해야겠소?"

오용이 말했다.

"그들이 오기를 기다렸다가 한 번에 잡아야죠."

관승이 일어나며 말했다.

"관 아무개가 산에 오른 이후로, 형님의 두터운 대접에 깊이 감사하면서도 일찍이 반 푼어치의 힘도 쓰지 않았습니다. 선정규와 위정국은 포성현에서 여러 차례 만난 적이 있습니다. 그리고 선정규 그놈은 물로 병사를 물리치는 법을 잘 사용해 사람들이 '성수장군聖水將軍'이라 부르고, 위정국 이놈은 불을 이용해 공격하는 데 능숙하여 싸움터에 나가면 화기火器를 사용하여 적을 물리치기 때문에 '신화장군神火將軍'이라 부릅니다. 능주 태수는 병마를 함께 관장하고 있는데 이 두 사람을 부하로 두고 있습니다. 소인이 재주는 없으나 5000명의 군사를 빌려주시면 그 두 장수가 길을 나서기를 기다릴 필요 없이 먼저 능주로 가는 도중에 맞이하겠습니다. 그들이 만약 항복한다면 산으로 데려올 것이고 그렇지 않다면 반드시 사로잡아 형님께 바치겠습니다. 또한 두령들께서 활을 펼치고 화살을 끼며 힘 들이고 마음 쓰는 수고는 필요 없을 겁니다. 형님의 뜻은 어떠한지 모르겠습니다."

송강이 크게 기뻐하며 선찬·학사문 두 장수를 불러 함께 가게 했다. 관승이 5000여 군마를 이끌고 다음 날 산을 내려가기로 했다. 이튿날 아침 송강과 여러 두령이 금사탄 수채 앞에서 송별연을 베풀었고, 관승 등 세 사람은 군사를 이끌고 능주로 향했다.

두령들이 충의당에 오르자 오용이 송강에게 말했다.

"관승이 이번에 갔지만 그 마음을 보증하지 못하겠습니다. 다시 장수를 보내 감독하게 하고 상황 진행에 따라 지원하게 하십시오."

"내가 보기에 관승은 의기가 매우 엄하고 처음과 끝이 일관된 사람이니 군사는 의심하지 마시오."

오용이 말했다.

"형님의 마음과 같지 않을까 두려울 따름입니다. 임충·양지를 불러 군사를 이끌고 손립과 황신을 부장으로 삼아 5000명의 군사를 주어 즉시 산을 내려가게 하십시오."

그때 이규가 나서며 말했다.

"나도 같이 갈래."

"이번 일은 네가 나설 일이 아니다. 따로 좋은 장수를 보내 공을 세우게 해야겠다."

"나는 한가하면 병이 생긴다니까. 보내주지 않으면 나 혼자라도 다녀올래!"

송강이 소리를 질렀다.

"네가 만약 나의 군령을 듣지 않으면 네놈의 목을 치겠다!"

이규가 답답해하며 충의당을 내려와 가버렸다. 임충과 양지가 군사를 이끌고 관승을 지원하러 산을 내려갔다. 다음 날, 병졸이 보고했다.

"흑선풍 이규가 어젯밤 2경에 도끼 두 자루를 들고 사라졌는데 어디로 갔는지 모르겠습니다!"

송강이 보고를 받고 '아이고' 하며 괴로워했다.

"내가 어젯밤 그놈한테 몇 마디 꾸짖었다고 다른 데로 떠났구나!"

오용이 말했다.

"형님, 아닙니다! 그놈이 비록 거칠고 우악스럽지만 의기를 중히 여기는지라 다른 곳으로 떠날 리가 없습니다. 이틀 후면 돌아올 테니 걱정하지 마십시오."

송강이 아무래도 불안한지 먼저 대종을 시켜 쫓게 하고 이어서 시천·이운·악화·왕정육 4명의 장수에게 네 길로 나누어 찾도록 했다.

한편 이규는 밤에 도끼 두 자루를 들고 산을 내려와 지름길을 잡아 능주로 향했다. 길을 걸으면서 속으로 생각했다.

'그 두 좆같은 장군이 뭐하는 놈이기에, 뭣 하러 그 많은 군마를 동원해 치러 간단 말이야! 내가 성으로 치고 들어가 도끼 한 방에 한 놈씩 쳐 죽이고 형을 놀라게 해줘야지. 내가 그놈들한테 밀릴 수 없지!'

반나절을 걸으니 허기져서 허리를 한번 쓰다듬자 전대가 없었다. 원래 허둥대며 산을 내려오다보니 노자를 가지고 오지 않았다. 오랫동안 강탈하는 일을 하지 않았지만 속으로 중얼거렸다.

'아무 좆같은 놈이라도 찾아 분이라도 풀어야지!'

한참 걷다보니 길옆에 한 시골 주점이 눈에 들어왔다. 이규가 주점 안으로 들어가 앉았다. 술 세 각, 고기 두 근을 연달아 주문하여 먹고 몸을 일으켜 나오려하자 주보가 막아서며 술값을 지불하라 했다. 이규가 말했다.

"내가 일단 먼저 가서 장사거리 찾아서 돌아올 때 줄 테니 기다려라!"

그렇게 말하고 가려하자 바깥에서 호랑이 같이 큰 사내가 뛰어 들어오며 소리 질렀다.

"네 이 시커먼 놈이 정말 대담하구나! 누가 차린 주점인데 네놈이 공짜로 처먹으려고 하느냐!"

이규가 눈을 부릅뜨고 말했다.

"이 어르신네는 어디를 막론하고 거저 잡수신다!"

"내가 네놈한테 말해줄 테니 놀라 오줌이나 질질 싸고 방귀 뀌지 마라! 이 어르신은 양산박 호걸 한백룡韓伯龍이시다! 본전은 모두 송강 형님께서 대주신 것이다."

이규가 속으로 웃었다.

'내가 산채 어디에서도 너 같이 좆같은 놈은 못 봤다!'

원래 한백룡은 일찍이 강호에서 재물을 약탈하며 살았었는데 양산박에 들어가 도적이 되고자 하여 한지홀률 주귀에게 찾아갔었다. 주귀가 송강에게 소개하려 했지만 송 공명이 산채에서 등에 악창을 앓고 있는데다 두령들과 군사들을 싸움터에 파견하느라 바빠 만나지 못하자, 주귀가 잠시 시골에 주점이나 열고 기다리고 있으라 권했던 것이었다. 이규가 허리춤에서 도끼 한 자루를 뽑아 한백룡을 노려보며 말했다.

"술값으로 이 도끼를 저당 잡히겠다."

한백룡은 이규의 속셈을 알지 못하고 받으려고 손을 뻗었다. 이규가 손을 들어 머리통 정면을 향해 도끼를 '팍' 하고 내려찍었다. 가엾게도 한백룡은 반평생을 강도로 살다가 이규의 손에 죽은 것이다. 2~3명의 점원이 부모님이 다리를 두 개만 낳아 준 것을 원망하며 허겁지겁 마을을 찾아 달아났다. 이규는 빈 술집을 뒤져 노자를 털고 초가 주점에 불을 지른 후 능주로 향해 발걸음을 재촉했다.

길을 걸은 지 하루도 못되어 정신없이 걷고 있던 도중에 관도官道 옆을 걷던 사나이가 이규를 위아래로 훑어보았다. 이규가 그 사내를 보고 소리쳤다.

"네놈이 뭔데 어르신을 째려보느냐?"

그 사내도 맞받아쳤다.

"너는 무슨 어르신 놈이냐?"

이규가 다짜고짜 달려들다 그 사내가 손을 들어 가격하자 이규는 그만 땅바닥에 엉덩방아 찧으면서 주저앉고 말았다.

'이놈이 주먹질을 잘하네!'

땅바닥에 앉아 속으로 중얼거리고 그 사내를 올려다보며 물었다.

"호걸의 이름은 어떻게 되시오?"

"이 어르신은 성도 없다. 싸우고 싶다면 너와 한 판 붙어주마! 네가 감히 일어날래?"

몹시 화가 난 이규가 몸을 일으켜 덤비려는데 그 사내가 겨드랑이 안쪽을 다시 걷어차자 곤두박질쳐졌다. 이규가 소리 질렀다.

"그래, 네놈이 이겼다!"

기어가다 일어나 달아나자 그 사내가 막아서며 물었다.

"이 시커먼 놈아, 네 이름이 뭐냐? 어디 사는 놈이냐?"

"너한테 말해줄 텐데 놀라지나 마라. 양산박 흑선풍 이규가 바로 나다."

"당신 말이 정말이오? 거짓말하지 마시오."

"네놈이 믿지 못하겠다면 이 쌍 도끼를 보거라."

"양산박 호걸이라면 혼자 어디로 가시오?"

"내가 형님한테 삐쳐서 능주로 가서 그 선가하고 위가 두 놈을 죽이러 간다."

"양산박의 군마가 이미 갔다고 들었는데, 누가 갔다는 것이오?"

"먼저 대도 관승이 군사를 이끌고 갔고, 이어서 표자두 임충·청면수 양지가 군사를 이끌고 따라가 호응할 것이다."

그 사내가 듣더니 갑자기 넙죽 절을 했다. 이규가 물었다.

"내가 그대한테 다 말했으니, 나도 물어보아야겠다. 이름이 뭐요?"

"소인은 원래 중산부中山府 사람으로 3대를 씨름으로 살았습니다. 손 발 쓰는 기술을 부자지간에만 전수하고 따로 제자를 두고 가르치지 않았습니다. 평생을 누구도 인정을 봐준 적이 없고 아무에게도 의지하지 않아 산동·하북에서 모두 '몰면목沒面目' 초정焦挺이라고 부릅니다. 그런데, 근래에 구주寇州에 고수산枯樹山이란 산이 있는데, 그 산에 평생 사람 죽이기를 좋아하는 포욱鮑旭이라는 강도가 있는데, 세상 사람들은 그를 상문신喪門神과 비교한다고 합니다. 그가 그곳에서 근처 민가를 털고 약탈을 하고 있는데 지금 그곳으로 가서 한패가 되려고 합니다."

"당신 이런 재주를 가지고 있으면서, 어찌하여 내 형인 송 공명을 찾아가지 않소?"

"저도 여러 차례 양산박으로 가서 한 패가 되려고 했는데 연줄이 없었소이다. 오늘 이렇게 만났으니 형님을 따라갔으면 좋겠소."

이규가 말했다.

"내가 송 공명 형님하고 말다툼을 하고 산을 내려왔소. 한 놈도 죽이지 못하고 빈손으로 어떻게 돌아가겠소? 나와 같이 고수산에 가서 포욱을 설득해 함께 능진으로 가서 선·위가 두 놈을 죽이고 산으로 돌아가는 게 좋겠소."

"능주는 부府 정도의 큰 성지라 군마들이 무척 많소. 우리 두 사람이 아무리 대단한 솜씨가 있다 한들 별로 도움도 되지 않거니와 목숨만 헛되이 잃을 것이오. 오히려, 고수산으로 가서 포욱을 달랜 뒤에 함께 양산박으로 가는 것이 상책이오."

두 사람이 한참 얘기하고 있는데, 등 뒤에서 시천이 쫓아와 소리 질렀다.

"형님께서 걱정하고 계십니다. 빨리 산채로 돌아가시지요. 지금 네 길로 나누어 찾고 있습니다!"

이규가 초정을 이끌어 시천에게 보이고 인사시켰다. 시천이 다시 이규에게 산으로 돌아가자고 권했다.

"송 공명 형님께서 기다리고 계십니다."

"잠깐 기다려! 내가 초정하고 상의했는데, 먼저 고수산으로 가서 포욱을 포섭하여 돌아갈게."

"그러면 안 됩니다. 형님께서 기다리고 계시니 당장 산채로 돌아가십시다."

이규가 말했다.

"나를 따라가지 않겠다면 네가 먼저 산채로 돌아가 금방 돌아온다고 형님한테 전해라."

시천은 이규가 두려웠기에 하는 수 없이 혼자 산채로 돌아갔다. 초정은 이규와 함께 구주로 가서 고수산으로 향했다.

이야기는 둘로 나뉜다. 한편 관승은 선찬·학사문과 함께 5000기 마군을 이끌고 능주에 접근했다. 동경으로부터 군사를 일으키라는 황제의 조서와 채 태사의 찰부札付6를 받은 능주 태수는 병마단련 선정규와 위정국을 불러 상의했다. 두 장수가 찰부를 받고 즉시 군병을 점검하고 무기를 수령했으며 안장을 말에 동여매고 군량과 마초를 정돈하여 수일 내로 출병하려 했다. 그때 급한 보고가 들어왔다.

"포동의 대도 관승이 군사를 이끌고 능주로 쳐들어왔습니다."

6_ 찰부札付: 상급 기관에서 하급 기관으로 내리는 공문.

선정규와 위정국이 듣고서 크게 성을 내며 즉시 군마를 끌고 적을 맞으러 성을 나갔다. 양편 군사가 서로 가까이 대치했다. 문기 아래로 관승이 먼저 말을 몰아 나오자 관군 진영에서 북소리가 울리더니 성수장군이 말을 몰아 나왔다. 그의 차림새를 보니,

순철을 두드려 만든 사각 철모를 썼는데 투구 꼭지에 국자만한 검은 술이 늘어져 있네. 곰 가죽을 쌓아 틈을 메운 까맣고 윤기 나는 갑옷을 걸쳤으며, 검은 명주에 비취색으로 꽃을 둥글게 수놓은 민소매의 전포를 입었구나. 등자를 찰 수 있도록 뒤축에 실로 구름 모양을 박아 넣은 가죽신발을 신었고, 허리에는 청록색 혁대 못을 박아 교체한 사만요대를 차고 있도다. 활과 화살통 하나를 맸고, 새까만 말을 타고 자루가 검은 창을 사용하는구나.

戴一頂渾鐵打就四方鐵帽, 頂上撒一顆斗來大小黑纓. 披一付熊皮砌就嵌縫沿邊烏油鎧甲, 穿一領皂羅繡就點翠團花禿袖征袍. 着一雙斜皮踢鐙嵌線雲跟靴, 繫一條碧鞓釘就迭勝獅蠻帶. 一張弓, 一壺箭, 騎一匹深烏馬, 使一條黑杆槍.

앞에서 북방의 검은색 커다란 깃발을 들고 있었는데, 위에 '성수장군 선정규'라는 은색으로 일곱 글자가 쓰여 있었다. 말방울 소리가 울리는 곳을 바라보니 신화장군 위정국이 말을 몰아 돌아나오는데, 그의 차림새를 보니,

머리를 묶고 금을 박아 꿰맨 주홍색의 투구를 썼으며, 투구 꼭대기에는 빗자루 길이의 붉은 술이 늘어져 있네. 고리마다 짐승 얼굴이 새겨진 당예唐猊[7] 갑옷을 걸쳤으며, 구름과 놀, 날아다니는 괴수 문양을 수놓은 진홍색 도포를 입고, 기

7_ 전설 속의 맹수로 가죽이 단단하고 두터워 갑옷 제작에 사용함. 검으로 찔러도 뚫리지 않았다. 이후에는 훌륭한 갑옷을 지칭하는 말이 되었다. 당이唐夷라고도 한다.

린을 수놓은 사이에 비취색 구름 문양을 꿰매 넣은 비단 신발을 신었구나. 금작화金雀花가 그려진 보조궁寶雕弓[8]을 들었고, 봉황 깃을 단 낭아전狼牙箭이 꽂혀 있는 화살통이 걸려 있네, 연지색 붉은 연지마胭脂馬를 타고 있으며, 손에는 날카로운 칼날의 구리를 단조한 칼을 들었도다.

戴一頂朱紅綴嵌點金束髮盔, 頂上撒一把掃帚長短赤纓. 披一副罷連環呑獸面唐猊鎧, 穿一領綉雲霞飛怪獸絳紅袍, 着一雙刺麒麟間翡翠雲縫錦跟靴. 帶一張描金雀畫寶雕弓, 懸一壺鳳翎鑿山狼牙箭. 騎坐一匹胭脂馬, 手使一口熟銅刀.

앞에서 남방의 붉게 수놓은 깃발을 들고 있었는데 위에 '신화장군 위정국'이라는 일곱 글자가 은색으로 쓰여 있었다. 두 용맹스런 장수가 일제히 진 앞으로 나왔다. 관승이 바라보며 말 위에서 말했다.

"두 분 장군, 실로 오래간만에 뵙소이다!"

선정규와 위정국이 크게 웃으며 관승에게 손가락질 하며 욕을 퍼부었다.

"무능한 소인배 놈아, 조정을 배신한 미친놈아! 위로는 조정의 은혜를 저버리고 아래로는 조상의 이름을 욕되게 하고도 염치를 모르느냐! 군사를 이끌고 여기까지 와서 무슨 할 말이 있느냐?"

관승이 대답했다.

"두 분 장군이 틀렸소이다. 작금의 주상은 정신이 희미하고 어리석어 간신들이 권력을 휘두르고 있소. 친하지 않으면 발탁해 쓰지 않고 원수가 아니면 잘못을 저질러도 탄핵하지 않소이다. 형님 송 공명은 어질고 덕이 있으며 은혜를 널리 베풀고 있는 분으로 하늘을 대신해 도를 행하고 있는데 특별히 관 아무개에게 영을 내려 두 분 장군을 모시라 하였소. 만약 저버리지 않으신다면 함께 양산박으로 오기를 청하는 바이오."

8_ 보조궁寶雕弓: 진귀한 보배로 장식한 조궁雕弓(조각을 한 활)이다.

관승의 말을 들은 선정규·위정국 두 장수는 크게 성내며 갑자기 말을 몰아 나왔다. 한 사람은 북방 하늘에 떠 있는 먹장구름처럼, 다른 사람은 남방의 맹렬하게 타오르는 불꽃처럼 진 앞으로 달려나왔다. 관승이 그런 두 사람과 맞서려 하는데, 왼쪽에서 선찬이 날듯이 나오고 오른쪽에서는 학사문이 돌진해 나와 진 앞에서 한바탕 싸움이 벌어졌다. 칼과 칼이 부딪치니 만 갈래 섬뜩한 빛이 뿜어져 나오고 창과 창이 서로 찌르니 온 하늘에 살기가 일어났다. 관승이 멀리서 바라보니 신화장군은 싸울수록 정신이 전투적으로 변했고, 성수장군은 두려운 기색이 조금도 보이지 않았다. 한참 싸우고 있는데 수화水火 두 장수가 일제히 말 머리를 돌려 자기편 진으로 달아나기 시작했다. 학사문과 선찬이 곧바로 추격하여 상대편 진 한가운데로 부딪쳐 들어갔는데, 위정국은 왼편으로 돌아 들어가고 선정규는 오른편으로 돌아갔다. 뒤쫓아 간 선찬은 위정국을 뒤쫓고 학사문은 선정규를 쫓게 되었다.

선찬이 쫓고 있는 사이에 붉은 깃발에 붉은 갑옷을 입은 보군 400~500명이 일자로 에워싸서 갈고리로 걸고 올가미를 던지며 일제히 달려들자 사람과 말 모두 산채로 잡히고 말았다. 한편 학사문도 오른쪽으로 선정규를 쫓아갔는데 모두 검은 깃발과 검은 갑옷을 입은 보군 500여 명이 뛰쳐나오며 일자로 에워싸서 뒤에서 한꺼번에 달려들자 학사문 또한 산채로 사로잡혔다. 가련하게도 두 영웅은 물거품이 되고 말았다. 사로잡은 두 사람을 능주로 끌고 갔고 다른 한편으로는 500여 정예병을 인솔하여 다시 돌아나왔다. 관승은 어떻게 손 쓸 방법도 없이 대패하고 말았고 뒤로 후퇴했다. 즉각 선정규와 위정국이 말을 박차 관승의 뒤를 쫓았다. 관승이 한참 정신없이 달아나는데 앞에서 두 장수가 달려오는 게 보였다. 왼쪽에는 임충 오른쪽에는 양지가 옆구리 양쪽에서 달려오면서 능주의 군마를 죽이며 분산시켰다. 관승은 본영의 패잔병을 수습해 임충·양지와 만나 군사를 한 덩어리로 합쳤다. 뒤이어 손립과 황신이 함께 뒤따라오는 게 보이자 우선 진지를 구축하고 주둔했다.

선찬과 학사문을 사로잡은 수화水火 두 장수는 승리를 거두고 성으로 돌아왔다. 장 태수가 맞이하며 술자리를 열어 축하했다. 사람들을 시켜 죄수 싣는 수레를 만들게 하여 사로잡은 두 사람을 가두고 편장 한 명을 선발해 300여 보군을 이끌고 그날 밤으로 동경으로 끌고 가 조정에 자신의 공을 알려 높은 관직에 오르고자 했다. 편장이 300여 군사를 인솔하고 선찬과 학사문을 동경으로 압송하고자 길을 떠났다. 한참 가는데 산에 고목이 가득하고 곳곳이 갈대로 우거진 곳에 이르게 되었다. 갑자기 징소리가 울리더니 강도들이 무더기로 뛰어나왔다. 앞장 선 사람이 쌍 도끼를 들고 우레와 같은 소리를 지르며 달려나오는데 바로 양산박의 흑선풍 이규였고 뒤따라 나오는 호걸은 누구인가? 바로 다음과 같다.

씨름판에선 당할 자 없이 모두 굴복하고, 주먹질 발길질은 칼같이 매섭구나.
성질부릴 때면 산도 무너질 듯하고, 초정의 사람됨 본래부터 몰면목이었네.
相撲叢中人盡伏, 拽拳飛脚如刀毒.
劣性發時似山倒, 焦挺從來沒面目.

이규와 초정 두 호걸이 졸개들을 이끌고 길을 막아서며 별다른 말도 없이 죄수가 실려 있는 수레부터 덮쳤다. 부장이 놀라 달아나려 하는데 뒤에서 또 한 호걸이 달려들었다. 바로 다음과 같다.

흉악하고 추한 얼굴 솥 바닥과 흡사하고, 두 눈 튀어나온 이리의 입술이로다.
넓적한 칼 들고 살인 방화 저지르기에, 사람들 포욱을 상문신이라 부른다네.
猙獰醜臉如鍋底, 雙睛迭暴露狼唇.
放火殺人提闊劍, 鮑旭名喚喪門神.

이 호걸은 바로 상문신 포욱으로 곧장 도망가려는 편장을 한칼로 내리쳐 말에서 떨어뜨렸다. 나머지 졸개들은 수레를 버리고 모두들 제 살자고 달아나기 바빴다. 이규가 수레를 살펴보니 갇혀 있던 사람이 뜻밖에도 선찬과 학사문이라 자세한 내막을 물어보려는데, 선찬이 도리어 이규에게 물었다.

"여기는 어쩐 일이오?"

"송강 형님이 나를 싸우지 못하게 해서 혼자 산을 내려왔소. 먼저 한백룡을 죽이고 초정을 만났는데 그가 이곳으로 나를 데려왔소. 포욱 형제가 보자마자 친형제처럼 대접해주었소. 그래서 우리가 능주를 치려고 상의하고 있었는데, 졸개가 산꼭대기에서 내려다보니 한 떼의 군사들이 죄수를 압송하는 수레를 끌고 오고 있다고 알렸소. 관군이 도둑을 잡아끌고 가려니 했는데 생각지도 못하게 두 분이었소."

포욱이 산채로 초청해 소를 잡고 잔치를 열어 대접했다. 학사문이 말했다.

"형씨께서 이미 양산박에 들어가려고 마음을 먹었다면 이곳 군사들을 이끌고 능주로 함께 가서 힘을 다해 성을 공격하는 것이 상책이 될 것이오."

포욱이 대답했다.

"소생도 이형과 그렇게 하자고 상의하고 있었소. 당신 말대로 하는 것이 가장 좋겠소. 저희 산채에도 좋은 말이 200~300여 필이 있소이다."

이에 다섯 호걸은 500~700여 졸개들을 이끌고 일제히 능주를 치러 출발했다.

한편 달아난 군사들은 능주로 돌아와 장태수에게 보고했다.

"가는 도중에 도둑떼들이 죄수 실은 수레를 강탈하고 편장까지 죽였습니다."

선정규와 위정국이 듣고 크게 성내며 말했다.

"이번에는 잡히는 즉시 죽여버리겠다!"

이때 성 밖에서 관승이 군사를 이끌고 싸움을 거는 소리가 들렸다. 선정규가 앞 다퉈 말을 내어 성문을 열고 조교를 내려 500여 검은 갑옷을 입은 군사들을 이끌고 날듯이 성을 나가 적을 맞았다. 문기를 열고 관승에게 욕설을 퍼부었다.

"나라를 욕되게 하는 패장 놈아, 어찌하여 아직도 뒈지지 않았느냐!"

관승이 듣고서 칼을 휘두르며 말을 박차 나갔다. 두 사람이 50여 합을 싸웠을 즈음 관승이 고삐를 당겨 말머리를 돌리고 황급히 달아나기 시작했다. 선정규가 바로 뒤따라 10여 리를 쫓았는데 갑자기 관승이 고개를 돌리며 소리 질렀다.

"네 이놈 말에서 내려 항복하지 않고 어느 때를 기다리느냐!"

선정규가 창을 잡고 관승의 등 복판을 노렸다. 관승이 귀신같은 솜씨를 발휘하여 칼등으로 내리치며 소리 질렀다.

"떨어져라!"

선정규가 칼등에 맞아 말에서 떨어지자 관승이 말에서 내려 달려들어 부축하며 빌었다.

"장군 용서해주시오!"

선정규가 황망히 땅에 엎드려 목숨을 빌며 항복했다. 관승이 말했다.

"나는 여러 번 송 공명 형님께 그대를 천거했소. 두 분 장군을 모시고 대의를 위해 함께 하고자 이렇게 특별히 왔소이다."

"비록 재주는 없지만 개와 말 같은 하찮은 힘이라도 다하여 함께 하늘을 대신해 도를 행하도록 하겠습니다."

두 사람이 말 머리를 나란히 하고 돌아왔다. 임충이 두 사람을 맞이하고 같이 가면서 그 까닭을 물었다. 관승이 승패에 대해서는 언급하지 않고 대답했다.

"산속 후미진 곳에서 옛정으로 호소하고 새로운 일을 논의하며 항복을 권했소이다."

임충 등 여러 두령이 크게 기뻐했다. 선정규가 진 앞으로 돌아와 500여 검은 갑옷 입은 군사들에게 크게 소리치자 '와아' 소리 지르면서 넘어왔으나, 나머지는 성으로 달아나 급히 태수에게 보고했다.

위정국은 선정규가 항복했다는 소리를 듣고는 크게 노했다. 다음 날 군마를 이끌고 싸우러 성을 나왔다. 선정규가 관승·임충과 함께 진 앞으로 나왔다. 문기가 열리자 신화장군 위정국이 말을 몰아 나와 선정규가 관승을 따르는 것을 보고 크게 욕했다.

“은혜를 잊고 주인을 배반한 역적 소인배야!”

관승이 크게 노하여 말을 박차 앞으로 맞서러 나갔다. 두 말이 엇갈려 달리며 병기도 동시에 부딪쳤다. 두 사람이 10여 합을 채 싸우지도 않았는데, 갑자기 위정국이 자기편 진으로 달아나기 시작했다. 관승이 뒤쫓으려하자 선정규가 크게 소리 질렀다.

“장군, 쫓아가서는 안 됩니다!”

관승도 얼른 말고삐를 당겨 전마를 세웠다. 그런데, 선정규의 만류하는 말이 미처 끝나기도 전에 능주군의 진 안에서 500여 화병火兵이 나는 듯이 달려나오는데, 모두 진홍색 옷을 입고 각자 화기火器를 들었으며 앞뒤로 50여 량의 화차火車를 밀면서 한꺼번에 쏟아져 나왔다. 화차에는 갈대 같은 인화 물질이 가득 실려 있었다. 군사들은 등에 각자 쇠로 만든 호리병 하나씩을 묶고 있었는데 안에는 유황, 염초, 오색五色 연기를 뿜어내는 화약 재료 등이 들어 있었다. 일제히 불을 붙이며 몰려 나왔다. 사람이 가까이 있으면 사람이 쓰러지고 말이 스치면 말이 다쳤다. 관승 군병들이 사방으로 흩어져 달아나 40여 리를 물러난 다음에야 겨우 멈출 수 있었다. 위정국이 군마를 돌려 성으로 돌아왔는데 성 아래에 도착하여 바라보니 능주성에 불길이 훨훨 타오르고 세찬 연기가 솟아오르고 있었다. 원래 흑선풍 이규가 초정, 포욱과 함께 고수산 군사를 이끌고 능주성 뒤로 가서 북문을 깨뜨려 성안으로 몰려 들어가 창고의 돈과 식량을 강탈하고 불을 지른 것이었다. 상황을 파악한 위정국은 감히 성으로 들어가지 못하고 황급히 군사를 돌렸으나 관승이 뒤쫓아 와서 들이치니 머리와 꼬리가 서로 돌볼 수 없는 처지가 되었다. 능주성이 이미 떨어졌으니 위정국은 물러날 수밖에 없었고 하는 수 없이 중릉현中陵縣으로 달아나 주둔했다. 관승이 군사를 이끌고 중릉현을 사방으로 에워싸고 모든 장수와 병사를 동원하여 공격했다. 그러나 위정국은 성문을 굳게 걸어 잠근 채 나오지 않았다.

선정규가 관승·임충 등 여러 두령에게 말했다.

"이 사람은 용맹한 장수로 공격이 격렬해지면 죽을지언정 결코 욕을 당하지는 않을 것이오. 무릇 일이란 관대하게 처리해야 하는 것이지 급하게 하면 효과를 거두기 어렵습니다. 소인이 칼 도끼를 피하지 않고 중릉현으로 들어가 좋은 말로 이 사람을 투항시켜보겠소. 손을 스스로 묶고 항복한다면 싸움을 하지 않고도 이길 수 있을 것이오."

관승이 그 말을 듣고 크게 기뻐하며 즉시 선정규 혼자 말을 타고 중릉현으로 가게 했다. 졸개가 알리자 위정국이 나와 선정규를 만났다. 선정규가 좋은 말로 권했다.

"지금 조정은 밝지 못하고 천하는 대단히 혼란스러우며 천자는 희미하여 어리석고 간신들이 권력을 휘두르고 있소. 나는 송 공명에게 귀순하여 물가에 살기로 했소. 간신들이 물러난 후에 그때 바른 길로 돌아와도 늦지 않을 것이오."

위정국이 듣고서 한참 동안 망설이다 말했다.

"나를 귀순시키고자 한다면 관승이 직접 와서 청해야 할 것이오. 그러면 내가 투항할 것이지만 그가 오지 않는다면 죽을지언정 욕되게 살지는 않을 것이오!"

선정규가 즉시 말에 올라 돌아와 보고하자 관승이 말했다.

"대장부가 일을 하는데, 어찌 의심을 품겠소?"

바로 선정규와 함께 혼자 말을 탄 채 가려고 했다. 그러자 임충이 말렸다.

"형님, 자고로 사람의 마음이란 헤아리기 어렵다 하니 다시 한번 더 생각하고 가시지요.[9]"

"사내가 일을 하는데 무슨 상관이 있겠소!"

바로 중릉현 관아로 달려가자 위정국이 맞이하며 크게 기뻐하고 항복의 절을 했다. 옛정을 나누며 잔치를 열어 대접했다. 그날 500여 화병火兵을 이끌고 모두 본영으로 와서 임충·양지 및 여러 두령과 만나 인사를 나누고 즉시 군사를 거두어 양산박으로 돌아갔다. 송강은 대종을 시켜 나가 맞이하게 했고 대종이 이규에게 말했다.

"네가 몰래 산을 내려가 여러 형제를 시켜 여기저기 얼마나 찾았는지 아느냐? 시천·악화·이운·왕정육 네 사람은 먼저 산으로 돌아갔다. 내가 먼저 가서 형님께 잘 말씀드릴 테니 너무 걱정하지 말거라."

대종이 먼저 돌아갔다. 한편 관승 등의 군마가 금사탄에 도착하자 수군 두령들이 맞이하고 배를 저어 군마들을 연이어 건너게 했다. 그때 한 사람이 화가 잔뜩 나 씩씩거리며 달려오는 게 보였는데 다름 아닌 금모견 단경주였다. 임충이 물었다.

"자네는 양지·석용과 함께 북쪽 지방으로 말을 사러 가더니 어찌하여 이렇게 허겁지겁 달려오는가?"

단경주가 몇 마디 말을 하지도 않았는데 나누어 서술하면, 송강이 군사를 파견해 그곳을 치러가서 지난날의 원수를 갚고 원한을 씻어낸 것이다. 바로 말이란 낚싯바늘과 어망 짜는 실과 같아 확실히 알아야 모순과 다툼에서 벗어날 수 있는 것이다.

과연 단경주가 무슨 말을 했는지는 다음 회에 설명하노라.

9_ 원문은 '삼사이행三思而行'인데, 출전은 『논어』 「공야장公冶長」이다. "계문자季文子가 세 번 생각한 다음에야 행동했다. 공자가 그 말을 듣고는 '두 번이면 된다'고 했다." 한 번 생각해보고 한 번 더 생각하면 된다는 의미로 노나라 대부 계문자가 여러 차례 생각한 다음에 행동했다는 것을 비꼬고 있다.

조정趙鼎과 송강은 관련이 없다

본문에서는 간의대부諫議大夫 조정趙鼎이 송강의 죄를 사면하고 투항시키고 신하로 삼아 변방의 재난이나 적들을 방비케 하는 것이 좋겠다고 건의했다가 파직되는 상황이 묘사되어 있다. 그러나 송강과는 아무런 관련이 없다. 조정은 남송 초기의 명신名臣으로 『송사』에도 그의 열전이 실려 있다. 조정은 숭녕崇寧 5년(1106)에 급제했다. 송강이 왕성하게 활동한 시기에 그는 간의대부를 역임하지 않았다. 조정은 이후에 시어사, 어사중승을 역임했고 두 차례나 상相이 되었으나 모두가 10년 이후의 일이다.

몰면목沒面目 초정焦挺

『장자』 「응제왕應帝王」에 다음과 같은 내용이 있다. "남해의 제왕은 숙儵이고 북해의 제왕은 홀忽이며 중앙의 제왕은 혼돈渾沌이라 한다. 숙과 홀은 자주 혼돈의 땅에서 만났는데, 혼돈은 그들을 매우 잘 대접했다. 숙과 홀은 혼돈의 은덕에 보답할 방법을 의논하면서, '사람들은 모두 일곱 개의 구멍을 가지고서 보고 듣고 먹고 숨을 쉬고 있는데, 혼돈만 그런 것을 가지고 있지 않소, 그러니 그에게 구멍을 뚫어주기로 합시다'라고 했다. 그러고는 혼돈의 몸에 하루에 한 개씩 구멍을 뚫어주었는데, 7일 만에 혼돈은 죽고 말았다." 『수호전전교주』에 따르면 "정목형의 『주략』에서 이르기를 '몰면목은 한 개의 구멍도 뚫리지 않은 혼돈을 말한다. 『장자』에 의거하면 마땅히 취해야 할 타고난 바탕에 만족하는 데 그치지 않고 정분을 따르지 않는 것이다'라고 했다." '면목面目'은 '얼굴, 낯'을 말하는데, '몰면목沒面目'은 부끄러운 줄 모르고 염치가 없으며 뻔뻔스러움을 비유한 말이다.

성수장군聖水將軍 선정규單廷珪

본문에서는 선정규가 물로 병사를 물리치는 법을 잘 사용해 '성수장군'이라 부른다고 했다. '성수聖水'는 『수경주水經注』에 나오며 "상곡上谷에서 발원한다"고 했다.

즉, 지금 베이징 팡산房山의 류리허琉璃河강을 말한다. 성수라 받드는 것은 민간의 낡은 관습일 따름이다. 또한 선정규란 인물은 실제 역사에 존재했던 사람이다. 『신오대사新五代史』「주덕위전周德威傳」에 따르면 "주덕위周德威는 비록 대장이었지만 항상 사졸들과 함께 돌과 화살이 날아오는 것을 뚫고 질주했다. 연나라 유수광劉守光 휘하의 용맹한 장수였던 선정규單廷珪는 멀리서 진중에 있는 주덕위를 보고는 '이 자가 주양오周陽五(양오는 주덕위의 어렸을 때 이름)로구나'라고 말했다. 이에 창을 잡고 말을 몰아 주덕위를 추격했다. 주덕위는 거짓으로 도망가는 척하면서 선정규가 다가오는 것을 가늠했는데, 곁에 이르자 순간적으로 말을 멈췄다. 그때 선정규의 말은 달려오다가 멈추지 못하고 약간 지나쳤다. 그때 힘을 다해 선정규를 치면서 공격했고 선정규는 그만 말에서 떨어져 사로잡히고 말았다"고 했다. 대부분의 학자는 『수호전』의 인물은 역사에 실존했던 선정규를 옮겨온 것이라고 본다.

신화장군神火將軍 위정국魏定國

본문에서는 위정국이 불을 이용한 공격에 능숙하여 싸움터에 나가면 화기火器로 적을 물리치기 때문에 신화장군이라 부른다고 했다. 일반적으로 '신화神火'는 화공 전술에 교묘하고 뛰어남을 말한다.
명나라 때 '신화전패神火箭牌'라는 것이 있었는데, 나무로 만든 발사체 안에 100여 개의 불화살을 쌓고 상자 아래에 두 개의 받침대가 있으며 중간에 기계를 움직이는 철로 된 축이 있었다. 『화룡경火龍經』에 따르면 "적을 공격할 때면 중요한 길목에 설치하고 기계로 움직여 발사하면 화살이 수백 보를 날아갔다"고 했다. '신화'는 송·원 이후에 이미 보편적인 병기로 사용되었다. 위정국이란 인물은 역사에는 보이지 않는다. 다만 송나라 때 사람들은 이름에 '국國'자를 많이 사용했는데, 예를 들면 '안국安國, 정국定國' 등이다. 즉, 위정국이란 이름은 당시 사람들이 이름 짓는 습관에 부합된다.

상문신喪門神 포욱鮑旭

상문신喪門神은 흉신으로 상사喪事를 주관한다. 대부분 악인 혹은 사람을 불운하게 만드는 사람을 지칭한다.

『수호전보증본』에 따르면 상문신은 민간 속설에서 흉신凶神으로 여겼다. 고대에 점성가들은 음력 매월 초하루에 선신善神과 악살惡煞이 출현한다고 여겼는데, 이것을 총진叢辰이라 불렀다. 흉문살신凶門煞神은 악신으로 사람들은 그를 화나게 하면 재앙이 온다고 여겼다. 그러나 상문신은 그 의미를 반대로도 해석할 수 있다. 예를 들면 금나라가 장안으로 쳐들어왔을 때 강직하고 정직한 신하인 전운부사轉運副使 양경순梁景詢은 죽음으로 절개를 지켰다. 『삼조북맹회편三朝北盟會編』 권115에 따르면 "동관童貫이 권력을 장악했을 때 주, 현의 관원들이 모두 가마를 영접했는데, 일으키는 먼지를 바라보면서 절을 했지만 오직 양경순만이 절을 하지 않았다. 당시 사람들이 그를 상문신이라 불렀다"고 했다. 또한 상문신이 쥐고 있는 병기를 '상문검喪門劍'이라 하는데, 갈로산葛盧山을 개발하여 쇠가 나오자 치우蚩尤가 그것으로 검을 제작했고 '상문검'이라 했다고 한다.

그리고 오대십국 시기 오월국吳越國을 세운 전류錢鏐의 부장이었던 포군복鮑君福이란 사람이 아주 용맹했는데, 『십국춘추十國春秋』「포군복전」에 따르면 "쌍검을 나는 듯이 돌리며 진 안으로 들어갔다 나오는데, 마치 번개가 번쩍이는 것처럼 빨라 사람들이 모두 포뇨鮑鬧라 불렀다"고 했다. 포욱과 포군복은 검을 쥐고 있는 상문신을 형상화한 것일 수도 있다.

【 제68회 】

원수를 갚다[1]

단경주가 달려와서 임충 등에게 말했다.

"나와 양림·석용이 북쪽 지방에 가서 튼튼하고 잘 달리며 근력 있고 털 색깔이 보기 좋은 말 200여 필을 골라 사들였습니다. 그런데 돌아오는 길에 청주를 지나다가 험도신險道神 욱보사郁保四란 놈이 병사 200여 명을 거느리고 나타나 말들을 모두 강탈하여 증두시로 끌고 가버렸습니다. 석용과 양림은 어디로 갔는지도 모르겠습니다. 소인이 밤새 달려와 이렇게 알리는 것입니다."

관승은 듣고서 함께 산채로 돌아와 송강에게 알리고 대책을 상의하고자 했다. 모두들 물을 건너 충의당에 올라 송강을 만났다. 관승은 선정규와 위정국을 대소 두령들에게 인사시켰다. 이규는 산을 내려가 한백룡을 죽이고 초정, 포욱을 우연히 만나 능주를 격파한 일을 자랑스럽게 이야기했다. 송강은 다른 것보다 네 호걸을 얻은 것에 대해 크게 기뻐했다.

1_ 제68회 제목은 '宋公明夜打曾頭市(송 공명이 밤에 증두시를 공격하다), 盧俊義活捉史文恭(노준의가 사문공을 산채로 사로잡다)'이다.

단경주가 말을 빼앗긴 일을 자세히 설명하자 송강이 크게 성내며 말했다.

"지난번에도 말을 빼앗아 갔었는데, 또 이런 무례한 짓을 저질렀소. 조 천왕의 원수를 아직도 갚지 못해 아침저녁으로 즐겁지 않았소. 만약 이 원한을 갚지 못한다면 사람들에게 웃음거리가 될 것이오."

오용이 말했다.

"곧 따뜻한 봄날이니 증두시를 치기 좋을 때입니다. 지난번 군사를 진격시켰을 때 그곳 지리의 이로움을 알지 못해 패했지만 이번에는 꾀를 써서 반드시 이겨야 할 것입니다."

송강이 말했다.

"원한이 골수에 박혔으니 갚지 않고서는 맹세코 산채로 돌아오지 않을 것이오."

오용이 말했다.

"먼저 시천이 추녀 위로 날아다니고 벽을 걸어다닐 수 있으니, 그를 보내 상황을 염탐하고 돌아오는 대로 어떤 꾀를 쓸지 다시 상의하시지요."

시천이 명을 받고 떠난 지 2~3일 지나서 양림과 석용이 산채로 겨우 도망쳐 돌아와 증두시 사문공이 양산박 세력과는 같이 공존할 수 없다고 큰소리 치고 있다는 소식을 전했다. 화가 난 송강이 즉시 군사를 일으키려 하자 오용이 말했다.

"시천이 돌아와 보고하는 것을 듣고 그때 치러 가도 늦지 않습니다."

송강은 끓어오르는 분노가 가슴 가득 차 있어 당장이라도 원수를 갚고자 조급해하며 참지 못했다. 다시 대종을 보내 소식을 알아보게 했다.

며칠 지나지 않아 대종이 먼저 돌아와 알렸다.

"증두시는 능주의 원수를 갚겠다고 군마를 일으키려 하고 있습니다. 지금 증두시는 입구마다 커다란 방책을 세우고 법화사 안에는 중군 군막을 만들었는데 수백 리에 걸쳐 온통 깃발이라 어느 길로 들어가야 할지 알 수 없습니다."

다음 날 시천도 산채로 돌아와 보고했다.

“소인이 증두시 안으로 들어가 자세히 염탐했습니다. 모두 5개의 방책을 세우고 증두시 앞에는 2000여 명이 마을 입구를 지키고 있습니다. 모든 방책 안은 사문공이 관리하고 있는데, 북쪽 방책은 증도와 부사범 소정이 맡고 있고 남쪽 방책은 둘째 증밀이 서쪽은 셋째 증색이 동쪽은 넷째 증괴가 맡고 있고 가운데 방책은 다섯째 증승과 그 아비인 증롱曾弄이 지키고 있습니다. 또한 청주 욱보사란 놈이 있는데 키가 한 장丈에 허리는 몇 위圍[2]나 될 정도로 넓고 별명은 ‘험도신’이라 합니다. 이놈이 저희한테 빼앗은 말들을 모두 법화사 안에서 기르고 있습니다.”

오용이 듣고서 장수들을 모아 함께 상의했다.

“그놈들이 다섯 개의 방책을 세웠다면 우리도 군사를 다섯 부대로 나누어 다섯 갈래의 길로 공격하는 것이 좋을 듯합니다.”

노준의가 일어나 나서며 말했다.

“노 아무개는 두령들께서 목숨을 구원해주셔서 산채에 올랐는데 아직도 그 은혜를 갚지 못했소. 이번에 목숨을 다해 앞장서고 싶은데 군사의 뜻이 어떠신지 모르겠소?”

송강이 크게 기뻐하며 말했다.

“원외께서 산을 내려가시겠다고 하니 선봉부대를 맡으시오.”

오용이 간언했다.

“원외께서는 산채에 처음 오셔서 아직 많은 작전과 진법을 경험하지 못 하신데다 산길이 험하고 높은 산봉우리도 많아 말을 타기에도 불편합니다. 앞장서 선봉을 맡기에는 어렵고 별도로 군마를 이끌고 먼저 가서 평야지대에 매복해 있다가 중군에서 포 소리가 들리면 뛰어나와 호응하도록 하시지요.”

2_ 위圍: 원주를 계산하는 대략적인 단위다. 양 팔을 벌려 껴안은 길이를 가리키기도 하고 양손의 집게뼘(엄지손가락 집게손가락을 벌인 길이)을 합친 길이를 나타내기도 하는데 정확하게 정해진 수는 없다. 1척尺을 1위圍라고도 하고, 5촌寸를 1위라고도 한다.

오용은 노준의가 사문공을 사로잡게 되면 송강이 조개의 유언을 어길 수 없어 그에게 자리를 양보할 까 걱정되었기 때문에 그가 선봉부대를 맡는 것을 허락하지 않았다. 그러나 송강의 큰 뜻은 노준의가 공을 세운 기회를 이용해 그를 산채의 주인으로 삼으려는 것이었다. 오용은 허락하지 않고 노준의에게 연청과 함께 500여 보군을 이끌고 평야 오솔길에서 명령을 기다리게 했다. 다시 군마를 다섯 갈래로 나누었다. 증두시 남쪽의 대채는 마군 두령인 벽력화 진명·소이광 화영이 마린과 등비를 부장으로 삼아 3000기의 마군을 이끌고 공격하게 했다. 동쪽 대채는 보군 두령인 화화상 노지심·행자 무송이 부장으로 공명과 공량을 이끌고 보군 3000명으로 치게 했다. 북쪽 대채는 마군 두령인 청면수 양지·구문룡 사진을 두령으로 하여 양춘과 진달을 부장으로 삼아 3000기의 마군 군사로 공격하게 했다. 서쪽 대채는 보군 두령인 미염공 주동·삽시호 뇌횡이 추연과 추윤을 부장으로 삼아 3000명의 보군을 이끌고 공격하게 했다. 그리고 증두시 중앙의 대채는 두령 송 공명·군사 오용·공손승이 여방·곽성·해진·해보·대종·시천을 부장으로 삼아 5000명의 군사를 이끌고 공격하기로 했다. 후군으로는 보군 두령인 흑선풍 이규·혼세마왕 번서가 항충과 이곤을 부장으로 삼아 보군 5000명을 이끌고 뒤를 맡기로 했다. 나머지 두령들은 산채를 지키기로 했다.

한편 송강은 다섯 갈래의 군병을 이끌고 대대적으로 진격했다. 증두시의 염탐꾼들이 상세하게 보고했다. 증 장관이 듣고서 사범 사문공과 소정을 불러 중요한 군사 상황을 논의했다. 사문공이 말했다.

"양산박 군마들이 몰려올 때 많은 함정을 파놓는다면 강병과 맹장들을 사로잡을 수 있습니다. 이런 도적들한테는 이 방법이 상책입니다."

증 장관이 즉시 장객들을 시켜 괭이와 삽을 가지고 마을 입구 수십 곳에 함정을 파게 하여 위에는 푸석푸석한 흙으로 덮고 사방에 군사들을 매복시켜 적군이 도착하기를 기다리게 했다. 또한 증두시 북쪽 길에도 함정을 수십 군데 파게 했다. 송강의 군마가 출발할 때 오용은 먼저 은밀하게 시천을 다시 보내 알아보게 했다. 수일이 지나자 시천이 돌아와 보고했다.

"증두시 방책 남북쪽 모두에 헤아릴 수 없이 많은 함정을 파놓고 저희 군마가 오기만을 기다리고 있습니다."

오용이 크게 웃으면서 말했다.

"그런 것은 별것 아니다!"

군사를 이끌고 증두시로 다가갔다. 이때는 한낮이었는데 선두부대가 바라보니 말 머리에 구리 방울을 달고 말 꼬랑지에는 꿩 꽁지의 긴 깃털을 묶은 한 기의 말이 달려오는 게 보였다. 말에는 푸른 두건에 하얀 도포를 입고 손에 단창短槍을 잡은 사람이 타고 있었다. 선두부대가 쫓으려 하자 오용이 멈추게 하고 군마들로 하여금 진지를 세우고 사방에 도랑을 파며 철질려를 뿌리게 했다. 또한 다섯 부대에 명을 전달하여 각 부대도 진지를 구축하여 주둔하고 똑같이 도랑을 파고 철질려를 뿌려놓았다. 사흘이 지났는데도 증두시에서는 나와 싸우지 않았다. 오용이 다시 시천을 시켜 길에 매복해 있는 병졸로 꾸미게 하여 증두시 방책 안으로 가서 무슨 의도가 있는지 염탐하도록 보냈다. 모든 함정에 몰래 표시를 하고, 진지에서 거리가 얼마나 되며, 몇 개인지 모두 기억하도록 했다. 시천이 하루 만에 모든 것을 세세하게 알아보고 몰래 표시까지 해놓고 오용에게 보고했다. 다음 날 오용은 명을 전달하여 선두 보군에게 각자 괭이를 들고 두 부대로 나누고, 양식을 싣고 온 수레 100여 대를 준비해 갈대와 마른 장작을 싣고 중군에 감추게 했다. 그날 밤 각 방책의 모든 두령에게 영을 내려 다음 날 사시巳時에 동서 양쪽 길로 보군이 먼저 적의 방책을 공격하게 했다. 다시 증두시 북쪽 방책을 치게 되어있는 양지와 사진에게는 마군을 일자로 벌리고 그곳에서 북을 두드리고 깃발을 흔들며 기세만 요란하게 올릴 뿐 절대로 진격하지 못하게 했다. 오용의 명령이 모두 전달되었다.

한편 증두시 사문공은 송강의 군마가 방책을 공격하도록 유인하여 함정에 빠뜨리려고 했다. 방책 앞의 길이 좁으니 어디로 간단 말인가? 다음 날 사시가 되자 방책 앞에 포 소리가 들리더니 대부대가 남문까지 밀려왔다. 이어서 동쪽 방책에서 보고가 들어왔다.

"한 화상이 쇠 선장을 돌리고 또 다른 행자 하나가 쌍 계도를 춤추듯 휘두르며 앞뒤로 치고 들어오고 있습니다!"

사문공이 말했다.

"이 두 놈은 필시 양산박 노지심과 무송일 게다."

실수가 있을까 두려워 군사를 나누어 증괴를 도와주러 보냈다. 그런데 이번에는 서쪽 방책에서 보고했다.

"수염이 긴 기골이 장대한 사내와 호랑이 같이 생긴 덩치 큰 사내가 깃발에 '미염공 주동' '삽시호 뇌횡'이라고 쓰인 깃발을 앞세우고 공격해오고 있는데 대단히 위급합니다!"

사문공이 듣고서 또 군사를 선발해 증색을 도우러 보냈다. 그때 다시 방책 앞에서 포 소리가 들렸다. 사문공은 군사들을 함부로 움직이지 못하게 하고 그들이 오기를 기다렸다가 함정에 빠지면 산 뒤에 매복해 있던 병사들이 일제히 달려들어 사로잡으려했다. 오용은 도리어 마군을 산 뒤로 이동시켜 두 길로 나누어 함정을 피해 방책 앞으로 질러가게 했다. 앞서 있던 보군들이 단지 방책을 돌아볼 뿐 감히 쫓아가지 못했다. 양편의 복병이 모두 방책 앞에 늘어서 있기만 하다가 뒤에서 오용의 군마들이 밀어붙이자 모두 자기들이 파놓은 함정에 빠져 들어갔다. 사문공이 더 이상 기다리지 못하고 앞으로 막 나오려는데 오용이 채찍의 끝을 한번 가리키자 방책 한가운데서 징 소리가 울리더니 100여 대의 수레가 일제히 몰고 나와 불을 붙였다. 수레 위에 갈대·마른 장작·유황·염초들이 일제히 불붙어 연기와 불꽃이 온 하늘을 가득 채웠다. 사문공이 군마를 내보냈을 때는 불붙은 수레들로 가로 막혀 더 이상 앞으로 나가지 못하고 피할 뿐이었다. 사문공이 급히 군마를 물리려 하자, 공손승이 진중에서 검을 휘둘러 술법을 일으켰다. 바람이 크게 일어나더니 화염이 남문까지 불태우며 휩쓸어갔다. 적의 망루며 설치해놓은 목책들이 모두 불타 사라졌다. 이미 승리를 거둔지라 징을 울려 군사를 거두고 사방의 방책으로 돌아가 그날 밤은 쉬게 했다. 사문공은 그날 밤 방책 문을 수리 정돈하고 양측이 그날은 싸움을 멈추었다.

이튿날 증도가 사문공에게 계책을 의논하며 말했다.

"도둑의 우두머리를 먼저 베지 못하면 적을 쳐서 소멸시키기는 어려울 것이오."

사범 사문공에게 방책을 견고하게 지키게 하고 증도는 군사를 이끌고 갑옷을 입고 말에 올라 진을 나와 싸움을 걸었다. 송강이 중군에 있다가 증도가 싸움을 건다는 소식을 듣고 여방과 곽성을 데리고 전군前軍까지 나왔다. 문기 아래에 증도가 보이자 마음속에 쌓여 있던 화가 치밀어 올라 채찍으로 가리키며 소리쳤다.

"누가 나를 위해 저놈을 잡아 지난날의 원수를 갚겠는가?"

소온후 여방이 말에 걸터앉아 방천화극을 잡고 증도에게 달려들었다. 두 말이 서로 어우러지고 두 병장기가 부딪쳤다. 30여 합을 싸웠을 즈음에 곽성이 문기 아래에서 살펴보다가 아무래도 여방이 이기지 못할 것 같아 싸우는 두 사람의 가운데로 뛰어들었다. 원래 여방의 기량으로는 증도를 당해내지 못해 30합 이전에는 그럭저럭 대적하며 버텨냈으나 30합이 넘자 방천화극 쓰는 법이 어지러워지며 간신히 막아내면서 피할 뿐이었다. 곽성은 여방이 실수라도 할까봐 걱정되어 재빨리 말을 몰아 역시 방천화극을 들고 나는 듯이 진 앞으로 나와 증도를 협공했다. 세 마리의 말이 진 앞에서 한 덩어리로 뒤엉켰다. 원래 두 자루의 화극에는 표범의 꼬랑지가 묶여 있었다. 여방과 곽성이 증도를 잡기 위해 두 자루의 화극을 일제히 들어 올렸으나 증도가 눈치 빠르게 창으로 한번 젓히니 두 가닥의 표범 꼬리가 증도의 창 붉은 술과 뒤섞여 엉키면서 잡아당겨도 빼낼 수 없었다. 세 사람이 각자 병기를 빼내려 애쓰는데, 소이광 화영이 진중에서 보고 두 사람이 혹여 패하기라도 할까 두려워 말을 몰아 나오면서 왼손으로는 활을 집고 오른손으로는 급히 비전鈚箭3을 꺼내 얹어 활시위를 힘껏 당겨 증도를 향해 쏘았다. 이때 증도는 창을 간신히 빼내었으나 두 자루의 화극은 여전히 한 덩어리로 얽혀 있었다. 증도가 순식간에 창을 잡아당겨 여방의 목덜미를 찌르려 했다. 그러나 그때 화영의 화살이 먼저 증도의 왼쪽 팔을 명중시키자 그만 말에서 굴러 떨어지면서 투구는 거꾸로 세워지고 두 다리는 헛발을 짚었다. 여방·곽성의 화극 두 자루가 동시에 찌르자 증도는 비명횡사하고 말았다. 10여 기의 마군이 날듯이 돌아와 사문공에게 보고했고 이어서 중군 방책에도 증도의 죽음을 알렸다.

증 장관은 아들의 소식을 듣고는 대성통곡했다. 증 장관 옆에는 아들 증승이 화가 잔뜩 난 채 있었다. 그는 무예가 매우 뛰어났으며 두 자루의 비도飛刀를 사용했는데 사람들이 감히 접근하지 못했다. 형 증도가 죽었다는 소리를 듣고 격분하여 이를 부득부득 갈며 소리 질렀다.

"내 말을 준비해라. 형의 원수를 갚겠다!"

증 장관이 말렸으나 듣지 않고 갑옷을 입고 칼을 움켜쥐고 말에 올라 전방 방책으로 달려갔다. 사문공이 맞이하며 달랬다.

"적을 너무 가볍게 볼 수 없네. 송강 군중에 지혜와 용기를 겸비한 맹장이 많네. 나의 어리석은 생각으로는 다섯 군데의 방책을 굳건히 지키면서 은밀하게 사람을 능주로 보내 급히 조정에 알려 군사들과 장수를 동원하고 군관들을 가려 뽑아 두 갈래로 나누어 한쪽은 양산박을 쳐서 섬멸하고 다른 한편으로는 증두시를 보호하게 해야 하네. 이렇게 양쪽으로 친다면 적은 싸울 마음이 없어져 반드시 군사를 물리고 급히 산채로 달아날 것이네. 그때 내가 재주는 없으나 자네 형제들과 함께 추격하여 죽인다면 반드시 큰 공을 이룰 것이네."

말이 미처 끝나기도 전에 북쪽 방책을 지키던 부사범 소정이 달려와 그 또한

3_ 비전鈚箭: 화살촉이 비교적 얇고 넓으며 화살대가 긴 화살로 황제가 사냥할 때 항상 사용했다.

굳게 지켜야 한다고 말했다.

"양산박 오용 그놈은 간사한 계략과 꾀가 많아 가볍게 상대할 수 없소. 물러나 지키면서 구원병이 올 때까지 기다리는 것이 좋을 것 같아 상의하러 왔소이다."

증승이 소리 질렀다.

"형을 죽였는데 그 원수를 갚지 않고 언제까지 기다린단 말입니까! 이대로 도적놈들의 사기가 올라가도록 내버려둔다면 적을 물리치기는 어렵습니다!"

사문공과 소정은 더 이상 증승을 말릴 수 없었다. 증승이 말에 올라 수십여 기의 마군을 이끌고 날듯이 방책을 나가 싸움을 걸었다. 송강은 증승이 싸움을 걸어온다는 보고를 받고 전군前軍에 적에게 맞서라는 영을 내렸다. 그때 진명이 영을 받고 낭아곤을 휘두르며 진을 나가 증승과 싸우려 했는데 흑선풍 이규가 도끼를 들고 다짜고짜 적 한가운데로 돌진해 들어갔다. 이규를 알아본 어떤 군사가 증승에게 알렸다.

"저놈이 바로 양산박 흑선풍 이규입니다!"

증승이 보고서 즉시 군사들에게 화살을 쏘게 했다. 원래 이규는 진중에서도 벌거벗고 있었는데 언제나 항충과 이곤이 방패로 막고 보호해줬으나 이때는 혼자 뛰쳐나가는 바람에 화살 한대가 다리에 꽂혀 태산 같은 몸이 땅바닥으로 거꾸러졌다. 증승의 뒤를 따르던 마군이 일제히 달려들었다. 송강의 진에서 진명과 화영이 황급히 달려나가 이규를 구해내고 뒤에서 마린·등비·여방·곽성이 일제히 호응하여 간신히 진으로 돌아올 수 있었다. 증승은 송강의 진에 사람들이 많은 것을 보고 다시 나와 싸우지 못하고 병사를 이끌고 방책으로 돌아갔고, 송강 또한 군사를 거두고 주둔했다.

다음 날 사문공과 소정이 맞붙어 싸우지 말고 지키기만 하자고 주장했으나 증승은 받아들이지 않고 재촉하며 말했다.

"형의 원수를 갚아야겠습니다."

사문공이 어쩔 수 없어 갑옷을 입고 말에 올랐다. 그의 말은 바로 이전에 단경주로부터 빼앗은 천리 길을 달린다는 '조야옥사자마'였다. 송강도 여러 두령을 이끌고 진세를 펼쳐 적에 맞섰다. 대치한 상황에서 사문공이 말을 타고 나오는데, 차림새를 보니,

> 머리에 쓴 황금 투구 햇빛에 번쩍이고, 몸에 걸친 갑옷 찬 서릿발 치는구나.
> 천 리 달리는 조야옥사자마 타고, 붉은 술 달린 두 장 길이 창 손에 들었네.
> 頭上金盔耀日光, 身披鎧甲賽冰霜.
> 坐騎千里龍駒馬, 生執朱纓丈二槍.

이때 사문공이 말을 타고 나오더니 돌연 짓쳐 달려오는데, 송강의 진중에서 진명은 첫 공로를 차지하고자 날듯이 달려나가 맞섰다. 두 말이 어우러지며 병장기가 부딪쳤다. 대략 20여 합을 싸웠을 때 진명이 힘이 달려 본진을 향해 달아나기 시작했다. 사문공이 용기를 내어 뒤쫓으며 온 정신을 집중해 창으로 찌르자 진명이 넓적다리 뒤를 찔려 말 아래로 거꾸러졌다. 여방·곽성·마린·등비 등 네 장수가 일제히 달려들어 겨우 구해냈다. 비록 진명을 구하기는 했으나 기세가 꺾여 패한 군사들을 거두고 10리나 물러나 주둔했다. 송강은 진명을 수레에 실어 양산박으로 호송하여 쉬게 했다. 다시 오용과 상의하여 대도 관승·금창수 서녕·선정규·위정국 네 사람을 산채에서 내려와 돕게 했다. 송강은 또 향을 사르고 기도하며 점을 쳐보았다. 오용이 점괘를 보고 말했다.

"이곳을 격파할 수 있지만 오늘 밤 반드시 적군이 방책으로 들이칠 것 같습니다."

"그렇다면 빨리 준비를 해야겠소."

"형님께서는 안심하십시오. 먼저 세 곳 방책의 두령들에게 알리시고 오늘 밤 동서 두 방책을 일으켜 해진을 왼쪽에 있게 하고 해보는 오른쪽에 두고, 나머지 군마는 사방에 매복해 있으라 영을 내리십시오."

그날 밤 하늘은 맑고 깨끗했으며 달빛은 희고 바람은 고요했으며 구름은 드물었다. 방책에서 사문공이 증승에게 말했다.

"오늘 적군은 두 장수가 연달아 패했기 때문에 반드시 두려워하고 있을 터이니 틈을 노려 저놈들의 방책을 공격하는 게 좋겠소."

증승도 사문공의 계책이 옳다고 판단해 북쪽 방책의 소정, 남쪽의 증밀, 서쪽의 증색을 불러들여 한꺼번에 송강의 방책을 들이치기로 했다. 2경 무렵에 은밀하게 초소를 나와 말방울을 떼고 군사들에게는 전포만 입히고 곧바로 송강의 중군 방책 안으로 밀고 들어갔다. 그런데 사방 어디에도 군사는 보이지 않고 방책 안은 텅 비어 있었다. 계책에 빠진 것을 알자 급히 몸을 돌려 달아나려 했다. 그때 왼쪽에서 양두사 해진, 오른쪽에서 쌍미갈 해보, 뒤에서는 소이광 화영이 일제히 달려들었다. 증색은 어둠 속에서 당황하다 해진이 휘두른 삼지창에 찔려 말에서 굴러 떨어졌다. 불길이 일어나고 방책 뒤에서 함성소리가 울려 퍼지더니 동서 양편에서 병사들이 방책으로 쏟아져 들어와 한밤중에 대혼전이 벌어졌다. 사문공만 겨우 길을 찾아 빠져나올 수 있었다.

증 장관은 또 증색이 죽었다는 말을 듣자 괴로움과 걱정이 더욱 커졌다. 다음 날, 증롱은 사문공에게 편지를 써서 투항하자고 했다. 사문공 또한 겁에 질린 터라 즉시 항복 편지를 써서 송강의 본영에 보냈다. 졸개가 증두시에서 편지를 보내왔다고 보고하자 송강이 불러들이게 했다. 졸개가 올린 편지를 송강이 뜯어보니 다음과 같이 쓰여 있었다.

'증두시 주인 증롱은 송 공명 통군統軍 두령님께 머리를 조아려 재배합니다: 지난날 저의 어린 자식이 하찮은 용맹만 믿고 호랑이 같은 위엄을 범하는 잘못을 저질렀습니다. 또한 예전에 조 천왕께서 군사를 이끌고 오셨을 때도 투항하여 순종함이 마땅했으나 아래 병졸들이 제멋대로 몰래 화살을 쏜 데다 말을 빼앗은 죄를 저질렀으니 입이 백 개라도 무슨 할 말이 있겠습니까! 실로 모든 것이 저희 본래의 뜻은 아니었습니다. 이제 미련하고 어리석은 자식들이 이미 죽어 없어졌으니 사람을 보내 화평을 청하고자 합니다. 싸움을 그치고 군사들을 물려주신다면 빼앗았던 말들을 전부 돌려드릴 뿐만 아니라 아울러 전군을 위로할 금과 비단을 바치겠습니다. 양쪽이 다치는 싸움에서 면할 수 있도록 해주시기를 바랍니다. 삼가 글을 올리오니 밝게 살펴주시기를 엎드려 청합니다.'

송강이 서신을 읽고는 온 얼굴에 노기를 띤 채 편지를 찢으며 욕했다.

"내 형님을 죽여놓고 이제 와서 그만두라고? 마을을 깨끗하게 쓸어버리는 게 나의 본뜻이다!"

그러자 편지를 가지고 온 사람이 땅에 엎드린 채 두려워 벌벌 떨었다. 오용이 황급히 달래며 말했다.

"형님, 그러시면 안 됩니다. 우리는 모두 의기를 위해 싸웠을 뿐입니다. 이미 증가에서 사람을 보내 화평을 청했는데, 어찌 일시적인 분노로 대의를 망치십니까?"

즉시 답신을 쓰고 사신에게 은자 10냥을 주어 돌려보냈다. 그 사람이 본채로 돌아와 양산박의 답신을 올렸다. 증 장관과 사문공이 편지를 뜯어보니 다음과 같은 내용이었다.

'양산박의 주장 송강은 증두시 주인 증롱에게 글을 써 알리노라. 국가는 신의로써 천하를 다스리고 장수는 용맹으로 외적을 진압하며 사람이 무례하면 쓸모없고 의롭지 못한 재물은 취해서는 안 된다. 양산박과 증두시가 원한을 맺은 적도 없이 각자 제 땅을 지키며 살아왔다. 그대의 일시적인 악행으로 오늘 같은 원한을 초래했다. 만약 화평을 원한다면 두 차례에 걸쳐 빼앗았던 말들을 돌려보내고 아울러 말을 강탈해 간 악당 욱보사도 보내야 할 것이며 군사들을 위로할 금과 비단을 바쳐야 할 것이다. 모든 것은 성심성의를 다하여 충실해야 하며 예의에 조금도 어긋나서는 아니 되노라. 만약 다시 바꿀 것이 있다면 따로

가부를 결정하겠노라.'

증 장관과 사문공이 편지를 읽고 놀라 걱정했다. 다음 날 증 장관이 다시 사람을 보내 알렸다.

"만일 화평을 원하신다면 각자 인질 한 명씩 보내기를 청합니다."

송강은 받아들이려 하지 않았는데, 오용이 말했다.

"무방할 것입니다."

즉시 시천·이규·번서·항충·이곤 다섯 사람을 신의의 증표로 보내기로 했다. 다섯 사람이 출발할 무렵 오용이 시천을 불러 귀에다 낮은 소리로 일러줬다.

"이렇게 저렇게 하고, 실수가 있어서는 안 된다."

다섯 사람이 증두시로 갔다. 한편 관승·서녕·선정규·위정국이 도착했다. 여러 두령과 만나보고 중군에 머물렀다.

한편 시천은 4명의 호걸을 이끌고 증 장관을 만나보고 말했다.

"형님의 군령을 받들어 이 시천이 이규 등 네 사람을 데리고 화평을 청하고자 왔습니다."

사문공이 말했다.

"오용이 저 다섯 사람을 보낸 것은 아무 계책 없이 그냥 보낸 것은 아닐 겁니다."

그 말을 들은 이규가 크게 성을 내며 사문공의 멱살을 잡고 두들겨 팼다. 증 장관이 깜짝 놀라 급히 뜯어 말렸다. 시천이 말했다.

"이규 이 사람이 비록 거칠고 우악스럽지만 저희 송 공명 형님이 아끼시는 심복이라 특별히 그를 보냈으니 더 이상 의심하지 마십시오."

증 장관은 속으로 화평하고자 결심했으므로 사문공의 말을 더 듣지 않았다. 술을 내와 대접하고 법화사에 있는 방책에서 쉬게 했다. 그리고 500여 군사를 선발해 앞뒤로 에워싸 지키게 했다. 또한 증승을 시켜 욱보사를 데리고 송강의 본채로 가서 화평을 청하게 했다. 두 사람이 중군에 도착하여 만날 즈음에 두 차례에 걸쳐 빼앗았던 말들과 금·비단을 실은 수레 한 량이 본채에 도착했다. 송강이 살펴본 뒤 말했다.

"이 말들은 모두 나중에 빼앗아 간 것들이다. 먼저 단경주에게서 빼앗은 하루에 천리를 달리는 준마인 조야옥사자마는 어찌하여 보이지 않는가?"

증승이 말했다.

"사부 사문공께서 타고 계셔서 끌고 오지 못했습니다."

송강이 말했다.

"너는 어서 글을 써보내 그 말을 내게 끌고 오도록 하여라!"

증승이 그 자리에서 편지를 써서 사람을 시켜 보내면서 말을 끌고 오게 했다. 사문공이 듣고서 대답했다.

"다른 말들은 돌려줘도 아깝지 않지만, 이 말은 줄 수 없다."

말을 주니 못 주니 하면서 사람이 몇 차례 왔다 갔다 했다. 송강이 끝까지 돌려달라고 하자, 사문공은 할 수 없이 사람을 보내 알렸다.

"이 말을 꼭 돌려받기를 원한다면 즉시 군사를 물리시오. 그러면 나도 말을 돌려주리다."

송강이 이 말을 듣고 오용과 상의했으나 결정하지 못했다. 그때 갑자기 보고가 들어왔다.

"청주와 능주 두 길로 군마가 몰려오고 있습니다."

송강이 말했다.

"저놈들이 이 사실을 알면 반드시 생각을 바꿀 것이다."

은밀하게 영을 내려 관승·선정규·위정국을 보내 청주의 군마를 막게 하고 화영·마린·등비는 능주의 군마를 맞아 저지하게 했다. 또한 조용히 욱보사를 불러 좋은 말로 달래고 은정과 도의로 대우해주며 말했다.

"자네가 이번에 공을 세우면 산채에서 자네를 두령으로 삼겠네. 말을 빼앗아 간 원한은 일체 없었던 것으로 화살을 꺾어 맹세하겠네. 그리고 우리를 따르

마음이 없다면 증두시를 단번에 깨뜨리겠다. 네가 알아서 결정해라."

욱보사는 듣고서 투항하여 휘하에서 명령에 따르기를 원했다. 오용이 계책을 욱보사에게 일러주었다.

"자네는 몰래 도망친 것처럼 해서 방책으로 돌아가 사문공에게 말하게. '나와 증승이 송강의 방책에 가서 화평을 청하면서 그 진실을 알아냈습니다. 지금 송강의 마음은 오로지 천리마를 빼앗는 데에만 있지 화평할 마음은 없습니다. 말을 그에게 돌려준다 해도 반드시 마음을 바꿀 것입니다. 그리고 지금 청주·능주에서 두 갈래 길로 구원병이 오고 있어 매우 당황해하고 있습니다. 이런 좋은 기회를 이용해 계책을 쓴다면 착오가 없을 겁니다'라고 말하게. 그가 자네 말을 믿으면 그다음은 내가 알아서 하겠네."

욱보사는 오용의 계책을 받들고 사문공 방책으로 달려와 있었던 일들을 자세히 이야기했다. 사문공은 욱보사를 데리고 증 장관을 만나 송강이 화평에는 관심이 없으니 이 틈을 이용해 송강의 본채를 쳐부수자고 했다. 그러자 증 장관이 말했다.

"증승이 거기에 인질로 잡혀있는데 우리가 마음을 바꾼다면 반드시 그들이 내 아들을 죽일 것이오."

사문공이 말했다.

"그의 방책을 쳐서 깨뜨린다면 어떻게든 증승을 구할 수 있을 겁니다. 오늘 밤 각 방책에 명령하여 모든 군사를 동원하여 먼저 송강의 본채를 칩시다. 먼저 뱀의 머리를 잘라버린다면 나머지 도적들은 걱정할 필요가 없습니다. 그리고 돌아와 이규 등 다섯 놈을 죽여도 늦지 않을 겁니다."

"사범께서 알아서 좋은 계책을 쓰시지요."

즉시 북쪽 진채 소정, 동쪽의 증괴, 남쪽의 증밀에게 함께 송강의 본채를 치자고 명을 전달했다. 욱보사는 몰래 법화사의 본채로 가서 이규 등 다섯 사람을 만나 시천에게 은밀히 소식을 알려줬다.

한편 송강이 오용에게 말했다.

"이번 계책이 잘 될지 모르겠소?"

"욱보사가 돌아오지 않는다면 우리 계책이 적중했다는 뜻입니다. 그들이 오늘 밤 우리 본채로 쳐들어온다면 우리는 물러나 양쪽에 매복해 기다리지요. 노지심과 무송으로 하여금 보군을 이끌고 저놈들의 동쪽 방책을 치고, 주동과 뇌횡 또한 보군을 이끌고 서쪽 진채를 치게 하며, 양지와 사진에게 영을 내려 마군을 이끌고 북쪽 방책을 차단하여 치는 것입니다. 이것을 번견복와지계番犬伏窩之計[4]라 하는데 백발백중입니다."

그날 밤 사문공은 소정·증밀·증괴를 이끌고 모든 군사를 출동시켰다. 달빛은 흐릿하고 별들도 빛이 어두운 밤이었다. 사문공과 소정이 앞서고 증밀과 증괴가 뒤를 받치면서 말방울을 떼고 군사들에게는 전포만 입히고 모두 송강의 본채로 밀고 들어갔다. 그런데 진채의 문은 열려 있고 안에는 한 사람도 보이지 않았으며 어떠한 인기척도 없었다. 그제야 계책에 빠진 것을 알아챈 군사들이 몸을 돌려 달아났다. 정신없이 자신들의 본영을 향해 달려가는데 증두시 안에서 징소리가 울리고 포 소리가 들리더니 시천이 법화사 종루鐘樓에 올라 종을 치는 게 보였다. 그때 동·서 양 문에서 포 소리가 일제히 울리더니 함성이 크게 일고 얼마나 많은지 알 수 없는 군마들이 몰려들었다. 법화사 안에서는 이규·번서·항충·이곤이 일제히 일어나 뛰쳐나왔다. 사문공 등이 급히 방책으로 돌아가려 했으나 길을 찾을 수 없었다. 증 장관은 방책 안이 큰 혼란에 빠지고 양산박의 대군이 양쪽 길로 몰려온다는 소리를 듣고 스스로 목매어 죽었다. 증밀은 서쪽 방책으로 달아나다 주동이 휘두른 박도에 찔려 죽었고, 증괴 또한 동

4_ 번견복와지계番犬伏窩之計: 개가 사냥할 때 항상 굴 안에서 숨어서 기다리고 있다가 사냥감이 밖에 나갔다가 굴로 돌아오면 잡는 계책을 말한다. 번국番國에 인獜이라는 개가 있는데 짐승의 굴에 숨어 있으면서 짐승이 돌아오기를 기다렸다가 물어 사로잡는다고 했다. 『산해경山海經』에 근거하면 개의 형상에 호랑이 발톱, 비늘이 있어 인獜이라 했다고 한다.

쪽으로 달아나다 어지러운 군사들 틈에서 말발굽에 밟혀 떡이 되고 말았다. 소정은 죽을힘을 다해 북문으로 달아났으나 수 없이 많이 파놓은 함정이 있는데다 뒤에서는 노지심과 무송이 쫓아오고 있고 앞에서는 양지와 사진에게 가로막혀 비 오듯 쏟아지는 화살에 맞아 죽고 말았다. 뒤따르던 군사들은 함정 속으로 겹겹이 굴러 떨어져 빠져 죽은 자가 헤아릴 수 없을 정도로 많았다.

한편 사문공은 빨리 달리는 천리마 덕분에 서문을 빠져 나와 무작정 벌판으로 달렸다. 그러나 이때 검은 안개가 가득 차 하늘을 가려 남북을 구분할 수 없었다. 대략 20여 리를 달렸을 때 어딘지 알 수는 없었으나 숲속 뒤에서 징소리가 울리더니 400~500명의 군사들이 뛰쳐나왔다. 한 장수가 간봉을 들어 말 다리를 후려쳤다. 그러나 그 말은 천리를 달리는 준마라 몽둥이를 보자 그 장수의 머리 위를 뛰어넘었다. 다시 사문공은 정신없이 달렸다. 그러나 시커먼 구름이 하늘거리고 냉기가 불어오고 검은 안개가 가득했다. 광풍이 '쏴쏴' 사납게 불어대더니 허공에서 한 사람이 나타나 가는 길을 막았다. 사문공은 신병이라 의심이 들어 말머리를 돌렸는데 동서남북 사방이 모두 조개의 망령이 들러붙어 휘감았다. 사문공이 다시 지나온 길로 돌아가려는데 갑자기 낭자 연청과 마주쳤다. 또 옥기린 노준의가 돌아오며 소리 질렀다.

"나쁜 도적놈아! 어디로 달아나느냐!"

사문공의 넓적다리를 박도로 내리쳤다. 말 아래로 굴러 떨어지자 밧줄로 묶어 증두시로 끌고 왔다. 연청이 그 천리 준마를 끌고 본채로 함께 왔다.

송강은 보고서 기뻐하면서도 노했는데, 기쁜 것은 노준의가 공을 세웠기 때문이지만 노한 것은 조 천왕을 쏘아 죽인 원수 사문공을 마주하고 쳐다보자 분노가 치밀어 오른 것이었다. 먼저 증승을 끌어내 참수하고 증가 집안의 노소를 막론하고 하나도 남김없이 죽였다. 금은 재물을 찾아 몰수하고 쌀과 밀 등의 양식을 모두 수레에 실어 양산박으로 돌아와 두령들에게 나눠주고 전군을 위로하고 포상했다. 관승 또한 군사를 이끌고 청주 군마를 물리쳤고, 화영도 능주 군마를 쳐서 쫓아버리고 돌아왔다. 대소 두령들 모두 한 사람도 상하지 않았으며 천리 준마인 소야옥사자마도 얻었을 뿐만 아니라 그 외의 수많은 재물도 얻었다. 죄수 싣는 수레에 사문공을 가두고 군마를 수습해 양산박으로 돌아오면서 지나치는 주·현 마을 어디에서도 백성을 해치거나 침범하는 일이 없었다. 산채로 돌아와 곧바로 모두들 충의당에 올라 조개의 영정에 참배했다. 송강은 명령을 전달해 성수서생 소양으로 하여금 제문을 짓도록 하고, 대소 두령들 모두에게 상복을 입고 애도하도록 했다. 사문공의 배를 갈라 심장을 도려내 조개 영정에 바치고 제사를 올렸다. 제사가 끝난 뒤 송강은 충의당에서 여러 형제와 양산박의 주인을 결정하여 세우는 일을 상의했다. 오용이 바로 말했다.

"형님께서 두령 자리에 앉으시고 그 다음은 노 원외로 하시지요. 나머지 형제들은 그대로 있으면 될 것 같습니다."

"조 천왕의 유언에 따르면, '사문공을 잡은 사람이 누구든 가리지 않고 양산박의 주인이 되어야 한다'고 했소. 지금 노 원외가 이 도적을 사로잡아 조개 형님 제사에 바쳐 원수를 갚고 깊은 원한을 풀었으니 여러 말 필요 없이 노 원외를 받들어 두령으로 모시는 것이 마땅하오."

노 원외가 말했다.

"소인이 덕과 재주가 한참 모자란데 어떻게 감히 이 자리를 감당하겠습니까! 맨 끝자락 말석을 주시더라도 제게는 과분할 따름입니다."

송강이 말했다.

"송 아무개가 겸손해서가 아니라 원외보다 못한 것이 세 가지가 있소. 첫째로는 아시다시피 저는 키도 작고 시커먼 외모를 가졌지만 원외는 당당하고 위엄이 있어 어느 누구도 미치지 못할 늠름한 풍채를 지녀 귀인의 상이오. 둘째로는, 나는 하찮은 아전 출신인데다 죄를 짓고 도망 다니다 여러 형제가 버리지 않고 받아줘 잠시 이 높은 자리에 앉아 있었을 뿐이오. 그러나 원외는 부귀한 집안에 태어나 오랫동안 호걸의 명성을 얻었소. 비록 조금 운은 나빴지만 누차 하늘의 보우를 받아 화를 면했소. 세 번째로는, 나의 학문은 나라를 안정시킬 수 없고 무예로도 여러 사람을 따르게 할 실력도 없소. 손으로는 닭 한 마리 묶을 힘도 없고 몸으로는 짧은 화살 한 대라도 쏠 수 있는 공력이 없소이다. 반면에 원외는 만 명을 대적할 힘이 있고 고금의 지혜를 통달하고 정통하여 천하 모든 사람이 위풍과 기세를 보기만 하면 즉시 투항하며 귀순할 것이오. 원외께서 이와 같은 재능과 덕이 있으니 마땅히 산채의 주인이 되어야 할 것이오. 훗날 조정에 귀순하게 되면 공을 세우고 업적을 쌓아 높은 관작에 오르면 우리 형제들을 영원히 빛내줄 것이오. 이 송강이 이미 뜻을 정했으니 원외께서는 핑계를 대고 거절하지 마시오."

노준의가 땅바닥에 엎드려 절하며 간절하게 부탁했다.

"형님께서 괜한 말씀을 많이 하셨으나 노 아무개가 설령 이 자리에서 죽더라도 형님의 말씀을 따를 수 없습니다."

오용이 다시 말했다.

"형님이 두령이 되고 노 원외가 그 다음이 되면 여기 모든 사람이 엎드려 따를 것입니다. 형님께서 계속 사양하시면 사람들 마음이 돌아설까 두렵습니다."

원래 오용이 이미 사람들에게 눈짓으로 신호를 보내고 일부러 이런 말을 했다. 흑선풍 이규가 나서며 소리쳤다.

"나는 강주에서 목숨 걸고 여기까지 당신을 쫓아왔소. 사람들이 모두 당신더러 한걸음 양보하라고 하면 물러서야지! 나는 하늘이라도 전혀 무섭지 않아! 그런데 너는 서로 양보하는 척하니 뭔 좆같은 짓이야! 이럴 바에는 내가 모두 죽여버리기 전에 각자 그냥 흩어지자!"

무송도 오용의 눈짓을 보고 앞으로 나와 소리쳤다.

"형님 수하에 있는 많은 군관이 조정의 관직을 받았던 사람들이오. 그들이 양보한 사람은 바로 형님인데, 어떻게 다른 사람을 따르란 말입니까?"

유당도 말했다.

"저희 일곱 명이 처음 산에 올랐을 때 형님을 두령으로 모시자고 뜻을 모았소. 그런데 이제 와서 나중에 온 사람에게 양보하다니요!"

노지심도 소리쳤다.

"만일 형님이 다른 사람에게 양보하려거든 우리들 모두 각자 흩어집시다!"

송강이 말했다.

"자네들 모두 여러 말 하지 말게. 내가 달리 방법을 강구해 하늘의 뜻이 어떠한지 살펴본 다음에 결정하겠네."

오용이 말했다.

"어떤 고견이라도 가지고 계십니까? 말씀해주시지요."

송강이 말했다.

"해야 할 일은 두 가지네."

바로 양산박에는 영웅 두 명이 더 늘게 되고 동평부東平府는 한바탕 재난에 휩싸이게 된다. 그야말로 천강성은 하나도 빠짐없이 모두 산채에 모이게 되고, 지살성도 모두 물가에 모여들게 되었다.

결국 송강이 말하려는 두 가지 일은 다음 회에 설명하노라.

철질려鐵蒺藜

『수호전』의 전투 장면에서는 '철질려'가 자주 등장한다. 끝이 송곳처럼 뾰족한 3~4개의 발을 가진 쇠못으로, 전시에 적군이나 병마의 전진을 막기 위하여 흩어 둔 장애물로 마름쇠라고 한다. '철질려'는 『묵자墨子』「비혈備穴」 편에 처음으로 등장한다. 『수호전보증본』에 근거하면, 진·한 이후에 철질려는 광범위하게 사용되었고 당·송에 이르러서는 성능이 끊임없이 개량되었다. 세 종류가 있었는데, 첫째로는 '철릉각鐵菱角'으로 형상은 질려蒺藜와 같은데 중요한 길목에 설치하여 인마를 찔리게 하는 것이다. 둘째는 '지삽地澀'으로 나무판자에 못을 거꾸로 박

아 흙 같은 여러 가지를 덮어 군영 밖의 대로에 설치했다. 셋째는 '추제搊蹄'로 직경이 7촌인 사각형 나무를 만들고 중간에 철 못을 거꾸로 박아 말굽을 찔러 상하게 만들었다.

험도신險道神 욱보사郁保四

'험도신'은 '현도신顯道神'으로 '개로신開路神'이라고도 한다. 글자 그대로 위험한 도로의 신이라는 의미가 아니라, 초상집에서 관을 묘지로 옮길 때 길을 선도하는 높고 큰 나무 혹은 종이로 제작한 인형을 말한다. 용모는 매우 험악하게 생겼다. 『삼교수신대전三教搜神大全』에 따르면 "험도신은 일명 천맥장군阡陌將軍이라 한다. 신장은 1장 정도이고 머리 넓이는 3척이며 수염 길이는 3척 5촌이다. 머리는 붉고 얼굴은 남색이며 왼손에는 인장을 쥐고 오른손에는 극을 잡고 있는데, 관이 나갈 때 길을 선도한다"고 했다. 욱보사는 『선화유사』와 여타 원나라 잡극에 보이지 않으며 『수호전』에서 창조한 인물이다.

〖 제69회 〗

두령은 누구인가[1]

송강이 조개의 유언을 저버리지 않고 두령 자리를 노 원외에게 양보하려 했지만 사람들이 따르지 않았다. 송강이 다시 말했다.

"지금 산채의 돈과 식량이 부족하니 양산박 동쪽에 두 개의 주부州府가 있는데 돈과 식량이 풍족합니다. 하나는 동평부東平府[2]라 하고 다른 하나는 동창부東昌府[3]라 합니다. 우리가 일찍이 그곳의 백성을 괴롭히거나 어지럽게 한 적이 없습니다. 지금 그곳으로 가서 그들에게 양식을 빌리려 하는데 제비 뽑아 두 패로 나누어 나와 노 원외가 각자 한 곳씩 맡기로 하지요. 먼저 성을 깨뜨리는 사람이 양산박의 주인이 되는 것은 어떻소?"

1_ 제69회 제목은 '東平府誤陷九紋龍(구문룡이 동평부에서 실수로 함정에 빠지다), 宋公明義釋雙槍將(송공명이 쌍창장을 풀어주다)'이다.

2_ 동평부東平府: 원래는 지금의 산둥성 둥핑東平 서쪽, 둥핑호東平湖 동쪽 물가의 주州 성진城鎭이었다. 본래는 송대에 군주郡州였으나, 선화宣和 원년(1119)에 동평부로 승격되었고 양산박과는 매우 가깝다.

3_ 동창부東昌府: 지금의 산둥성 랴오청聊城이다. 황하 북쪽에 있으며 양산박과는 비교적 멀다. 『수호전 전교주』에 따르면 "정목형의 『주략』에서 이르기를 '동창은 당나라 때 박평博平, 송나라 때는 복주濮州, 원나라 때에 동창이라 했다'고 했다."

오용이 대답했다.

"좋습니다. 명을 따르겠습니다."

노준의가 말했다.

"그런 말씀 마십시오. 형님께서 양산박의 주인이 되시고 저는 시키는 대로 따르겠습니다."

노준의의 간곡한 말도 따르지 않고 송강은 즉시 철면공목 배선을 불러 제비 두 개를 만들었다. 향을 사르고 하늘에 기도를 마친 후 각자 제비를 뽑았다. 송강이 동평부를 뽑았고 노준의는 동창부로 가게 되었다. 모두 아무런 이견이 없었다.

그날 연회를 열어 한창 마시는 중에 송강이 파견할 군사를 선발하라 명했다. 송강의 부하로는 임충·화영·유당·사진·서녕·연순·여방·곽성·한도·팽기·공명·공량·해진·해보·왕왜호·일장청·장청·손이랑·손신·고대수·석용·욱보사·왕정육·단경주로 대소 두령 25명, 마보군 1만 명과 수군 두령 완소이·완소오·완소칠 세 명이 배를 타고 호응하기로 했다.

노준의 부하로는 오용·공손승·관승·호연작·주동·뇌횡·색초·양지·선정규·위정국·선찬·학사문·연청·양림·구붕·능진·마린·등비·시은·번서·항충·이곤·시천·백승 등 대소 두령 25명에 마보군 1만 명으로 수군 두령으로는 이준·동위·동맹 세 명이 역시 배를 타고 호응하기로 했다. 나머지 두령과 다친 사람들은 산채를 지키기로 했다.

모든 분배가 결정되자 송강과 여러 두령이 동평부를 치러 갔고, 노준의 역시 두령들과 함께 동창부를 공격하러 떠났다. 많은 두령이 각자 산을 내려갔다. 때는 3월 초하루로 날은 따뜻하고 바람도 따스하여 풀은 푸르고 땅은 부드러워 싸우기 좋은 때였다.

송강이 군사를 이끌고 동평부에 도착하여 성에서 40여 리 떨어진 안산진安山鎭이라는 곳에 군사를 주둔시켰다. 송강이 말했다.

"동평부 태수 정만리程萬里에게는 한 명의 병마도감이 있는데 하동河東 상당군上堂郡[4] 사람으로 동평董平이라 한다. 쌍창을 잘 사용하여 '쌍창장雙槍將'이라 부르는데 만 명을 당해낼 용기가 있다고 한다. 비록 그의 성을 치러 간다고 하더라도 예의는 갖춰야겠다. 두 사람을 파견해 선전포고문을 보내야겠다. 만약 항복해온다면 군사를 움직일 필요가 없지만 따르지 않는다면 그때 크게 싸움을 벌여도 누구도 원망하지 않을 것이다. 누가 나의 편지를 가지고 가겠는가?"

부하들 속에서 한 사람이 달려나왔는데 1장의 큰 키에 허리는 몇 위圍나 될 정도로 넓었다. 그 사람이 누구인지, 여기 증명하는 시가 있다.

재물 관심 없고 의리만 좋아하니, 생김새는 옛 절 떠난 금강金剛과 같다네.
키 크다고 사람들 험도신이라 부르는데, 이 사람이 바로 청주의 욱보사로구나.
不好資財惟好義, 貌似金剛離古寺.
身長喚做險道神, 此是青州郁保四.

욱보사가 말했다.

"소인이 동평을 알고 있으니 제가 편지를 가져가겠습니다."

또 한 사람이 부하들 속에서 돌아나오는데, 삐쩍 마르고 키가 작은 사나이가 소리쳤다.

"저도 같이 가서 돕겠습니다."

그가 누구인지 보니,

메뚜기처럼 뾰족한 머리에 두 눈은 빛나고, 두 다리는 근육 없는 해오라기 같네.
먼 길도 날 듯이 빨리 달릴 수 있으니, 그가 바로 양자강변 왕정육이라네.

4_ 상당군上堂郡: 지금의 산시山西성 후관壺關 창즈長治 일대.

蚱蜢頭尖光眼目, 鷺鷥瘦腿全無肉.

路遙行走疾如飛, 楊子江邊王定六.

두 사람이 말했다.

"저희가 새로 와서 아직까지 산채를 위해 힘을 쓰지 못했으니 오늘 함께 다녀오겠습니다."

송강이 크게 기뻐하며 즉시 선전포고문을 써서 욱보사와 왕정육 두 사람에게 가져가게 했다. 편지에는 단지 양식을 빌려달라는 말만 쓰여 있었다.

한편 동평부 정 태수는 송강이 군마를 일으켜 안산진에 주둔해 있다는 보고를 받고 본주 병마도감 쌍창장 동평을 청하여 군사 상황을 상의하고자 했다. 자리에 앉는 사이에 문을 지키는 군사가 보고했다.

"송강이 사람을 시켜 선전포고문을 보내왔습니다."

정 태수가 불러들이자 욱보사와 왕정육은 부중으로 들어가 편지를 바쳤다. 정만리가 편지를 읽고 동 도감에게 말했다.

"동평부의 돈과 양식을 빌려달라고 하는데 이 일을 어찌하면 좋겠소?"

동평이 몹시 성내며 두 사람을 끌어내 목을 베라고 했다. 정 태수가 말했다.

"안 될 말이오. 자고로 나라가 서로 싸울 때 사자의 목을 베는 것은 예의에 어긋나는 일이오. 두 사람에게 각기 곤봉으로 20대씩 때리고 저놈들 본영으로 돌려보내는 것은 어떻소?"

동평이 화를 삭이지 못하고 욱보사와 왕정육을 묶어 뒤집으라 소리 지르고 피부가 찢기고 살이 터지도록 때려 성 밖으로 쫓아냈다. 두 사람이 본채로 돌아와 엉엉 울며 송강에 고했다.

"동평이란 그놈이 무례하게 저희를 아주 우습게 보는 것 같습니다!"

송강이 매 맞은 두 사람의 모습을 보고 화가 가슴속까지 차올라 동평부를 한 입에 집어 삼킬 듯이 했다. 먼저 욱보사와 왕정육을 수레에 태워 산채로 돌아가 쉬게 했다. 구문룡 사진이 몸을 일으키며 말했다.

"소인이 이전에 동평부에 있을 때 기원에 있는 이서란李瑞蘭이라는 기생과 친분이 있어 왕래하며 친밀하게 지낸 적이 있습니다. 제가 지금 금은을 조금 가지고 몰래 성으로 들어가 그녀의 집에서 지내고 있겠습니다. 정해진 날에 형님께서는 성을 치십시오. 동평이 싸우러 나가기를 기다렸다가 고루鼓樓에 올라 불을 지르겠습니다. 안과 밖이 서로 호응하면 큰일을 이룰 수 있을 겁니다."

"참 좋은 계책이구려."

사진이 즉시 금은을 챙겨 보따리에 담고 몸에는 무기를 감추고 작별하며 몸을 일으켰다. 송강이 말했다.

"동생이 잘 살펴서 처리하게. 나는 잠시 군사를 움직이지 않겠네."

사진은 성으로 돌아 들어가 서와자西瓦子의 이서란 집으로 갔다. 서와자의 백부가 사진을 보고 깜짝 놀라 안으로 맞이하고 이서란을 불러 만나게 했다. 이서란은 기품이 뛰어난 미인이었다.

풍류 머금은 자태 비교할 자 없으니, 비 맞은 배꽃에 향기 뿜는 옥이로다.

물총새 울음에 깨어보니 나부의 꿈같고,[5] 곱게 단장해 매화로 의심되네.

萬種風流不可當, 梨花帶雨玉生香.

翠禽啼醒羅浮夢, 疑是梅花靚曉粧.

이서란이 누각 위로 데리고 올라가 앉자마자 사진에게 물었다.

5_ 원문은 '나부몽羅浮夢'이다. 전설에 따르면 수나라 때 사람인 조사웅趙師雄이 나부산羅浮山에서 한 여성을 만났다. 그녀와 이야기를 하니 말하는 것이 청아하고 수려했으며 꽃다운 향기를 뿜어내 함께 취하도록 마셨다. 깨어나보니 바로 큰 매화나무 아래였다. 이후에는 매화를 시로 읊는 전고가 되었다.

"근래에 어째서 그림자조차 볼 수 없었나요? 듣기로는 양산박의 대왕이 되셔서 관아에서 방을 붙여 잡으려 한다고 들었는데요. 요 이틀간 거리에서 송강이 양식을 빌리러 성을 친다고 웅성웅성 하던데 어찌하여 이곳으로 오셨습니까?"

사진이 말했다.

"사실대로 말하겠네. 내가 지금 양산박에서 두령 노릇을 하고 있는데 아직까지 세운 공이 없네. 지금 형님께서 성을 쳐서 양식을 빌리려고 하시는데 내가 자네 집 얘기를 자세하게 했다네. 그래서 지금 특별히 와서 염탐꾼 노릇을 하려는데, 금은 보따리 하나를 자네에게 줄 테니 절대로 소식이 새어나가서는 안 되네. 내일 일이 끝나면 자네 일가를 데리고 산에 올라 즐겁게 지내려고 하네."

이서란이 얼떨결에 일단 승낙하여 금은을 받고 술과 고기를 차려 대접하고 백모와 상의했다.

"저 사람이 평소에 손님으로 왔을 때는 좋은 사람이라 우리 집을 출입해도 상관없었지만 지금은 강도가 되었으니 이 일이 밝혀지기라도 한다면 정말 큰 일이 아니겠어요."

백부도 말했다.

"양산박 송강 도적들은 호걸들이라 만만하지가 않지. 쳐서 깨뜨리지 못한 성이 없었지. 만약 말이라도 새 나갔다가 그들이 성을 깨뜨리고 들어오는 날에는 우리를 가만두지 않을 거야!"

백모가 곁에서 욕을 퍼부었다.

"늙은 멍청이 같으니라고, 세상일을 아무것도 모르는 주제에! 자고로 '벌이 쏘러 품 안으로 들어오면 옷을 벗고 쫓아라'고 했다. 자수하는 놈은 그 죄를 면해주는 게 천하의 관례라고. 당신은 빨리 동평부에 가서 고발하여 그를 잡도록 하라고. 나중에라도 연루되면 좋지 않다고."

백부가 말했다.

"그가 많은 금은을 우리한테 줬는데 도와주지는 못할망정 어떻게 팔아먹겠어?"

백모인 포주가 욕했다.

"이런 짐승 같은 늙은이야, 방귀 뀌는 소리 하고 자빠졌네! 내가 기생집에 빠져 망친 놈들 수도 없이 많이 봤다. 저런 놈 하나 가지고 뭘 그래! 가서 고발하지 않으면 내가 직접 관아 앞에 가서 하소연할 텐데 그때는 너도 같이 한 통속이라고 말할 거야!"

"자네는 성질 그만 부리고 아이 보고 잡아두라고 해. 괜히 어설프게 처리하다 알아채고 달아나게 하지 말라고. 내가 가서 공인들에게 알려 먼저 저놈을 잡은 다음에 관아에 가서 고발하자고."

사진이 누각 위로 올라온 이서란의 얼굴색이 붉으락푸르락하고 불안해하자 물었다.

"자네 집에 무슨 일이라도 있나, 왜 그리 놀라 어찌할 바를 몰라 하는가?"

"방금 계단을 오르다 헛디뎌 넘어질 뻔했는데 그래서인지 가슴이 두근거리고 정신이 어수선하네요."

사진은 용맹한 사람이지만 그녀에게 속아 넘어가 더 이상 의심하지 않았다. 여기에 증명하는 시가 있다.

한탄스럽게 기생집엔 온갖 수단 많으니, 결국은 포주를 비호하는구나.
교활한 계책 꾸미는 줄 진작 알았다면, 황금 주고 웃음과 노래를 샀겠는가.
可嘆靑樓伎倆多, 粉頭畢竟護虔婆.
早知暗裏施奸狡, 錯用黃金買笑歌.

사진이 이서란과 오랫동안 헤어졌던 정을 이야기하고 있는데, 한 시진도 지나지 않아 계단 옆에서 발자국 소리가 들리더니 어떤 사람이 뛰어올라오고 창 밖에는 함성 소리가 들렸다. 수십 명의 공인들이 누각 위로 뛰어올라와 사진이 어쩔 줄 몰라 하는 사이에 매가 참새를 잡고 산비둘기를 탄궁으로 쏘아 잡듯이 사진을 용마루에 세워놓은 기와사자처럼 손발을 꽁꽁 묶어 동평부로 끌고 왔다. 대청 위에서 정 태수가 보고 크게 소리 지르며 욕했다.

"네 이놈, 간덩이가 배 밖으로 나온 놈아, 감히 혼자 들어와 염탐질을 했겠다! 이서란 애비가 고발하지 않았더라면 내 동평부의 양민들을 잘못되게 할 뻔했구나! 네놈이 정탐하게 된 연유를 빨리 자백하거라! 송강이 무엇 때문에 너를 보냈느냐?"

사진이 입을 다물고 아무 말도 하지 않자 동평이 말했다.

"이런 날 강도 놈이 두들기지 않는데 어찌 바른대로 불겠습니까!"

정 태수가 소리 질렀다.

"여봐라, 이놈을 힘껏 쳐라!"

양편에 서 있던 옥졸들이 우르르 달려들어 먼저 찬물을 넓적다리에 뿜었다. 두 다리에 각각 곤장을 백대씩 때렸다. 사진이 모진 고문을 당해도 입을 열지 않자 동평이 말했다.

"이놈에게 큰 칼을 씌우고 나무 쇠고랑[6]을 채워 사형수 감옥에 가두고 송강이 잡히면 함께 동경으로 끌고 가 처결하시지요."

한편 송강은 사진이 성안으로 들어가자 오용에게 편지로 자세한 상황을 알렸다. 오용이 송강의 편지를 읽고 사진이 기녀 이서란 집으로 염탐하러 갔다는 것을 알고 크게 놀랐다. 급히 노준의에게 알리고 그날 밤 송강에게 달려와 물었다.

"누가 사진을 보냈습니까?"

"그가 스스로 원해서 갔소. 이李 행수行首[7]는 그가 이전부터 알고 지내던 기

6_ 원문은 '목추木杻(나무 수갑)'다. 『수호전전교주』에 따르면 "『삼재도회三才圖會』「기용器用」에 이르기를 '추杻는 길이가 1척 6촌, 두께 1촌으로 마른 나무로 만들었으며 죽을죄를 저지른 남자에게 사용했다'고 했다."

7_ 행수行首: 기생집의 우두머리. 송·원 시대에는 고급 기녀의 호칭이었으나 이후 명기의 일반적 호칭이 되었다.

녀인데 정분이 두텁다고 하여 갔소이다."

"형님께서 조금 잘못하신 것 같습니다. 제가 여기 있었다면 절대로 보내지 않았을 겁니다. 원래 기생집은 '자차개루주者扯丐漏走[8] 이 다섯 글자는 꺼린다고 했습니다. 기방은 능숙한 곳이라서 새로운 사람은 반겨 맞이하고 오래된 사람은 보내는 곳이라 많은 사람이 신세를 망치지요. 게다가 물과 같은 속성이 있어 정해진 것이 없어 은정이 있다 하더라도 포주의 손을 벗어나기 어려운 법이죠. 이 사람한테 갔다면 반드시 큰 손해를 입게 될 것입니다!"

송강이 오용에게 계책을 물었다. 오용이 고대수를 불러 말했다.

"번거롭더라도 제수씨께서 한번 갔다 오셔야겠소. 가난한 할멈으로 꾸며 성으로 잠입하여 구걸을 하시다가 조금이라도 변동이 생기면 급히 돌아와야 하오. 만약 사진이 감옥에 갇혀 있다면 그때는 옥졸한테 가서 '옛날 은혜를 생각해 밥 한 그릇 넣게 해달라'고 애원하시오. 그리고 혹여 감옥 안에 들어가게 되면 은밀하게 사진에게 알리시오. '우리가 그믐날 밤 해질 무렵에 반드시 성을 치러 올 테니 측간에 가 있다가 빠져나올 계책을 준비하라'고 전하시오. 그믐날 밤 제수씨께서 성안에 불을 질러 신호를 보내십시오. 이때 군사가 진입해 들어가면 일이 잘 될 것이오. 그리고 형님께서 문상현汶上縣[9]을 먼저 치시면 백성이 반드시 모두 동평부로 달아날 것입니다. 고대수를 도망가는 백성 틈에 섞이게 하여 성안으로 들어가게 하면 아무도 알아채지 못할 것입니다."

오용이 계책을 모두 일러주고 말에 올라 동창부로 돌아갔다. 송강이 해진과 해보에게 500여 명을 이끌고 문상현을 공격하게 했다. 과연 백성들이 노인은 부축하고 어린 아이는 이끌며 쥐새끼처럼 허둥지둥 이리처럼 내달려 모두들 동평

8_ 자차개루주者扯丐漏走: 기녀들 대부분이 경망스럽게 쓸데없는 소리를 하고 억지를 부리며 소식을 누설하고 개의치 않고 가버리는 등 사람들이 믿을 수 없게 만드는 직업적인 악습을 지니고 있음을 형용한 말이다.

9_ 문상현汶上縣: 지금의 산둥성 원상汶上으로 수산호蜀山湖가 경계에 있다.

부로 달아났다.

한편 고대수는 쪽을 헝클어트리고 옷은 남루하게 입고 도망가는 백성 속에 섞여 동평부 성으로 몰래 들어와 거리를 돌아다니며 구걸했다. 관아 앞에 와서 알아보니 사진이 과연 감옥에 갇혀 있었기에 비로소 오용의 지혜가 신과 같음을 알았다. 다음 날, 밥 항아리를 들고 사옥사에서 왔다 갔다 하며 기다리고 있는데 나이든 공인 한 명이 감옥에서 나오는 게 보였다. 고대수가 보고 절하며 눈물을 비 오듯 흘리니 그 늙은 공인이 물었다.

"할멈은 어찌하여 우는가?"

"감옥에 갇혀 있는 사 대랑은 제 옛 주인이 되십니다. 헤어진 지 벌써 10년이 넘었습니다. 강호에서 장사를 한다는 말은 들었는데 무슨 일로 감옥에 갇혀 있는지 모르겠습니다. 보아하니 밥을 보내줄 사람도 없는 것 같아 이 늙은이가 동냥한 밥 한 그릇이지만 그의 주린 배를 채워주고자 합니다. 저를 가엾게 여겨 들여보내주신다면 7층 보탑을 짓는 것보다 더 큰 덕이 될 것입니다!"

"그는 양산박 강도로 죽을죄를 지었소. 누가 감히 당신을 데리고 들어가겠소?"

"칼로 살 한 점씩 발라낸다 하더라도 그에게는 편안히 눈을 감고 받아들여할 죽음이죠. 그러나 이 늙은이를 가엾게 여겨 들여보내주십시오. 이 밥 한 그릇이라도 갖다줘서 옛정이라도 보이려 합니다."

말을 마치고 다시 슬피 울자 그 늙은 공인이 속으로 생각했다.

'남자였다면 데리고 들어가기가 어렵겠지만, 늙은 여자 한 명인데 무슨 일이 있겠나?'

고대수를 데리고 감옥 안으로 들어가 목에 무거운 칼을 쓰고 허리춤에 쇠사슬로 묶여 있는 사진을 보았다. 사진이 고대수를 보고 깜짝 놀라 아무 말도 못했다. 고대수는 거짓으로 목 놓아 울면서 다른 한편으로는 밥을 먹였다. 다른 절급이 와서 소리 질렀다.

"이놈은 죽어야 할 강도다! 감옥에는 바람도 통하지 말아야 하거늘 누가 너더러 밥을 가져오게 했느냐? 당장 나가지 않으면 너희 두 것들을 방망이가 용서치 않으리라!"

고대수는 감옥 안에 사람이 많은 것을 보고는 자세히 이야기하기 어렵다고 생각해 말했다.

"그믐날 밤에 성을 칠 것이니 감옥 안에서 어떻게든 몸부림쳐보시오."

사진이 다시 물어보려 할 때 고대수가 소절급한테 옥문 밖으로 끌려 나갔다. 사진은 오로지 '그믐날 밤' 한 마디만 기억했을 뿐이었다.

그해 3월은 대진大盡[10]이었다. 29일이 되는 날 사진이 옥에서 두 절급이 얘기하는 소리를 들었다.

"오늘이 며칠이지?"

그 소절급이 잘못 알고 대답했다.

"오늘이 그믐이라 밤에는 귀신에게 제사지낼 지전[11]이라도 사서 살라야겠네."

사진은 이 말을 듣고 밤이 되기만을 기다렸다. 한 소절급이 반쯤 취해 사진을 데리고 뒷간에 갔다. 사진이 거짓으로 소절급에게 말했다.

"거기 뒤에 있는 사람은 누구요?"

소절급이 속아 머리를 돌리자 쓰고 있던 칼을 있는 힘을 다해 벗어 칼의 끝부분으로 소절급의 얼굴을 정통으로 내리치니 땅바닥에 거꾸러졌다. 벽돌을 들어 나무 쇠고랑을 두들겨 풀고 두 눈을 매의 눈처럼 반짝거리며 정자 안으로 뛰어 들어갔다. 몇 명의 공인이 모두 술에 취해 있던 터라 사진에게 두들겨 맞아 죽을 자는 죽고 달아날 자는 달아났다. 옥문을 열고 바깥에서 호응하기를 기다렸다. 또한 감옥에 갇혀 있던 죄인들을 모두 풀어주니 모두 50~60여 명이

10_ 대진大盡: 중국의 음력월은 대진大盡과 소진小盡의 구분이 있는데, 대진은 30일이고 소진은 29일이다.

11_ 원문은 '고혼지孤魂紙'다. 귀신에게 제사지낼 때 타향에서 죽은 외로운 혼을 위해 사르던 지전이다.

었다. 감옥 안에서 함성을 지르며 일제히 달아났다. 어떤 사람이 태수에게 보고하자 태수 정만리가 놀라 얼굴이 흙빛이 되어 황급히 병마도감을 불러 상의했다. 동평이 말했다.

"성안에 필시 염탐꾼이 있을 겁니다. 사람을 많이 풀어 이 염탐꾼부터 겹겹이 포위해 잡아야 합니다. 저는 이 기회를 틈타 군사를 이끌고 성을 나가 송강을 잡겠습니다. 상공께서는 성을 굳건히 지키시고 수십 명의 공인을 보내 옥문을 에워싸고 한 놈도 달아나게 해서는 안 됩니다."

동평이 말에 올라 군사를 점검하러 갔다. 정 태수는 즉시 절급·우후·압번들에게 각자 창봉을 들고 감옥 앞으로 가서 함성을 지르게 했다. 사진은 감옥 안에서 감히 가볍게 나오지 못했고 바깥쪽에 있는 사람들 또한 감히 감옥 안으로 들어가지 못했다. 고대수는 '아이고' 소리만 낼 뿐이었다.

한편 도감 동평은 병마를 일으켜 4경에 말에 올라 송강의 방책으로 달려갔다. 길에 매복해 있던 졸개가 송강에게 알리자 송강이 말했다.

"이것은 필시 고대수가 성안에서 일이 잘못된 것이다. 그들이 몰려온다니 적에게 맞설 준비를 하거라."

명령을 내리자 모든 군사가 일어났다. 날이 막 밝아질 무렵 동평의 군마를 맞이했다. 양쪽 진영이 벌려 진세를 펼치자 동평이 말을 몰아 나왔는데 과연 세상에서 으뜸가는 영웅이요 지모와 용기가 있는 사람이었다. 여기에 이를 증명하는 시가 있다.

두 폭 깃발은 햇빛에 빛나고, 은 조각한 철갑엔 서리 엉겨 붙은 듯하네.
봉황 깃 투구는 물로 갈아낸 듯 희고, 푸른 비단 전포엔 기린을 수놓았구나.
쌍창 휘두르니 백룡이 다투는 듯하고, 은 구렁이 두 마리 날아오르듯 하네.
영특 용맹하며 풍류 넘치는 하동 장수는, 쌍창 능숙한 동평일세.
兩面旗牌耀日明, 鏤銀鐵鎧似霜凝.

水磨鳳翅頭盔白, 錦綉麒麟戰襖靑.

一對白龍爭上下, 兩條銀蟒遞飛騰.

河東英勇風流將, 能使雙槍是董平.

원래 동평은 재치 있고 영리하여 삼교三敎와 구류九流[12]에 정통하고 모르는 것이 없었다. 또한 관악기를 불고 현악기를 뜯는 데 능숙하여 할 줄 모르는 게 없었다. 그리하여 산동·하북의 사람들이 그를 '풍류쌍창장風流雙槍將'이라 불렀다. 송강이 진 앞에서 동평의 모습을 보자마자 기뻐했다. 또한 그의 화살통에 꽂혀 있는 작은 깃발에 '영웅쌍창장英雄雙槍將, 풍류만호후風流萬戶侯'[13]라 쓰여 있었다. 송강이 한도를 내보내 맞서게 했다. 한도가 자루가 긴 쇠창을 잡고 동평에게 달려들었으나 동평의 쇠창이 신출귀몰하여 당해내지 못했다. 송강이 다시 금창수 서녕을 불러 구겸창을 들고 한도를 대신해 싸우게 했다. 서녕이 날듯이 말을 몰아 나가 동평과 맞붙어 싸웠다. 두 사람이 50여 합을 싸워도 승패가 나지 않았다. 싸움이 길어지자 송강은 서녕이 실수라도 할까 두려워 징을 울려 군사를 거두었다. 서녕이 말 머리를 돌리자 동평이 쌍창을 손에 들고 진 안으로 쫓아 들어왔다. 송강이 그 틈을 이용해 채찍 끝을 한번 펼치자 사방의 군사들이 일제히 에워쌌다. 송강이 고삐를 당겨 높은 언덕에 올라 바라보니 동평이 진 안에 포위된 것이 보였다. 그가 동쪽으로 달리면 신호 깃발로 동쪽을 가리켜 군마들이 동쪽으로 달려와 그를 에워쌌고, 서쪽으로 가면 서쪽을 가리켰다. 동평이 진 안에서 이리저리 부딪치며 두 자루의 창으로 신패申牌(오후 3~5시) 이후까지 싸우고서야 겨우 길을 열어 빠져나갈 수 있었다. 송강은 뒤쫓지 않았다. 동평

12_ 삼교구류三敎九流: 삼교는 유교儒敎·불교佛敎·도교道敎를 가리키고, 구류는 유가儒家·도가道家·법가法家·음양가陰陽家·명가名家·묵가墨家·종횡가縱橫家·잡가雜家·농가農家를 가리킨다.

13_ 만호후萬戶侯: 작위 명칭으로 식읍이 1만 호인 열후다. 전국시대 진나라와 조나라 등에 설치되었는데 식읍이 1만 호였다. 한나라 때도 답습하여 설치되었으며 후대에는 고관대작을 가리켰다.

또한 싸움이 불리한 것을 보고 그날 밤 군사를 거두어 성으로 돌아갔다. 송강은 그날 밤 군사를 일으켜 성 아래까지 밀고 들어가 겹겹이 둘러쌌다. 고대수는 성안에서 불도 지르지 못했고 사진 또한 감히 나오지 못해 양쪽이 대치만 하고 있었다.

원래 정 태수에게는 딸이 하나 있는데 대단히 아름다웠다. 동평은 처가 없어 여러 차례 사람을 보내 혼인을 청했으나 태수 정만리는 받아들이지 않았다. 이 때문에 평상시에 두 사람 간에 대화는 있었지만 사이는 좋지 않았다. 동평이 그날 밤 군사를 이끌고 성안으로 들어와 상황을 이용하여 내부 사정을 아는 사람을 보내 혼담을 꺼냈다. 정 태수가 대답했다.

"나는 문관이고 그대는 무관이니 데릴사위를 들이는 것도 이치에 합당하다. 그러나 지금 도적떼가 성을 공격하고 있어 이런 위급한 상황에 혼사를 허락한다면 사람들의 웃음거리가 될 것이다. 도적들이 물러나고 성을 보호하여 무사해지면 그때 혼사를 의논해도 늦지 않을 것이다."

그 사람이 동평에게 알리자 동평이 비록 입으로는 "그 말이 옳습니다"라 했으나, 마음속으로 주저하면서 유쾌하지 않았고 나중에 그가 허락하지 않을까 걱정했다.

그날 밤 송강이 더욱 거세게 성을 공격하자 태수는 나가 싸우라 재촉했다. 동평이 크게 성내며 갑옷을 걸치고 말에 올라 전군을 이끌고 성을 나가 싸웠다. 송강이 직접 문기 아래로 나와 소리 질렀다.

"그대 같은 무능한 장수가 어떻게 나를 당해낼 수 있겠는가! '큰 건물이 무너지려 하는데 나무 하나로는 지탱하지 못한다'[14]고 한 옛사람들의 말을 듣지 못

14_ 원문은 '大厦將傾, 非一木可支'다. 형세가 위급하여 장차 붕괴될 것임을 비유한 말이다. 출전은 『문중자文中子』「사군事君」으로 '大厦將顚, 非一木所支也'다.

했단 말이냐! 내 수하에는 정예 병력 10만과 용맹한 장수가 1000명이며 하늘을 대신해 도를 행하고 곤란하고 위급한 자를 구제하는 것을 보지 못한단 말이냐! 네가 어서 와서 항복한다면 목숨만은 살려주마!"

동평이 몹시 성을 내며 대답했다.

"얼굴에 글자나 새긴 아전 주제에 죽어 마땅한 미치광이가 감히 함부로 지껄이느냐!"

쌍창을 들고 곧장 송강에게 달려들었다. 왼쪽의 임충과 오른쪽 화영이 일제히 나와 각자 병기를 들고 동평을 맞이하여 싸웠다. 몇 합을 싸우더니 문득 두 장수가 달아나기 시작했다. 송강의 군마가 패한 척하며 사방으로 흩어져 달아났다. 동평은 공로를 드러내고자 말을 박차고 쫓으니 송강 등이 수춘현壽春縣 경계까지 물러났다. 송강이 앞에서 달아나고 동평이 그 뒤를 쫓았다. 성에서 10여 리쯤에 이르렀을 때 앞에 한 시골 마을에 이르렀는데 양쪽이 모두 초가집이었고 중간에 역로驛路가 있었다. 동평은 계책에 빠진 줄 모르고 말을 몰아 쫓기만 했다. 송강은 동평이 대단한 사람이라 지난밤에 왕왜호·일장청·장청·손이랑 4명에게 100여 명을 데리고 먼저 초가 양쪽에 매복하게 했다. 그리고 길 위에 여러 갈래로 말을 걸어 넘어뜨리는 밧줄을 묶어놓게 했고, 또한 그 위에 흙을 얇게 덮어놓았다. 동평이 오기를 기다렸다가 징 울리는 소리를 신호로 밧줄을 일제히 들어 올려 사로잡으려 한 계획이었다. 동평이 한참 쫓고 있는데 그곳에 도착하자 뒤에서 공명과 공량이 크게 소리 지르는 것이 들렸다.

"내 주인을 다치게 하지 마라!"

초가 앞까지 오자 갑자기 징 소리가 울리더니 초가 양쪽의 문짝들이 일제히 열렸고 밧줄들을 세차게 끌어 당겼다. 그 말이 막 머리를 돌리려 하는데 뒤에서 밧줄이 일제히 올라오더니 말이 밧줄에 걸려 자빠지고 동평도 말에서 떨어졌다. 왼편에서 일장청과 왕왜호, 오른편에서는 장청과 손이랑이 일제히 달려들어 동평을 잡았다. 투구, 갑옷, 쌍창, 말까지 모두 빼앗았다. 두 여 두령이 동평을 잡아 삼줄로 양손을 뒤로 묶었다. 두 여장수가 각자 강철 칼을 잡고 동평을 송강 앞으로 끌고 왔다.

송강이 초가집들을 지나 말을 멈추고 푸른 백양나무 아래에 서서 동평을 맞이했다. 송강이 두 여장수에게 소리 지르며 물러나게 했다.

"내가 동평 장군을 모셔오라 했지 누가 너희더러 묶어 오라고 하였느냐!"

두 여장수가 '네, 네' 소리만 연거푸 하고 물러났다. 송강이 황망히 말에서 내려 손수 밧줄을 풀고 호갑護甲[15]과 비단 도포를 벗어 동평에게 입혀주며 고개 숙여 절했다. 동평이 허둥지둥 답례하자 송강이 말했다.

"장군께서 미천한 저를 버리시지 않는다면 산채의 주인으로 모시고자 합니다."

"소장은 사로잡힌 사람으로 만 번 죽어도 가볍지 않습니다! 만일 용서해주셔서 의탁할 수만 있다면 이 보다 더한 행운이 없습니다!"

"저희 산채가 물가와 이어진데다 평소에 소란을 일으켜 남을 해친 적이 없었습니다. 그런데 지금 양식이 부족하여 특별히 동평부로 양식을 빌리려 한 것뿐이지 결코 다른 뜻은 없습니다."

"정만리 그놈은 원래 동관童貫 문하에서 글방 선생을 하던 놈입니다. 그런 놈이 좋은 자리를 얻었으니 어찌 백성을 해치지 않겠습니까? 만일 형님이 이 동평을 받아들여 돌아가게 해주신다면 그놈을 속여 성문을 열게 하고 돈과 식량을 전부 빼앗아 은혜를 갚고자 합니다."

송강이 크게 기뻐했다. 즉시 영을 내려 투구와 갑옷, 창과 말을 동평에게 돌려주고 말에 오르게 했다. 동평이 앞에 서고 송강의 군마들은 뒤에서 따라가면서 깃발을 말아 감췄다. 모두 동평성 아래로 갔다.

동평의 군마가 앞장서서 크게 외쳤다.

"빨리 성문을 열어라!"

15_ 호갑護甲: 금속이나 가죽으로 만든 몸을 보호하는 의복.

성문의 군사들이 불을 비춰보더니 동 도감임을 알고 즉시 성문을 활짝 열고 조교를 내렸다. 동평은 말을 박차 먼저 들어가 조교의 연결 쇠사슬을 끊어버렸다. 송강을 따르던 군사들이 빠르게 성으로 들어와 동평부 안에 도착했다. 급히 군령을 내려 백성을 해치지 못하게 했고 사람 사는 가옥에 불을 지르지 못하게 했다. 동평은 관아로 달려가 정 태수 일가족을 죽이고 딸을 빼앗았다. 송강은 먼저 감옥을 열어 사진을 구출했다. 부고府庫를 열어 금은재보를 모두 취하고 창고를 크게 열어 양식을 수레에 싣게 하여 양산박 금사탄으로 호송하게 하고 삼완 두령에게 인계하여 산채에 옮기게 했다. 사진은 사람들을 이끌고 서와자로 가서 이서란 집안의 포주와 노인 어린이 할 것 없이 일가족을 모두 갈기갈기 찢어 죽였다. 송강이 태수의 가산을 털어 백성에게 나눠주고 거리마다 포고문을 붙여 타일렀다. 백성을 해치던 관리들은 이미 죽었으니 너희 양민은 각자 생업에 종사하라는 내용이었다. 모든 일이 마무리되자 군사를 거둬 회군했다.

대소 장교들이 안산진에 도달했는데 백일서 백승이 나는 듯이 달려와 동창부의 싸움 상황을 보고했다. 송강이 듣더니 눈썹이 곧추 설 정도로 놀라 눈을 둥그렇게 하고 소리 질렀다.

"여러 형제는 산으로 돌아가지 말고 나를 따르라!"

바로 수호의 영웅 장령들을 거느리고 다시 비단에 수놓은 듯한 아름다운 동창성을 빼앗게 되었다.

결국 송강이 다시 군마를 이끌고 어디로 갔는지는 다음 회에 설명하노라.

쌍창장雙槍將 동평董平

『수호전보증본』에 따르면 "『선화유사』 등에는 모두 동평이란 이름이 등장하지만 역사에 기재된 동평의 사적은 양산박, 태항산 등과는 무관하다. 동평은 남송 초기에 하남 남부 지구에서 활동했던 토호土豪였다"고 했다. 또한 『수호전』에서는 그의 별명을 '쌍창장雙槍將'이라 했지만 여러 작품에서 다양하게 기재하고 있다. 『선화유사』에서는 '일당직一撞直'이라 했고, 『송강삼십육인찬宋江三十六人贊』에서는 '일직당一直撞'이라 했다. '일당직一撞直(혹은 일직당一直撞)'이란 별명은 전투에 임했을 때 용감하게 곧장 앞으로 전진했음을 표현한 것이다.

쌍창雙槍

명나라 태조 주원장朱元璋이 젊어서 종군할 때 쌍창을 사용했다. 긴 것은 길이가 1장 6척이고 창 자루에는 두껍게 만들어 쥘 수 있는 부분이 있었고 보병전에 사용했다. 짧은 것은 길이가 1장 2척으로 말 위에서 사용했다. 두 창은 모두 대나무 막대였고 검은색 옻칠을 했으며 상단에는 검은색 술과 검은 깃발을 달았다. 그는 매번 대규모 적과 맞설 때마다 용맹한 기병을 인솔해 가운데로 충돌해 들어가 적의 배후를 에워쌌다고 했다. 명나라를 건국한 뒤에는 옥좌 뒤에 두 창을 진열했다. 『자치통감資治通鑑』에서는 오대五代 시기 양梁나라 명장 왕언장王彦章도 쌍창을 사용했다고 한다. "왕언장은 비할 수 없이 용맹했는데 매번 전투에서 두 개의 철창鐵槍을 사용했다. 무게가 모두 백 근이었고 한 자루는 안장에 두고 다른 한 자루는 손에 쥐었다. 당시 사람들이 왕철창王鐵槍이라 불렀다"고 했다. 동평의 쌍창 형상은 왕언장의 것을 참조했다는 견해도 있다.

【 제70회 】

두령이 정해지다[1]

송강이 동평부를 치고 군사를 거두어 안산진에 도착해 산채로 돌아가려 하는데 백승이 달려와 보고했다.

"노준의가 동창부를 쳤으나 두 번이나 연속 패했습니다. 성안에 장청張淸이라는 맹장이 있는데, 원래 창덕부彰德府[2] 사람으로 용맹한 기병 출신입니다. 돌팔매질을 매우 잘하여 돌을 던져 사람을 맞추는데 백발백중이라 사람들이 '몰우전沒羽箭'이라 부릅니다. 또한 수하에 두 명의 부장이 있는데, 한 명은 '화항호花項虎' 공왕龔旺이라 하고 온몸에 호랑이 얼룩을 새겼고 목에는 호랑이 머리를 그렸는데 말 위에서 비창飛槍을 사용합니다. 다른 하나는 '중전호中箭虎' 정득손丁得孫이란 놈인데 뺨에서 목까지 온통 흉터투성이로 말 위에서 비차飛叉를 사용합니다. 노 원외가 병사를 이끌고 동창부 경계에 이르렀는데도 연일 10일 동안

1_ 제70회 제목은 '沒羽箭飛石打英雄(몰우전이 돌을 던져 영웅들을 맞추다), 宋公明棄糧擒壯士(송 공명이 식량을 버리고 장사를 사로잡다)'다.

2_ 창덕부彰德府: 지금의 허난성 안양安陽.

나가 싸우지 않고 있습니다. 그저께 장청이 성을 나와 교전했는데 학사문이 대적했습니다. 그런데 몇 합도 싸우지 못하고 장청이 달아나자 학사문이 그 뒤를 쫓았지만 그놈이 던진 돌에 그만 관자놀이를 맞아 말에서 굴러 떨어졌습니다. 연청이 쇠뇌를 쏘아 장청의 전마를 맞혀 학사문의 목숨은 간신히 구했지만 한 번 지고 말았습니다. 다음 날, 혼세마왕 번서가 항충과 이곤을 이끌고 방패를 돌리며 나가 싸웠으나 생각지도 못하게 정득손이 겨드랑이 사이로 날린 표차標叉[3]에 항충이 정통으로 맞아 또 지고 말았습니다. 두 사람은 지금 배 안에서 치료를 받고 있는데 군사께서 특별히 소인을 보내 형님께서 빨리 오셔서 구원해 달라 하십니다."

송강이 듣고서 사람들에게 탄식하며 말했다.

"노준의가 어찌 이리도 인연이 없는가! 특별히 오 학구와 공손승을 모두 보내 그를 돕게 하여 싸움에서 이기고 산채 안에서도 생색낼 수 있게 했는데, 누가 그런 강한 적수를 만날지 생각이나 했겠는가! 이렇게 된 바에야 우리들 형제들 모두 군사를 이끌고 가서 도와줘야겠다."

즉시 전군에게 출동하라 군령을 내렸다. 모든 장수가 말에 올라 송강을 따라 동창부 경계로 달려갔다. 노준의가 맞이하며 있었던 일들을 자세히 설명했다.

한참 상의하고 있는데 병졸이 와서 몰우전 장청이 싸움을 걸고 있다고 보고했다. 송강이 두령들과 함께 일어나 넓은 들판에 진세를 펼치고 두령들이 일제히 말에 올라 문기 아래에 나왔다. 송강이 말에 올라 상대편 진영을 살펴보자 일자로 도열했고 오색 깃발을 들었다. 북소리가 세 번 울리더니 몰우전 장청이 말을 몰아 나왔다. 그의 생김새와 용맹을 찬양한 「수조가水調歌」 한 편이 있다.

두건과 진홍색 술이 서로 가리며 어울리고, 승냥이 허리, 원숭이 팔에 호랑이

3_ 표차標叉: 병기의 일종으로 던질 때 사용하는 갈퀴, 작살 같은 것.

같은 체구로다. 짙푸르게 수놓은 비단저고리는 도포 속에서 살짝 드러나 있고, 옥 재갈 물리고 무늬가 조각된 청총마青驄馬[4]의 안장에 비스듬히 앉고는 가볍게 맞이하고 있네. 해바라기 모양의 보배로운 등자는 흔들거리며 구리 방울 울리고, 꿩 꼬리처럼 긴 꼬리 끌며 네 발굽 가볍게 나는 듯 달리누나. 창의 황금 고리 요동치면 옥 같이 흰 구렁이 푼 듯 붉은 술 펄럭이고, 비단 주머니 속 돌멩이 던지면 마치 유성처럼 가볍게 날아가는구나. 강한 활, 쇠뇌가 무슨 소용이 있는가, 날린 돌에 맞으면 목숨 잃게 되네. 그는 바로 동창부의 기병 장수, 몰우전 장청일세.

頭巾掩映茜紅纓, 狼腰猿臂體彪形. 錦衣綉襖, 袍中微露透深青; 雕鞍側坐, 青驄玉勒馬輕迎. 葵花寶鐙, 振響熟銅鈴; 倒拖雉尾, 飛走四蹄輕. 金環搖動, 飄飄玉蟒撒朱纓; 錦袋石子, 輕輕飛動似流星. 不用強弓硬弩, 何須打彈飛鈴, 但着處命須傾. 東昌馬騎將, 沒羽箭張淸.

송강이 문기 아래서 보고는 갈채를 보냈고 장청은 말에 올라 먼지를 일으키며 달려 나왔다. 문기 그림자 속 왼쪽에서 화항호 공왕이 오른쪽에서는 중전호 정득손이 갑자기 뛰쳐나왔다. 세 기의 말이 진 앞으로 나오자 장청이 송강에게 손가락질하며 욕했다.

"물가 도적놈아, 어서 나와 결판내자!"

송강이 물었다.

"누가 한번 장청과 싸우러 나오겠는가?"

옆에서 한 영웅이 분노하며 말을 박차고 나가는데 손에 구겸창을 춤추듯 휘두르며 진 앞으로 나왔다. 송강이 보니 바로 금창수 서녕이었다. 송강이 속으로 기뻐하며 말했다.

4_ 청총마青驄馬: 갈기와 꼬리가 파르스름한 흰 말.

"이 사람이라면 대적할 수 있지."

서녕이 날듯이 말을 몰아 장청에게 달려들었다. 두 마리의 말이 엇갈려 달리며 두 창이 부딪치는데, 5합을 채 싸우기도 전에 장청이 달아나기 시작했고 이내 서녕이 뒤쫓았다. 장청이 왼손으로 장창을 거짓으로 들어 올리고 오른손으로는 비단 주머니에서 돌을 더듬어 꺼냈다. 서녕이 가까이 접근했음을 훔쳐보고 몸을 휙 돌려 돌 하나를 던졌다. 가련하게도 양미간에 정통으로 돌에 맞은 강하고 용맹한 영웅 서녕이 말에서 굴러 떨어졌다. 그러자 공왕과 정득손이 서녕을 잡으려고 달려들었다. 송강의 진중에도 사람은 많았다. 여방·곽성 두 기의 말이 두 자루의 미늘창으로 서녕을 구해 본진으로 돌아왔다. 송강 등이 크게 놀라 모두들 새파랗게 질렸다. 다시 물었다.

"어느 두령이 나가 저놈과 싸우겠는가?"

송강의 말이 미처 끝나기도 전에 말 뒤에서 한 명의 장수가 날듯이 달려나가는데 다름 아닌 금모호 연순이었다. 송강이 말리기도 전에 이미 달려나갔다. 연순이 장청을 잡으려 했지만 몇 합도 싸우기 전에 막아내지 못하고 말 머리를 돌려 달아났다. 장청이 달아나는 연순의 뒤를 쫓으며 손에 돌을 들어 연순의 등을 향해 던졌다. 갑옷 호심경에 맞아 '쨍' 쇳소리를 내자 연순은 말안장에 바짝 엎드려 정신없이 달아나기만 했다. 그때 송강의 진에서 한 사람이 큰 소리로 외쳤다.

"저 따위 필부 놈이 뭐가 두렵단 말이냐!"

긴 창을 세우고 말을 몰아 진 밖으로 나갔다. 송강이 바라보니 백승장 한도였다. 말 한마디 없이 곧 바로 장청과 싸웠다. 두 말이 서로 엇갈리자 함성이 크게 일었다. 한도가 송강 앞에서 실력을 보여주려 정신을 바짝 차리고 장청과 싸웠다. 10합을 싸우지도 않았는데 장청이 달아나기 시작했다. 한도는 그가 돌을 던질 것 같아 의심해 뒤쫓지 않았다. 장청이 머리를 돌려 보니 한도가 쫓아오지 않자 몸을 돌려 돌아왔다. 한도가 긴 창을 잡고 맞이하러 나가는데 장청이 몰래 돌을 감추고 있다가 갑자기 손을 드는가 싶더니 한도의 코 양쪽 오목한 부분에 정통으로 날아와 맞았다. 한도는 붉은 피를 쏟아내며 급히 본진으로 돌아왔다. 보고 있던 팽기가 크게 성내며 송 공명의 군령도 기다리지 않고 삼첨양인도를 춤추듯 휘두르며 장청에게 달려들었다. 두 말이 미처 부딪치기도 전에 장청이 은밀하게 손에 쥐고 있던 돌을 던지자 팽기의 뺨에 적중했고 그 역시 삼첨양인도를 떨어뜨린 채 본진으로 돌아왔다.

여러 장수가 패배하는 것을 본 송강은 속으로 놀라고 두려워 군마를 거두고 돌아가려 했다. 그때 노준의 등 뒤에서 한 사람이 크게 소리를 질렀다.

"오늘 위세가 꺾여서야 내일 어떻게 싸운단 말인가? 저놈의 돌멩이가 나를 맞히는지 보십시오!"

송강이 바라보니 바로 추군마 선찬이었다. 말을 몰아 칼을 휘두르며 장청에게 달려들었다. 장청이 소리 질렀다.

"한 놈이 오면 한 놈을 도망가게 하고 두 놈이 오면 두 놈을 달아나게 할 뿐이다! 네놈이 내 돌팔매 솜씨를 모르느냐?"

"다른 사람은 맞혔는지 모르지만 나한테는 어림도 없다!"

말이 미처 끝나기도 전에 장청이 던진 돌에 선찬은 입언저리를 맞아 말에서 굴러 떨어졌다. 공왕과 정득손이 선찬을 잡으려 하자 송강의 진에서 여러 장수가 달려나가 구해서 끌고 왔다.

송강이 보고서 화가 하늘로 치솟아 올라 칼을 뽑아 도포를 자르며 맹세했다.

"내가 만약 이 사람을 얻지 못한다면 맹세컨대 절대로 군사를 돌리지 않으리라!"

호연작이 송강이 맹세하는 것을 보고는 말했다.

"형님 말씀대로 된다면 우리 형제들을 어디에 쓰겠습니까!"

척설오추마를 몰아 진 앞으로 나가 크게 욕했다.

"'어린 아이는 관심을 끌려고 온 힘을 다해 용기를 낸다'[5] 하더라! 대장 호연작이 누군지 아느냐?"

장청이 맞받아쳤다.

"나라를 욕되게 한 패장 놈아, 어디 내 매운 맛을 보거라!"

말이 끝나기도 전에 돌이 하나 날아왔다. 호연작이 보고서 급히 편으로 막으려 했으나 오히려 팔목에 맞아 강편을 휘둘러보지도 못하고 본진으로 돌아왔다.

송강이 말했다.

"마군 두령들은 모두 다쳤다. 보군 두령 중에 누가 저놈을 잡아 보겠느냐?"

그러자 유당이 박도를 들고 몸을 곧게 세우고 진 앞으로 나갔다. 장청이 크게 웃으면서 욕했다.

"너 이 패장들! 마군이 모두 졌는데, 하물며 보졸은 어떻겠느냐!"

단단히 화가 난 유당이 장청에게 달려갔다. 장청은 싸우지 않고 말을 타고 본진으로 돌아가려 했다. 유당이 쫓아가 말을 따라잡자 재빠르게 박도로 장청의 전마를 내리찍었다. 칼에 맞은 말이 고통스러워하며 뒷발굽을 차며 곧추 일어났다. 그 바람에 꼬리로 유당의 얼굴을 쓸었고 두 눈이 순간적으로 침침해졌다. 그 틈에 장청이 돌을 던지니 유당이 돌에 맞아 땅에 쓰러지고 말았다. 유당이 급히 일어나려 발버둥 치는데 진중에서 관군들이 몰려 나와 질질 끌어서 진중으로 잡아갔다. 송강이 크게 소리 질렀다.

"누가 나가서 유당을 구해오겠느냐?"

청면수 양지가 곧바로 칼을 휘두르며 말을 몰아 장청에게 달려나갔다. 장청이 창으로 맞서는 듯하더니 양지가 칼을 휘두르자 장청이 얼른 등자 위로 몸을 감췄고 양지의 칼은 그만 허공을 가르고 말았다. 그때 장청이 돌을 잡고 소리 질렀다.

"받아라!"

5_ 원문은 '小兒得寵, 一力一勇'이다.

돌이 옆구리 사이로 지나갔다. 장청이 다시 돌 하나를 집어 던지니 투구 위에 맞아 '쨍'하며 쇳소리를 내자 겁먹은 양지가 간담이 서늘해져 말안장에 엎드려 돌아왔다. 송강이 보고서 곰곰이 생각하며 말했다.

"만일 이번 싸움에서 예기가 꺾인다면 어떻게 양산박으로 돌아가겠는가? 누가 이 울분을 풀어주겠는가?"

주동이 듣고서 뇌횡을 쳐다보며 말했다.

"한 명으로 할 수 없다면 우리 두 사람이 함께 나가서 협공해 보세!"

주동이 왼쪽, 뇌횡이 오른쪽에 서서 박도를 들고 진 앞으로 나갔다. 장청이 웃으면서 말했다.

"한 놈으로 안 되니까 이제는 한 놈을 더 보탰구나! 네놈들이 열 놈이 달려들어도 아무렇지도 않다!"

전혀 두려운 기색이 없이 말 위에서 두 개의 돌멩이를 손에 감췄다. 뇌횡이 먼저 달려나오자 장청이 손을 들어 '초보칠랑招寶七郎'[6]의 자세로 돌을 던지자 얼굴 정면으로 날아오는데 어떻게 피하겠는가, 급히 머리를 들어보는데 정확하게 뇌횡의 이마를 맞추었고 뇌횡이 '풀썩'하고 땅에 엎어졌다. 주동이 급히 구하려는데 다시 돌멩이가 날아와 주동의 목을 쳤다. 관승이 진에서 두 장수가 다치는 것을 보고 강대한 위력을 내뿜으며 청룡도를 돌리면서 적토마를 몰아 달려와 주동과 뇌횡을 구했다. 막 두 사람을 구해 본진으로 돌아가는데 장청이 다시 돌멩이 하나를 던졌다. 관승이 급히 칼로 한 번 막아냈는데 칼날에 맞아 불꽃이 튀었다. 관승은 싸울 마음이 없어져 말을 돌려 돌아왔다.

그때 쌍창장 동평이 보고서 속으로 곰곰이 생각했다.

'나는 지금 방금 송강에게 항복했다. 나의 무예를 보여주지 못한다면 산에

6_ 초보칠랑招寶七郎: 신 명칭으로 재물을 불러들이는 재신財神이라고도 하고 호법신護法神이라고도 하며 호선신護船神이라고도 하는데 상세한 것은 알 수 없다. 장청이 돌을 던지는 자세가 초보칠랑이 손으로 햇빛을 가리고 멀리 바라보는 형상과 비슷하다고 하여 이렇게 비유했다는 견해도 있다.

올라도 체면이 서지 않을 것이다.'

이윽고 쌍창을 들고 말을 몰아 진 밖으로 나갔다. 장청이 보고서 크게 욕했다.

"나는 너와 이웃한 주부州府로서 입술과 이 같이 서로 돕고 의지하는 관계인데 함께 도적을 물리치는 것이 당연한 이치니라. 네놈은 무슨 까닭으로 조정을 배반하였느냐? 부끄럽지도 않느냐?"

동평이 크게 노하여 장청에게 달려들었다. 두 말이 서로 엇갈려 달리며 두 자루의 창이 동시에 부딪치고 네 개의 팔이 어지럽게 얽혔다. 5~7합을 싸웠을 즈음에 장청이 갑자기 말 머리를 획 돌려 달아나기 시작했다. 동평이 말했다.

"다른 사람들이 네놈 돌에 맞았지만 나한테는 어림도 없다!"

장청이 창 자루를 거두고 비단주머니 속을 더듬어 돌 하나를 꺼내 던졌다. 돌은 번개가 번쩍하고 유성처럼 날아오는데 그야말로 귀신도 울고 놀랄 정도였다. 그러나 동평은 눈치 빠르고 손놀림이 민첩한 사람이라 날아오는 돌을 얼른 피했다. 장청이 돌이 맞지 않은 것을 보고 다시 두 번째 돌을 꺼내 던졌으나 동평이 이번에도 재빠르게 피했다. 두 개의 돌이 빗나가자 장청은 당황했다. 말 꼬리가 서로 이어질 만큼 가까워지자 장청이 진문 좌측으로 달아났다. 동평이 등복판을 향해 창을 찔렀다. 장청이 재빠르게 피하며 등자 위로 몸을 숨기자 동평의 창이 허공을 찔렀다. 동평의 말과 장청의 말이 닿을 만큼 가까워지자 장청이 창을 내던지고 두 손으로 동평과 창을 잡은 팔을 잡아끌어 당기니 동평은 움직일 수 없게 되었고 두 사람은 뒤섞여 한 덩어리가 되었다.

송강의 진에서 색초가 보고서 도끼를 돌리며 동평을 구하러 달려나갔다. 관군 진영에서도 공왕과 정득손의 두 말이 일제히 달려나가 색초를 가로막고 싸움이 벌어졌다. 장청과 동평이 떨어지지 않았는데 색초·공왕·정득손의 세 마리 말이 얽혀 또 한 덩어리가 되었다. 임충·화영·여방·곽성 등 네 장수가 일제히 달려나가니 두 자루의 창과 두 자루의 미늘창이 동평과 색초를 구해냈다. 장청은 형세가 좋지 않음을 보고 동평을 버리고 자신의 진으로 달아났다. 동평은 달아나는 장청을 버리지 못하고 쫓아 들어가다가 돌멩이를 방비하는 것을 잊고 말았다. 장청은 동평이 쫓아오는 것을 보고 은밀하게 손에 돌을 감추고 그의 말이 다가오자 소리 질렀다.

"받아라!"

동평이 급히 피했지만 그 돌이 귀때기를 스치며 지나갔다. 그제야 동평이 놀라 돌아왔다. 그러나 색초는 공왕과 정득손을 버리고 상대 진으로 쫓아 들어갔다. 장청이 창을 멈추고 가볍게 돌을 꺼내 색초를 향해 던졌다. 색초가 급히 피하려 했으나 그 돌이 얼굴을 강타하여 피를 흘리며 도끼를 들고 진으로 돌아왔다.

한편 임충과 화영은 공왕을 한쪽에서 막아 세우고 있었고 여방과 곽성은 정득손을 다른 한편에서 막고 있었다. 공왕이 당황하여 비창을 던졌으나 화영과 임충을 맞히지 못했다. 공왕이 먼저 병기가 없어지자 임충과 화영에게 사로잡혀 진으로 끌려왔다. 또한 다른 쪽에서는 정득손이 비차를 춤추듯 휘두르며 죽을 힘을 다해 여방과 곽성을 막고 버텨내고 있었다. 뜻밖에 낭자 연청이 진문 안에서 바라보면서 속으로 생각하다가 중얼거렸다.

'잠깐 사이에 15명의 대장이 연이어 두들겨 맞았는데, 저런 부장 한 놈도 잡지 못한다면 무슨 면목이 있겠는가!'

간봉을 내려놓고 몸에서 쇠뇌를 꺼내 활시위를 먹이고 한 발을 쏘니 '씽' 소리와 함께 정득손의 말굽을 맞췄다. 말이 이내 거꾸러지자 여방과 곽성이 사로잡아 진으로 끌고 왔다. 장청이 구해보려 했으나 중과부족이라 어쩔 수 없이 유당만 잡아 동창부로 돌아왔다. 태수는 성 위에서 장청이 양산박의 15명의 대장들을 격파하는 것을 보았고 비록 공왕과 정득손이 꺾였으나 유당을 잡았으므로 장청이 주아로 돌아오자 먼저 유당에게 긴 칼을 씌우고 감옥으로 보낸 다음 다시 상의했다.

한편 송강은 군사를 거두고 돌아와 공왕과 정득손을 먼저 양산박으로 보내게 한 뒤 다시 노준의·오용과 상의하며 말했다.

"내가 듣기로는 오대五代 때 대량大梁의 왕언장王彦章은 하루가 다 지나가기 전에 당나라 장수 36명을 연파했다고 했소.[7] 오늘 장청이 짧은 시간에 우리 15명의 대장을 연달아 격파했으니 진실로 왕언장보다 못하지 않으니 대단한 맹장이외다."

여러 장수가 아무 말이 없었다. 송강이 다시 말했다.

"내가 보기에 장청은 공왕과 정득손을 양 날개로 의지하는 것 같소이다. 지금 날개가 모두 사로 잡혔으니 좋은 계책을 쓴다면 장청을 사로잡을 수 있겠소."

오용이 말했다.

"형님 안심하십시오. 소생이 장청이 나타났다 사라졌다 하는 것을 살펴보고 이미 오래 전에 계책을 세워놨습니다. 아무리 그렇더라도 먼저 다친 두령들을 산채로 돌려보내고 노지심·무송·손립·황신·이립 등으로 하여금 수군을 이끌고 수레와 배를 준비하도록 하겠습니다. 물과 육지로 함께 나아가며 배와 서로 호응하여 장청을 속이면 큰일을 이룰 수 있을 겁니다."

오용이 각각 배정을 끝냈다.

한편 장청은 성 내에서 태수와 상의하며 말했다.

"비록 두 번의 싸움에 이겼다고는 하나 도적들의 세력을 근본적으로 제거한 것은 아닙니다. 사람을 보내 허실을 염탐한 다음 다시 방법을 찾아야 합니다."

정탐꾼이 돌아와 보고했다.

"방책 뒤 서북쪽에 어디서 오는지 알 수 없는 많은 양식을 수레 100여 대에 실어오고 있고, 강에도 양식과 마초를 실은 크고 작은 500여 척의 배가 물과 육지로 나란히 오고 있는데 배와 말이 같이 오고 있습니다. 그런데 길을 따라

7_ 왕언장王彦章이 당나라 장수들을 연타했다는 고사는 『구오대사舊五代史』와 『신오대사新五代史』의 「왕언장전」에는 보이지 않는다. 다만 『잔당오대사연의殘唐五代史演義』에서는 왕언장이 10명이 넘는 당나라 장수를 연달아 죽였다는 내용이 있다.

몇 명의 두령만 감독하고 있습니다."

태수가 말했다.

"이놈들의 계책이 있지 않을까? 그놈들의 잔혹한 술수에 빠질까 두려우니 다시 사람을 보내 알아보는 게 좋겠소. 정말 양식과 마초인지 모르겠소."

다음 날 병졸이 와서 보고했다.

"수레에는 모두 양식이 실려 있고 바닥에 쌀이 흘려져 있습니다. 물에 있는 배에는 비록 덮개로 덮어져 있으나 쌀 포대가 드러나 있습니다."

장청이 말했다.

"오늘 저녁 성을 나가 먼저 물가에서 수레를 가로막아 빼앗고, 그 다음에 물에 있는 배들을 탈취하겠습니다. 태수께서 싸움을 도와주신다면 북 소리 한 번에 모두 얻을 수 있습니다."

태수가 말했다.

"이 계책이 참으로 묘하구려. 어쨌든 잘 살펴서 해봅시다."

군사들에게 술과 음식을 배불리 먹이고 모두 갑옷을 입혀 무장시키고 짐을 담을 비단자루를 가지고 가게 했다. 장청이 장창長槍을 잡고 1000여 명의 군사를 이끌고 은밀하게 성을 나갔다.

그날 밤은 달빛이 희미하고 별빛만 온 하늘에 가득했다. 10여 리를 못 가서 수레들이 눈에 들어왔다. 깃발에는 '수호채水滸寨 충의량忠義糧'이라 분명하게 쓰여 있었다. 장청이 살펴보니 노지심이 선장을 메고 검은색 도포를 단단히 묶고는 앞장서서 오고 있었다. 장청이 말했다.

"이 까까중놈 대갈통에 내 돌 맛을 보여주마!"

이때 노지심은 선장을 메고 앞만 바라보고 큰 걸음으로 성큼성큼 걸어오고 있어 장청을 보지 못했고 또한 그의 돌을 방비하는 것도 잊고 있었다. 한참 오고 있는데 장청이 말 위에서 소리 질렀다.

"받아라!"

돌멩이 하나가 노지심 머리를 정통으로 강타하자 붉은 피를 흘리며 뒤로 자빠졌다. 장청의 군마가 일제히 함성을 지르며 달려나왔다. 무송이 급히 두 자루의 계도를 잡고 사력을 다해 노지심을 구하고 양식 수레를 버린 채 달아났다. 장청이 양식 실은 수레를 빼앗아 살펴보니 정말로 양식이었다. 기쁜 마음에 노지심을 쫓지 않고 양식 실은 수레를 운반해 성안으로 들어왔다. 태수가 크게 기뻐하며 직접 거두었다. 장청이 말했다.

"다시 물에 있는 곡식 실은 배를 빼앗겠습니다."

"장군께서 좋으실 대로 하시지요."

장청이 말에 올라 남문으로 갔다. 남문 밖 포구를 바라보니 양식 실은 배가 수 없이 떠 있었다. 장청은 즉시 성문을 열게 하고 일제히 함성을 지르며 강변까지 돌진해갔다. 그러나 이때 검은 구름이 가득 차고 어두운 안개가 하늘을 덮어 마보 군병들이 고개를 돌려 마주 보아도 서로 알아보지 못할 정도였다. 이것은 공손승이 술법을 사용했기 때문이었다. 장청이 앞을 분간할 수 없자 당황하여 돌아가려는데 앞뒤 어디에도 길을 찾을 수 없었다. 그때 갑자기 사방에서 함성 소리가 어지럽게 일어나더니 알 수 없는 군사들이 몰려왔다. 바로 임충이 철기군병을 이끌고 장청의 군사와 말들을 모두 물속으로 밀어붙였다. 물속에서는 이준·장횡·장순·삼완과 동위·동맹 형제 등 8명의 수군 두령들이 일자로 그곳에 늘어서 있었다. 장청이 발버둥 치며 빠져나오지 못하는 사이에 완씨 삼웅에게 사로잡혀 밧줄로 묶인 채 방책 안으로 끌려왔다. 수군 두령들은 날듯이 송강에게 보고했다. 그러는 사이 오용은 대소 두령들을 재촉해 그날 밤 성을 치게 했다. 태수 홀로 어떻게 버텨낼 수 있겠는가? 성 밖 사방에서 포 소리가 들리고 성문이 열리자 놀란 태수가 달아나려 했으나 길이 없었다. 송강의 군마가 성안으로 밀고 들어와 먼저 유당을 구한 다음 창고를 열어 돈과 양식을 털어 양산박으로 보내고 일부분은 백성에게 나누어줬다. 태수는 평소 청렴했기에 용서하여 죽이지는 않았다.

송강 등이 관아 안에서 두령들이 전부 모이기를 기다렸다. 수군 두령들이 먼저 장청을 끌고 왔다. 여러 형제가 모두 그에게 맞아 다친 터라 이를 부득부득 갈며 전부들 장청을 죽이려고 했다. 송강은 장청이 끌려오는 것을 보고 직접 대청 계단 아래로 내려가 맞이하며 사과했다.

"잘못하여 호랑이 같은 위엄을 범했습니다. 염려하지 마십시오!"

대청 위로 오르기를 청하는데 계단 아래에서 수건으로 머리를 싸매고 있던 노지심이 보고 쇠 선장을 잡고 달려들며 장청을 때리려 했다. 송강이 막아서며 여러 번 소리 질렀다.

"누가 너보고 손을 대라고 했느냐!"

장청은 송강의 의기를 보고 머리를 조아리며 절을 올리고 항복했다. 송강이 술을 가져와 전지奠地[8]를 하고 화살을 꺾어 맹세했다.

"동생들 중에 누구라도 이 사람에게 원수를 갚고자 한다면 하늘이 돌보지 않을 것이며 칼 아래에 죽을 것이다."

두령들이 듣고서 누가 감히 다시 말하겠는가? 천강성은 마땅히 모이게 되기 마련이라 자연스럽게 의기투합하게 되었다. 송강이 맹세의식을 끝내고 말했다.

"형제들은 정분을 상하게 하는 일이 없도록 하오."

모두들 크게 웃으며 기뻐했다. 군마를 수습해 양산박으로 돌아가려 했다.

이때 장청이 송 공명 앞에서 동창부의 수의사를 추천했는데, 이름이 황보단皇甫端이었다.

"이 사람은 말의 관상을 잘 볼뿐만 아니라 춥거나 더울 때 생기는 짐승의 병을 모두 잘 알아 약을 쓰고 침을 사용하여 못 고치는 병이 없습니다. 진실로 백락伯樂[9]의 재주가 있다고 할 수 있습니다. 원래는 유주幽州 사람인데 눈이 푸르

8_ 전지奠地: 맹세할 때 술을 땅바닥에 뿌려 땅에 제사를 지내며 정중하고 엄숙함을 보여준다.
9_ 백락伯樂: 춘추시대 목공穆公 때 사람으로 이름은 손양孫陽이며 말의 관상을 잘 보았다고 한다. 나중에 인재의 발견과 배양에 비유하여 사용했다.

고 수염이 자줏빛인 번인番人[10]처럼 생겼다 하여 사람들이 '자염백紫髥伯'이라 부릅니다. 양산박에서 그를 쓸 곳이 있을 것이니 이 사람을 불러 처자식을 데리고 함께 산에 오르시지요."

송강이 듣고서 크게 기뻐하며 말했다.

"만일 황보단이 함께 간다면 대단히 기쁠 것이오."

장청은 송강의 서로 아끼는 마음이 깊은 것을 보고 즉시 달려가 수의사 황보단을 데려와 송강과 여러 두령에게 인사를 시켰다. 여기에 황보단의 의술을 노래한 칠언고풍七言古風 한 편이 있다.

물려받은 의술 뛰어넘을 자 없고, 준마들 안정시키니 항상 신기한 힘 발휘하네.
기사회생의 신묘함 말하기 어렵고, 위급할 때 도와주니 더욱 튼튼해지더라.
악공 오추마烏騅馬 모두 칭찬하고,[11] 곽공 녹이마騄駬馬 악와에서 왔다네.[12]
토번 조류마棗騮馬는 귀신도 놀라고,[13] 북지 권모과拳毛騧는 다들 부러워하네.[14]
모든 뛰는 말들 다 보았고, 재갈 물리고 안장 얹는 법 또한 여러 가지구나.
황제의 말 기르는 열두 곳에서 유명했고, 손길 닿기만 하면 효험 있도다.
옛사람들 중 유명한 이름은 남는데, 지금은 또 황보단이 보이는구나.

10_ 번인番人: 옛날에 소수민족 혹은 외국인을 가리켰다.

11_ 악공鄂公은 초당初唐 사람 울지공尉遲恭이다. 수나라 말에 종군하여 무용으로 유명했다. 뒤에 당나라에 항복하여 태종을 수행하며 왕세충王世充 등을 격퇴했다. 뒤에 악국공鄂國公으로 봉해졌는데 줄여서 악공이라 했다. 오추마烏騅馬는 진·한 시기에 천하제일의 준마라 불렸다.

12_ 곽공郭公은 곽자의郭子儀를 가리킨다. 현종玄宗 때 삭방절도사朔方節度使였다. 토번과 위구르가 동시에 길을 나누어 침범했을 때 곽자의는 수십 명의 기병을 이끌고 나가 부족 우두머리를 만났다. 위구르족이 말에서 내려 절을 했고 마침내 위구르족과 함께 힘을 합쳐 토번을 격파했다. 관직이 태위 중서령에 이르렀고 세상에서는 그를 곽령공郭令公이라 불렀는데 줄여서 곽공이라 했다. 녹이마騄駬馬는 명마 이름으로 옛날 주목왕周穆王의 팔준八駿 가운데 하나였다. 악와渥洼는 강 명칭으로 지금의 간쑤甘肅성 안시安西 경내에 있다. 전설에 따르면 신마神馬가 나오는 곳이다.

13_ 조류마棗騮馬는 조홍마棗紅馬를 말한다.

14_ 권모과拳毛騧: 당 태종의 애마 가운데 하나로 소릉육준昭陵六駿 가운데 하나다.

사백 여덟 종류의 병 치료하니, 초롱초롱한 눈동자 소반 위의 구슬 같도다.

충량한 자들 모은 것 하늘의 뜻이지만, 장청의 추천 진실로 훌륭하다네.

양산박에 사람 하나 더 늘었으니, 바로 자줏빛 수염 백락의 후예라 부른다네.

傳家藝術無人敵, 安驥年來有神力.

回生起死妙難言, 拯憊扶危更多益.

鄂公烏騅人盡誇, 郭公騄駬來渥窪.

吐蕃棗騮號神駁, 北地又羨拳毛騧.

騰驤騋駝皆經見, 銜橛背鞍亦多變.

天閑十二舊馳名, 手到病除能應驗.

古人已往名不刊, 只今又見皇甫端.

解治四百零八病, 雙瞳炯炯珠走盤.

天集忠良眞有意, 張淸鶚薦誠良計.

梁山泊內添一人, 號名紫髯伯樂裔.

송강이 황보단을 살펴보니 눈빛은 푸른색이고 눈동자가 겹쳐져 괴상했으며 곱슬곱슬한 수염이 배까지 드리웠으나 속되지 않아 칭찬해 마지않았다. 황보단도 송강이 의기가 있음을 보고 속으로 기뻐하며 대의를 따르기로 했다. 송강이 크게 기뻐하며 위로를 끝내고 영을 내리자 모든 두령이 수레와 병기, 양식, 금은을 수습해 수레에 싣고 일제히 양산박을 향해 출발했다. 두 주부의 돈과 양식을 산채로 운반하면서 앞뒤 전군이 모두 별다른 일 없이 돌아왔다. 양산박에 도착해 충의당에 오른 송강은 공왕과 정득손을 불러 좋은 말로 위로하며 달랬다. 두 사람이 머리를 조아리며 절하고 항복했다. 황보단에게는 산채에 있으면서 짐승을 치료하는 일을 전담하게 했다. 또한 동평과 장청도 산채의 두령으로 삼았다. 송강이 크게 기뻐하며 연회를 열어 축하했다. 모두 충의당에 올라 각기 서열에 따라 앉았다. 송강이 두령들을 살펴보니 모두 108명이었다. 송강이 입을 열었다.

"나와 형제들이 산에 올라 모인 뒤로 도처를 돌아다녔으나 잃은 것이 없는 것은 모두 하늘이 돕고 보호해준 것이지 인간의 능력은 아니외다. 오늘 내가 두령 자리에 앉게 된 것은 모두 여러 형제가 용감했기에 가능한 것이었소. 첫째는 마땅히 의를 위해 모여야 하고, 둘째로는 내가 할 말이 있는데 귀찮더라도 형제들이 함께 들어주기 바라오."

오용이 바로 대답했다.

"형님께서 통제하시기 바랍니다."

송강이 두령들을 바라보며 입을 열기 시작했다. 바로 나누어 서술하면, 삼십육 천강이 땅에 이르고 칠십이 지살이 중원을 떠들썩하게 했다.

과연 송 공명이 무슨 말을 하려는지는 다음 회에 설명하노라.

몰우전沒羽箭 장청張淸

『수호전전교주』에 나오는 정목형의 『주략』에서 이르기를 "『서양잡조西陽雜俎』에 따르면 '형주荊州 척기사陟屺寺의 승려 나조那照는 활을 잘 쏘았는데 화살촉 미늘을 잘 만들었다. 그 방법은 화살대 끝단 3촌에 작은 구멍을 뚫어 화살대를 관통하게 만들고 쌀 한 톨 깊이의 바람 통로를 꼬리 끝단에서부터 구멍까지 파내면 깃이 필요하지 않게 된다'고 했다. 이렇게 하면 화살에 깃이 필요 없게 되어 날아가는 돌과 같게 된다"고 했다. 즉, 화살대 끝단에 작은 구멍을 화살대를 관통하도록 뚫고 화살대 중간에 바람 통로를 꼬리 끝단까지 파낸다. 그러면 화살을 발사한 뒤에 공기가 작은 구멍을 통해 바람통로로 들어가 꼬리 끝단에서부터 가볍고 빠르게 날아가면서 소용돌이를 형성하여 화살이 평형을 유지하며 곧장 날아간다. 이런 화살은 송대에 대량으로 생산되었고 또한 '몰우전'이라 불렸으며 장청이 돌팔매를 잘하는 별명의 유래라 할 수 있다. '몰우전'의 출전은 『사기』「이장군李

將軍열전」이다. "한번은 이광李廣이 사냥을 나갔다가 수풀 속에 있는 큰 바위를 호랑이로 잘못 보고 화살을 쏘았는데 그 화살촉이 바위 속으로 들어가버렸다(원문은 '중석몰족中石沒鏃'). 가까이 가서 본 뒤에야 바위라는 것을 알았다. 다시 한번 쏘았으나 화살촉이 들어가지 않았다"고 했다. 배인裴駰의 『사기집해史記集解』에 따르면 "서광徐廣이 이르기를, '몰족沒鏃을 몰우沒羽라고도 한다'고 했다." '몰우전'은 화살을 쏘면 정확하고 깊이 파고들어 화살의 깃이 돌 속으로 들어간다는 의미라 할 수 있다. 또한 『수호전보증본』에 따르면 "장청의 별명인 '몰우전'은 통상적으로 화살대의 꼬리 끝단에 새 깃을 붙여서 화살이 평온하게 날아가게 만든 것이다. 여기서는 돌을 깃이 없는 화살에 비유한 것이다"라고 했다. '몰우전'의 '몰沒(mo, 깊이 들어가다)'을 '몰沒(mei, 없다)'로 이해하여 깃이 없는 화살로 이해할 수도 있겠다.

화항호花項虎 공왕龔旺

목에 호랑이 형상이 그려져 있는 것을 '화항호'라 한다. 후주後周의 개국 군주인 곽위郭威는 어렸을 때 목에 나는 참새를 그렸기 때문에 '곽작아郭雀兒'라 불렸다. 공왕의 별명인 '화항호'는 바로 곽위를 기원으로 삼은 것이다. 공왕은 『선화유사』와 원나라 잡극에도 등장하지 않는데 『수호전』에서 창조한 인물이다.

중전호中箭虎 정득손丁得孫

본문에서는 정득손을 설명하면서 "뺨에서 목까지 온통 흉터투성이로 말 위에서 비차飛叉를 사용한다"고 했다. 그의 별명인 '중전호中箭虎'를 글자 그대로 해석하면 '화살 맞은 호랑이'라는 뜻인데, 그가 '중전호'란 별명을 갖게 된 이유에 대해서는 명확하지 않다. 화살 맞은 상처가 있기에 그런 별명을 갖게 됐는지, 두려움 없이 앞으로 전진하기에 흉터를 많이 갖게 됐다는 의미인지 등 다양하게 유추할 수 있다. 『수호전전보증본』에 따르면 "중전호는 남송 초기의 정진丁進 관련 고사에서 볼 수 있다. 『건염이래계년요록』에서 이르기를, '정진이 소촌蘇村에서 무리를 모았는데 이후에는 그 수가 수만 명에 이르렀다. 모두가 얼굴에 여섯 개의 점이나 혹은 입화入火 두 글자를 새겼는데, 스스로 정일전丁一箭이라 불렀다'고 했다. 이것이 혹 '중전호'의 유래일지도 모른다"고 했다.
또한 정득손丁得孫은 장득승丁得勝이라고도 한다. 역사 기록과 『선화유사』 등 평화平話와 잡극에 보이지 않기에 당연히 꾸며낸 것이라 할 수 있다. 이 이름의 유래는 원·명대 무인 이름을 참고한 듯하다. 원·명의 어지러운 시기에 많은 무인이 이름에 길조를 포함시키기를 좋아했는데, 예를 들면 주원장의 부장 가운데 조득승趙得勝·장득승張得勝이 있었다.

절전위서折箭爲誓(화살을 꺾어 맹세하다)

군중에서 화살을 꺾어 맹세하며 신의를 보이는 일은 역사에서 많이 볼 수 있다. 『원사元史』「아리해아전阿里海牙傳」에 따르면, 원나라 군대가 번성樊城을 함락시키고 양양襄陽을 공격했다. 양양에서는 송나라 장수 여문환呂文煥이 5년 동안 성을 사수하고 있었는데, 그에게 투항을 권유했다. "아리해아는 성을 공격하고 싶지 않았기에 성 아래로 가서 여문환에게 말했다. '그대는 외로운 군대로 성을 사수한 지 몇 년이 되었소. 만약 항복한다면 높은 관직에 두터운 복록을 반드시 얻을 수 있으며, 절대로 그대를 죽이지 않겠소.' 여문환은 의심하며 결정하지 못했다. 다시 화살을 꺾어 맹세했는데, 이렇게 하기를 네 차례나 하자 여문환은 감격하여 성을 나와 투항했다"고 했다.

자염백紫髥伯 황보단皇甫端

'자염백紫髥伯'에서 '자염'의 출전은 『삼국지三國志·오서吳書』「손권전孫權傳」에 첨부된 『헌제춘추獻帝春秋』다. "장료張遼가 오나라의 항복한 자에게, '자염장군이 상체가 크고 하체가 짧다고 하던데 말에서 활을 잘 쏘는 자가 누구인가?'라고 묻자, 그가 대답하기를, '바로 손회계孫會稽입니다'라고 했다." 황보단이 생김새가 '벽안碧眼(푸른 눈)에 황수黃鬚(누런 수염)'라고 했는데, '자염紫髥'이 바로 '황수黃鬚'와 같다.

【 제71회 】

천강성天罡星 지살성地煞星[1]

송 공명이 동평과 동창을 격파하고 산채로 돌아와 대소 두령을 세어보니 모두 108명이라 속으로 매우 기뻐했다. 모든 형제들에게 말했다.

"이 송강이 강주에서 소란을 일으키고 산에 오른 이래로 여러 형제 영웅의 도움으로 두령 자리에 앉았소. 지금 108명의 두령이 모여 매우 기쁘게 생각하오. 조개 형님께서 돌아가신 뒤로 병마를 이끌고 산을 내려가 잃어버림 없이 모두 보전할 수 있었던 것은 하늘이 돌보아주신 것이지 결코 사람의 능력으로 되는 것은 아니요. 지금까지 사로잡혀 감옥에 갇히거나 혹은 다쳐 돌아온 사람도 있었지만 모두 무사했소. 지금 108명이 모두 앞에 모여 있으니 실로 고금에도 드문 일이오. 이전에 도처에서 전쟁을 일삼고 백성을 죽였으나 신께 제사지내 사죄할 수 없었소. 그래서 나는 항상 마음속에 나천대초羅天大醮를 지내 천지신명께서 우리를 돌봐주신 은혜에 보답하고자 했소. 첫째는 모든 형제가 몸과 마

1_ 제71회 제목은 '忠義堂石碣受天文(천문이 새겨진 충의당 석갈을 얻다), 梁山泊英雄排座次(양산박 영웅들이 자리 순서를 배열하다)'이다.

음이 편안하고 즐겁게 해달라고 기도할 것이고, 둘째는, 조정이 어서 빨리 은택을 내려 하늘을 거스른 대죄를 사면해주어 있는 힘을 다해 목숨을 바쳐 충성으로 나라에 보답하고 죽을 때까지 분투하는 것이고, 세 번째는 조 천왕을 받들어 천상계天上界에 다시 태어나 영세永世에 다시 만나는 것이오. 그리고 비명횡사하거나 불에 타서 죽고 물에 빠져 죽은 자들, 모든 죄 없이 해를 입은 사람들을 제도濟度하여 모두 바른 길로 가길 바라는 것이오. 이 일을 진행하고자 하는데 형제들의 뜻은 어떠하오?"

모든 두령이 함께 말했다.

"선한 업을 쌓는 좋은 일입니다. 형님의 의견이 옳습니다."

오용이 말했다.

"먼저 공손승이 초사醮事[2]를 주관하시오. 그리고 사람을 산 아래로 보내 사방 멀리에서 득도한 은사隱士들을 초빙하여 산채로 올 때 초기醮器[3]를 가져오게 하십시오. 그리고 사람을 시켜 향촉, 지마紙馬[4], 과일, 제사에 쓸 공물, 소식素食, 청결한 음식 등 필요한 일체의 물건을 사서 준비해야 합니다."

4월 15일에 시작하여 일곱 낮 일곱 밤 동안 진행하기로 상의했다. 산채에서는 재물을 널리 풀었으며 일을 감독하고 처리했다. 기일이 가까워지자 충의당 앞에는 네 폭의 긴 깃발이 걸리고 충의당 위에는 3층 높이의 누대樓臺를 세웠다. 충의당 안에는 칠보삼청七寶三淸[5]의 성상聖像을 배치했고 동서 양쪽에는 이십팔수와 십이궁진十二宮辰[6] 및 모든 나천대초를 주관하는 성관星官(성신星神)과

2_ 초사醮事: 도사나 승려가 제단을 쌓고 신에게 제사지내며 복을 구하고 재앙에서 면하도록 기원하는 의식이다.

3_ 초기醮器: 도사들이 제단을 설치하고 제사를 지낼 때 사용하는 법기法器.

4_ 지마紙馬: 제사를 지낼 때 쓰는 신의 모습을 그린 그림이다. 제사가 끝나면 불살랐다.

5_ 칠보삼청七寶三淸: 도교가 받드는 천신상天神像이다. 삼청三淸(원시천존元始天尊·대상도군大上道君·태상노군太上老君)과 사어四御(호천옥황대제昊天玉皇大帝·중천자미북극대제中天紫微北劇大帝·구진상궁천황대제勾陳上宮天皇大帝·후토황지지后土皇地祇)의 성상聖像으로 합쳐서 칠보라 한다.

6_ 십이궁진十二宮辰: 십이궁진성군신十二宮辰星君神이다. 천칭관天稱官·천갈관天蝎官·천마관天馬官·마갈

진재眞宰7가 설치되었다. 충의당 밖에는 제단을 감독하는 최崔·노盧·등鄧·두竇8의 신장神將이 설치되었다. 배치가 정해지고 초기가 완비되었다. 도사들을 초청했는데 공손승을 합쳐 모두 49명이었다. 그날은 날이 청명하고 매우 좋았다. 날씨는 따뜻하고 밝았으며 달빛이 희고 바람도 평온했다. 송강과 노준의에 이어 오용과 모든 두령이 차례대로 분향했다. 공손승이 고공高功9이 되어 불사佛事를 진행하는데 일체의 문서와 신표도 그가 맡아 발부했다. 그날 제사지내는 단장을 보면,

향이 타오르고 상서로운 운기가 오르며, 꽃무더기가 비단 병풍에 피었네. 천 개의 화촉 휘황찬란하게 빛나고, 수백 개의 은으로 된 등이 색채를 흩뿌리누나. 우개羽蓋10는 쌍쌍이 높게 펼쳐져 있고, 당번幢幡11은 겹겹으로 조밀하게 배치되어 있네. 바람 잔잔한데 삼계三界12를 예불하고 경문 읽는 소리 들리며13, 달빛 차니 구천九天이 이슬을 내리누나. 황금 종 울리니 고공高功이 허황虛皇14에게 표문 올려 아뢰고, 옥패玉珮가 울리자 도강都講이 단에 올라 옥제玉帝를 알

관磨蝎官·쌍어관雙魚官·보병관寶甁官·백양관白羊官·금우관金牛官·음양관陰陽官·거해관巨蟹官·사자관獅子官·쌍녀관雙女官이다.

7_ 진재眞宰: 우주 자연의 주재자主宰者다.

8_ 최崔·노盧·등鄧·두竇 신장神將: 상세하지 않다.『수호전전교주』에 따르면 "정목형의『주략』에서 이르기를 '모두들 심장心將이라 말하지만 본래 그런 사람은 없다'고 했다."

9_ 고공高功: 도교 법사의 고유 명칭. 종교의식을 거행할 때 가장 높은 자리에 앉는데 도사 중에 공력이 가장 높은 도사를 칭했다. 그다음으로는 도강都講·감재監齋·시경侍經·시향侍香 등이다.

10_ 우개羽蓋: 새의 깃털로 장식한 거개車蓋(수레위에 비를 막고 해를 가리는 덮개로 형상이 우산과 같고 자루가 있다)다.

11_ 당번幢幡은 불사 혹은 도장 앞에 세워두는 불교와 도교에서 사용하는 깃발이다. 당은 장대를 말하고 번은 드리워진 긴 비단을 가리킨다.

12_ 삼계三界: 중생들이 거주하는 욕계欲界·색계色界·천색계天色界.

13_ 원문은 '보허步虛'다. 도사들이 경문을 읽고 참배하는 것을 말한다. 도가 전설에서 신선이 하늘 높이 올라 걸어다니는 것을 가리킨다.

14_ 허황虛皇: 도교의 신 이름.

현하도다. 진홍색 명주 옷 별처럼 찬란하고, 머리에 쓴 부용관芙蓉冠[15]은 금빛과 푸른빛이 엇갈려 비추네. 제단 지키는 신장神將은 생김새가 흉악하고, 당직 서는 공조功曹는 용맹하도다. 도사들은 일제히 장수를 축원하며 경문을 낭송하고, 요대瑤臺[16]에 올라 물 붓고 꽃 바치며, 진인은 쉴 새 없이 경전을 암송하고 법검法劍[17] 잡고 강罡과 두斗를 밟는구나.[18] 청룡은 은은하게 황도黃道로 오고, 백학은 훨훨 날아 자진전紫宸殿[19]에 내려앉네.

香騰瑞靄, 花簇錦屏.一千條畫燭流光, 數百盞銀燈散彩. 對對高張羽蓋, 重重密布幢幡. 風清三界步虛聲, 月冷九天垂沆瀣. 金鐘撞處, 高功表進奏虛皇; 玉珮鳴時, 都講登壇朝玉帝. 絳綃衣星辰燦爛, 芙蓉冠金碧交加.監壇神將猙獰, 直日功曹勇猛. 道士齊宣寶懺, 上瑤臺酌水獻花; 眞人密誦靈章, 按法劍踏罡布斗. 青龍隱隱來黃道, 白鶴翩翩下紫宸.

이날 공손승은 48명의 도사들과 함께 매일 세 차례씩[20] 진행하되 7일이 되면 만산滿散[21]을 하기로 했다. 송강은 상천의 보응報應[22]을 얻고자 특별히 공손승에게 청사靑詞[23]를 올려 천제께 아뢰게 했다. 매일 세 차례 올려 7일째 되는

15_ 부용관芙蓉冠: 연꽃으로 장식한 모자.
16_ 요대瑤臺: 옥석으로 장식한 화려하고 아름다운 높은 대.
17_ 법검法劍: 도사들이 법술을 쓸 때 사용하는 검이다.
18_ 원문은 '답강포두踏罡布斗'인데, 답강보두踏罡步斗를 말한다. 도사가 별자리를 예배하고 신령을 부르는 동작. 보행의 방향이 바뀌면서 마치 강罡(북두칠성의 자루)과 두斗(북두성) 위를 밟는 듯한 동작이다.
19_ 자진전紫宸殿: 궁전 명칭으로 천자가 거주하는 곳이다.
20_ 원문은 '삼조三朝'다. 도교의 재초齋醮(승려나 도사가 재단齋壇을 설치하고 신불神佛에게 기도하는 것) 명칭이다. 매일 인寅(새벽 3~5시)·오午(오전 11~오후 1시)·술戌(저녁 7~9시) 세 시진에 법고法鼓를 울리며 예배를 올리는 것을 말한다. 즉 일출日出·일중日中·일입日入 세 시진이다.
21_ 만산滿散: 불사나 혹은 도량의 기한이 만료되어 신께 감사하는 의식.
22_ 보응報應: 초사醮事를 진행하는 가운데 상천이 간절히 바라는 것에 대해 계시를 주는 것을 말한다.
23_ 청사靑詞: 도사가 신께 제사를 지낼 때 푸른 등나무 종이에 바람을 적어 이 종이를 살라 신께 요구를 접수시키는 것을 말한다. 요구 사항을 적은 종이가 청등지靑藤紙이므로 청사라 부른다.

날 3경에 공손승이 가장 높은 첫 번째 허황단虛皇壇[24]에 서고 도사들은 두 번째 층에 그리고 송강 등 두령들이 아래층에 섰으며 나머지 소두목들과 장교들은 모두 제단 아래에 섰다. 모두들 상천上天을 향해 간절히 바라고 엎드려 절하며 보응을 구했다.

이날 밤 3경에 바로 서북쪽인 건방乾方[25] 천문天門[26]에서 흡사 비단을 찢는 듯한 소리가 들렸다. 사람들이 바라보니 금 쟁반을 세운 것처럼 양 끝이 뾰족하고 중간은 넓었는데 사람의 눈처럼 생겨 이것을 천문天門이 열렸다고 하거나 천안天眼이 열렸다고 한다. 그 안쪽에서 솜털 같이 광선이 쏟아져 사람의 눈을 비추고, 채색비단 같은 노을이 빙빙 돌며 피어오르더니 가운데서 바구니 모양의 불덩이 하나가 휘말려 나와 허황단에 곧바로 떨어졌다. 그 불덩이가 제단을 맴돌더니 굴러 정남쪽 땅속으로 뚫고 들어갔다. 이때 천안이 닫히고 도사들은 제단으로 내려왔다. 송강이 즉시 사람들에게 쇠 삽과 괭이를 가져오게 하여 흙을 파서 불덩이를 찾게 했다. 미처 3척도 파 들어가기 전에 돌비석이 보였는데 정면과 양측에 각기 천서天書[27] 문자가 적혀 있었다. 여기에 증명하는 시가 있다.

충의로운 영웅들 대를 쌓아 제사지냈고, 상제와 통하니 또한 기이도다!
인간들의 선과 악엔 보응이 있으니, 하늘의 눈 열리지 않은 때 언제였던가!
忠義英雄迴結臺, 感通上帝亦奇哉!
人間善惡皆招報, 天眼何時不大開!

송강이 즉시 지전을 불사르고 만산하게 했다. 새벽에 제례를 지낸 모든 도사

24_ 허황虛皇: 도교의 신神 이름으로 허황도군원시천존虛皇道君元始天尊이다.
25_ 건방乾方: 건괘乾卦가 위치한 방위로 서북쪽을 가리킨다.
26_ 천문天門: 신화전설 속의 천궁天宮의 문.
27_ 천서天書: 천신天神이 내려준 판별하기 어려운 문자를 말한다.

에게 금과 비단을 나눠주고 재물을 충분히 보시했다. 돌비석을 가져오게 하여 살펴보니 위에는 어려운 고대 문자인 과두蝌蚪[28] 문자로 쓰여 있어 아는 사람이 없었다. 도사 중에 성이 하何이고 법명이 현통玄通인 도사가 송강에게 말했다.

"소인의 가문이 조상으로부터 문서를 한 권 물려받았는데 천서를 판별할 수 있습니다. 위에 써진 것들은 모두 고대 과두 문자로 빈도가 식별해낼 수 있을 것 같습니다. 그것을 풀어내면 무슨 내용인지 알 수 있을 겁니다."

송강이 듣고서 크게 기뻐하며 돌비석을 받들어 하 도사에게 보여줬다. 한참 있다가 도사가 말했다.

"이 돌비석은 상면에 의사의 크신 이름들이 새겨져 있습니다. 옆 한편에는 '하늘을 대신해 도를 행하다替天行道'라는 네 글자가 새겨져 있고 다른 한편에는 '충성과 의리를 모두 갖추다忠義雙全'라는 네 글자가 새겨져 있습니다. 그리고 머리 부분에는 남두육성과 북두칠성의 별자리가 있고 아래에는 존함이 새겨져 있습니다. 나무라시지 않는다면 위에서부터 하나하나 알려드리겠습니다."

송강이 말했다.

"다행히 고사高士께서 의혹을 해결해주시니 우리와의 인연이 얕지 않습니다. 가르쳐주신다면 실로 크신 덕에 감사 드릴뿐입니다. 하늘이 꾸짖는 말이 보이더라도 숨기지 마시고 알려주십시오. 모두 드러내어 밝혀주시고 한 마디 말도 빠뜨림 없이 전부 알려주시기 바랍니다."

송강이 성수서생 소양을 불러 황지黃紙[29]에 받아 적게 했다. 하 도사가 말했다.

"앞면에는 천서 36행이 적혀 있는데 모두 천강성天罡星이고 뒷면에 천서 72행이 적혀 있는데 모두 지살성地煞星이라고 적혀 있습니다. 아래에는 의사들의 성명이 기재되어 있습니다."

28_ 과두蝌蚪: 날카로운 붓 끝부분으로 쓰며 필획의 대부분이 머리는 크고 꼬리가 작아 올챙이 같다 하여 과두문자라 한다.

29_ 황지黃紙: 관리 선임이나 심사, 성명 등기, 조정에 보고하기 위해 사용한 황색 종이.

다시 한참 들여다보더니 소양에게 처음부터 마지막까지 받아쓰게 했다.

돌비석 앞면에 쓰여 있는 천강성 36명:

천괴성天魁星 호보의呼保義 송강宋江

천강성天罡星 옥기린玉麒麟 노준의盧俊義

천기성天機星 지다성智多星 오용吳用

천한성天閑星[30] 입운룡入雲龍 공손승公孫勝

천용성天勇星 대도大刀 관승關勝

천웅성天雄星 표자두豹子頭 임충林沖

천맹성天猛星 벽력화霹靂火 진명秦明

천위성天威星 쌍편雙鞭 호연작呼延灼

천영성天英星 소이광小李廣 화영花榮

천귀성天貴星 소선풍小旋風 시진柴進

천부성天富星 박천조撲天雕 이응李應

천만성天滿星 미염공美髥公 주동朱仝

천고성天孤星 화화상花和尙 노지심魯智深

천상성天傷星 행자行者 무송武松

천입성天立星 쌍창장雙槍將 동평董平

천첩성天捷星 몰우전沒羽箭 장청張淸

천암성天暗星 청면수靑面獸 양지楊志

천우성天祐星 금창수金槍手 서녕徐寧

30_ 『수호전전교주』에 따르면 "『전전全傳』본本, 개자원본芥子園本, 관화당본貫華堂本에서는 '천간天間'이라 했다"고 했다.

천공성天空星 급선봉急先鋒 색초索超

천속성天速星 신행태보神行太保 대종戴宗

천이성天異星 적발귀赤髮鬼 유당劉唐

천살성天殺星 흑선풍黑旋風 이규李逵

천미성天微星 구문룡九紋龍 사진史進

천구성天究星 몰차란沒遮攔 목홍穆弘

천퇴성天退星 삽시호插翅虎 뇌횡雷橫

천수성天壽星 혼강룡混江龍 이준李俊

천검성天劍星 입지태세立地太歲 완소이阮小二

천평성天平星 선화아船火兒 장횡張橫

천죄성天罪星 단명이랑短命二郎 완소오阮小五

천손성天損星 낭리백도浪裏白跳 장순張順

천패성天敗星 활염라活閻羅 완소칠阮小七

천뢰성天牢星 병관색病關索 양웅楊雄

천혜성天慧星 반명삼랑拚命三郎 석수石秀

천폭성天暴星 양두사兩頭蛇 해진解珍

천곡성天哭星 쌍미갈雙尾蝎 해보解寶

천교성天巧星 낭자浪子 연청燕青

돌비석 뒷면에 쓰여 있는 지살성 72명:

지괴성地魁星 신기군사神機軍師 주무朱武

지살성地煞星 진삼산鎮三山 황신黃信

지용성地勇星 병울지病尉遲 손립孫立

지걸성地傑星 추군마醜郡馬 선찬宣贊

지웅성地雄星 정목안井木犴 학사문郝思文

지위성地威星 백승장百勝將 한도韓滔

지영성地英星 천목장天目將 팽기彭玘

지기성地奇星 성수장聖水將 선정규單廷珪

지맹성地猛星 신화장神火將 위정국魏定國

지문성地文星 성수서생聖手書生 소양蕭讓

지정성地正星 철면공목鐵面孔目 배선裴宣

지활성地闊星 마운금시摩雲金翅 구붕歐鵬

지합성地闔星 화안산예火眼狻猊 등비鄧飛

지강성地強星 금모호錦毛虎 연순燕順

지암성地暗星 금표자錦豹子 양림楊林

지축성地軸星 굉천뢰轟天雷 능진凌振

지회성地會星 신산자神算子 장경蔣敬

지좌성地佐星 소온후小溫侯 여방呂方

지우성地祐星 새인귀賽仁貴 곽성郭盛

지령성地靈星 신의神醫 안도전安道全

지수성地獸星 자염백紫髯伯 황보단皇甫端

지미성地微星 왜각호矮腳虎 왕영王英

지혜성地彗星 일장청一丈青 호삼랑扈三娘

지폭성地暴星 상문신喪門神 포욱鮑旭

지연성地然星 혼세마왕混世魔王 번서樊瑞

지창성地猖星 모두성毛頭星 공명孔明

지광성地狂星 독화성獨火星 공량孔亮

지비성地飛星 팔비나타八臂那吒 항충項充

지주성地走星 비천대성飛天大聖 이곤李袞

지교성地巧星 옥비장玉臂匠 김대견金大堅

지명성地明星 철적선鐵笛仙 마린馬麟

지진성地進星 출동교出洞蛟 동위童威

지퇴성地退星 번강신翻江蜃 동맹童猛

지만성地滿星 옥번간玉幡竿 맹강孟康

지수성地遂星 통비원通臂猿 후건侯健

지주성地周星 도간호跳澗虎 진달陳達

지은성地隱星 백화사白花蛇 양춘楊春

지이성地異星 백면낭군白面郎君 정천수鄭天壽

지리성地理星 구미구九尾龜 도종왕陶宗旺

지준성地俊星 철선자鐵扇子 송청宋淸

지락성地樂星 철규자鐵叫子 악화樂和

지첩성地捷星 화항호花項虎 공왕龔旺

지속성地速星 중전호中箭虎 정득손丁得孫

지진성地鎭星 소차란小遮攔 목춘穆春

지계성地稽星 조도귀操刀鬼 조정曹正

지마성地魔星 운리금강雲裏金剛 송만宋萬

지요성地妖星 모착천摸着天 두천杜遷

지유성地幽星 병대충病大蟲 설영薛永

지복성地伏星 금안표金眼彪 시은施恩

지공성地空星 소패왕小霸王 주통周通

지벽성地僻星 타호장打虎將 이충李忠

지전성地全星 귀검아鬼臉兒 두흥杜興

지고성地孤星 금전표자金錢豹子 탕륭湯隆

지각성地角星 독각룡獨角龍 추윤鄒閏

지단성地短星 출림룡出林龍 추연鄒淵

지장성地藏星 소면호笑面虎 주부朱富

지수성地囚星 한지홀률旱地忽律 주귀朱貴

지평성地平星 철비박鐵臂膊 채복蔡福

지손성地損星 일지화一枝花 채경蔡慶

지노성地奴星 최명판관催命判官 이립李立

지찰성地察星 청안호青眼虎 이운李雲

지악성地惡星 몰면목沒面目 초정焦挺

지추성地醜星 석장군石將軍 석용石勇

지수성地數星 소울지小尉遲 손신孫新

지음성地陰星 모대충母大蟲 고대수顧大嫂

지형성地刑星 채원자菜園子 장청張青

지장성地壯星 모야차母夜叉 손이랑孫二娘

지열성地劣星 활섬파活閃婆 왕정육王定六

지건성地健星 험도신險道神 욱보사郁保四

지모성地耗星 백일서白日鼠 백승白勝

지적성地賊星 고상조鼓上蚤 시천時遷

지구성地狗星 금모견金毛犬 단경주段景住

하 도사가 천서를 판별해 해독하고 소양이 받아 기록했다. 두령들이 소양이 받아쓴 것을 읽고 모두 놀라워했다. 송강이 두령들에게 당부했다.

"나는 추하고 왜소한 아전에 불과한데 원래 별들의 우두머리였고, 여러 형제도 모두가 원래는 뜻을 같이해 함께 모일 사람들이었구려. 하늘이 감응을 드러냈듯이 의를 위해 모인 것이 당연한 것이오. 지금 이미 숫자도 모두 찼고 하늘이 대소 두 등급으로 서열을 정해놨소. 천강과 지살의 순서가 이미 모두 정해졌으니 모든 두령은 각자 그 맡은 지위를 지키고 다투지 말며 하늘의 말씀을 거슬러서는 아니 될 것이오."

두령들이 모두 한 입으로 말했다.

"천지의 뜻이고 정해진 이치라면 누가 감히 거스르겠습니까!"

송강이 황금 50냥을 가져오게 하여 하 도사에게 사례로 주었다. 나머지 도사들도 모두 염송(독경)의 대가를 받고 초기를 수습해 산을 내려가 사방으로 흩어졌다. 여기에 증명하는 시가 있다.

> 달 밝은 찬바람 속 제단은 은은하고, 난새와 학 하늘에서 희소식 전하누나.
> 천강성과 지살성의 성명 배열했으니, 모두 격앙되어 충의로운 마음 넘쳐나네.
> 月明風冷醮壇深, 鸞鶴空中送好音.
> 地煞天罡排姓字, 激昂忠義一生心.

도사들이 모두 돌아가자 송강은 군사 오 학구·주무 등과 협의하여 충의당 위에 '충의당'이라 크게 쓴 편액을 달았다. 단금정도 커다란 편액으로 바꾸고 앞에 관문 3개를 세웠다. 충의당 뒤에 안대雁臺[31]를 지었는데 꼭대기 정면에 대청을 한 채 짓고 동서쪽에 각기 곁방을 지었으며 대청 정면에는 조 천왕 조개의 신위를 모시고 공양했다. 동쪽 방에는 송강·오용·여방·곽성이 서쪽 방에는 노준의·공손승·공명·공량이 거처하게 했다. 두 번째 언덕 왼쪽 곁방에는 주무·황신·손립·소양·배선 그리고 오른쪽 곁방 일대에는 대종·연청·장청張淸·안도전·황보단이 거처했다. 충의당 왼쪽 돈과 양식을 거두어둔 창고를 관리하는 쪽에는 시진·이응·장경·능진이 오른쪽에는 화영·번서·항충·이곤이 기거했다.

31_ 안대雁臺: 안대는 양산박 두령들이 천서를 읽고, 기상을 관찰하고, 방책 상황을 살피던 곳으로 전해지며 후에 소이광 화영이 기러기를 쏘아 떨어뜨려 '안대雁臺'라 함. 화영이 기러기를 쏘는 당당한 모습을 크게 조각하여 안대의 새로운 풍광을 더했다. 이 '안대'는 수호채의 후원이라 말할 수 있다.

산 앞쪽 남쪽 길 제1관문은 해진과 해보가 지키고 제2관문은 노지심과 무송이 제3관문은 주동과 뇌횡이 지켰다. 동쪽 산 관문은 사진과 유당이 지키고 서쪽 산 관문은 양웅과 석수가 북쪽 산 관문은 목홍과 이규가 지켰다. 여섯 개의 관문 이외에 8개의 방책을 세웠는데, 네 개는 땅을 지키는 방책이고 네 개는 물을 지키는 방책이었다. 땅을 지키는 방책의 남쪽은 진명·색초·구붕·등비가 지키고 동쪽은 관승·서녕·선찬·학사문이 서쪽은 임충·동평·선정규·위정국이 북쪽은 호연작·양지·한도·팽기가 지켰다. 동남쪽 수채는 이준과 완소이 서남쪽 수채는 장횡과 장순 동북쪽 수채는 완소오와 동위 서북쪽 수채는 완소칠과 동맹이 지켰다. 나머지 두령들에게도 각기 해야 할 일들이 정해졌다.

깃발들도 새롭게 만들어 세웠다. 산 정상에는 '하늘을 대신해 도를 행한다替天道行'는 네 글자가 쓰인 살구빛 깃발[32]을 세웠다. 충의당 앞에는 글자를 수놓은 2개의 붉은 깃발을 세웠는데 하나는 '산동 호보의山東 呼保義', 다른 하나는 '하북 옥기린河北 玉麒麟'이라 쓰였다. 충의당 밖에도 비룡飛龍과 비호기飛虎旗·비웅飛熊과 비표기飛豹旗·청룡靑龍과 백호기白虎旗·주작朱雀과 현무기玄武旗·황월黃鉞[33]·백모白旄[34]·청번靑幡[35]·조개皂蓋[36]·비영緋纓(분홍빛 술纓)·흑독黑纛(검은색 큰 깃발)이 세워졌다. 중군에는 무기 이외에 또 사두오방기四斗五方旗·삼재구요기三才九曜旗·이십팔수기二十八宿旗·육십사괘기六十四卦旗·주천구궁팔

32_ 원문은 '행황기杏黃旗'다. 살굿빛 도는 노란색 깃발로 녹림의 호걸들이 모여 반란을 일으키는 의로운 깃발이다.

33_ 황월黃鉞: 황금으로 장식한 자루가 긴 도끼. 천자의 의장으로 정벌에 사용했고 특히 정벌에 나서는 중신에게 하사했다. 『예기』「왕제」에 따르면 "각국의 제후는 천자가 활과 화살을 하사한 이후에나 비로소 천자를 대표하여 반역을 토벌할 수 있고, 천자가 부와 월을 하사한 이후에나 비로소 주살의 형벌을 실시할 수 있다諸侯, 賜弓矢然後征, 賜鈇鉞然後殺"고 했다.

34_ 백모白旄: 일종의 군기로 대나무 장대의 끝 부분을 야크 꼬리로 장식했고 전군을 지휘할 때 사용했다.

35_ 청번靑幡: 봄철 경작을 독려하고 꽃잎을 보호할 때 사용한 청기靑旗.

36_ 조개皂蓋: 고대 관원들이 사용한 검은색의 해 가리개.

괘기周天九宮八卦旗 등의 124폭의 진천기鎭天旗[37]를 세웠는데 모두 후건이 제작했다. 김대견은 병부와 인신을 새로 주조했다. 모든 것이 완비되자 좋은 날과 시각을 정해 소와 말을 잡고 천지신명께 제사를 올렸다. 충의당, 단금정에 편액을 걸고 '천자를 대신하여 도를 행한다替天道行'는 살굿빛 깃발을 세웠다.

송강은 그날 크게 연회를 열어 병부와 인신을 직접 받들고 명령을 공포했다.

'이제 많은 대소 형제에게 각자 관할을 명할 것이니 모두 맡은 바를 준수해야 하고 어기거나 의기를 상하게 하는 일이 없도록 하라. 고의적으로 위반하여 따르지 않는 자가 있다면 반드시 군법에 따라 다스릴 것이며 결코 용서하지 않을 것이다.

이제 명단을 하나씩 열거하겠노라:

양산박 총병 도두령 2명:

호보의 송강·옥기린 노준의

기밀을 관장하는 군사 2명:

지다성 오용·입운룡 공손승.

함께 군무에 참여하는 두령 1명:

신기군사 주무

돈과 식량을 관장하는 두령 2명:

소선풍 시진·박천조 이응

마군 오호장五虎將 5명:

대도 관승·표자두 임충·벽력화 진명·쌍편 호연작·쌍창장 동평

마군 팔호기八虎騎 겸 선봉사先鋒使 8명:

37_ 진천기鎭天旗: '진천鎭天'은 상천을 위력으로 복종시키는 것을 가리킨다.

소이광 화영·금창수 서녕·청면수 양지·급선봉 색초·몰우전 장청·미염공 주동·구문룡 사진·몰차란 목홍

마군 소표장小彪將 겸 염탐 및 순찰 두령 16명:

진삼산 황신·병울지 손립·추군마 선찬·정목안 학사문·백승장군 한도·천목장 팽기·성수장 선정규·신화장 위정국·마운금시 구붕·화안산예 등비·금모호 연순·철적선 마린·도간호 진달·백화사 양춘·금표자 양림·소패왕 주통

보군 두령 10명:

화화상 노지심·행자 무송·적발귀 유당·삽시호 뇌횡·흑선풍 이규·낭자 연청·병관색 양웅·반명삼랑 석수·양두사 해진·쌍미갈 해보

보군 장교 17명:

혼세마왕 번서·상문신 포욱·팔비나타 항충·비천대성 이곤·병대충 설영·금안표 시은·소차란 목춘·타호장 이충·백면낭군 정천수·운리금강 송만·모착천 두천·출림룡 추연·독강룡 추윤·화항호 공왕·중전호 정득손·몰면목 초정·석장군 석용

수채 네 곳의 수군 두령 8명:

혼강룡 이준·선화아 장횡·낭리백도 장순·입지태세 완소이·단명이랑 완소오·활염라 완소칠·출동교 동위·번강신 동맹

주점 네 곳에서 소식을 탐문하고 찾아오는 손님 접대하는 두령 8명:

동쪽 산 주점은 소울지 손신과 모대충 고대수; 서쪽 산 주점은 채원자 장청과 모야차 손이랑; 남쪽 산 주점은 한지홀률 주귀와 귀검아 두흥; 북쪽 산 주점은 최명판관 이립과 활섬파 왕정육

소식 염탐을 총괄하는 두령 1명:

신행태보 대종

군중의 기밀을 전달하는 보군 두령 4명:

철규자 악화·고상조 시천·금모견 단경주·백일서 백승

중군을 수호하는 마군 효장驍將 2명:

소온후 여방·새인귀 곽성

중군을 수호하는 보군 효장 2명:

모두성 공명·독화성 공량

형벌을 집행하고 관장하는 회자수 2명:

철비박 채복·일지화 채경

3군내의 소식을 탐지하는 마군 두령 2명:

왜각호 왕영·일장청 호삼랑

물품 제조를 담당하는 제사 두령 16명:

문서를 발급하고 군사를 조달하는 일을 맡는 인원 1명: 성수서생 소양

공로와 상벌을 결정하는 군정사 인원 1명: 철면공목 배선

돈과 양식의 지출 납입을 계산하는 인원 1명: 신산자 장경

크고 작은 전선을 건조하고 감독하는 인원 1명: 옥번간 맹강

일체의 병부와 인신의 제조 전담 인원 1명: 옥비장 김대견

깃발과 의복 제조 전담 인원 1명: 통비원 후건

짐승과 말을 치료하는 일을 맡은 인원 1명: 자염백 황보단

모든 질병을 치료하는 내외과 의사 1명: 신의 안도전

무기와 철갑 제조를 감독하는 인원 1명: 금전표자 탕륭

크고 작은 화포 제작을 담당하는 인원 1명: 굉천뢰 능진

건물을 짓고 수리하는 인원 1명: 청안호 이운

소 말 돼지 양 가축을 도살하는 인원 1명: 조도귀 조정

연회 개최 인원 1명: 철선자 송청

일체의 술, 식초의 공급과 제조 감독 인원 1명: 소면호 주부

양산박의 모든 성벽의 축조 감독 인원 1명: 구미구 도종왕

'수帥'자 깃발을 잡는 일 전담 인원 1명: 험도신 욱보사.

선화2년(1120) 4월 초하루, 양산박 대회합 인원 분배 고시'

그날 양산박 송 공명이 영을 전달하여 두령들의 해야 할 직분이 정해지고 각기 병부와 인신을 수령했다. 연회가 끝나자 모두 크게 취하여 두령들이 각자 배치된 방책으로 돌아갔다. 중간에 아직 직분이 정해지지 않은 사람들은 모두 안대 앞뒤에서 머무르면서 인사이동을 기다렸다. 양산박의 좋은 점을 말한 글이 있으니,

팔방이 함께하는 구역이 되었고, 서로 다른 성을 가진 이들 한 집안 되었다네. 천지에 천강과 지살의 정기를 드러냈고, 걸출함과 영민한 아름다움이 이곳에 모였도다. 천 리 떨어져 살던 사람들 아침저녁으로 만나게 되었고, 일편단심으로 생사를 함께 하게 되었구나. 동서남북 출신이기에 생김새와 언어 달랐어도 심정과 용기, 충성과 신의는 구별이 없다네. 그들 가운데는 제왕의 자손, 부호와 관원, 그리고 삼교구류 출신도 있고, 심지어는 사냥꾼, 어부, 백정, 망나니도 있건만 모두들 형, 동생이라 부르며 귀천을 가리지 않는다네. 게다가 친형제, 짝을 이룬 부부, 숙질, 매부와 처남지간도 있고 주인과 노복, 다투던 원수지간도 있지만 모두 술자리에서 즐거워하며 친하고 소원함이 없도다. 영리한 자, 우악스러운 자, 촌뜨기, 풍류를 즐기던 자 서로들 꺼리지 않고 함께 기거하며, 글과 말에 능한 자, 창칼 잘 다루는 자, 빠르게 달리는 자, 도적질과 속임수에 능한 자들이 진정 재능과 기량에 따라 사용되는구나. 가짜 문필이라 한스럽지만 하는 수 없이 성수선생 시켜 고상한 문장 남기게 하고, 다행히 큰 두건 쓴 우두머리 백의수사 먼저 죽여 궁상맞고 인색함을 모조리 씻어버렸다네. 땅은 사방 400~500리요, 영웅은 108명이로다. 옛 누각에서 종소리 전해지듯 한때 강호에서 이름 날리더니, 염주 알처럼 하나하나 이어져 있듯이 별들마다 그 이름 달아 나열된 줄 오늘에야 알았도다. 왕이라 불렸던 대담했던 조개는 일찌감치 황

천으로 갔고, 의리를 지키라 호소했던 송강이 산채의 주인 되었네. 산림에 패거리 불러들였다고 말하지 말라, 그들은 애초부터 조정에 의탁하기를 원했다네.

八方共域, 異姓一家. 天地顯罡煞之精, 人境合傑靈之美. 千里面朝夕相見, 一寸心死生可同. 相貌語言, 南北東西雖各別; 心情肝膽, 忠誠信義幷無差. 其人則有帝子神孫, 富豪將吏, 幷三教九流, 乃至獵戶漁人, 屠兒劊子, 都一般兒哥弟稱呼, 不分貴賤; 且又有同胞手足, 捉對夫妻, 與叔侄郎舅, 以及跟隨主僕, 爭鬪冤仇, 皆一樣的酒筵歡樂, 無問親疏. 或精靈, 或粗鹵, 或村樸, 或風流, 何嘗相礙, 果然認性同居; 或筆舌, 或刀槍, 或奔馳, 或偷騙, 各有偏長, 眞是隨才器使. 可恨的是假文墨, 沒奈何着一個聖手書生, 聊存風雅; 最惱的是大頭巾, 幸喜得先殺卻白衣秀士, 洗盡酸慳. 地方四五百里, 英雄一百八人. 昔時常說江湖上聞名, 似古樓鐘聲聲傳播; 今日始知星辰中列姓, 如念珠子個個連牽. 在晁蓋恐托膽稱王, 歸天及早; 惟宋江肯呼群保義, 把寨爲頭. 休言嘯聚山林, 早願瞻依廊廟.

양산박 충의당에서 명령이 이미 내려지자 각기 돌아가 모두 준수했다. 송강은 길일과 좋은 시진을 골라 향을 사르고 북을 두드려 충의당으로 모두 모이게 했다. 송강이 두령들에게 말했다.

"이제는 지난날과 비교할 바가 아니니 내가 한 마디 하겠소. 우리는 천지간에 별들로 이렇게 모였으니 다 같이 하늘을 향해 맹세합시다. 각자 딴 마음을 가지지 말고 생사를 서로 의지하며 우환과 재난이 있을 때는 서로 도우며 함께 나라를 돕고 백성을 편안하게 해야 하오."

모두들 크게 기뻐하며 각자 분향을 마치고는 일제히 충의당에 무릎 꿇고 송강이 선창하여 맹세했다:

"이 송강은 미천한 관리로 학식도 없고 능력도 없는데 하늘이 덮어주고 땅이 짊어지는 은혜를 입고 해와 달의 광명을 받아 양산에 형제들이 모이게 되었으며 호수에서 영웅들과 결의하게 되었나이다. 모두 일백팔 명으로 위로는 숙명에 부합되고 아래로는 인심에 합치되옵니다. 지금 이후로 누구건 마음이 어질지 못하거나 대의를 저버린다면 간절히 바라건대 천지가 그를 주살하고 신과 사람이 함께 살육하며 만 대에 걸쳐 사람이 되지 못하게 하고 억년 동안 영원히 말겁末劫[38]에 잠기도록 해주십시오. 원컨대 충의로운 마음을 간직하고 함께 국가에 공훈을 세워 하늘을 대신해 도를 행하며 변경을 보위하고 백성을 안정시키고자 하나다. 하느님께서는 살피시어 보응報應을 내리시어 분명하게 해주시옵소서."

맹세가 끝나자 두령들이 한 목소리로 환생할 때마다 만나고 대대로 함께 하며 영원히 막힘없이 항상 오늘과 같기를 염원했다. 그날 두령들이 삽혈歃血[39]로 맹세하고 취하도록 술을 마시고는 흩어졌다. 독자 여러분 들어보십시오. 여기가 바로 양산박이 의를 위해 모인 곳이다. 여기에 증명하는 시가 있다.

빛줄기가 복마전의 토굴 속을 떠나자, 천강과 지살이 인간 세상에 내려왔구나.
호탕한 기개 말하자 살갗에 소름 돋고, 늠름한 기상 말하자 간담 서늘해지네.
재물보단 의기 중히 여겨 수호에 모여들고, 원수 갚아 한 씻고자 양산에 올랐네.
충의당 앞 한 권의 천서 문자, 제군에게 넘겨줄 것이니 자세히 살펴볼지어다.
光耀飛離土窟間, 天罡地煞降塵寰.
說時豪氣侵肌冷, 講處英風透膽寒.
仗義疏財歸水泊, 報仇雪恨下梁山.
堂前一卷天文字, 付與諸公仔細看.

인원을 배치한 것은 앞에서 이미 정해졌으니 다시 말하지 않겠다. 양산박 호

38_ 말겁末劫: 말세의 재난을 말하는 것으로 어두운 세상살이를 가리킨다.
39_ 삽혈歃血: 맹세할 때 짐승의 피를 마시거나 혹은 입에 머금거나 입 주변에 발라 맹세를 지키겠다는 것을 보여주는 성의 표시.

걸들은 한가할 때면 산을 내려갔는데, 인마를 데려가기도 하고 혹은 몇 명의 두령들만이 모여 길을 가기도 했다. 길을 가는 도중에 상인들의 수레를 만나면 그냥 지나가게 했으나, 부임하러 가는 관원을 만나면 상자 속에서 금은을 찾아내어 하나도 남김없이 모조리 가져갔다. 빼앗은 물건은 산채로 보내 창고에 저장하여 공동으로 사용하게 했고, 나머지 소소한 것들은 각자가 나눠가졌다. 돈과 재물을 쌓아놓고 백성을 해치는 대부호가 있다는 소리를 들으면 100리나 200~300리라 할지라고 인마를 데리고 가서는 버젓이 털어 산채로 가져왔는데, 누구도 감히 막지 못했다. 또한 선량한 사람들을 압박하여 벼락부자가 된 소인이 재산을 쌓아놓고 있다는 소식을 접하면 멀고 가까움을 가리지 않고 사람을 보내 모조리 빼앗아 산채로 가져왔는데, 이러한 크고 작은 일들이 천여 번이 넘었는데도 막는 자가 아무도 없었다. 털린 자들이 하늘을 찌를 듯이 원통해해도 개의치 않았기에 밖으로 드러나지도 않았다. 이런 것들은 말할 거리가 없다.

한편 송강은 맹세를 한 이후에는 줄곧 산을 내려가지 않았는데, 어느덧 무더운 여름이 지나가고 서늘한 가을이 되어 중양절重陽節[40]이 가까워졌다. 송강은 송청을 불러 형제들과 함께 국화를 감상하는 국화 모임[41]을 열려고 하니 대 연회를 준비하라고 분부했다. 산채를 내려간 형제들은 멀고 가까움에 상관없이 모두 돌아와 연회에 참석하도록 했다. 중양절이 되자 고기가 산처럼 쌓였고 술이 바다를 이룰 정도였는데 먼저 마·보·수 삼군의 소두목들부터 나누어주어 각기 알아서 모여 먹고 마시게 했다. 충의당에서는 국화꽃을 두루 꽂아놓고 각기 순서에 따라 앉아 잔을 들었다. 충의당 앞 양쪽에서는 징을 울리고 북을 두드리며 풍악을 울렸다. 모두들 웃음소리와 함께 왁자지껄 떠들었고 술잔을 주고

40_ 중양절重陽節: 음력 9월 9일로 이날 산에 오르거나 혹은 높은 곳에 올라 멀리 바라보는 습속이 있다.

41_ 중양절의 술 모임으로 술을 마시면서 국화를 감상하는 것이다.

받으며 흉금을 털어놓으며 두령들은 맘껏 술을 마셨다. 마린은 피리를 불고 악화는 노래를 불렀고 연청은 쟁箏을 뜯었다. 어느덧 해는 저물었고 송강은 만취했는데 지필묵을 가져오게 하더니 주흥에 「만강홍滿江紅」 사 한수를 적었다. 악화에게 이 사에 따라 노래를 부르게 했다.

> 기쁜 중양절을 맞이해 좋은 술이 오늘 더욱 익었구나. 물은 푸르고 산은 붉어졌으며, 갈대와 참대 누렇게 변하누나. 머리에는 흰 머리카락 늘어가니, 살쩍에는 누런 꽃잎의 국화 없을 수 없도다. 술 단지 앞에서 금옥 같은 형제의 정 이야기하고 싶구나. 승냥이·호랑이 같은 강한 군대와 맹장들 통솔하여 변경을 방어하고 통치하며, 군령 명확하니 군대의 위력도 엄숙하도다. 마음 다해 원하노니 외족42을 평정하여 백성을 보호하고 나라를 인정시키고자 하노라. 충성스럽고 절개 굳은 담력은 해와 달처럼 항상 높은데, 간사한 자들의 눈은 세상의 속된 일로 가려져 있구나. 천왕께서 조서내리면 귀순하고자 하니, 그때야 비로소 마음 만족하리다.
>
> 喜遇重陽, 更佳釀·今朝新熟. 見碧水丹山, 黃蘆苦竹. 頭上盡敎添白髮, 鬢邊不可無黃菊.願樽前·長敘弟兄情. 如金玉. 統豺虎, 禦邊幅.號令明, 軍威肅. 中心願, 平虜保民安國. 日月常懸忠烈膽, 風塵障却奸邪目. 望天王降詔早招安, 心方足.

악화가 송강이 적은 사를 부르는데, '천왕께서 조서 내리면 귀순하고자 한다'는 대목에 이르자 무송이 소리 질렀다.

"오늘도 귀순한다고 하고 내일 또 귀순한다고 하는데, 형제들의 마음만 실망시킨단 말이야!"

흑선풍 이규가 괴상한 눈을 둥그렇게 뜨고는 소리쳤다.

42_ 침략한 요遼나라를 가리킨다.

"귀순, 귀순! 뭔 좆같은 귀순이야!"

한 발로 탁자를 걷어차자 엎어지면서 부서졌다. 송강이 크게 소리 질렀다.

"이 시커먼 놈이 어찌 이리 무례하단 말이냐! 여봐라 이놈을 끌어내 참수시키고 보고하거라!"

모두들 무릎을 꿇고 하소연했다.

"이 사람이 술에 취해 발광하는 것이니, 형님께서는 용서해주십시오."

송강이 대답했다.

"동생들은 잠시 일어나시오. 이놈을 감옥에 가둬야겠소."

모두들 기뻐했다. 몇 명의 형벌을 담당하는 군관이 와서 이규에게 가자고 하자, 이규가 말했다.

"내가 발버둥 칠까 두렵냐? 형님이 나를 능지처참한데도 원망하지 않고 나를 죽인다 하더라도 한스럽지 않다. 형님 빼고는 하늘도 무섭지 않다!"

말을 마치더니 군관을 따라 감옥에 가서 잤다.

이규가 말하는 것을 들은 송강은 술이 깨버렸고 갑자기 슬퍼하기 시작했다. 그러자 오용이 권했다.

"형님께서 이런 기회를 마련했기에 형제들이 모두 즐겁게 술을 마시게 되었습니다. 그놈이 우악스러워 술 취한 김에 거스른 것이니 마음에 담을 필요 없습니다. 형제들과 함께 즐기시지요."

"내가 강주에서 술에 취한 뒤 잘못하여 반시를 읊다가 이규가 힘 써줘 살아났소. 오늘 또 「만강홍」 사를 짓고는 하마터면 그의 목숨을 빼앗을 뻔했는데, 형제들이 말려서 그를 구해줬소. 이규와 나의 정분은 골육같이 깊기에 이렇게 눈물을 흘리는 것이오."

송강이 무송을 불러 말했다.

"동생, 자네는 사리에 밝은 사람이네. 내가 귀순을 주장하는 것은 사악함을 고치고 바른 길로 돌아오게 하면서 국가의 신하가 되고자 함인데, 어찌하여 마음만 실망시킨단 말인가?"

노지심이 말했다.

"조정에 가득한 문무 관원들은 모두 간사한데다 황제의 눈을 가리고 있어, 제가 입고 있는 검은색 도포를 검게 물들인 것처럼 씻어낸다고 하얗게 되겠습니까? 귀순은 아무짝에도 쓸모없는 말이니, 작별하고 내일이라도 각자 제 갈길 찾아갑시다."

송강이 말했다.

"형제들은 내 말을 들어보시오. 지금 황상께서는 지극히 비범하고 총명하시나 간신들에게 막혀 잠시 혼미해지신 것이네. 구름이 걷히고 해를 보시게 되면 우리가 하늘을 대신해 도를 행하며 양민들에게 해를 끼치지 않음을 아시고 죄를 사면하고 귀순시킬 것이오. 그때 우리가 한 마음으로 나라에 보답하며 힘을 다해 공을 세운다면 어찌 아름답지 않겠는가! 이 때문에 어서 귀순하기를 바랄 뿐이지 다른 뜻은 없다네."

모두들 감사해 마지않았다. 그러나 그날 술을 마시면서도 끝내는 유쾌하지 않았고 술자리를 마친 뒤 각자 맡은 자리로 돌아갔다.

이튿날 이른 아침에 사람들이 이규를 찾아가 보니 여전히 자고 있었다. 두령들이 그를 불러 깨우고는 말했다.

"자네가 어제 만취해서 형님을 욕한 죄로 오늘 형님이 자네를 죽이려 한다네."

이규가 말했다.

"나는 꿈속에서도 감히 형님을 욕하지 못하는데, 형님이 나를 죽이려 한다면 죽이도록 내버려둬야지."

여러 형제가 이규를 충의당으로 끌고 가 송강에게 사죄했다. 송강이 소리 질렀다.

"내가 수하의 허다한 인마들이 모두 너처럼 무례하다면 법규가 어지러워지지 않겠느냐? 형제들의 얼굴을 봐서 네 목은 맡겨두겠다. 다시 또 그러면 절대로 용서하지 않겠다!"

이규는 연달아 '예, 예' 하면서 물러났고 사람들도 모두 흩어졌다.

아무 일 없이 보내다가 섣달그믐이 가까워졌다. 연이어 내리던 눈이 그치고 맑게 갠 어느 날 산 아래에서 보고가 올라왔는데, 산채로부터 7~8리 떨어진 내주萊州에서 등을 가지고 동경으로 가는 일행을 붙잡아 관 밖에서 명령을 기다린다고 했다. 송강이 말했다.

"결박하지 말고 관 위로 올려보내라."

얼마 지나지 않아 충의당으로 끌고 왔는데, 두 명의 공인과 등 만드는 장인 8~9명, 그리고 수레가 다섯 량이었다. 그들 가운데 우두머리가 말했다.

"소인은 내주의 승국[43] 공인이고 이 사람들은 모두 등 만드는 장인들입니다. 내주에서는 매년 등 받침대 3개를 만들어 동경으로 보냅니다. 올해는 받침대 두 개가 더해졌는데, 바로 옥붕영롱玉棚玲瓏과 구화등九華燈[44]입니다."

송강은 즉시 술과 밥을 대접하고 등을 감상하고자 했다. 등 장인이 옥붕등을 가져와 걸고 사방으로 끈을 연결해 걸쳤는데, 위아래로 9개씩 모두 81개나 되는 등이었다. 충의당 위에 걸었는데 땅바닥까지 이어졌다. 송강이 말했다.

"원래 나는 등 전부를 여기게 두게 하려고 했는데, 그러면 자네들이 고초를 겪게 되어 온당치 않으니 구화등만 여기에 남겨두고 나머지는 자네들이 가져가게나. 대신 그 대가로 백은 20냥을 주겠네."

그들이 두 번 절하며 감사하고 산을 내려갔다.

송강은 그 등을 조 천왕 교당教堂[45] 안에 걸게 했다. 이튿날 여러 두령에게 말했다.

43_ 원문은 승차承差인데, 승국承局(하급 관원 아역을 가리킨다)이다.

44_ 옥붕玉棚은 천붕天棚에 대한 미칭美稱으로 차양, 천막이다. 구화등九華燈은 화려한 국화등을 가리킨다.

45_ 교당教堂: 장사를 지낼 때 영상靈床(염을 하기 전에 시신을 눕혀 놨던 침상) 혹은 영구를 안치한 대청을 말한다.

"나는 산동에서 나고 자라 동경에 가본 적이 없네. 듣자하니 금상께서 등롱을 대규모로 밝히고 백성과 함께 즐거워하며 원소절을 경축하며 감상한다고 하네. 동지 이후에 등롱을 만들기 시작해 지금쯤 끝낸다고 하네. 내 지금 형제 몇 명과 함께 가서 등 구경을 하고 돌아오겠네."

오용이 말렸다.

"안 됩니다. 지금 동경에 공인들이 가장 많은데, 만약 부주의한 실수가 있기라도 한다면 어떻게 합니까!"

"낮에는 객점에서 몸을 숨기고 있다가 밤에만 성으로 들어가 등을 구경하면 될 텐데 무슨 걱정이오?"

모두들 간곡하게 만류했지만 송강은 고집부리며 기어코 가려고 했다. 바로 맹호가 곧장 궁궐[46]로 들어가고 살성殺星이 야밤에 와우성臥牛城[47]을 침범한 것이다.

결국 송강이 어떻게 동경에 가서 등을 구경하는지는 다음 회에 설명하노라.

천강天罡 삼십육, 지살地煞 칠십이

『수호전전보증본』에 따르면 "고대 중국에서는 대부분 숫자로 신비로움을 표시했는데, 이는 문화 전설과 관련이 있다. 예를 들면 『역경』 오행설五行說에서 '36'과 '72'에 대해서 원이둬聞一多의 『칠십이七十二』에서 말하기를, '72'는 1년 360일을 다섯으로 나눈 것으로 이 숫자는 오행 사상에서 진화되어 나온 일종의 술어다. '36'은 시월태양력十月太陽曆에 근거하여 1년을 10개월로 나누어 매월은 36일이

46_ 원문은 '단봉궐丹鳳闕'인데, 궁궐, 도성의 뜻이다.

47_ 와우성臥牛城: 『삼조북맹회편三朝北盟會編』에 따르면 "경성京城은 와우臥牛(누워 있는 소)와 같아 적이 쳐들어오면 반드시 선리善利·선화宣化·통율通津 세 문을 거쳐야 했다. 선리문이 머리이고 선화문은 목이었다. 통율문은 선리와 선화문 중간에 있었다"고 했다. 이후에 '와우성'은 송나라 때 변경汴京 개봉성開封城을 칭하게 되었다.

다. 또한 자웅雌雄(음양陰陽)을 구분하는 오행을 사용하여 1년을 다섯 계절로 나누고 한 계절을 자웅 두 달로 나누면 계절마다 72일이 된다. 이 때문에 '36'과 '72' 두 숫자는 역법의 두 가지 기본 계산 숫자가 된다. 도교 혹은 이 학설에 근거하면 북두의 별무리 가운데 36개 천강성과 72개 지살성이 있다고 한다. 매 천강성과 지살성에는 모두 각각의 신명이 있어 '삼십육천강'과 '칠십이지살'이라 부르는 것이다"라고 했다.

〖제72회〗

동경의 기녀[1]

그날 송강은 충의당에 앉아 등 구경을 갈 사람들을 선발해 조를 나누었다.

"나와 시진이 한 길이 되고, 사진과 목홍, 노지심과 무송, 주동과 유당을 각기 한 길로 하겠다. 이렇게 네 갈래 길로 갈 것이니 나머지 두령은 모두 산채를 지키도록 하라."

이규가 끼어들어 말했다.

"동경 등불이 좋다고 하던데, 나도 한번 가볼래."

송강이 말했다.

"너는 뭣 하러 가냐?"

이규가 죽어도 가겠다고 떼를 썼고 말릴 수도 없었다.

"네가 기어이 가겠다면 하인으로 꾸며서 나를 따라오너라. 그 대신 문제를 일으켜서는 안 된다."

1_ 제72호 제목은 '柴進簪花入禁院(시진이 머리에 꽃을 꽂고 금원으로 들어가다). 李逵元夜鬧東京(이규가 원소절 밤 동경을 떠들썩하게 하다)'이다.

연청을 불러 이규와 짝이 되어 가게 했다.

독자 여러분 들어보십시오. 얼굴에 글자를 새긴 송강이 어떻게 동경에 갈 수 있겠는가? 원래 신의 안도전은 산채에 오른 뒤에 독약을 문질러 없애버린 다음에 좋은 약으로 치료해 붉은 흉터를 오르게 한 다음 다시 가늘게 갈아낸 좋은 금과 미옥美玉 가루를 매일 바르자 자연스럽게 없어져버린 것이다. 의학서적에 '미옥으로 흉터를 없앤다'[2]고 한 말이 바로 이런 의미일 것이다. 그날 사진과 목홍이 나그네로 변장해 먼저 떠나고, 그 다음으로 노지심과 무송이 행각승으로 꾸며 출발했으며 다시 주동과 유당이 상인 행세를 하며 떠났다. 각자 요도를 차고 박도를 들었고 몸에도 은밀한 무기를 감추고 있었다.

한편 송강은 시진과 함께 한량관閑凉官[3]으로 분장했고 급한 일이 발생하면 날듯이 산채에 알리기 위해 대종을 승국으로 변장시켜 함께 떠났다. 이규와 연청도 하인으로 꾸미고 각자 짐을 메고 산을 내려갔다. 두령들이 모두 금사탄까지 내려와 전송했다. 군사 오용이 재삼 이규에게 당부했다.

"평소에 산을 내려가기만 하면 좋든 나쁘든 일을 저질렀는데, 이번에 형님과 등 구경하러 동경으로 가는 것이니 다른 때와는 다르다. 가는 길에 술을 마셔도 안 되고 매우 조심해야 한다. 평소처럼 성질을 부렸다가는 형제들이 다시는 보지도 않을 것이고 서로 모이기도 어려울 것이다."

"군사는 걱정하지 말라니까. 내 이번에는 절대로 문제 일으키지 않을 거야."

작별하고 길을 잡아 떠났다. 제주濟州를 지나 등주滕州, 선주單州를 거쳐 조주曹州에 왔다가 다시 동경 만수문萬壽門[4] 밖에 이르러 객점을 찾아 쉬었다. 이

2_ 『한서漢書』「왕망전王莽傳 상」에 따르면 "왕망王莽이 공휴孔休에게 말하기를 '진실로 그대의 얼굴에 난 흉터가 보이지만 미옥으로 흉터를 문질러 없앨 수 있소'라고 했다."

3_ 한량관閑凉官: 한관閑官으로 직무가 한가하거나 실제적인 직무가 없는 관원을 가리킨다.

4_ 『수호전전교주』에 따르면 "동경에는 만수문萬壽門이 없으며 만승문萬勝門의 잘못으로 의심된다"고 했다.

날은 정월 열 하룻날이었다. 송강이 시진과 상의하며 말했다.

"내일 대낮에는 내가 감히 성안으로 들어갈 수 없으니 정월 열나흘날 밤까지 기다렸다가 시끌벅적할 때 비로소 들어갈 수 있을 것 같네."

시진이 말했다.

"이 동생이 내일 먼저 연청과 성안으로 들어가서 길을 한번 찾아보겠습니다."

"그러면 좋지."

다음 날 시진은 가지런하게 차려입고 머리에 새 두건을 쓰고 깨끗한 버선과 신발을 신었다. 연청도 속되지 않게 꾸몄다. 주점을 떠난 두 사람이 성 밖에서 민가들을 보니 집집마다 원소절을 경축하고 준비하느라 법석거렸고 각기 태평한 풍경을 축하했다. 성문 아래에 도착했는데도 저지하는 사람이 아무도 없었다. 과연 동경은 훌륭한 곳이었다.

주州 이름은 변수汴水라 하고, 부府는 개봉開封이라 부른다네. 구불구불 복잡하게 오吳, 초楚[5]와 이어져 있고, 제齊, 노魯[6]와는 경계가 끊임없이 길게 맞닿아 있구나. 산과 강의 지세 뛰어나고, 수륙의 요충지로다. 우임금 땐 예주豫州로 분할했고, 주나라는 정鄭 땅으로 봉했다네. 서로 겹쳐 엎드린 소 같은 지형이며, 천상계에 따르면 무기戊己[7]로 중앙에 자리잡았고, 높고 크게 엎드린 호랑이 형상으로 하늘의 이십팔수二十八宿 같구나. 금명지金明池에는 수양버들 엽편이 펼쳐져 있고, 소원성小苑城 가에는 사계절 꽃 가득 피었네. 십만 리에 걸친 물고기가 용으로 변하는 고장이요, 사백 개의 군주가 수레바퀴살이 가운데로 모이는 것과 같은 땅이로다. 휘황찬란한 전각[8]엔 상서로운 구름이 짙게 뒤덮고, 누대에

5_ 춘추시대 오나라와 초나라의 옛 땅으로 지금의 창장강 중하류 일대다.
6_ 주나라 때의 제나라와 노나라 옛 땅으로 지금의 산둥성과 허베이성 동남부 일대다.
7_ 무기戊己: 토土에 속하며 토는 음양陰陽으로 나눌 수 있다. 무戊는 양토陽土이고 기己는 음토陰土다.
8_ 원문은 '자각紫閣'인데, 휘황찬란한 전각으로 대부분 황제가 기거하는 곳을 가리킨다.

는 상서로운 기운이 온화하게 비추고 있도다.

州名汴水, 府號開封. 逶迤接吳·楚之邦, 延亘連齊·魯之境. 山河形勝, 水陸要衝. 禹畫爲豫州, 周封爲鄭地. 層疊卧牛之勢, 按上界戊己中央; 崔嵬伏虎之形, 像周天二十八宿. 金明池上三春柳, 小苑城邊四季花. 十萬里魚龍變化之鄉, 四百座軍州輻輳之地. 靄靄祥雲籠紫閣, 融融瑞氣照樓臺.

성안으로 들어간 시진과 연청은 어가御街[9]를 다니면서 구경했다. 동화문東華門 밖으로 돌아가니 수 없이 많은 비단 옷에 화모花帽[10]를 쓴 사람들이 분주하게 왕래하고 있고 찻집과 주점에는 각양각색의 복식을 갖춘 사람들이 앉아 있는 것이 보였다. 시진이 연청을 데리고 한 작은 주점으로 들어가 이층의 거리가 보이는 방을 잡아 난간에 기대어보니 반직班直[11]하는 자들이 궐을 출입하는데 저마다 복두幞頭[12]에 초록 잎이 달린 꽃 한 송이를 꽂고 있었다. 시진이 연청을 불러 귀에 대고 낮은 목소리로 말했다.

"너는 나와 함께 이렇게 저렇게 하거라."

연청은 눈치가 빠른 사람이라 자세히 물을 필요 없이 고개를 끄덕이고는 재빨리 아래층으로 내려가 주점을 나갔다. 마침 나이든 당직 관원이 오고 있자 연청이 인사를 했다. 그 사람이 말했다.

"낯설어 알아보지 못하겠소."

연청이 말했다.

"소인의 주인님은 관찰관님과 옛 친구인데 특별히 저를 시켜 모셔오라 했습니다."

9_ 어가御街: 경사에서 황제가 순행하는 큰길.

10_ 화모花帽: 무늬가 있는 얇은 비단, 채색 비단 등으로 만든 모자. 혹은 꽃무늬를 수놓은 모자를 가리킨다.

11_ 반직班直: 송나라 때 어전에서 당직 서는 금위군이다.

12_ 복두幞頭: 본래 남자들이 머리를 싸매는 검은색 두건으로 이후에는 점차 일종의 모자로 변했다.

원래 그 당직관은 왕씨인데, 연청이 말했다.

"장 관찰님이 아니십니까?"

"나는 성이 왕이오."

연청이 얼떨결에 대답했다.

"아 맞습니다. 주인께서 소인더러 왕 관찰님을 모셔오라 하셨는데, 성급하게 굴다보니 잊었습니다."

왕 관찰이 연청을 따라 주점 이층으로 올라왔다. 연청이 발을 젖히며 시진에게 말했다.

"왕 관찰님을 모셔왔습니다."

연청이 왕 관찰의 황궁 출입증[13]을 받았고 시진은 방 안으로 청하고 인사를 했다.

왕 당직관은 시진을 한참동안 쳐다봤지만 도무지 모르는 사람인지라 말했다.

"눈이 침침해서 그런지 족하를 잊은 것 같소. 이렇게 불러주셨으니 존함을 듣고자 합니다."

시진이 웃으면서 말했다.

"소인은 족하와 어릴 때 친구였습니다. 아름을 말하지 않을 테니 잘 생각해 보시오."

시진은 관찰과 간단하게 술 한잔하겠으니 술과 음식을 가져오게 했다. 주보가 풍성한 음식과 과일을 차려놓았고 연청이 술을 따르며 정성스럽게 권했다. 술이 거나하게 취하자 시진이 물었다.

"관찰께서는 무슨 의미로 머리에 청록색 꽃을 꽂았소?"

"금상께서 원소절을 경하하여 좌우 내외 24반에 속한 5700~5800명 사람들에게 저고리 한 벌에 '여민동락與民同樂'이라 새겨진 작은 금패가 달린 청록빛이

13_ 원문은 '집색執色'이다. 의장용 기물로 황궁을 출입하는 표지다.

도는 황금빛 고운 꽃 한 송이씩 하사하셨습니다. 이 때문에 매일 여기서 기다리다가 점고를 받는데, 이 꽃과 비단 저고리가 있어야 황궁 안으로 들어갈 수 있소."

"그런 것을 나는 몰랐소이다."

다시 몇 잔을 미시자 시진이 연청을 불러 말했다.

"너는 가서 술이나 더 데워 와라."

잠시 뒤에 술을 데워오자 시진이 몸을 일으켜 왕 당직관에게 잔을 들며 말했다.

"족하께서 이 동생이 권하는 술을 마셔야 이름을 알려드리겠습니다."

"도무지 생각이 나지 않으니 이름을 알려주시오."

술을 받아든 왕 당직관이 단번에 마셨다. 마시자마자 입에서 침을 흘리고 두 다리를 공중으로 뻗고는 등받이 없는 의자에 누워버렸다. 시진이 서둘러 그의 두건과 옷, 버선과 신발을 벗겨버리고 그가 입고 있던 비단저고리, 허리 띠, 신발, 바지를 모두 벗겨내 머리에 꽃 모자를 쓰고 출입증을 집어서는 연청에게 분부했다.

"주보가 와서 묻거든 관찰은 취했고 그 관인은 돌아오지 않는다고 말하거라."

"분부하실 필요 없습니다. 제가 알아서 처리하겠습니다."

시진은 주점을 나와 곧장 동화문으로 들어갔다. 황궁 안으로 들어가 보니 정말 인간 세계와는 완전히 다른 곳이었다.

상서로운 구름이 봉궐鳳闕[14]에 자욱하고, 길상의 안개가 용루龍樓를 뒤덮었구나. 유리 기와들 원앙새처럼 쌓였고, 거북 등 같은 무늬 있는 발은 비취를 드리운 듯하네. 정양문正陽門은 황도黃道[15]로 통하고, 장조전長朝展은 황궁을 맞잡듯

14_ 봉궐鳳闕: 한나라 때의 궁궐 명칭.

이 자리잡았구나. 혼의대渾儀臺[16]에선 별을 점치고, 대루원에는 문무 관원들이 두 반열로 나뉘어져 있네. 담장은 후춧가루를 칠한 듯하고, 가느다란 녹색 버들은 높이 들린 처마를 스치며, 궁전은 난간이 둘러싸고 있는데, 빼곡히 피어 있는 자줏빛 꽃들이 보련步輦[17]을 맞이하도다. 몸은 봉래섬에 있는 듯 의심이 가고, 정신은 도솔천兜率天[18]에서 노니는 듯하구나.

祥雲籠鳳闕, 瑞靄罩龍樓. 琉璃瓦砌鴛鴦, 龜背簾垂翡翠. 正陽門逕通黃道, 長朝殿端拱紫垣. 渾儀臺占算星辰, 待漏院班分文武. 墻涂椒粉, 絲絲綠柳拂飛甍; 殿繞欄楯, 簇簇紫花迎步輦. 恍疑身在蓬萊島, 仿佛神游兜率天.

시진이 황궁 안으로 들어가 금문을 지나갔는데도 복식을 갖추었기에 막는 자가 아무도 없었다. 그는 곧장 자신전紫宸殿[19]으로 가서 문덕전文德殿[20]을 돌아갔는데 모든 궁전 문이 황금 열쇠로 채워져 있어 들어갈 수 없었다. 다시 응휘전凝暉殿[21]을 돌아 궁전 옆으로 들어가자 황금색으로 '예사전睿思殿'[22]이라 쓰인 편액이 걸린 편전에 이르렀다. 이곳은 바로 천자가 책을 보는 곳이다. 옆쪽에 주홍색 선반 문짝이 열려 있기에 시진은 몸을 가로로 하여 안으로 들어가 살펴보니 정면은 어좌가 펼쳐져 있고 양쪽 긴 탁자에는 상아로 제작한 붓대, 무늬 있는 편지지, 용 형상이 장식된 묵과 벼루[23] 문방사우文房四友가 놓여 있었다. 서

15_ 황도黃道: 제왕이 출행할 때 다니는 도로.
16_ 혼의대渾儀臺: 혼천의渾天儀를 설치한 곳. '혼의'는 '혼천의'의 줄임말로 고대에 천문 현상과 천체의 변화를 관측하는 기구다.
17_ 보련步輦: 사람이 메고 걸음을 대신하는 기구로 가마와 유사하다.
18_ 도솔천兜率天: 불교에서는 하늘이 여러 층으로 나뉘어졌다고 여기는데, 네 번째 층을 도솔천이라 한다.
19_ 자신전紫宸殿: 천자가 군신이나 외국 사절을 접견하는 장소다.
20_ 문덕전文德殿: 문무 관원들이 매일 줄을 지어 황제를 알현하며 조회하는 장소다.
21_ 응휘전凝暉殿: 내전內殿 가운데 하나다.
22_ 예사전睿思殿: 내전의 하나라 황제 전용의 내서각內書閣이다. 독서를 하거나 정사를 생각하는 곳이다.
23_ 원문은 '단연端硯'인데, '단계연端溪硯'을 말한다. 광둥성 자오칭肇慶의 단계석端溪石으로 만든 벼루다.

가에는 책들로 가득했고 각기 표식[24]을 꽂아뒀는데 그 수를 알 수 없을 정도였다. 정면 병풍에는 푸른색으로 산하사직혼일도山河社稷混一圖[25]가 그려져 있었다. 병풍 뒤로 돌아가자 또 다른 하얀 병풍이 있었는데, 거기에는 황제가 적은 네 명의 대도적의 이름이 적혀 있었다.

'산동 송강, 회서淮西 왕경王慶, 하북 전호田虎, 강남 방랍方臘'

시진은 그 4명의 대도적 이름을 보고는 속으로 생각했다.

'우리가 나라에 해를 끼치고 있음을 항상 마음속에 기억해두려고 천자가 여기에 적어 놓았구나.'

시진이 몸속에 감추고 있던 비수를 꺼내 '산동 송강' 네 글자를 오려냈는데, 뒤에서 인기척이 들리자 황급히 예사전을 빠져나왔다. 내원內苑을 떠나 동화문을 나온 시진이 주점 위층으로 돌아왔는데 왕 당직관은 아직도 깨어나지 못하고 있었다. 그가 입고 있었던 비단 옷, 화모, 복색 등을 모두 방 안에 놓았고 원래 입고 있던 옷으로 갈아입었다. 연청을 불러서는 주보에게 술값을 치르게 했는데 남은 거스름돈 십여 관은 주보에게 상으로 주게 하고 이층에서 내려와서는 주보에게 당부했다.

"나와 왕 관찰과는 형제지간으로 그가 취했기에 내가 그를 대신해 황궁에 가서 점고하고 돌아왔는데 아직도 깨어나지 못하고 있네. 나는 성 밖에 거주하고 있어 성문이 닫힐까 걱정되네. 남은 돈은 자네에게 상으로 줄 테니 가지도록 하고 왕 관찰의 옷과 호의號衣[26]는 모두 여기에 있네."

주보가 말했다.

24_ 원문은 '아첨牙籤'이다. 턱뼈로 만든 표식인데 대부분 책갈피 속에 꽂아 책을 뒤져서 읽는 표식이다.
25_ 산하사직혼일도山河社稷混一圖: 산과 하천, 국가 영역이 포함된 지도를 말한다.
26_ 호의號衣: 차역 혹은 병정이 착용한 통일된 복장을 말한다.

"제가 돌봐드릴 테니, 관인은 안심하십시오."

시진과 연청은 주점을 떠나 만수문을 거쳐 성 밖으로 나갔다. 왕 당직관은 저녁이 되어서야 깨어났고 옷과 화모가 모두 있는 것을 보기는 했지만 어떻게 된 일인지 도무지 몰랐다. 주보가 시진의 말을 전하자 왕 당직관은 술에 취해 정신이 나갔다고 생각하고는 집으로 돌아갔다. 이튿날 누군가 그에게 와서 말했다.

"예서전에 '산동 송강' 네 글자가 없어졌다네. 오늘 각 문마다 철통같이 지키면서 출입하는 사람들을 모두 검문해야 한다네."

왕 당직관은 어떻게 된 일인지 알아차렸으나 어떻게 감히 발설할 수 있겠는가.

한편 시진은 객점으로 돌아와 송강에게 황궁 안에서 있었던 일을 상세히 말하고는 가져온 대도적 '산동 송강' 네 글자를 꺼내자 송강이 보고서는 탄식해마지 않았다. 열나흘 날, 해질 무렵 밝은 달이 동쪽에서 떠오르는데 하늘에는 어두운 구름 한 점 없었다. 송강과 시진은 한량관, 대종은 승국, 연청은 하인으로 꾸몄고 이규는 남아서 방을 지키도록 했다. 그들은 사화社火[27] 무리에 섞여 왁자지껄하면서 봉구문封丘門[28]으로 들어가 번화가를 두루 돌아다니며 구경했다. 과연 밤이 따뜻하고 바람이 부드러우며 온화하여 놀기에 좋았다. 마행가馬行街로 돌아가자 집집마다 문 앞에 등 천막을 묶고 등불을 걸었는데 대낮처럼 밝았다. 바로 누대 위아래로 등불이 비추고 수레와 말로 왕래하면서 사람들을 구경하는 것이었다. 네 사람이 어가御街를 돌아가는데 길 양쪽에 연월패煙月牌[29]가 가득 걸려 있었다.

중간쯤 왔을 때 집 밖에 푸른 장막을 쳐놨고 안에는 왕대 주렴을 걸었으며 양쪽이 모두 푸른 그물창이고 양쪽으로 '가무신선녀歌舞神仙女, 풍류화월괴風流

27_ 사화社火: 명절 기간에 시내에서 신神을 맞아들일 때 징을 울리고 북을 치면서 연출하는 각종 오락을 말한다. 잡극雜劇, 가무 같은 종류다.

28_ 봉구문封丘門: 변경汴京 북쪽 네 문 가운데 하나.

29_ 연월패煙月牌: 기생집 문 앞에 손님을 끌어 모으는 팻말.

花月魁'[30] 다섯 글자씩 적은 팻말을 걸어놓은 집이 보였다. 송강은 찻집으로 들어가 차를 마시면서 차박사에게 물었다.

"앞에 있는 기생집 기생은 누구인가?"

차박사가 말했다.

"동경 상청행수上廳行修[31] 이사사李師師입니다."

"그렇다면 금상폐하와 친한 기생이 아닌가?"

"목소리 낮추시오. 눈과 귀가 가까이 있습니다."

송강이 연청을 불러 귀에 대고 낮은 목소리로 말했다.

"내가 이사사를 한번 만나서 은밀하게 일을 벌이려 하네. 자네가 남들 주의를 끌지 않고 은근히 들어가보게. 나는 여기서 차나 마시면서 기다리겠네."

송강은 시진·대종과 함께 찻집에서 차를 마셨다.

연청은 이사사의 집 문 앞에서 푸른 장막을 젖히고 왕대 주렴을 쳐들고는 중문으로 들어갔는데, 원앙 등 하나가 걸려 있었고 아래에는 코뿔소 가죽을 덮은 향 탁자가 있었다. 그 위에는 박산고동博山古銅 향로[32]가 놓여 있었고, 향로 안에서는 가는 향 연기가 피어오르고 있었다. 양쪽 벽에는 네 폭의 명인 산수화가 걸려 있고 그 밑에는 코뿔소 가죽을 씌운 네 개의 교의가 있었다. 아무도 나오지 않자 연청은 마당으로 들어갔다. 그곳에는 커다란 객실이 있었는데 녹나무 목재에 꽃을 조각한 정교하고 아름다운 작은 침상이 세 개가 놓여 있었고 그 위에는 늦봄 경치의 자줏빛 비단 요가 깔려 있으며 옥 받침의 좋은 등이 걸려 있고 색다른 골동품들이 진열되어 있었다. 연청이 살짝 헛기침 소리를 내자 병풍 뒤에서 하녀가 돌아나오며 연청에게 인사를 하고는 물었다.

30_ 통상적으로 사용하는 간판 용어다. '신선녀' '화월괴'는 모두 기녀 용모와 명성을 칭송한 것이다.

31_ 상청행수上廳行首: 관기官妓 혹은 상등의 기녀를 말한다. 상上은 상청上廳으로 관서다. 행수行首는 기생집의 우두머리로 여기서는 기생 어미를 가리킨다.

32_ 박산고동博山古銅 향로: 유명하고 귀한 옛 향로로 향로 덮개가 전설 속의 바다 가운데 있다는 명산인 박산의 형상과 같다고 한다. 그러나 실제로 박산은 존재하지 않는다.

"성함은 어떻게 되시고 어디에서 오셨습니까?"

"내 할 말이 있으니, 번거롭더라도 어머님보고 나오시라 해라."

하녀 매향이 들어간 지 얼마 안 되어 어머님이 나왔다. 연청이 그녀를 자리에 앉히고 네 번 절을 올렸다. 노파가 물었다.

"젊은이는 이름이 뭐요?"

"어머님께서 잊으셨군요. 소인은 장을張乙의 아들 장한張閑입니다. 어릴 때부터 타지에 나가 있다가 이제야 돌아왔습니다."

원래 세상에는 장씨·이씨·왕씨가 가장 많은데, 그 노파는 한참 동안 생각했다. 게다가 등불 아래라 사람을 자세히 살피지도 못했다. 그러다 갑자기 생각난 듯 소리쳤다.

"네가 태평교太平橋 아래에 살던 어린아이 장한이 아니냐? 오랫동안 오지 않더니만 너 어디 갔었냐?"

"소인이 줄곧 집에 있지 않아 찾아뵙지 못했습니다. 제가 지금 산동에서 오신 손님을 모시고 있는데 그분은 재산이 말할 수 없을 정도로 많습니다. 연남燕南·하북河北의 제일가는 부호로 이번에 원소절 구경도 하고, 동경의 친척들도 만나고, 이곳에서 장사도 하고, 아가씨도 한번 만나볼 겸 오셨습니다. 어떻게 댁에 출입하겠다고 말씀하실 수 있겠습니까? 단지 아가씨와 한 자리에서 술이나 마시면 만족하시지요. 제가 으스대려고 하는 말이 아니라 그분은 진짜 천 냥이 넘는 금은이 있는데, 댁에도 보내드리겠다고 합니다."

그 노파는 잇속에 밝고 황금에 환장한 사람이라 연청의 말을 듣고는 마음이 들썩거려 황급히 이사사를 불러내 연청과 만나게 했다. 등불 아래서 보니 과연 대단히 아름다운 용모였다. 연청이 두 번 절을 했다. 여기에 증명하는 시가 있다.

꽃다운 나이에 기생 중 으뜸이니, 옥의 용모에 꽃다운 얼굴 비할 자 없네.
황제도 흠모하여 친하게 대하는데, 장사가 고개 숙인들 무에 부끄러우랴.

芳年聲價冠青樓, 玉貌花顏是罕儔.

共羨至尊曾貼體, 何慚壯士便低頭.

그 노파가 자세히 이야기하자 이사사가 말했다.

"원외께서는 지금 어디에 계세요?"

연청이 말했다.

"맞은편 찻집에 계십니다."

"우리 집에 오시면 차 대접하겠다고 하세요."

"어머님 허락 없이 어떻게 감히 제멋대로 들어오겠습니까?"

노파가 말했다.

"빨리 가서 모셔오게."

연청은 바로 찻집으로 가서 송강의 귀에 대고 소식을 알렸다. 대종은 찻값을 지불한 뒤 세 사람은 연청을 따라 이사사의 집으로 갔다. 중문 안으로 들어서자 이사사가 맞이하며 큰 객실로 안내했다. 이사사가 손을 소매에 넣고 앞을 향해 인사했다.

"방금 장한으로부터 고상하신 말씀 많이 들었는데, 이렇게 왕림하시어 빛내주시니 영광입니다."

송강이 말했다.

"멀고 궁벽한 산중에서 보고 들은 것이 적은데, 꽃다운 용모를 뵙게 되어 평생의 행운입니다."

이사사가 자리에 앉기를 권하고 또 시진을 보고는 물었다.

"이 관인께서는 어떻게 되십니까?"

"송강이 말했다.

"이 사람은 이종 사촌 동생으로 섭葉 순검巡檢이라고 합니다."

이어서 대종을 불러 이사사에게 절을 하게 했다. 송강과 시진을 손님자리에 앉히고 자신은 오른쪽 주인자리에 앉았다. 유모가 차를 가지고 나오자 이사사가 손수 송강·시진·대종·연청의 잔에 따라줬는데, 그 차의 향기가 무척 좋았다. 차를 마시고 나서 찻잔과 쟁반을 거두었고 송강이 오게 된 연유를 말하려는데 유모가 와서 말했다.

"폐하[33]께서 뒤에 왕림하셨습니다."

이사사가 말했다.

"사실 감히 머무르시라 할 수 없습니다. 내일은 폐하께서 상청궁上淸宮으로 행차하시니 오시지 않을 거예요. 그러니 나리들을 이곳으로 청할 테니 편하게 술 드시면서 이야기하시죠."

송강이 '예, 예' 대답하면서 세 사람을 데리고 나갔다. 이사사의 집에서 나오자 작은 어가를 지나 오산을 구경하고자 천한교天漢橋로 향했다. 번루 앞으로 지나는데 누각 위에서 생황소리가 시끄럽게 들리고 북소리가 하늘까지 울리며 등불이 눈이 부시고 구경꾼들이 개미떼처럼 모여들었다. 송강과 시진도 번루로 올라가서 방을 찾아 앉고는 술과 풍성한 음식을 시켜놓고 누각에서 등을 감상하며 술을 마셨다. 몇 잔 마시지도 않았는데 옆방에서 누군가 노래 부르는 소리가 들렸다.

호연지기 높이 두우斗牛[34]에 올랐는데, 영웅 위업은 아직도 이루지 못했다네.

삼척 용천검龍泉劍 쥐었으니, 간사한 자들 베지 않고는 그만두지 않으리!

浩氣冲天貫斗牛, 英雄事業未曾酬.

手提三尺龍泉劍, 不斬奸邪誓不休!

33_ 원문은 '관가官家'인데 황제를 말한다. '관가'라고 칭한 것은 오대五代 시기에 시작되었다. 역자는 이하 '황제' '폐하' 등으로 번역했다.

34_ 두수斗宿는 남두南斗를 가리킨다. 북방 7개의 성좌 중 첫 번째 배열의 별자리로 6개의 별로 이루어져 있다. 북두칠성과 구분하여 남두라 하고 줄여서 두斗라고 한다. 우수牛宿는 북방 현무玄武 7수 중 배열 순서가 두 번째인 별자리로 6개의 별로 이루어져 있다.

송강이 듣고서 황급히 가보니 구문룡 사진과 몰차란 목홍이 방 안에서 크게 취하여 되는대로 미친 소리를 지껄이고 있었다. 송강이 가까이 다가가 소리 질렀다.

"자네들 두 동생 때문에 내가 놀라죽는 줄 알았네! 어서 술값 계산하고 나가게! 내가 빨리 만나서 다행이지 공인이 들었다면 그 화가 작지 않았을 게야. 자네들이 이렇게 사리에 어둡고 서툰지 누가 생각이나 했겠나! 지체하지 말고 빨리 성을 나가게. 내일 등 구경이나 하고 밤새 돌아가게. 발각되어 일이 틀어져서는 안 되니 그렇게 하는 게 좋을 게야!"

사진과 목홍은 묵묵히 아무 말 없이 주보를 불러 술값을 계산했다. 누각을 내려가 먼저 성 밖으로 나갔다. 송강과 시진 네 사람은 조금 더 마셨는데 얼굴이 붉게 달아올랐다. 대종이 술값을 계산하자 네 사람은 누각을 내려와 만수문을 지나 객점에 이르러 문을 두드렸다. 이규가 졸린 눈을 뜨고는 송강에게 말했다.

"형이 나를 데리고 오지 않았으면 그만이지만 데려와놓고 방이나 지키라고 하니까 기분 좆같잖아. 그래, 너희는 즐거웠냐!"

송강이 말했다.

"너는 타고난 성질이 착하지 않고 생긴 것도 추악해서 화를 초래할까 걱정돼서 데려가지 않은 거네."

"데리고 가지 않았으면 그만이지 무슨 핑계가 그렇게 많아! 내가 다른 집 어린애와 어른 죽이는 걸 본 적 있어?"

"내일 보름이니 밤에 너를 데리고 갈 테니 등 구경하고 그날 밤 바로 돌아오자고."

이규가 껄껄 웃었다.

그날 밤이 지나고 이튿날이 바로 원소절인데 날이 맑고 아주 좋았다. 저녁 무렵이 되자 원소절을 구경하는 사람들이 셀 수 없을 정도로 많았다. 옛사람[35]이 「강도춘絳都春」이란 사에서 원소절의 경치를 노래했다.

> 따뜻한 날씨에 또 화답하여 상서로운 안개가 밝게 빛나는 하늘색으로 펼쳐지고 도성의 봄이 벌써 찾아왔구나. 휘장을 물총새 날개로 장식한 수레는 나는 듯이 질주하고, 옥 굴레 쓴 말들 다투며 달리는데, 도성 성문 길과 오산鰲山은 채색 비단으로 봉래섬을 묶은 것 같구나. 해질 무렵의 하늘빛 바라보니 쌍룡이 빛을 머금었도다. 강소루絳霄樓 위, 붉은 일산 아래서 제왕의 의용을 우러러 바라보누나. 멀리서 어렴풋이 바람 따라 황제의 음악 들려오고, 옥전玉殿[36]에서 함께 감상하며 경하하니 뭇 신선들 함께 모여드네. 어향御香 구불구불 길게 이어지고, 가득 찬 사람들 웃음꽃 피우는구나. 별들은 점차 작아지고, 은은하던 황제의 채찍 끝 가죽 끈 휘두르는 소리 조용해지네. 유람객들 달빛 아래서 돌아가고, 동천洞天[37]은 아직 밝지 않았구나.
>
> 融和初報, 乍瑞靄霽色, 皇都春早. 翠幰競飛, 玉勒爭馳, 都門道, 鰲山彩結蓬萊島. 向晩色, 雙龍銜照. 絳霄樓上, 彤芝蓋底, 仰瞻天表. 縹緲風傳帝樂, 慶玉殿共賞, 群仙同到. 迤邐御香, 飄滿人間開嘻笑. 一點星球小, 漸隱隱鳴梢聲杳. 游人月下歸來, 洞天未曉.

그날 밤 송강은 시진과 함께 한량관으로 꾸미고 대종·이규·연청을 데리고 만수문으로 들어갔다. 이날 밤 야간 통행금지는 없었지만 각 문에는 군관과 군사들이 갑옷을 걸치고 군장과 요대를 갖추었으며 활과 쇠뇌의 시위는 당겨지고 칼과 검은 칼집에서 뽑은 채 배치되었는데 경계가 매우 엄중했다. 또한 고 태위

35_ 송나라 교방사敎坊司 정선관丁仙觀이다.

36_ 옥전玉殿은 전설 속에 천계의 신선 궁전이다.

37_ 동천洞天: 도교에서 신선이 거주하는 곳을 말한다.

는 철기 마군 1000명을 이끌고 성 위에서 순시하고 있었다. 송강 등 5명은 사람들 틈에 비집고 끼어 곧장 성안으로 들어갔다. 송강은 연청을 불러 귀에 대고 낮은 목소리로 분부했다.

"이렇게 저렇게 하고 밤에 찻집에서 기다리마."

연청은 곧장 이사사의 집으로 가서 문을 두드렸다. 노파와 이사사가 모두 나와 연청을 맞이하면서 말했다.

"원외께서는 언짢게 생각하지 마시라고 전해주시오. 폐하께서 불시에 행차하시니 우리가 어떻게 오만불손하겠소."

연청이 말했다.

"주인어른께서 재삼 어머님께 물어보시는데 화괴낭자花魁娘子38를 놀라게 했는데, 산동은 바다에 궁벽한 땅이라 진귀한 물건도 없고 생산되는 물건도 마음에 들지 않을 것이기에 소인을 시켜 먼저 황금 100냥을 보내니 임시로 예물로 생각하시라 합니다. 이후에 별도로 희귀한 물건이 있으면 다시 인사차 보내신다고 합니다."

노파가 물었다.

"원외께서는 어디 계시냐?"

"소인이 예물을 보내고 나면 함께 등을 구경하러 가시려고 골목 어귀에 기다리고 계십니다."

이 세상의 포주들이 가장 좋아하는 것이 재물이라 연청이 가지고 온 불덩이 같은 금덩이 두 개를 봤는데 어찌 마음이 움직이지 않겠는가!

"오늘이 원소절이라 우리 모녀가 술상이나 차려놓고 기다리고 있을 테니 원외께서 버리시지 않는다면 누추한 우리 집에 잠시 오셔서 이야기나 하다가 가

38_ 화괴낭자花魁娘子: 절대 가인을 비유한 말이다. 여기서는 가장 유명한 기녀에 대한 칭호다. 화괴花魁는 꽃들 가운데 우두머리를 말한다. 즉 기녀 가운데 으뜸이다.

시는 것은 어떤가?"

"소인이 가서 청하면 안 오실 리가 없습니다."

말을 하고는 몸을 돌려 찻집으로 가서 송강에게 이 말을 전했다. 뒤이어 모두들 이사사 집으로 갔고 송강은 대종에게 이규와 같이 문 앞에서 기다리게 했다.

세 사람이 큰 객실로 들어오자 이사사가 맞이하고 인사하며 말했다.

"원외께서 초면인데 무슨 까닭으로 이런 두터운 예물을 보내셨습니까? 안 받자니 공경하지 않는 것이고 받자니 너무 과분합니다."

송강이 대답했다.

"산간벽촌이라 희귀한 물건이 없기에 하찮은 소품으로 정을 표시한 것뿐인데, 어찌 수고롭게 화괴낭자께서 감사를 하십니까?"

이사사가 작은 방으로 청했고 손님과 주인 자리에 앉았다. 유모와 하녀가 진기한 과일과 정결하고 신선한 소채, 감미로운 풍성한 음식을 은그릇에 담아 가져와 식탁에 차려놓았다. 이사사가 잔을 들어 인사하며 말했다.

"전생에 인연이 있어 오늘 저녁에 두 분을 만나뵙게 된 것 같습니다. 볼품없는 잔이지만 장자長者[39]로 받들겠습니다."

송강이 말했다.

"산촌에 살면서도 적지 않은 재산을 가지고 있다지만 이처럼 부귀하고 풍류스러우며 온 세상에 명성 있는 낭자를 만나는 것은 하늘을 오르는 것보다 더 어려운데, 하물며 이렇게 직접 술과 음식을 대접하시다니요."

"원외께서 과분하게 칭찬하시니 감당하기 어렵습니다."

술을 권하고 나자 유모를 불러 작은 금으로 된 잔으로 술을 돌렸다. 이사사가 거리에 떠도는 미담을 이야기를 하자 시진이 모두 대꾸했고 연청은 옆자리

39_ 장자長者: 덕망이 높은 사람을 가리킨다. 『한비자』「궤사詭使」에 따르면 "진중하고 경박하지 않으며 자존하는 것을 장자라 부른다重厚自尊謂之長者"고 했다.

에 앉아 맞장구치며 웃었다.

술이 몇 순배 돌자 송강이 쓸데없는 말을 늘어놓고 소매를 걷어 팔을 드러내고는 손짓발짓하며 양산박에서의 본색을 드러냈다. 시진이 웃으면서 말했다.

"형님께서 술 드신 다음에는 이러하니 낭자께서는 웃지 마시오."

이사사가 말했다.

"술 마셔 즐거운데 격식에 구애받을 필요가 있나요."

하녀가 들어와 말했다.

"문 앞에 있는 두 하인 가운데 누런 수염에 무섭게 생긴 사람이 바깥에서 투덜거리며 욕을 하고 있습니다."

송강이 말했다.

"그 두 사람을 들어오게 해라."

대종이 이규를 데리고 방 앞으로 왔다. 이규는 송강과 시진이 이사사와 마주 앉아 술 마시는 것을 보고는 반쯤 언짢아하며 괴상한 눈을 둥그렇게 뜨고는 세 사람을 노려보았다. 이사사가 물었다.

"이 사내는 누구에요? 토지묘 안에 판관과 마주 서 있는 저승사자 같아요."

모두들 웃었다. 그러나 이규는 그 말을 알아듣지 못했다. 송강이 대답했다.

"이놈은 우리 집 노복이 낳은 아이로 소이小李라 하오."

이사사가 웃으면서 말했다.

"저는 아무 상관없지만 태백太白40 학사가 욕을 보겠네요."

"이놈이 그래도 무예가 있어서 200~300근 짐도 거뜬히 들 수 있고 30~50명 정도는 때려눕힐 수 있지요."

이사사가 커다란 은잔을 가져와 대종과 이규에게 석 잔을 따라주었다. 연청은 이규가 헛소리를 할까 걱정되어 먼저 그와 대종을 원래 있었던 문 앞에 앉아

40_ 당나라 시인 이백李白을 말한다. 이규를 비웃는 말이다.

있도록 했다. 송강이 말했다.

"대장부가 술을 마시는데, 어찌 작은 잔을 사용하리요!"

큰 잔을 가져오게 하여 연거푸 몇 잔을 마셨다. 이때 이사사가 소동파蘇東坡의 '장강은 동쪽으로 흘러간다'[41]는 사를 낮은 소리로 노래 부르자 송강은 주흥을 이기지 못해 지필묵을 가져오게 하여 먹을 짙게 갈아 붓에 듬뿍 묻히고 무늬 있는 종이를 펼치고는 이사사에게 말했다.

"비록 재주는 없으나 가슴속에 맺힌 울분을 아무렇게나 사 한 수를 지어 낭자께 올려 들려주리다."

송강이 붓을 대어 악부사樂府詞 한 수를 지었다.

> 하늘 아래 온 세상에 묻건대 어느 곳에서 제멋대로인 손님을 받아줄 수 있는가? 산동의 안개 자욱한 산채[42]에 잠시 머물러 있지만 동경의 봄빛 구경하러 왔다네. 비취색 소매엔 향기 뿜어나고 진홍색 엷은 비단으로 하얀 피부 덮었는데, 미소 한 번이 천금의 가치로구나. 선녀 같은 자태, 박정한 나와 어떻게 시간 보낼 수 있겠는가? 갈대 잎 무성한 모래톱, 여뀌 꽃 가득 핀 물가, 검푸른 허공에 뜬 밝은 달 생각나누나. 육육으로 짝을 지어 나는 기러기, 이어서 팔구로 짝을 지어 나는 기러기[43]는 금계金鷄[44]의 소식 기다리노라. 의기는 하늘을 감싸고 충성은 땅을 덮을지라도 사해에 알아주는 이 아무도 없네. 이별의 슬픔만 가슴에 가득하니, 취하여 보낸 별천지에서 하룻밤 사이 머리가 백발로 변했구나.
>
> 天南地北, 問乾坤何處, 可容狂客? 借得山東煙水寨, 來買鳳城春色. 翠袖圍香, 絳綃籠雪, 一笑千金値. 神仙體態, 薄幸如何消得? 想蘆葉灘頭, 蓼花汀畔, 皓月空凝

41_ 「염노교念奴嬌·적벽회고赤壁懷古」를 가리키는 것으로 보인다.
42_ 강호에 은거함을 비유한 말이다.
43_ 육육六六은 삼십육이고, 팔구八九는 칠십이로 양산박 호걸 108명의 숫자를 암시한다.
44_ 금계金鷄: 황금으로 된 닭 머리 형상으로 고대에 사면을 반포한 조서를 내릴 때 사용한 의장이다.

碧. 六六鴈行連八九, 只等金鷄消息. 義胆包天, 忠肝蓋地, 四海無人識. 離愁萬種, 醉鄉一夜頭白.

쓰기를 마치고 이사사에게 건넸는데, 이사사는 여러 차례 읽어봤으나 그 의미를 이해하지 못했다. 송강은 그녀가 사정을 자세히 묻기를 기다렸다가 마음속의 충정을 호소하려 했는데, 갑자기 유모가 와서는 말했다.

"폐하께서 지하도로 해서 후문에 오셨습니다."

이사사가 황급히 말했다.

"밖에까지 전송할 수 없으니 죄를 용서해주세요."

후문으로 황제가 도착하자 유모와 하녀는 서둘러 술잔과 접시 등을 치우고 탁자를 옮겨 놓고는 물을 뿌리고 청소를 했다. 송강 등은 모두 나오지 않고 어두운 곳에 숨어서 바라봤는데, 이사사가 황제 면전에서 절하며 아뢰었다.

"성상께서 오시느라 용체가 노곤하시겠습니다."

부드러운 비단 당건唐巾[45]을 쓰고 곤룡포滾龍袍를 입은 천자가 말했다.

"과인이 오늘 상청궁으로 행차했다가 돌아왔다. 태자를 시켜 선덕루宣德樓에서 만민에게 어주를 하사하고 어제御第에게는 천보랑千步廊 매시買市[46]에서 양楊태위에게 이쪽으로 오라 했는데 오래도록 기다려도 오지 않아 과인이 먼저 왔다. 가까이 와서 짐과 이야기나 나누자꾸나."

송강이 어둠 속에서 시진에게 말했다.

"이번 기회를 놓치면 다음에 만나기 어렵네. 우리 세 사람이 여기서 귀순하고 사면 문서를 받는 것이 좋지 않겠는가!"

시진이 말했다.

45_ 당건唐巾: 당나라 때 제왕이 쓰던 모자였으나 이후에는 사대부들이 사용했다.

46_ 매시買市: 옛날 고관 부호들이 임시로 개설한 시장으로 소小 경제인經濟人을 불러 모아 포상함으로써 시장을 번영시키는 것이다. 일종의 덕정德政을 위한 것이다.

"어찌 가능하겠습니까? 여기서 승낙했다가 나중에 번복할 것입니다."

세 사람은 어둠 속에서 상의했다.

한편 이규는 송강·시진이 아름다운 부인과 술이나 마시고 자신과 대종에게는 문을 지키라 시킨 것에 잔뜩 성질이 나자 머리카락이 곤두서고 뱃속에서 치밀어 오르는 화를 풀 곳이 없었다. 그때 마침 양 태위가 주렴을 들고 짝으로 된 문을 열어젖히며 들어오다가 이규를 보고는 소리 질렀다.

"네 이놈 누구냐? 감히 여기에 있느냐?"

이규는 대답도 않고 교의를 들어 양 태위의 얼굴을 향해 내리쳤다. 깜짝 놀란 양 태위는 미처 손쓸 새도 없이 교의에 두 차례나 맞아 바닥에 뒤집어졌다. 대종이 구하려 달려왔지만 막을 수 없었다. 이규는 벽에 걸린 그림을 찢어내 촛불에 불을 붙이고 여기저기에 불을 지르고는 향탁과 의자, 걸상을 닥치는 대로 부숴버렸다. 송강 등 세 사람이 소리를 듣고 뛰쳐나왔더니 흑선풍이 옷을 반쯤 벗은 채 그곳에서 행패를 부리고 있었다.

네 사람이 이규를 끌고 문 밖으로 나오자 이규는 거리에서 몽둥이를 빼앗아 들더니 때려 부수며 곧장 작은 어가를 나갔다. 송강은 이규가 성질을 부리는 것을 보고는 성문이 닫혀 빠져나가지 못할까 걱정되어 시진과 대종을 데리고 먼저 성을 빠져나가면서 연청에게 이규를 지키라 했다. 이사사 집에 불이 나자 놀란 조 황제[47]는 한달음에 달아났다. 이웃들이 불을 끄면서 양 태위를 구출해 냈다.

성안에서 천지가 진동하는 함성 소리가 일어났다. 고 태위는 북문에서 순찰하다가 이사사 집에 불이 났다는 소리를 듣고는 군마를 이끌고 곧장 쫓아왔다. 이규가 한참 때려 부수는 사이에 목홍과 사진을 만났고, 네 사람은 각자 창과 봉을 잡고 일제히 힘을 합쳐 성벽 쪽으로 갔다. 군사들이 급히 성문을 닫으려

47_ 도군 황제 휘종을 말한다.

하는데 성 바깥에서 쇠 선장을 돌리는 노지심, 쌍 계도를 휘두르는 무송, 그리고 손에 박도를 쥔 주동과 뇌횡이 성안으로 달려 들어와 네 사람을 구출하고는 빠져나갔다. 성문을 막 나갔는데 고 태위의 군마가 성 밖으로 뒤쫓아왔다. 8명의 두령들은 송강과 시진, 대종이 보이지 않자 당황했다. 그런데 군사 오용은 동경에서 큰 소동이 일어날 것을 예측하고 날짜를 정해 갑옷 입은 마군 1000기를 이끄는 5명의 호랑이 같은 장수들을 보냈던 것이다. 그들이 마침 동경성 밖에 도착하여 기다리다 송강·시진·대종 세 사람을 만나게 되었고 가져온 빈 말에 그들을 태웠던 것이다. 이어서 두령들이 도착했다. 모두 말에 오르려는데 이규만이 보이지 않았다. 이때 마침 고 태위 군마가 쫓아왔다. 송강 수하의 오호장五虎將은 관승·임충·진명·호연작·동평이었는데, 이들은 성 가까이 달려가 말을 해자 가에 세우고 크게 소리 질렀다.

"양산박 호걸이 모두 이곳에 왔다! 어서 성을 바치고 죽음을 면하도록 하라!"

이 말을 들은 고 태위는 감히 성을 나오지 못하고 황급히 조교를 내리고 군사들을 성 위로 올려보내 지키도록 했다. 송강이 연청을 불러 분부했다.

"네가 그 시커먼 놈과 가장 친하게 지내니 그놈을 기다렸다가 뒤따라 함께 오게. 나와 마군 두령들은 도중에 다른 문제가 발생할까 걱정되어 먼저 밤새 산채로 돌아갈 것이네."

송강 등의 군마가 돌아간 것은 더 이상 말하지 않겠다. 한편 연청은 어느 집 처마 아래서 살펴보고 있는데, 이규가 객점 안에서 짐을 챙기고 쌍 도끼를 들고는 크게 고함을 지르며 객점을 달려나와 혼자 동경성을 치러 달려가고 있는 것이 보였다. 바로 큰 천둥 같은 고함을 지르며 손에 큰 도끼를 들고 성문을 찍어 내려 가는 것이었다.

결국 흑선풍 이규가 어떻게 성을 치는지는 다음 회에 설명하노라.

사대구四大寇(네 명의 대도적)

본문에서는 하얀 병풍에 네 명의 대도적의 이름이 적혀 있었다고 하면서 '산동 송강, 회서淮西 왕경王慶, 하북 전호田虎, 강남 방랍方臘'을 언급하고 있다. 『수호전전보증본』에 근거하면, 명나라 수호 전본傳本, 간본簡本에는 모두 전호와 왕경이 끼워져 있고 보충되어 있다. 번본繁本 또한 왕경과 전호의 고사가 있다. 그러나 회서 왕경, 하북 전호는 송나라 역사 사실에는 보이지 않는다. 원·명대 400년 동안에도 전호의 사적은 보이지 않는다. 명나라 사람의 필기 가운데 양송兩宋의 네 명의 대도적을 기술한 것에는 몇 가지 학설이 있다. 첫 번째는 왕문록王文祿 설이다. 『책추策樞』 권3 「육화毓和」에 따르면 "송나라 정강靖康 연간 병오년, 여진女眞이 남쪽으로 침범했는데, 산동에 송강, 하북에 전호, 강남에 방랍, 동정洞庭에 양요楊幺가 있었다"고 했다. 두 번째는 오종선吳從先 설이다. 『소창자기小窗自紀』 권3에 따르면 "고탁산高托山이 하북에서 일어나고, 장선張仙(장선張先)이 산동, 방랍이 목주睦州, 송강이 회남에서 일어났다"고 했다. 송강이 일어난 때는 장선, 고탁산, 양요 등과는 동시대가 아니었다. 학자들의 고증에 근거하면 송강이 왕경, 전호를 정벌한 것은 실제로는 명나라 만력萬曆 시기 서방書坊(책을 인쇄하고 팔던 곳)의 호사가들이 저작한 것이다.

이사사李師師

'이사사'란 기생은 확실히 존재했던 인물이다. 남송 시기에 많은 사람이 이사사에 대해 기술하고 있다. 그녀는 천하에 명성을 날렸던 기생으로 당시 황제였던 휘종의 총애를 받았다. 이사사는 진안방鎭安坊에 거주했는데, 동화문東華門과는 2리 정도 떨어져 있었다. 황제는 한밤중에 옷을 갈아입고 내시들 속에 섞여 동화문을 나가 지하도를 통해 이사사의 거처로 갔다고 한다. 『수호전전보증본』에 근거하면 휘종이 가장 좋아했던 기녀는 조원노趙元奴였다. 『삼조북맹회편』 권74에서 인용한 도선간陶宣干의 『변도기汴都記』에서 이르기를, 휘종과 흠종欽宗 두 황제가 금나라에 포로가 되어 개봉성 밖 청성靑城에 연금되었을 때 흠종이 조정에 편지를 보내 조정의 신하들에게 자신이 평소에 입었던 의복과 먹었던 소와 양고기를 보내달라고 했다. 편지에는 또한 태상황(휘종 조길)의 뜻이 언급되었는데, 조재인趙才人(재인은 궁중이 여자 관직 명칭. 대부분 비빈의 칭호) 원노元奴를 보내달라는 것이었다. 그가 포로가 되었을 때 조원노는 이미 입궁한 상태로 이사사가 궁 밖에 있는 것과는 달랐다.

명나라 때 무명씨가 지은 「이사사외전李師師外傳」에 근거하면 사사師師의 부친 이름은 왕인王寅으로 변경汴京의 장인匠人이었으며 사사의 모친은 그녀를 낳자마자 사망했다. 그런데 태어난 아기가 울지를 않자 왕인은 아이를 안고서 보광사寶光寺로 가서 불가에 귀의하여 보우保佑를 구하고자 했다. 그런데 막 절에 당도했을 때 아이가 울면서 할딱거렸다. 왕인은 이 아이에게 불성佛性이 있다고 여겨 이름을 '사사師師'로 지었다. 당시 사람들은 화상和尙을 '노사老師'라 불렀다.

【 제73회 】

말썽꾼 이규[1]

이규는 객점에서 뛰쳐나와 손에 쌍 도끼를 들고 성 가까이 달려가 성문을 찍으려는데 연청이 달려와 허리와 사타구니를 안아 넘어뜨리는 바람에 다리를 공중으로 뻗치며 뒤로 벌렁 나자빠졌다. 연청이 끌고 오솔길로 달려가니 이규도 따라갈 수밖에 없었다. 어찌하여 이규가 연청을 무서워할까? 원래 연청은 천하제일의 씨름꾼이었기 때문에 송 공명이 연청에게 이규를 지키라고 한 것이었다. 이규가 따르지 않으면 연청이 손을 써서 쓰러뜨렸고 여러 차례 그의 기술에 당했기에 두려워했으며 따를 수밖에 없었다. 연청과 이규는 군마가 추격해오면 대적하기 어려웠기에 감히 큰길로 가지 못하고 크게 돌아서 진류현陳留縣 쪽으로 길을 잡아 달아났다. 이규는 다시 옷을 입고 큰 도끼를 옷소매 속에 감췄다. 두건을 잃어버렸기 때문에 누르스름한 머리를 풀고 두 가닥으로 빗어 올려 귀 뒤에서 두 개의 뿔처럼 둥글게 맸다. 날이 밝을 때까지 걷다가 연청에게 돈이 있어

1_ 제73회의 제목은 '黑旋風喬捉鬼(흑선풍이 도사로 가장하여 귀신을 잡다), 梁山泊雙獻頭(양산박에 두 개의 수급을 바치다)'다.

시골 주점에서 술과 고기를 사먹고 길을 재촉하며 걸었다. 이튿날 날이 밝자 동경성은 떠들썩했다. 고 태위가 군사들을 이끌고 성을 나가 뒤를 쫓았지만 따라잡을 수 없었다. 이사사는 핑계를 대며 모른다고 했고 양 태위는 집으로 돌아가 쉬었다. 다친 자들을 헤아려보니 400~500명이나 되었고 밀치고 넘어진 자는 수를 셀 수 없을 정도로 많았다. 고 태위는 추밀원 동관童貫과 함께 태사부太師府로 와서 상의하고 군사를 파견해 소탕하고 체포해야 한다고 상주했다.

한편 이규와 연청 두 사람은 사류촌四柳村이라는 곳에 이르렀는데 어느새 날이 저물었다. 두 사람은 한 커다란 장원으로 가서 문을 두드렸고 초당으로 들어갔다. 장원 주인인 적狄 태공이 나와서 맞이했는데 머리를 두 가닥으로 뿔처럼 둥글게 맸고 도포도 입지 않은데다 생김새도 추악한 이규를 보고는 어떤 사람인지 알 수가 없었다. 태공이 연청에게 물었다.

"이분은 어디에서 오신 도사요?"

연청이 웃으면서 말했다.

"이 도사님은 괴상한 사람으로 이해하지 못하실 겁니다. 되는대로 저녁밥을 주시면 하룻밤 묵고 내일 아침 일찍 떠나겠습니다."

이규는 아무 말도 하지 않았다. 태공이 바닥에 엎드려 이규에게 절을 하며 말했다.

"도사님 제발 저를 구해주십시오!"

이규가 말했다.

"무슨 일이기에 나한테 그런 말을 하시오."

"저희 집은 식구가 100명이 넘는데 우리 부부한테 핏줄이라고는 스무 살 먹은 딸 하나밖에 없습니다. 반년 전에 귀신이 들리더니 사람을 해치는 사악한 병에 걸려 방 안에만 있고 밥도 먹으러 나오지 않고 있습니다. 부르기만 하면 벽돌이건 돌이건 마구잡이로 던져 집안에 맞아 다친 사람이 많습니다. 그동안 도사들을 여러 번 청했지만 귀신을 잡지 못했습니다."

이규가 말했다.

"태공, 나는 계주 나진인의 제자로 구름과 안개를 타고 하늘을 날 수 있어 전문적으로 귀신을 잡소이다. 태공께서 재물을 아끼지 않는다면 오늘 밤에 귀신을 잡아주겠소. 지금 돼지와 양 한 마리씩 잡아서 신장神將에게 제사를 지내야 하오."

"돼지, 양이야 우리 집에 얼마든지 있고 술은 말할 필요도 없습니다."

"그럼 살찐 것으로 골라잡아 푹 삶아오시오. 좋은 술도 몇 병 가져와 준비하시오. 오늘 밤 3경에 귀신을 잡겠소."

"도사님, 부적 쓸 종이가 필요하시면 저희 집에 모두 있습니다."

"내 법술은 한 가지 뿐인데, 뭔 좆같은 부적이 필요해. 방 안에 데려다주기만 하면 귀신을 끌고나온다니까."

연청은 웃음을 참아낼 수가 없었다.

태공은 이규의 말이 그럴 듯해 한밤중까지 준비해 돼지와 양을 잡아 푹 삶아 대청 앞에 차려놨다. 이규는 큰 사발 10개를 가져오게 하여 데운 술 10병을 한꺼번에 다 따랐다. 양초 두 자루를 반짝반짝 켜놓고 향로에는 불꽃이 활활 타오르게 좋은 향을 태웠다. 이규는 등받이 없는 의자를 두 손으로 한 복판에 옮겨 앉아서는 주문을 외지는 않고 허리에서 큰 도끼를 꺼내 돼지와 양을 찍어 큰 덩이를 찢어내 먹기 시작했다. 또 연청을 불러 말했다.

"소을형 와서 좀 먹지."

연청이 냉소 지으며 가서 먹었다. 이규가 배불리 먹고 좋은 술 대여섯 사발을 마시자 태공이 놀라 멍하니 쳐다봤다. 이규가 장객들을 불렀다.

"너희도 음복하거라."

잠깐 사이에 남은 고기를 나누어주고는 말했다.

"손발을 씻어야하니 어서 물 한 통 가져오너라."

손발을 다 씻고 나자 태공에게 차를 가져오게 했다. 그러고는 연청에게 또 물었다.

"너는 배부르게 먹었냐?"

"배부르게 먹었소."

이규가 태공에게 말했다.

"취하도록 마셨고 고기도 배부르게 먹었소. 내일 길을 가야 하니 이 어르신은 이제 자야겠소."

태공이 말했다.

"무슨 말씀이십니까! 귀신은 언제 잡으실 겁니까?"

"당신이 진짜 귀신을 잡고 싶으면 나를 딸 방으로 안내하시오."

"귀신이 지금 방에 있지만 벽돌과 돌이 날아오는데 누가 감히 들어가겠소!"

이규는 두 도끼를 뽑아들고 사람들에게 횃불을 멀리 떨어져 비추라고 했다. 이규는 성큼성큼 방으로 다가갔고 방 안에는 등불이 은은하게 켜져 있었다. 이규가 안을 자세히 살펴보니 한 젊은 놈이 여인을 끌어안고 이야기를 하고 있었다. 이규가 방문을 발로 걷어차고 들어가자 도끼로 찍어내는 곳에 불꽃이 튀며 흩어지고 벼락이 치는 듯했다. 자세히 보니 등잔이 찍혀 엎어진 것이었다. 그 젊은 놈이 달아나려 하자 이규가 크게 호통 치며 도끼로 찍어냈다. 그러자 젊은 년이 침상 밑으로 기어들어갔다. 이규는 먼저 그 사내의 머리를 찍어내어 침상 위에 놓고 침상 옆을 도끼로 두드리며 소리 질렀다.

"이년아 어서 나와라! 나오지 않으면 침상까지 통째로 잘게 썰어 부셔버리겠다!"

"목숨을 살려주시면 나갈게요!"

머리를 내밀자 이규가 머리채를 틀어쥐고는 죽어 나자빠진 시신 옆으로 끌고 오더니 물었다.

"내가 죽인 놈은 누구냐?"

"간부姦夫 왕소이王小二입니다."

이규가 또 물었다.

"벽돌과 음식은 어디서 가져왔느냐?"

"제가 금은과 머리 장식품을 그에게 줘서 2, 3경에 담장을 넘어 들여온 거예요."

"이런 더러운 년을 살려서 무엇에다 쓰겠냐!"

침상 옆으로 끌어당기더니 도끼로 머리를 찍어냈다. 두 수급을 한 곳에 매어 두고 계집의 시신을 들어 사내의 시신과 나란히 놓았다. 이규가 말했다.

"부른 배를 소화시킬 데가 없구나."

윗도리를 벗어버리고 쌍 도끼를 들고는 두 시신을 한바탕 북을 두드리듯이 위아래를 잘게 썰었다.

이규가 웃으면서 말했다.

"보아하니 이 두 연놈이 살아나지는 못하겠지."

큰 도끼를 끼우고 수급을 들고는 대청 앞으로 가서 크게 소리 질렀다.

"두 귀신을 모두 잡았소."

수급을 바닥에 내던졌다. 장원 안 사람이 모두 놀랐고 와서 수급을 살펴보는데 하나는 태공의 딸이었지만 다른 하나는 누구인지 아는 사람이 없었다. 한 장객이 살펴보고 누군지 알아보고는 말했다.

"동촌東村 어귀에 사는 새 잡는[2] 왕소이 같은데……"

이규가 말했다.

"이 장객이 눈이 좋군!"

태공이 말했다.

"도사님은 그것을 어떻게 아십니까?"

"당신 딸이 침상 밑에 숨기에 끌어내 물어보니까 '저 사람은 간부 왕소이이고

2_ 원문은 '점작아粘雀兒'다. 대나무 장대에 끈끈이를 발라 작은 새를 잡는 것을 말한다. 대부분 아이들이 하는 것으로 건달이나 불량배가 좋아하는 것은 아니다.

음식은 모두 그가 가져다줬다'고 했소. 자세히 물어본 다음에 손을 쓴 것이오."

태공이 곡을 하며 말했다.

"도사, 왜 내 딸까지 죽였소?"

이규가 욕했다.

"이런 등짝을 때려줄 늙은이가 있나! 서방질이나 하는 딸년을 살려둔단 말이야! 나한테 고마워하지는 않고 도리어 곡을 하고 지랄이야! 내가 내일 당신한테 분명하게 해줄 테다!"

연청이 방을 얻어 이규와 함께 가서 쉬었다. 태공이 사람을 데리고 등불을 밝히고 방으로 들어가 살펴보니 머리 없는 두 시신이 보이고 열 토막으로 잘라져 바닥에 던져져 있었다. 태공과 노파가 상심하여 큰소리로 울부짖고는 사람을 시켜 뒤로 옮겨서는 화장시켰다. 날이 밝을 때까지 자고 일어난 이규가 펄쩍 일어나 태공에게 와서는 말했다.

"어젯밤 귀신을 잡아줬는데 당신 어째서 고맙다고 안하는데?"

태공은 하는 수없이 술과 식사를 대접했다. 이규와 연청은 배불리 먹고 출발했다. 적 태공이 집안일을 처리한 것은 말할 필요가 없다.

한편 이규와 연청은 사류촌을 떠나 길에 올라 계속 앞으로 갔다. 때는 풀이 말라 땅이 광활하고 낙엽이 떨어져 산이 텅 빈 듯했다. 가는 길에 별다른 일은 없었다. 두 사람은 양산박 북쪽으로 굽이돌아 갔기에 산채까지는 아직도 70~80리 길이나 멀리 떨어져 있었다. 형문진荊門鎭에서 멀리 떨어지지 않은 곳에 이르렀을 때 날이 저물자 한 커다란 장원으로 달려가 문을 두드렸다. 연청이 말했다.

"객점을 찾아가서 쉬는 게 낫겠소."

이규가 말했다.

"이런 큰 집이 객점보다야 낫잖아!"

미처 말이 끝나기도 전에 장객이 나와서 말했다.

"우리 주인어른 태공께서 걱정이 많으시니 다른 데 가서 묵으시오."

연청이 뜯어 말렸으나 이규는 무턱대고 밀고 들어갔고 초당에 이르렀다. 이규가 소리 질렀다.

"지나가는 나그네가 하룻밤 묵자는데 뭔 좆같이 이래! 태공이 걱정이 많다고 하던데 내가 고민하는 사람과 이야기나 해보련다."

안에서 태공이 살펴보니 흉악하게 생긴 이규가 보이는지라 조용히 사람을 시켜 대청 옆쪽 곁방으로 안내하게 하여 쉬도록 했고 밥을 해서 두 사람을 먹이고 자도록 했다. 얼마 지나지 않아 밥상이 오자 두 사람은 먹고 쉬었다.

이규는 그날 밤 술을 먹지 못해 황토 구들에 누워서 이리저리 뒤척거리며 잠들지 못했다. 태공과 노파가 안에서 오열하는 소리까지 들리자 이규는 짜증이 나서 두 눈 붙이고 잠을 잘 수가 없었다. 날이 밝자 벌떡 일어난 이규는 대청 앞으로 가서 물었다.

"집 안에 누가 밤새 곡소리를 내는 바람에 방해돼서 한숨도 못 잤소."

태공이 듣고서 하는 수없이 대답했다.

"열여덟 살 먹은 딸아이가 있는데 남에게 빼앗겨서 이렇게 걱정하고 있는 게요."

"그런 일이 있었소! 누가 당신 딸을 빼앗아갔소?"

"그 사람 이름을 말하면 당신 놀라서 방귀 뀌고 오줌을 질질 쌀게요! 그가 바로 양산박 두령 송강이요. 거느리고 있는 호걸이 108명이고 졸개는 셀 수 없소."

"내 묻겠는데, 그가 몇 명 데리고 왔소?"

"이틀 전에 왔었는데, 한 젊은이와 함께 말을 타고 왔소."

이규가 소리 질렀다.

"연소을, 여기 노인이 말하는 거 들어봐. 알고 보니 형이란 놈이 말하는 것과 마음이 다른 놈이네. 좋은 놈이 아니잖아."

연청이 말했다.

"형님, 쉽게 판단하지 마시오. 말도 안 되는 일이오!"

"동경에 가서 이사사 집까지 갔는데, 여기서 안 그랬을 리가 없잖아!"

이규가 태공에게 말했다.

"장원에 밥 있으면 먹게 좀 주시오. 내 사실대로 말하리다. 내가 양산박 흑선풍 이규고 이 사람은 낭자 연청이오. 송강이 당신 딸을 빼앗아갔다면 내 가서 빼앗아 당신에게 돌려주리다."

태공이 절하며 감사했다.

이규와 연청은 양산박으로 돌아왔고 곧장 충의당에 올랐다. 이규와 연청이 돌아온 것을 본 송강이 물었다.

"동생들, 자네들 두 사람은 어디로 왔는가? 이제야 온 것을 보니 길을 많이 돌아왔나보구나."

이규가 대답하더니 괴상한 눈을 둥그렇게 뜨고는 큰 도끼를 뽑아 먼저 깃대를 찍어내고 '하늘을 대신해 도를 행한다'라고 쓰인 깃발을 갈기갈기 찢어버렸다. 모두들 깜짝 놀랐다. 송강이 소리 질렀다.

"이 시커먼 놈이 또 무슨 짓을 하는 것이냐?"

이규가 쌍 도끼를 쥐더니 대청 위로 달려와 송강에게 달려들었다. 여기에 시가 있다.

> 양산박 안에 간사한 자 없고, 충의당 앞엔 군주에게 간언하는 신하 있도다.
> 이규의 쌍 도끼 아직 남아 있기에, 세상에 정기를 여전히 펼칠 수 있겠구나.
> 梁山泊裏無奸佞, 忠義堂前有諍臣.
> 留得李逵雙斧在, 世間直氣尚能伸.

당시 자리에 있던 관승·임충·진명·호연작·동평 오호장이 황급히 저지하고 도끼를 빼앗고 대청에서 끌어내렸다. 송강이 크게 노하여 호통 쳤다.

"이놈이 또 발작을 하는구나! 그래, 내게 무슨 잘못이 있는지 말해보거라."

이규는 얼마나 화가 치밀어 올랐는지 말이 나오지 않았다. 연청이 앞으로 나오며 말했다.

"형님 돌아오는 길에 무슨 일이 있었는지 자세히 말씀드리겠습니다. 이규 형이 동경성 밖 객점에서 뛰쳐나와 쌍 도끼를 들고 성문을 찍으려 달려가기에 제가 걸어 쓰러뜨리고 '형님이 이미 가셨는데, 혼자 뭘 하겠다는 거요?'라고 하니까, 그제야 제 말을 믿었습니다. 우리는 감히 큰길로 가지 못했는데, 이 형이 두건을 잃어버렸기에 머리를 두 가닥으로 뿔처럼 둥글게 매고는 사류촌 적 태공 장원에 묵게 되었습니다. 거기서 이 형은 귀신 잡는 도사라고 말하고 적 태공의 딸과 간부 두 사람을 잡아 잘게 다진 고기로 만들어버렸습니다. 그런 다음에 큰길 서쪽으로 해서 산채에 오려고 했는데, 이 형이 크게 굽이 돌아가자고 하는 바람에 형문진 가까이 오게 됐는데, 날이 저물어 유劉 태공 장원에서 투숙하게 되었습니다. 그런데 태공 부부가 밤새 큰 소리로 울기에 이 형이 잠을 자지 못하고 날이 밝자 태공에게 까닭을 물었습니다. 그러자 유 태공이 말하기를, '이틀 전에 양산박 송강이 한 젊은이와 같이 말을 타고 장원에 왔는데, 하늘을 대신해 도를 행하는 사람이라 말하기에 열여덟 살 먹은 딸에게 술을 따르게 했소. 그런데 한밤중까지 마시고는 두 사람이 그만 우리 딸을 빼앗아 갔소'라고 했습니다. 이규 형이 이 말을 듣고는 사실이라 믿었습니다. 제가 재삼 '우리 형님은 그런 사람이 아니오. 권세를 믿고 나쁜 짓을 하면서 이름과 성을 사칭하고 바깥에서 제멋대로 하는 자가 많소'라고 했습니다. 그런데도 이 형은 '내가 동경에서 봤는데 노래 부르는 이사사를 좋아해서 놓아주려 하지 않던데, 그가 아니고서야 누구겠는가?'라고 했습니다. 이 때문에 여기 와서 이렇게 발광하는 것입니다."

송강이 듣고서 말했다.

"그런 억울한 일 당한 것을 내가 어떻게 알았겠느냐? 왜 말하지 않았느냐?"

이규가 말했다.

"내가 평소에 너를 호걸이라 했는데, 너는 원래 짐승 같은 놈이었어! 네가 이런 좋은 일을 하고 다니는구나!"

송강이 소리 질렀다.

"내 말 좀 들어 보거라. 내가 2000~3000명 군마와 함께 돌아왔는데, 두 필의 말이 사라지면서 사람들을 속일 수 없다. 만약 여인을 데리고 왔다면 반드시 산채 안에 있을 것이다! 네가 내 방에 가서 찾아보거라."

"뭔 좆같은 말을 하고 지랄이야! 산채 안 사람들이 모두 네 수하들이고 너만 보호하는데 어디에든 숨겨두지 못하겠냐? 나는 애초에 네가 여색을 탐하지 않는 호걸이라 존경했는데, 너는 원래 주색에 빠진 놈이었다고. 염파석 죽인 건 작은 일이고 동경에 가서 이사사 먹여 살리는 건 큰 증거라고. 너 생떼 부리지 말고 어서 유 태공 딸이나 보내주라고. 그래야 흥정할 수 있다고. 네가 만약 딸을 돌려보내지 않으면 빠르던 늦던 나한테 죽을 줄 알라고."

"너는 소란 떨 필요 없다. 유 태공도 죽지 않았고 장객들도 모두 있으니 우리가 가서 대면하면 된다. 만약 대면해서 내가 지면 내 목을 쭉 빼서 너의 도끼를 맞으마. 그러나 내가 이기면 네놈은 위아래도 없이 행동했으니 어떤 죄에 해당하는지 아느냐?"

"내가 만약에 너를 잡지 못하고 지면 이 목을 네게 주마!"

"좋다. 형제들이 모두 증인이 되어주게."

즉시 철면공목 배선을 불러 승부를 겨루는 군령장 두 장을 적게 했다. 두 사람이 각자 수결하고 송강의 것은 이규가 가져가고 이규 것은 송강이 거두었다. 이규가 또 말했다.

"태공이 말한 그 젊은 놈은 다른 사람이 아니라 시진이다."

시진이 말했다.

"나도 함께 가겠소."

"네가 가지 않아도 걱정 안 해. 만약 대조해서 지면 저 시柴 대관인지 미米 대관인지[3] 내 도끼 맛 몇 번 보여줄 거야!"

시진이 말했다.

"상관없네. 우리가 먼저 가면 자네가 또 의심할 것이니, 자네가 먼저 가서 기다리고 있게."

"맞아."

이규가 연청을 불러 말했다.

"우리 둘이 먼저 가자고. 저놈들이 오지 않으면 분명 켕기는 게 있는 거야. 돌아와서 끝장내버리면 되지."

여기에 증명하는 시가 있다.

최고는 과실 없어도 비평하게 두고, 그다음은 간언 듣고 은혜로 여긴다네.

최하는 잘못해도 기어이 옳다 하니, 분노하게 해도 감히 말 않는다네.

至上無過任評論, 其次納諫以爲恩.

最下自差偏自是, 令人敢怒不敢言.

연청과 이규는 다시 유 태공 장원으로 갔다. 태공이 맞이하며 물었다.

"호걸, 그 일은 어떻게 되었소?"

이규가 말했다.

"지금 내 쪽 송강이 와서 어르신에게 얼굴을 보일 거요. 어른신과 할머니, 장객 모두 그를 자세히 살펴보시오. 만약 맞으면 두려워하지 말고 사실대로 맞다고 말하시오. 그러면 내가 어르신을 대신해 처리하겠소."

장객이 와서 말했다.

"10여 명이 말을 타고 장원에 왔습니다."

이규가 말했다.

3_ 시柴(장작)와 미米(쌀)는 일상생활에 가장 필요한 재료다. 이규의 해학을 드러내는 일면이다.

"바로 이들이다."

다른 사람들은 옆에 모여 있게 하고 송강과 시진만 들여보냈다. 송강과 시진이 초당으로 올라와 앉았다.

이규는 도끼를 들고 옆에 섰는데, 태공이 "맞습니다"라고 말만 하면 즉시 손을 쓸 작정이었다. 태공이 가까이 와서 송강에게 절을 하자 이규가 물었다.

"이놈들이 태공 딸을 빼앗아간 자들이 아니오?"

태공이 쇠약하고 지친 눈을 뜨고 늙은 기력을 가다듬어 눈여겨보더니 말했다.

"아닙니다."

송강이 이규에게 말했다.

"어떻게 할 거냐?"

이규가 말했다.

"너희 둘이 째려보니까 노인네가 무서워서 감히 맞다고 말 못하는 거잖아."

송강이 말했다.

"그러면 네가 장원 사람들 모두 불러내 보여줘라."

이규는 즉시 온 장원 사람들을 불러다 보여줬는데, 일제히 소리 질렀다.

"아닙니다."

송강이 말했다.

"유 태공, 내가 바로 양산박 송강이고 이 동생이 시진이오. 태공의 딸은 남의 이름을 사칭한 놈들이 속여서 빼앗아 간 것이오. 만약 어디에 있는지 소식을 들으면 산채에 알려주시오. 내가 찾아주겠소."

그러고는 이규에게 말했다.

"여기서 너하고는 말하지 않겠다. 너는 산채로 돌아가거든 변명해보거라."

송강·시진과 일행은 먼저 산채로 돌아갔다.

연청이 말했다.

"이 형, 어떻게 하면 좋겠소?"

"내가 성질이 급해 일을 그르치고 말았네. 이미 머리를 걸고 했으니 스스로 머리를 한칼에 자를 테니 자네가 형님에게 갖다 바치게."

"이딴 일에 죽을 건 뭐요? 나한테 한 가지 방법이 있는데, 가시나무를 지고 죄를 청하는 것이오."

"가시나무를 지는 게 뭔데?"

"옷을 벗어버리고 스스로 삼밧줄로 묶고 등에 가시나무 몽둥이를 지고 충의당 앞에서 엎드려 절하면서 '형님, 때려주십시오'라고 고하는 것이오. 그러면 형님이 차마 때리지 못할게요. 이것이 바로 '가시나무를 지고 죄를 청한다'는 것이오."

"좋기는 한데 창피하잖아. 깨끗하게 머리를 자르는 게 나을 것 같은데."

"산채 사람들이 모두 형제들인데, 누가 비웃겠소?"

이규가 어쩔 수 없이 연청과 함께 산채로 돌아가 가시나무를 지고 죄를 청하는 수밖에 없었다.

한편 송강과 시진은 먼저 돌아와 충의당에 올라 형제들과 이규의 일을 이야기하고 있는데, 흑선풍 이규가 벌거벗은 채 등에 가시나무 몽둥이를 한 다발 지고는 충의당 앞에서 무릎을 꿇고 머리를 숙이고 아무 말도 하지 않는 것이었다. 송강이 웃으면서 말했다.

"너 이 시커먼 놈아, 어쩌자고 가시나무는 지고 있느냐? 그 정도 한다고 내가 너를 용서할 줄 아느냐?"

"이 동생이 잘못했소! 그러니 형님이 큰 몽둥이로 골라 몇 십대쯤 때리시오!"

"내가 너와 목을 자르겠다고 내기를 했는데, 너는 어째서 가시나무를 지고 있는 것이냐?"

"형님이 나를 용서하지 않으려거든 칼로 내 목을 잘라 끝을 내시오."

사람들이 모두 이규를 대신해 사죄했다. 송강이 말했다.

"저놈이 그 가짜 송강 행세를 하고 다니는 두 놈을 잡아서 유 태공 딸을 돌려보내주면 내가 용서해주마."

이규가 듣고서 벌떡 일어나더니 말했다.

"내가 갈께. 독 안에 든 자라 잡는 것이나 다름없어."

"그 두 놈은 말을 타고 다닌다고 하니 너 혼자 가서 어떻게 가까이 접근하겠느냐? 연청과 함께 가거라."

연청이 말했다.

"형님께서 보내주시면 제가 가겠습니다."

즉시 방 안에 가서 쇠뇌를 가져오고 키보다 조금 작은 제미봉齊眉棒을 들고는 이규와 함께 유 태공 장원으로 갔다.

그들이 왔을 때의 상황을 연청이 자세히 묻자 유 태공이 말했다.

"해가 서쪽으로 기울어질 때 왔다가 3경쯤에 갔는데 어디에 사는지도 모르고, 또 감히 따라가지도 못했소. 우두머리 놈은 왜소하고 시커먼 놈이었고, 그 두 번째 놈은 신체가 건장하고 수염은 짧고 눈이 큰놈이었소."

두 사람이 자세히 묻고는 말했다.

"태공 걱정하지 마시오. 어쨌든 딸을 구해 돌려주겠소. 우리 형님 송 공명이 우리 두 사람더러 어김없이 찾아 돌려드리라고 군령을 내렸소."

이규와 연청은 태공에게 육포를 삶으라 하고 찐 떡도 만들게 하여 각자 주머니에 넣어 몸에 묶고 유 태공 장원을 떠났다. 먼저 북쪽 방향으로 찾으러 갔는데 황량하고 외진 곳으로 하루 이틀 갔지만 어떤 소식도 얻지 못했다. 다시 동쪽으로 이틀을 가서 능주 고당高唐 경계에까지 이르렀지만 그곳에서도 소식을 얻지 못했다. 이규는 초조해했고 다시 돌아와 서쪽으로 또 이틀 길을 걸어 찾았지만 아무런 동정도 없었다. 그날 밤 두 사람은 산기슭의 옛 사찰로 들어가 공양 탁자 위에서 쉬었다. 이규는 그곳에서 잠들지 못하고 일어나 앉아 있었다. 그때 사찰 밖에서 누군가 달려오는 소리가 들리자 이규는 벌떡 일어나 문을 열고 살펴보니 한 사내가 박도를 들고 사찰 뒤 산자락을 돌아 올라가는 것이었다. 이규는 뒤를 밟았고 연청도 듣고는 쇠뇌와 봉을 들고 뒤따라가면서 소리 질렀다.

"이형 쫓지 마시오. 내게 좋은 수가 있소."

이날 밤 달빛은 흐릿했는데 연청은 몽둥이를 이규에게 넘겨주고 멀리 바라보니 그 사내는 고개를 숙이고 걷기만 하고 있었다. 연청이 가까이 쫓아가서 쇠뇌의 시위에 살을 걸고는 소리쳤다.

"화살아, 내 뜻을 어기지 말아다오."

화살은 그 사내의 오른쪽 다리에 정통으로 꽂혔고 풀썩하고 거꾸러졌다. 이규가 쫓아가 그 사내의 옷깃을 틀어쥐고 사찰 안으로 끌고 와서는 소리 질러 물었다.

"이놈, 유 태공 딸을 잡아다 어디로 데려갔느냐?"

그 사내가 하소연했다.

"호걸, 소인은 그 일을 알지 못합니다. 무슨 유 태공 딸을 빼앗은 적이 없습니다. 소인은 단지 이곳에서 길을 막고 행인을 터는 작은 일을 하고 있지, 어떻게 대담하게 남의 집 딸을 빼앗겠습니까!"

이규가 사내를 꽁꽁 묶고는 도끼를 올려 소리 질렀다.

"네놈이 말하지 않으면 도끼로 찍어 스무 토막을 내주마."

"소인을 풀어 일어나게 해주시면 말씀드리겠습니다."

연청이 말했다.

"네 다리에 박힌 화살을 뽑아주마."

화살을 뽑아 일으켜 세우고는 물었다.

"유 태공의 딸을 어떤 놈이 빼앗아 갔느냐? 네놈이 여기서 길을 막고 행인을 강탈한다고 했는데, 어찌 소문을 모를 수 있단 말이냐?"

"소인이 짐작만 하고 있지 실상은 모릅니다. 여기서 서북쪽으로 대략 15리 정도 떨어진 곳에 우두산牛頭山이라는 곳이 있는데, 산 위에 한 도원道院이 있습니다. 근래에 두 명의 강도가 새로 왔는데, 하나는 왕강王江이라 하고 다른 하나는 동해董海라고 합니다. 이들은 녹림의 산적으로 먼저 도사와 도동을 모두 죽이고 따르는 5~7명의 졸개와 함께 도원을 차지하고는 전문적으로 약탈을 하고 있습니다. 가는 곳마다 송강이라 사칭하는데 아마도 이 두 놈이 빼앗아간 것 같습니다."

연청이 말했다.

"그 말에 일리가 있군. 너는 우리를 무서워하지 마라! 나는 양산박 낭자 연청이고, 이분은 흑선풍 이규라네. 내가 화살 맞은 상처를 치료해줄 테니 자네가 우리 두 사람을 그곳으로 안내해주게."

"소인이 가겠습니다."

연청은 박도를 찾아 그에게 주고 그의 상처 난 다리를 묶어줬다. 희미한 달빛에 의지해 연청과 이규는 그를 부축하면서 15리 정도 길을 가서 우두산에 도착했다. 산은 그다지 높지 않았는데, 과연 소머리 형상과 비슷했다. 세 사람이 산을 올랐는데 그때까지도 날은 밝지 않았다. 산꼭대기에 오르니 토담이 빙 둘러 쳐져 있고 안쪽에는 대략 20여 개의 방이 있었다. 이규가 말했다.

"내가 자네보다 앞서서 뛰어 들어가겠네."

연청이 말했다.

"날이 밝을 때까지 기다리는 것이 좋겠소."

이규는 참지 못하고 담장을 훌쩍 뛰어넘어갔다. 그때 안에서 누군가 소리를 지르더니 문을 열고 박도를 들고 이규에게 달려들었다. 연청은 이규가 실수를 저지를까 걱정되어 간봉으로 몸을 지탱하여 담장을 뛰어넘었다. 그 틈에 화살 맞은 사내는 달아났다.

안에서 달려나온 사내가 이규와 싸움을 벌이자 연청은 몰래 들어가서 그 사내의 얼굴을 몽둥이로 내리쳤다. 공교롭게도 그 사내는 이규의 품속으로 들어갔고 이규가 그의 등을 도끼로 찍자 땅바닥에 엎어졌다. 안에서는 그때까지도 한 놈도 나오지 않았다. 연청이 말했다.

"이놈들에게 반드시 뒷길로 빠져나가는 곳이 있는 듯하오. 내가 가서 뒷문을 막을 테니 형님은 앞문을 막고 함부로 안으로 들어가지 마시오."

연청이 뒷문 담장 밖으로 와서 어두컴컴한 곳에 숨어 있는데, 뒷문이 열리더니 한 사내가 열쇠를 들고 와서 뒤쪽 담장 문을 열려고 했다. 그러나 연청이 오는 것을 본 사내는 처마를 돌아 앞문으로 달려갔다. 연청이 크게 소리 질렀다.

"앞문을 막아요!"

이규가 달려와 도끼로 가슴팍을 찍어 쓰러뜨리고는 두 놈의 목을 잘라내 한데 묶었다. 성질이 난 이규가 안쪽으로 들어가면서 찍어대자 진흙으로 만든 신상처럼 모두 쓰러졌다. 부엌 앞에 숨어 있던 몇 놈도 이규가 쫓아가 한 도끼질에 한 놈씩 모두 죽고 말았다. 방 안에 들어가 보니 과연 침상 위에서 한 여인이 '엉엉' 큰 소리로 울고 있었다. 구름같이 드리운 귀밑머리에 꽃다운 얼굴로 정말 곱고 아름다웠다. 여기에 증명하는 시가 있다.

작은 가죽신[4] 비단치마 빠끔히 들어올리고
향기 스며든 흰 살결의 옥 같은 가슴 우묵하네.
그 미모는 몰아치는 비바람도 어찌할 수 없을 정도인데
깊은 원망 참아내지 못하고 눈살을 찌푸리누나.
弓鞋窄窄起春羅, 香沁酥胸玉一窩.
麗質難禁風雨驟, 不勝幽恨蹙秋波.

연청이 물었다.
"당신은 유 태공의 딸이 아니오?"
그녀가 대답했다.
"10여 일 전에 저 두 도적놈한테 이곳으로 잡혀온 뒤로 매일 밤마다 번갈아

4_ 원문은 '궁혜弓鞋'인데, 전족을 한 부녀자들이 신는 신발이다.

가며 욕을 당했어요. 밤낮으로 눈물 흘리며 죽을 곳을 찾았으나 감시 때문에 죽지도 못했어요. 오늘 장군께서 이렇게 구원해주셨으니 생명의 은인입니다. 부모처럼 모시겠어요."

"이놈들한테 말 두 필이 있다고 하던데 어디에 뒀는지 아시오?"

"동쪽 칸에 있어요."

연청이 안장을 준비해 문 밖으로 끌어내고 다시 방 안에 쌓아놓은 금과 은을 수습했는데, 대략 3000~5000냥 정도였다. 연청은 여인에게 말에 오르라 하고 금은과 수급을 싸서 다른 말에 묶었다. 이규는 풀을 묶어 창 아래 등잔불에 붙이고는 초가 사방에 불을 붙였다. 담장 문을 열고 여인은 말에 태우고 산을 걸어 내려와 곧장 유 태공 장원으로 갔다. 딸을 본 부모는 너무 기쁜 나머지 모든 걱정이 다 사라졌고 두 두령에게 감사의 절을 올렸다. 그러자 연청이 말했다.

"우리한테 감사하지 마시고 산채에 와서 우리 형님 송 공명께 감사하시오."

두 사람은 술과 밥도 먹으려 하지 않고 각자 말에 올라 날듯이 산채에 올랐다.

붉은 해가 산을 삼킬 즈음에 산채로 돌아와 세 관문을 통과해 위로 올라갔다. 두 사람은 끌고 온 말에 금은을 잔뜩 싣고 수급을 들고는 충의당 앞에 와서 송강을 만났다. 연청이 있었던 일을 두루 말하자 송강이 크게 기뻐하며 수급을 땅에 묻도록 했고 금은은 창고로 입고시키고 말은 전마 무리들 속에 풀어 사육시키도록 했다. 이튿날 연회를 열어 연청과 이규를 축하해줬다. 유 태공도 금은을 가지고 산채에 올라 충의당으로 와서 송강에게 감사했다. 송강은 사양하며 받으려 하지 않았고 술과 밥을 대접하고 사람을 시켜 산을 내려가 장원까지 바래다주게 했음은 더 이상 말하지 않겠다. 이로부터 양산박에는 아무 일도 없었고 어느새 세월은 빨리 흘러갔다.

볼수록 버들은 노르스름해지고, 점점 녹색 물빛에 물결 이는구나. 연분홍 볼 같은 붉은 꽃들 무리를 이루고, 홍조 띤 얼굴 같은 진홍색 꽃봉오리 빵긋이 피어나네. 산 앞의 꽃에도 산 뒤의 나무에도 새싹이 돋고, 모래톱 부평초도 물속의 갈대도 모두가 다시 살아나는구나. 곡우穀雨[5]에 날씨 개니 예쁜 날씨로세. 한식[6] 비로소 지나 삼월 아름다운 봄 경치로다.

看看鵝黃着柳, 漸漸鴨綠生波. 桃腮亂簇紅英, 杏臉微開絳蕊. 山前花, 山後樹, 俱發萌芽; 洲上苹, 水中蘆, 都回生意. 穀雨初晴, 可是麗人天氣; 禁烟才過, 正當三月韶華.

송강이 앉아 있는데 관문 아래에서 한 무리의 사람을 끌고 오는 것이 보였다. 산 위로 먼저 보고했다.

"7~8량의 수레를 끌고 가는 짐승 같은 놈들을 잡았는데, 몇 묶음의 초봉哨棒[7]도 있습니다."

송강이 보니 이 무리는 모두가 신체가 우람하고 큰 사내들이었는데 충의당 앞에서 무릎을 꿇고 아뢰었다.

"소인들은 봉상부鳳翔府에서 태안주泰安州로 분향하러 가는 길입니다. 3월 28일 천제성제天齊聖帝[8]의 탄신일입니다. 이날 우리는 대 위에서 연이어 사흘 동안 봉 겨루기를 하는데 천 번이 넘는 시합이 있습니다. 올해는 씨름꾼도 오는데 태원부 사람으로 임원任原이라고 합니다. 그는 키가 1장이나 되고 스스로 경천주擎天柱[9]라 부르는데, '씨름으로는 세상에 적수가 없으니 씨름 시합에서는 내가 천하제일이다'라고 큰소리 치고 있습니다. 듣자하니 그가 2년 동안 사당의 씨름

5_ 곡우穀雨: 24절기 가운데 여섯 번째 절기로 봄의 마지막 절기다. 시기로는 음력 3월 청명淸明 이후 4월 입하立夏 전으로 대략 양력 4월 19·20·21일이다.

6_ 원문은 '금연禁烟'인데, 한식寒食 때 사흘간 부엌에 불 때는 일을 금하는 것이다.

7_ 초봉哨棒: 길 떠날 때 호신용으로 사용하는 긴 나무 곤봉. 산에 오를 때 지팡막대로도 사용하고 작은 짐을 어깨에 메는 데도 사용되어 그 용도가 많다.

8_ 천제성제天齊聖帝: 태산신泰山神을 가리킨다.

9_ 경천주擎天柱: 하늘을 떠받치는 기둥이다. 신화 전설에 따르면 곤륜산에 팔주경천八柱擎天(하늘을 떠받들고 있는 8개의 기둥)이 있었다고 한다. 이후에는 중임을 담당할 만한 사람을 비유해서 사용했다.

시합에서 대적할 상대가 없어 얼마간의 상품을 그냥 가져간다고 합니다. 금년에도 방을 붙이고 도전할 천하의 씨름꾼들을 부르고 있습니다. 그래서 소인들은 분향도 하고 임원의 실력도 보고 봉 쓰는 여러 가지 방법도 배우려고 합니다. 엎드려 바라건대 대왕께서는 자비를 베풀어주십시오."

송강이 듣고서 군관을 불러 말했다.

"빨리 이 사람들을 하산시키고 터럭만큼도 침해해서는 안 된다. 이후로도 분향하러 왕래하는 사람이 있으면 놀라게 하지 말고 지나가도록 내버려둬라."

그 사람들은 목숨을 건지자 절하며 감사하고 산을 내려갔다. 연청이 몸을 일으키며 송강에게 아뢰었다. 몇 마디 하지도 않았는데 이 자리에서 다 말할 수 있는 내용은 아니다. 나누어 서술하면, 태안주를 뒤흔들게 되었고 상부현祥符縣[10]을 떠들썩하게 했다. 바로 동악묘 안에서 두 호랑이가 싸우고 가녕전嘉寧殿에서 두 용이 다투는 격이었다.

결국 연청이 무슨 말을 했는가는 다음 회에 설명하노라.

10_ 『수호전전교주』에 따르면 "상부현祥符縣은 마땅히 봉부현奉符縣이라 해야 한다. 송나라 진종眞宗 상부祥符 원년에 태안주泰安州의 건대현乾對縣을 봉부현이라 했다. 금나라 때도 답습했다. 만약 상부현이라 한다면 태안주에 예속되지 않는다"고 했다.

【 제74회 】

지현 놀이[1]

연청은 비록 삼십육 천강성의 끝자리이지만 요령 있고 영리하며 식견이 넓은 데다 인생의 참뜻을 깨닫고 사리에 통달하여 다른 삼십오 찬강성보다 월등했다. 그날 연청이 송강에게 보고했다.

"저는 어려서 노 원외를 따라다니며 씨름을 배웠지만 강호에서 호적수를 만나보지 못했었는데, 다행히 오늘에야 기회를 만난 것 같습니다. 3월 28일이 가까워졌으니 저 혼자 사당에 가서 그자와 한번 겨뤄보겠습니다. 승부에 져서 넘어져 죽는다 하더라도 원망이 없을 것이고, 혹여 이기게 되면 형님의 광채가 더욱 빛날 것입니다. 이날 반드시 한바탕 떠들썩해질 텐데 형님께서 사람을 보내 구해주십시오."

송강이 말했다.

"동생, 듣자하니 그자의 키가 1장이나 되고 금강처럼 생긴데다 천근이 넘는

1_ 제74회 제목은 '燕靑智撲擎天柱(연청이 지혜로 경천주를 쓰러뜨리다), 李逵壽張喬坐衙(이규가 제멋대로 수장현에서 지현의 의자에 앉다)'다.

기력이 있다고 들었네. 자네는 신체가 왜소한데 설사 실력이 있다 한들 어떻게 그자에게 접근할 수 있겠는가?"

"그자의 신체가 장대한 것은 두렵지 않지만 그자가 제 계략에 걸려들지 않을까 걱정입니다. 속담에 '씨름에서 힘센 자는 힘을 사용하려 하고 힘이 없는 자는 지혜로 싸운다'[2]고 했습니다. 제가 감히 허풍 치는 것은 아니지만 임기응변으로 상황에 맞게 대처한다면 그 우둔한 자에게 지지는 않을 것입니다."

노준의도 말했다.

"소을이 어려서부터 씨름을 배워 그의 뜻대로 한번 보내보도록 하지요. 때가 되면 제가 가서 데리고 오겠습니다."

송강이 물었다.

"언제 갈 생각인가?"

연청이 대답했다.

"오늘이 3월 24일이니까 내일 형님께 인사하고 산을 내려가 길에서 하룻밤 보내고 26일 사당에 도착해 27일 그곳에서 하루 동안 염탐한 다음에 28일 그놈과 대적하겠습니다."

그날은 아무 일도 없었다. 이튿날 송강은 연청을 위해 송별연을 열었다. 연청은 몸에 새긴 문신을 저고리로 보이지 않게 가리고 자질구레한 일상용품을 파는 산동 방물장수[3]로 촌티 나게 꾸몄다. 허리에 작은 북[4]을 꽂고 어깨에 잡화짐 멜대를 받쳤는데, 사람들이 보고는 모두 웃었다. 송강이 말했다.

"자네가 방물장수로 가장했으니 산동 방물장수가 부르는 노래 한 곡조 들려주게."

2_ 원문은 '相撲的有力使力, 無力鬪智'다.

3_ 원문은 '화랑貨郞'이다. 멜대를 매고 이 거리 저 골목을 돌아다니며 일상용품을 파는 행상이다.

4_ 원문은 '천고아串鼓兒'다. 잡화를 파는 행상인이 소리를 내거나 고객을 부를 때 사용하는 자루가 있는 작은 북이다. 북 양쪽에 작은 둥근 채가 묶여 있어 북 자루를 돌리면 작은 북채가 흔들리면서 북을 두드려 소리가 나게 된다.

연청이 작은 북을 집고 한 손으로 두드리며 방물장수 태평가를 불렀는데 산동 사람이 부르는 것과 조금도 차이가 없자 모두들 또 한 차례 한바탕 웃었다. 술이 반쯤 거나하게 취한 뒤에 연청은 두령들과 작별하고 산을 내려왔다. 금사탄을 건너 태안주로 향하는 길을 잡아 떠났다.

그날 저녁에 객점을 찾아 쉬려고 하는데 뒤에서 누군가 소리 질렀다.

"연소을, 잠시 기다리게!"

연청이 멜대를 내려놓고 쳐다보니 흑선풍 이규였다. 연청이 말했다.

"왜 따라왔소?"

"내가 형문진에 갈 때 자네가 두 번이나 같이 가주지 않았나. 자네 혼자서 가면 마음이 놓이지 않아 자네를 도와주려고 형님한테 말하지 않고 몰래 산을 내려왔지."

"형은 쓰일 데가 없으니 어서 산채로 돌아가시오."

이규가 조바심 나서 말했다.

"자네는 진짜 굉장한 호걸인데, 내가 호의로 도와주려 하거늘 도리어 악의적으로 나오는가! 어쨌든 따라가야겠네!"

연청은 의기를 해칠까 걱정되어 한참 생각하고는 이규에게 말했다.

"형과 가는 것은 문제없는 듯한데, 성제 탄생일에는 사방팔방의 사람이 모두 모여들기에 형을 아는 사람도 꽤 많을 게요. 내가 얘기하는 세 가지를 따라준다면 함께 가겠소."

"그렇게 하겠네."

"지금부터 길에서 형과는 앞뒤에서 서로 각자 가는데 객점에서 묵게 되면 문을 들어가서 형은 절대로 나오면 안 되오. 이것이 첫 번째요. 두 번째는 사당에 가서 객점에 들어가면 형은 아프다는 핑계로 이불을 머리까지 덮어쓰고 코를 골면서 자는 척하고 말을 해서는 안 되오. 세 번째는 시합 당일 많은 사람 속에서 씨름을 구경할 때 하찮은 것에 크게 당황해서는 아니 되오. 형이 이 세 가지를 따를 수 있겠소?"

"뭐가 어렵다고! 다 자네 말대로 하겠네."

그날 밤 두 사람은 객점에 투숙했다. 이튿날 5경에 일어나 방세를 내고 함께 가다가 밥을 지어먹었다. 연청이 말했다.

"형님이 반리 정도 앞서가고 나는 뒤따라 가겠소."

길에는 분향하러 오고가는 사람들의 왕래가 끊이지 않았다. 그들 대부분이 임원의 실력에 대해 말하면서 2년 동안 태안주에 적수가 없었는데, 금년이면 3년째가 된다고 했다. 연청은 듣고서 마음속에 새겨두었다. 신시申時(오후 3시~5시) 쯤에 사당이 가까워지자 사람들이 가는 길을 멈추고 고개를 쳐들어 방문을 쳐다보고 있었다. 연청이 잠시 멜대를 내려놓고 사람들 속으로 헤쳐 들어가 보니 두 개의 붉은 기둥에 골목의 편액과 비슷한 것이 걸려 있었다. 위쪽 흰 칠판에 '태원 씨름꾼 경천주 임원'이라 쓰여 있었고, 양옆으로는 작은 글씨로 '주먹으로는 남산의 맹호를 치고, 발로는 북해의 창룡을 걷어찬다'고 쓰여 있었다. 연청은 보고서 편액을 잡아당겨 멜대로 때려 부수고는 아무 말도 하지 않고 다시 멜대를 매고 사당을 향해 올라갔다. 보고 있던 사람들 가운데 참견하기 좋아하는 자가 있어 나는 듯이 임원에게 달려가 금년에는 도전을 결심한 자가 있다고 알렸다.

한편 연청은 앞서 가던 이규를 만나 객점을 찾아 쉬었다. 사당은 번화했고 120여 가지의 행상은 말할 것도 없고 객점 또한 1400~1500집이나 있어 천하의 향관香官[5]들을 맞이했다. 보살성절菩薩聖節 때가 되면 사람들이 잠시 머물 곳이 없어서 객점이 모두 가득 찼다. 연청과 이규는 성진城鎭과 향촌이 결합된 곳의 객점을 정하고 짐을 풀고 쉬었다. 이규에게 이불을 가져다주고 잠을 자게 했

5_ 향관香官: 명을 받들어 신묘神廟에 가서 향을 사르고 참배하는 관원인데, 여기서는 사당에 향을 사르며 신인神人을 공경하는 사람들에 대한 칭호다.

는데 점소이가 와서 물었다.

"형씨들 사당에 장사하러 온 산동 방물장수 같은데 방세는 낼 수 있소?"

연청이 고향 사투리로 말했다.

"사람을 왜 업신여기나! 작은 한 칸에 얼마나 한다고 큰 방보다는 쌀 게 아닌가. 다른 사람들이 내는 방세만큼 내면 될 거 아닌가."

"형씨 언짢게 생각지 마시오. 지금 바쁜 날이라 먼저 말하는 것이 좋을 것 같아 한 말이오."

"나 혼자 장사하러 왔으면 어디라도 잘 곳이 없겠냐만 뜻하지 않게 길에서 고향 친척을 만났는데 이 사람이 기침병을 앓아 여기 객점에서 쉬는 것이네. 내 먼저 동전 5관을 줄 테니 나 대신 음식 좀 차려주게. 떠날 때 사례하겠네."

동전을 받은 점소이는 문을 나가 음식을 준비했다.

얼마 지나지 않아 객점 문밖에서 소란스런 소리가 들리더니 20~30명의 사내들이 객점 안으로 들어와 점소이에게 물었다.

"팻말을 부순 사내가 어느 방에서 투숙하느냐?"

"여기에는 없습니다."

"모두들 이 객점에 묵고 있다고 말하고 있다."

"우리는 방이 두 칸밖에 없는데 한 칸은 비어 있고 다른 한 칸은 산동 방물장수가 아픈 사내를 데리고 묵고 있습니다."

"방물장수 그놈이 바로 팻말을 부순 놈이다."

"다른 사람이 들으면 웃을 소리 하지 마시오! 그 작은 어린 방물장수가 뭘 하겠습니까!"

"한번 보게 안내해라."

"저 구석 첫 번째 방에 있습니다."

그들이 가서 보니 방문이 닫혀 있자 창문을 통해 살펴보니 침상 위에 두 사람이 다리를 나란히 하고 자고 있었다. 그들이 궁리하며 결정을 내리지 못하는데 그들 가운데 한 사람이 말했다.

"이미 팻말을 부숴놨으니 천하의 적수인데 보통이 아닐 것이오. 자기를 도모할까 두려워 병에 걸린 것처럼 가장한 모양이오."

무리들이 말했다.

"그 말이 맞다. 괜히 의심할 필요 없이 그날 보면 되지."

해질 무렵까지 20~30차례 덩치 큰 사내들이 객점에 와서 알아보자 사정의 진상을 설명하느라 입술이 터질 지경이었다. 그날 저녁 그 두 사람에게 밥을 가지고 들어갔다가 이규가 이불속에서 머리를 내미는 것을 보고는 점소이가 깜짝 놀라 소리 질렀다.

"아이구! 이분이 씨름하러 오신 어르신이군요!"

연청이 말했다.

"저 사람은 병자인데 무슨 씨름을 하겠는가, 내가 씨름하러 온 사람이네."

"저를 속이지 마십시오. 손님 같으면 임원이 통째 뱃속으로 삼킬 것입니다."

"비웃지 말게. 자네들을 한바탕 웃게 할 방법이 내게 있네. 이기고 돌아오면 자네에게도 상품을 나눠주겠네."

점소이는 두 사람이 저녁밥을 먹자 그릇과 접시들을 치우고 부엌에 가서 문질러 씻었는데 속으로는 도저히 믿기지가 않았다.

이튿날 연청은 아침밥을 먹고는 이규에게 당부했다.

"형은 방문을 잠그고 잠이나 자시오."

연청은 사람들을 따라 대악묘岱嶽廟[6]로 갔는데, 과연 천하제일이었다.

태산에 자리잡은 사당, 산은 천지를 압도하는구나. 산악의 지존이며, 모든 신의 영수로다. 정상 난간에서 바라보면 약수弱水와 봉래蓬萊도 보이며, 최고봉에 자

6_ 대악묘岱嶽廟: 태산묘泰山廟를 가리킨다. 대악岱嶽은 태산泰山의 별칭이다.

란 소나무에는 구름 잔뜩 끼고 옅은 안개가 가득하구나. 높이 솟은 누대는 햇님이 날개 펼쳐 날아오는 듯 의심되며, 우뚝 솟은 전각은 문득 옥토끼가 훌쩍 뛰어 달리는 것처럼 느끼게 하네. 기둥과 대들보 화려한 채화로 장식되어 있고, 푸른 기와와 붉은 처마 화려하도다. 봉황 그린 문짝과 바둑판무늬 창문은 누런 비단 비추고, 거북 등 무늬 수놓은 발에는 비단 띠 드리웠구나. 멀리 형상을 바라보니 구류면九旒冕[7] 쓴 순임금의 눈이요 요임금의 눈썹이며, 가까이 얼굴 쳐다보니 곤룡포袞龍袍 입은 탕임금의 어깨요, 우임금의 등이로다. 구천사명九天司命[8]은 부용관芙蓉冠과 붉은 비단옷 어울리고, 병령성공炳靈聖公[9]은 자황포赭黃袍[10]에 남전대藍田帶[11]는 더없이 알맞다네. 왼쪽의 모시는 자는 옥비녀에 구슬 꿰어 장식한 신발 신었고, 오른쪽에서 모시는 자는 자주색 인끈에 황금 인장 걸었구나. 모든 전각엔 위엄 있어 삼천의 황금갑옷 입은 장수들 어가를 호위하고, 양쪽 복도는 용맹스러워 십만의 철갑 걸친 병사가 왕실 위해 충성을 다하도다. 오악루五嶽樓는 동궁東宮과 접해 있고, 인안전仁安殿[12]은 북궐北闕과 가까이 이어져 있네. 호리산蒿里山[13] 아래엔 판관判官[14]이 칠십이사七十二司를 나누어 관장하고, 백라묘白騾廟[15] 안에서는 토신土神[16]이 24절기를 주관하누나. 불구덩

7_ 구류면九旒冕: 고대에 군왕이 썼던 예모禮帽.

8_ 구천사명九天司命: 하늘의 가장 높은 곳으로 생명과 명운을 관장하는 신이다.

9_ 병령성공炳靈聖公: 전설에 태산신泰山神의 셋째 아들이다. 일설에는 삼산三山을 통솔하는 신이라고 한다.

10_ 자황포赭黃袍: 수·당 시대에 황제가 입었던 도포다.

11_ 남전대藍田帶는 남전藍田에서 생산되는 옥으로 만든 옥대를 말한다.

12_ 인안전仁安殿: 태산 대묘岱廟의 대전大殿이다.

13_ 호리산蒿里山: 태산 남쪽에 죽은 자를 매장하는 곳이라 전해진다. 이후에는 일반적으로 묘지를 가리키게 되었고 사람이 죽으면 정신과 영혼이 가는 곳이다.

14_ 판관判官: 전설에 의하면 명사冥司(저승)의 염라왕에 소속된 생사부生死簿를 주관하는 관리다.

15_ 백라묘白騾廟: 당나라 현종이 태산에 올라 봉하자 익주益州에서 흰 노새를 바쳤는데 대단히 기이했다. 현종이 직접 타고 산을 올랐지만 내려올 때 흰 노새는 병이 없었는데도 죽었다. 그러자 이곳에 매장했고 돌을 쌓아 무덤을 만들었다고 전해진다.

16_ 토신土神: 토공土公이라고도 하고 토지신이라고도 부른다. 오방오토五方五土를 수호하는 신이다.

이[17] 주관하는 철면鐵面 태위太尉[18]는 달마다 영험이 있고, 생사를 관장하는 오도장군五道將軍[19]은 해마다 신통력을 발휘하도다. 어향은 쉼 없이 타오르고, 천신은 나는 듯이 말 달려 단서丹書를 보고하며, 때맞춰 제사드리니 늙건 어리건 모두가 우러르며 복을 받는구나. 가녕전嘉寧殿엔 상서로운 구름과 안개 아득하고, 정양문正陽門엔 상서로운 기운이 맴도누나. 만민은 벽하군碧霞君[20]을 알현하고, 사방 변경 땅은 인성제仁聖帝[21]께 귀의하도다.

廟居泰岱, 山鎭乾坤. 爲山嶽之至尊, 乃萬神之領袖. 山頭伏檻, 直望見弱水蓬萊; 絕頂攀松, 盡都是密雲薄霧. 樓臺森聳, 疑是金烏展翅飛來; 殿閣棱層, 恍覺玉兔騰身走到. 雕梁畫棟, 碧瓦檐簷. 鳳扉亮槅映黃紗, 龜背綉簾垂錦帶. 遙觀聖象, 九旒冕舜目堯眉; 近睹神顔, 衮龍袍湯肩禹背. 九天司命, 芙蓉冠掩映絳紗衣; 炳靈聖公, 赭黃袍偏稱藍田帶. 左侍下玉簪珠履, 右侍下紫綬金章. 闔殿威嚴, 護駕三千金甲將; 兩廊勇猛, 勤王十萬鐵衣兵. 五嶽樓相接東宮, 仁安殿緊連北闕. 蒿裏山下, 判官分七十二司; 白騾廟中, 土神按二十四氣. 管火池鐵面太尉, 月月通靈; 掌生死五道將軍, 年年顯聖. 禦香不斷, 天神飛馬報丹書; 祭祀依時, 老幼望風皆獲福. 嘉寧殿祥雲杳靄, 正陽門瑞氣盤旋. 萬民朝拜碧霞君, 四遠歸依仁聖帝.

한 바퀴 돌아다니며 둘러본 연청은 초삼정草參亭[22]에 나가 참배하며 네 번 절을 올렸다. 분향하는 사람에게 물었다.

17_ 원문은 '화지火池'인데, 전각 아래에 지전을 사르는 장소다.

18_ 철면鐵面: 천둥의 장군을 철면이라 부른다.

19_ 오도장군五道將軍: 오도신五道神으로 전설에 따르면 동악신東嶽神 가운데 하나로 사람의 생사를 관장한다고 한다.

20_ 벽하군碧霞君: 도교의 여신女神 이름이다. 세상에서는 태산의 딸로 여긴다.

21_ 인성제仁聖帝: 태산신泰山神을 말하는데 송나라 진종眞宗 때 조서를 내려 태산천제왕泰山天齊王에게 천제인성제天齊仁聖帝의 칭호를 더해줬다.

22_ 초삼정草參亭: 동악묘 앞의 요삼정遙參亭으로 앞에는 요삼문遙參門이 있는데, 옛날에는 초삼문草參門이라 했고 문안에 대가 있는데 대 위에 정자가 있어 초삼정이라 했다.

"씨름꾼 임 교사는 어디에 묵고 있소?"

참견하기 좋아하는 어떤 사람이 말했다.

"영은교迎恩橋 아래에 있는 큰 객점에서 200~300명의 제자를 가르치고 있소."

연청이 영은교 아래로 가보니 다리 옆 난간에 20~30명의 씨름하는 제자들이 앉아 있었는데, 앞에는 금박 깃발이 두루 꽂혀 있었고 비단에 수놓은 휘장이 등 뒤에 늘어져 있었다. 연청이 객점 안으로 들어가 살펴보니 임원이 정자 한가운데 앉아 있었다. 진정 게제揭諦23의 풍채에 금강 같은 용모였다. 가슴을 풀어헤친 모습은 이존효가 호랑이를 때려잡은 위엄을 드러내고 있고, 교의에 비스듬히 앉아 있는 모습은 패왕霸王이 산을 들어 올릴 것 같은 위세였다. 그곳에 있던 씨름 제자들 가운데 연청이 팻말을 때려 부순 것을 본 자가 조용히 임원에게 알리자, 임원이 펄쩍 일어나 어깨 죽지를 흔들며 말했다.

"금년에 내 손에 목숨 바쳐 뒈질 놈이구나."

연청은 고개를 숙이고 급히 객점 문을 나왔는데 안에서 모두가 웃고 있는 소리가 들렸다. 연청은 서둘러 묵고 있는 객점으로 돌아와 술과 음식을 준비해 이규와 함께 먹었다. 이규가 말했다.

"이렇게 잠만 자고 있으니 답답해 죽을 지경이네!"

연청이 말했다.

"오늘 하룻밤만 보내면 내일 승패를 볼 수 있을게요."

둘이 한가하게 이야기했음은 더 이상 말할 필요가 없다.

3경 전후에 북소리가 나자 사당에 향을 사르러온 사람들이 성제聖帝24께 장수하기를 축원했다. 4경 전후에 연청과 이규는 일어나 점소이에게 데운 물을 가져다달라고 해서 세수하고 머리를 깨끗하게 빗질했다. 속저고리를 벗어버리고

23_ 게제揭諦: 게제揭帝와 같으며 불교어다. 호법신 명칭이다.

24_ 천제인성제天齊仁聖帝를 말한다.

아래는 행전을 차고 무릎 싸개를 단단히 잡아당기고 명주바지를 입고 미투리를 신었으며 위에는 내의를 입고 허리에 탑박을 묶었다. 두 사람이 아침밥을 먹고는 점소이를 불러 분부했다.

"방 안에 둔 짐 좀 자네가 봐주게."

"잃어버릴 일 없으니 어서 이기고나 돌아오시지요."

이 작은 객점에도 20~30명의 분향하러 온 사람들이 묵고 있었는데, 모두들 연청에게 말했다.

"젊은이 헛되이 목숨 버리지 말고 잘 생각해보게."

연청이 말했다.

"소인이 갈채를 받을 때 소인을 위해 상품이나 빼앗아주십시오."

모두들 먼저 나갔다. 이규가 말했다.

"내가 이 쌍 도끼를 가지고 가는 게 좋겠네."

연청이 말했다.

"도끼를 사용해서는 안 되오. 들키게 되면 큰일을 그르치게 되오."

두 사람은 사람들 틈에 끼어 먼저 동악묘 복도에 숨었다.

그날 향을 사르러 온 사람들이 얼마나 많은지 어깨가 어깨를 누르고 등에 등을 업을 정도로 한데 모여들었다. 그 큰 동악묘도 넘칠 정도로 가득 찼는데, 지붕 위까지 구경꾼들로 빼곡했다. 가녕전 맞은편에는 가설 천막을 묶었는데, 그 위에 금은 그릇과 수놓은 비단들을 늘어놓았다. 문 밖에는 안장과 고삐를 갖추고 있는 다섯 마리의 준마가 매어 있었다. 분향하러 온 사람들을 단속도 하고 금년에 성제께 헌납하는 씨름도 구경할 겸 지주知州도 와 있었다. 한 연로한 부서部署[25]가 죽비竹批[26]를 들고 대에 올라 신주에게 참배를 하고는 금년에 씨

25_ 부서部署: 원래는 무관 명칭으로 군중에서 무술을 잘하는 자였다. 이후에는 무술 도장의 권법과 봉술 교사, 무술 경기 무대에서 무예 시합을 벌이는 최강자의 칭호로도 사용되었다.

26_ 죽비竹批: 죽비竹篦라고도 한다. 부서는 대부분 등나무 방망이를 사용했다.

름하러 온 씨름꾼들은 나와서 시합을 하라고 했다. 말이 끝나자마자 밀물이 밀려오듯이 사람들 틈에서 10여 개의 초봉이 나오는데 네 개의 수놓은 깃발을 앞세웠고 임원이 탄 가마가 뒤를 따랐다. 가마 앞뒤로 팔에 문신을 새긴 20~30명의 사내가 앞은 막고 뒤는 에워싸며 대 위로 올라왔다. 부서가 가마에서 내리라고 청하면서 몇 마디 인사말을 꺼내자 임원이 말했다.

"내가 2년 동안 대악岱嶽(태산泰山)에서 1등을 하여 약간의 상품을 거저 가져갔는데, 금년에는 윗옷을 벗어 겨뤄봐야겠소."

말을 마치자 한 사람이 물통을 하나 들고 대 위로 올라왔다. 임원의 무리는 모두 대 옆에서 빼곡하게 둘러싸고 섰다. 임원은 탑박을 풀고 두건을 벗고는 촉蜀 땅에서 나오는 비단 저고리를 느슨하게 걸치고 신에게 큰 소리로 참배했다. 신수神水를 두 모금 받아 마시고 비단 저고리를 벗자 수많은 사람이 일제히 갈채를 보냈다. 그의 차림새를 보니,

머리는 둥글게 감아 매듭짓고 우묵한 곳에 붉은 뿔 꽂았으며, 허리엔 붉은 실로 짠 바탕에 청록색인 소매를 묶었네. 세 개의 실로 꿰고 열두 개의 옥을 박은 나비 장식의 매듭을 묶었고, 허리보호대 위에는 여러 쌍의 금빛 원앙을 줄지어 수놓은 주름진 속옷을 입었구나. 무릎 보호대엔 구리판을 댔고, 양쪽 정강이 안에는 철판과 쇠고리 넣었네. 손목도 단단히 맸고, 신발도 팽팽하게 묶었구나. 세상에서 바다를 항행하고 하늘을 떠받치는 기둥이며, 태산 아래에서 마귀를 항복시키고 장수를 베는 사람이로다.

頭綰一窝穿心紅角子, 腰繫一條絳羅翠袖. 三串帶兒拴十二個玉蝴蝶牙子扣兒, 主腰上排數對金鴛鴦踅褶衬衣. 護膝中有銅襠銅褲, 繳臁內有鐵片鐵環. 扎腕牢拴, 踢鞋緊繫. 世間架海擎天柱, 嶽下降魔斬將人.

부서가 말했다.

"동악묘에서 교사께서는 2년 동안 적수가 없었는데, 금년이 세 번째 해요. 천하의 분향하러 온 사람들에게 하실 말씀은 있소?"

임원이 말했다.

"사백 군주와 7000개가 넘는 현에서 분향하러 온 분들이 성제를 공경하기 위해 가져오신 상품을 이 임원이 2년 동안 공짜로 받아갔습니다. 금년에는 성제께 작별하고 고향으로 돌아가 다시는 산에 오르지 않으려 합니다. 동쪽의 해 뜨는 곳에서 서쪽 해지는 곳까지 해와 달이 번갈아 돌면서 천지를 하나로 합치고 남쪽으로는 남만南蠻, 북쪽으로는 유연幽燕까지 감히 나와 상품을 다투고자 하는 자가 있습니까?"

말을 미처 끝내기도 전에 연청이 양쪽 사람들의 어깻죽지를 손으로 누르면서 소리 질렀다.

"있소, 있소!"

사람들의 등 뒤에서 곧장 날듯이 대로 올라왔다. 일제히 함성이 울렸고 부서가 맞이하며 물었다.

"자네는 이름이 어떻게 되는가? 어디서 왔는가?"

"저는 산동의 방물장수 장가이고 특별히 저 자와 상품을 다투고자 왔습니다."

"자네는 목숨이 눈앞에 있는 것은 알고 있는가? 보증인은 있는가?"

"제가 보증인입니다. 죽는데 누가 목숨을 보상하겠습니까!"

"자네 웃통을 벗어보게."

연청이 두건을 벗으니 양쪽으로 뿔처럼 동여맨 깨끗하게 빗질한 머리가 드러났다. 짚신을 벗고는 맨발에 대 한쪽에 웅크려 앉고는 행전과 무릎보호대를 풀었다. 그러고는 벌떡 일어나 무명 적삼을 벗어던지고 자세를 잡았다. 사당 안의 구경꾼들은 바다를 휘젓고 강을 뒤집듯 소란스럽게 끊임없이 갈채를 보내더니 조용해졌다.

임원은 문신을 새긴 연청의 건장한 체격을 보고 속으로는 반쯤 겁에 질렸다.

전각 문 밖 월대月臺[27]에는 본주 태수가 주재하고 통제하는 모습을 드러내며 앉아 있었고 앞뒤로 검은색 옷을 입은 짝을 지은 70~80쌍의 공인이 빙 둘러 도열하고 있었다. 태수는 사람을 시켜 연청에게 대에서 내려와 자신의 면전으로 오게 했다. 태수는 연청의 몸에 새긴 문신이 마치 옥으로 된 정자 기둥에 부드러운 비취를 박아 넣은 것 같아 속으로 크게 기뻐하며 물었다.

"자네는 고향이 어딘가? 어째서 여기로 왔는가?"

연청이 말했다.

"소인은 장가이고 항렬로는 맏이입니다. 산동 내주萊州에서 왔습니다. 듣자하니 임원이 천하 사람들에게 씨름을 도전한다기에 일부러 그와 겨루고자 왔습니다."

"앞에 안장을 갖춰 매놓은 말은 내가 임원에게 주려고 내놓은 상품일세. 천막에 있는 물건들은 내가 자네들에게 반씩 나눠주라고 말할 터이니 둘이 나누어 가지게. 내가 자네를 발탁해 곁에 두려는데 어떤가?"

"상공, 제게 이 상품들은 중요하지 않습니다. 단지 저 자를 거꾸러뜨려 사람들에게 웃음을 주고 갈채를 받고 싶을 따름입니다."

"금강 같은 사내인데 네가 근접이나 할 수 있겠느냐!"

"죽어도 원망하지 않습니다."

연청은 다시 대에 올랐고 임원과 겨루고자 했다. 부서는 문서[28]를 받고 품속에서 씨름 규정을 적은 종이를 꺼내 읽고는 연청에게 말했다.

"자네 이해했는가? 몰래 반칙을 써서는 안 되네."

연청이 냉소 지으며 말했다.

"저 자는 모든 것을 갖추었고 나는 명주 바지만 입었는데, 어떻게 은밀하게

27_ 월대月臺: 여기서는 전각과 연결된 평대平臺(주변보다 높은 평면)를 가리킨다.
28_ 여기서는 죽거나 다쳤을 때 모든 것을 자신이 책임진다는 계약서.

반칙을 한답니까?"

지주知州가 다시 부서를 불러 분부했다.

"이 사내는 준수한 젊은이라 아깝네! 자네가 가서 이번 겨루기를 그만두게 하게."

부서가 즉시 대에 올라 연청에게 말했다.

"자네는 목숨이나 부지하고 고향으로 돌아가게. 내 이번 겨루기는 그만두도록 하겠네."

"당신도 참 깨닫지 못하시군요. 내가 이길지 질지 어떻게 아십니까!"

사람들이 모두 시끄럽게 떠들며 소리 질렀다. 분향하러 온 수만 명의 사람들이 물고기 비늘처럼 양쪽으로 늘어서 있고 곁채 복도 지붕 위에까지 꽉 들어찼는데 두 사람이 씨름 대결을 멈출까봐 조바심을 내고 있었다. 이때 임원은 연청을 하늘 끝 저 멀리 던져 죽이지 못하는 것을 한스러워했다. 부서가 말했다.

"이왕 두 사람이 겨루고자 하니 이번 시합이 올해 성제께 바치는 것임을 알고 조심하고 각자 주의하도록 하라."

조용한 대 위에는 이들 세 사람뿐이었는데, 밤안개가 걷히고 해가 막 솟아오르는 때였다. 부서가 죽비를 잡고 두 사람에게 당부하고는 소리 질렀다.

"시작하라!"

씨름이라는 것은 분명하게 말하면 서로 오고 가는 것이라 할 수 있다. 더디다고 말할 때 순식간에 맹렬하고 빨라져 공중에서 별이 날아가고 번개가 치는 듯하여 조금도 느리다고 말할 수 없다. 이때 연청은 오른쪽에서 웅크리고 앉았고 임원은 먼저 왼쪽 문 앞에 섰지만 연청이 움직이지 않았다. 처음에는 대 위에 각자 절반씩 차지하고 있다가 중간에서 맞붙게 되는데, 임원은 조금도 움직이지 않고 있는 연청을 보고는 오른쪽으로 다가갔고 연청은 임원의 아랫도리[29]

29_ 원문은 '하삼면下三面'이다. 배꼽 아래 세 부위를 말한다. 즉 남자의 생식기 좌우다.

만 주시했다. 임원은 속으로 가늠하며 말했다.

'이놈이 반드시 내 아랫도리를 노릴 것이니 손을 쓸 필요 없이 한 발로 걷어 차서 대 아래로 이놈을 떨어뜨려야겠다.'

임원이 다가오더니 왼발로 헛발질하며 일부러 틈새를 보였다. 그러자 연청이 소리 질렀다.

"어딜 와!"

임원은 연청이 달아나기를 기다렸는데 도리어 연청은 임원의 왼쪽 옆구리 아래로 빠져나갔다. 화가 난 임원이 몸을 돌려 다시 연청을 잡으려 하자 연청이 펄쩍 뛰는 척하더니 또 오른쪽 옆구리 아래로 들어와 빠져나갔다. 덩치 큰 사내는 몸 돌리는 것이 민첩하지 못해 이렇게 세 번이나 돌자 걸음걸이가 어지러워졌다. 이때 연청이 쏜살같이 들어가 오른손으로 팔을 비틀어 엎어누르고 왼손은 임원의 바짓가랑이로 깊이 넣어 잡고 어깨로 임원의 가슴을 버티며 곧장 밀어 올렸다. 머리는 무겁고 다리는 가벼운지라 힘으로 빙빙 네다섯 바퀴 돌리고는 대 쪽으로 돌아가 소리 질렀다.

"내려가라!"

머리가 밑으로 가고 다리가 위로 간 임원을 잡고 대 아래로 던져버렸다. 씨름에서는 이 기술을 '발합선鵓鴿旋(비둘기 돌기)'30이라고 부른다. 분향하러 온 수많은 사람이 일제히 갈채를 보냈다. 임원의 제자들은 자신들의 사부가 뒤집어지는 것을 보고는 임시로 설치한 천막을 잡아당겨 쓰러뜨리고는 상품들을 닥치는 대로 빼앗자 사람들이 그들을 때리라고 소리 질렀다. 20~30명의 임원 제자들이 대 위로 뛰어들자 지주도 어떻게 제압할 수가 없었다. 뜻하지 않게 옆에 있던 태세신의 노여움을 사게 되었는데, 바로 흑선풍 이규였다. 이런 광경을 보고 있던 이규는 괴상한 눈을 둥그렇게 뜨고 호랑이 같은 수염을 곧추세웠다. 앞에 별

30_ 발합선鵓鴿旋: 비둘기가 공중에서 선회하는 것과 같은 기술이다.

다른 무기가 없자 삼나무 가지를 파 뽑듯이 뽑아 두 자루를 손에 쥐고는 곧장 달려들었다.

분향하러 온 사람들 가운데 이규를 알아본 자가 있어 이규의 이름을 부르자 밖에 있던 공인들이 일제히 사당 안으로 들어와 크게 소리 질렀다.

"양산박 흑선풍을 달아나지 못하게 하라!"

이 말을 들은 지주는 머리꼭지에 삼혼三魂이 보이지 않고 발밑에 칠백七魄을 잃은 것처럼[31] 두려워하며 전각 뒤로 달아났다. 사방에 있던 인파가 몰려들었고 사당 안 분향하러 온 사람들은 각자 흩어져 달아났다. 이규가 임원을 보니 대 옆에 쓰러져 까무러친 상태인데 입안에는 미약한 숨결만 있을 따름이었다. 이규는 석판을 들어 임원의 머리를 쳐서 부숴버렸다. 연청과 이규가 사당 안에서 나오자마자 문 밖에서 화살이 어지러이 날아왔다. 둘은 지붕으로 기어 올라가 마구잡이로 기왓장을 던져댔다.

얼마 지나지 않아 사당 문 밖에서 함성 소리가 크게 일어나더니 어떤 사람이 짓쳐들어왔다. 앞장 선 사람은 흰 범양 털 방한모를 쓰고 흰 비단 저고리를 입고는 요도를 차고 박도를 들었는데, 바로 북경 옥기린 노준의였다. 그 뒤로 사진·목홍·노지심·무송·해진·해보 7명의 호걸들이 1000여 명을 이끌고 사당 문을 부수고 들어와 호응했다. 연청과 이규는 옥상에서 뛰어내려와 대부대를 따라 달아났다. 이규는 객점으로 돌아와 쌍 도끼를 쥐고는 달려와 싸웠다. 관부에서 관군들을 점검하여 달려왔을 때는 호걸들이 이미 멀리 간 뒤였다. 관군들은 양산박 호걸들을 대적하기 어렵다고 여기고 감히 뒤좇아 오지 못했다. 노준의는 이규를 데리고 돌아왔는데 반나절 쯤 지나서 보니 이규가 보이지 않았다. 노준의가 웃으면서 말했다.

31_ 혼魂과 백魄은 미신에서 사람의 인체에 붙어 있으며 또한 인체에서 떨어져나가 독립적으로 존재할 수 있는 정신이다. 인체에 붙어 있으면 사람이 살고 인체에서 벗어나면 사람이 죽게 된다. 도가에서는 삼혼칠백三魂七魄이 있다고 여긴다.

"또 일을 저지르러 갔군! 사람을 시켜 이규를 찾아 산채로 가야겠다."

목홍이 말했다.

"제가 찾아서 산채로 돌아가겠습니다."

"그거 좋지."

노준의는 무리를 이끌고 산채로 돌아왔다. 한편 이규는 쌍 도끼를 들고 곧장 수장현壽張縣으로 갔다. 그날 정오 때 관아의 관리들은 점심시간이라 흩어지는데, 이규가 관아 문으로 들어오면서 고함을 질렀다.

"양산박 흑선풍 어르신이 여기에 있다!"

관아 안에 있던 사람들은 너무 놀라 손발이 모두 마비가 되었고 움직이지도 못했다. 원래 수장현은 양산박과 가장 가까웠는데, '흑선풍 이규'라는 다섯 글자만 들어도 밤에 울던 어린아이도 울음을 그칠 정도였다. 그런 그가 직접 왔으니 얼마나 두렵겠는가! 이규는 지현의 의자에 앉아서는 호통을 쳤다.

"둘이 나와서 말하거라. 오지 않으면 불을 싸질러버리겠다!"

복도 방에 있던 사람들의 상의했는데 몇 사람이 대답했다.

"몇 사람이라도 나가서 대답해야지, 그렇지 않으면 그가 가겠소?"

그들 가운데 두 명의 관리가 대청 앞으로 나와서는 네 번 절하고 무릎을 꿇고는 말했다.

"두령님께서 여기에 오신 걸 보니 지시할 일이 틀림없이 있으시군요."

"나는 너희 현 안 사람들을 괴롭히러 온 것이 아니고 지나는 길에 놀이나 한 번 하려고 왔다. 너는 나가서 지현보고 오라고 해라. 내가 그놈을 만나야겠다."

두 사람이 갔다가 돌아와서는 말했다.

"지현 상공은 방금 전에 두령님이 오신 것을 보고는 뒷문을 열고 나갔는데, 어디로 갔는지는 모르겠습니다."

이규는 믿지 못하고 후당 방 안으로 들어가 찾아봤지만 그곳에는 관복과 관모를 넣어두는 상자가 놓여 있었다. 이규가 열쇠를 부숴 복두를 꺼내 전각展角[32]을 꽂아 쓰고는 녹색 도포인 관복을 입고 각대角帶33를 묶었다. 조화皀靴를 찾아 미투리를 갈아 신고 괴간槐簡34을 들고 대청 앞으로 나와서는 크게 소리 질렀다.

"이전吏典35들은 모두 알현하도록 하라!"

사람들은 어찌할 줄 몰라 하다가 나와서 대답했다. 이규가 말했다.

"내가 이렇게 꾸미니까 좋으냐?"

"대단히 잘 어울리십니다."

"너희들 영사令史와 지후祗候들은 모두 내 앞에서 양쪽으로 배열하여라. 듣지 않으면 현을 모조리 뒤엎어 빈 땅으로 만들어버리겠다."

그들은 이규를 두려워하여 관원들을 불러 모아놓고 아장牙杖36과 골타를 받쳐 들었고 북을 세 번 울리고는 앞을 향해 인사말을 했다.

이규가 '하하' 크게 웃고는 말했다.

"너희 가운데 두 놈이 나와 고소하거라."

관리가 말했다.

"두령님이 여기 앉아계신데, 누가 감히 고소를 합니까?"

"고소하러 오는 사람이 없다면 너희 가운데 두 놈이 고소하는 것처럼 해보란 말이다. 내가 해치려고 하는 게 아니라 한번 놀아보려고 하는 것이다."

관리들은 한번 상의하고 나서 두 옥졸을 시켜 구타한 사건으로 가장하여 고소하도록 했다. 관아 문 밖에서는 사람들이 모두 와서 구경했다. 두 사람은 대청 앞에 무릎을 꿇었고, 한 사람이 말했다.

32_ 전각展角: 옛날 관모 뒷부분 좌우 양측에 꽂았던 깃 형상의 장식물.

33_ 각대角帶: 뿔처럼 장식한 요대. 송나라 때 하급 관리와 서민의 복식이었다.

34_ 괴간槐簡: 홰나무로 만든 수판手板이다. 옛날 관원이 조회에 나가거나 상관을 알현할 때 수중에 쥐고 있던 긴 나무판이다.

35_ 이전吏典: 원나라 때 현의 관원이다. 『수호전』의 배경은 북송 말기이지만 사용한 관직 명칭이나 지명 등이 뒤섞여 있다.

36_ 아장牙杖: 의장용 곤봉.

"상공, 저 자가 소인을 때렸으니 가련하게 여겨주십시오."

저쪽 사람이 말했다.

"저 자가 소인에게 욕을 하기에 제가 때린 것입니다."

이규가 말했다.

"누가 맞았느냐?"

원고가 말했다.

"소인이 맞았습니다."

이규가 또 물었다.

"누가 이 자를 때렸느냐?"

피고가 말했다.

"그가 욕을 하기에 소인이 때렸습니다."

"때린 자는 호걸이니 먼저 그를 석방하라. 이 패기 없는 놈은 어떡하다 맞았단 말이냐? 이놈에게는 칼을 씌워 관아 문 앞에서 사람들에게 보이거라."

이규는 벌떡 일어나 녹색 도포를 잡고 괴간을 허리에 꽂고는 큰 도끼를 들었다. 칼을 쓴 원고를 똑바로 쳐다보더니 현 문 앞에 두라 호령하고는 의복과 신발도 벗지 않고 성큼성큼 나가버렸다. 구경하던 이들이 터져 나오는 웃음을 참지 못했다. 이규가 수장현 관아 앞으로 왔다 갔다 하다가 갑자기 학당에서 글을 읽는 소리가 들렸다. 이규가 발을 젖히고 들어가자 놀란 훈장이 창문을 뛰어넘어 달아났고, 학생들 가운데는 우는 녀석, 소리 지르는 녀석, 뛰는 녀석, 숨는 녀석도 있었다. 이규가 껄껄 웃으면서 문을 나오다 목홍과 마주쳤다. 목홍이 소리 질렀다.

"모두들 형 때문에 걱정하고 있는데, 여기에서 이런 경망스런 짓을 하고 있었소! 빨리 산채로 갑시다!"

목홍은 이규를 잡아끌고 갔다. 이규는 하는 수 없이 수장현을 떠나 양산박으로 갔다. 여기에 이를 증명하는 시가 있다.

백성 다스리는 현령이 난폭한 것은, 어려서 선생이 불량하게 가르친 것이라.
철우를 보내 시찰하게 하니, 현 관아[37] 소동 일어나고 서당도 떠들썩해졌네.
牧民縣令每猖狂, 自幼先生教不良.
應遣鐵牛巡曆到, 琴堂鬧了鬧書堂.

두 사람은 금사탄을 건너 산채에 들어왔다. 이규의 차림새를 보고는 모두들 웃었다. 충의당에 올랐는데 마침 송강이 연청을 축하해주고 있었다. 이규는 녹색 난포襴袍[38]를 벗어 놓고 쌍 도끼를 던져버리고는 건들건들하며 충의당 앞에 이르러 괴간을 잡고 송강에게 절을 했다. 그런데 두 번 절하다가 그만 녹색 난포를 밟아 도포는 찢어지고 걸려서 넘어지고 말았다. 사람들이 모두 웃고 있는데 송강이 욕했다.

"네 이놈 정말 대담하구나! 나 모르게 사사로이 산을 내려갔으니, 마땅히 죽어야 할 죄다! 가는 데마다 사단을 일으킨단 말이냐? 내 오늘 형제들 앞에서 말하거니와 다시는 용서하지 않을 것이다!"

이규는 연이어 '예, 예' 하고는 물러났다. 양산박은 이때부터 사람과 말이 모두 평안하고 어떠한 일도 없었다. 매일 산채에서 무예를 연습하고 인마를 조련했으며 물에 능한 자들은 배에서 연습했다. 각 방책에서는 병장기·의복·갑옷·창칼·활·화살·쇠뇌·깃발들을 더 많이 제조한 것은 말할 필요가 없다.

한편 태안주에서는 있었던 일들을 동경에 상주했고, 진주원進奏院[39]에서는

37_ 원문은 '금당琴堂'인데 이는 주州·부府·현縣의 관서를 칭한다. 여기서는 현의 관아 문을 가리킨다.
38_ 난포襴袍: 관리, 사인士人이 입는 도포다. 원형 깃에 소매가 좁고 아래는 길게 무릎을 덮는다. 북주北周 시대에 시작되었다.
39_ 진주원進奏院: 당·송 시기의 관서 명칭이다. 남송 시기에는 문하성門下省에 예속되었고 급사중給事中이 주관했다. 조서와 정부 각 부문의 명령을 하급기관에 전달하는 일을 관장했다. 원나라 때 폐

또 각처 지현에서 상주하는 표문表文을 받았는데, 모두가 송강 등이 반란하여 소란을 일으킨 일들이었다. 이때 도군 황제는 한 달 가까이 조정에 나와 정사를 돌보지 않았다가 그날 조회에 나오자 정편[40]이 세 번 울리고 문무 관원들이 계단 아래에 양쪽으로 도열했다. 전두관이 소리 질렀다.

"일이 있으면 반열에서 나와 아뢰고 없으면 발을 올려 조회를 마치겠소."

진주원 경卿이 반열에서 나와 아뢰었다.

"신 진주원에서는 각 주현으로부터 올린 표문을 여러 차례 접수했는데, 모두가 송강 등이 도적들을 통솔하면서 공공연히 부주府州를 공격해 창고를 약탈하고 미곡을 털어간다고 합니다. 그들은 군병과 백성을 살생하고 욕심을 부리며 만족함이 없는데, 어디에서도 대적할 자가 없다고 합니다. 어서 소탕하여 체포하지 않는다면 나중에는 반드시 커다란 우환거리가 될 것입니다."

천자가 이에 말했다.

"지난해 정월 보름날 밤에도 이 도적들이 동경을 떠들썩하게 했는데, 금년에도 각처에서 소란을 일으킨다고 하니 근처의 주군州郡은 어떻겠는가? 짐이 이미 여러 차례 추밀원에서 군사를 파견하도록 했는데 지금까지 돌아와 아뢰지 않고 있도다."

옆에 있던 어사대부御史大夫[41] 최정崔靖도 반열에서 나와 아뢰었다.

"신 듣자하니 양산박에는 큰 깃발이 있는데, '하늘을 대신해 도를 행한다替天行道'는 네 글자가 쓰여 있다고 합니다. 이것은 요민지술曜民之術 입니다. 이 때문

지되었다.

40_ 정편靜鞭: 정편淨鞭이라고도 한다. 고대 황제 의장용으로 사용하는 것으로 채찍 형상이다. 휘둘러 땅바닥을 치면 소리가 나는데, 그 목적은 신하들에게 정숙하도록 경고하는 것이다. 황제의 어가가 도착하면 중요한 전례가 시작되는데 모두들 조용해야 했으므로 정편이라 한 것이다.

41_ 어사대부御史大夫: 진秦 시기에 설치되었고 진·한 시기에 승상 다음의 중앙 고급 관장으로 백관의 감찰과 법 집행을 책임졌다. 국가의 중요 문서와 전적을 관리했고 조정을 대신해 황제의 명령, 문서 등의 초안을 작성했다.

에 민심으로 안정시키려면 병사를 증강시켜서는 안 됩니다. 지금 요遼 군사가 국경을 침범하여 각처의 군마들이 막을 수 없다고 하는데, 만약 이런 상황에서 군사를 일으켜 양산박을 정벌한다면 더욱 곤란해질 것입니다. 신의 어리석은 생각으로는, 이러한 산간의 도망친 무리는 모두 관부의 형법을 범하고 피할 길이 없자 산림에서 패거리를 규합한 것으로 제멋대로 굴며 도리라고는 없다고 합니다. 만약 한 대신에게 단조丹詔[42]와 광록시光祿寺[43]의 어주를 가지고 양산박으로 가서 좋은 말로 어루만지고 초안招安[44]하여 귀순시킨다면, 이들을 이용해 요나라 군사를 대적시킬 수 있으니 공사公私가 모두 편리해질 것입니다. 엎드려 바라건대 폐하께서는 살펴주십시오."

"경의 말씀이 매우 타당하고 짐의 뜻에 부합되오."

전전태위殿前太尉 진종선陳宗善을 사자로 삼아 단조와 어주를 받들어 양산박으로 가서 귀순시키게 했다. 이날 조회가 끝나자 진 태위는 조칙을 수령하고 집으로 돌아가 떠날 준비를 했다. 진 태위가 조서를 받들어 귀순을 요청했기에, 나누어 서술하면, 향기 나는 좋은 어주가 자신을 태우는 약이 되었고, 단조는 전서戰書를 부르게 된 것이다.

결국 진 태위가 어떻게 송강 등을 귀순시키는지는 다음 회에 설명하노라.

요민지술曜民之術

본문에 어사대부인 최정崔靖이 다음과 같이 말한 구절이 있다.

42_ 단조丹詔: 황제가 붉은색을 묻힌 붓으로 쓴 조서.

43_ 광록시光祿寺: 관서 명칭이다. 송나라 때 황실의 제품祭品, 음식과 주연에 초대한 업무 등을 관장했던 관서다.

44_ 초안招安: 반항하는 자를 설득하여 투항 귀순시키는 것을 말한다. 이하 '초안'이란 말이 자주 등장하는데, 역자는 '초안'을 '귀순시키다'로 번역했다.

"신 듣자하니 양산박에는 큰 깃발이 있는데, '하늘을 대신해 도를 행한다替天行道'는 네 글자가 쓰여 있다고 합니다. 이것은 요민지술曜民之術 입니다."

'요민'은 '빛으로 백성을 유인'하는 것으로 '요선耀蟬'과 같다. '요선'은 밤에 매미가 붙어 있는 나무를 불로 비추고 나무를 흔들어 떨어지는 매미를 잡는 방법이다. 『순자荀子』 「치사致仕」에 따르면 "밤에 매미가 붙어 있는 나무에 불을 비추고 나무를 흔들어 매미를 떨어뜨려 잡는 사람은 불빛을 밝게 하고 나무를 흔드는 데만 힘쓰면 된다. 비추는 불이 밝지 않으면 나무를 흔든다 한들 매미를 얻지는 못할 것이다. 지금 군주가 자신의 덕을 밝게 드러내기만 한다면 천하가 모두 따를 것이니 매미가 밝은 불을 좇는 것처럼 될 것이다"라고 했다. 남방 사람들은 밤에 매미가 많이 붙어 있는 나무를 불로 비추고 나무를 흔들어 떨어지는 매미를 잡아먹었다고 한다. 즉 '하늘을 대신해 도를 행한다替天行道'는 것은 불을 비추어 매미를 잡는 것처럼 민심을 유인하여 끌어당기는 수단에 불과하다는 말이다.

【 제75회 】

쫓겨난 천사 天使[1]

진종선이 조서를 수령하고 부중으로 돌아와 출발 준비를 하고 있는데, 많은 신하가 와서 축하했다.

"태위의 이번 행차는 첫째 국가를 위해 일을 처리하는 것이고, 둘째 백성을 위해 우려를 분담하는 것이며 군민의 해로움을 제거하는 것입니다. 양산박은 충의를 주장하면서 조정이 자신들을 불러 귀순시키기만을 기다리고 있습니다. 태위께서 좋은 말씀으로 어루만져주셔야 할 겁니다."

한창 이야기하고 있는데, 태사부의 심부름꾼이 와서는 청하면서 말했다.

"태사께서 태위님과 하실 말씀이 있다고 하십니다."

진종선은 가마를 타고 신송문新宋門 큰 거리에 있는 태사부 앞으로 가서 내렸다. 심부름꾼은 절당 안 서원으로 안내했고 태사를 뵙고는 옆에 앉았다. 차탕

1_ 제75회 제목은 '活閻羅倒船偸御酒(활염라가 배를 뒤엎어 어주를 훔치다), 黑旋風扯詔罵欽差(흑선풍이 조서를 찢고 사자에게 욕설하다)'다.

茶湯[2]을 마시자 채 태사가 물었다.

"천자께서 태위를 양산박으로 파견해 귀순시키고자 한다고 하기에 특별히 알려줄 것이 있어서 청한 것이오. 그곳에 가시거든 조정의 기강을 잃거나 국가의 법도를 어지럽히는 일이 있어서는 안 되오. 『논어』에 이르기를 '자신이 행동함에 있어 수치심이 있으며, 다른 나라에 사신으로 가서 군주의 명을 욕되게 하지 않는다면 사신이라고 할 수 있다[3]고 한 것을 태위도 알 것이오."

진 태위가 말했다.

"이 진종선이 모두 알고 있습니다. 태사의 가르침을 받들겠습니다."

채경이 또 말했다.

"나는 이 심부름꾼을 태위와 함께 보내려 하오. 이 사람이 법도를 잘 알기에 태위가 보지 못하는 것이 있으면 제시해줄 것이오."

"은상의 깊은 뜻에 감사드립니다."

태사와 작별한 진 태위는 심부름꾼을 데리고 상부相府를 나와 가마를 타고 집으로 돌아왔다. 막 쉬려고 하는데 고 전수가 왔다고 문지기가 보고했다. 진 태위가 황급히 나가 영접하고 대청으로 청해 앉았다. 문안 인사를 마치자 고 태위가 말했다.

"오늘 조정에서 송강을 귀순시키는 일을 상의했다고 하는데, 이 고구가 자리에 있었다면 반드시 저지했을 것이오. 여러 차례 조정을 욕보인 도적떼의 죄악이 하늘에 차고 넘치는데 지금 그 범죄자들을 사면시키고 경성에까지 끌어들이면 반드시 후환이 있을 것이오. 돌아가 아뢰고자 했는데 조서가 이미 내려졌으니 어떻게 될 건지 바라보는 수밖에 없게 되었소. 이 도적들이 양심을 속이고

2_ 차탕茶湯: 두 종류의 음료다. 송나라 때 습속으로 손님이 오면 차를 마시고 손님이 가면 탕을 마셨다. 탕은 대부분 약재 가운데 달콤한 것을 삶은 것으로 따뜻한 것, 찬 것을 모두 마셨다.

3_ 원문은 '行己有恥, 使於四方, 不辱君命, 可謂使矣'다. 출전은 『논어』「자로子路」인데, 『논어』에서는 '사使'가 '사士'로 실려 있다. 즉 "스스로 행동함에 있어 수치심이 있으며, 다른 나라에 사신으로 가서는 군주의 명을 욕되게 하지 않는다면 선비士라고 할 수 있다"로 번역된다.

성지聖旨를 소홀히 여긴다면 태위께서는 서둘러 돌아오십시오. 소생이 천자께 상주하여 대군을 점검해 직접 가서 뿌리째 뽑아버리는 것이 내가 원하는 바요. 제 수하에 말을 잘하고 언사가 시원시원하며 하나를 물으면 열을 대답하는 우후가 있는데 태위께서 데려가시면 상황을 잘 일깨워줄 것이오."

진 태위가 감사하며 말했다.

"전수의 근심하는 마음을 감사히 받겠습니다."

고구는 자리에서 일어났고 진 태위는 부서 앞까지 나가 전송했다. 고구는 말을 타고 떠났다.

이튿날 채 태사의 장 간판張幹辦[4]과 고 전수의 이 우후李虞候 두 사람이 모두 왔다. 진 태위는 말에 안장을 얹고 인원을 점검했다. 어주 10병을 받들어 용봉담龍鳳擔[5]에 넣어 멨고 앞에는 황색 깃발을 꽂았다. 진 태위가 말에 오르자 수행원 5~6명과 장 간판, 이 우후가 모두 말에 올랐고 단조를 든 자를 앞에 세우고 일행을 이끌고 신송문을 나갔다. 전송하러 나왔던 관원도 모두 돌아갔다. 굽이굽이 제주濟州에 당도하자 태수 장숙야張叔夜가 영접했고 부중으로 청해 연회를 열어 대접하면서 귀순시키는 문제를 물었다. 진 태위가 자세히 설명하자 장숙야가 말했다.

"제 어리석은 생각으로는 그들을 귀순시키는 것이 가장 좋습니다. 태위께서 그곳에 가시면 화기애애하게 대하시고 달콤한 말로 그들을 어루만져주시면서 어떠한 것을 막론하고라도 큰일을 성사시키십시오. 그들 가운데 성질이 사나운 불길 같은 놈들이 몇 있는데 몇 마디 말이라도 부딪치게 된다면 큰일을 망치게 될 것입니다."

장 간판과 이 우후가 말했다.

4_ 간판幹辦은 장관이 위임하여 파견한 능력 있고 일처리를 잘하는 심복이다.
5_ 용봉담龍鳳擔: 용과 봉황이 조각되어진 일종의 짐 상자라 할 수 있다.

"우리 두 사람이 태위를 따라왔으니 착오가 있지 않을 것입니다. 태수께서는 조심하면서 온화하게 대하라고 하시는데, 이는 조정의 기강을 무너뜨리는 것입니다. 이런 무능한 자들은 항상 눌러야지 머리를 쳐들게 하면 허세를 부릴 것입니다."

장숙야가 말했다.

"이 두 분은 누구십니까?"

진태위가 말했다.

"이 사람은 채 태사의 간판이고 저 사람은 고 태위의 우후일세."

"이 두 간판은 데리고 가지 않는 것이 좋을 것 같습니다!"

"이들은 채 태사와 고 태위의 심복들인데 데리고 가지 않으면 반드시 의심할 것이네."

"저는 일이 잘 되어야 한다고 말씀드리는 것입니다. 고생만 하고 공적이 없을까 걱정됩니다."

장 간판이 말했다.

"우리 두 사람을 데리고 가면 만 장 깊이의 졸졸 흐르는 물도 새는 일이 없을 겁니다."

장숙야는 다시 더는 말을 꺼내지 않았고 연회를 베풀어 대접하고 관역館驛까지 전송하고는 쉬게 했다. 다음 날 제주에서는 먼저 사람을 양산박에 보내 알렸다.

한편 송강은 매일 충의당에서 두령들을 모아놓고 군사 상황을 상의했다. 일찌감치 염탐꾼이 와서 이 일을 보고했다. 진실 여부를 알지는 못했지만 속으로는 매우 기뻐했다. 그날 졸개가 제주에서 소식을 알리는 자를 데리고 왔고 충의당에 올라 말했다.

"조정에서 이번에 태위 진종선을 파견했습니다. 어주 10병을 바치고 사면하여 귀순시키는 조서를 가지고 왔는데, 이미 제주 성내에 이르렀으니 영접을 준비하십시오."

송강이 크게 기뻐하며 술과 음식을 차려 대접하고 채색비단 두 필에 화은 10냥을 소식을 전하는 자에게 주고는 먼저 돌아가게 했다. 송강이 두령들에게 말했다.

"우리가 귀순을 받아들이면 국가의 신하가 되는 것이니 오랫동안 고생한 것이 헛되지 않았네. 오늘에야 비로소 성과를 얻게 되었구나!"

오용이 말했다.

"제 의견을 말씀드리면 이번 귀순 건은 결코 성사되지 않을 것입니다. 설사 귀순한다더라도 저희를 초개 같이 여길 것입니다. 이놈들이 대군을 이끌고 오기를 기다렸다가 잔악한 타격을 가해 사람이 죽고 말을 잃어 꿈속에서도 두렵게 해야 합니다. 그런 다음에 귀순을 받아들여야 기개가 있게 되지요."

송강이 말했다.

"그대 말대로 하면 '충의' 두 글자를 무너뜨리게 되는 것이오."

임충이 말했다.

"조정에서 고위 관원이 올 때는 허세를 부리는 경우가 있습니다. 그 속에 좋은 일이 있을 것 같지는 않습니다."

관승이 말했다.

"조서에는 반드시 공갈 협박하는 말을 써서 우리를 놀라게 할 것입니다."

서녕도 말했다.

"오는 자는 반드시 고 태위 사람일 것입니다."

송강이 말했다.

"자네들 모두 의심하지 말게. 조서를 맞을 준비나 하자고."

먼저 송청과 조정에게 연회를 준비시키고 시진에게는 모든 것을 감독하고 지휘하며 가지런히 준비하도록 시켰다. 태위를 위한 임시 장막을 설치하고 오색의 얇은 비단을 늘어놓고 대청 위아래에는 채색비단을 걸었다. 먼저 배선·소양·여방·곽성에게 산을 내려가 20리 떨어진 길에서 태위를 영접하게 했고 수군 두령들에게는 큰 배를 준비하여 연안에 정박시키게 했다. 오용이 명령을 내렸다.

"형제들은 내가 하라는 대로 하시오. 이렇게 하지 않으면 안 되겠소."

한편 소양은 세 명의 수행원과 5~6명을 더 데리고 짧고 작은 무기조차도 소지하지 않고 술과 과일을 들고 20리 밖으로 영접하러 갔다. 진 태위는 그날 길을 가는데, 장 간판과 이 우후는 말을 타지 않고 말 앞에 걸어갔고 그 뒤로는 200~300명의 수행원이 따라갔다. 10여 명의 말을 탄 제주 군관들이 앞에서 도열해서 이들 인마를 인도했다. 용봉담 안에 있는 어주를 메고 말을 탄 자는 조서가 들어 있는 함을 등에 졌다. 제주의 옥졸 50~60명도 앞뒤에서 따라갔는데, 이들은 모두 양산박에 가서 소소한 부귀라도 얻고자 기대했다. 소양·배선·여방·곽성이 도중에 영접했는데, 도로 옆에서 무릎 꿇고 엎드려 맞이했다. 장 간판이 물었다.

"너희 송강이란 자가 얼마나 대단하단 말이냐? 황제의 조서가 왔는데도 어찌하여 직접 나와서 영접하지 않는단 말이냐? 군주를 심히 업신여기는구나! 너희 같이 죽어 마땅한 놈들이 어떻게 조정의 귀순 요청을 받는단 말이냐! 태위께서는 돌아가시지요!"

소양·배선·여방·곽성이 땅바닥에 엎드려 사죄했다.

"지금까지 조정에서 산채로 조서를 보낸 적이 없었기에 그 진실을 몰라 그랬습니다. 송강과 대소 두령들이 모두 금사탄에서 영접할 것입니다. 바라건대 태위께서는 잠시 세찬 천둥 같은 노여움을 푸시고 국가를 위해 좋은 일을 성사시켜야 하니 용서해주십시오."

이 우후가 말했다.

"일을 성시키지 못해도 너희 같은 도적들이 하늘을 날아가든 전혀 걱정하지 않고 있다."

여기에 증명하는 시가 있다.

참언하며 헐뜯는 일 예로부터 그랬으니, 소인은 일 하는데 앞서지 말지니라.

궁궐 안에서 사면령 선포했건만, 애석하게 귀순시키는 일 완전하지 못했네.

貝錦生讒自古然, 小人凡事不宜先.

九天恩雨令宣布, 可惜招安未十全.

당시 여방과 곽성이 말했다.

"무슨 말씀이십니까? 이렇게 사람을 업신여기다니!"

소양과 배선은 간청하기만 했다. 술과 과일을 바쳤는데도 먹으려 하지 않았다. 사람들이 그들을 따라 물가로 왔는데 양산박에서는 이미 세 척의 전선이 늘어서 있었다. 배 한 척에는 마필을 실었고, 또 한 척에는 배선 등 일행이 탔으며, 나머지 배에는 태위와 따르는 수행원들을 태우고 조서와 어주는 뱃머리에 뒀다. 그 배에서는 활염라 완소칠이 감독하고 있었다. 완소칠은 선미에 앉아서 20여 명의 건장한 사내를 선발했고 각기 요도를 차고 배를 젓게 했다. 처음에 배를 탔을 때 진 태위는 곁에 아무도 없는 것처럼 기고만장해 우쭐대며 가운데에 있었다. 완소칠이 무리들에게 노를 젓도록 호령하자 양쪽에 탄 수병들이 일제히 노래를 부르기 시작했다. 이 우후가 욕을 했다.

"당나귀 같은 촌놈들아! 귀인이 여기에 계신데 오만방자하구나!"

수병들은 거들떠보지도 않고 노래만 불렀다. 이 우후가 등나무 가지를 집어 때렸지만 양쪽 수병들은 조금도 두려워하는 기색이 없었다. 몇몇 우두머리가 대답했다.

"우리가 노래 부르겠다는데, 당신이 뭔데 간섭하시오!"

이 우후가 말했다.

"모조리 죽일 역적 놈들아. 감히 말대꾸를 한단 말이냐?"

등나무 가지로 때리자 양쪽 수병들이 모두 물속으로 뛰어들었다. 완소칠이 선미에서 말했다.

"그렇게 수병들을 때려 물속으로 들어가게 하면 이 배는 어떻게 저어가라는 거요?"

그때 마침 상류에서 두 척의 빠른 배가 다가왔다. 원래 완소칠은 미리 두 척의 배 선창에 물을 가득 채워 놨는데 뒤에서 배가 접근해오자 완소칠이 물을 막는 쐐기를 뽑고는 소리 질렀다.

"배에 물이 샌다!"

물은 이미 배 안으로 새어 들어왔다. 급히 사람을 구하라고 소리 질렀지만 배 안은 온통 물로 가득 찼다. 그 두 배가 도와주러 가까이 다가오자 사람들이 급히 진 태위를 배에 건너 태웠다. 각자 배의 노를 저으면서 그곳에 있던 어주와 조서를 돌아보기만 하는데, 그 두 척의 빠른 배는 먼저 가버렸다. 완소칠이 수병들에게 소리 질러 배 안의 물을 퍼내게 하고 걸레로 모두 닦아내고는 수병에게 말했다.

"어주 한 병 가져와봐라. 내가 먼저 맛 좀 봐야겠다."

한 수병이 용봉담 안에서 한 병을 꺼내 와서 뚜껑을 열어 완소칠에게 줬다. 완소칠이 받아보니 듣던 대로 향기가 코를 찔렀다. 완소칠이 말했다.

"독약이 들어 있을지 모르니 내가 위험을 무릅쓰고 먼저 맛을 봐야겠다."

사발과 바가지도 없자 병에 입을 대고 단숨에 마셔버렸다. 완소칠이 한 병을 다 마시고는 말했다.

"맛 좋은데."

한 병을 다 마시고는 다시 한 병을 가져오게 하여 또 다 마셔버렸다. 입맛에 맞자 연속해서 네 병을 마시고는 말했다.

"어떻게 하지?"

수병이 말했다.

"선미에 백주 한 통이 있습니다."

"너희도 맛 좀 보게 해줄 테니 물 퍼내는 바가지 가져오너라."

6병의 어주를 모두 수병들에게 마시라고 나눠주고 비어 있는 10병에는 시골 백주를 붓고는 원래 마개로 봉하여 묶고 용봉담 안에 뒀다. 그러고는 나는 듯이 배를 저어 금사탄에 대고 언덕을 올랐다.

송강 등이 모두 그곳에서 영접하는데 향과 꽃, 등촉을 켜고 징을 울리며 북을 두드렸고 산채 안에서도 음악을 일제히 연주했다. 어주를 꺼내 탁자 위에 놓고 탁자마다 네 사람이 들어 옮겼으며 한 탁자 위에 조서를 놓고는 들고 가게 했다. 진 태위가 물가에 오르자 송강 등이 영접하며 고개 숙여 절을 했다. 송강이 말했다.

"얼굴에 글자 새긴 아전의 죄악이 하늘에 가득합니다. 귀인을 욕되게 이곳까지 오시게 했는데 제대로 접대를 하지 못했으니 바라건대 죄를 용서해주십시오."

이 우후가 말했다.

"태위께서는 조정의 대귀인이신 대신이시다. 너희를 귀순시키고자 오셨으니 작은 일이 아니니다! 그런데 어찌하여 사리에 어두운 시골 도적놈들에게 물새는 배를 주어 몰게 하여 대귀인의 목숨을 위험에 빠뜨린단 말이냐!"

송강이 말했다.

"이곳의 배는 좋은 배인데, 어떻게 물새는 배로 귀인을 모셨겠습니까?"

그러자 장 간판이 말했다.

"태위의 옷섶이 아직도 젖어 있는데, 너는 어찌 이토록 억지를 부린단 말이냐!"

송강 뒤에 있던 오호장五虎將[6]이 바짝 붙어 좌우를 떠나지 않았고, 또 여덟 명의 표기장驃騎將[7]들이 앞뒤를 에워쌌다. 이들은 이 우후와 장 간판이 송강 면

6_ 오호장五虎將: 여기에서는 관승·임충·진명·호연작·동평을 말한다.

전에서 계속해서 손짓 몸짓하는 것을 보고는 모두들 죽이고 싶은 마음이 있었지만 송강에게 지장을 줄 것 같아 감히 손을 쓰지 못하고 있었다.

송강이 산채에 올라가 조서를 읽어달라고 네다섯 차례 요청하자 비로소 태위는 가마에 올랐다. 두 필의 말을 끌어다 장 간판과 이 우후를 타게 했는데, 이 두 놈은 자신들의 신분이 높지 않음을 알면서도 온갖 거드름을 피웠고 송강이 말에 오르기를 간청하자 그제야 말에 올라 출발했다. 사람들에게 나팔을 불게 하고 세 관문으로 올랐다. 송강 등 100여 두령이 모두 뒤를 따랐고 곧장 충의당 앞에 도착해서는 일제히 말에서 내려서 태위에게 충의당에 오르기를 청했다. 어주, 조서함을 정면에 놓고 진 태위·장 간판·이 우후가 왼쪽, 소양과 배선이 오른쪽에 섰다. 송강이 두령들을 점고하니 107명으로 이규만이 보이지 않았다.

때는 4월 날씨인데 모두들 두 겹으로 된 비단으로 만든 전오戰襖[8]를 입고 대청에 꿇어 앉아 조서 읽기를 기다렸다. 진 태위가 조서함에서 조서를 꺼내 소양에게 넘겨줬다. 배선이 찬례를 하니 모두들 절을 올렸다. 소양이 조서를 펼쳐 소리 높여 읽었다.

제制[9] : 문文은 나라를 안정시키고 무武는 나라를 공고히 할 수 있도다. 오제五帝는 예악으로 봉강封疆을 소유했고, 삼황은 정벌로 천하를 평정했도다. 일은 순역順逆을 따르고 사람에게는 현명함과 어리석음이 있도다. 짐은 조상의 대업을 이어받아 해와 달의 빛을 찬란하게 하고 온 천하에 복종하지 않는 신하가 없도다. 근래에 송강 등의 무리가 산림에 패거리를 규합하여 군郡과 읍邑을 약탈하고 있으니 본래는 하늘의 뜻에 따라 토벌해야 하지만 진실로 나와 백성을

7_ 팔표기장八驃騎將은 여기에서 화영·서녕·양지·색초·장청張清·주동·사진·목홍을 말한다.
8_ 전오戰襖: 무사들이 입는 짧은 옷이다. 통상적인 거친 비단으로 만들고 속에 연한 솜을 쌓고 실로 꿰매어 만든다.
9_ 제制: 황제의 서면 명령을 가리킨다. 진시황 때부터 천자의 명령을 제制라고 했다.

수고롭게 하는 것이 걱정된다. 지금 태위 진종선을 파견하여 귀순시키고자 하니 조서가 당도하는 날에 돈과 식량, 무기, 마필, 선박을 즉시 관청에 반납하고 소굴을 해체하여 무리를 이끌고 경사로 오라. 그렇다면 본래의 죄를 사면하지만 양심을 속이고 명령을 거역한다면 천병을 보내 어린아이조차 남겨두지 않으리라. 이에 조서를 내리니 잘 알아듣도록 하라. 선화 3년(1121) 맹하孟夏 4월.

소양이 조서를 읽고 나자 송강 이하 모두들 노기를 띠었다. 그때 흑선풍 이규가 들보에서 뛰어내려 오더니 소양 손에 있던 조서를 빼앗아 갈기갈기 찢어버리고는 진 태위를 끌어당겨 주먹으로 냅다 때렸다. 송강과 노준의가 몸을 옆으로 돌려 중간에서 막고 안아 이규가 주먹을 휘두르지 못하게 했다. 조서가 찢겨지자 이 우후가 소리 질렀다.

"이놈은 뭐하는 놈이기에 이토록 대담하냐!"

때릴 곳을 찾지 못했던 이규가 정면으로 이 우후를 거머쥐고는 때리며 소리 질렀다.

"조서에 쓰여 있는 게 누가 한 말이냐?"

장 간판이 말했다.

"이것은 황제의 성지니라."

"너희 황제 놈은 여기 있는 우리 호걸을 알아보지 못하는구나. 어르신들을 귀순시키면서 도리어 큰소리야! 너희 황제도 송가이고 내 형도 송가다. 그놈은 황제를 하고 우리 형은 황제를 못한단 말이냐? 네놈들이 검은 어르신을 건드리기만 하면 그 조서 쓴 관원 놈들을 모조리 죽여버릴 테다!"

모두들 달래면서 흑선풍을 충의당 아래로 밀었다.

송강이 말했다.

"태위께서는 마음을 편히 하시고 조금도 잘못을 생각하지 말아주십시오. 어주를 여러 사람에게 따라서 은혜를 베풀어주십시오."

즉시 금으로 꽃을 박아 넣은 잔을 가져오게 하고 배선에게 어주 한 병을 가져오게 해서 커다란 은으로 된 술 담는 용기에 술을 부었는데, 다름 아닌 시골 백주였다. 다시 9병을 가져와 모두 열었고 큰 술 용기에 따라 부었더니 맛이 싱거운 일반 시골 술이었다. 사람들이 보고는 모두가 해괴하여 놀라며 하나둘씩 충의당을 내려갔다. 노지심이 쇠 선장을 잡고는 큰 소리로 욕설을 퍼부었다.

"지 애미하고 붙을 좆같은 놈! 사람을 얕봐도 유분수지! 이따위 형편없는 술을 어주라고 하고 우리보고 처마시라는 말이냐!"

적발귀 유당도 박도를 들고 덤벼들었고 행자 무송도 쌍 계도를 꺼내 들었으며 몰차란 목홍, 구문룡 사진도 일제히 발광을 했다. 여섯 수군 두령들은 욕설을 퍼붓고 관 아래로 내려갔다. 송강은 상황이 말이 아닌지라 몸을 가로로 하여 안에서 막고는 급히 명령을 내려 가마와 말을 대령하게 하여 태위를 태우고 하산시키고 조금도 상하게 하지 말라 했다. 이때 사방의 대소 두령들 태반이 아우성치자 송강과 노준의는 직접 말에 올라 태위와 조서를 가지고 온 일행들을 세 관문 아래까지 호송했다. 다시 절하며 죄를 인정했다.

"이 송강 등이 귀순할 마음이 없는 것이 아니라 실로 조서를 초안한 관원들이 양산박의 복잡한 상황을 모르는 것 같습니다. 몇 마디 말로 위로해주시면 저희는 충성을 다해 나라에 보답할 것이고 만 번 죽어도 원한이 없습니다. 태위께서 조정으로 돌아가시거든 잘 말씀드려주십시오."

급히 나루터를 건너가서는 방귀와 오줌을 쌀 정도로 놀라 쩔쩔매며 나는 듯이 제주로 달아났다.

송강은 충의당으로 돌아와 두령들을 모아놓고 술자리를 마련했다. 송강이 말했다.

"비록 조정의 조서가 밝지는 않지만 동생들도 마음이 너무 조급했소."

오용이 말했다.

"형님 너무 집착하지 마십시오! 귀순하는 문제는 이루어질 날이 있을 것인데, 어째서 형제들이 화를 냈다고 나무라십니까? 조정에서 너무 우리를 사람으로 생각하지 않는 것 같소! 지금 한가한 말은 모두 그만두고 형님께서는 명령을 내려 마군은 마필들을 한데 모으고, 보군은 병장기를 안배하고, 수군은 전선들을 정돈하게 하십시오. 조만간 반드시 대군이 토벌하러 올 것이니 한두 번 싸움에서 모조리 몰살시켜 갑옷 한 조각도 돌아가지 못하게 하여 꿈에서도 우리를 두려워하게 만들어야 합니다. 그때라야 비로소 다시 상의할 수 있습니다."

모두들 말했다.

"군사의 말씀이 지당하오."

이날 술자리를 파하고 각자 본영으로 돌아갔다.

한편 진 태위는 제주로 돌아왔고 양산박에서 조서를 읽으면서 발생했던 일을 장숙야에게 자세히 하소연했다. 장숙야가 말했다.

"어떤 말을 지나치게 많이 하셨습니까?"

진 태위가 말했다.

"나는 한 마디도 안 했소!"

"그렇다면 공연히 마음과 힘만 낭비하시고 상황이 어그러졌습니다. 태위께서는 급히 경사로 돌아가셔서 성상께 상주하십시오. 지체해서는 안 됩니다."

진 태위·장 간판·이 우후 일행은 밤새 경사로 돌아와 채 태사를 만나서는 양산박 도적들이 조서를 찢어버리고 비방했다는 일을 자세히 이야기했다. 채경이 듣고서 크게 노하여 말했다.

"이런 도적놈들이 어떻게 이토록 무례하단 말이냐! 당당한 송나라 천하에서 어떻게 이런 도적놈들이 제멋대로 행패를 부릴 수 있게 둔단 말이냐!"

진 태위가 울면서 말했다.

"태사님의 복이 아니었다면 소관은 양산박에서 가루가 되었을 겁니다! 오늘 죽도록 도망쳐 구사일생으로 살아남아 다시 은상을 뵙게 되었습니다!"

태사는 즉시 중요한 군사상황을 상의하고자 한다고 동童 추밀樞密[10]과 고 태위, 양 태위를 부중으로 청했다. 곧 모두들 태사부 백호당 안에 모여 자리에 앉았다. 채 태사는 장 간판·이 우후를 불러 양산박에서 조서를 찢고 비방한 일을 자세히 보고하게 했다. 양 태위가 말했다.

"어찌하여 이런 도적놈들한테 귀순시키자고 주장하셨습니까? 당초에 폐하께 상주한 사람이 누구입니까?"

고 태위가 말했다.

"그날 제가 조정에 있었다면 반드시 저지했을 것입니다. 어째서 이런 일을 진행했단 말입니까?"

동 추밀이 말했다.

"쥐나 개처럼 좀도둑질이나 하는 무리[11]들을 근심할 필요가 있습니까! 제가 보잘 것 없는 재주를 지녔지만 직접 한 갈래 군마를 이끌고 정해진 날짜에 양산박을 쓸어버리고 돌아오겠습니다."

모두들 말했다.

"내일 상주합시다."

그러고는 각자 흩어졌다.

이튿날 아침 조회 때 관원들이 세 차례 만세를 부르고는 군신의 예를 마치

10_ 추밀樞密: 추밀사樞密使의 줄임말이다. 송나라 때 추밀원과 중서성을 '이부二府'라 칭했다. 추밀사는 추밀원의 정관이다. 군사 기밀, 변경 방어와 외교 등의 사무를 주관하던 최고 국무기관 가운데 하나였다.

11_ 원문은 '서절구투鼠竊狗偸'다. 『사기』「숙손통叔孫通열전」에 따르면 "숙손통이 말하기를 '지금 천하가 통일되어 각 군과 현의 성지는 허물어 평평하게 만들었으며 민간에서 소유하고 있던 병기는 모두 녹여 없앴으니, 이것은 천하 사람들에게 다시는 이러한 물건을 사용하지 않겠다고 선포한 것입니다. 지금 또한 위로는 영명한 군주가 있고 아래로는 법령이 완비되어 있으며 파견된 관리들은 저마다 명령을 받들어 직무를 수행하고 있어 수레 바큇살이 바퀴통에 집중하듯이 사면팔방이 모두 조정을 향하고 있는데, 어찌 감히 모반하는 자가 있겠습니까! 이런 자들은 단지 쥐나 개처럼 좀도둑질이나 하는 도적떼에 지나지 않은데, 어찌 입에 올릴 만한 가치가 있겠습니까. 군수와 군위郡尉들이 즉시 체포하여 죄를 물을 것인데 무엇을 걱정하십니까?'라고 했다."

자 채 태사가 반열에서 나와 이번 사건을 천자에게 상주했다. 천자가 크게 노하여 물었다.

"그날 누가 과인에게 상주하여 귀순시키자고 주장했는가?"

사무를 처리하는 측근 신하가 아뢰었다.

"이날 어사대부 최정이 상주했습니다."

천자는 최정을 대리사大理寺[12]로 보내 죄를 문초하게 했다. 천자가 다시 채경에게 물었다.

"이 도적들이 여러 해 동안 해를 끼치고 있으니 누구를 보내야 소탕할 수 있겠는가?"

채 태사가 아뢰었다.

"강력한 군대가 아니고서는 굴복시킬 수 없습니다. 신 어리석은 생각으로는 반드시 추밀원이 직접 대군을 인솔하여 소탕하고 체포해야 정해진 날짜에 승리를 거둘 수 있을 것입니다."

천자가 추밀사 동관에게 물었다.

"경이 군사를 이끌고 가서 양산박 도적들을 체포할 수 있겠소?"

동관이 무릎을 꿇고 아뢰었다.

"옛 사람이 이르기를, '효도는 마땅히 힘을 다해야 하고 충성은 목숨을 바쳐야 한다'[13]고 했습니다. 신 바라건대 말과 개의 하찮은 수고라도 다하여 마음속의 우환을 제거하겠습니다."

고구와 양전楊戩도 모두 그를 보증하며 추천했다. 천자는 즉시 성지를 내리고 금인金印과 병부兵符[14]를 하사하여 동청추밀사東廳樞密使 동관을 대원수大元

12_ 대리시大理寺: 형벌과 감옥을 관장하는 관서.

13_ 원문은 '孝當竭力, 忠則盡命'으로 출전은 『천자문千字文』이다.

14_ 금인金印은 고급 관원들이 사용한 황금 재질의 인새印璽다. 병부兵符는 고대에 명령을 전달하거나 혹은 병력을 이동시키고 장수를 파견할 때 사용한 증빙이다. 구리, 옥 혹은 나무와 돌로 제작되었고 호랑이 형상이라 호부虎符라고도 부른다. 두 개로 나누어 제작했는데 오른쪽은 국군國君에 남겨두고 왼쪽

帥로 임명하고 각처에서 군마를 선발하여 날짜를 골라 양산박 도적들을 섬멸하고 체포하기 위해 출병하도록 했다. 바로 단에 올라 소매를 걷어 붙이고 원수라고 하더니, 패전하고 눈살 찌푸리는 것이 어린아이 같더라.

결국 동 추밀이 어떻게 출병하는지는 다음 회에 설명하노라.

진종선陳宗善

태위 진종선이 양산박을 귀순시키러 사자로 파견된다. 그러나 진종선이란 인물은 『송사』와 송·원 시기 관련 기록에는 이름과 사적이 기재되어 있지 않다. 『수호전 보증본』에 따르면 "다른 사람을 빌린 것으로 의심된다. 『태화희이지太華希夷志』에서 기재하기를, 송나라 태종太宗 조광의趙光義가 조서를 내려 화산華山의 도사인 진단陳摶(871~989)을 청했는데, 네 차례나 청한 다음에야 비로소 왔다. 세 번째 청했을 때 진종언陳宗諺을 사신으로 보냈다. 여기서의 진종선의 이름이 진종언과 비슷하다. 또한 진종선은 사신으로 양산으로 갔다가 성사되지 못했는데, 바로 진종언이 화산에 갔다가 거절당한 것을 이식한 것이다"라고 했다.

제주濟州 태수 장숙야張叔夜

본문에서는 제주 태수인 장숙야가 양산박 무리를 귀순시키는 것에 찬성하는 입장으로 묘사하고 있는데 사실은 그렇지 않다. 역사 기록을 보면 장숙야는 송강과 교전을 벌인 유일한 관원이었다. 또한 장숙야는 제주 태수를 역임한 적도 없었다. 『송사』 「장숙야전」에 따르면 "송강이 하삭河朔에서 일어나서는 10개 군郡을 돌아다니며 약탈했는데, 관군은 감히 그의 날카로운 기세를 꺾지 못했다. 그들이 장차 올 것이라는 소식을 들은 장숙야는 간자間者를 시켜 송강이 향하는

은 통솔자에게 교부했다. 군대를 파견할 때 반드시 두 개를 합친 후에야 비로소 효력이 발생할 수 있었다. 전국시대, 진나라, 한나라 때 성행했다.

곳을 정찰하게 했는데 도적들은 곧장 해변으로 가서 큰 배 10여 척을 강탈하여 약탈한 물품을 실었다. 이에 장숙야는 죽기를 각오한 군사 1000명을 모집하여 가까운 성에 매복시켰고, 또한 가볍게 무장한 병사들을 바닷가로 보내 그들을 유인하도록 했다. 미리 건장한 장졸들을 바닷가 옆에 숨기고 병력이 모이기를 기다렸다가 도적의 배들을 불 질러 태워버렸다. 도적들은 배가 불타버리자 싸울 의지를 상실했고 복병들이 그 기회를 틈타 진격하여 도적들 부두목을 사로잡자 송강이 항복했다"고 했다. 장숙야가 송강을 항복시킨 뒤에 송강 등과 왕래했다는 기록은 보이지 않는다.

동관童貫은 원수元帥가 아니었다.

동관(1054~1126)이 대원수大元帥에 임명되었다는 역사 기록은 없다. 동관은 환관 신분으로 북송의 육적六賊 가운데 한 사람이었는데, 북송 육적은 북송 시기 여섯 명의 간신에 대한 통칭이다. 육적은 채경·동관·왕보王黼·양사성梁師成·주면朱勔·이언李彦이었는데, 이들은 기본적으로 휘종 시기의 중요한 대신이었으며 작당하여 사리사욕을 채우고 뇌물을 받아먹고 법을 어기며 황음무도했다. 이들은 당시 강남 지구에서 발생한 방랍方臘의 난과 금나라의 침입을 초래한 근본적인 원흉이었다. 『송사』「동관전」에 따르면 "당시 사람들은 채경을 '공상公相(공경公卿, 재상宰相 같은 고관)'이라 불렀고, 동관은 '온상媼相'이라 했다"고 했다. '온媼'은 늙은 부인이란 의미로 동관이 환관이었기 때문에 이렇게 부른 것 같다. 또한 동관은 체구가 우람했으며 뺨 아래에 수염이 있었고 피부와 골격이 철과 같이 단단하여 환관 같지 않았다고 한다.

【 제76회 】

정벌[1]

추밀사 동관은 군대를 통솔하는 대원수의 관직을 천자로부터 하사받고는 곧장 추밀원으로 가서 동경 관할하의 팔로군주八路軍州에 군사 이동 증서를 발급하여 각기 군사 1만 명을 일으키도록 하고는 현지 병마도감이 통솔하여 인솔해 오라고 했고, 또한 경사 어림군御林軍 내에서도 2만 명을 선발하여 중군을 수호하게 했다. 그리고 추밀원의 사무는 모두 부추밀사에게 이임하여 관장하도록 했으며 어영御營에서 두 명의 장수를 선발하여 좌우 날개로 삼았다. 호령이 정해지자 열흘이 되지 않아 모든 것이 완비되었다. 군량 보급은 고 태위가 사람을 보내 운반하도록 했다. 팔로의 군마는 다음과 같다.

1_ 제76회 제목은 '吳加亮布四斗五方旗(오가량이 사두오방기를 펼치다), 宋公明排九宮八卦陣(송 공명이 구궁팔괘진을 벌이다)'이다. 오용의 도호道號가 가량선생加亮先生이다. 구궁팔괘진은 이離·간艮·태兌·건乾·곤坤·감坎·진震·손巽 팔괘의 궁에 중앙궁中央宮을 더해 구궁九宮이다. 팔괘에 아홉 개 방위를 합친 것이다. 즉, 백수白水는 북北, 흑토黑土는 서남西南, 벽목碧木은 동東, 녹수綠水는 동남東南, 황토黃土는 중앙中央, 백금白金은 서북西北, 적금赤金은 서西, 백토白土는 동북東北, 자화紫火는 남南이다. 포진은 이렇게 표명하는 색과 방위에 따라 안배하고 변환한다.

수주병마도감睢州兵馬都監 단붕거段鵬擧
정주병마도감鄭州兵馬都監 진저陳翥
진주병마도감陳州兵馬都監 오병이吳秉彝
당주병마도감唐州兵馬都監 한천린韓天麟
허주병마도감許州兵馬都監 이명李明
등주병마도감鄧州兵馬都監 왕의王義
여주병마도감洳州兵馬都監 마만리馬萬里
숭주병마도감嵩州兵馬都監 주신周信

어영에서 선발되어 중군의 좌우 날개가 된 두 명의 장수는 누구인가?

어전비룡대장御前飛龍大將 풍미酆美
어전비호대장御前飛虎大將 필승畢勝

동관은 중군을 장악하는 주장이 되어 대소 삼군에게 모든 준비가 안비되도록 호령하고 무기고에서 병장기를 반출하고는 길일을 택하여 출병하기로 결정했다. 고 태위와 양 태위는 주연을 베풀어 전송했고 조정에서는 중서성에서 군사들을 포상하도록 했다. 동관은 이미 장수들에게 이튿날 먼저 군마를 이끌고 성을 나가게 했고, 그런 다음에 천자에게 하직하고는 나는 듯이 말에 올라 신조문新曹門 밖으로 나가 5리 떨어진 정자에 이르렀는데 고 태위와 양 태위가 관원들을 이끌고 먼저 나와 그곳에서 기다리고 있었다. 동관이 말에서 내리자 고 태위가 잔을 들어 권하면서 동관에게 말했다.

"추밀 상공이 이번에 출정하면 조정을 위해 반드시 큰 공을 세워 일찌감치 개선가를 연주하도록 하시오. 이 도적들은 물웅덩이에 숨어 있으니 먼저 군량과 마초를 운반하는 사방의 길목을 차단하고 울타리 방책을 견고하게 하면서 도적들이 산에서 내려오도록 유인한 다음에 군사를 진격시켜야 하오. 그때 한 놈씩 생포하면 조정에서 임용한 것을 저버리지 않게 될 것이오."

동관이 말했다.

"가르침을 주시니 절대 잊지 않겠습니다."

둘이 술을 마시자 양 태위도 잔을 들어 동관에게 말했다.

"추밀 상공은 평소에 병서를 읽어 육도六韜와 삼략三略을 깊이 이해하고 있으니 도적들을 소탕하여 사로잡는 일은 손바닥을 뒤집는 것처럼 쉬울 것이오. 도적들이 물가에 숨어 있어 지리적으로는 좋지 않지만 추밀 상공이 그곳에 도착하면 반드시 좋은 계책이 생기게 될 것이오."

동관이 말했다.

"제가 그곳에 가서 합당한 시기를 보면서 행동하면 방도가 있을 것입니다."

고 태위와 양 태위가 일제히 술을 권하며 축하했다.

"성문 밖에서 개선하여 돌아오기를 기대하겠소."

그들은 작별한 뒤에 각자 말에 올랐다. 각 관아에서 전송하러 나온 관원들도 헤아릴 수 없을 정도로 많았는데, 가까운 길까지 와서 전송하기도 하고 멀리까지 나와서 전송하기도 했다. 그들이 차례대로 경사로 돌아갔음은 더 이상 말할 필요가 없다. 대소 삼군은 일제히 진군하면서 각기 대오를 따라 움직였는데 매우 엄정했다. 전군은 네 부대였는데 선봉이 행군을 통솔했고, 후군 네 부대는 후군 장군이 감독했다. 좌우 팔로의 군마는 날개 기패旗牌[2]가 재촉하며 감독했다. 동관은 중군을 통제하면서 마보 어림군 2만 명을 통솔했는데, 모두가 어영에서 선발된 인원들이었다. 동관은 편을 잡고 군병을 지휘하면서 진군했다. 군대

2_ 기패旗牌: '영令'자가 쓰인 기旗와 패牌다. 기패관旗牌官(명령을 전달하는 직책을 맡은 관리)의 줄임말이다.

의 위용이 얼마나 단정하고 엄숙한지 살펴보면,

군대는 아홉 부대로 나뉘고, 기치는 오방五方[3]으로 늘어섰네. 녹침창綠沈槍[4]·점강창·아각창鴉角槍 온 들판에 빛을 발하고, 청령도·언월도·안령도 온 하늘에 살기 내뿜는구나. 작화궁·철태궁鐵胎弓[5]·보조궁寶雕弓은 비어대飛魚袋 안에 꽂혀 있고, 사호전射虎箭·낭아전狼牙箭·유엽전柳葉箭은 사자호獅子壺[6]에 꽂았네. 화차노樺車弩·칠말노漆抹弩[7]·각등노脚登弩는 전군에 가득 배열되어 있고, 개산부開山斧·언월부偃月斧·선화부宣花斧[8]는 중군을 바짝 뒤따르누나. 죽절편竹節鞭·호안편虎眼鞭·수마편水磨鞭은 팔꿈치에 걸려 있고, 유성추流星錘·계심퇴鷄心錘·비조추飛抓錘는 각기 몸에 채웠도다. 방천극엔 표범 꼬리 흔들리며 늘어지고, 장팔모丈八矛엔 감긴 구슬이 들쑥날쑥하네. 용문검龍文劍[9]은 넓은 가을 물처럼 냉혹하고 투명하며, 호두패虎頭牌[10]엔 몇 줄기 봄 구름 그렸구나. 용맹한 선봉은 산을 들어 옮겨 길 여는 정예병 거느렸고, 영웅다운 원수는 강물 앞에서 고함지르며 다리 끊는[11] 장사들을 통솔했네. 좌통군左統軍·우통군右統軍은

3_ 오방五方: 동·서·남·북·중앙의 합칭이다.

4_ 녹침창綠沈槍: 여러 해석이 있다. 첫 번째, 녹침은 대나무 명칭으로 녹침 대나무로 제작한 창을 말한다. 두 번째는 녹색으로 장식한 창을 말한다. 세 번째는 정련한 쇠로 제작한 창을 말한다.

5_ 철태궁鐵胎弓: 일종의 강한 활이다.

6_ 사자호獅子壺: 사자 그림으로 장식한 화살통.

7_ 칠말노漆抹弩: 검은 옻칠을 한 쇠뇌. 기계의 추력을 이용하여 발사한다.

8_ 선화부宣花斧: 눈처럼 밝고 바람처럼 빠르며 사람이 보면 간담이 서늘해지고 이가 시리게 되는 도끼다. 순철을 쇳물에 담근 다음 두드려 만든다.

9_ 용문검龍文劍: 춘추시대 때 오나라에 간장干將과 막야莫邪 부부는 검 주조를 잘했는데 음양검陰陽劍이라 했다. 양은 간장이라 하고 음은 막야라 했는데, 모두 저명한 용문검이 되었다. 이후에는 일반적으로 보검의 통칭이 되었다.

10_ 호두패虎頭牌: 호랑이 머리 형상의 패로 호부虎符와 같다.

11_ 삼국시대 때 장비張飛가 장판교長坂橋(당양교當陽橋라고도 하며 후베이성 당양當陽 동북쪽)를 끊은 것을 말한다. 『삼국지』「촉서蜀書·장비전」에 "선주先主(유비)는 조공曹公(조조曹操)이 갑자기 당도했다는 소식을 듣고는 처자식을 버린 채 달아나며 장비에게 기병 20명으로 뒤를 막게 했다. 장비는 냇물을 의지하여 다리를 끊고 눈을 부릅뜨고는 모矛를 비껴들고 말했다. '나는 장익덕이다. 누가 나

웅대한 담력 지녔고, 원근의 척후기병 위풍 있게 질주하누나. 하늘을 진동하는 비고鼙鼓[12] 소리 산악을 뒤흔들고, 햇볕에 빛나는 깃발들 귀신도 피한다네.

兵分九隊, 旗列五方. 綠沈槍, 點鋼槍, 鴉角槍, 布遍野光芒; 靑龍刀, 偃月刀, 雁翎刀, 生滿天殺氣. 雀畵弓, 鐵胎弓, 寶雕弓, 對揷飛魚袋內; 射虎箭, 狼牙箭, 柳葉箭, 齊攢獅子壺中. 樺車弩, 漆抹弩, 脚登弩, 排滿前軍; 開山斧, 偃月斧, 宣花斧, 緊隨中隊. 竹節鞭, 虎眼鞭, 水磨鞭, 齊懸在肘上; 流星錘, 鷄心錘, 飛抓錘, 各帶在身邊. 方天戟豹尾翩翻, 丈八矛珠纏錯落. 龍文劍掣一汪秋水, 虎頭牌畵幾縷春雲. 先鋒猛勇, 領拔山開路之精兵; 元帥英雄, 統喝水斷橋之壯士. 左統軍, 右統軍, 恢弘膽略; 遠哨馬, 近哨馬, 馳騁威風. 震天鼙鼓搖山岳, 映日旌旗避鬼神.

그날 동관은 동경을 떠나 구불구불 전진했고 하루 이틀 만에 이미 제주 경계에 당도했다. 태수 장숙야가 성을 나와 영접했다. 대군을 성 밖에 주둔시키고 동관은 가볍게 무장한 기병을 이끌고 성으로 들어가 관아 앞에 이르러 말에서 내렸다. 장숙야가 대청에 오르기를 청하고는 인사를 마치고 면전에서 시립했다. 동 추밀이 은밀하게 말했다.

"물구덩이 도적들이 양민을 살해하고 지나가는 상인들을 막고 강탈하는지라 그 죄악이 한 면에 그치지 않소. 그래서 항상 소멸시키고 체포하려 했지만 그 일을 할 수 있는 적당한 사람을 얻을 수 없어 무성하게 자라도록 내버려두게 되었소. 내 지금 장수 10명과 10만 대군을 통솔하여 기한 안에 도적들을 사로잡아 산채를 깨끗하게 청소하여 만백성을 편안하게 하고자 하오."

장숙야가 대답했다.

"추밀 상공께 말씀드리겠습니다. 이 도적들은 물가에 숨어 있어 비록 산림의

와 함께 죽음을 각오하고 싸울 수 있겠는가!' 적군이 모두 감히 가까이 다가오는 자가 없었고, 이리하여 마침내 위기를 모면할 수 있었다"고 기록하고 있다.

12_ 비고鼙鼓: 군중에서 사용한 전투 북.

미친 도적들이지만 그들 가운데는 지모가 뛰어나며 용맹하고 강렬한 인사도 있습니다. 추밀 상공께서는 홧김에 군사를 이끌고 거침없이 진군하지 마시고, 반드시 좋은 계책을 쓰셔야만 공적을 이룰 수 있습니다."

동관이 듣고는 크게 화를 내며 욕했다.

"너 같이 허약해빠진 필부 놈들이 칼과 검을 피하고 삶만 탐하고 죽음을 두려워하여 국가 대사를 망치고 도적의 세력만 키워놓은 것이다. 지금 내가 이곳에 왔는데, 무엇을 두려워한단 말인가!"

장숙야는 감히 다시는 말을 꺼내지도 못하고 술과 밥을 준비해 대접했다. 동추밀은 즉시 성을 나왔고 다음 날 대군을 인솔하여 양산박 근처에 이르러 진지를 구축하고 주둔했다.

한편 송강 등은 이미 염탐꾼을 보내 대군이 온다는 것을 여러 날 전에 탐지하고 있었다. 송강과 오용은 상의하여 철통같이 계책을 세워놓고는 대군이 오기를 기다리고 있었다. 장수들에게 각기 따르면서 착오가 없도록 지시한 상태였다.

동 추밀은 비밀리에 군사를 배정했는데, 수주병마도감 단붕거를 정선봉, 정주도감 진저를 부선봉, 진주도감을 오병이를 정합후正合後[13], 허주도감 이명을 부합후副合後, 당주도감 한천린과 등주도감 왕의 두 사람을 좌초左哨[14], 여주도감 마만리와 숭주도감 주신을 우초右哨로 삼고, 용, 호 두 장수 풍미와 필승을 중군의 날개로 삼았다. 온몸에 갑옷을 걸친 원수 동관은 대군을 통솔하며 직접 감독했다. 전고가 세 번 울리자 전군이 일제히 출발했는데 10리도 가지 못해 먼지가 일어나더니 적군의 척후병이 점차 접근해오는 것이었다. 대략 30여 기의 척후 기병이 말방울 소리를 내면서 달려오는데 모두가 푸른 두건을 쓰고 녹색 전포를 입었으며 말에는 붉은 술과 수십 개의 구리 방울을 묶었고 꼬리에는 꿩

13_ 합후合後는 후위後衛를 말한다. 행군할 때 후방 경계를 담당하는 부대 혹은 주력 부대의 뒤를 보호하기 위해 파견되는 부대를 말한다.

14_ 초哨는 부대의 좌우 양쪽 날개를 말한다.

꼬리의 긴 깃을 꽂았다. 모두들 은고리를 두른 가는 자루의 긴 창을 들었고 간편한 활에 짧은 화살을 갖추고 있었다. 앞장 선 장수의 차림새를 보니,

아각창 비껴들고 뱀 가죽 칼집에 칼 꽂았네. 금박을 입힌 푸른[15] 두건 쓰고, 수놓은 녹색[16] 전포를 입었구나. 허리엔 자줏빛 털실을 묶었고, 헐렁한 바지에 무두질한 가죽신[17] 신었네. 무늬 조각한 안장 뒤쪽엔 비단 주머니 걸려 있고, 안에는 던지는 돌멩이 들어 있구나. 전마 옆엔 구리 방울 단단히 달았고, 꼬리엔 바람을 일게 하는 꿩의 꼬리 깃 꽂았다네. 표기장군 몰우전 장청이 길을 정찰하러 가장 앞에 섰구나.

槍橫鴉角, 刀插蛇皮. 銷金的巾幘佛頭青, 挑綉的戰袍鸚哥綠. 腰繫絨縧眞紫色, 足穿氣褲軟香皮. 雕鞍後對懸錦袋, 內藏打將的石頭; 戰馬邊緊挂銅鈴, 後插招風的雉尾. 驃騎將軍没羽箭, 張淸哨路最當先.

말을 탄 그 장군의 신호 깃발에는 분명하게 '순초巡哨[18] 도두령都頭領 몰우전没羽箭 장청張淸'이라고 쓰여 있었다. 그의 왼쪽에는 공왕, 오른쪽에는 정득손이 있었다. 곧장 동관의 군대 앞까지 정찰하며 다가와 멀리 떨어지지 않았는데, 100보 정도 떨어진 지점에서 고삐를 당겨 말을 멈추더니 이내 돌아갔다. 전군의 선봉 두 장수는 군령이 떨어지지 않았기에 감히 움직이지 못하고 중군 원수에게 보고했다. 동관이 직접 앞으로 나와 살펴보려는데 장청이 다시 정찰하며 달려왔다. 동관이 사람을 보내 추격해 싸우려고 하는데 좌우에서 말했다.

"저 자의 안장 뒤에 있는 비단 주머니에 들어 있는 것이 모두 돌멩이입니다.

15_ 원문은 '불두청佛頭青'이다. 전설에 따르면 부처의 머리카락이 푸른색이라고 한다. 이후에는 푸른색 산이나 기타 물품의 푸른색을 비유할 때 사용되었다.
16_ 원문은 '앵가록鸚哥綠'이다. 앵무새의 깃털은 대부분 명암이 같지 않은 녹색이다.
17_ 원문은 '연향피軟香皮'로 무두질한 가죽으로 만든 신발로 대부분 무사들이 사용했다.
18_ 순초巡哨: 순시, 정찰의 의미다.

던지면 빗맞은 적이 없으니 쫓아서는 안 됩니다."

장청이 연속해서 세 차례나 정찰했지만 동관이 군사를 진격시키지 않자 돌아갔다. 동관이 군사를 거느리고 5리도 가지 않았는데, 산 뒤쪽에서 징소리가 울리더니 500명의 보군이 돌아나왔다. 앞장 선 네 명의 보군 두령은 바로 혹선풍 이규·혼세마왕 번서·팔비나타 항충·비천대성 이곤이었다. 그들이 곧장 달려오는데 그 모습을 보니,

사람마다 호랑이 몸집에 표범의 형상이구나. 앞장 선 두 장군은 악성신惡星神이고, 뒤따르는 두 사람은 진정 살기를 비추도다. 이규는 쌍 도끼를 쥐었고, 번서는 허리에서 용천검龍泉劍 뽑아들었네. 항충의 방패에는 발톱 드러낸 산예狻猊, 이곤의 방패에는 정교한 황금색 해치獬豸가 그려져 있도다. 500명 보군은 붉은 옷에 붉은 저고리 입었고, 대열의 깃발에는 붉은 술 달렸구나. 청산에서 한 떼의 마귀들 뛰쳐나오고, 녹림에서 세찬 불길 터져 나오네.

人人虎體, 個個彪形. 當先兩座惡星神, 隨後二員眞殺曜. 李逵手持雙斧, 樊瑞腰掣龍泉. 項充牌畫玉爪狻猊, 李衮牌描金精獬豸. 五百人絳衣赤襖, 一部從紅旆朱纓. 青山中走出一群魔, 綠林內迸開三昧火.

500명의 보군은 산비탈 아래에서 일자로 늘어섰고 양쪽으로 방패를 질서정연하게 늘어세웠다. 군사를 이끌고 앞에서 보고 있던 동관이 옥주미玉麈眉[19]를 한 번 휘두르자 대부대의 군마가 앞으로 돌격했다. 그러자 이규와 번서는 보군을 이끌고 두 갈래 길을 열고 방패를 거꾸로 들고는 산기슭을 되돌아 달아났다. 동관의 대군이 산기슭의 끝까지 추격했는데 넓은 벌판이 눈에 들어오자 군마를 늘어뜨려 진세를 펼쳤다. 멀리서 이규와 번서를 바라보았으나 고개를 넘어

19_ 옥주미玉麈眉: 옥 자루에 낙타사슴 꼬리털로 만든 총채.

숲속으로 들어가 보이지 않았다. 동관은 중군에 나무를 쌓아 대장 지휘대를 세우고 법관 두 명을 선발해 오르게 하고는 왼쪽을 불러 오른쪽으로 움직이게 하고 한쪽이 일어나면 다른 한쪽이 숨는 사문두저진四門斗底陣[20]을 펼쳤다. 진세가 완성되자 산 뒤쪽에서 포성이 들리더니 한 무리의 군마가 날듯이 달려나왔다. 동관은 좌우의 전마를 멈추어 있게 하고 지휘대에 올라 살펴보니 산 동쪽에서 한 갈래 군마가 쏟아져 나왔다. 앞쪽 한 부대의 군마는 붉은 깃발, 두 번째 부대는 여러 색이 뒤섞인 깃발, 세 번째는 푸른 깃발, 네 번째 부대도 여러 색이 섞인 깃발을 들었다. 산 서쪽에서도 한 갈래 인마가 쏟아져 나오는데, 첫 번째 부대는 여러 색이 섞인 깃발, 두 번째 부대는 흰색 깃발, 세 번째 부대도 여러 색이 섞인 깃발, 네 번째 부대는 검은 깃발을 들었는데, 그 깃발 뒤쪽으로는 모조리 누런 깃발들이었다. 대부대의 군사들이 급히 앞으로 몰려나와 중앙을 차지하고 안쪽에서 진세를 펼쳤다. 멀리서 보면 확실하지 않았지만 가까이서 보니 분명해졌는데, 정남쪽 방향의 인마는 모두가 불타는 듯한 붉은 깃발을 들고 붉은 갑옷과 붉은 도포를 걸치고 붉은 술을 단 붉은 말들이었다. 전면에서 군사를 이끄는 붉은 깃발 위에는 황금을 녹여 남두南斗 여섯 개 별을 박았고 아래쪽에는 수놓은 주작朱雀의 형상이었다. 그 붉은 깃발을 흔들자 안에서 한 대장이 나오는데 차림새를 보니,

투구 위 붉은 술 바람에 흔들리고, 선홍색 전포 천 송이 꽃인 듯하네.
사만요대엔 자줏빛 옥 둥글게 박혔고, 산예狻猊 갑옷엔 황금 사슬 드러났구나.
낭아 나무 봉엔 쇠못이 박혀 있고, 준마는 온몸 연지로 휘감은 듯하네.
나부끼는 붉은 깃발은 노을인가, 남방 병정丙丁 화火에 따라 자리잡았다.

20_ 사문두저진四門斗底陣: 당나라 이정李靖을 모방한 듯하다. 동서남북 네 개의 문이 각기 움직이는데 진세의 변화가 막힘이 없어 적들이 대응할 방법이 없게 한다.

盔頂朱纓飄一顆, 猩猩袍上花千朶.

獅蠻帶束紫玉團, 狻猊甲露黃金鎖.

狼牙木棍鐵釘排, 龍駒遍體胭脂裹.

紅旗招展半天霞, 正按南方丙丁火.

신호 깃발에는 '선봉대장 벽력화 진명'이라 분명하게 쓰여 있었다. 좌우 양쪽에 두 부장이 있으니, 왼쪽은 성수장聖水將 선정규이고, 오른쪽은 신화장神火將 위정국이었다. 세 명의 대장이 손에 병기를 잡고 붉은 말을 타고는 진 앞에 섰다. 동쪽에 있는 한 부대의 인마는 모두 푸른 깃발을 들고 푸른 갑옷과 푸른 도포를 걸쳤으며 푸른 술에 푸른빛 도는 말을 타고 있었다. 앞에는 군사를 이끌며 푸른 깃발을 들었는데 윗면에는 황금을 녹인 동두東斗 네 개의 별을 박아 넣었고 아래에는 청룡을 수놓은 형상이었다. 그 푸른 깃발을 흔들자 안에서 한 대장이 나오는데, 차림새를 보니,

남색 두건은 눈부시게 빛나고, 비취색 정포征袍[21]엔 꽃무늬 한 무더기로구나.

갑옷엔 짐승 입에서 뽑아낸 고리 연결했고, 번쩍이는 보도엔 용이 옥 삼키네.

청총마의 온몸엔 흰 둥근 꽃들 피었고, 녹색 전오戰襖는 몸을 보호하는구나.

푸른 깃발 흔드니 먼 산도 밝아지고, 동방 갑을甲乙 목木에 따라 자리잡았네.

藍靛包巾光滿目, 翡翠征袍花一簇.

鎧甲穿連獸吐環, 寶刀閃爍龍吞玉.

靑驄遍体粉團花, 戰襖護身鸚鵡綠.

碧雲旗動遠山明, 正按東方甲乙木.

21_ 정포征袍: 출정하는 장사가 입는 전포戰袍이며 여행객이 입는 긴 옷이다.

신호 깃발에는 '좌군대장 대도 관승'이라 분명하게 쓰여 있었다. 좌우 양쪽에 두 부장이 있으니, 왼쪽은 추군마 선찬이고, 오른쪽은 정목안 학사문이었다. 세 명의 대장이 손에 병기를 잡고 푸른 말을 타고는 진 앞에 섰다. 서쪽에 있는 한 부대의 인마는 모두 흰 깃발을 들고 흰 갑옷과 흰 도포를 걸쳤으며 흰 술에 백마를 타고 있었다. 앞에는 군사를 이끌며 흰 깃발을 들었는데 윗면에는 황금을 녹인 서두西斗 다섯 개의 별을 박아 넣었고 아래는 백호를 수놓은 형상이었다. 그 흰 깃발을 흔들자 안에서 한 대장이 나오는데 차림새를 보니,

> 짙게 낀 찬 구름이 달 에워쌌고, 만 송이 배꽃이 겹겹이 보물을 감쌌구나.
>
> 하얀 나포羅袍22 눈부시게 번쩍이고, 은으로 빛나는 갑옷 으스스하도다.
>
> 서리 덮인 사자 같은 준마 타고, 퍼런 날에 자루 긴 녹침창 잡고 나왔도다.
>
> 눈 같은 비단깃발 무더기로 펄럭이니, 서방 경신庚辛 금金에 따라 자리잡았네.
>
> 漠漠寒雲護太陰, 梨花萬朶迭層琛.
>
> 素色羅袍光閃閃, 爛銀鎧甲冷森森.
>
> 賽霜駿馬騎獅子, 出白長槍掿綠沉.
>
> 一簇旗旛飄雪練, 正按西方庚辛金.

신호 깃발에는 '우군대장 표자두 임충'이라 분명하게 쓰여 있었다. 좌우 양쪽에 두 부장이 있으니, 왼쪽은 진삼산 황신이고, 오른쪽은 병울지 손립이었다. 세 명의 대장이 손에 병기를 잡고 백마를 타고는 진 앞에 섰다. 뒤쪽에 있는 한 부대의 인마는 모두 검은 깃발을 들고 검은 갑옷과 검은 도포를 걸쳤으며 검은 술에 검은 말을 타고 있었다. 앞에는 군사를 이끌며 검은 깃발을 들었는데 윗면

22_ 나포羅袍: 부드럽고 성긴 견직물로 제조한 도포로 대부분 왕공 귀족, 관원이 이용한 화려한 복식이다.

에는 황금을 녹인 북두北斗 일곱 개의 별을 박아 넣었고 아래는 현무를 수놓은 형상이었다. 그 검은 깃발을 흔들자 안에서 한 대장이 나오는데 차림새를 보니,

땅을 휘말며 검은 구름 일으키고, 철갑 기병과 강궁 그 기세 비할 수 없구나.
용과 범들이 검은 비단도포 입었고, 이리 몸에 검고 윤나는 갑옷 걸쳤네.
흑룡 같은 두 자루 채찍 들고, 먹물 뒤집어 쓴 검은 말 천리를 달리는구나.
칠성 깃발과 현무 깃발 흔들리니, 북방 임계壬癸 수水에 따라 자리잡았네.
堂堂捲地烏雲起, 鐵騎強弓勢莫比.
皂羅袍穿龍虎軀, 烏油甲挂豺狼體.
鞭似烏龍搦兩條, 馬如潑墨行千里.
七星旗動玄武搖, 正按北方壬癸水.

신호 깃발에는 '합후대장 쌍편 호연작'이라 분명하게 쓰여 있었다. 좌우 양쪽에 두 부장이 있으니, 왼쪽은 백승장군 한도이고, 오른쪽은 천목장 팽기였다. 세 명의 대장이 손에 병기를 잡고 흑마를 타고는 진 앞에 섰다. 동남쪽 방향 문기 그림자 아래에 한 갈래 군마는 푸른 깃발에 붉은 갑옷을 입었으며, 전면에 군사를 이끌며 수놓은 깃발을 들었는데 윗면에는 황금을 녹인 손괘巽卦[23]를 박아 넣었고 아래는 비룡飛龍을 수놓았다. 그 깃발을 흔들자 한 대장이 나오는데 차림새를 보니,

전포에 갑옷 걸치고 전쟁터에 나왔는데, 수중엔 두 자루 창을 잡고 있구나.
난새와 봉황 그려진 활 통에 활 꽂혀 있고, 보검은 상어가죽 칼집에 잠자네.
가벼운 옷 묶은 황색 비단 바람에 날리고, 날아오르는 말엔 자색 고삐 맸다.

23_ 손괘巽卦: 육십사괘六十四卦 가운데 쉰일곱 번째 괘卦로 바람에 따름을 상징한다.

푸른 깃발, 붉은 갑옷 용과 뱀 같고, 홀로 동남쪽에서 지키는 손방巽方24이네.

擐甲披袍出戰場, 手中拈着兩條槍.

雕弓鸞鳳壺中插, 寶劍沙魚鞘內藏.

束霧衣飄黃錦帶, 騰空馬頓紫絲繮.

青旗紅焰龍蛇動, 獨據東南守巽方.

신호 깃발에는 '호군대장虎軍大將 쌍창장 동평'이라 분명하게 쓰여 있었다. 좌우 양쪽에 두 부장이 있으니, 왼쪽은 마운금시 구붕이고, 오른쪽은 화안산예 등비였다. 그들도 손에 병기를 들고 전마를 타고는 진 앞에 섰다. 서남쪽 방향 문기 그림자 아래에 한 갈래 군마는 붉은 깃발에 흰 갑옷을 입었으며, 전면에 군사를 이끌며 수놓은 깃발을 들었는데 윗면에는 황금을 녹인 곤괘坤卦를 박아 넣었고 아래는 비웅飛熊을 수놓았다. 그 깃발을 흔들자 한 대장이 나오는데 차림새를 보니,

영웅의 모습으로 군중에서 앞장서 나오는데, 늠름한 기개까지 더해졌구나.

촘촘한 철편 갑옷은 몸을 단단히 막고, 봉황 날개 황금 투구 목 보호하네.

파도 헤칠 전마는 용 같고, 위력 대단한 도끼날은 활등처럼 휘었구나.

붉은 깃발 흰 갑옷 불 구름 나는 듯, 서남쪽에서 지키는 곤坤 위치다.

當先湧出英雄將, 凜凜威風添氣象.

魚鱗鐵甲緊遮身, 鳳翅金盔拴護項.

衝波戰馬似龍形, 開山大斧如弓樣.

紅旗白甲火雲飛, 正據西南坤位上.

24_ 손방巽方: 동남 방향에 속하며 오행五行에서 목木에 속한다.

신호 깃발에는 '표기대장 급선봉 색초'라고 분명하게 쓰여 있었다. 좌우 양쪽에 두 부장이 있으니, 왼쪽은 금모호 연순이고, 오른쪽은 철적선 마린이었다. 세 명의 대장이 손에 병기를 들고 전마를 타고는 진 앞에 섰다. 동북방 방향 문기 그림자 아래에 한 갈래 군마는 검은 깃발에 푸른 갑옷을 입었으며, 전면에 군사를 이끌며 수놓은 깃발을 들었는데 윗면에는 황금을 녹인 간괘艮卦를 박아 넣었고 아래는 비표飛豹를 수놓았다. 그 깃발을 흔들자 한 대장이 나오는데 차림새를 보니,

범처럼 앉아 담력과 기백 뽐내며, 살 먹여 당기면 귀신도 당황하네.
붉은 술 은 칼집은 섬뜩한 칼날 가렸고, 털실 금방울 말 양옆에 달았구나.
투구 위엔 들쭉날쭉 능금 꽂았고, 버들잎 미늘 박은 푸른 갑옷 입었도다.
먼지 속 검은 깃발에 푸른 갑옷, 동북에서 천산天山 지키는 간방艮方이로다.
虎坐雕鞍膽氣昂, 彎弓插箭鬼神慌.
朱纓銀蓋遮刀面, 絨縷金鈴貼馬旁.
盔頂穰花紅錯落, 甲穿柳葉翠遮藏.
皂旗靑甲烟塵內, 東北天山守艮方.

신호 깃발에는 '표기대장 구문룡 사진'이라 분명하게 쓰여 있었다. 좌우 양쪽에 두 부장이 있으니, 왼쪽은 도간호 진달이고, 오른쪽은 백화사 양춘이었다. 세 명의 대장이 손에 병기를 들고 전마를 타고는 진 앞에 섰다. 서북방 방향 문기 그림자 아래에 한 갈래 군마는 흰 깃발에 검은 갑옷을 입었으며, 전면에 군사를 이끌며 군기를 들었는데 윗면에는 황금을 녹인 건괘乾卦를 박아 넣었고 아래는 비호飛虎를 수놓았다. 그 깃발을 흔들자 한 대장이 나오는데 차림새를 보니,

옥 재갈 문 전마 우렁차게 울고, 높이 솟은 갑옷과 투구 검은 안개 덮였구나.

표범 꼬리 화살통엔 은촉 화살, 비어대飛魚袋엔 철태궁鐵胎弓 들어 있네.

갑옷의 비취색 끈에 봉황 한 쌍, 황금빛 칼날에 어린 용 박아 넣었구나

검은 갑옷과 한 무리 흰 깃발들, 천문天門의 서북 지키는 건궁乾宮이라네.

雕鞍玉勒馬嘶風, 介冑稜層黑霧蒙.

豹尾壺中銀鏃箭, 飛魚袋內鐵胎弓.

甲邊翠縷穿雙鳳, 刀面金花嵌小龍.

一簇白旗飄黑甲, 天門西北是乾宮.

신호 깃발에는 '표기대장 청면수 양지'라 분명하게 쓰여 있었다. 좌우 양쪽에 두 부장이 있으니, 왼쪽은 금표자 양림이고, 오른쪽은 소패왕 주통이었다. 세 명의 대장이 손에 병기를 들고 전마를 타고는 진 앞에 섰다. 팔방으로 늘어선 철통과 같고 진문 안에 마군이 마군부대를 따르고 보군은 보군부대를 따르면서 각기 강철 칼과 큰 도끼, 넓은 검과 긴 창을 들었으며 깃발이 정연하고 대오는 위엄 있었다. 여덟 개의 진 중앙에는 빈틈없이 살구빛 행황기杏黃旗가 가득하고 그 사이에는 64면으로 긴 깃대의 깃발이 있었는데 윗면에는 황금을 녹인 64괘를 박아 넣었고 또한 네 개의 문으로 나뉘어져 있다. 남문은 모두 마군인데, 정남 방향에 누런 깃발 안에서 두 명의 상장이 나왔는데 그 차림새를 보니,

징소리 사이 북[25]소리 울려 퍼지고, 군사들 조밀하게 대오를 나누었구나.

황금 갑옷에 황토색 도포 입었으며, 융모 저고리엔 해바라기 춤추네.

한가운데 두 필의 전마 용을 닮았고, 진 안의 두 사람 모습 호랑이로다.

살구빛 누런 깃발 빼곡히 세우니, 중앙 무기戊己 토土에 따라 자리잡았네.

25_ 원문은 '화강고花腔鼓'인데 북 틀에 무늬를 그려 넣은 북이다.

熟銅鑼間花腔鼓, 簇簇攢攢分隊伍.
戧金鎧甲赭黃袍, 剪絨戰袄葵花舞.
垓心兩騎馬如龍, 陣內一雙人似虎.
周圍繞定杏黃旗, 正按中央戊己土.

그 두 명의 대장은 누런 말을 탔는데, 오른쪽은 미염공 주동이었고 왼쪽은 삽시호 뇌횡이었다. 그 인마는 모두 황색 깃발을 들었고 누런 전포에 구리 갑옷을 입었다. 중앙 진에는 네 개의 문이 있었는데, 동문은 금안표 시은, 서문은 백면낭군 정천수, 남문은 운리금강 송만, 북문은 병대충 설영이 서 있었다. 누런 깃발 중간에 '하늘을 대신해 도를 행하다'를 적은 살굿빛 누런 깃발이 세워져 있고, 깃대에 묶은 네 가닥의 융단 밧줄은 크고 건장한 네 사내가 잡고 있었다. 중간에 말을 타고 깃발을 지키는 한 장사가 있었는데 그 생김새를 보니,

관에는 물고기 꼬리 고리에 금선 두르고, 용 비늘 갑옷 비단 옷 덮었네.
신장은 일 장丈이 넘고, 중군에 있으며 살굿빛 깃발 수호하구나.
冠簪魚尾圈金線, 甲皺龍鱗護錦衣.
凜凜身軀長一丈, 中軍守定杏黃旗.

깃발을 지키는 장수는 바로 험도신 욱보사였다. 누런 깃발들 뒤로는 포대들이 늘어섰는데 포수인 굉천뢰 능진이 20여 명의 부포수를 이끌고 포대를 둘러싸고 있다. 포대 뒤로는 갈고리와 올가미가 늘어섰는데 적장을 사로잡을 기계를 준비하고 있다. 갈고리를 든 군사들 뒤로는 여러 색이 뒤섞인 깃발들이 있고 겹겹이 일곱 겹으로 기수들이 둘러쌌으며 사면에는 28면으로 수놓은 깃발을 세웠는데 윗면에는 황금을 녹인 28수 별자리를 박아 넣었다. 중간에는 털실로 수를 놓고 가장자리는 진주를 박아 넣었으며 아래는 금방울을 꿰매어 달고 꽉대

기에는 꿩 꼬리를 꽂은 담황색의 수帥자가 적힌 원수기가 세워졌다. 그 깃발을 지키는 장사의 생김새를 보니,

바다짐승 가죽 갑옷 비스듬히 매고, 붉은 비단 두건에 꽃가지 꽂았구나.

치솟는 살기는 범할 자 없으니, 중군에서 원수 깃발 지키고 있다네.

鎧甲斜拴海獸皮, 絳羅巾幘插花枝.

衝天殺氣人難犯, 定守中軍帥字旗.

깃발을 지키고 있는 장사는 바로 몰면목 초정이었다. 원수 깃발 옆에는 두 명의 깃발을 호위하는 장사를 두었는데 모두 무장을 하고 전마를 타고 있었는데, 손에는 강철 창을 들고 허리에는 날카로운 검을 차고 있었다. 한 명은 모두성 공명이고 다른 한 명은 독화성 공량이었다. 말 앞뒤에는 낭아곤을 들고 철갑을 걸친 24명의 군사들이 도열해 있었다. 그 뒤로는 두 폭의 전투를 통솔하는 수놓은 깃발이 있었고 양쪽으로 24개의 방천화극이 배치되어 있었다. 왼쪽에 늘어선 12개의 화극 속에서 한 용맹한 장수가 나오는데 그의 차림새를 보니,

천풍天風 속 안장에 앉아 말 세우니, 휘황찬란 갑옷에서 불길 타오르네.

기린 새긴 띠 허리에 감고, 해치 가슴 보호대 범 같은 몸에 적당하네.

관은 새벽 별 박아 넣은 듯하고, 칼집 속 보검은 가을 물처럼 냉혹하구나.

방천화극 시퍼런 날 눈서리 같고, 화극의 표범의 꼬리 바람에 흔들리네.

踞鞍立馬天風裏, 鎧甲輝煌光焰起.

麒麟束帶稱狼腰, 獬豸吞胸當虎體.

冠上明珠嵌曉星, 鞘中寶劍藏秋水.

方天畫戟雪霜寒, 風動金錢豹子尾.

신호 깃발에는 '소온후 여방'이라 분명하게 쓰여 있었다. 오른쪽에 늘어선 12개의 화극 속에서 한 용맹한 장수가 나오는데 그의 차림새를 보니,

세 갈래 보관寶冠[26]의 구슬 찬란하고, 두 갈래 꿩 꼬리 깃 알록달록하구나.

감홍색 저고리 은 호심경 가리고, 유록색[27] 전포 자락 수놓은 안장을 덮었네.

수달 꼬리 한 쌍 엮어 허리에 묶고, 갑옷에 고리 꿴 쇠사슬 걸었구나.

채색한 자루의 방천화극 들었고, 표범 꼬리와 오색 깃발 바람에 나부끼누나.

三叉寶冠珠燦爛, 兩條雉尾錦斕斑.

柿紅戰襖遮銀鏡, 柳綠征裙壓綉鞍.

束帶雙跨魚獺尾, 護心甲挂下連環.

手持畫杆方天戟, 飄動金錢五色旛.

신호 깃발에는 '새인귀 곽성'이라 분명하게 쓰여 있었다. 두 명의 장수가 각기 화극을 들고 양편에서 말을 세웠다. 화극을 든 군사들 중간에는 한 무리의 삼지창을 든 군사들이 있었고, 보군인 두 명의 용맹한 장수들이 섰다. 그들의 차림새를 보니,

호피 두건에 표범 가죽 바지 입고, 친갑襯甲[28]은 가는 금실로 짰구나.

손에 든 삼지창은 번쩍거리고, 허리에 찬 예리한 검은 으스스하다네.

虎皮磕腦豹皮裩, 襯甲衣籠細織金.

手內鋼叉光閃閃, 腰間利劍冷森森.

26_ 보관寶冠: 보물로 장식한 불관佛冠이며 또한 도교도들이 쓰는 보물로 장식한 도관道冠이다.

27_ 유록색: 봄의 버들잎 같은 푸른빛과 누른빛의 중간 빛깔을 말한다.

28_ 친갑襯甲: 원나라 때 의장병 복식이다.

한 사람은 양두사 해진이고, 다른 한 사람은 쌍미갈 해보였다. 형제 두 사람은 각기 연꽃 모양의 삼지창을 들고 도보전을 벌이는 군사를 이끌고 중군을 수호하고 있었다. 그 뒤에는 두 필의 비단 안장을 얹은 말을 탄 두 명의 문사가 있었는데 상벌과 공과를 관장하는 사람들이었다. 왼쪽에 있는 사람은 오사모烏紗帽29를 쓰고 흰 나란羅襴30을 입었으며 가슴속에는 수놓은 비단을 넣고 있는데, 필세가 웅건하고 생동적인 바로 양산박에서 문건을 관장하는 성수선생 소양이었다. 오른쪽에 있는 사람은 녹색 비단 두건을 쓰고 검은 비단 적삼을 입었는데 하늘의 무지개를 뚫을 만큼 기세가 있고 가을강의 물처럼 맑은 마음을 지닌 바로 양산박에서 형벌을 관장하는 호걸인 철면공목 배선이었다. 이 두 사람이 탄 말 뒤에는 자색 옷을 입고 부절을 든 24명의 장수가 있었는데, 24개의 마찰도麻札刀31를 들고 있었다. 칼날 속에 아름답고 화려한 채색 옷을 입고 형을 집행하는 두 명의 회자수가 서 있으니, 그들의 차림새를 노래한 「서강월」이 있다.

한 사람은 진홍빛 가죽 띠 허리에 묶었고, 한 사람은 채색 비단바지32를 입었네. 한 사람은 밝게 황금으로 도금한 짐승의 형상에 쌍고리 단 것을 쓰고, 한 사람은 두건 가장자리에 꽃가지 꽂아 돋보이며 어울리는구나. 한 사람은 흰 홑상의33로 몸에 새긴 문신을 가리고, 한 사람은 소매 짧은 검은 적삼 입어 암청

29_ 오사모烏紗帽: 검은색 실로 짠 모자. 남북조 시대에 시작되었고 이후에는 대부분 관모官帽로 사용되었다.

30_ 나란羅襴: 가는 명주로 만든 상의와 하의가 붙어 있는 옷이다. 송·원·명 시기에 대부분 공복公服으로 사용되었고 관품의 높낮이에 따라 자란紫襴·비란緋襴·녹란綠襴 등의 구별이 있었다.

31_ 마찰도麻札刀: 마찰도麻扎刀라고도 하는데 송나라 때 군대에서 사용한 자루가 긴 병기로 말의 다리를 찍는 데 사용되었다. 칼날이 두껍고 무거우며 칼날이 평평하고 날이 양면이다.

32_ 원문은 '척천踢串'으로 군裙이다. 아랫도리로 이후에는 바지를 가리키게 되었다. 보통 5폭, 6폭, 8폭으로 직물을 이어서 만드는데 위로는 허리에까지 이어져 있다. 당나라 이후에는 대부분 부녀자들이 이용했다.

33_ 원문은 '백사삼白紗衫'인데, '사삼紗衫'은 가볍고 얇은 실로 제작한 두 섶이 겹치지 않고 가운데서 단추로 채우는 홑 상의다.

색 문신 반쯤 드러냈네. 한 사람은 귀신도 참수하는 형 집행의 법도法刀를 들어 올렸고, 한 사람은 손에 수화곤을 들었구나.

一個皮主腰幹紅簇就, 一個羅踢串彩色裝成. 一個雙環撲獸戧金明, 一個頭巾畔花枝掩映. 一個白紗衫遮籠錦體, 一個皂禿袖半露鴉靑. 一個將漏塵斬鬼法刀擎, 一個把水火棍手中提定.

오른쪽에 선 사람은 철비박 채복이고, 왼쪽에 선 사람은 일지화 채경이다. 두 사람이 진 앞에 섰고 좌우는 모두 손에 칼을 들었다. 그 뒤쪽에는 금창수金槍手와 은창수銀槍手 24명이 양편으로 늘어섰고 각기 한 명의 대장을 세워 통솔하게 했다. 왼쪽 12명의 금창수 안에서 한 용맹한 장수가 손에 금창을 들고 말을 타고 있었는데 그의 차림새를 보니,

비단 안장에 자색 명주실 고삐 준마, 살쩍에 황금색과 청록색 꽃가지 꽂았네.
작화궁 활등은 조각달 걸린 듯하고, 용천검에는 찬 가을서리 내렸구나.
수놓은 도포는 솜씨 좋은 녹색, 전투복은 가볍고 누렇게 만들었네.
투구 위 선명한 붉은 술 달았고, 조각한 철 자루의 금창 들었구나.
錦鞍駿馬紫絲繮, 金翠花枝壓鬢傍.
雀畫弓懸一彎月, 龍泉劍挂九秋霜.
綉袍巧制鸚哥綠, 戰服輕裁柳葉黃.
頂上纓花紅燦爛, 手拈鐵杆鏤金槍.

이 용맹한 장수는 바로 양산박 금창수 서녕이었다. 오른쪽에는 12명의 은창수 안에서 한 용맹한 장수가 손에 은창을 들고 준마를 타고 있었는데 그의 차림새를 보니,

비단 안장깔개에 보석 등자 번쩍이고, 오명五明[34] 준마 몸은 옥 부딪치는 소리.
단단한 활 범 힘줄 같은 활시위에 걸고, 화살 깃 제비 꼬리처럼 기다랗다네.
녹색 비단 도포에 수놓은 금빛 공작, 붉은 가죽 허리띠엔 자주색 원앙이네.
황금 갑옷 속 깃 반쯤 드러났고, 은실로 묶은 철 자루 창 들고 있도다.
蜀錦鞍韉寶鐙光, 五明駿馬玉玎璫.
虎筋弦扣雕弓硬, 燕尾梢攢箭羽長.
綠錦袍明金孔雀, 紅鞓帶束紫鴛鴦.
參差半露黃金甲, 手執銀絲鐵杆槍.

이 용맹한 장수는 양산박의 소이광 화영이다. 좌우에 있는 두 명의 장수도 풍류스럽고 용맹했는데, 금창수, 은창수가 각기 검은 비단 두건을 쓰고 살쩍에는 비취색 잎의 금빛 꽃을 꽂았다. 왼쪽에 선 금창수 12명은 녹색 옷을 입었고 오른쪽의 은창수 12명은 자줏빛 옷을 입었다. 그 뒤로는 또 비단 옷을 입고 꽃모자를 쓴 사람들이 쌍쌍이 서 있고 붉은 도포[35]와 수놓은 저고리를 입은 병사들이 무리지어 모여 있었다. 양쪽 부근에는 청록색 깃발과 비취색 장막, 자주색 깃발과 검은 일산, 황월과 백모, 청평검靑萍劍과 자전검紫電劍[36]을 늘어세웠다 또한 월부鉞斧를 든 24명의 병사와 편과鞭撾[37]를 든 24명의 병사를 양쪽으로 세웠는데, 한가운데는 금박을 입힌 세 개의 산개가 일자로 늘어서 있고 세 필의 수놓은 안장을 얹은 준마가 있었다. 정 가운데 말 앞에는 두 명의 영웅이 서 있었는데, 왼쪽에 선 장사는 풍채가 단정하여 세상에 비할 자가 없을 정도다. 여기에 「서강월」이 있어 이를 증명하고 있다.

34_ 오명마五明馬: 말의 네 발이 서리와 눈처럼 희고, 어깨에 흰털이 있다.
35_ 원문은 '비포緋袍'로 붉은색 도포다. 당·송 시기에는 관리의 전용이었는데, 4·5품 관리의 일상복이었다. 원대에는 6·7품 관원의 공복公服이었고 명대에는 1품에서 4품까지 관리의 공복이었다.
36_ 청평검靑萍劍은 삼국시대 이전의 전설의 명검이고, 자전검紫電劍은 고대의 보검 명칭이다.
37_ 편과鞭撾: 고대의 병기로 채찍 같은 것이다.

두건 옆에 꿩 꼬리 꽂고, 허리엔 네 개의 구리방울 달았다네. 누런 비단 적삼은 황금빛 눈부시게 찬란하고, 허리띠는 수놓은 바지와 서로 잘 어울리는구나. 작은 버선에 부드럽고 흰 미투리 신었고, 다리에는 무릎 보호하는 심청색 행전을 찼네. 깃발에는 영令자 표시하고 신행神行이라 부르니, 백 리 넘는 길도 당장에 소식 얻는구나.

頭巾側一根雉尾, 束腰下四顆銅鈴. 黃羅衫子晃金明, 飄帶綉裙相稱. 兜小襪麻鞋嫩白, 壓腿絣護膝深靑. 旗標令字號神行, 百十里登時取應.

이 사람은 바로 양산박에서 걸음이 빠른 두령 신행태보 대종이었다. 손에 수놓은 누런 영令자 기를 들고 대군들 속에서 날듯이 왕래하며 군사 상황과 배치 등의 사무를 주관하고 있다. 오른쪽에 대종과 마주한 장사도 무리들 가운데서도 출중하고 드문 차림새를 하고 있는데, 「서강월」 한 수가 이를 증명하고 있다.

전신의 비단 안감에 갈색 저고리 입고, 푸른 포건包巾[38]을 썼는데 온 몸이 금을 녹인 듯하구나. 살쩍엔 비취색 꽃 꽂아 아름답고, 한 쌍의 비오리 옥고리는 빛나누나. 수놓은 바지 속 복부는 붉은 실로 꿰맨 듯하고, 흰 바짓가랑이엔 흰 명주로 허리를 둘렀구나. 사냥하는 쇠뇌 머리 위로 쳐들었는데, 백만 군중 속에서 자태가 아름답도다.

褐衲襖滿身錦襯, 靑包巾遍體金銷. 鬢邊揷朵翠花嬌, 鸂鶒玉環光耀. 紅串綉裙裹肚, 白襠素練圍腰. 落生弩子棒頭挑, 百萬軍中偏俏.

38_ 포건包巾: 원·명 시기에 궁정의 춤추고 연주하는 자, 무사, 병졸들이 머리를 묶고 사용했으며 실 등으로 제작한 두건이다.

이 사람은 양산박의 풍류자제이며 기밀을 관장하는 부문에 재능 있는 두령 낭자 연청이다. 그는 강궁을 메고 날카로운 살을 꽂았으며 손에는 키보다 조금 작은 제미간봉을 들고 중군의 호위를 전담하고 있었다. 멀리서 중군을 바라보니 오른쪽에 금박을 입힌 푸른 비단 산개 아래에 도덕이 높고 명망 있는 도사가 수놓은 안장을 얹은 말에 앉아 있었다. 「서강월」 한 수가 그의 차림새를 증명하고 있다.

여의관에 옥비녀는 비취색 붓과 같고, 진홍빛 가볍고 얇은 의복엔 황금 놀에 학이 춤추는 듯하네. 화신火神의 붉은 신발에는 복숭아꽃 비추고, 비스듬히 걸려 있는 원형 옥패가 댕그랑 울리누나. 등에 지고 있는 자웅 보검은 칼집에서 광채를 뿜어내누나. 푸른 비단 산개는 큰 깃발[39]을 둘러싸고 있고, 자류마紫騮馬[40]의 조각한 안장에 편안히 앉아있도다.

如意冠玉簪翠筆, 絳銷衣鶴舞金霞. 火神朱履映桃花, 環珮玎璫斜挂. 背上雌雄寶劍, 匣中微噴光華. 靑羅傘蓋擁高牙, 紫騮馬雕鞍穩跨.

이 사람은 양산박에서 비바람을 부르고 귀신을 부리며 법술을 행하는 참스승인 입운룡 공손승이다. 말 위에서 두 자루의 보검을 메고 손에는 자주색 실 고삐를 잡고 있다. 그의 왼쪽에는 금박을 입힌 푸른 비단 산개 아래에는 지혜가 많고 지략이 뛰어난 전승全勝 군사 오용이 비단 안장을 깐 말 위에 앉아 있었다. 「서강월」 한 수가 그의 차림새를 증명하고 있다.

옷단을 검정 비단으로 두른 흰 도복 입고, 허리는 청록빛 옥고리 달린 자색 실

39_ 원문은 '고아高牙'인데, 아기牙旗로 군영 앞의 큰 깃발을 말한다.
40_ 자류마紫騮馬: 자줏빛을 띤 검은 갈기의 말.

끈으로 묶었네. 손에 든 우산은 천관을 움직이고, 머리에 쓴 관건綸巾은 이마를 조금 드러냈구나. 속에는 은밀하게 은빛 갑옷 받쳐 입고, 싸움터 한가운데에 조각한 안장에 편안히 앉아 있네. 한 쌍의 구리 사슬 허리에 걸었는데, 그는 문무를 겸비한 사범이로구나.

白道服皂羅沿襈, 紫絲縧碧玉鈎環. 手中羽扇動天關, 頭上綸巾微岸. 貼裏暗穿銀甲, 垓心穩坐雕鞍. 一雙銅鏈掛腰間, 文武雙全師範.

이 사람은 양산박의 육도와 삼략에 능통하고 전술을 잘 운용하며 덕행이 있는 군사 지다성 오 학구였다. 우산을 잡고 허리에는 두 가닥 구리사슬을 걸고는 말을 타고 있다. 정중앙에는 금박을 입힌 커다란 붉은 산개 아래에 황금 안장을 얹은 조야옥사자마가 있으니 인과 의를 갖춘 통군 대원수가 앉아 있다. 그의 차림새를 보니,

봉황의 깃 단 투구엔 황금과 보배 높게 쌓았고, 제련하지 않은 황금 갑옷엔 용의 비늘 촘촘히 쌓았다네. 비단 전포엔 봄 꽃송이 무리를 이루고, 허리에 찬 곤오검錕鋙劍[41]은 빛을 내뿜는구나. 수놓은 행전에 실로 꿴 비취 두르고 있고, 기린을 새겨 넣은 정교하고 아름다운 옥대를 묶었네. 진주 박은 산개는 붉은 구름 펼친 듯하고, 첫째 자리 천강성이 싸움터에 나섰도다.

鳳翅盔高攢金寶, 渾金甲密砌龍鱗. 錦征袍花朵簇陽春, 錕鋙劍腰懸光噴. 綉腿絣絨圈翡翠, 玉玲瓏帶束麒麟. 眞珠傘蓋展紅雲, 第一位天罡臨陣.

41_ 곤오검錕鋙劍: 보검 명칭이다. 『열자』 「탕문湯問」에 따르면 "주목왕周穆王이 대대적으로 서융西戎을 정벌하자 서융이 곤오검을 바쳤다. 검의 길이는 1척 8촌으로 강철을 제련하여 만들었다. 붉은색 칼날이었고 옥을 절단해내는데 마치 진흙을 자르는 것 같았다"고 했다. 곤오錕吾는 산 명칭으로 본래는 곤오昆吾로 적는다. 지금의 신장 일대다. '鋙'의 음은 'wu(오)'다.

이 사람이 바로 양산박의 주인인 제주 운성현 사람으로 산동 급시우 호보의 송 공명이다. 온몸을 무장한 그는 곤오보검을 들고 황금 안장의 백마를 타고는 진 앞의 싸움터에 서서 중군을 지휘했다. 그의 말 뒤에는 큰 극戟과 긴 창, 황금 안장의 준마들이 질서 정연하게 늘어섰고 30~50명의 아장들이 손에 창과 칼을 잡고 활과 화살을 갖추고는 모두 전마를 타고 있었다. 그 뒤에는 또 24개의 화각畫角을 설치하고 군악대가 모두 모여 있었다. 진 뒤쪽에는 또 유격병 두 부대를 설치했는데 양쪽에서 매복해 있으면서 중군을 호위하게 했다. 중군의 날개로는 왼쪽에 몰차란 목홍이 동생인 소차란 목춘을 데리고 마보군 1500명을 통솔했고, 오른쪽에는 적발귀 유당이 구미구 도종왕을 데리고 역시 마보군 1500명을 통솔하며 양쪽 옆구리에 매복했다. 후진에는 또 한 부대의 여자 군사가 있었는데 세 명의 여두령을 에워싸고 있었다. 가운데는 일장청 호삼랑, 왼쪽에는 모대충 고대수, 오른쪽에는 모야차 손이랑이었다. 또한 세 명의 장부가 후위를 맡았는데, 중간에는 왜각호 왕영, 왼쪽은 소울지 손립, 오른쪽에는 채원자 장청이 마보군 3000명을 통솔했다. 이 진세는 이만저만하지 않았는데 살펴보면,

> 분명하게 나뉜 팔괘는 은근히 구궁九宮과 합치된다. 천지를 차지할 계책이요 풍운을 쟁취할 기상이로다. 앞뒤는 거북과 뱀 늘어선 상황이요, 좌우는 용과 범으로 나눈 형상이로구나. 병정丙丁 위치의 군사 전진하면 만 갈래 불길이 산을 태우는 듯하고, 임계壬癸 위치의 군사 뒤따르면 한 조각 검은 구름이 땅을 뒤덮는 듯하도다. 왼쪽에선 푸른 기운 감돌고, 오른쪽에선 흰 빛이 발산하네. 금빛 노을 중앙에 온통 가득하고, 황도黃道는 전적으로 무기戊己 위치 따르누나. 사유四維[42]에는 이십팔수 나뉘어 있고, 주위에는 육십사괘의 변화가 있다네. 어지러운 가운데 대오가 긴 뱀의 형상처럼 구불구불 변하다가도, 움직이지 않으면

42_ 사유四維: 서북·서남·동북·동남의 네 방위.

그 위세 엎드린 범처럼 질서정연해지는구나. 마군은 짓쳐 내달리고, 보군은 앞섰다 뒤섰다 하네. 팔진법 성공했다 자랑하지 말 것이며, 육도六韜 병법으로 승리한다고 함부로 말하지 말라. 공명孔明은 기묘한 계책 쓰고, 이정李靖은 신묘한 지략 펼쳤더라.

明分八卦, 暗合九宮. 占天地之機關, 奪風雲之氣象. 前後列龜蛇之狀, 左右分龍虎之形. 丙丁前進, 如萬條烈火燒山; 壬癸後隨, 似一片烏雲覆地. 左勢下盤旋青氣, 右手裏貫串白光. 金霞遍滿中央, 黃道全依戊己. 四維有二十八宿之分, 周回有六十四卦之變. 盤盤曲曲, 亂中隊伍變長蛇; 整整齊齊, 靜裏威儀如伏虎. 馬軍則一衝一突, 步卒是或後或前. 休誇八陣成功, 謾說六韜取勝. 孔明施妙計, 李靖播神機.

추밀사 동관이 진중의 지휘대에 올라 양산박의 병마를 주시해보니 잠깐 사이에 구궁팔괘九宮八卦의 진세를 펼치는데 군마는 호걸들이요 장사들은 영웅인지라 놀라 혼비백산하며 의지와 담력이 다 떨어져 말했다.

"그동안 체포하러 갔던 관군이 대패하여 돌아온 것을 알 만하구나. 원래 이처럼 무시무시했구나!"

한참 동안 바라보다가 송강 군중에서 싸움을 재촉하는 징과 북소리가 끊이지 않자, 동관은 지휘대에서 내려와 전마를 타고 다시 전군 앞으로 나와 제장들에게 물었다.

"누가 감히 나가서 싸워보겠느냐?"

선봉대 안에서 한 맹장이 몸을 곧추 세우고 말을 박차 돌아나오면서 동관에게 허리를 굽혀 인사하며 아뢰었다.

"소장이 싸우러 나가고자 하니 명령을 내려주십시오."

이 사람은 바로 정주도감 진저로 흰 전포에 은빛 갑옷을 입고 붉은 술을 단 푸른 말을 탔다. 자루가 큰 칼을 사용하는데 부선봉의 직무를 담당하고 있었다. 동관은 군중에서 금고기金鼓旗[43] 아래에서 북을 세 번 울리고 지휘대에서 붉은 깃발로 병마를 펼치게 하자 진저가 문기 아래에서 날듯이 말을 몰아 출전하니 양군에서 일제히 함성이 울렸다. 진저는 말을 세우고 칼을 비껴들고는 성난 목소리로 소리 질렀다.

"무도한 도적놈들아, 배반한 미친놈들아, 천병이 이곳에 왔는데 투항하지 않고 뼈와 살이 진흙이 된 다음에는 후회해도 늦는다!"

송강 진영의 정남쪽 진중에 있던 선봉 두령 호랑이 같은 장수 진명이 나는 듯이 말을 몰아 나왔는데, 아무 말도 않고 낭아곤을 휘두르며 진저에게 곧장 달려들었다. 두 말이 서로 어울리고 병기가 올려 지더니 한 사람은 낭아봉으로 머리를 향해 내려치고 다른 한 사람은 칼로 얼굴을 겨누며 찔렀다. 네 개의 팔이 서로 교차하고 여덟 개의 말다리가 어지럽게 얽히며 두 장수가 다가섰다 물러나서기를 반복하면서 20여 합을 싸웠다. 진명이 짐짓 빈틈을 보이자 진저가 달려들어 한칼로 찍었지만 그만 허공을 가르고 말았다. 그때 진명은 기회를 틈타 손을 들어 낭아곤으로 내리치자 진저는 투구를 쓴 채 두정골을 정통으로 맞고는 말에서 떨어져 죽었다. 진명의 두 부장인 선정규·위정국이 날듯이 말을 몰아 나와 진저의 좋은 말을 먼저 빼앗고 진명을 지원하면서 돌아왔다.

동남쪽 문기 아래에 있던 쌍창장 동평은 진명이 첫 공로를 세우는 것을 보고는 말 위에서 속으로 생각했다.

'대군의 예리한 기세를 이미 밟아놨으니 이때 공격해 들어가 동관을 사로잡지 않고 어느 때를 기다린단 말인가!'

진 앞에 벼락이 떨어진 것처럼 크게 소리를 지르며 양손에 두 자루의 창을 쥐고는 말을 박차며 곧장 충돌해 들어갔다. 동관이 보고는 말을 돌려 중군으로 달아났다. 이때 서남쪽 문기 아래에 있던 표기장 급선봉 색초가 소리 질렀다.

"동관을 사로잡지 않고 어느 때를 기다린단 말인가!"

43_ 금고기金鼓旗는 군중에서 지휘 호령하는 깃발이다.

큰 도끼를 휘두르면서 적진으로 달려나갔다. 중앙에 있던 진명은 양쪽에서 돌격하는 것을 보고는 본부의 붉은 깃발을 든 군마를 지휘하며 일제히 동관을 잡고자 돌진해갔다. 이는 바로 여러 마리의 수리가 제비를 추격하고 한 떼의 맹호가 어린 양을 잡아먹으려고 달려드는 것과 같다.

결국 추밀사 동관의 목숨이 어떻게 되었는가는 다음 회에 설명하노라.

깃발 지휘

깃발에는 많은 기능이 있는데 주장이 있는 중군의 군영에 큰 깃발을 세우고 전군을 지휘했으며 그 주변에는 오색 깃발을 설치했다. 황색을 중앙에 두고 홍색은 남쪽 혹은 앞을 표시하고 흑색은 북쪽 혹은 뒤를 표시했으며 청색(혹은 남색)은 동쪽 혹은 왼쪽을 표시했고, 백색은 서쪽 혹은 오른쪽을 표시했다. 멀리 떨어져 있거나 전령이 지체되면 군사 상황에 손실이 발생하기 때문에 깃발을 사용해 지휘했다. 중앙 깃발을 휘두르면 오색 깃발을 전부 세우고 전군은 출발을 준비했다. 지휘 깃발이 가리키는 방향으로 병사들은 전진했고 깃발을 내리면 걸음을 빨리 했으며 깃발을 말면 하무를 입에 물고 조용히 했다. 깃발을 세우면 정지하고 눕히면 뒤로 물러났다. 통상적으로 선봉 부대는 오색 깃발로 후군과 연락을 취했는데, 제갈량諸葛亮의 『병요兵要』에 따르면, 적의 상황을 정찰할 때는 백기白旗를 사용했고, 선봉부대가 행군할 때 도랑이나 구덩이가 보이면 황기黃旗를 높이 들고, 숲이 나타나면 청기靑旗를 들었으며, 길이 나타나면 백기白旗, 강이나 계곡이 나타나면 흑기黑旗, 들불이 보이면 적기赤旗를 들어 표시했다. 또한 적군이 발견되고 정찰이 명확해진 다음에는 깃발을 흔들어 적 상황을 표시했는데, 적이 많으면 청기, 적이 적으면 백기, 군 상황이 긴박하면 홍기, 상황이 염려할 필요가 없으면 황기, 접전이 불가한 상황이 아니면 흑기를 사용했다. 깃발을 흔드는 방향으로 적이 오는 방향을 표시하기도 했다.

【 제77회 】

십면 매복[1]

그날 송강의 진중에 있던 선봉 세 부대의 군마가 적진으로 돌격해 들어갔고 큰 칼과 도끼를 휘두르며 동관의 삼군 인마를 죽이자 동관의 군대는 대패하여 별이 떨어지고 구름처럼 흩어지면서 손실이 막대했다. 군사들은 징과 북을 던져 버리고 극과 창도 잃고는 아들을 찾고 형제를 부르며 달아나는데 1만여 명을 잃고는 30리 밖으로 물러나 방책을 세웠다. 오용은 진중에서 징을 울려 군대를 수습하고는 명령을 전달했다.

"대충 그들에게 우리를 알렸으니 더 이상 추격해 죽이지 말라."

양산박 인마를 모두 수습해 산채로 돌아갔고 각자 공적을 보고하고 상을 청했다.

한편 한바탕 패배한 동관은 인마를 잃고는 진지를 구축하여 주둔하고 휴식을 취했다. 속으로 우울해하면서 제장들을 소집해 상의했다. 풍미와 필승 두 장

1_ 제77회 제목은 '梁山泊十面埋伏(양산박이 십면으로 매복을 하다), 宋公明兩贏童貫(송 공명이 두 번 동관을 이기다)'이다.

수가 말했다.

"상공[2] 너무 걱정하지 마십시오. 관군이 온다는 것을 안 도적들이 미리 이러한 진세를 펼친 것입니다. 관군이 처음 오게 되어 허실을 알지 못했기 때문에 간사한 계책에 걸려든 것입니다. 도적놈들이 산에 의지하는 것을 세력으로 삼아 많은 곳에 군마를 배치하고 허장성세를 펼치는 바람에 일시에 지리적 이점을 상실한 것 같습니다. 저희가 다시 마보 장사들을 정돈하면서 3일 쉬었다가 날카로운 기세를 양성하면서 전마를 쉬게 해줘야 합니다. 그리고서 3일 뒤에 전체 군사를 나누어 장사진長蛇陣을 펼치면서 보군들이 돌진하면 될 것입니다. 이것은 긴 뱀과 같아서 머리를 공격하면 꼬리가 응전하고 꼬리를 치면 머리가 응수하며 중간을 공격해오면 머리와 꼬리가 함께 대응하기에 서로 연결이 끊어지지 않으니 이 진세를 펼친다면 반드시 큰 공을 이룰 수 있을 것입니다."

동관이 말했다.

"계책이 대단히 묘하구려. 바로 내 뜻에 부합하오."

즉시 군령을 내려 삼군을 정돈하고 훈련을 시켰다.

사흘째 되는 날 군사들이 아침밥을 지어 배불리 먹고 말들에게 가죽 갑옷을 걸치고 사람들은 철갑을 입고 큰 칼과 도끼를 들고 활과 쇠뇌에 살을 먹였다. 바로 창칼은 급류처럼 흘러가고 인마는 바람을 타듯이 빠르게 행군하는 것이었다. 대장 풍미와 필승이 선봉에서 군사를 이끌며 위풍당당하게 양산박으로 진격했다. 여덟 갈래 군마를 좌우로 나누고 전면에는 300명의 철갑 정찰 기병을 내보내 앞에서 길을 탐지하게 했는데, 중군으로 돌아와 동관에게 보고했다.

"앞쪽 전장에는 단 한 명의 군마도 보이지 않습니다."

의심이 든 동관이 직접 전군으로 달려가 풍미와 필승에게 물었다.

"군사를 뒤로 물리는 것은 어떻소?"

2_ 원문은 '추상樞相'이다. 송나라 때 재상 겸 추밀사에 대한 칭호다. 역자는 이하 '상공'이라 번역했다.

필승이 대답했다.

"후퇴시킬 생각은 하지 마시고 돌격하는 것이 낫겠습니다. 장사진도 펼쳐놓았는데 무엇이 두렵습니까?"

관군이 구불구불 전진하여 곧장 물가까지 진격했는데 군마라고는 단 한 명도 보이지 않고 아득히 넓은 물가를 사이에 두고 온통 갈대숲과 연기뿐이었다. 멀리 수호채 꼭대기를 바라보니 그곳에는 한 폭의 살굿빛 누런 기만 펄럭이고 있고 아무런 움직임도 없었다.

동관과 필승이 말을 멈추고 대군 앞쪽으로 나가 멀리 바라보니 맞은편 물가 갈대숲 속에 작은 배 한척이 보였는데, 푸른 삿갓을 쓰고 녹색 도롱이를 걸친 한 사람이 비스듬히 배에 기대어 등지고는 혼자 낚시를 하는 것이었다. 동관의 보군이 건너편 물가에 있는 그 어부에게 큰소리로 물었다.

"도적들이 어디에 있느냐?"

어부는 아무런 대꾸도 하지 않았다. 동관이 활 잘 쏘는 군사에게 화살을 날리게 하자 두 명의 기병이 물가 모래톱 가까이 접근하여 물 가까이에서 말을 멈추고 화살을 걸고 활을 힘껏 당겨 쏘자 어부의 등 뒤를 향해 '씨잉' 소리와 함께 날아갔다. 화살이 삿갓을 정통으로 명중시켰지만 툭하며 물속으로 떨어졌다. 다른 한 마군이 화살 한 대를 쏘아 도롱이를 맞추었지만 그 화살 역시 튕겨 나오면서 물속으로 떨어지고 말았다. 이 두 명의 마군은 동관의 군중에서 가장 활을 잘 쏘는 자들이었는데 깜짝 놀라 말을 돌려 동관에게 달려와 허리 굽히며 말했다.

"화살 두 대가 명중했는데 뚫리지 않습니다. 어부가 무엇을 입었는지 모르겠습니다."

동관은 다시 강한 활을 잘 쏘는 정찰 마군 300명을 선발하여 모래사장에 벌려 세우고는 일제히 어부를 향해 화살을 쏘도록 했다. 화살들이 어지럽게 날아갔지만 그 어부는 전혀 당황하지 않았고 화살 대부분은 물속으로 떨어졌고 일부는 배에 꽂히고 말았다. 도롱이와 삿갓을 맞춘 화살도 모두 튕겨나가면서 물속으로 떨어졌다. 동관은 화살로는 죽일 수 없자 수영 잘하는 군사들에게 갑옷을 벗고 물을 건너가 그 어부를 사로잡도록 했다. 30~50명이 물로 뛰어들었고 어부는 선미에서 물소리가 들리자 사람이 다가오는 것을 알고는 당황하지 않고 낚싯대를 내려놓고 상앗대를 멨다. 배에 가까이 접근하는 자들을 상앗대로 한 놈에 한 대씩 후려치니 관자놀이[3] 부위를 맞은 자, 머리통 맞은 자, 면상을 맞은 자들이 모두 물속으로 처박혔다. 뒤에서 따라오던 자들은 앞에서 몇 명이 물속으로 빠지는 것을 보고는 다시 물가로 돌아가 옷과 갑옷을 찾았다.

동관은 크게 성내며 500명의 군사를 선발해 물속으로 들어가 어부를 잡아오게 하면서 돌아오는 자는 한칼에 두 동강내버리겠다고 했다. 그 500명의 군사들은 옷과 갑옷을 벗고 일제히 함성을 지르며 물속으로 뛰어들어 헤엄쳐갔다. 그 어부는 뱃머리를 돌리고는 물가에 있는 동관을 손가락질하며 욕설을 퍼부었다.

"나라를 어지럽히는 역적 놈아, 백성을 해치는 짐승 같은 놈아! 여기로 목숨을 바치러 왔느냐, 죽을 줄 몰랐단 말이냐!"

동관이 크게 노하여 마군에게 화살을 쏘라고 소리 질렀다. 그러자 그 어부는 '하하' 크게 웃으면서 말했다.

"저쪽에서 군마가 온다!"

손가락으로 가리키고는 도롱이와 삿갓을 버리고 몸을 던져 물속으로 뛰어들었다. 500명의 군사들은 배 옆까지 헤엄쳐 갔는데 물속에서 마구 지르는 소리만 들리더니 모두들 물속으로 가라앉고 말았다. 그 어부는 바로 낭리백도 장순이었다. 머리에 쓴 삿갓은 위쪽 대나무껍질 속에 구리를 대어 두들겨 만든 것이

3_ 원문은 '태양太陽'인데, '태양혈太陽穴'을 말하는 것으로 눈썹 아래와 살짝 앞 부위를 말한다. 관자놀이라고도 한다.

었고, 도롱이 안쪽은 정련한 구리 조각을 대어 거북 등껍데기 같아 화살이 뚫고 들어갈 수 없었다. 장순은 물속으로 들어가 요도를 뽑고는 선두에서 헤엄쳐 오는 놈만 찔러대어 모두를 가라앉혔다. 피가 섞인 물이 소용돌이쳤다. 살아남은 자들은 목숨을 구하고자 도망쳤다.

동관은 물가에서 그 광경을 멍하니 바라보고 있었는데, 곁에 있던 한 장수가 손가락으로 가리키며 말했다.

"산꼭대기에서 누런 깃발이 움직이고 있습니다."

동관은 눈여겨 살펴봤지만 무슨 의미인지 이해하지 못했고, 장수들도 어떻게 해야 할지 몰랐다. 풍미가 말했다.

"300명의 철갑 정찰 기병을 두 부대로 나누어 양쪽 산 뒤쪽으로 보내 정찰시키는 것은 어떻겠습니까?"

정찰 기병들이 산 앞에 이르자 갈대숲 속에서 하늘을 뒤흔드는 소리가 나더니 포탄이 날아오고 연기가 어지럽게 올랐다. 양쪽의 정찰 기병이 일제히 돌아와 보고했다.

"복병이 있습니다!"

말에 타고 있던 동관은 적잖이 놀랐다. 풍미와 필승이 양쪽으로 사람을 보내 군사들에게 함부로 움직이지 못하게 하자 수십 만 군사들이 모두 손에 칼만 들고 있었다. 그때 앞뒤에서 나는 듯이 보고했다.

"먼저 달아나는 자는 참수하겠다!"

삼군의 인마를 단속하고는 동관이 여러 장수와 말을 세우고 바라보고 있는데 산 뒤쪽에서 북소리가 천지를 진동하고 함성 소리가 하늘을 뒤흔들더니 한 무리의 군마가 몰려오는데 모두 황색 깃발을 들고 있었다. 앞장 선 두 명의 용맹스런 장수가 군사를 이끌고 오는데, 부대의 군마들이 매우 질서정연했다.

겹겹의 산속 누런 깃발들 나오는데, 반짝거리는 황금빛 하늘로 쏘는구나.

말들은 성난 파도 같고, 사람들 바람 뒤흔드는 사나운 불길 같네.

북소리 삼라전森羅殿[4]을 진동시키고, 포의 괴력 태화궁太華宮[5] 뒤집을 정도네.

장검 부대 속 삽시호 숨어 있고, 숲 이룬 창들 속 미염공 뛰쳐나오누나.

黃旗擁出萬山中, 爍爍金光射碧空.

馬似怒濤衝石壁, 人如烈火撼天風.

鼓聲震動森羅殿, 炮力掀翻泰華宮.

劍隊暗藏插翅虎, 槍林飛出美髥公.

두 영웅 두령이 각기 갈기가 누런 말을 타고 오는데, 왼쪽은 미염공 주동이고 오른쪽은 삽시호 뇌횡으로 5000명의 인마를 이끌고 곧장 관군에게 달려들었다. 동관은 대장 풍미와 필승에게 앞장서 대적하게 했다. 영을 받은 두 사람은 즉시 창을 들고 말을 질주하여 진을 나가며 크게 욕설을 퍼부었다.

"무도한 도적놈들아, 어서 항복하지 않고 어느 때를 기다린단 말이냐!"

뇌횡이 말 위에서 크게 웃으면서 소리 질렀다.

"필부匹夫[6] 놈아, 면전에서 죽게 될 것을 아직도 모른단 말이냐! 감히 나와 결전을 벌이겠다는 것이냐?"

크게 화가 난 필승이 창을 잡고 말을 박차고 곧장 뇌횡에게 달려들자 뇌횡 또한 창을 잡고 맞섰다. 두 말이 서로 엇갈리며 병기를 함께 들어올려 20여 합을 싸웠지만 승패를 가리지 못했다. 풍미는 필승이 오래도록 싸우고도 승리를 거두지 못하자 말을 박차고 칼을 춤추듯 휘두르며 싸움을 도왔다. 이를 본 주동 또한 크게 소리 지르면서 칼을 돌리며 날듯이 달려가 풍미와 싸웠다. 말 네

4_ 삼라전森羅殿: 염라전閻羅殿으로 불교에서는 염라대왕이 영혼을 심리하는 전당이라고 한다.

5_ 태화궁太華宮: 화산華山의 궁宮이다. 태화太華는 산 명칭으로 서악西嶽 화산華山이다.

6_ 필부匹夫: 여기서는 욕하는 말이다. 물건과 같이 멸시하는 의미가 포함되어 있다. 대부분 지식이 없는 경솔하거나 무모한 무리를 가리킨다.

필이 서로 상대하며 진 앞에서 싸우는 광경을 본 동관은 끊임없이 갈채를 보냈다. 중대한 고비 때 주동과 뇌횡이 짐짓 빈틈을 보이며 말머리를 틀어 본진을 향해 달아났다. 풍미와 필승 두 장수는 멈추지 않고 말을 박차며 뒤를 쫓았다. 그러자 양산박 군사들이 함성을 지르며 산 뒤쪽으로 달아났다. 동관은 힘을 다해 추격하면서 산기슭을 돌았는데 산 정상에서 화각 소리가 일제히 울렸다. 군사들이 머리를 들어 쳐다보는데 앞뒤로 포탄이 날아왔다. 동관은 복병이 있음을 알고 군마를 멈추게 하고는 더 이상 추격하지 못하게 했다.

그때 산 정상에서 그 살굿빛 누런 깃발이 갑자기 나타났는데, 위에는 '하늘을 대신해 도를 행하다'는 글자가 수놓아져 있었다. 동관이 산을 되돌아가 살펴보니 산 위에서 한 무리의 여러 색깔이 뒤섞인 수놓은 깃발이 열리면서 세상에서 으뜸가는 운성현 영웅 호보의 송강이 나타났다. 그 뒤로는 군사 오용·공손승·화영·서녕·금창수·은창수와 많은 사내가 따르고 있었다. 동관은 보고서 크게 성내며 인마를 산으로 올려 보내 송강을 잡으려 했다. 대군의 인마가 두 갈래 길로 나눠어 산을 오르려 하는데, 산 정상에서 하늘을 울리는 요란한 연주 소리가 들리더니 많은 호걸이 모두 껄껄거리며 웃는 것이었다. 동관은 더욱 화가 치밀어 올라 이빨을 깨물며 소리 질렀다.

"이 도적놈들이 감히 나를 희롱하다니! 내 이놈들을 사로잡고야 말테다!"

풍미가 간언했다.

"상공, 저들에게 반드시 계책이 있을 것이니 직접 위험한 곳에 가지 마십시오. 잠시 회군한 뒤에 내일 다시 허실을 알아보고 군사를 진격시키십시오."

동관이 말했다.

"허튼소리 마라! 일이 이 지경에 이르렀는데 어찌 회군한단 말인가! 밤새 적들과 맞붙어 싸워야 한다. 지금 적을 이미 봤기에 물러날 형세가 아니다."

말을 마치기도 전에 후군에서 함성 소리가 들리더니 척후병이 보고했다.

"서산 뒤쪽에서 한 무리의 군마가 돌진해 오는데 후군을 두 쪽으로 갈라놨습니다."

깜짝 놀란 동관이 풍미·필승을 데리고 급히 후군을 구원하러 가는데 동쪽 산 뒤쪽에서 북 두드리는 소리가 들리더니 또 한 부대의 인마가 날듯이 달려나왔다. 절반은 붉은 깃발을 들었고 나머지 절반은 푸른 깃발은 들었는데, 두 명의 대장이 5000명의 군마를 인솔하여 몰려오는 것이었다. 붉은 깃발 군마는 붉은 기를 따르고 푸른 깃발 군마는 푸른 기를 따르는데 대오가 질서정연했다.

한 쌍의 붉은 기 사이 비취색 전포, 전마는 앞 다퉈 산허리 돌아나오네.
해 내리쬐는 기치엔 청룡 보이고, 바람에 펼쳐진 깃발 주작이 흔들리네.
두 정예병 모두가 용맹스럽고, 앞장 선 두 상장 호걸임을 드러내누나.
진명의 낭아곤은 춤추는 듯하고, 관승은 섬뜩한 언월도 비스듬히 들었구나.
對對紅旗間翠袍, 爭飛戰馬轉山腰.
日烘旗幟靑龍見, 風擺旌旗朱雀搖.
二隊精兵皆勇猛, 兩員上將顯英豪.
秦明手舞狼牙棍, 關勝斜橫偃月刀.

붉은 깃발 부대의 두령은 벽력화 진명이었고 푸른 깃발 부대의 두령은 대도 관승이었다. 두 장수가 말을 달려오면서 크게 소리 질렀다.

"동관은 어서 수급을 바치거라!"

동관이 크게 노하여 풍미는 관승, 필승은 진명과 싸우도록 했다. 그때 후군에서 고함 소리가 매우 긴박하게 들려오자 다시 징을 울려 군사를 거두고 싸움에 연연해하지 말도록 하고는 즉시 퇴각했다. 주동과 뇌횡이 이끄는 누런 깃발을 든 부대가 다시 달려들면서 양쪽으로 협공해오자 동관의 군대는 크게 어지러워졌다. 풍미와 필승은 동관을 보호하면서 목숨을 건지고자 달아나는데 옆에서 비스듬히 한 무리의 군마가 나는 듯이 달려와 가는 길을 막아섰다. 그 군마는 절반이 흰 깃발이고 나머지 절반은 검은 깃발을 들고 있었다. 흑백 깃발들 속에서 두 명의 범 같은 장수가 5000명의 군마를 인솔했으며 질서정연했다.

우레처럼 바위 부서뜨리는 포 소리, 녹림 깊숙한 곳 과와 모를 꺼냈구나.

흰 전포 군사들 은하수로 쏟아지고, 갑옷 군사들 검은 기운 자욱하네.

쌍편을 휘날리니 비바람 몰아치고, 창이 이르는 곳 귀신도 떠는구나.

왼쪽이 대장 쌍편 호연작이요, 오른쪽 돌격자 영웅 표자두 임충이라네.

炮似轟雷山石裂, 綠林深處懸戈矛.

素袍兵出銀河涌, 玄甲軍來黑氣浮.

兩股鞭飛風雨響, 一條槍到鬼神愁.

左邊大將呼延灼, 右手英雄豹子頭.

검은 깃발 부대의 두령은 쌍편 호연작이고, 흰 깃발 부대의 두령은 표자두 임충이었다. 두 장수가 말 위에서 고함을 질렀다.

"간신 동관은 어디로 달아난단 말이냐? 어서 죽음이나 받아라!"

곧장 동관의 군중으로 충돌해 들어갔다. 그때 수주 병마도감 단붕거는 호연작과 교전을 벌였고, 여주 병마도감 마만리는 임충과 맞붙어 싸웠다. 마만리는 임충과 몇 합도 싸우지 못해 기력이 떨어져 달아났고 임충의 고함 소리에 어쩔 줄 몰라 하다 창에 찔려 말 아래로 떨어졌다. 마만리가 임충에게 찔려 죽임을 당하는 것을 본 단붕거는 싸울 마음이 없어져 호연작의 쌍편을 막다가 재빠르게 말머리를 돌려 달아났다. 호연작은 용기를 내어 뒤를 쫓았고 양군이 혼전을 벌이게 되자 동관은 길을 찾아 퇴각하라 명령을 내렸다. 그때 갑자기 전군에서 함성이 일더니 산 뒤쪽에서 한 무리의 보군이 날듯이 뛰쳐나와서는 곧장 동관의 군중 중앙으로 돌격해 들어왔다. 앞장 선 중과 행자는 군병들을 이끌며 소리쳤다.

"동관은 달아나지 말라!"

그 중은 불교 경문과 참회록은 수양하지 않고 오로지 사람 죽이기만을 좋아했으니 별명은 화화상이요 두 글자 이름은 노지심이었다. 또한 행자는 경양강에서 호랑이를 때려잡고 수호채에서 가장 영웅다운 행자 무송이었다. 노지심은 선장, 무행자는 두 자루의 계도를 들고 진 안으로 돌진해 들어갔으니, 이를 증명하는 「서강월」 한 수가 있다.

노지심은 선장을 들었고 무행자는 두 자루의 강철 칼을 손에 쥐었네. 날리는 강철 칼에선 불빛이 흩날리는 듯하고, 선장은 철포처럼 날아오는구나. 선장은 머리통을 쪼개고 강철 칼은 허리를 절단내버리누나. 두 병장기는 용서가 없고 백만 군중에서 그 위력 뽐내는도다.

魯智深一條禪杖, 武行者兩口鋼刀. 鋼刀飛出火光飄, 禪杖來如鐵炮. 禪杖打開腦袋, 鋼刀截斷人腰. 兩般兵器不相饒, 百萬軍中顯耀.

동관의 군사들은 노지심과 무송이 이끄는 보군들이 부딪쳐 들어오자 뿔뿔이 흩어져 달아났다. 관군의 인마는 앞쪽으로는 도망칠 길이 없고 뒤쪽으로도 퇴로가 없자 풍미와 필승은 겹겹의 포위망을 뚫고 죽을힘을 다해 혈로를 열어 산 뒤쪽으로 달아났다. 헐떡거리며 쉬고 있는데 다시 포성이 크게 진동하고 북과 징이 일제 울리더니 두 명의 맹장이 한 무리의 보군을 이끌고는 가는 길을 막아섰다.

양두사의 피비린내 나는 바람 접근하기 어렵고, 쌍미갈은 독기를 일제히 뿜어내누나. 삼지창은 세상에 필적할 자 없고, 수렵장에서도 명성 떨쳤다네. 왼쪽의 해진도 출중하고, 오른쪽의 해보도 뛰어나구나. 철갑 두른 수천 명의 호랑이와 이리 같은 군사들, 긴 장사진을 휘저어 깨부숴버리네.

兩頭蛇腥風難近, 雙尾蝎毒氣齊噴. 鋼叉一對世無倫, 較獵場中聲震. 左手解珍出衆, 右手解寶超群. 數千鐵甲虎狼軍, 攪碎長蛇大陣.

각기 오지창을 잡은 보군 두령 해진과 해보는 보군을 이끌고 동관의 진 안으로 돌진해 들어갔다. 동관의 인마는 막아내지 못하고 포위망을 돌파하여 달아났다. 다섯 갈래의 마군과 보군이 일제히 추격하며 죽이자 관군들은 별이 떨어지고 구름이 흩어지듯 뿔뿔이 달아났다. 풍미와 필승은 있는 힘을 다해 동관을 보호하며 도망치는데, 해진·해보 두 형제가 삼지창을 세우고 말 앞으로 부딪쳐 들어왔다. 동관이 황급히 말을 박차며 비스듬히 옆으로 달아나자 뒤따르던 풍미와 필승이 쫓아와 동관을 구원했다. 또한 당주 도감 한천린과 등주 도감 왕의도 달려와 네 사람이 힘을 합쳐 싸움터 한가운데를 빠져 나갔다. 겨우 벗어나 헐떡거리는 숨이 아직 진정되지도 않았는데 앞쪽에서 먼지가 일어나더니 죽이라는 고함 소리가 하늘까지 이어졌다. 그러더니 푸르고 무성한 숲속에서 또 나는 듯이 한 무리의 인마가 뛰쳐나왔다. 앞장 선 두 명의 용맹한 장수가 가는 길을 막아섰다. 그 두 장수가 누구인지 살펴보니,

한 명은 선화부宣花斧를 들었고, 다른 한 명은 백은창白銀槍을 들었구나. 독 있는 구렁이 같은 창은 길쭉하고, 도끼는 산을 가르는 신장神將 같도다. 한 사람은 풍류와 고아한 기질 지녔고, 다른 한 사람은 맹렬하고 강직한 의지 지녔네. 동평 국사國士는 겨룰만한 이 없고, 급선봉 색초는 누구에게도 지지 않는다.
一個宣花大斧, 一個出白銀槍. 槍如毒蟒露梢長, 斧起處似開山神將. 一個風流俊骨, 一個猛烈剛腸. 董平國士更無雙, 急先鋒索超誰讓.

두 맹장인 쌍창장 동평과 금선봉 색초는 말도 꺼내지 않고 곧장 나는 듯이 동관에게 돌진해갔다. 왕의가 창을 잡고 나가 대적했지만 색초의 손에 든 도끼

에 찍혀 말 아래로 떨어졌고, 한천린이 구원하려 했지만 동평의 한 창에 찔려 죽고 말았다. 이에 풍미와 필승은 죽어라 동관을 보호하면서 살고자 말을 달렸지만 사방에서 북이 어지럽게 울리자 어느 곳에서 군사들이 몰려올지 알 수 없었다. 동관이 산비탈에 올라 살펴보니 사면팔방으로 네 부대의 군마가 몰려오고 있고 양옆에서는 두 부대의 보군이 바구니처럼 둘러싸며 키처럼 치고 있었다. 양산박 군마들이 대대적으로 몰려오자 동관의 군마는 바람에 날리고 구름이 흩어지듯 여기저기로 마구 달아났다. 동관이 한창 보고 있자니 산비탈 아래에서 한 무리의 인마가 쏟아져 나왔는데 진주 도감 오병이와 허주 도감 이명의 깃발이었다. 이들은 창이 부러지고 극이 꺾인 패잔병을 이끌고 임랑산琳琅山을 우회하여 도망치는 중이었다. 그들이 부르는 소리를 듣고는 급히 인마를 이동시켜 산비탈로 오르려는데, 그때 산 옆에서 함성 소리가 일어나더니 한 무리의 인마가 날듯이 추격해왔다. 두 폭의 인식 깃발을 펼치고 맹장 두 명이 각기 병기를 잡고 나는 듯이 관군에게 달려들었다. 이 두 사람이 누구인지는 「임강선」 사한 수에서 증명하고 있다.

투구 위의 기다란 술 화염처럼 나부끼고, 쉴 사이 없이 어지럽게 선홍색 흩뿌리니, 가슴속 호탕한 기개 무지개를 토해내는 듯하네. 사천 비단 전포 입고, 금동金銅을 도금한 갑옷 걸쳤구나. 흰 명주 같은 보도寶刀 두 자루 들고, 전쟁터 한가운데서 위풍 떨치니, 좌충우돌하며 영웅다움 드러내도다. 무관 출신 청면수와 호걸 구문룡일세.

盔上長纓飄火焰, 紛紛亂撒猩紅, 胸中豪氣吐長虹. 戰袍裁蜀錦, 鎧甲鍍金銅. 兩口寶刀如雪練, 垓心抖擻威風, 左衝右突顯英雄. 軍班青面獸, 好漢九紋龍.

그 두 명의 맹장은 바로 양지와 사진이었다. 그들은 말 타고 칼을 휘두르며 오병이와 이명의 두 군대의 길을 차단하고 싸웠다. 이명은 창을 잡고 앞으로 달려와 양지와 싸웠고, 오병이는 방천극을 휘두르며 사진과 맞붙어 싸웠다. 산비탈 아래서 그들 두 쌍이 앞으로 갔다 물러나고 빙빙 돌며 싸우는데 각기 평생 동안 닦는 무예를 뽐냈다. 동관은 산비탈 위에서 말을 멈춰 세우고 구경했다.

네 사람이 30여 합을 싸웠을 때 오병이가 극으로 사진의 명치를 노리고 찔렀는데, 사진이 재빠르게 피하자 그 극은 겨드랑이 속으로 들어가고 말았다. 이 때문에 오병이는 말을 탄 채 창과 함께 사진에게 가까이 접근하게 되었고 그때 사진이 손을 들어 칼로 내리치자 한 줄기 피와 함께 육체에 이어진 목덜미는 끊어지고 말았고 황금 투구는 말 옆으로 떨어졌다. 오병이는 비탈 아래서 죽고 말았고 이를 본 이명은 말을 돌려 달아나려 했다. 그때 양지가 고함을 지르자 놀라 혼비백산하여 몸이 떨리고 간담이 서늘해져 손에 창을 거꾸로 잡고 있는 줄도 몰랐다. 양지가 칼로 정수리를 향해 내리찍자 이명이 번개 같이 피하면서 칼은 말의 뒤쪽 사타구니를 치고 말았다. 그 말이 뒷다리를 꿇자 이명이 재빠르게 말에서 내리더니 손에 든 창을 버리고 달아났다. 양지는 손이 빨라 바로 다시 한 번 칼로 정통으로 찍었다. 가련하게도 반평생을 군관을 지낸 이명은 꿈과 같이 헛된 한때의 부귀가 되고 말았다. 관군 장수 두 명이 모두 비탈 아래서 죽었고, 양지와 사진은 참외를 쪼개고 박을 반으로 토막 내듯이 패잔병을 추격하며 죽였다.

동관과 풍미, 필승은 그런 광경을 산비탈 위에서 보고는 감히 내려가지 못하고 어찌할 바를 몰라 했다. 세 사람이 상의하며 말했다.

"이런 상황에서 어떻게 빠져나갈 수 있겠소?"

풍미가 말했다.

"상공께서는 마음을 편히 가지십시오. 소장이 정남쪽을 살펴보니 대부대의 관군이 그곳에 주둔하고 있는데, 깃발이 쓰러지지 않은 것을 보니 저희를 구원해줄 수 있을 것 같습니다. 필승 도통이 상공을 산꼭대기에서 보호하면서 지키고 있으면 이 풍미가 한 갈래 길을 열어 저쪽에 주둔해 있는 군마를 데리고 와서 상공을 보호하면서 빠져나갈 수 있도록 하겠습니다."

동관이 말했다.

"날이 어두워지려 하니 잘 살피면서 빨리 갔다 돌아오시오."

풍미가 큰 자루의 칼을 쥐고 말을 날듯이 산 아래로 몰아 한 갈래 길을 열고는 곧장 남쪽으로 달려갔다. 그 부대를 보니 숭주 도감 주신이 군사들을 겹겹이 벌려놓고 죽을 각오로 버티고 있었다. 싸움터 한가운데서 풍미가 달려오는 것을 보고는 즉시 진 안으로 맞이하고는 물었다.

"상공은 어디에 계시오?"

"앞쪽 산비탈 위에 계시는데 여기 군마가 와서 구원해주기만을 기다리고 있소. 일이 지체되어서는 안 되니 어서 출발하시오."

주신은 즉시 명령을 전달하여 마보군이 모두 서로 마주보면서 대오를 잃지 않도록 하고 마음을 합쳐 협력하게 했다. 풍미와 주신 두 대장이 앞서고 군사들은 함성을 질러 기세를 도우며 산비탈 쪽으로 돌진했다. 화살을 쏘아 도달할 수 있는 거리도 가지 못했는데, 옆에서 한 갈래 군마가 뛰쳐나왔다. 풍미가 칼을 춤추듯 돌리며 맞서려 하는데 다름 아닌 수주 도감 단붕거였다. 세 사람은 서로 만나자 군사를 합쳐 달려가 산비탈 아래로 당도했다. 필승이 비탈을 내려와 맞이하고는 올라와 동관을 만나게 했다. 그들은 상의하며 말했다.

"오늘 밤에 빠져나가는 것이 좋겠소? 아니면 내일 아침까지 기다렸다가 가는 것이 좋겠소?"

풍미가 말했다.

"우리 네 사람이 죽을힘을 다해 상공을 보호할 테니 오늘 밤에 겹겹의 포위망을 뚫고 나가야 도적들에게서 벗어날 수 있습니다."

어두워지자 사방에서 함성 소리가 끊이지 않았고 북과 징소리가 요란하게 들렸다. 대략 2경쯤에 별과 달빛이 밝자 풍미가 앞장서고 군관들이 가운데서 동관을 에워싸고는 일제히 힘을 합쳐 산비탈을 내려갔다. 이때 사방에서 어지럽게 소리 질렀다.

"동관을 달아나게 하지 말라!"

관군들은 정남쪽 길만 바라보고 돌격해 나갔는데, 4경 전후까지 혼전을 벌인 다음에야 비로소 싸움터에서 벗어났다. 동관은 말 위에서 이마에 손을 얹고는 천지신명께 예를 올리며 말했다.

"송구합니다. 큰 어려움에서 벗어났습니다!"

동관은 군사들을 재촉하며 경계를 나가 제주로 달아났다. 위기에서 벗어난 기쁨이 다 가시기도 전에 앞쪽 산비탈에 셀 수 없이 많은 횃불이 나타났고 뒤에서도 함성이 다시 일어났다. 횃불이 비추는 속에서 살펴보니 두 명의 호걸이 각기 박도를 들었는데, 말 위에서 강철 창을 비껴들고 있는 백마를 탄 영웅 대장을 인도하고 있었다. 그가 누구인지 증명하는 「임강선」 사 한 수가 있다.

마보군 가운데서 으뜸이요, 천강성들 가운데서도 높은 서열이니, 하늘에서 내려온 악한 별이로다. 눈동자는 옻으로 점찍은 듯 새까맣고, 얼굴은 은을 조각한 듯 하얗다네. 두 장丈 길이 강철 창은 대적할 자 없고, 말을 타면 빨라 구름을 탄 듯하며, 재능과 무예 모두 출중하도다. 그 사람은 바로 양산의 노준의요, 하북의 옥기린일세.

馬步軍中惟第一, 天罡數內爲尊, 上天降下惡星辰. 眼珠如點漆, 面部似鐫銀. 丈二鋼槍無敵手, 身騎快馬騰雲, 人材武藝兩超群. 梁山盧俊義, 河北玉麒麟.

말을 탄 영웅 대장은 바로 옥기린 노준의였고 말 앞에 박도를 든 호걸은 병관색 양웅과 반명삼랑 석수였는데, 횃불 속에서 3000여 명을 이끌고 기운을 내어 가는 길을 막아섰다. 노준의가 말 위에서 크게 소리 질렀다.

"동관 어서 말에서 내려 오라를 받지 않고 어느 때를 기다린단 말이냐?"

동관이 듣고서 무리에게 말했다.

"앞에는 복병이고 뒤에는 추격병이 있는데 이를 어찌하면 좋단 말이오?"

풍미가 말했다.

"소장이 목숨을 버리는 한이 있더라도 상공을 위해 보답하겠습니다. 여러분은 상공을 단단히 보호하면서 길을 찾아 제주로 가시오. 나는 여기서 적들과 싸우겠소."

풍미가 말을 박차고 칼을 휘두르면서 곧장 노준의에게 달려들었다. 두 말이 서로 어우러지며 몇 합을 싸우지도 못했는데 노준의가 창으로 큰 칼을 받아 막고는 몸 쪽으로 바짝 들어가면서 허리를 잡아채고는 발을 뻗어 전마를 차자 풍미는 산채로 사로잡히고 말았다. 양웅과 석수가 달려와 호응하고 군사들이 일제히 풍미를 잡아당겨 쓰러뜨리고 끌고 갔다. 필승과 주신, 단붕거는 필사적으로 동관을 보호하면서 길을 막고 있던 군사들과 부딪쳐 싸우면서 달아났다. 배후에서 노준의가 추격해오자 동관의 패잔병들은 상갓집 개처럼 허둥댔고 그물에서 빠져나가는 물고기처럼 급했다. 날이 밝아질 무렵 추격병으로부터 벗어나 제주를 향해 갔다. 한창 달아나고 있는데 앞쪽 산비탈 뒤쪽에서 또 보군 한 부대가 뛰쳐나오는데, 그들은 모두 쇠로 된 몸 보호대를 차고 진홍색 두건을 썼다. 선두에는 네 명의 보군 두령이 있었다.

흑선풍은 쌍 도끼를 들었고, 상문신은 용천검을 잡았네. 양옆에는 항충과 이곤이 손에 방패를 춤추듯 휘두르는데 몸들이 건장하도다. 호랑이 잡으려면 호랑이 굴로 들어가야 하고, 용을 잡으려면 깊은 못에 들어가야 한다네. 삼군의 위세 푸른 하늘을 진동시키니, 악귀가 눈앞에 나타난 듯하구나.

黑旋風雙持板斧, 喪門神單仗龍泉. 項充·李袞在傍邊, 手舞團牌體健. 斬虎須投大穴, 誅龍必向深淵. 三軍威勢振靑天, 惡鬼眼前活現.

이규는 쌍 도끼를 휘두르고 포욱은 보검을 사용하며 항충과 이곤은 각기 방패를 춤추듯 휘두르며 막으니 산비탈 위에서 굴러 내려오는 불덩이 같이 달려들며 죽이자 관군들은 사분오열되어 달아났다. 동관과 제장들은 목숨을 구하고자 싸우면서 달아날 따름이었다. 이규가 마군 속으로 뛰어 들어가 단붕거가 타고 있던 말 다리를 찍어 넘어뜨리자 단붕거는 솟구쳐 올랐고 이규는 그의 머리통을 찍어 가르고 다시 한번 찍어 목구멍을 끊어버리니 단붕거는 살아나지 못했다. 패전한 관군들이 가까스로 제주에 도착했는데 투구는 옆으로 비뚤어져 귀를 덮고 호항護項[7]은 반 쯤 볼을 덮었다. 마보 삼군은 기력을 잃었고 사람과 말이 모두 기진맥진하여 한 냇가로 가서 군마들이 모두 물을 마시려 하는데, 별안간 냇가 건너편에서 포성이 울리더니 화살이 메뚜기 떼처럼 날아왔다. 관군이 급히 냇가 언덕으로 다시 올라가려 하는데 숲 옆에서 한 무리의 군마가 돌아나왔다. 말을 탄 세 명의 영웅이 누구인지 살펴보니,

한 마리 옥구렁이 춤추듯 돌리니, 허공에 뭇별들 흩어지누나. 동창부의 표기驃騎 장청이니, 몰우전에게 그 누가 감히 접근하겠는가! 날리는 비창飛槍은 빗나감이 없고, 던지는 비차飛叉는 사정을 봐주지 않는구나. 두 명의 호랑이 같은 장수들 기세 거침없으니, 좌우 또한 말 앞에서 도와준다네.

舞動一條玉蟒, 撒開萬點飛星. 東昌驃騎是張清, 沒羽箭誰人敢近! 飛槍的槍無虛發, 飛叉的叉不容情. 兩員虎將勢縱橫, 左右馬前幫定.

몰우전 장청과 공왕, 정득손은 300여 기의 마군을 이끌고 있었는데, 말들은 모두 구리방울이 달린 안면 보호대, 꿩 꼬리와 붉은 술을 갖추었고, 군사들은 가벼운 활과 짧은 화살, 수놓은 깃발과 화창花槍을 들었다. 앞장 선 세 명의 장수들이 곧장 부딪쳐 들어오자 숭주 도감 주신은 장청의 군사들이 적은 것을 보

7_ 호항護項: 목도리의 일종이다.

고는 나와 맞섰고 필승은 동관을 보호하며 달아났다. 주신이 창을 들고 말을 몰아 나오자 장청은 왼손에 창을 쥐고 오른손으로 초보칠랑招寶七郎의 자세를 취하고는 소리 질렀다.

"맞아라!"

주신은 코허리에 돌멩이를 맞아 몸이 뒤집어지면서 말에서 떨어졌다. 이때 장청의 옆에 있던 공왕과 정득손이 날듯이 말을 몰아나가 두 자루의 삼지창으로 변경 땅 풀에 찬 서리가 내리듯이, 숲속 꽃이 내리는 비에 맞듯이 목구멍을 찔러댔고 주신은 말 아래서 죽고 말았다. 동관과 필승은 목숨만 겨우 건져 도망쳤지만 감히 제주로 들어가지 못하고 패잔병을 이끌고 밤새 동경으로 달아났고 가는 길에 도망치던 군마를 수습해 진지를 구축하고 주둔했다.

원래 송강은 인과 덕이 있고 평소에 귀순할 마음을 품고 있어 끝까지 추격해 죽일 생각은 없었다. 다만 아쉬워하는 제장들이 동관을 추격하는 것이 걱정되어 황급히 대종을 보내 여러 두령에게 각 길의 군마와 보졸들을 수습해 산채로 돌아와 공을 청하도록 군령을 전달했다. 그러자 각처에서 징을 울려 군사들을 수습해 돌아왔고 말을 탄 장수들은 모두 등자를 두드리고 보졸들은 개선가를 부르며 잇달아 양산박 완자성으로 돌아왔다. 송강·오용·공손승은 먼저 수호재의 충의당에 올라앉았고 배선을 시켜 각 사람들의 공적과 상을 조사하도록 했다. 노준의는 산채로 잡은 풍미를 끌어다 충의당 앞에 무릎을 꿇렸다. 송강이 손수 결박을 풀어주고 충의당 안으로 청해 상좌에 앉히고는 직접 잔을 들어 사죄하고 놀란 사람을 진정시켰다. 두령들이 모두 충의당에 오르자 소와 말을 잡고 삼군에게 두터운 상을 내렸다. 풍미를 이틀 동안 머물게 한 뒤에 말과 안장을 준비하고는 산을 내려가 전송했다. 풍미는 크게 기뻐했는데 송강이 사과하며 말했다.

"장군, 싸움터 앞뒤에서 장군의 위엄을 모독했으니 죄를 용서하기기 바랍니다. 이 송강 등은 본래 다른 마음은 없고 오로지 조정에 귀순하여 나라를 위해 힘을 다하고자 할 뿐입니다. 우리는 다만 불공정하고 불법적인 사람들의 핍박을 받아 이렇게 하고 있으니, 바라건대 장군께서 조정으로 돌아가시면 좋은 말씀으로 우리를 구원해주십시오. 다른 날 폐하의 은택을 입게 된다면 죽으나 사나 장군의 크신 덕을 잊지 않겠습니다."

풍미 또한 죽이지 않은 은혜에 감사하고 산을 내려갔다. 송강이 사람을 시켜 경계 밖까지 전송하게 했고, 풍미는 동경으로 돌아왔음은 더 말하지 않겠다.

충의당에 오른 송강은 오용 등 두령들과 함께 상의했다. 원래 이번에 사용한 십면 매복 계책은 모두 오용의 전술에 의해 배치된 것으로 동관의 간담을 서늘하게 하고 마음이 찢어지듯 슬프게 만들어 꿈속에서도 두려워하게 했으며 대군의 세 부분 가운데 두 부분이 꺾이게 되었다. 오용이 말했다.

"동관이 동경으로 돌아가 폐하께 아뢰면 어떻게 다시 군대를 일으키지 않을 수 있겠습니까? 반드시 한 사람을 동경으로 보내 허실을 알아본 다음에 산채로 돌아오면 미리 준비해둬야 합니다."

송강이 말했다.

"군사의 말씀이 내 마음과 일치하오. 형제들 가운데 누가 다녀오겠소?"

자리에서 한 사람이 대답했다.

"이 동생이 가겠습니다."

모두들 보면서 말했다.

"저 사람이 가야 큰일을 이룰 수 있습니다."

이 사람이 갔기에 나누어 서술하면, 모략을 다시 펼쳐 관군을 또 다시 패배시켰던 것이다. 게다가 병풍처럼 둘러쳐진 청산 아래서 달려든 군마들이 죽고, 물결을 가르며 몰려온 배들이 녹색 버들 속으로 침몰하게 되었던 것이다.

결국 양산박에서 누가 정탐하러 갔는지는 다음 회에 설명하노라.

동관의 정벌 전쟁

동관 같은 환관 신분으로 정벌을 주재한 일은 역사에 드물게 보인다. 역사에 근거하면 동관은 서하西夏와 요나라 공격을 주재했었지만 모두 참패했다. 동관은 서하 정벌에서 대패했는데, 『송사』 「동관전」에 따르면 "동관은 패배를 숨기고 승리했다고 소식을 전했다. 백관이 축하하면서도 모두들 이를 갈며 증오했지만 감히 입 밖에 내지 못했다"고 했다.

송강의 십면매복十面埋伏

『수호전보증본』에 근거하면 통상적으로 '십면매복'의 출처는 초한楚漢의 해하垓下 전투라고 하는데 사실은 아니다. 또한 『삼국연의』에서 조조가 십면매복 공격으로 원소袁紹를 붕괴시켰다고 하는데, 또한 사실은 그렇지 않다. 이러한 말들은 역사에는 보이지 않으며 청나라 평화인 『서한연의西漢演義』에서 항우의 고사를 이야기하면서 소설가가 창작한 것이다. 송강이 십면매복 공격으로 동관을 패배시킨 것은 혹여 『삼국연의』의 고사를 이식한 것일 수 있다. 현재 볼 수 있는 '십면매복'의 악보는 청나라 도광道光 19년(1819) 화추평華秋苹의 『비파보琵琶譜』에서의 「십면매복十面埋伏」이다.

【 제78회 】

첫 번째 승리[1]

양산박 호걸들이 두 차례나 동관에게 승리를 거두자 송강과 오용은 반드시 한 사람을 동경으로 보내 허실을 알아본 뒤 산채로 보고한 다음 관군과 맞붙어 싸울 군마를 미리 준비할 수 있다고 상의했다. 말이 채 끝나기도 전에 신행태보 대종이 말했다.

"제가 가겠습니다."

송강이 말했다.

"군사 상황을 정탐하는 일 대부분이 동생 덕분이었네. 비록 동생이 가더라도 반드시 도와줄 사람을 한 명 데려가는 것이 좋겠네."

그러자 이규가 말했다.

"이 동생이 형을 도와 한번 다녀올게."

송강이 웃으면서 말했다.

1_ 제78회 제목은 '十節度議取梁山泊(열 명의 절도사들 양산박을 취할 의논을 하다), 宋公明一敗高太尉(송 공명이 처음으로 고 태위를 패배시키다)'다.

"자네 흑선풍은 일만 저지르지 않나!"

"이번에 가면 절대로 문제 일으키지 않을게."

송강이 소리 질러 물러나게 하고는 다시 물었다.

"어느 형제가 한번 갔다 오겠소?"

적발귀 유당이 아뢰었다.

"이 동생이 대종 형님을 도와 가는 것은 어떻습니까?"

송강이 크게 기뻐하며 말했다.

"좋네!"

그날 두 사람은 행장을 꾸리고 산을 내려갔다.

대종과 유당이 동경으로 가서 소식을 알아보는 것은 말하지 않겠다. 한편 동관과 필승은 길을 따라 패잔병을 수습하니 4만여 명으로 동경에 가까워지자 길에서 관군들 두령들에게 각자 소속된 군마를 인솔해 군영으로 돌아가게 하고 자신은 단지 어영군만 데리고 성으로 들어갔다. 동관은 군장과 갑옷을 풀고 곧장 고 태위와 상의하고자 부중으로 갔다. 두 사람이 만나 예를 마치자 고 태위는 동관을 후당 깊은 곳으로 청하고는 들어가 앉았다. 동관은 두 번 싸움에서 크게 패하고 팔로 관군과 허다한 군마를 잃었으며 풍미 또한 산채로 잡힌 일을 일일이 모두 알렸다. 고 태위가 말했다.

"상공께서는 고민하지 마십시오. 이번 일은 금상 천자께는 감추도록 하는 것이 좋겠소. 누가 감히 아뢰겠소? 상공은 나와 함께 태사께 아뢰고 다시 방법을 찾도록 합시다."

동관과 고구는 말에 올라 채 태사 부중으로 갔다. 채 태사는 이미 동관이 돌아왔다는 보고를 받았고 승리를 거두지 못한 것으로 짐작하고 있는데, 또 고구와 함께 왔다는 소리를 듣고는 서원으로 불러들이고 만났다. 동관이 태사에게 절을 올리고는 눈물을 비 오듯 흘렸다. 채경이 말했다.

"너무 고민하지 마시오. 군마가 꺾인 일을 내 이미 자세히 알고 있소."

고구가 말했다.

"적들이 호수를 거점으로 삼기에 배가 아니면 정벌할 수 없습니다. 추밀사가 마보군으로만 소탕하러 갔기에 이로움을 잃어 도적들의 함정에 빠진 것입니다."

동관이 군사가 꺾이고 패전한 일을 자세히 이야기하자 채경이 말했다.

"그대가 허다한 군마를 잃고 많은 돈과 군량을 낭비한데다 팔로 군관마저 꺾였으니, 이 일을 어떻게 감히 성상께서 알게 하겠소?"

동관이 다시 절하며 말했다.

"바라건대 태사께서 덮어주시고 목숨만은 살려주십시오!"

채경이 말했다.

"날씨가 너무 더운데다 군사들이 물에 익숙하지 않아 잠시 전투를 멈추고 군사를 물렸다고 내일 아뢰겠소. 혹여 진노하시면서, '마음속의 큰 우환을 제거하지 않았으니 후일에 반드시 재앙이 될 것이다'라고 말씀하시면, 그대들은 어떻게 대답할 것이오?"

고구가 말했다.

"이 고구가 허풍떠는 것이 아니라 태사께서 이 고구가 군사를 이끌어 직접 토벌하러 갈 수 있게 보장하신다면 북 한 번 두드리고 평정하겠습니다."

채경이 말했다.

"태위가 가고자 한다면 가장 좋지요. 내일 태위를 통수권자[2]로 삼을 것을 상주하겠소."

고구가 또 아뢰었다.

"그런데 한 가지 성지를 받아야 군대를 일으킬 수 있는데 배를 제 뜻대로 건조하게 해주십시오. 아니면 원래 사용하는 관선과 민선을 모두 몰수하거나 혹

2_ 원문은 '수帥'다. 역자는 '통수統帥' 혹은 '통수권자'로 번역했다.

은 관에서 목재를 수매하여 전선을 건조하도록 해주십시오. 수륙으로 진격하고 배와 말이 동시에 진군한다면 정해진 날짜에 성공을 거둘 수 있습니다."

채경이 말했다.

"그거야 어려울 것이 없지."

한창 말하고 있는데 문지기가 보고했다.

"풍미가 돌아왔습니다."

동관이 크게 기뻐했다. 태사가 불러들이고는 어떻게 오게 되었는지 연유를 물었다. 풍미가 절하며, 송강이 산채로 잡아 산으로 올라갔을 때 죽이려 하지 않고 모두 풀어줬을 뿐만 아니라 노자까지 주어 고향으로 돌아올 수 있었기에 이렇게 존안을 뵐 수 있게 되었다고 말했다. 고구가 말했다.

"이것은 도적들의 함정입니다. 일부러 우리를 태만하게 만들려는 것입니다. 이후로는 근처의 군마는 점검하지 말고 산동과 하북에서 선발하여 이 고구를 따르게 해주십시오."

채경이 말했다.

"이미 계책이 정해졌으니 내일 조정에서 만나 천자 면전에서 상주하도록 하세."

각자 헤어져 부중으로 돌아갔다.

이튿날 5경 3점에 모두 시반각侍班閣[3] 안에 모였다. 조회 북소리가 울리자 각기 품계에 따라 단지丹墀[4]에서 나뉘어 늘어섰다. 배무拜舞[5]를 마치자 문무가 나뉘어 옥섬돌 아래에 도열했다. 채 태사가 반열에서 나와 상주했다.

"지난번에 추밀사 동관이 대군을 통솔하여 양산박 도적을 토벌하러 파견되

3_ 시반侍班: 고대 신하들이 교대로 궁내 혹은 행재소에서 군왕을 모시면서 일과 일상생활을 기록하거나 기타 사무를 처리하는 것을 시반이라 한다.

4_ 단지丹墀: 궁전 앞 붉은 섬돌.

5_ 배무拜舞: 손발을 춤추듯 움직이며 지극히 기뻐하는 것을 표현하는 것으로 고대에 천자를 알현하는 예의였다. 춤추는 것은 먼저 오른 소매와 왼발, 그다음에 왼쪽 소매와 오른발을 몇 차례 반복해서 흔들고 머리를 조아리는데 왼쪽 무릎만 꿇고 만세 삼창을 하고는 왼손을 이마에 댄다.

었는데, 근래에 날씨가 찌는 듯이 무더운데다 군마들이 물에 익숙하지 않습니다. 더군다나 도적들이 물웅덩이에 살고 있어 배가 아니면 갈 수 없어 마보군이 급히 진격할 수 없습니다. 이 때문에 잠시 전투를 멈추고 각기 군영으로 돌아와 휴식을 취하면서 별도의 성지를 기다리고 있습니다."

천자가 말했다.

"그렇게 무덥다면 다시 가지 말아야 할 것이오."

채경이 아뢰었다.

"동관은 태을궁太乙宮에서 스스로 죄를 인정하게 하고 별도로 다른 한 사람을 통수로 삼아 다시 정벌하고자 하니, 성지를 내려주시기 바랍니다."

"이 도적들은 내 마음속 큰 우환이니 제거하지 않을 수 없다. 누가 과인의 근심을 덜어주겠는가?"

고구가 반열에서 나와 상주했다.

"미천한 신 재주는 없지만 개와 말과 같은 하찮은 힘이라도 보태 이 도적들을 소탕하겠습니다. 엎드려 바라건대 성지를 내려주십시오."

"경이 과인과 근심을 나누고자 한다니, 경이 임의대로 군마를 선발하도록 하라."

고구가 또 상주했다.

"양산박은 사방 둘레가 800리[6]로 배에 의지하지 않으면 진격할 수 없으니 신 바라건대, 양산박 근처에서 수목을 벌채하여 장인을 감독하면서 배를 건조하든지, 아니면 관의 자금으로 민간 선박을 수매하여 정벌하는 데 사용하고자 하니 성지를 내려주시기 바랍니다."

"경에게 위임했으니 경의 뜻대로 처리하고 즉시 시행하되 백성을 해치는 일은 하지 말라."

6_ 양산박은 명나라 때 이미 평지가 된 상태였다.

"미천한 신이 어찌 감히 백성을 해치겠습니까. 기한을 늦춰주신다면 반드시 성공할 것입니다."

천자는 비단 전포와 갑옷을 가져오게 하여 고구에게 하사했고 길일을 선택해 출정하게 했다.

그날 백관이 조회에서 물러나자 동관과 고구는 태사를 부중까지 모시고 가서는 중서성 관방關房[7] 연사掾史[8]를 불러 성지를 전달하고 군사 선발을 결정했다. 고 태위가 말했다.

"이전에 10명의 절도사節度使 대부분이 국가에 공적을 세우고 어떤 이는 귀방국鬼方國[9]을 정벌하고, 또 어떤 이는 서하西夏와 대금大金, 대요大遼 등을 정벌했으며 무예도 정통합니다. 청컨대 그들을 불러 선발하여 장군으로 삼아주십시오."

채 태사는 허락하고 10개 도道에 명령 문서를 보내 각 부에 소속된 정예병 1만 명씩 제주로 보내 동원을 기다리게 했다. 그 10명의 절도사는 경시할 수 없는 인물들로 매 절도사가 1만 명의 군사를 인솔하여 기한을 정하고 진군했다. 그 10로路의 군마는,

하남河南 하북河北 절도사 왕환王煥, 상당上黨 태원太原 절도사 서경徐京, 경북京北 홍농弘農 절도사 왕문덕王文德, 영주潁州 여남汝南 절도사 매전梅展, 중산中山 안평安平 절도사 장개張開, 강하江夏 영릉零陵 절도사 양온楊溫, 운중雲中

7_ 관방關房: 공문 출납 사무를 관장하는 기구.

8_ 연사掾史: 주·군·현의 보좌관 중에 여러 조련曹掾(각 부서의 속관)과 사史의 통칭이다. 한나라 시기에 공부公府의 속리로 연掾·속屬이 있었고 군현에는 연掾과 사史를 설치했다. 대부분 직무를 나누어 부서를 설치했는데 무슨 조련曹掾·조사曹史라 불렀으며 혹은 범칭으로 연掾·사史·연사掾史라 했다. 연掾은 정正이고 사史는 부副로 한 부서의 일을 총괄했다. 전한 시기에도 공경부公卿府의 속리 중에 연掾 혹은 사史를 연사라 불렀다. 한 시기의 연사는 장관이 자체적으로 임용했다. 당·송 이후에는 연사의 명칭이 점차적으로 '서리胥吏'로 변천했다.

9_ 귀방국鬼方國: 중국 서북 지구의 소수민족 정권.

안문雁門 절도사 한존보韓存保, 농서隴西 한양漢陽 절도사 이종길李從吉, 낭야琅玡 팽성彭城 절도사 항원진項元鎭, 청하淸河 천수天水 절도사 형충荊忠

원래 이 10로 군마는 모두 훈련을 거친 정예병들이었다. 그리고 10명의 절도사는 모두가 지난날 녹림 출신으로 뒤에 귀순을 받아들여 높은 관직에 오르게 되었는데 한때 약간의 공명을 얻은 것이 아니라 정예하고 용맹한 사람들이었다. 그날 중서성은 기한을 정하고 10도道에 공문을 발송하여 10로 군마를 기한 내에 제주에 도착하도록 했으며 지체하는 자는 군령에 따라 처리하겠다고 했다. 금릉金陵 건강부建康府에 한 갈래 수군이 있었는데, 우두머리 통제관은 유몽룡劉夢龍이었다. 그 사람은 태어났을 때 모친이 꿈속에서 검은 용이 뱃속으로 날아 들어가는 태몽을 꾸고 그를 낳았고 장성해서는 물을 잘 알게 되었다. 일찍이 서천西川 협강峽江[10]에서 도적을 토벌해 공적을 세우고 도통제로 승진했는데, 지금 1만5000명의 수군과 500척의 배를 통솔하며 강남江南을 지키고 있었다. 고 태위는 이 수군과 병선을 취하고자 밤새 달려가서 동원하게 했다. 또 심복인 보군교위步軍校尉 우방희牛邦喜를 보내 강의 상하류와 하도河道[11] 내에 있는 모든 배를 몰수하여 제주로 가져오게 하고는 인수인계 수속 절차를 밟고 배치해 사용하도록 했다. 고 태위 장막 앞에는 아장들이 매우 많았는데, 그 가운데 통제관을 맡고 있는 당세영黨世英과 당세웅黨世雄 형제가 만 명을 당해낼 수 있는 용맹을 지니고 있었다. 고 태위는 또 어영御營 안에서 정예병 1만5000명을 선발했는데 각처의 군마까지 합쳐 모두 13만 대군이었다. 고 태위는 먼저 각 로에 관원을 파견해 군량과 마초를 보내서 준비해뒀다가 대군이 지나는 길에 제공하게 했으며 연일 갑옷을 정돈하고 깃발을 제조하면서 출정은 하지 않고 있었다.

10_ 『수호전전교주』에 따르면 "『가경일통지嘉慶一統志』에서 이르기를, '서천西川 협강峽江은 사천四川 중경부重慶府다'라고 했다."

11_ 하도河道: 강물이 경유하는 통도通道를 말한다. 대부분은 배가 통행할 수 있는 강 물길을 가리킨다.

여기에 증명하는 시가 있다.

사소한 공 탐하여 군사 이끌기 원하고, 병권 쥐더니 진군을 늦추누나.
다행히 주장이 느릿느릿 진행시키니, 삼군의 병사들 며칠 더 살아남네.
輕事貪功願領兵, 兵權到手便留行.
幸因主帥遲遲去, 多得三軍數日生.

한편 대종과 유당은 동경에서 며칠 묵으면서 상세한 소식을 알아보고는 밤새 산채로 돌아와 이 일을 보고했다. 고 태위가 직접 군사를 통솔하면서 10명의 절도사가 이끄는 천하의 군마 13만 명을 동원했다는 소식을 들은 송강은 속으로 놀라 두려워하며 오용과 상의했다. 오용이 말했다.

"형님 걱정하지 마십시오. 소생은 오래전부터 이들 10명의 절도사 이름을 들었습니다. 이들이 조정에 많은 공을 세웠다고는 하지만 처음부터 그들에게는 적수가 없었기에 호걸임을 드러낸 것이지요. 그러나 지금 이리와 호랑이 같은 우리 형제들을 풀어놓으면 그 10명의 절도사들은 이미 시대에 맞지 않고 불행한 사람들이 될 것입니다. 어째서 형님께서는 두려워하십니까! 10로의 군사들이 몰려온다고 하니 먼저 그들을 놀라게 해주지요."

"군사는 어떻게 그들을 놀라게 할 작정이오?"

"그 10로의 군마가 제주에 모일 것이니 여기서 먼저 빠른 장수 두 명을 제주에 가깝게 보내 몰려오는 관군과 한바탕 싸우게 하시지요. 이것은 고구에게 우리의 소식을 알리는 것입니다."

"누구를 보내면 좋겠소?"

"몰우전 장청과 쌍창장 동평을 보내면 될 것 같습니다."

송강은 두 명의 장수에게 각기 1000명의 군마를 이끌고 가서 제주를 정탐하다가 각 로의 군마들과 맞서 싸우게 하고, 또 수군 두령을 선발해 호수로 오는 배들을 빼앗을 준비를 하게 했다. 그리고 산채 안의 두령들이 어떻게 배치되었는가는 이후에 알게 될 것이므로 상세하게 말하지 않겠다.

한편 고 태위는 동경에서 20여 일을 지체하다가 천자가 칙령을 내리자 군사들을 재촉해 일으켰다. 고구는 먼저 어영군에게 성을 나가도록 하고 교방사의 가기와 무녀 30여 명을 선발해 군사들을 따라가 공연하며 위로하게 했다. 출정하는 날이 되자 제기祭旗[12]를 지내고 하직을 고하고는 출발했는데, 한 달이나 지났다. 때는 초가을 날씨였는데 대소 관원들이 모두 장정長亭[13]까지 나와 작별했다.

고 태위는 군장을 갖추고 갑옷을 입고는 황금 안장의 전마를 탔는데, 그 앞에는 옥 재갈에 조각한 안장을 얹은 5필의 말을 늘어세웠고 좌우 양쪽에는 당세영과 당세웅 형제 두 사람을 배치했으며 뒤로는 수많은 전수부의 통제관統制官, 통군제할統軍提轄, 병마방어兵馬防禦, 단련團練 등의 관원들을 뒤따르게 했다. 그 군마의 대오 배치는 대단히 질서정연했다.

간계 감추고 황상 속이는 것 충성 아니며, 싸움 좋아하고 옛 법령 어기누나.
포악한 세력 회유하지 않고, 선량한 사람들 몰아붙여 칼로 대적하네.
匿奸罔上非忠藎, 好戰全違舊典章.
不事懷柔服強暴, 只驅良善敵刀槍.

대군을 인솔하여 성을 나간 고 태위는 장정 앞에 당도하자 말에서 내려 관원

12_ 제기祭旗: 고대 미신의 일종으로 군대의 수령이 출정하기 전에 어떤 살아 있는 생물을 죽여서 신령에게 제사 지내는 것으로 신령의 도움을 구하는 것이다.
13_ 장정長亭: 옛날에 도로에 10리 간격으로 장정을 설치했고, 5리 떨어진 곳에는 단정短亭을 설치했는데, 여행객에게 휴식을 제공했다. 또한 송별연을 하는 장소로도 사용했다.

들과 전별주를 마시고 작별하고는 말안장에 올라 제주를 향해 진군했다. 가는 도중에 군사들이 마을로 들어가 제멋대로 약탈하는 것을 용인했고 해를 입은 백성이 한 곳에 그치지 않았다.

10로의 군마들이 잇따라 제주에 도착하고 있었는데, 절도사 왕문덕은 동경 북쪽 등의 1로 군마를 이끌고 밤새 제주로 달려와 40여 리 떨어진 곳에 당도했다. 그날 인마를 재촉하며 봉미파鳳尾坡란 곳에 이르렀고 비탈 아래에 큰 숲이 있었다. 전군이 숲 모퉁이를 돌아가는데 갑자기 징소리가 울리더니 숲 뒤쪽 산비탈 가까운 곳에서 한 무리의 군마가 돌아나왔다. 앞장 선 한 장수가 가는 길을 막아섰다. 그는 투구를 쓰고 갑옷을 걸치고 활에 살을 먹인 상태였고 활집과 화살통 안에 두 폭의 작은 누런 깃발이 꽂혀 있었는데 깃발에는 금박으로 '영웅 쌍창장, 풍류 만호후萬戶侯'[14]라고 적혀 있었다. 양 손에는 두 자루의 강철창을 들고 있었으니 양산박의 용장 동평이었다. 그는 양산박에서 첫 번째로 돌파하며 교전을 벌였기 때문에 사람들이 '동일당董一撞'이라 불렀다. 동평이 전마를 세우고 큰길을 막고는 소리 질렀다.

"어디에서 오는 병마냐? 어서 말에서 내려 오라를 받지 않고 어느 때를 기다린단 말이냐?"

왕문덕은 말을 당겨 세우고는 '하하' 크게 웃었다.

"병과 항아리에도 두 귀가 달려 있다. 너는 우리 10명의 절도사를 들어봤느냐? 내가 여러 차례 큰 공을 세우고 천하에 명성을 날린 상장 왕문덕이다!"

동평이 크게 웃으면서 소리 질렀다.

"네가 바로 의붓아비를 죽인 악당새끼로구나!"

이 말을 들은 왕문덕은 크게 노하여 욕설을 퍼부었다.

"나라를 배반한 도적놈이 감히 나를 모독하다니!"

14_ 만호후萬戶侯: 식읍이 1만 호인 후侯를 가리킨다. 고관의 기세를 비유한 말이다.

창을 잡고 말을 박차며 곧장 동평을 잡으려 했다. 동평 또한 쌍창을 들고 맞섰으며 30합을 싸웠어도 승부를 가리지 못했다. 왕문덕은 동평을 이겨낼 수 없자 소리 질렀다.

"쉬었다 다시 싸우자!"

둘은 각기 본진으로 돌아갔다. 왕문덕은 군사들에게 싸움에 연연해하지 말고 돌파해 지나가게 했다. 왕문덕이 앞에 서고 삼군이 뒤에 섰는데 크게 함성을 지르며 돌진해갔다. 동평이 군사를 이끌고 그 뒤를 추격했고 왕문덕이 숲을 지나 한창 달리는데 앞에서 또 한 무리의 군마가 몰려왔다. 앞장 선 상장은 다름 아닌 몰우전 장청이었다. 그가 말 위에서 소리쳤다.

"달아나지 마라!"

손에 돌멩이 하나를 쥐고 왕문덕의 머리를 향해 던졌다. 급히 피하려고 했지만 돌멩이는 어느새 투구를 정통으로 맞혔다. 왕문덕은 안장에 바짝 엎드려 말을 박차며 달아났다. 두 장수가 추격해 나섰는데 옆쪽에서 한 부대의 군마가 달려왔다. 왕문덕이 보니 절도사 양온의 군마가 구원하러 온 것이었다. 동평과 장청은 더 이상 추격하지 못하고 돌아갔다.

왕문덕과 양온의 두 갈래 군마는 함께 제주로 들어가 쉬었다. 태수 장숙야가 각 로의 군마들을 접대했다. 며칠 뒤에 고 태위의 대군이 온다는 보고가 들어오자 10명의 절도사들이 성을 나가 영접했다. 그들은 모두 태위를 알현하고 일제히 태위를 호송하여 성으로 들어왔고 주 관아를 잠시 통수부統帥府[15]로 삼고 쉬게 했다. 고 태위는 10로 군마들에게 명령을 전달해 성 밖에 주둔하고 있다가 유몽룡의 수군이 도착하면 함께 진군하도록 했다. 10로의 군마들은 각자 진지를 구축하고 주둔했다. 근처 산에서 벌목하게 하고 민가의 문과 창을 뜯어다가 임시 가옥을 지었으니 백성이 입은 피해는 이루 말할 수 없을 정도로 막심했다.

15_ 원문은 '수부帥府'인데, 역자는 이하 '통수부'로 번역했다.

고 태위는 성안 통수부에서 정벌에 나설 인마를 결정했는데, 은냥이 없는 자들은 모두 선봉 부대에 충당되어 교전을 벌이고, 은냥이 있는 자는 중군에 머물며 가짜 공적을 마구잡이로 보고하게 되니 허위와 부정이 한 번에 그치지 않았다.

고 태위가 제주에 머문 지 하루 이틀 만에 유몽룡의 전선들이 도착했고 고 태위를 알현했다. 고구는 즉시 10명의 절도사들을 불러들였고 모두들 대청 앞으로 오자 함께 좋은 계책을 상의했다. 왕환 등이 아뢰었다.

"태위께서 먼저 마보군으로 길을 정탐하게 하여 적들이 싸우도록 나오게 한 다음에 수로로 전선을 보내 적을 소탕한다면 적들이 두 개로 끊어져 서로 돌아볼 수 없게 될 것입니다. 이러면 도적들을 사로잡을 수 있을 것입니다!"

고 태위는 그 의견을 따르기로 했다. 왕환과 서경을 선봉부대로 삼고, 왕문덕과 매전은 후군, 장개와 양온은 좌군, 한존보와 이종길을 우군으로 삼았으며, 항원진과 형충을 전후 구원부대로 삼았다. 당세웅은 3000명의 정예병을 이끌고 배에 올라 유몽룡의 수군 전선들과 협조하면서 싸움을 감독하기로 했다. 각 군은 명령을 받은 뒤 사흘 동안 장비를 정돈한 다음에 고 태위에게 각 로의 군마 검열을 요청했다. 고 태위는 직접 성을 나가 일일이 점검하고 대소 삼군과 수군에게 일제히 양산박을 향해 진군하도록 했다.

한편 동평과 장청이 산채로 돌아와 정황을 자세히 보고하자 송강은 두령들과 함께 대군을 통솔하면서 산을 내려왔다. 멀리 떨어지지 않은 곳에 관군이 몰려오는 것이 보이자 전군에게 화살을 쏘아 선봉부대의 진군을 멈추게 했다. 양쪽의 인마가 대치하자 선봉인 왕환이 긴 창을 들고 진에서 나와 말에 앉은 채 소리 높여 꾸짖었다.

"도리도 없는 도적놈들아. 죽고 싶어 환장한 촌놈들아! 나 대장 왕환을 알아보겠느냐?"

맞은편 진에서 수놓은 깃발이 양쪽으로 갈라지더니 송강이 직접 말을 몰아 나와 대답했다.

“왕 절도사는 나이도 많아 나라를 위해 힘쓰는 일은 감당하기 어렵나. 창으로 대적하다가 한 번 어그러지고 두 번 틀어지면 평생 동안 쌓은 맑은 명성을 헛되이 잃게 될 것이니, 그대는 돌아가고 나이 어린 놈더러 나와 싸우게 하라.”

왕환이 듣고서 크게 화를 내며 욕했다.

“네 이놈 얼굴에 글자까지 새긴 하찮은 관리놈이 감히 천병에 대항한단 말이냐!”

송강이 맞받아쳤다.

“왕 절도, 솜씨를 드러내지 말라. ‘하늘을 대신해 도를 행하는’ 호걸들이 너한테 지지는 않을 것이다!”

왕환이 창을 들고 죽이려고 달려들었다. 송강의 말 뒤쪽에서 구리 방울이 울리더니 한 장수가 창을 잡고 진에서 나왔다. 송강이 보니 표자두 임충이 왕환과 싸우러 나온 것이다. 두 말이 서로 엇갈리며 달리자 군사들이 함성을 질렀다. 고 태위가 진 앞으로 나와 말을 멈춰 세우고 구경했고 양군에서 지르는 함성과 갈채가 끊이지 않았다. 과연 마군들은 등자를 밟고 몸을 치켜세워 구경했고 보졸들은 투구를 뒤로 젖히고 눈을 들어 구경했다. 두 사람은 온갖 창 쓰는 법을 발휘하며 싸웠다.

이쪽의 병풍 같은 창법은 벼락과 같고, 저쪽의 수평 같은 창법은 천둥과 같네. 이쪽의 위를 향하는 창법 막고 피하기 어려운데, 저쪽의 바람을 뚫고 들어가는 창법도 어떻게 대적하고 막을 수 있겠는가. 이쪽은 높은 하늘의 은하수를 창으로 뚫지 못하는 것을 한스러워하고, 저쪽은 구곡황하九曲黃河를 찔러 뚫지 못하는 것을 한스러워하네. 이쪽의 창은 구렁이가 바위굴에서 나오는 듯하고, 저쪽 창은 용이 물결 속에서 뛰어오르는 듯하구나. 이쪽은 호랑이가 양을 삼키듯 창을 사용하고, 저쪽은 수리가 토끼를 덮치듯 창을 사용하도다.

一個屛風槍勢如霹靂, 一個水平槍勇若奔雷. 一個朝天槍難防難躱, 一個鑽風槍怎敵怎遮. 這個恨不得槍戳透九霄雲漢, 那個恨不得槍刺透九曲黃河. 一個槍如蟒離岩洞, 一個槍似龍躍波津. 一個使槍的雄似虎吞羊, 一個使槍的俊如雕撲兎.

왕환은 임충과 70~80여 합을 싸웠지만 승부를 가리지 못했다. 양쪽에서 징을 울리자 두 기의 말은 갈라져 각기 본진으로 돌아갔다. 전군에서 보고 있던 절도사 형충이 말에서 허리를 굽혀 고 태위에게 인사하고는 아뢰었다.

"소장이 적들과 한바탕 싸우고자 하니 명령을 내려주십시오."

고 태위가 형충에게 출전하게 했다. 그러자 송강의 뒤에서 방울 소리가 나더니 호연작이 맞서고자 달려나왔다. 형충은 큰 자루의 칼을 사용하며 짙은 노란빛의 과황마瓜黃馬를 탔다. 두 장수가 맞붙어 20합을 싸웠을 때 호연작이 일부러 빈틈을 보이며 큰 칼이 들어오게 하고는 강편으로 후려치자 그대로 형충은 머리통을 맞았고 뇌수가 흘러나오고 눈알이 튀어나와 말에서 떨어져 죽고 말았다. 절도사 한 명이 죽는 것을 본 고구는 화급히 항원진을 내보냈고 그는 창을 들고 날듯이 진 앞으로 달려나가면서 고함을 질렀다.

"이 도적놈아, 나와 싸워보겠느냐?"

그러자 송강의 말 뒤에서 쌍창장 동평이 진 앞으로 달려나와 항원진과 맞붙어 싸웠다. 두 사람이 10합을 싸우지도 않았는데 항원진이 돌연 말머리를 휙 돌리고 창을 끌면서 달아났다. 동평은 말을 박차 뒤를 쫓았다. 항원진이 진 안으로 들어가지 않고 진의 최전방을 돌며 큰길을 벗어나 황야로 달아났다. 동평은 날듯이 말을 몰아 추격했는데, 항원진이 창을 멈추고 왼손에 활을 뽑아들더니 오른손으로 살을 먹이고 힘껏 시위를 당기고는 몸을 돌리면서 뒤로 쏘았다. 시위 소리가 들리자 동평은 손을 들어 막았는데 그만 오른팔에 정통으로 화살이 꽂히고 말았다. 창을 버리고 말을 돌려 달아나자 항원진은 활을 걸고 화살을 잡고는 도리어 동평의 뒤를 쫓았다. 이런 광경을 본 호연작과 임충이 각기 말을 몰아 나가 동평을 구해 본진으로 돌아왔다. 고 태위가 대군을 지휘하며 혼전을 벌이자 송강은 먼저 동평을 산채로 돌려보냈다. 뒤쪽의 군마가 막아내지 못하고 모두들 사방으로 흩어져 달아났고 고 태위는 곧장 물가까지 추격하고는 사람들을 파견해 수로로 오는 배들을 맞이하게 했다.

한편 유몽룡과 당세웅은 수군을 인솔하면서 배를 몰며 구불구불 양산박 깊은 곳까지 들어왔다. 살펴보니 호수는 한없이 넓었으며 모조리 빽빽한 갈대숲이었고 물길이 좁은 하류를 막고 있었다. 관선의 돛대와 상앗대가 수면 위 10여 리에 걸쳐 끊임없이 이어졌다. 한창 전진하고 있는데 산비탈 위에서 포성이 들리더니 사면팔방에서 작은 배들이 일제히 몰려나왔다. 관선에 있던 군사들이 먼저 반쯤은 두려워하며 겁을 낸 데다 갈대숲 깊은 곳이라 당황하기까지 했다. 갈대숲에 매복해 있던 작은 배들이 대부대의 관선들에게 몰려와 줄지어 오고 있던 관선들의 중간을 끊어버리자 관선들은 앞뒤로 서로 구원할 수 없게 되었고 군관들 태반이 배를 버리고 달아났다. 양산박 호걸들은 관군의 선두가 어지러워지는 것을 보고는 일제히 북을 두드리며 배를 저어 돌진해왔다. 유몽룡과 당세웅이 급히 뱃머리를 돌렸으나 지나온 얕은 포구에 양산박 호걸들이 작은 배를 이용해 실은 장작과 산에서 벌목한 목재들을 가는 길목에 띄워 막아버리자 노를 저을 수 없게 되었다. 많은 군졸이 배를 버리고 물속으로 뛰어들었고 유몽룡은 군장과 갑옷을 벗어버리고 물가 언덕을 기어 올라가 오솔길로 달아났다. 그러나 당세웅은 배를 버리지 않고 수군들에게 하천이 분기하는 곳으로 배를 몰게 했다. 2리도 가지 못해 앞쪽에서 작은 세 척의 배가 나타났다. 배에는 완씨 삼형제가 각자 손에 여뀌 잎 모양의 요엽창蓼葉槍을 들고는 배 옆으로 접근하자 많은 배를 몰던 군사들이 물속으로 뛰어들었다. 당세웅은 철삭鐵槊을 들고 뱃머리에 서서 완소이와 맞붙어 싸웠다. 그런데 완소이는 물속으로 뛰어들었고 완소오·완소칠 두 사람이 접근해왔다. 당세웅은 싸울 마음이 없어져 철삭을 버리고 물속으로 뛰어들었다. 갑자기 물속에서 선화아 장횡이 불쑥 튀어나오더니 한 손으로 당세웅의 머리카락을 움켜쥐고 다른 한 손으로는 허리춤을 잡고 미끄러지듯 끌고 가더니 갈대 뿌리에 처박아버렸다. 앞서 그곳에 숨어 있던 10여 명의 졸개들이 갈고리와 올가미로 잡아 수호채로 끌고 갔다.

한편 고 태위는 수면의 배들이 연이어 산 옆으로 세차게 떠내려가는 것을 봤는데, 모두가 유몽룡 수군의 깃발을 묶은 배들이었다. 물에서도 한바탕 꺾인 것을 알고는 급히 명령을 전달해 군사를 거두게 했고 제주로 돌아가 다른 방법을 강구하는 수밖에는 없었다. 오군五軍이 퇴각하려는데 날은 이미 저물었고 또 사방에서 화포 소리가 멈추지 않았으며 송강 군마가 몇 갈래 길로 몰려오는지도 알 길이 없었다. 고 태위는 '아이고!' 하며 소리만 질러댔다. 바로 음릉陰陵[16]에서 길을 잃고 신과 같이 위력 있는 쇠뇌를 만난 것이며, 적벽에서 격전을 벌이다 기괴한 바람을 만난 것과 같다.

결국 고 태위가 어떻게 빠져나가는지는 다음 회에 설명하노라.

10명의 절도사+節度使

'절도사節度使'는 당나라 때 탄생한 무관 관직명이다. 당 초기에 지방의 군사와 백성을 관리하는 관원을 '도독都督'이라 했는데 현종 개원開元 연간에 경계, 연해의 군사 요충지인 삭방朔方·하동河東·유주幽州·하서河西·농우隴右·검남劍南·적서磧西·영남嶺南 8개 절도사를 설치했고 안사安史의 난 이후에는 절도사가 점차 많아졌다. 군벌들은 각기 한 지역의 영토를 점유하기 시작하면서 최고 군정 우두머리가 되었고 당시에는 '절진節鎭' '번진藩鎭'이라 불렀다. 오대십국五代十國은 사실 군벌들의 약육강식 이후에 건립된 정권이었다. 송 태조 조광윤은 건국한 이후에 당·오대의 병권을 장악한 절도사를 완전히 폐지하게 되었고 문신이 지방관을 담당하게 했으며 절도사는 무관의 이름뿐인 직책이 되고 말았다. 이렇기에 송나

16_ 항우가 유방에게 패한 다음에 음릉陰陵(지금의 안후이성 딩위안定遠 서북쪽)에서 길을 잃은 것을 말한다.

라 때 병권을 소유한 절도사의 출현은 불가능했고 『수호전』에서 말하는 군사를 장악하고 있는 10명의 절도사는 송나라 때 있을 수 없었다.

동일당董一撞

본문에서는 동평을 사람들이 '동일당'이라 불렀다고 했다. 『수호전보증본』에 근거하면 『선화유사』와 원나라 잡극인 『성재악부』에서는 동평을 '일당직一撞直'이라 했고, 공성여의 『송강삼십육인찬』에서는 '일직당一直撞'이라 하면서 옛날 항우가 유방을 살해하기 위해 연 홍문회鴻門會에서 '번쾌樊噲 장군이 곧장 뛰어 들어가자昔樊將軍, 鴻門直撞' 항우가 놀라 번쾌에게 한 두斗의 술과 돼지 다리를 하사했다고 하여 동평을 번쾌에 비유했다. 또한 여가석余嘉錫은 동평을 '일당직'이라 부른 것은 "매번 전투에 임할 때마다 용맹스럽게 곧장 전진했고 가는 곳마다 적들이 패해 흩어져 달아났음을 말한 것이다"라고 했는데, '일당직'(혹은 '일직당')은 바로 그의 용맹을 드러낸 것이라 할 수 있다. 『송강삼십육인고실宋江三十六人考實』에 따르면 "일당직이란 이름은 바로 '당자撞子(부딪치는 자)'와 의미가 같다. 이 또한 당·송 때 통속적인 방언인데, 『수호전』을 창작했을 때는 이미 이런 말이 없었으므로 그 의미가 분명하지 않아 해석할 수 없음을 꺼려 결국 '쌍창장雙槍將'으로 바꾼 것이다"라고 했다.

【 제79회 】

허장성세[1]

수로의 군사들이 쓸모없게 됐음을 알게 된 고 태위가 군사를 돌리려 하는데 갑자기 사방에서 포성이 들리자 급히 제장들을 모아 길을 찾아 달아나려 했다. 원래 양산박은 단지 신호포만 사방에 매복해두고 복병은 없었다. 고 태위는 무서워서 벌벌 떨며 쥐새끼가 도망치고 이리가 달아나듯이 밤새 군사를 거두어 제주로 돌아갔다. 보군을 점검해보니 그렇게 많이 잃지는 않았지만 수군은 태반이 꺾였고 전선은 한 척도 돌아오지 못했다. 유몽룡은 도망쳐 돌아왔고 수영을 할 줄 아는 군사들은 목숨을 구했지만 그렇지 못한 군사들은 모두 물속에 수장되고 말았다. 군대의 위엄이 좌절되고 날카로운 기세가 꺾인 고 태위는 성으로 들어와 군마를 주둔시키고 우방희가 배를 몰수해 가져오기만을 기다렸다. 또한 공문을 가진 사람을 보내 독촉하면서 어떠한 배든 상관없이 적합하기만 하면 모조리 거두어 제주로 가져와 정돈하여 진군하려 했다.

1_ 第79회 제목은 '劉唐放火燒戰船(유당이 불을 놓아 전선을 태워버리다), 宋江兩敗高太尉(송강이 두 번째로 고 태위를 패배시키다)'다.

한편 수호채에서는 송강이 먼저 동평을 산 위로 올려보내 화살을 뽑고 신의 안도전을 불러 약을 써서 치료하게 했다. 안도전은 금창약을 동평의 상처 난 부위에 붙이고 산채 안에서 조리하게 했다. 오용은 두령들을 거두고 산으로 올라왔고, 수군 두령 장횡은 당세웅을 충의당 앞으로 끌고 와서는 공을 청했다. 송강은 산채 뒤쪽으로 끌고 가서 구금시키고 감시하게 했다. 빼앗은 배들은 모조리 수채로 끌어와 각 수군 두령들에게 나누어줬다.

고 태위는 제주성 안에서 제장들을 소집해 양산을 섬멸시킬 계책을 상의했다. 상당 절도사 서경이 아뢰었다.

"제가 어렸을 때 강호를 떠돌아다니면서 창술을 보여주며 약을 팔면서 한 사람과 교제를 한 적이 있습니다. 그는 『육도』와 『삼략』에 정통하고 군사 전략을 잘 이해하며 손자·오기의 재능과 제갈량의 지혜가 있습니다. 문환장聞煥章이란 사람인데 지금 동경성 밖 안인촌安仁村에서 아이들을 가르치고 있습니다. 이 사람을 데려와 전장의 참모로 삼는다면 오용의 모략에 대적할 수 있을 것입니다."

고 태위는 대장 한 명에게 비단과 안장을 갖춘 말을 예물로 삼아 밤새 동경으로 돌아가 시골마을에서 학생들을 가르치는 수재 문환장에게 참모로 삼을 것이니 어서 제주로 와서 함께 군사 사무에 참여하도록 청해오게 했다. 그 대장이 동경으로 간 지 3~5일도 되지 않았는데 성 밖에서 보고가 들어오기를, 송강의 군마가 곧장 성 쪽으로 와서는 싸움을 걸고 있다고 했다. 고 태위는 크게 노하여 즉시 본부의 군병을 점검하고 대적하려 성을 나가면서 각 방책의 절도사들에게 함께 나가 싸우라고 명령을 내렸다.

송강의 군마는 고 태위가 군대를 일으켜 가까이 오는 것을 보고는 황급히 15리 밖 드넓은 평야로 물러났다. 고 태위가 군사를 이끌고 추격해 가보니 송강의 병마는 이미 산비탈 쪽에 진세를 펼쳐놓고 있었다. 붉은 깃발 속에서 한 맹장이 나오는데 깃발에는 분명하게 '쌍편 호연작'이라 쓰여 있었다. 호연작이 말을 멈춰 세우고 창을 비껴 잡고는 진 앞에 서자 고 태위가 보고는 말했다.

"이놈이 바로 연환마를 통솔했을 때 조정을 배반한 놈이다."

그러고는 방천화극을 잘 다루는 운중 절도사 한존보에게 나가 대적하게 했다. 두 사람은 진 앞에 서자 아무 말도 하지 않고 한 사람은 극戟으로 찌르고 다른 사람은 창으로 맞섰다. 50여 합을 싸웠을 때 호연작이 틈을 보이며 날쌔게 산비탈 아래쪽으로 말을 박차며 달아나자 한존보는 공을 세우고자 말을 몰아 뒤를 쫓았다. 잔이 뒤집어지고 바라를 떨어뜨린 듯 사방으로 흙먼지 튀는 소리가 어지럽게 들리면서 여덟 개의 말발굽이 대략 5~7리를 달렸는데 인적이 없는 곳에 이르렀다. 한존보가 뒤를 바짝 쫓아온 것을 본 호연작은 고삐를 잡아 말을 돌리고는 창을 거두고 쌍편을 춤추듯 휘두르며 맞섰다. 두 사람이 다시 10여 합을 싸우다가 쌍편으로 화극을 제쳐버리고는 다시 말을 돌려 달아났다.

한존보는 생각했다.

'이놈이 창으로는 나한테 접근하지 못하고 편으로도 나를 이길 수 없으니 내가 쫓아가서 이놈을 사로잡지 않으면 어느 때를 기다리겠는가?'

그러고는 창을 가까이 앞으로 뻗고 한 산기슭 끝을 돌아 뒤쫓아 가는데 두 갈래 길이 나왔고 호연작이 어디로 갔는지 알 수가 없었다. 한존보가 비탈을 올라 살펴보니 호연작이 시냇물을 돌아 달아나는 것이 보였다. 한존보가 크게 소리 질렀다.

"나쁜 도적놈아, 어디로 달아나느냐! 빨리 말에서 내려 항복한다면 목숨은 살려주마!"

호연작도 멈춰 서서 한존보에게 욕설을 퍼부었다. 한존보는 크게 돌아 호연작의 뒷길로 질러갔고 두 사람은 시냇가에서 맞닥뜨리게 되었다. 한쪽은 산이고 다른 한쪽은 냇물이며 중간에 한 갈래 길만이 있어 두 필의 말은 빙 돌아갈 수 없었다. 호연작이 말했다.

"어서 항복하지 않고 언제까지 기다린단 말이냐!"

한존보가 말했다.

"네놈은 내 손에 든 패장인데, 내가 너한테 항복하겠느냐?"

"네놈을 산채로 잡으려고 여기까지 오도록 유인한 것이다. 네 목숨은 경각에 달려 있다!"

"내가 네놈을 사로잡으러 온 것이다!"

두 사람은 다시 화가 치밀어 올랐다. 한존보는 긴 극을 잡고 호연작의 앞가슴과 양 옆구리, 배를 겨누고는 빗방울처럼 마구 찔러댔다. 호연작은 질풍처럼 찔러 들어오는 것을 창으로 왼쪽으로 밀어 젖히고 오른쪽으로 막으며 30여 합을 싸웠다. 한창 싸우고 있는데 한존보가 극으로 호연작의 옆구리를 노리고 찌르자 호연작은 창으로 한존보의 앞가슴을 향해 찔렀다. 두 사람이 각기 번개같이 몸을 피하자 양쪽의 병기가 모두 상대편의 옆구리 아래를 스쳐 지나갔다. 호연작은 한존보의 극 자루를 옆구리에 끼었고 한존보 또한 호연작의 창 자루를 비틀어 쥐었다. 두 사람은 말 위에서 서로의 허리를 잡고는 밀고 당기며 온힘을 다해 싸웠다. 한존보의 말 뒷다리가 먼저 냇물 속에 빠져 들어가는 바람에 호연작도 말과 함께 냇물 속으로 끌려 들어갔다. 두 사람은 물속에서 한 덩어리로 엉켰고 두 필의 말이 물을 튀기자 두 사람은 온몸이 흠뻑 젖었다. 호연작은 손에 든 창을 버리고 옆구리에 끼고 있던 극의 자루를 잡고는 급히 편을 잡아당기는데 한존보도 자신의 창 자루를 버리고 양손으로 호연작의 두 팔을 잡고 눌렀다. 서로 붙잡아 끌어당기자 두 사람은 물속으로 굴러 떨어졌다. 그러자 두 필의 말은 별이 솟아오르듯 언덕 위로 올라가더니 산 옆으로 뛰어갔다. 두 사람은 냇물 속으로 구르면서 무기가 없어졌고 투구도 벗겨졌으며 갑옷마저도 엉망이 되자 두 주먹으로 물속에서 치고받았다. 깊은 물속에서 서로 주먹질하다 얕은 물로 왔다. 그 둘이 떨어지지 않고 맞붙고 있는데 언덕 위로 한 떼의 군마가 달려왔는데 우두머리는 몰우전 장청이었다. 무리들이 손을 써 한존보를 사로잡고 사람을 급히 보내 달려간 두 필의 말을 찾아오게 했다. 그 말은 말울음소리와 사람의 함성 소리를 듣고는 다시 부대를 찾아 돌아와 잡을 수 있었다. 또 냇물 속에 떨어진 무기를 집어 호연작에게 돌려줬고 그는 옷이 젖은 채로 말에 올랐다. 한편 한존보는 뒤로 결박당한 채 말에 올려졌고 일제히 산골짜기 입구로 달렸다.

그때 한존보를 찾으러 온 한 무리의 군마와 마주치게 되었고 양군은 마주서게 되었는데 선두에 선 절도사는 매전과 장개였다. 결박당한 한존보를 본 매전이 크게 화를 내며 삼첨양인도를 춤추듯 휘두르며 장청에게 달려들었다. 두 말이 엇갈리며 3합을 싸우지도 못했는데 장청이 달아나자 매전이 뒤를 쫓았다. 장청이 원숭이 팔을 가볍게 뻗으며 이리 같이 날씬한 허리를 돌려 돌멩이 하나를 날리자 매진의 관자놀이에 정통으로 맞았고 선혈이 흘러내렸다. 매전이 손에 든 칼을 버리고 양손으로 얼굴을 감싸자 장청은 급히 말을 돌렸다. 그때 장개가 화살을 먹이더니 활을 힘껏 당겨 쏘았고 장청은 말머리를 들어 올리다 화살이 정통으로 말의 눈에 꽂히면서 말이 거꾸러지고 말았다. 장청은 한쪽으로 뛰어내려 창을 잡고 걸어가 싸웠다. 장청은 원래 돌을 던지는 실력만 있지 창 쓰는 법은 도리어 느렸다. 장개는 먼저 매전을 구한 다음에 장청과 맞붙어 싸웠다. 말을 탄 채 쓰는 장개의 창술은 신출귀몰했고 장청은 막아내기만 하다가 더 이상 저지할 수 없게 되자 창을 끌면서 마군 속으로 달아나 몸을 숨겼다. 장개는 창을 휘두르며 말을 달려 50~60명의 마군을 죽였고 마군들이 뿔뿔이 흩어져 달아나자 다시 한존보를 구해냈다. 돌아가려는데 또 함성이 크게 일어나더니 산골짜기 입구에서 두 무리의 인마가 달려왔다. 한 부대는 벽력화 진명이고 다른 부대는 대도 관승이었다. 두 명의 맹장이 달려오자 장개는 단지 매전만 보호하면서 달아났다. 두 부대의 군사가 양쪽 길로 짓쳐 달려와서는 다시 한존보를 빼앗았다. 장청은 말을 빼앗아 탔고 호연작은 온힘을 다해 장개 무리를 쫓으며 죽였다. 일제히 관군 부대 앞까지 치고 들어가서는 기세를 몰아 부딪쳤는데, 그들이 물러나 제주로 돌아가자 양산박 군마도 더 이상 쫓지 않고 밤새 한존보를 끌고 산채로 올라왔다.

송강 등은 충의당에 앉아 있다가 한존보가 결박당해 끌려오는 것을 보고는 소리 질러 군사들을 물리고 직접 결박을 풀어주며 대청 위로 청해 앉히고 정성스럽게 대했다. 한존보는 감격했고 또 당세웅을 청해 서로 만나게 해주고는 함께 관대하게 대접했다. 송강이 말했다.

"두 장군께서는 의심하지 마십시오. 이 송강 등은 결코 다른 마음은 없습니다. 탐관오리들의 핍박을 받아 이렇게 된 것인데, 만약 조정에서 죄를 사면해주고 귀순시킨다면 바라건대 국가를 위해 힘을 다할 것입니다."

한존보가 말했다.

"지난번 진 태위가 귀순시키는 조서를 받들어 들고 산채에 왔었는데 어찌하여 옳은 길로 돌아서지 않았습니까?"

송강이 대답했다.

"조정의 조서가 분명하지 않은데다 어주를 시골 술로 바꿨기 때문에 형제들이 모두 마음으로 복종하지 않았습니다. 그리고 수행하여 온 장 간판과 이 우후 두 사람이 제멋대로 권력을 부리면서 여러 장수들을 욕되게 했습니다."

"중간에 책임을 맡을 좋은 사람이 없었기에 국가 대사를 그르쳤군요."

송강이 주연을 베풀어 관대하게 대접하고는 이튿날 안장을 얹은 말을 준비해 계곡 입구까지 전송했다. 이 두 사람은 길에서 송강의 좋은 점을 많이 이야기했는데 제주성 밖에 도착하니 저녁 무렵이었다. 다음 날 아침 고 태위를 만나 송강이 풀어줘 돌아온 이야기를 하자 고 태위가 성내며 말했다.

"이는 나의 군심을 어지럽히는 도적놈들의 모략이다. 네놈들이 무슨 면목으로 나를 보러왔느냐? 여봐라, 이놈들을 끌어내 참수하고 보고하라!"

왕환 등 관원들이 모두 무릎을 꿇고 아뢰었다.

"이는 송강과 오용의 계책이지 이 두 사람과는 관련 없는 일입니다. 이 두 사람을 참수한다면 도리어 도적들의 웃음거리만 될 뿐입니다."

사람들이 간절하게 고하자 고 태위는 목숨은 살려주었으나 본래의 직무를 박탈하고 동경 태을궁으로 보내 자신들의 죄를 인정하게 했다. 결국 두 사람은 동경으로 압송되었다.

원래 한존보는 한충언韓忠彦[2]의 조카였고 한충언은 바로 국로國老[3] 태사였으며 많은 조정의 관원들의 그의 문하생이었다. 그리고 문객이 거주하는 곳에 정거충鄭居忠[4]이라는 선생이 있었는데 원래는 한충언이 발탁하여 어사대부를 맡고 있었다. 한존보는 있었던 일을 그에게 알렸다. 정거충은 가마에 올라 한존보를 데리고 상서尙書인 여심余深[5]을 만나 함께 이 일을 상의했다. 여심이 말했다.

"모름지기 태사께 아뢰어야 비로소 폐하께 상주할 수 있소."

두 사람은 채경을 만나 말했다.

"송강이 본래는 다른 마음이 없고, 단지 조정의 귀순 요청만을 바라고 있습니다."

채경이 말했다.

"지난번에 무례하게도 조서를 훼손하고 황상을 비방했으니 귀순시킬 수는 없고 토벌하여 체포하는 수밖에 없소."

두 사람이 아뢰었다.

"지난번에 귀순시키러 갔던 사람들이 모두 조정의 덕을 베풀고 마음을 다해 위로해야 하는데, 좋은 말로 하지 않고 해로움만을 말해 일이 이루어지지 못한

2_ 한충언韓忠彦: 1038~1109. 자가 사박師朴이고 안양安陽(지금의 허베이성 안양安陽) 사람이다. 『송사』에 열전이 실려 있다. 상서좌복야尙書左僕射 겸 문하시랑門下侍郎을 지냈고, 선봉대부宣奉大夫로 사직했다.

3_ 국로國老: 고대에 늙어서 퇴임한 경대부卿大夫를 가리켰다. 또한 춘추시대 때는 항상 장자長者에 대한 존칭으로 사용되었다.

4_ 정거충鄭居忠: 『송사』 열전에서는 정거중鄭居中(1059~1123)으로 기재하고 있다. 북송의 대신으로 변경汴京(카이펑) 사람이다. 태재太宰로 임명되었고 연국공燕國公에 봉해졌다.

5_ 여심余深: 대략 1050~1130, 『송사』에 열전이 실려 있다. 채경의 정치적 음모와 속임수를 대부분 여심이 도와줬다.

것입니다."

채경이 비로소 허락했다. 이튿날 조회 때 도군 황제가 전당에 오르자 채경이 다시 조서를 내려 귀순시킬 것을 비준해달라고 상주했다. 천자가 말했다.

"지금 고 태위가 사람을 보내 안인촌의 문환장을 빨리 전장으로 보내주면 임용하여 참모로 삼기를 요청했다. 그러면 이 사람을 사신과 함께 보내도록 하라. 만약 항복한다면 본래의 죄를 사면해줄 것이고, 불복한다면 고구에게 기한을 정해 모조리 섬멸하고 체포하여 경사로 돌아오도록 하라."

채 태사는 조서를 기안하고는 문환장을 연회에 불렀다. 원래 문환장은 명망 있는 문사라 조정 대신 대부분이 그를 잘 알고 있었고 술과 음식을 준비해 영접했다. 연회가 파하자 각기 흩어졌고 문환장은 출발 준비를 했다.

> 근년 이래 안인촌 선생으로 은거했는데, 갑자기 전장 호출 조서 받들었네.
>
> 조정엔 알고 지낸 권력자 가득했건만, 한 사람도 현인 천거하지 않았더라.
>
> 年來教授隱安仁, 忽召軍前捧綍綸.
>
> 權貴滿朝多舊識, 可無一個薦賢人.

문환장이 천사天使와 함께 동경을 떠난 것은 더 이상 말하지 않겠다. 고 태위는 제주에서 고민에 빠져 있는데 문지기가 보고했다.

"우방희가 돌아왔습니다."

고 태위가 불러들였고 우방희가 인사를 마치자 물었다.

"배는 어디에 있소?"

"각지에서 크고 작은 배 1500척을 몰수하여 수문 아래에 정박시켰습니다."

고 태위는 크게 기뻐하면서 우방희에게 상을 내렸다. 그러고는 명령을 전달하여 배들을 모두 넓은 지류에 대고 세 척씩 하나로 단단히 연결해 묶고는 위에 판자를 덮고 선미에는 쇠고리로 고정시키고 보군을 모조리 태우게 했으며 나머지 마군은 물 근처 길로 가면서 배들을 호송하게 했다. 편성된 군사들을 배에 타게 하고는 반달 동안 익숙해지도록 훈련시켰다. 양산박에서는 이러한 상황을 모두 알고 있었고 오용은 유당을 불러 계책을 알려주면서 수로를 관장하며 공을 세우게 했다. 많은 수군 두령에게는 각기 작은 배들을 준비시켰는데, 선수에 철편을 줄지어 놓고 못질해 고정시켰으며 선창에는 갈대와 땔나무를 싣고 그 속에 유황과 염초, 인화 물질을 채우고 작은 지류 안에 정박시켰다. 포수 능진에게는 사방이 보이는 높은 산에 올라 포를 쏘아 신호로 삼게 했다. 또한 물가에 나무들이 우거진 곳에는 깃발들을 나무에 묶고 금고金鼓와 화포를 설치하여 인마가 주둔해 있는 것처럼 보이게 하며 군영과 보루를 가짜로 설치하게 했다. 공손승을 청해서는 법술로 바람을 일으키게 했고 육지에서는 군마를 세 부대로 나누어 호응하게 했다. 이렇게 양산박 오용은 지시를 마쳤다.

한편 고 태위는 제주에서 군마를 재촉하며 일으켰는데, 수로 통군은 우방희였고 유몽룡과 당세웅 세 사람이 함께 관장하게 했다. 고 태위는 갑옷을 걸치고 북을 세 번 울리자 강 지류에 있던 전선과 육지의 마군이 출발하는데 배는 화살처럼 빠르고 말들은 나는 듯이 양산박을 향해 진군했다. 먼저 수로의 배들이 멈추지 않고 삿대질을 하며 금고를 일제히 울리면서 구불구불 양산박 깊은 곳으로 들어갔는데 단 한 척의 배도 보이지 않았다. 금사탄 가까이 접근해 보니 연꽃이 흔들거리는 속에 두 척의 어선이 있었고 배에는 각기 두 사람이 타고 있었는데 박수를 치며 크게 웃는 것이었다. 선수에 있던 유몽룡이 화살을 난사하라고 하자 어부들이 모두 물속으로 뛰어들었다. 유몽룡은 전선을 재촉해 금사탄 가까이 접근했는데, 그 일대는 음침하고 온통 가는 버들뿐이었으며 버드나무에는 황소 두 마리가 매어 있고 푸른 잔디에는 서너 명의 목동이 잠을 자고 있었다. 멀리 또 한 명의 목동이 있었는데 누런 소를 타고는 구슬프게 피리를 불면서 오고 있었다.

유몽룡은 먼저 선봉대의 강하고 용맹한 군사들을 선발하여 먼저 언덕을 오르게 했다. 그러자 그 목동들이 벌떡 일어나 '하하' 크게 웃으며 모두 버드나무 음침한 곳으로 들어가버렸다. 선두부대 500~700명이 언덕을 오르자 버드나무 숲속에서 포성이 들리더니 양쪽에서 전고가 일제히 울렸다. 왼쪽에서 붉은 갑옷을 입은 군대가 뛰쳐나왔는데 선두는 벽력화 진명이었고, 오른쪽에서는 검은 갑옷을 입은 한 부대가 나왔는데 선두는 쌍편 호연작이었다. 각기 500명의 마군을 이끌고 물가에서 가로 막았다. 유몽룡은 급히 군사들에게 배에서 내리게 했지만 군사들 절반이 꺾인 상태였다. 우방희는 전군에서 함성 소리가 들리자 뒤에 따르던 배들을 후퇴시켰다. 산 정상에서 연주포가 울자 갈대숲에서 '솨솨' 하는 소리가 들렸는데, 이것은 공손승이 머리를 풀어헤치고 검을 잡고는 강罡(북두칠성의 자루)과 두斗(북두성) 위를 밟는 듯한 동작을 취하자 산 정상에서 바람이 불어온 것이었다. 처음에는 숲과 나무를 통과하며 불더니 그 다음에는 돌과 모래가 날리고 잠깐 사이에 흰 물결이 하늘로 솟구쳐 오르면서 순식간에 검은 구름이 땅을 뒤덮으며 붉은 해는 빛을 잃었고 광풍이 크게 일어났다. 이에 유몽룡이 급히 배를 저어 돌리려 하는데 갈대가 우거지고 연꽃으로 깊숙한 곳의 작은 지류에서 작은 배를 저으며 대군의 함선들 속으로 뚫고 들어왔다. 북소리가 울리고 일제히 횃불로 불을 붙이자 삽시간에 큰 불이 일어나면서 맹렬한 불길이 하늘로 치솟았고 사방으로 흩어지면서 관군의 큰 배들 속으로 뚫고 들어왔다. 앞뒤로 늘어선 관선들이 일제히 불에 타는데, 그 불길을 보니,

검은 연기가 푸른 물을 덮고, 붉은 화염 푸른 물결 위에 일어나네. 연잎은 바람의 위력에 말리며 온 하늘로 날아오르고, 불길로 갈대숲 그을려 줄기까지 끊어지누나. 귀신이 통곡하고 해도 빛을 잃어 어두컴컴하며, 산악이 뒤흔들리며 무너지고 큰 파도소리 격노한 듯하네. 병선들 모조리 뒤집혀지고, 키와 노도 모두 멈췄구나. 선미에 꽂았던 깃발들 보이지도 않고 푸른 물 붉은 화염 뒤섞였으며, 선루에는 번쩍이는 칼날의 검과 방어를 다투는 극을 늘어세우기 어렵게 되었다

네. 시신은 자라와 함께 둥둥 떠다니고, 뜨거운 피는 파도와 함께 끓는구나. 천 갈래 화염 하늘까지 이어져 치솟고, 만 길로 뻗어나가는 연기는 수면에 붙어 날아다니누나.

黑煙迷綠水, 紅焰起淸波. 風威捲荷葉滿天飛, 火勢燎蘆林連梗斷. 神號鬼哭, 昏昏日色無光; 嶽撼山崩, 浩浩波聲若怒. 艦航盡倒, 舵櫓皆休. 船尾旌旗不見靑紅交雜, 樓頭劍戟難排霜刃爭叉. 僵屍與魚鱉同浮, 熱血共波濤幷沸. 千條火焰連天起, 萬道煙霞貼水飛.

당시 유몽룡은 온 지류에 화염이 날리고 전선들이 모두 불타는 것을 보고는 투구와 갑옷을 버리고 물속으로 뛰어들었지만 감히 물가 옆으로는 가지 못하고 지류의 넓고 깊은 물속을 골라 목숨을 구하고자 헤엄쳐갔다. 그런데 갈대숲 속에서 한 사람이 홀로 작은 배를 곧장 저어오는 것이었다. 유몽룡이 물속으로 들어가자 어떤 사람이 그의 허리를 꽉 잡더니 배 위로 끌어올렸다. 배를 저은 사람은 출동교 동위였고 유몽룡의 허리를 끌어안은 사람은 혼강룡 이준이었다. 한편 우방희도 사방의 관선들이 불타자 군장과 갑옷을 버리고는 물속으로 들어가려 했는데, 갑자기 선미에서 한 사람이 튀어 오르더니 갈고리로 걸고 머리를 잡고는 물속으로 끌고 들어갔다. 그 사람은 바로 선화아 장횡이었다. 양산박 안에는 시신이 수면 위에 가득했고 피가 물결에 튀었으며 머리를 그슬리고 이마를 덴 자는 그 수를 헤아릴 수 없을 정도였다. 당세영은 작은 배를 저어 한창 달아나고 있는데, 갈대숲 양쪽에서 쏘아대는 쇠뇌와 화살에 맞아 물속에서 죽음을 맞이했다. 많은 군졸 가운데 수영을 할 줄 아는 자는 목숨을 건져 도망쳐 돌아갔으나, 수영을 못하는 자들은 모두 물에 빠져 죽고 말았다. 살아 있는 상태로 잡힌 자들은 모두 산채로 끌려갔다. 이준은 유몽룡을 사로잡고 장횡은 우방희를 잡았는데 산채로 끌고 가려다가 송강이 또 풀어줄까 근심하여 두 사람은 상의 끝에 길옆에서 그들의 목숨을 끝장내버리고 수급을 잘라 산채로 올려보냈다.

한편 마군을 인솔하면서 물가에서 지원하기로 한 고 태위는 연주포 소리를 들은 데다 북소리가 끊이지 않자 물에서 싸움이 벌어졌으리라 짐작하고 앞으로 말을 달려 산을 등지고 호수를 살펴봤다. 쉴 사이 없이 물속에서 목숨을 구하고자 군사들이 언덕으로 기어오르고 있었는데, 그 가운데 알고 있던 한 군교를 보고는 그 연유를 물었다. 그러자 모든 배가 불에 탔고 다른 이들은 어디에 있는지 모르겠다고 했다. 이 말을 듣고 더욱 당황한 고구는 함성 소리가 끊이지 않고 검은 연기가 온 하늘에 가득 찬 것을 보고는 급히 군사를 이끌고 오던 길로 되돌아가려 했다. 그런데 갑자기 산 앞에서 북소리가 울리더니 한 부대의 마군이 뛰쳐나와 가는 길을 차단했다. 앞장 선 장수는 급선봉 색초로 개산대부開山大斧6를 돌리며 가까이 돌진해왔다. 고 태위 곁에 있던 절도사 왕환이 창을 세우고는 색초와 맞붙어 싸웠다. 5합도 싸우지 않았는데 색초가 말을 돌려 달아나자 고 태위는 군사를 이끌고 추격해 나섰고 산모퉁이를 돌아갔지만 색초가 보이지 않았다. 한참 뒤를 쫓고 있는데 뒤에서 표자두 임충이 군사를 이끌고 쫓아오더니 한바탕 들이쳐 죽였고, 6~7리도 못가서 청면수 양지가 군사를 이끌고 뒤를 쫓으며 또 한바탕 뒤를 쳤다. 다시 8~9리도 못 갔는데 뒤에서 미영공 주동이 쫓아왔고 또 한 차례 부딪치며 죽였다. 이것은 오용이 사용한 추격 계책으로 앞에서 차단하지 않고 뒤에서 추격하기만 하며 배후를 들이쳐 죽이는 것이었다. 패잔병들은 싸울 마음이 없어져 단지 달아나기에 급급할 뿐 후군을 구원할 수 없게 되는 것이다. 당황한 고 태위는 추격당하며 날듯이 제주로 도망쳤고 성으

6_ 개산대부開山大斧: 『수호전전교주』에 따르면 "송나라 증공량曾公亮의 『무경총요전집武經總要前集』 권13에서 이르기를 '칼에는 개산開山이란 이름이 있다'고 했다. 『건염이래계년요록』 권152에서 이르기를 '왕준王浚이 행군하는데 기율이 엄격하여 물러나는 자는 반드시 주살했기에 군중에서 왕개산王開山이라 불렀다. 이는 가는 곳마다 당할 자가 없음을 말한 것이다'라고 했다. '왕개산'이란 이름은 대개 대부大斧(큰 도끼)를 비유하면서 취한 것이지만, 개산대부라는 것은 그 날카로움을 당하기 어렵다는 말이다"라고 했다.

로 들어갔을 때는 이미 3경이었다. 이때 성 밖 방책에서 불길이 일어나며 함성 소리가 끊이지 않았다. 이것은 원래 석수와 양웅이 이끄는 500명의 보군이 매복해 있었고 3~5군데에 불을 지르고는 은밀하게 사라진 것이었다. 놀란 고 태위는 겁에 질려 넋이 나갔고 연이어 사람을 시켜 상황을 살펴보게 했는데, 돌아와서는 군사들이 모두 갔다고 보고하자 비로소 마음을 놓았다. 군마를 점검해 보니 태반이 꺾인 상태였다.

고 태위가 답답해하고 있는데, 멀리 정탐 나갔던 척후병이 보고했다.

"천사가 옵니다."

고구는 절도사들과 함께 군사를 이끌고 성을 나가 영접했고 천사를 만나고 서야 귀순시키는 조서가 내려졌다는 사실을 알았다. 모두들 참모인 문환장과 만났고 함께 성안 통수부에서 상의했다. 고 태위는 먼저 조서의 사본을 살펴봤다. 귀순시키지 않으려 하자니 두 차례나 연이어 패배한데다 몰수한 수많은 배들도 모조리 불에 타 파손되었고, 귀순시키자니 동경으로 돌아가는 것이 수치스러워 며칠 동안 주저하며 결정을 내리지 못하고 있었다. 그런데 제주에는 왕근王瑾이란 늙은 관리가 있었다. 그는 평소에 잔혹하고 악랄하여 사람들이 그를 '완심왕剜心王'이라 불렀다. 그는 제주부에서 선발한 통수부에 이것저것 물건을 공급해주는 직무를 담당하는 관리였다. 고구가 조서의 사본을 보고 망설이며 결정을 내리지 못하고 있다는 말을 듣고는 통수부에 와서 형세에 유리한 계책을 바치며 아뢰었다.

"귀인께서는 망설이실 필요가 없습니다. 제가 조서를 살펴보니 살길이 있습니다. 이 조서를 기안한 한림대조翰林待詔가 귀인님을 위해 뒷문을 열어놨습니다."

고 태위가 깜짝 놀라 물었다.

"뒷문을 열어놨다는 것이 무슨 말이오?"

"조서에서 가장 중요한 부분은 중간의 한 줄인데, '송강·노준의 등 대소 무리가 저지른 죄를 제외하고 사면한다'는 것인데, 이 구절은 모호하며 얼버무리는 말입니다. 읽을 때 '송강을 제외하고'를 한 구절로 하고, '노준의 대소 무리가 저지른 죄를 사면한다'는 별도의 구절로 해서 두 구절로 나누어 읽으십시오. 그들을 속여 성안으로 들인 다음에 우두머리 송강을 잡아 죽이고, 나머지 수하 무리는 갈라놓아 분산시키면 됩니다. 예로부터 '대가리 없는 뱀은 갈 수 없고 날개 없는 새는 날지 못한다'[7]고 했습니다. 송강만 없어지면 나머지야 무슨 소용이 있겠습니까? 태위 은상께서는 어떻게 생각하시는지요?"

고구는 크게 기뻐하며 즉시 왕근을 통수부 장사長史[8]로 승진시켰다. 이어서 참모를 청해 이 일을 이야기했다. 그러자 문환장이 간언했다.

"당당한 천사라면 정당한 도리로 대응해야지 교묘하게 속이는 행동을 해서는 안 됩니다. 만약 송강 수하에 지모가 있는 사람이 간파하여 뒤집어버린다면 심히 곤란해집니다."

고 태위가 말했다.

"아니오! 옛 병서에서 이르기를, '군사를 부려 싸우는 데는 속임수도 쓴다'[9]고 했거늘, 어찌 정당함만 사용하겠소?"

"비록 '전쟁에서 속임수도 쓴다'고 하더라도 이것은 천자의 성지로 천하에 신임을 얻는 것입니다. 예로부터 군왕의 말씀은 인끈과 관을 끄는 밧줄과 같기 때문에[10] 옥음玉音[11]이라 부르며 바꾸어서는 안 됩니다. 지금 그렇게 했다가 나중

7_ 원문은 '蛇無頭而不行, 鳥無翅而不飛'다.

8_ 장사長史: 관직 명칭으로 진秦 시기에 설치되었다. 전한 때 승상·태위·어사대부 속관으로 장사가 있었고 후한 때도 태위太尉·사도司徒·사공司空 삼공부三公府에도 장사가 있었다. 여러 부서의 일을 대리했으며 직무가 중요해 삼공보좌三公輔佐라 불렸다. 여러 부府와 장군부將軍府에도 장사 한 명을 설치했다. 또한 소수민족이 인접한 각 군郡 태수의 속관으로 장사가 있었는데 태수를 보좌했으며 군郡의 병마를 관장했다.

9_ 원문은 '兵行詭道'다. 『손자』 「계計」에 따르면 "군사를 부려 싸울 땐 속임수도 써야 한다兵者, 詭道也"고 했다. 조조는 주석에서 "전쟁에는 일정한 형태가 없고 속이는 것도 방법이다"라고 했다.

10_ 원문은 '王言如綸如綍'이다. 『예기禮記』 「치의緇衣」에 따르면 "공자가 말하기를 '군왕의 말씀은 실과 같이 가늘지만 아래로 전달되면 인끈과 같이 굵게 변하고, 군왕의 말씀은 인끈과 같이 굵지만 아래로 전달되면 관을 끄는 밧줄처럼 큼직하게 변한다王言如絲, 其出如綸; 王言如綸, 其出如綍'고 했다."

에 알게 되면 확신을 주기 어렵게 될 것이오."

"곧 알게 될 것이니 잠자코 계시오."

고 태위는 문환장의 말을 듣지 않고 먼저 양산박에 사람을 보내 송강 등 모두가 제주성 아래로 와서 죄를 사면하는 천자의 조서를 들으라고 전하게 했다.

한편 고 태위와의 한바탕 싸움에서 이긴 송강은 졸개들을 시켜 불탄 배는 옮겨다 땔감으로 쓰고 불타지 않은 배는 수채로 저어와 거두어들이게 했다. 그리고 사로잡은 군졸과 장수들은 모두 풀어줘 제주로 돌아가게 했다. 그날 송강은 대소 두령과 충의당에서 사무를 상의하고 있었는데 졸개가 보고했다.

"제주부에서 사람을 보내왔는데, '조정에서 특별히 천사를 파견해 조서를 내렸는데 죄를 사면하고 귀순시키며 관직을 더해주고 작위를 하사한다는 희소식을 전하러 왔다'고 합니다."

송강은 뜻밖의 기쁜 소식을 듣고는 만면에 미소를 지으며 즉시 통보하러 온 사람을 충의당으로 부르고는 물었다. 그 사람이 말했다.

"조정에서 조서를 내려 특별히 귀순시키러 왔습니다. 고 태위께서 소인을 보내 대소 두령에게 모두 제주성 아래로 와서 예를 행하고 조서를 들으라고 청하십니다. 다른 뜻은 없으니 의심하지 마십시오."

송강이 군사를 불러 상의하고는 은냥과 비단을 그 사람에게 상으로 주고는 먼저 제주로 돌아가게 했다.

송강은 두령들에게 모두 행장을 꾸리고 조서를 들으러 가자고 명을 전달했다. 노준의가 말했다.

"형님께서는 너무 급하게 서두르지 마십시오. 고 태위의 계략일지 모르니 형님께서는 가지 마십시오."

11_ 옥음玉音: 제왕의 말에 대한 존칭이다.

송강이 말했다.

"자네들이 이렇게 의심하면 어떻게 바른 길로 돌아설 수 있겠는가? 좋든 나쁘든 한번 가야 하네."

오용이 웃으면서 말했다.

"고구란 놈이 우리한테 패해 간담이 서늘해지고 마음이 찢어질듯 할 것이니, 대단한 계책이 있다 한들 펼치지는 못할 것입니다. 우리 형제 호걸들이 함께 가니 의심하지 말고 형님을 따라 산을 내려갑시다. 먼저 흑선풍 이규는 번서·포욱·항충·이곤을 인솔하여 보군 1000명을 이끌고 제주 동쪽 길에 매복하고 있고, 또 일장청 호삼랑은 고대수·손이랑·왕왜호·손신·장청을 인솔하여 마군 1000명을 이끌고 제주 서쪽 길에 매복하시오. 만약 연주포 소리가 들리면 북문으로 달려와 모이시오."

오용이 배치를 마치자 두령들은 모두 산을 내려갔고 수군 두령들은 울타리 방책을 지켰다. 고 태위는 문환장의 간언을 듣지 않고 속임수를 사용해 영웅들을 산에서 내려오도록 유인했는데, 제주성 아래가 구리산九里山 앞이 될 줄은 누가 생각이나 했겠는가![12] 바로 군왕의 조서 한 장이 장사들의 마음을 건드려 들끓게 한 것이었다.

결국 호걸들이 어떻게 제주에서 큰 소란을 일으켰는지는 다음 회에 설명하노라.

연환連環 계책

고구가 배들을 세 척씩 하나로 단단히 쇠고리(쇠사슬)로 연결해 묶어 연환 계책으로 양산박에 대적하는 장면이 등장한다. 이것은 아마도 삼국시대 때 주유가

12_ 한나라 한신이 초나라와 다툴 때 구리산 앞에 매복시키고 지혜로 항우를 취한 고사다.

적벽에서 조조의 수군을 격파했던 고사를 채용한 듯하다. 『삼국지』「오서吳書·주유전周瑜傳」에 따르면 황개黃蓋가 다음과 같이 말한 기록이 있다.

"지금 적군은 많고 아군은 적어서 오래 시간을 끌면 곤란합니다. 그러나 제가 보기에는 조조군의 전함이 앞뒤로 서로 이어져 있으므로 불을 질러 달아나게 할 수 있습니다."

그러나 이 말은 배들을 쇠고리로 연결한 것은 아니었다. 쇠고리로 연결한 것은 남송 말기에 처음으로 등장한다. 원나라 장수 유국보劉國寶(1234~1305)가 아술阿術(일반적으로 올량합兀良哈이라 부른다. 1234~1287)을 수행하여 남쪽 정벌에 나선다. 『원사元史』「유국보전」에 따르면 "송나라 장수 장세걸張世杰이 대규모의 병력을 이끌고 초산焦山을 나가 원나라 군대에 대항했는데, 전선들을 강에 정박시키고 쇠밧줄로 서로 연결시켜 강 위를 막고는 죽음으로 싸우기를 결의했다"고 했다. 또한 원나라 말 진우량陳友諒(1320~1363)의 대군이 홍도洪都(지금의 난창南昌)를 포위했는데, 주원장朱元璋이 구원하러 온다는 소식을 들었다. 『명사明史』「진우량전陳友諒傳」에 따르면 "지정至正 23년(1363), 진우량은 태조(주원장)가 구원하러 온다는 소식을 듣고는 홍도의 포위를 풀고 동쪽 파양호鄱陽湖로 나가 강랑산康郎山에서 태조와 마주쳤다. 진우량은 큰 배들을 집합시키고 쇠사슬로 연결하여 진을 펼쳤다"고 했다.

오용의 허장성세虛張聲勢

고구의 대군을 물리치기 위해 오용은 물가 나무들이 우거진 곳에는 깃발들을 나무에 묶고 금고金鼓와 화포를 설치하여 인마가 주둔해 있는 것처럼 보이게 하며 군영과 보루를 가짜로 설치하는 허장성세의 계책을 사용하는 내용이 등장한다. 이것은 『신당서新唐書』「왕웅탄전王雄誕傳」의 내용을 차용한 듯하다. "이자통李子通(?~622)이 정예병을 파견해 독송령獨松岭(지금의 저장성 위항餘杭 서북쪽 안지安吉 경계)을 지키면서 방어하게 했다. 왕웅탄(수나라 말, 당나라 초 맹장)은 부장인 진당陳當에게 1000여 명을 이끌고 상대방이 생각하지 못한 틈을 타서 허를 찌르게 했다. 이에 높은 곳에 올라 험한 지세에 의지하며 깃발들을 많이 꽂았고 야간에는 나무에 횃불을 묶어 산림과 호수, 늪에 가득하도록 했다. 이런 상황을 본 이자통은 매우 놀라 두려워하며 군영을 불태우고 달아나 항주杭州로 물러났다. 왕웅탄은 추격하여 이자통을 패배시키고 사로잡았다"고 했다.

〖 제80회 〗

사로잡힌 고구[1]

한편 고 태위는 제주성 통수부에 앉아 왕환 등 절도사들을 불러 상의하고는 명을 전달하기를, 각 로의 군마들은 방책을 뽑아 성안으로 들어오도록 하고, 살아 있는 절도사들은 전부 군장을 갖추고 갑옷을 입고 성안에 매복하게 했다. 또한 각 방책의 군사들은 모두 성안에 배치시키도록 준비시켰고, 성 위에는 깃발을 세우지 말고 북문에만 '천조天詔' 두 글자가 쓰인 누런 깃발만 세우도록 했다. 고구는 천사, 여러 관원과 함께 성 위에서 송강이 오기만을 기다렸다.

그날 양산박에서는 먼저 몰우전 장청에게 500명의 정찰 기병을 이끌고 제주성 주위를 한 바퀴 돌게 하고는 북쪽으로 가게 했다. 잠시 뒤에는 신행태보 대종이 걸어와서는 한 바퀴 둘러봤다. 이런 상황을 보고하자 고 태위는 직접 월성月城[2]에 올라 여장女墻 옆에 섰는데 좌우로 따르는 자가 100여 명이었고 커다란

1_ 제80회 제목은 '張順鑿漏海鰍船(장순이 해추선 밑창에 구멍을 뚫다), 宋江三敗高太尉(송강은 고 태위를 세 번 패배시키다)'다.

2_ 월성月城: 옹성甕城으로 성문 밖에 축조한 반원형의 작은 성으로 성문을 보호하고 방어를 강화하기

휘개麾蓋3를 펼치고 앞에는 향안香案4까지 놓았다. 멀리 북쪽을 바라보니 송강의 군마가 오는데 금고와 오방 깃발을 앞세우고 두령들은 기러기 날개처럼 원형과 반원형의 형상으로 도열해서 오고 있었다. 앞장 선 송강·노준의·오용·공손승이 말을 탄 채 몸을 구부려 고 태위에게 인사했다. 고 태위는 보고서 사람을 시켜 성 위에서 소리 지르게 했다.

"지금 조정에서 너희의 죄를 사면하고 특별히 귀순시키려 하는데 어찌하여 갑옷을 입고 왔는가?"

송강이 대종을 시켜 성 아래서 대답하게 했다.

"저희 대소 인원은 어떤 조서인지 알지 못하니 감히 갑옷과 투구를 벗을 수 없습니다. 바라건대 태위께서는 살펴주십시오. 성안의 백성과 노인들5이 모두 함께 조서를 듣게 해주신다면 은혜를 받들어 갑옷을 벗겠습니다."

고 태위는 명을 내려 성의 노인과 백성에게 모조리 성 위로 올라와서 조서를 듣게 했다. 얼마 안 있어 백성이 연이어 성 위로 올라왔다. 성 아래에 있던 송강 등은 백성이 노소를 불문하고 가득 늘어선 것을 보고는 비로소 말을 몰아 앞으로 향했다. 북이 한 번 울리자 제장들이 말에서 내렸고, 두 번 울리자 제장들이 성 쪽으로 걸어왔는데 그 뒤에는 졸개들이 전마를 끌고는 화살 한 대 날아갈 거리에 이르러서는 일제히 서서 기다렸다. 북이 세 번 울리자 제장들은 성 아래서 양 손을 가슴 앞에 합쳐 예를 행하고는 성 위에서 읽는 조서를 들었다. 천사가 조서를 읽었다.

제制: 사람의 본심은 본래 두 가지가 아니며, 나라의 항도恒道6는 언제나 하나

위해 쌓았다.

3_ 휘개麾蓋: 장수가 사용하는 깃발과 산개傘蓋(우산 형태로 술이 드리워진 의장물)를 말한다.

4_ 향안香案: 향로와 촛대를 놓는 탁자.

5_ 원문은 기로耆老다. 노인을 말하는데 특히 덕망이 높고 존경을 받는 노인을 가리킨다.

6_ 항도恒道: 일관된 주장을 말한다.

의 이치다. 선행을 하는 자는 양민이고, 악행을 저지르는 자는 역당이 되는 것이다. 짐이 듣자하니 양산박에서 무리를 모은 지 오래되었고 선화善化(선한 교화)를 받지 못해 양심을 다시 돌리지 못했다고 한다. 지금 천사를 보내 조서를 반포하니, 송강을 제외한 노준의 등 대소 무리가 저지른 죄악을 사면하노라. 우두머리 되는 자들은 경사로 와서 은혜에 감사하고, 협조하며 따르던 자들은 각자 고향으로 돌아가도록 하라. 오호라, 속히 은택을 받아 그릇된 것을 버리고 바른 길로 들어설 것이며, 사나운 짓을 범하지 말며 묵은 것을 버리고 새로운 것을 창조[7]하는 뜻을 본받도록 하라. 이에 조서를 내리니 명심하도록 하라.

선화 모년 모월 모일

군사 오용은 '송강을 제외하고'라는 소리를 듣자 화영에게 눈짓을 보내며 말했다.

"장군은 들었소?"

조서 읽는 것을 마치자 화영이 크게 소리 질렀다.

"우리 형님을 사면하지 않고 우리더러 투항하라는 것은 무엇이냐?"

활에 살을 얹고는 힘껏 당겨 조서를 읽은 사신을 겨누며 말했다.

"이 화영의 신 같은 화살을 보거라!"

화살은 얼굴에 정통으로 꽂혔고 사람들이 급히 구했다. 성 아래에 있던 호걸들이 일제히 소리 질렀다.

"반란이다!"

그러고는 성 위로 화살을 난사하자 고 태위는 당황하여 피하기 바빴다. 이때 네 개의 성문에서 군마가 쏟아져 나왔고 송강 군중에서 북소리가 한 번 울리자

7_ 원문은 '革故鼎新'이다. 출전은 『역경』 「잡괘雜卦」다. "혁革은 옛것을 버리는 것이고, 정鼎은 새로운 것을 취하는 것이다革去故也, 鼎取新也."

일제히 말에 올라 달아났다.

성안에 있던 관군들은 대략 5~6리 정도 추격했다가 돌아가는데, 송강의 후군에서 포성이 울리더니 동쪽에서 이규가 보군을 이끌고 뛰쳐나왔고, 서쪽에서는 호삼랑이 마군을 이끌고 돌진해 오면서 양쪽 길의 군병이 일제히 하나로 합쳐졌다. 관군들은 매복이 있을까 두려워 급히 물러나는데 달아나던 송강의 무리가 모두 몸을 돌려 돌진해왔다. 삼면으로 협공하자 관군들이 크게 어지러워지면서 다급하게 돌아가는데 많은 병사가 죽임을 당했다. 송강은 군사를 거두어 추격하지 않고 양산박으로 돌아갔다.

한편 고 태위는 제주성에서 표문을 쓰고 조정에 상주했다.

"송강 도적이 천사를 화살로 쏘아죽이고 귀순을 따르지 않습니다."

그러고는 채 태사·동 추밀·양 태위에게 번거롭더라도 상의하여 태사께서 천자께 상주하여 군량과 마초를 공급해주고 밤새 군사를 징발해 보내주면 힘을 다해 도적의 무리를 섬멸하고 체포하겠다는 밀서를 보냈다.

채 태사는 고 태위의 밀서를 받고는 바로 조정으로 들어가 천자에게 상주했다. 천자는 기뻐하지 않는 기색으로 말했다.

"이 도적들이 여러 차례 조정을 욕되게 하고 누차 대역죄를 범하는구나."

즉시 칙서를 내려 여러 로의 군마를 징발하고 고 태위의 지시를 받도록 했다. 양 태위는 여러 차례 싸움에 패한 것을 알고 있기에 다시 어영사에서 두 명의 장수를 선발하고 용맹龍猛·호익虎翼[8]·봉일捧日·충의忠義 네 영營에서 각기 정예병 500명, 도합 2000명을 선발해 두 명의 상장을 따라 고 태위의 도적 섬멸 작전을 돕도록 했다.

이 두 명의 장군은 누구인가? 한 사람은 팔십만 금군 교두로 관직은 좌의위

8_ 용맹龍猛은 송나라 때 굴복시킬 수 없는 도적들을 모집하여 맡긴 기병부대인데 용맹군이라 부른다. 호익虎翼은 호익군으로 송나라 때의 보병 부대로 역시 불러 모은 무리다.

친군지휘사左義衛親軍指揮使로 호가장군護駕將軍 구악丘岳이고, 다른 한 명은 팔십만 금군 부교두로 관직은 우의위친군지휘사右義衛親軍指揮使로 거기장군車騎將軍 주앙周昂이었다. 이 두 장군은 여러 차례 뛰어난 공로를 세워 그 명성이 해외까지 알려졌고 무예에 정통하고 경사에 위세를 떨칠 뿐만 아니라 또한 고 태위의 심복들이었다. 양 태위는 두 장군을 지정하여 즉시 출발하게 했고 채 태사에게 작별인사를 하는데, 채경이 분부했다.

"조심해서 빨리 큰 공을 세워 돌아오면 반드시 중용하겠네!"

두 장군은 작별하고 사영四營으로 갔다. 그곳에서 신체 건강하고 허리가 날렵하며 어깨가 쩍 벌어진 산을 잘 오르고 물에 익숙한 산동과 하북 출신들을 하나하나 골라서 선발한 정예 군사들을 두 장군에게 주었다. 구악과 주앙은 여러 관원과 작별하고 양 태위에게 작별 인사를 올리면서 아뢰었다.

"내일 성을 떠나려 합니다."

양 태위는 두 장군에게 각기 좋은 말 5필씩 하사하면서 전장에서 사용하도록 했다. 두 사람은 태위에게 감사 인사를 하고 각자 군영으로 돌아와 출발 준비를 했다. 이튿날 군사들은 군장을 갖추고 모두 어영사 앞에서 대기했다. 구악과 주앙 두 장군은 이들을 네 부대로 나누었는데, 용맹, 호익 두 영營의 1000명 군사와 마군 2000여 명은 구악이 통솔하고, 봉일, 충의 두 영의 1000명 군사와 2000여 명의 마군은 주앙이 통솔하기로 했다. 또 1000명의 보군은 두 장군에게 절반씩 나누고 따르게 했다. 진시(오전 7~9시)가 되자 구악과 주앙은 늘어서서 성을 나갔다. 양 태위는 직접 성문에서 군사들을 살폈다. 군사들의 위용과 수행하는 자들의 용맹은 더 이상 말할 필요가 없다. 두 폭의 수놓은 깃발 아래 전마들 무리 속에서 호가장군 구악을 에워싸고 있었다. 그의 차림새를 보니,

불길이 흩날리는 듯한 술 달린 비단 투구 썼는데, 한 쌍의 봉황 날개가 하늘을
비추는 듯한 투구로구나. 녹색 융털에 붉은 비단을 덮은 연환쇄자갑을 걸쳤네.

비취색 테두리 깃에 구슬을 꿰매어 만든 망을 바느질하고 여지처럼 붉으며 둥근 금박에 사자놀이를 수놓은 전포를 입었도다. 안에는 얇은 금 조각을 대고 옥 노리개에 수달 꼬리 한 쌍을 달았으며 붉은 가죽에 감아 올라가는 이무기를 못으로 박은 혁대를 하고 있구나. 발에는 한 쌍의 금선을 두르고 강치 가죽에 호두 문양, 녹색으로 칠한 구름이 이는 듯한 신발을 신었네. 구부러진 자단紫檀으로 만든 줌통, 금가루 묻힌 활고자, 용의 뿔로 된 활짱, 범의 힘줄인 시위의 보조궁寶雕弓이구나. 화살통에는 자주색 죽간, 주홍색 오늬, 봉황의 꼬리 깃털에 이리 이빨 모양의 쇠를 담금질한 강철 화살촉으로 된 화살이 꽂혀 있네. 북두칠성 장식의 상어가죽 칼집엔 용천龍泉에 비길만하고 거궐巨闕[9]을 깔볼 만한 상봉검霜鋒劍[10]이 걸려 있구나. 붉은 술에 물 부어 갈아낸 자루, 용 모양 머리에 반달 형태의 삼정도三停刀[11]를 비껴들었네. 금 안장 지우고 옥 재갈 흔들며 산을 빠르게 오르고 계곡을 뛰어 넘을 수 있는 붉은 연지마胭脂馬를 탔도다.

戴一頂纓撒火, 錦兜鍪, 雙鳳翅照天盔. 披一副綠絨穿, 紅錦套, 嵌連環鎖子甲. 穿一領翠沿邊, 珠絡縫, 荔枝紅, 圈金綉戲獅袍. 繫一條襯金葉, 玉玲瓏, 雙獺尾, 紅鞓釘盤螭帶. 着一雙簇金線, 海驢皮, 胡桃紋, 抹綠色雲根靴. 彎一張紫檀靶, 泥金梢, 龍角面, 虎筋弦寶雕弓. 懸一壺紫竹杆, 朱紅扣, 鳳尾翎, 狼牙金點鋼箭. 挂一口七星裝, 沙魚鞘, 賽龍泉, 欺巨闕霜鋒劍. 橫一把撒朱纓, 水磨杆, 龍吞頭, 偃月样三停刀. 騎一匹快登山, 能跳澗, 背金鞍, 摇玉勒胭脂馬.

구악의 말을 타고 가는 모습이 당당하고 우람하며 좌군 인마를 인솔하자 동경의 백성 가운데 갈채를 보내지 않는 자가 없었다. 뒤따르는 우군의 봉일, 충의 두 영의 군마들도 매우 질서정연했다. 두 폭의 수놓은 깃발 아래에 전마들 속에

9_ 거궐巨闕: 고대의 명검으로 칼날이 매우 예리하다.

10_ 상봉검霜鋒劍: 상봉霜鋒은 빛나고 예리한 날을 가리킨다.

11_ 삼정도三停刀: 대도大刀의 일종이다. 무거운 중량으로 인해 사용하는 자는 강한 팔 힘이 필요하다.

서 거기장군 주앙을 에워쌌는데 그 차림새를 보니,

용의 머리 같고 푸른 술 흩날리며 진주처럼 번쩍이며 빛나는 은 투구를 썼구나. 창끝을 손상시키고 화살촉을 못 쓰게 만드는 안감이 풀솜인 정련한 강철 갑옷을 걸쳤네. 모란과 한 쌍의 날아가는 봉황을 수놓고 금선 두른 진홍색 전포를 입었도다. 칠보로 상감한 기린 허리띠는 이리처럼 얇은 허리, 호랑이 체구에 제격이로구나. 세 개의 코에 바다짐승 가죽으로 만든 깊은 산 구름이 일고 호랑이 꼬리 같은 신발을 신었네. 참새를 그려 넣은 활짱, 용의 뿔로 된 줌통, 자주색 굵은 줄로 된 시위의 육균궁六鈞弓[12]을 차고 있도다. 화살통엔 검은 수리 깃털에 교목 살대로 된 당예 갑옷도 뚫을 수 있는 화살 꽂혀 있구나. 손에는 원달袁達을 깔볼 수 있고 석병石丙[13]에 비길만한 산을 쪼갤 수 있는 금잠부金蘸斧를 들었네. 천 근 무게도 견딜 수 있고 키가 8척이며 적진으로 돌격하는 화룡구火龍駒를 탔구나. 네모진 은빛 자루의 황금빛을 능가하는 편을 찼도다.

戴一頂呑龍頭, 撒靑纓, 珠閃爍爛銀盔. 披一副損槍尖, 壞箭頭, 襯香錦熟鋼甲. 穿一領綉牡丹, 飛雙鳳, 圈金線絳红紅袍. 繫一條稱狼腰, 宜虎體, 嵌七寶麒麟帶. 着一雙起三尖, 海獸皮, 倒雲根虎尾靴. 彎一張雀畫面, 龍角靶, 紫綜綉六鈞弓. 攢一壺皂雕翎, 鐵木杆, 透唐猊鑿子箭. 使一柄欺袁達, 賽石丙, 劈開山金蘸斧. 馱一匹負千斤, 高八尺, 能衝陳火龍駒. 懸一條简銀杆, 四方棱, 賽金光劈楞簡.

말을 타고 가는 주앙의 모습이 우뚝 높이 솟았고 용맹스러웠다. 우군 인마를 인솔하는데 성 옆에 이르자 구악과 함께 말에서 내려 양 태위에게 작별 인사를 올리고 관원들과도 작별하며 동경을 떠나 제주로 진군했다.

12_ 육균궁六鈞弓: 활을 당길 때 6균의 힘을 사용해야 한다는 의미로 나중에는 강궁強弓을 가리키게 되었다.

13_ 원달袁達은 전국시대 때 제나라 장수이고, 석병石丙은 연나라 장수다.

한편 고 태위는 제주에 있으면서 문 참모와 상의하여 추가로 배치되는 군마가 오기를 기다리면서 먼저 근처 산림으로 사람을 보내 큰 나무를 벌목하게 하고 부근 주현에는 배 만드는 장인을 구금하고 제주성 밖에 배 건조장을 만들어 전선을 건조하게 했다. 또한 방을 붙여 용감하고 물에 능숙한 군사들을 모집했다.

제주성 객점 안에 엽춘葉春[14]이란 손님이 투숙하고 있었는데, 원래는 사주泗州 사람으로 배를 잘 만들었다. 그는 산동으로 오다가 양산박을 지나는 길에 그곳 소두목에게 본전을 빼앗기고 제주에서 떠돌며 고향으로 돌아가지 못하고 있었다. 그는 고 태위가 나무를 베어 배를 건조해 양산박을 정벌하려 한다는 말을 듣고는 종이에다 배의 모양을 그려가지고 고 태위를 만나서는 절을 하고 아뢰었다.

"지난번에 은상께서 배를 이용해 정벌에 나섰다가 승리를 거두지 못한 것이 무엇 때문인지 아십니까? 배들이 모두 각처에서 몰수해온 것이라 바람을 이용해 노를 젓는 요령을 모르는데다 배들이 작고 바닥이 뾰족하여 무력에 사용하기 어려웠기 때문입니다. 제가 한 가지 계책을 바치고자 하는데 이 도적들을 굴복시키려면 반드시 먼저 수백 척의 큰 배를 건조해야 합니다. 가장 큰 배는 대해추선大海鰍船이라 하는데, 양쪽에 24대의 수차水車[15]를 설치하고 수백 명을 수용할 수 있으며 각 수차는 12명이 발로 밟아야 움직일 수 있습니다. 외부는 죽파竹笆[16]로 감싸 화살을 피할 수 있습니다. 갑판에는 노루弩樓[17]를 세우고 별도로 잔차剗車[18]를 제작하여 그 위에 배치해놓습니다. 진격하고자 할 때는 누대 위에서 딱따기 소리를 울리고 24대의 수차를 일제히 힘껏 밟아 움직이면 배가

14_ '葉'의 음은 'ye(엽)'다.

15_ 수차水車: 물 흐름에 따라 바퀴를 움직이게 하는 동력 기계를 말한다.

16_ 죽파竹笆: 대나무로 만든 울타리다.

17_ 노루弩樓: 쇠뇌를 발사하는 누대.

18_ 잔차剗車: 배 위에 설치한 기계 장치로 적선과 부딪치는 데 사용했다.

나는 듯이 나아가니 어떤 종류의 배가 막을 수 있겠습니까! 만약 적군과 마주치게 되면 갑판에 엎드려 쇠뇌를 일제히 발사하는데 그들이 어떤 물건으로 막을 수 있겠습니까! 또 두 번째 배는 소해추선小海鰍船이라고 합니다. 이 배는 양쪽에 12대의 수차만 설치하는데 100명 정도 태울 수 있고 앞뒷면에 모두 긴 못을 박고 양쪽에 또한 노루를 세우고 방패 역할을 하는 대나무 울타리 판을 설치합니다. 이 배는 양산박의 좁은 지류를 지날 때 이놈들의 복병을 막을 수 있습니다. 이런 계책대로 한다면 양산의 도적은 머지않아 손에 침을 뱉듯이 쉽게 평정할 수 있습니다."

고 태위는 그의 말을 듣고 도면을 살펴보고는 속으로 크게 기뻐했다. 즉시 술과 음식, 의복을 가져오게 하여 엽춘에게 상으로 하사하고 전선 건조를 감독하는 우두머리[19]로 삼았다. 매일 밤낮으로 재촉하며 벌목하게 했는데 기한을 정해놓고 제주로 바치게 했다. 각 로와 부·주·현에 균등히 배를 건조하는 데 필요한 재료를 바치게 했는데, 기한을 이틀 어기면 태형 40대에 처했고 하루씩 더 늦을 때마다 배로 더해졌다. 만약 기한을 어긴 자가 있다면 군령에 따라 참수형에 처했다. 이에 각처에서는 수령의 독촉으로 인해 도망치는 백성이 많아졌고 탄식하며 원망했다. 여기에 이를 증명하는 시가 있다.

우물 안 개구리가 어찌 하늘 알겠는가, 개탄스럽게 고구 속이는 말 들었구나.
결국 해추선으로는 승리 어려운데, 재물 낭비에 백성 고생이니 헛수고로다.
井蛙小見豈知天, 可慨高俅聽譎言.
畢竟鰍船難取勝, 傷財勞衆枉徒然.

19_ 원문은 '도작두都作頭'다. 송나라 때 '도작원都作院'을 설치하여 병기 제조를 감독하게 했다. 도작원은 공부군기소工部軍器所에 예속되었다.

엽춘이 감독하며 해추선 등의 배를 건조한 것은 더 이상 말하지 않겠다. 한편 각처에서 추가로 배치된 수군 등은 계속해서 제주에 당도했다. 고 태위가 그들을 나누어 각 방책의 절도사들의 지시를 따르게 한 것은 더 이상 말할 필요가 없다. 어느 날 문지기가 보고했다.

"조정에서 파견한 구악, 주앙 장군이 도착했습니다."

고 태위는 여러 절도사에게 성을 나가 영접하도록 했다. 두 장군이 통수부로 와서 인사를 하자 고 태위가 직접 술과 음식을 하사하고 사람을 보내 군사들에게 포상하는 한편 두 장군을 대접했다. 두 장군은 고 태위에게 명령을 내려 군사를 이끌고 성을 나가 싸움을 걸 수 있도록 요청했다. 고 태위가 말했다.

"두 공은 며칠 동안만 편안히 쉬시오. 해추선이 완비되기를 기다렸다가 수륙으로 전선과 기병이 나란히 진격하면 북 한 번 두드리고 도적들을 평정할 수 있을 것이오."

구악과 주앙이 아뢰었다.

"저희는 양산박 도적떼를 어린애 장난쯤으로 여기고 있으니 태위께서는 안심하십시오. 반드시 개선가를 울리며 경사로 돌아갈 것입니다."

"두 장군 말대로 된다면야 내 마땅히 천자 면전에서 중용될 수 있도록 상주할 것이오."

이날 연회가 끝나자 두 장군은 통수부 앞에서 말을 타고 본채로 돌아가 군마를 주둔시키고는 지시를 기다렸다.

고 태위가 전선의 건조를 독촉하여 진격할 수 있도록 재촉했음은 말할 필요가 없다. 한편 송강은 여러 두령과 함께 제주성 밑에서 반란이라고 외치며 관군들을 죽이고 양산박으로 돌아와서는 오용 등과 상의했다.

"두 차례나 귀순시키려다 천사를 상하게 하여 그 죄가 가중되었을 것이니 조정에서 반드시 또 군마를 파견할 것이오."

즉시 졸개를 보내 상황을 정탐하여 속히 돌아와 보고하라고 했다. 며칠 지나지 않아 졸개가 상세히 알아보고는 산채에 보고했다.

"고구가 근래에 수군을 모집하고는 엽춘이라 부르는 자를 감독하는 우두머리로 삼아 크고 작은 해추선 수백 척을 건조하고 있습니다. 동경에서 또 두 명의 어전 지휘사를 파견해 싸움을 돕도록 했는데, 한 명은 구악이고 다른 한 명은 주앙이라 합니다. 두 장군 모두 영특하고 용맹하다고 하며, 각 로에서 또 추가로 허다한 인마를 보내 싸움을 도우러 왔다고 합니다."

송강은 즉시 오용과 계책을 상의하며 말했다.

"그런 큰 배가 물 위를 날듯이 온다면 어떻게 깨뜨릴 수 있겠소?"

오용이 웃으면서 말했다.

"무슨 두려워할 게 있습니까! 그거야 몇 명의 수군 두령만 있으면 되는 것이고, 육로로 맞붙는 것은 우리 맹장들이 대적하면 됩니다. 비록 그렇다 하더라도 이런 큰 배를 건조하려면 반드시 수십 일이 걸려야 비로소 완성할 수 있습니다. 아직도 40~50일쯤 걸릴 것이니 먼저 조선소로 형제 한두 명을 보내 한 차례 휘저어놓은 다음에 천천히 그와 맞서면 됩니다."

"정말 좋지요! 고상조 시천과 금모견 단경주 두 사람을 보냅시다."

"그리고 채원자 장청, 소울지 손신을 나무를 끄는 인부로 꾸며 무리 속에 섞여 조선소로 들어가게 하십시오. 또 고대수와 손이랑을 불러 밥을 나르는 부인으로 꾸며 일반 부녀자들과 함께 섞여 들어가 시천과 단경주를 돕도록 하십시오. 또한 몰우전 장청에게 군사를 이끌고 호응하게 해야 조금의 실수도 없을 겁니다."

각기 충의당으로 불러 명령을 전달하자 모두들 기뻐하며 성을 내려가 맡은 임무를 실행했다.

한편 고 태위는 밤낮으로 독촉하며 배들을 건조했고 아침저녁으로 인부를 잡아와 노역을 시켰다. 제주 동쪽 길 일대는 모두 조선소가 되었고 장인 수천 명이 대해추선 100척을 급히 건조하느라 쉴 사이 없이 분주했다. 난폭한 군사들이 모두 칼을 뽑아들고 위협하면서 낮밤을 가리지 않고 완비되도록 다그쳤다. 이날 시천과 단경주는 먼저 조선소 안으로 들어가 상의했다.

"손신과 장청 두 집 부부가 조선소로 들어가 불을 지를 것인데, 우리가 그쪽으로 간다면 우리의 뛰어난 솜씨가 드러나지 않을 걸세. 우리는 이 근방에 숨어 있다가 그들이 조선소에 불을 지르면 나는 성문 옆에서 기다렸다가 군사들이 불 끄러 나오는 틈을 이용해 잽싸게 안으로 들어가 성루에 불을 지를 테니, 자네는 성 서쪽 초료장 안에다 불을 지르게. 그러면 그들이 당황해 이러지도 못하면서 구원하지 못할 것이고 적지 않게 놀랄 것이네."

두 사람은 은밀하게 약속하고 화약을 몸속에 감추고는 각자 숨을 곳을 찾아갔다.

한편 장청과 손신 두 사람은 제주성 아래로 와서 살펴보니 300~500명의 사람들이 나무를 끌고 조선소로 들어가고 있기에 그 두 사람도 그들 속에 섞여 나무를 끌며 조선소 안으로 들어갔다. 조선소 입구에는 대략 200여 명의 군졸들이 있었는데 각기 요도를 찼고 손에 곤봉을 들고는 있는 힘을 다해 목재를 조선소 안으로 끌고 들어가라 재촉하며 인부들을 때리고 있었다. 조선소는 빙 둘러 울타리를 세웠는데 앞뒤로 200~300여 칸의 초가로 된 작업장이 있었다.

장청과 손신이 안으로 들어가 살펴보니 수천 명의 장인이 판자를 만드는 곳, 배에 못질하는 곳, 배를 붙여 만드는 곳에서 일하고 있었고 끊임없이 어수선하게 왕래하는 장인과 인부들도 그 수를 헤아릴 수 없을 정도로 많았다. 두 사람은 곧장 밥을 짓는 대나무 막사 밑에 숨었다. 손이랑과 고대수 두 사람은 더러운 옷을 입고 각자 밥통을 들고는 밥을 나르는 부인들을 따라 이야기로 웃음꽃을 피우며 들어갔다. 날이 점차 어두워지고 달빛이 밝은데 장인들 태반이 여전히 그곳에서 못 다한 공정을 마치고자 서두르고 있었다. 2경이 가까워지자 손신과 장청은 왼쪽 조선소에 불을 질렀고, 손이랑과 고대수는 오른쪽 조선소에 불을 질렀다. 양쪽에서 불길이 일더니 초가들이 치솟는 화염에 불타고 있었다. 조선소 안에 있던 인부와 장인들은 일제히 소리를 지르며 울타리를 뽑아 뒤집고는 각자 살고자 달아났다.

이때 고 태위는 한창 자고 있었는데 갑자기 보고하는 소리가 들렸다.

"조선소에 불이 났습니다!"

황급히 일어나 관군들에게 성을 나가 불을 끄라고 했다. 구악과 주앙 두 장군은 각기 본부의 군병들을 이끌고 불을 끄러 성을 나가는데 얼마 되지 않아 성루 위에서 불길이 일어났다. 소식을 들은 고 태위는 직접 말에 올라 군사들을 이끌고 성에 올라 불을 끄려는데, 또 보고가 들어왔다.

"서쪽 초료장 안에서 또 불길이 일어나는데 불빛이 대낮같이 밝습니다."

구악과 주앙은 군사를 이끌고 서쪽 초료장을 가서 불을 끄는데 갑자기 땅을 뒤흔드는 북소리와 하늘에 닿을 정도의 함성 소리가 들렸다. 원래 몰우전 장청이 표기마군 500명을 이끌고 그곳에 매복하고 있었다. 구악과 주앙이 군사를 이끌고 불을 끄러 가는 것을 보고는 뛰쳐나왔고 구악, 주앙의 군마와 맞닥뜨리게 된 것이었다. 장청이 크게 소리 질렀다.

"양산박 호걸들이 전부 이곳에 있다!"

크게 화가 난 구악이 말을 박차고 칼을 휘두르며 곧장 장청에게 달려들었다. 장청이 손에 긴 창을 쥐고 맞섰지만 3합도 싸우지 않고 말을 박차 달아났다. 구악은 공로를 세우고자 뒤를 쫓으며 소리 질렀다.

"역적 놈아, 달아나지 마라!"

장청이 긴 창을 내리고는 슬쩍 비단주머니 속에서 돌을 집어 손에 쥐고는 몸을 돌려 구악이 비교적 가까운 거리로 접근한 것을 보고는 손을 들어 소리쳤다.

"맞아라!"

돌멩이는 정통으로 구악의 얼굴에 맞았고 몸이 뒤집히면서 말에서 떨어졌다. 보고 있던 주앙이 즉시 몇 명의 아장들과 함께 목숨을 걸고 구악을 구하러 갔다. 주앙은 장청과의 싸움을 멈추고 여러 장수들이 구악을 구해 말에 태웠다. 장청은 주앙과 몇 합 싸우지도 않고 말을 돌려 달아났으나 주앙은 뒤쫓지 않았다. 장청이 다시 돌아오는데 왕환·서경·양온·이종길 사로四路의 군마가 달려오는 것이 보였다. 장청은 손을 흔들어 500명의 표기군을 이끌고 왔던 길로 되돌아갔다. 관군들은 복병이 있을까 두려워 감히 뒤쫓지 못하고 군사를 거두어 돌아와서는 불을 껐다. 세 곳의 불길은 날이 밝아오자 모두 진화되었다.

고 태위는 사람을 시켜 구악의 상처가 어떤지 살피게 했는데 돌멩이가 정통으로 입술을 강타했기에 치아 네 개가 부러졌고, 코와 입술이 모두 터져버렸다. 이에 고 태위는 의원을 시켜 치료하게 했고 구악이 중상을 입은 것을 보고는 양산박에 대한 원한이 뼛속까지 사무쳤다. 사람을 시켜 엽춘을 불러 배를 빨리 건조하여 진군할 수 있도록 분부하고, 절도사들에게는 조선소 사방에 울타리 방책을 세우고 밤낮으로 방비하게 했음은 더 이상 말하지 않겠다.

한편 채원자 장청과 소울지 손신 부부 네 사람은 즐거워했고, 시천과 단경주 두 사람은 왔던 길로 모두 돌아왔다. 이 여섯 사람은 그들 수하 인마들이 영접하여 모두 양산박으로 돌아왔다. 충의당에 올라 불 지른 사건을 이야기하자 송강이 크게 기뻐하며 연회를 열어 대접하고 상을 내렸다. 이후로도 수시로 사람을 보내 상황을 정탐하게 했다.

선박 건조가 완료되었는데 때는 겨울이었다. 그런데 그해 겨울 날씨가 매우 따뜻하여 고 태위는 속으로 기뻐하면서 하늘이 도와준 것이라 여겼다. 엽춘이 건조를 끝내자 고 태위는 수군들에게 배를 타고 전투 연습을 하게 했다. 크고 작은 해추선 등이 끊임없이 물로 들어갔다. 성안 통수부에서는 사산오악四山五嶽[20]에서 물에 능숙한 사람들을 모집했는데, 대략 1만여 명에 이르렀다. 먼저 절반은 배에서 수차를 밟아 돌리는 방법을 배우게 했고, 나머지 절반은 쇠뇌 쏘는

20_ 사산오악四山五嶽: 사면팔방四面八方을 말한다.

것을 익히게 했다. 20여 일이 못되어 전선 다루는 연습을 충분하게 마쳤다. 엽춘이 고 태위를 청해 전선을 보여줬는데,

군사 책략 신속 진행하라 했는데, 예기 꺾인 늙은 군사로 어찌 성공하겠나.
무모한데다 임기응변 없으면서, 백성 수고롭게 하여 전함 건조했구나.
自古兵機在速攻, 鋒摧師老豈成功.
高俅鹵莽無通變, 經歲勞民造戰艟.

이날 고구가 절도사들과 많은 군관 두목을 거느리고 배를 구경하러 왔는데 300여 척이나 되는 해추선이 물 위에 배치되어 있었다. 그 가운데 10여 척의 배를 골라 깃발을 꽂고 징을 치며 북을 두드리고 딱따기가 울리면서 양쪽의 수차를 일제히 밟아 작동시키니 배가 바람이 불듯이 빠르게 나아갔다. 고구는 보고서 속으로 크게 기뻐했다. 배가 저토록 날듯이 나아가니 도적들이 어떻게 가로막겠는가, 이번 싸움은 틀림없이 승리를 거둘 것이라 여겼다. 금은과 비단을 가져오게 하여 엽춘에게 상으로 하사했고, 나머지 장인들에게도 각기 노자를 주어 집으로 돌아가게 했다. 이튿날 고구는 유사有司[21]에게 명하여 검은 소·백마·돼지·양을 잡게 하고 과일과 금은, 지전을 늘어놓게 하고는 수신水神에게 제를 올리도록 준비시켰다. 준비가 되자 장수들이 태위를 청해 분향하게 했다. 구악은 상처가 완치되었고 원한이 골수에 사무쳤기에 몰우전 장청을 사로잡아 원수를 갚고자 했다. 그는 주앙 그리고 여러 절도사와 함께 일제히 말에 올랐고 고 태위를 배 옆까지 수행하고는 말에서 내렸다. 그리고 고구를 모시고 수신에게 제를 지냈다. 분향과 찬례를 마치고 지전을 사르자 장수들이 축하했다. 고구는

21_ 유사有司: 주관 부서의 관리를 가리키며 여기서는 제사와 예의 의식을 담당하는 관리라 하겠다. 고대에는 관직을 두고 직분을 나누었으며 각기 전사專司(전문 관리)가 있었으므로 유사라 칭했다.

경사를 떠날 때부터 데려온 가기와 무녀들에게 모두 배에 올라 연주하고 춤추며 곁에서 시중들게 했으며, 다른 한편으로는 병졸들에게 물에서 날듯이 나아가게 배를 몰도록 했다. 그들은 배 위에서 생황과 퉁소를 불며 노래와 춤으로 놀고 즐기며 밤새도록 흩어지지 않았고 이렇게 그날 밤은 배 안에서 묵었다. 이튿날에도 연회를 열어 술을 따르며 마셨고 연이어 사흘 동안 술잔치를 벌이면서도 출전하려고 하지 않았다. 그때 갑자기 사람이 와서 보고했다.

"양산박 도적들이 제주성 안 토지묘 앞에 시 한 수를 붙여 놨는데, 어떤 사람이 뜯어서 가지고 왔습니다."

그 시에는 다음과 같이 적혀 있었다.

권세가 빌붙어 출세한 고구여, 멋대로 삼군 이끌며 강에서 노는구나.
해추선 1만 척 있다고 하지만, 수호에 들어가면 일제히 끝장날 것을.
幫閑得志一高俅, 漫領三軍水上游.
便有海鰍船萬隻, 俱來泊內一齊休.

고 태위가 시를 읽고 나서는 크게 성내며 군대를 일으켜 토벌하여 섬멸하려 했다.

"도적들을 모조리 죽이지 않고서는 맹세컨대 회군하지 않겠다!"

문 참모가 간언했다.

"태위께서는 잠시 천둥 같은 화를 가라앉히십시오. 이 미친 도적들이 두려워하여 이런 악담으로 위협한 것이니 큰일은 아닙니다. 며칠 기다리면서 수륙 군마를 선발 배치한 다음에 진격해도 늦지 않습니다. 지금 한겨울인데도 날씨가 따뜻한 것을 보니 이것은 천자의 큰 복이요 원수元帥의 호랑이 같은 위풍입니다."

이 말을 들은 고구는 매우 기뻐하면서 성으로 들어가 군사 선발과 파견할 장수를 결정하는 일을 상의했다. 육로로는 주앙·왕환이 함께 대군을 이끌고 호응하게 했다. 항원진과 장개는 마군 1만 영을 이끌어 곧장 양산박 앞의 큰 길을 막고 지키며 싸우게 했다. 양산박은 원래 예로부터 사면팔방으로 한 없이 넓고 모두 갈대로 뒤덮여 있으며 수증기가 자욱한 호수였다. 산 앞의 큰 길은 원래 없었는데 근래에 송강이 새로 건설한 길이었다. 고 태위는 마군을 먼저 진격시켜 이 큰 길 입구를 차단하려 한 것이다. 그리고 나머지 문 참모·구악·서경·매전·왕문덕·양온·이종길·장사 왕근·배를 건조한 엽춘·수행하는 아장들 그리고 대소 군교들은 모두 고 태위와 함께 배를 타고 진군하려 했다. 문 참모가 간언했다.

"주장이시니 마군을 감독하며 육로로 진군해야지 수로로 직접 위험한 지역으로 가서는 안 됩니다."

고 태위가 말했다.

"상관없소. 지난번 두 차례나 진군했지만 쓸 만한 사람이 없어서 많은 인마가 손상을 입었고 허다한 배를 잃었소. 이번에는 이렇게 좋은 배들을 건조했는데 내가 직접 감독하지 않고서 어떻게 이 도적들을 사로잡을 수 있겠소? 이번에는 적들과 결전을 벌일 것이니 그대는 여러 말 마시오!"

문 참모는 감히 다시는 입을 열지 못했고 고 태위를 따라 배에 올랐다. 고 태위는 대해추선 30척을 선발하여 선봉인 구악·서경·매전과 함께 이끌었고 50척의 소해추선을 선발하여 양온이 장사 왕근·장인 엽춘과 함께 인솔하여 길을 열게 했다. 선두에 선 배에는 두 폭의 커다란 붉은 수놓은 깃발을 세웠는데, 금박으로 '강과 바다를 휘젓고 거대한 파도와 부딪치며, 나라를 안정시키고 공고히 하고자 큰 요괴 섬멸하리라'라고 쓰여 있었다. 중군 배에는 고 태위·문 참모가 가기와 무녀를 인솔하고 중군의 대오를 지켰다. 30~50척의 대해추선에는 벽유당碧油幢[22], 수帥자 깃발, 황월과 백모, 자주색 깃발과 검은 산개, 중군 병기

22_ 벽유당碧油幢: 청록색의 기름칠한 장막으로 군막이다. 남제南齊 시대에 공주가 사용했고, 당 이후에

들을 늘어세웠고, 뒤쪽 배에는 왕문덕·이종길이 호위하게 했다. 이때는 11월 중순이었다. 마군이 영을 받아 먼저 진군했고. 수군 선봉인 구악·서경·매전 세 사람은 선두 전선에 타서 먼저 구름을 날리고 안개를 밀듯이 양산박을 향해 진격했다. 해추선을 보니,

앞에는 화살 쏘는 구멍 배치했고, 위에는 쇠뇌 발사하는 누대 늘어세웠구나. 파도 부딪치며 나아가는 모습 교룡 같은 형상이고, 물 위를 나아가는 것은 고래의 형세로다. 용의 비늘처럼 좌우에 스물 네 대의 교차絞車[23]가 조밀하게 배치되어 있고, 기러기 날개처럼 앞뒤로 18반般 병기들을 가지런히 늘어세웠네. 검은 천으로 짠 검은 산개, 햇빛 가리개는 자줏빛 대나무로 제작했구나. 왔다 갔다 하며 부딪치는 것이 자동으로 움직이는 베틀의 북 같고, 이리저리 돌리며 교전 벌일 때는 빠른 말도 당해내지 못하리라.

前排箭洞, 上列弩樓. 衝波如蛟蜃之形, 走水似鯤鯨之勢. 龍鱗密布, 左右排二十四部絞車; 雁翅齊分, 前後列一十八般軍器. 青布織成皂蓋, 紫竹製作遮洋. 往來衝擊似飛梭, 展轉交鋒欺快馬.

송강과 오용은 이미 상세한 상황을 알고는 미리 배치를 완료하고 관군의 배들이 오기만을 기다리고 있었다. 그날 세 개의 선봉부대가 배들을 재촉하며 움직이는데 작은 해추선을 양쪽에 배치해 작은 지류를 막게 했고, 대해추선은 한가운데로 진군했다. 제장들이 자세를 게의 눈과 학의 목처럼 하고는 전면을 바라보며 나아가 양산박의 깊은 곳에 이르렀는데, 멀리서 한 무리의 배들이 오고 있는 것이 보였다. 배에는 각기 14~15명이 승선해 있었고 모두가 갑옷을 입고

는 어사와 기타 대신들이 대부분 사용했다.

23_ 교차絞車: 지금의 권양기捲揚機와 유사하다. 일종의 무거운 것을 들어올리는 장치다.

가운데 한 두령이 앉아 있었다. 앞장선 세 척의 배에는 '양산박 완씨 삼웅'이라 적은 흰 깃발이 꽂혀 있었다. 중간 배에는 완소이, 왼쪽은 완소오, 오른쪽은 완소칠이 타고 있었다. 멀리서 보면 번쩍거리는 군장과 갑옷을 갖추었는데 원래는 금, 은박지를 붙인 것들이었다.

관군의 선봉 세 부대는 그들을 보자 앞서 가는 배들에게 화포, 화창火槍, 불화살을 일제히 발사하도록 했다. 삼완은 전혀 두려워하지 않았고 배가 가까이 접근하여 창과 화살이 날아오자 함성을 지르면서 일제히 물속으로 뛰어 들어갔다. 구악 등은 세 척의 비어 있는 배를 빼앗고 다시 3리도 가지 못했는데, 세 척의 빠른 배가 바람을 뚫고 저어오고 있었다. 선두에 선 배에는 10여 명이 타고 있었고 모두들 푸른색 물감, 황단黃丹, 대자석代赭石, 진흙 가루를 온 몸에 발랐으며 머리는 풀어헤치고 입으로 휘파람을 불며 날듯이 배를 저어왔다. 양쪽의 두 배에는 5~7명씩 탔는데 붉고 녹색을 칠했다. 가운데 배에는 옥번간 맹강이 타고 있었고, 왼쪽은 출동교 동위, 오른쪽은 번강신 동맹이 타고 있었다. 이쪽에서 선봉인 구악이 다시 화기火器를 쏘아대자 함성을 지르더니 배를 버리고 일제히 물속으로 뛰어들었다. 구악은 또 세 척의 빈 배를 빼앗아 3리 정도를 가지 못했는데 수면에서 세 척의 중간 크기의 배가 다가오고 있었다. 배에는 각기 4개의 노에 8명이 노를 젓고 있었고 10여 명의 졸개들이 타고 있었다. 한 폭의 붉은 깃발을 꽂고 뱃머리에 앉아 있는 한 명의 두령을 에워싸고 있었는데, 깃발에는 '수군두령 혼강룡 이준'이라 쓰여 있었다. 왼쪽 배에는 한 두령이 앉아 있었는데 손에 철창을 들고 있었고 녹색 깃발에는 '수군두령 선화아 장횡'이라고 쓰여 있었다. 또 오른쪽 배에도 한 사내가 서 있었다. 그는 웃통을 벗어버리고 맨발에 허리에는 몇 개의 철로 된 끌을 꽂고 있고 손에는 구리 추를 당기고 있었는데, 한 폭의 검은 깃발에 은색으로 '두령 낭리백도 장순'이라 적혀 있었다. 그들이 배를 저어오며 큰 소리로 말했다.

"배를 물가까지 끌어다주어 고맙다."

그 말은 들은 세 명의 선봉이 소리 질렀다.

"활을 쏘아라!"

활과 쇠뇌 소리가 나자 3척의 배에 있던 사내들이 모두 물속으로 껑충 뛰어들었다. 때는 늦겨울 날씨라 징집된 관군 배에 타고 있던 수군들은 감히 물로 뛰어들려 하지 않았다.

한참 망설이고 있는데 양산박 정상에서 연주포 소리가 들리더니 갈대숲 사방에서 1000여 척의 작은 배들이 메뚜기 떼처럼 몰려나왔다. 배마다 3~5명이 타고 있었고 선창에 어떤 물건이 실려 있는지는 알 길이 없었다. 대해추선이 부딪쳐 부수려 했으나 할 수가 없었다. 수차를 밟아 움직이려 해도 앞쪽 물 밑이 모두 막혀서 수차의 바퀴살 판을 밟아도 움직이지 않았다. 쇠뇌를 발사하는 누대에 올라가 화살을 쏘았지만 작은 배에 타고 있는 자들이 각기 판자로 막으면서 가까이 접근해왔다. 그러더니 한 사람이 갈고리로 배에 걸어 멈추게 하고 다른 한 사람이 판도로 수차를 밟고 있는 군사들을 찍어냈다. 그사이 50~60명이 선봉 배에 기어 올라갔다. 관군들이 급히 물러나려 할 때 또 뒤쪽에서 막아 물러날 수도 없게 되었다. 앞쪽 배에서 혼전이 벌어졌고 뒤쪽 배에서는 크게 소리 질러댔다. 중군 배에 타고 있던 고 태위와 문 참모는 크게 혼란스런 소리를 듣고는 급히 언덕에 오르려 하는데 갈대숲 속에서 징과 북이 크게 진동했다. 선창 안에 있던 군사들이 일제히 소리 질렀다.

"배 바닥이 샌다!"

물이 세차게 들어왔고 앞뒤 배들이 모두 새면서 천천히 가라앉고 있었다. 사방의 작은 배들이 개미떼처럼 큰 배로 달려들었다. 어떻게 고 태위의 새로 건조한 배들이 새게 되었는가? 장순이 물에 능숙한 수군들을 데리고 추와 끌로 배 밑바닥에 구멍을 뚫었기 때문에 사방에서 물이 솟구쳐 들어온 것이었다.

고 태위는 배의 조타실로 기어 올라가 뒤에 있는 배에게 구해달라고 소리치는데 한 사람이 물속에서 나오더니 곧장 조타실로 뛰어올라와 말했다.

"태위님 제가 구해드리겠습니다."

고 태위가 그를 보니 모르는 사람이었는데, 그 사람이 다가오더니 한 손으로 고 태위의 두건을 틀어쥐고 다른 한 손으로는 허리를 묶은 띠를 움켜잡고는 소리 질렀다.

"빠져라!"

그러고는 고 태위를 물속으로 '풍덩' 던져버렸다. 바로 혁혁했던 중군 장군이 뒤집어져 물속에 빠진 것이었다! 그때 양쪽에 있던 두 척의 배가 날듯이 저어와 고 태위를 끌어올려 배에 태웠다. 바로 낭리백도 장순이었는데 물속에서 사람 잡기를 항아리 속 자라 잡듯이 했다.

앞쪽 배에 있던 구악은 진세가 크게 어지러워진 것을 보고는 급히 몸을 벗어날 계책을 찾고 있는데, 옆에 있던 선원들 속에서 한 수군이 뛰쳐나왔다. 구악이 방비할 틈도 없이 한칼에 찍혀 배 밑으로 떨어졌다. 바로 양산박의 금표자 양림이었다. 선봉 구악이 죽는 것을 본 서경과 매전이 양림에게 달려들었다. 그러자 4명의 두령이 잇달아 뛰쳐나왔는데, 백면낭군 정천수·병대충 설영·타호장 이충·조도귀 조정이었다. 이들이 한꺼번에 뒤쪽으로부터 뛰쳐나오자 서경은 상황이 좋지 않음을 보고 목숨을 구하고자 물속으로 뛰어들었지만 이미 물속에서 기다리고 있던 사람에게 잡힐 줄은 생각도 못했다. 한편 설영은 한 창으로 매전의 허벅지를 찔러 선창 안으로 떨어뜨렸다. 원래 8명의 두령이 수군으로 보충되었지만 그들 가운데 세 사람은 앞쪽 배에 타고 있었다. 청안호 이운·금전표자 탕륭·귀검아 두흥이었다. 절도사들이 머리 셋에 여섯 개의 팔이 달렸다 하더라도 이런 상황에서는 실력을 발휘할 수가 없었다.

양산박 송강과 노준의는 각기 수륙으로 나누어 진공했는데, 송강은 수로를 관장했고 노준의는 육로를 통솔했다. 수로에서 승리를 거둔 이야기는 그만두고, 한편 노준의는 여러 장수의 군마를 이끌고 산채 앞쪽 큰길로부터 달려나와 선봉인 주앙·왕환과 말머리를 맞대고 대치하게 되었다. 주앙이 보고는 먼저 말을 몰아 나와 큰 소리로 욕했다.

"도적놈아, 나를 알아보겠느냐?"

노준의가 소리 질렀다.

"이름도 없는 소장 놈이 목숨이 목전에 달려 있는 것도 모르는구나!"

노준의가 즉시 창을 잡고 말을 박차며 곧장 주앙에게 달려들자 주앙도 큰 도끼를 돌리며 말을 달려나와 대적했다. 두 장수가 산 앞 큰 길에서 맞붙어 20여 합을 싸웠으나 승부를 가리지 못했다. 그때 뒤쪽 마군 부대에서 함성이 일어났다. 원래 양산박 마군 대부대가 모두 산 앞 양쪽 숲속에 매복해 있다가 일제히 함성을 지르며 사방에서 뛰쳐나온 것이었다. 동쪽과 남쪽에선 관승과 진명, 서쪽과 북쪽에서는 임충과 호연작이 달려나왔는데, 많은 영웅이 사방에서 몰려나온 것이었다. 항원진과 장개는 그곳에서 막아내며 길을 열어 먼저 살고자 도망쳤고, 주앙과 왕환은 싸울 마음이 없어져 창과 도끼를 끌면서 길을 열어 제주성안으로 도망쳐 들어가 군마를 주둔시키고 소식을 알아봤다.

한편 수로를 통솔하고 있던 송강은 고 태위를 잡았다는 소식을 듣고는 급히 대종을 보내 군사들을 죽이지 말라는 명령을 전달하게 했다. 중군의 대해추선에는 문 참모 등과 가기와 무녀들, 따르던 자들이 모두 잡혀 배에 옮겨 태워졌다. 징을 울려 군사를 거두고 산채로 돌아왔다. 송강·오용·공손승 등은 모두 충의당에 있었고 장순이 물에 흠뻑 젖은 고구를 압송해왔다. 송강이 보고는 황급히 충의당에서 내려와 부축하고 새 비단 옷을 가져다가 갈아입히고는 충의당에 올라 정면에 앉도록 청했다. 송강이 머리를 조아리며 절을 올리고는 말했다.

"죽을죄를 지었습니다!"

고구가 황망히 답례하자, 송강은 오용과 공손승에게 고구를 부축하게 하고는 절을 하고 상좌에 앉기를 청했다. 다시 연청을 불러 명령을 전달했다.

"지금 이후로 살인을 저지르는 자는 군령에 의거해 중형에 처하겠다!"

호령이 떨어지고 얼마 안 있어 사로잡은 자들을 줄줄이 끌고 왔다. 동위와 동맹은 서경을 끌고 왔고, 이준과 장횡은 왕문덕, 양웅과 석수는 양온, 삼완은 이종길, 정천수와 설영·이충·조정은 매전을 압송해 왔으며, 양림은 구악의 수급을 바쳤고, 이운·탕룡·두홍은 엽춘과 왕근의 수급을 바쳤다. 또한 해진과 해보는 문 참모, 가기와 무녀, 따르던 자들을 모조리 압송해왔다. 홀로 도망친 자들은 주앙·왕환·항원진·장개 4명뿐이었다. 송강은 잡혀온 자들에게 모두 옷을 갈아입히고 새로 정돈시킨 다음 충의당에 오르도록 청하여 차례로 앉히고는 대접했다. 그리고 생포된 군사들은 모두 제주로 돌려보냈다. 별도로 한 척의 좋은 배를 준비시켜 가기와 무녀, 따르는 자들을 안정시키고 그들 스스로 돌보도록 영을 내렸다. 여기에 증명하는 시가 있다.

황제 명령 받든 고구는 결단 내리지 못하고, 사로잡혀 산채로 끌려왔구나.
충의가 무엇인지 알지 못하는 자가, 양산박 패거리 모인 곳 연회에 참석했다네.
奉命高俅欠取裁, 被人活捉上山來.
不知忠義爲何物, 翻宴梁山嘯聚臺.

송강은 즉시 소와 말을 잡아 크게 연회를 열어 군사들에게 포상하는 한편 풍악을 우리며 대소 두령들을 모아놓고 모두 고 태위에게 인사를 하도록 시켰다. 각자 예를 마치고 송강이 술잔을 들자 오용과 공손승이 술병을 잡고 탁자를 받쳐 들었으며 노준의 등은 시립하여 대접했다. 송강이 입을 열었다.

"얼굴에 글자 새긴 하찮은 하급 벼슬아치가 어찌 감히 조정에 반역하겠습니까? 어쩌다 죄가 쌓이다 보니 핍박을 받아 이렇게 된 것입니다. 두 번씩이나 폐하의 은혜를 입었지만 중간에 간악하고 속이는 자들에 의해 복잡하게 얽혀 여러 차례나 하소연하며 진술하기 어려웠습니다. 바라건대 태위께서 가엾게 여기시어 깊이 빠진 저희를 구원해주시어 밝은 세상을 우러러 볼 수 있게 해주신다면 마음에 깊이 간직하여 명심하고 목숨을 바쳐 유지하도록 하겠습니다."

고구가 호걸들을 보니 모두가 영웅이고 강렬했는데, 그 가운데 임충과 양지가 분노에 찬 눈으로 노려보면서 발광할 기색이 있자 무척 두려워하며 말했다.

"송 공명 안심하시오! 이 고구가 조정으로 돌아가면 반드시 거듭 상주하여 넓은 은혜로 대사면령을 내려 귀순시키고 무거운 상과 관직을 더해줄 뿐만 아니라 대소 의사들이 봉록을 받는 선량한 신하가 되도록 하겠소."

송강이 듣고서 크게 기뻐했고 고 태위에게 절하며 감사했다. 그날 연회는 대단히 가지런했는데 두령들은 잔을 돌리며 정성스럽게 서로 권했다. 고 태위는 크게 취하자 방탕해졌고 이내 말했다.

"내가 어려서부터 씨름을 배웠는데 천하에 적수가 없었소."

노준의도 취한 상태라 고 태위가 천하에 대적할 자가 없다고 뽐내는 것을 괘씸하게 여겨 연청을 가리키며 말했다.

"이 동생이 씨름을 할 줄 아는데 대악岱嶽에서 세 번이나 겨루었는데 천하에 대적할 자가 없습니다."

그러자 고구가 일어나더니 옷을 벗고 연청과 겨루려 했다.

두령들은 송강이 조정의 태위라고 공경하기에 어쩔 수 없어 따르기만 했었는데 뜻하지 않게 연청에게 씨름 겨루기를 청하며 자극하자 그 입을 납작하게 하려고 모두들 일어나 말했다.

"좋습니다! 씨름 구경이나 합시다!"

모두들 왁자지껄하며 충의당을 내려갔다. 송강도 취한지라 말릴 생각을 하지 않았다. 두 사람이 웃통을 벗고 대청 계단을 내려가자 송강이 부드러운 요를 깔도록 했다. 두 사람이 융단 위에 서서 자세를 잡았다. 고구가 돌진해 들어가자 연청이 손으로 막고는 고구를 꽉 붙잡고는 넘겨버리자 바닥에 뒤집어져 한참동안 발버둥거리며 일어나지 못했다. 이 씨름을 '수명박守命撲'24이라 부른다. 송강

24_ 수명박守命撲: 땅바닥에 뒤집어엎는 것이지만 다치게 하지 않는 방법이다.

과 노준의가 황급히 고구를 부축해서 다시 옷을 입히고는 웃으면서 말했다.

"태위님께서 취하셨는데 어떻게 씨름으로 이길 수 있겠습니까? 너그러이 죄를 용서해주십시오!"

고구도 놀라고 두려워하며 다시 자리로 가서 앉았고 깊은 밤까지 마시다가 부축을 받고 후당으로 들어가 쉬었다.

이튿날 또 놀란 고 태위를 진정시키려고 연회를 열었는데, 고 태위가 돌아가고자 한다면서 송강 등과 작별 인사를 하려 했다. 송강이 말했다.

"저희가 대귀인을 이곳에 머물도록 만류하는 것은 다른 마음이 있어서가 아닙니다. 만약 속이는 것이 있다면 하늘과 땅이 벌하여 죽일 것입니다!

고구가 말했다.

"의사께서 이 고구를 동경으로 돌려보내준다면 온 집안이 천자 면전에서 의사를 보증하고 귀순시켜 국가에 중용되도록 하겠소. 만약 번복을 한다면 하늘이 덮어주지 않을 것이고 땅이 실어주지 않을 것이며 창과 화살 아래에 죽을 것이오!"

송강이 듣고서 머리를 조아리며 감사했다. 고구가 또 말했다.

"의사께서 이 고구의 말을 믿지 않는다면 수하의 여러 장수를 인질로 남겨둘 것이오."

"태위님 같은 대귀인의 말씀인데 어찌 믿지 않겠습니까? 장수들을 남겨둘 필요는 없습니다. 뒷날 각기 말안장을 갖추어 모두 군영으로 돌려보내겠습니다."

고 태위가 감사했다.

"이렇게 대접해주니 두터운 뜻에 깊이 감사드리오. 이제는 돌아가겠소."

송강 등이 애써 만류했고 그날 다시 크게 연회를 열었는데 옛일을 이야기하며 새로운 것을 논하다가 1경 깊은 밤에야 끝나고 비로소 흩어졌다.

사흘째 되는 날 고 태위가 산을 내려가기로 결정하자 송강 등은 더 이상 만류할 수 없어 다시 연회를 열어 작별하면서 대략 수천 금에 달하는 금은과 채색비단을 내와 고 태위에게 예로 증정했고 여러 절도사와 부하들에게도 별도로 선물을 줬다. 고 태위는 거절할 수가 없어 모두 받았는데, 술 마시는 사이에 송강이 다시 귀순하는 문제를 꺼내자 고구가 말했다.

"의사께서 세심한 사람 한 명을 나를 따라가게 하시오. 그러면 내가 그를 데리고 천자를 뵙게 하고 양산박 내부의 은밀한 일을 상주한다면 조서가 내려질 것이오."

송강은 오로지 귀순만을 기대하고 있던 터라 오용과 상의하여 성수선생 소양에게 고 태위를 따라가게 했다. 오용이 말했다.

"철규자 악화를 함께 보내십시오."

고구가 말했다.

"의사께서 이처럼 믿고 맡기시니 나도 문 참모를 이곳에 남게 하여 신의로 삼고자 하오."

송강이 크게 기뻐했다. 나흘째 되는 날 송강과 오용은 20여 명의 마군을 데리고 고 태위와 절도사들을 전송하고자 산을 내려갔고 금사탄을 건너 20리를 나가서 작별했다. 고 태위에게 절을 하고 작별한 다음 산채로 돌아왔는데 오직 귀순의 소식만을 기다렸다.

한편 고 태위 등 일행은 제주로 돌아갔다. 먼저 사람을 보내 소식을 알리자 제주에 있던 선봉인 주앙·왕환·항원진·장개 그리고 태수인 장숙야 등이 성을 나와 영접했다. 고 태위는 성으로 들어가 며칠 머물면서 군마를 수습하고 여러 절도사에게는 각자 군사를 이끌고 돌아가 쉬면서 동원 명령을 기다리게 했다. 고 태위는 주앙과 대소 아장, 두목들과 삼군을 거느리고 소양·악화 일행과 함께 제주를 떠나 동경으로 향했다. 고 태위가 양산박의 두 사람을 데리고 갔기에 나누어 서술하면, 풍류가 출중한 자가 동방洞房[25]에서 군왕을 만나게 되었

25_ 동방洞房: 신혼부부가 거주하는 방이다.

고, 신통력 있는 정탐꾼이 상부원相府園에서 준걸을 찾게 되었던 것이다.

결국 동경으로 돌아간 고 태위가 어떻게 송강 등의 무리를 귀순하도록 보증하며 상주했는지는 다음 회에 설명하노라.

해추선海鰍船

일반적으로 '해추선'은 15차車 이하의 소형 전선인데, 본문에서는 24대의 수차水車를 설치하고 수백 명을 수용할 수 있는 대전선인 대해추선大海鰍船과 12대의 수차만 설치하고 100명 정도 태울 수 있는 소해추선小海鰍船 두 종류로 묘사하고 있다. 『수호전보증본』에 근거하면, 고구가 건조한 배는 그 기능으로 보면 양송 시대의 차선車船이다. 고대에 기계 공정에서 바퀴(윤輪)를 차車라 하는데, 바퀴를 이용한 전동 기구를 통상적으로 차라 칭한다. 배에 바퀴를 설치하여 발로 밟아 움직이게 하는데 한 개의 윤輪을 일차一車라 하고 두 개의 윤을 이차二車라 한다. 남송 소흥 2년(1132)에 솜씨가 뛰어난 장인인 고선高宣이 차선의 건조를 주관했고, 이후에 고선이 건조한 차선은 동정호洞庭湖의 양요楊么(1108~1135, 남송 시기의 의군義軍 수령)에게 빼앗겼다. 또한 본문에 등장하는 해추선 건조를 제안한 '엽춘葉春'은 꾸며낸 인물이고 차선 건조를 주관했던 고선이란 인물을 참조한 듯하다.

원본 수호전 4

초판인쇄 2024년 6월 7일
초판발행 2024년 6월 21일

지은이 시내암
옮긴이 송도진
펴낸이 강성민
편집장 이은혜
마케팅 정민호 박치우 한민아 이민경 박진희 정유선 황승현
브랜딩 함유지 함근아 고보미 박민재 김희숙 박다솔 조다현 정승민 배진성
제작 강신은 김동욱 이순호

펴낸곳 (주)글항아리 | **출판등록** 2009년 1월 19일 제406-2009-000002호

주소 경기도 파주시 심학산로 10 3층
전자우편 bookpot@hanmail.net
전화번호 031-955-2689(마케팅) 031-941-5161(편집부)

ISBN 979-11-6909-252-4 04820
979-11-6909-248-7 04820 (세트)

잘못된 책은 구입하신 서점에서 교환해드립니다.
기타 교환 문의 031-955-2661, 3580

www.geulhangari.com